Staread
星文文化

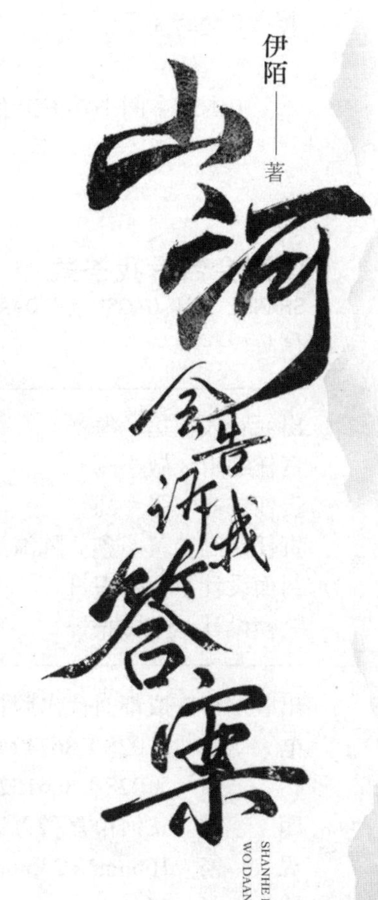

山河会告诉我答案

SHANHE HUI GAOSU WO DAAN

伊陌——著

成都时代出版社
CHENGDU TIMES PRESS

图书在版编目（CIP）数据

山河会告诉我答案 / 伊陌著 . -- 成都 : 成都时代出版社 , 2023.5

ISBN 978-7-5464-3156-7

Ⅰ . ①山… Ⅱ . ①伊… Ⅲ . ①长篇小说—中国—当代 Ⅳ . ① I247.5

中国版本图书馆 CIP 数据核字 (2022) 第 176976 号

山河会告诉我答案

SHANHE HUI GAOSU WO DAAN

伊陌 / 著

出 品 人　达　海
责任编辑　敬小丽
责任校对　张　巧
责任印制　黄　鑫　陈淑雨
封面设计　小贾设计
装帧设计　小贾设计

出版发行　成都时代出版社
电　　话　（028）86742352（编辑部）
　　　　　（028）86615250（发行部）
印　　刷　三河市嘉科万达彩色印刷有限公司
规　　格　166mm × 235mm
印　　张　24
字　　数　500 千
版　　次　2023 年 5 月第 1 版
印　　次　2023 年 5 月第 1 次印刷
书　　号　ISBN 978-7-5464-3156-7
定　　价　49.80 元

contents

目录

第一章 你认我当个姐吧

秋日清晨。

天空阴沉沉的，一丝蓝色都不露，满天厚云，垂到人间就是灰蒙蒙的雾，早起的人谁见谁烦。

单行道上，一辆白色面包车破雾而来，车前大灯亮着，风驰电掣般冲进了青坛医院大门。司机转动方向盘，一个飘移，将车横进了停车位，排气管突突地喷着尾气。刹车板踩到底，轮胎一阵哀叫。车后座上正拿着眉笔上妆的人直接把眉毛画飞了。

“七点五十！赶趟儿！”司机满意地拉起手刹，向后扭头道，“恬恬，赶紧的，别让医生等！”

后座上的人半低着头，从墨镜边上瞟他，似笑非笑道：“郭大壮，你叫我什么？”

郭大壮人如其名，壮厚敦实的身子塞在车座里，脸上肥肉抖了两下：“祁，祁恬，我这不是老听小圆这么叫你？一时顺口，顺口，呵呵……”

“顺口啊？”祁恬笑了笑，眼皮子往下一搭，“小圆是小圆，你是你，别再叫错了。”

郭大壮从后视镜里看看她，抿着嘴没吭声。

祁恬也没指望他能说什么，郭大壮那点心思她看得透，但顾着自己与他妹妹郭小圆的交情，觉得大家还是单纯地做朋友就好。毕竟异性相吸的那点事儿，总也逃不过开局热闹结尾惨淡的命运，转眼就成了别人茶余饭后的谈资。

眉笔在指间转了几圈，祁恬将唇边似讽刺的笑意一收，没好气地抬手扒拉着刘海道：“你说你怎么开的车，五菱宏光都能开成喷气式赛车，我这眉毛直接画进头皮里了！”将刘海散乱地放下来，勉强能遮住眉尾，又道：“大清早的，饭都没吃就被你拉过来了，知道的说是我来复查，不知道的还以为你急着见医院里的谁呢。”

“我又不进医院，这不纯帮忙吗？”祁恬一如既往的嫌弃让郭大壮松了口气，他缓缓神，换上惯常的老实口吻，“我这是热心助人，怕你真有点什么后遗症。怎么老是把好心当成驴肝肺呢？”

“再说了，就您那眼神，能看清自己画了啥吗？”这句话郭大壮没敢说。

他想不明白，祁恬只是来医院复查而已，有什么化妆的必要？怕真是要去见什么人吧？

祁恬自知理亏，没好气地白了他一眼，拉开车门跳了下去。只是脚一落地就觉得脑仁在颅腔里荡来荡去，仿佛刚出锅的豆腐脑被淋了热卤水，疼得她眼前一黑。

“哎，你没事吧?”郭大壮从后视镜里见她扶着车门慢慢弯腰，吓得赶紧下车去扶她，却被祁恬一把推开了。

“没事，我去复查了。”说着，她将滑落的墨镜向上一推，眯着眼睛往住院楼走去。

三个月前，祁恬开车出了车祸，安全气囊弹开，直接把她砸晕了。醒来时她躺在青坛医院住院部，白白嫩嫩的一张脸被气囊砸得跟猪腰子一样，面部中间凹进去了，额头高高肿起，五官嵌在肿成猪头、一片青紫的脸上。但祁恬那时根本没心思担忧自己是否可能毁容，在母亲哀哀的哭声中，她惊恐地发现自己看不清东西了。

刚开始祁恬还自我安慰，心想可能是瘀血压迫了视神经，但等肿成寿星老一般的额头都恢复得光洁如初了，视力依旧没有恢复。反复询问医生后，祁恬得知自己的眼角膜受到了不可逆的损伤，要想恢复视力只能进行眼角膜移植。

住院前祁恬家里鸡飞狗跳的，住院期间她又随时面临失明的危险，心情实在好不起来，差点儿把自己搞成抑郁症。幸亏隔壁病房住了个外表温顺、言辞刻薄又喜欢打听八卦的许姝雯。

一开始两人极不对付，祁恬嫌弃许姝雯矫情做作、表里不一，许姝雯嘲笑她不修边幅、疲懒邋遢。两个人从最初的针锋相对到最后莫名其妙的惺惺相惜，光是想想祁恬都觉得缘分妙不可言。要不是许姝雯，她很难平复情绪顺利出院。

走进住院楼的电梯，摸索着按下第十层的按钮，祁恬的视野中都是模模糊糊的，只有光感轮廓。她叹了口气，也不知道在等待捐献眼角膜的名单上，自己的名字躺在哪个犄角旮旯。

她正寻思着，电梯叮的一声，到了目的地。开门的瞬间，祁恬毫无表情的脸上绽开朝气蓬勃的笑容，压着烦躁的心情往护士站走去。

护士站里有值班护士认出了她，忍着困顿招呼道：“来复查?医生还在查房，你等会儿啊!”

祁恬笑嘻嘻地应了声，向一旁退开几步。她在这里住了三个多月，很了解住院部每天清晨忙而不乱的查房要持续多久。趁着没人注意自己，祁恬贴着走廊边，飞快地往住院部二区去了。

住院部二区是全自费的国际部，比一区安静许多，为了保证患者的休养质量，探望需要提前预约。二区里往来的医生护士都显得格外小心谨慎，整片区域仿佛是被单独分隔出来的一样，寂静才是主旋律。

路过窗边时，祁恬下意识地往外瞟了一眼。这鬼天气阴沉得让人压抑，她戴着墨镜走在本该亮堂堂的走廊里，愣是看不清三步开外的地面，眼前的昏暗模糊正贴合她阴郁的心情。

祁恬熟门熟路地摸到住院部二区八号病房门口，隔着门上的窄条玻璃装模作样地往里张望了一下，悄无声息地将门把手拧开了。

“许大小姐，醒了没？”祁恬做贼似的溜进房间，压低了声音问。

窗帘还拉着，室内黑乎乎的，根本看不清病床上到底有没有人。

祁恬抽了抽鼻子，这屋里没有医院惯常的消毒水味儿，反倒飘着淡淡的香味儿，香气清甜，就像热带水果被榨出汁后飘散的味儿，透着点儿怡然自得。

这女人简直讲究到家了。祁恬心里“呸”了一声，在门口静立了几秒，反手将房门关好，往床边摸去。

“你迟到了五分钟。”一个柔和却挑剔的声音从病床上传来。

祁恬听了，脚下一转，到窗边把窗帘拉开，光线照进来，屋里总算没那么暗了：“别这么苛刻嘛，我可是躲过了那么多查房的医生、护士才来跟你胜利会师的。”

“嗬，你怎么不说自己是脚踏七彩祥云从天而降的呢？”一只青白枯瘦的手从被子底下伸出来，“过来，扶我一把。”

“嗻——”祁恬做小伏低地走过去，将床上的人当老佛爷一样伺候着坐好了，自己往床边的沙发上一靠，“最近还好？”

“你看我的样子，像好吗？”许姝雯身上插满了管子，说话声虚气短的，然而依然刻薄，“哦，我忘了，你差不多瞎了。”

祁恬不以为意，见她还有精力埋汰人，心情倒好了些，从墨镜边斜飞了个媚眼过去：“谁说我瞎了？”

许姝雯被她电得打了一个哆嗦，没好气地骂她：“神经病，住院仨月眼睛没治好，路倒记得挺熟。一路戴着墨镜走，怎么没摔死你呢？”说着费力地歪过身子，将她鼻梁上浅茶色的墨镜给挑走了。

“干吗啊，我眼睛不能见光！”

“别整得跟吸血鬼似的，你又不是近视，戴这玩意儿也治不好你的眼角膜！”

“这不图个心理安慰吗？”祁恬徒劳地挥了几下手，发现抢不回墨镜就放弃了，顺着床头柜的边角摸索，摸到了柜子上的东西，“身残志坚哪，你还有精力写日记？”

她失了焦距的桃花眼水汪汪的，上下打量着许姝雯：“瞅瞅你这还是人体轮廓吗？瘦得跟条灯绳差不多了。”

许姝雯不悦地哼了声：“自打你出院，我茶不思饭不想，为伊消得人憔悴，满怀深情写尽纸墨。”

祁恬呵呵冷笑，丝毫不给面子：“你说得再深情点儿，我就真以为你对宋旭晟移情别恋了。”

“闭嘴。”“宋旭晟”三个字显然是许姝雯的死穴，她脸色沉了下来，精气神都瞬间颓了不少，整个人在日光下像是缩成了一把骨头。

祁恬看着她的轮廓不说话，片刻后又实在听不得她破风箱般费劲的喘息声，站过去替她顺气。她的手掌捋过她的背，掌心可以摸到一节节清晰可辨的脊椎骨。

凸起的骨头硌着掌心，让祁恬心里极不是滋味：许姝雯这人，明明对世情看得比谁都通透，连生死都可以笑谈，偏偏长了个恋爱脑。仿佛控制恋爱的那部分神经是从哪个“傻白甜”的脑子里直接复制粘贴过来的，严重拉低了她整个人的格调。

祁恬看不清她白里透青的脸，但能辨别出耳边粗一声细一声的急促呼吸。

“许姝雯，”祁恬觉得心里鬼火直蹿，压都压不住，一时心疼她，一时又想起家里的糟心事，内外煎熬，口气差极了，怒其不争，“你的出息呢？”

“我妈……”许姝雯一开口声音就抖。

许姝雯是个死要面子活受罪的矫情人，即使被祁恬戳了心窝，这会儿也只是咬着牙不吭声，哪怕心里疼得要烂了，也没掉一滴眼泪。她停下来，许久后等气息平复了，才慢慢说道：“我妈觉得我被骗了，这段时间一直骂我。”

祁恬坐了回去，觉得许姝雯的妈骂得简直对极了。要是自己将来生了个女儿，也眼瞎找个宋旭晟那样的败类，自己不仅要骂，还要打折她的两条腿。

宋旭晟长得帅不帅她不评价，但就他做的那些事，说他是败类都轻了。肉包子打狗，狗吃了还得“汪汪”叫两声呢，宋旭晟倒好，钱拿了人睡了感情到手了，某天早上许姝雯一睁眼，他消失得比水痕还干净，连点余音都没留下，真是风过水无痕，千里不留名。偏偏许姝雯这么明白的一个人，至今还抱着什么狗屁幻想。

祁恬心里骂个不停，语气还是淡淡的：“嗯，阿姨这么想也正常。毕竟你瞒着她跟宋旭晟谈了三年，还私下借给他三十万，等你病了家里要拿钱给你看病时才东窗事发，阿姨没去报警已经很给你脸了。更何况，你病得都快嗝屁了他也没来看看你。”祁恬说着抿了下唇，还是没管住自己的嘴，“我要不是跟你做了仨月病友，知道你逻辑清晰思维正常，都会怀疑你得的不是胰腺癌，而是脑癌——谈恋爱把脑子给谈傻了。”

“你少说几句没人把你当哑巴！”许姝雯气得眼冒金星，想砸床却连抬手的力气都没有。

“我嘴贱。”祁恬一吐为快，郁气总算散了几分，痛快道歉，“不聊他了。”

“凭什么不聊？你也不信我说的那些事？”

“如果你指的那些事是宋旭晟对你怎么好、怎么深情、怎么痴心，”祁恬顿了下，“确实很难令人相信。”

她听着许姝雯陡然加重的呼吸声，探身握住她的手说：“许姝雯，你是个优等生。我不是说你学习成绩好，我是说你这个人，你的长相、性格、为人处世都无可挑剔，你是个优等生。但是那个宋旭晟……”祁恬耸了耸肩，神情带着自己都没意识到的不屑，“我不想随意批判没见过的人，但他跟你谈了三年了，他失联前居然没让你发现一点儿预兆，这种人多可怕啊，说一句心机深不为过吧？就算你把他的颜值夸上天，我这边也只能给他个不及格。”

祁恬攥紧许姝雯枯瘦的手说：“别再惦记他了，你值得更好的，真的。”

许姝雯抽出手说：“不是……你不了解他。”她气息不畅，勉强撑着继续说，“他会在我生病时背着我走三站地去医院，整宿不睡地照顾我。”

“哈？这年头还需要背着人上医院？你们又不是住在边远山区，至于打不到车吗？”

“他会把我放进他对未来的所有计划里，他说我们会是陪伴彼此比陪伴父母更久的人。”

“看看你现在的样子。”祁恬摊开手，“计划赶不上变化。”

“无论我们去哪里，他都会牵着我的手不放；我做噩梦了他会马上醒来安慰我；我随口说的事他都记得；我俩租了房子以后，他说从此以后我们就有家了……”

“所有对异性图谋不轨的男人都会做这些事，比如我爸。”祁恬打断她，“他现在做这些事的火候拿捏得都可以开班授课了，可惜对象不是我妈。”

“他跟你爸不一样，他突然失联是有原因的，他……”

祁恬突然觉得有点厌烦，她不知道为什么许姝雯这么飒的一个人非要吊死在宋旭晟这棵歪脖子树上，还变得像祥林嫂一样唠叨。她不想再听下去，眼角余光被窗外突然亮堂的光线所吸引。天空厚重的云层突然裂开一条缝，秋日金灿灿的阳光给云层镀了一抹亮色，毫不吝啬地洒入病房。

许姝雯说完才发现祁恬走神了，气得拍她：“你听到我说的没有？”

“听到了，听到了。”祁恬毫无诚意地举起双手，“他深情他无奈，他做任何事情都有理由，对吧？”祁恬话音一转，“但是，他骗钱不还、骗色玩失联，至今都不给你个痛快话。在我这里，他已经出局了。”

祁恬做了个到此为止的手势：“彻底、绝对、毫无翻身的可能，出局！”

斩钉截铁的话语浇灭了许姝雯倾诉的欲望，室内突然安静下来，她怔怔地看着洒入病房的那束温暖的光，光线中的浮尘起起落落，忽然问道：“你家的事怎么样了？”

祁恬住院当天，她父母前后脚赶来，在病房外发生了争执。许姝雯那时还下得了床，缩在门口津津有味地听了一出“渣男”出轨、小三上位的“狗血”家庭戏。

祁恬的脸色顿时变得一言难尽，本来就不太美妙的心情更是一落千丈，她糟心地抹了把脸：“别提了，咱俩真是五十步笑百步，谁都别看谁的笑话。”

许姝雯露出一丝笑容：“看到你也这么不痛快，我心里好受多了。”

“你这心态扭曲得可以啊。”祁恬烦躁地叹了口气，把头发往后抓。

许姝雯忽然嫌弃地皱眉，伸手顶住她光洁的额头："你这眉毛画的什么玩意儿？张飞似的。"

"郭大壮非要开面包车玩飘移，差点儿毁了我一根眉笔。"祁恬偏头躲开她冰凉的指尖，"没什么事我先去复查了，等会儿不过来了，省得碰到你爸妈，尴尬。"

"郭大壮送你来的？"许姝雯听她念叨过几次这个人，不由得笑了一声，"你也真够缺德的，怎么用他用得那么心安理得呢？"语气里带了点微妙的同情。

祁恬看不清许姝雯脸上的神情，但能听出她的不赞同。"他跟你可不一样。"顿了顿又说，"我也不是宋旭晟那种人。"

"呵呵。"许姝雯语气变淡，"当然不一样，我跟宋旭晟是真心相爱，郭大壮跟你又算怎么回事，他顶多是个被美色蒙蔽的可怜人。"

"……"祁恬真想问她到底哪儿来的底气，到现在还觉得宋旭晟爱她，但又怕这话说出口会直接把许姝雯给气死，可不说出来自己心里又堵得慌，干脆站起来要走。

"等会儿。"许姝雯一只手拉住她，另一只手拉开床头柜的抽屉。祁恬站定，以为她有什么东西要给自己，谁知道她竟然拿出一根——眉笔?!

"你那眉毛太碍眼了，我给你重新画画。"

"……你都病成这样了还化妆？"祁恬震惊了，她觉得，自己被许姝雯逼着来探病都得先化妆已经够有病的了，这会儿见了许姝雯的做派，才知道自己才哪儿到哪儿——哪个危重病人的床头柜里会放着整套化妆品？

"狭隘。"许姝雯扯着她的衣领把她往下拽，"病了就不能追求美吗？我乐意随时漂漂亮亮的，那叫底气！精气神都没了，人活着还有什么劲？"

"你说的都对。"懒得跟病危的人讲理，祁恬自觉地半蹲着往前凑，扬起脸。

托住祁恬下巴的手指冰冷黏腻，许姝雯呼出的带着死气的气体吹拂在祁恬脸上，让她忍不住有些战栗。

祁恬刚住院时还没现在这么瞎，许姝雯也没病得脱形，她还记得许姝雯的长相——深褐色的眼睛镶嵌在鹅蛋形的白皙面庞上，睫毛不长，却颇为洋气地向上卷翘着；眉毛描得很细致，在三分之二处巧妙地出现折点，如笼烟的远山般纤长明媚，衬得她的眼睛充满神采。

她无法将记忆中那个美得别有韵味的女人与现在给她画眉的人联系在一起。

"我比你大三岁。"许姝雯忽然开口，"我二十五岁，你二十二岁。"

"嗯。"因为下巴被托着，祁恬的话说得含含糊糊的，"怎么了？"

"你认我当个姐吧！"

祁恬把自己的脸从她手里挣出来，甩了个白眼："琢磨什么呢？怕自己死了父母没人照顾啊？"许是在鬼门关转悠久了，两人谈起生死都没什么避讳，还一起写过一张遗愿清单。

“我怕我死了就没人去找宋旭晟了。”许姝雯勾了勾手指，示意祁恬把脸送过去，“你是唯一一个既知道我俩的事，又知道我家情况的人，你就答应我吧！”

祁恬的脸被她扳着，只能拉扯着嘴角说：“合着替你办事还得被你占便宜是吧？”

“不会让你吃亏的。”许姝雯最后两笔将祁恬的眉毛勾画好，满意地端详了一下，“我妈什么都好，就是太固执了。她坚信我被骗了，但我知道不是的，我得证明给她看，我没看错人，是她错了。”

“……其实我有点儿怵你妈，你知道吧？”祁恬嘴上说着，心里却想着，“我也觉得你被骗了，难道我说得还不够明显吗？”

许姝雯懒得跟她贫，将手伸进打开的床头柜抽屉里，从整套化妆品后面取出一块镶金的和田老玉无事牌，塞进祁恬手里。

玉牌手感腻滑，触手温凉，祁恬的表情却嫌弃得不行：“你打量我真瞎呢？”她甩了下手里的玉牌，“这是宋旭晟送你的东西，你让我替你办事，就这么打发我？”

“这玉牌其实是两片和田玉拼起来的，镶金的地方可以打开。”无事牌做得精巧，将缠丝掐成的金扣轻轻扭动，玉牌就一分为二，两片和田玉的中心都被削掉了一层，形成了一个极浅的凹槽，可以藏点儿东西，“这是宋旭晟之前送给我的，他说这种设计从没见过。你拿着，见到他后给他看，他就会信任你。”

“……你把你男人的东西给我，真不怕被戴绿帽子是吧？”

就没见过脸皮这么厚的，都说黄金有价玉无价，宋旭晟随便搞块破石头都能从许姝雯这里轻松骗走三十万元。祁恬心说：“怎么就没个不长眼的人撞到我手里呢？”

许姝雯毫不在意地哼笑道：“我都快死了，你有本事就上，正好肥水不流外人田。”

祁恬仰头“哈”了一声，没好气地摸索了两下，顺着抽屉边将玉牌扔了回去，把抽屉关上了：“我看你真是快要得失心疯了，想男人居然想到指望我这个盲人。”说完转身就走。走到门口时许姝雯在她身后幽幽叹了口气，慢条斯理地往回躺：“不就是眼角膜吗？多大点儿事。”

祁恬心里一跳，扭头看去，在她模糊的视野里，许姝雯枯瘦的身形几乎是被那床雪白厚重的被子一点一点压进床里的。她看着看着，呼吸突然有点不畅。

许姝雯没觉察出她的异样，见她看过来，还挥手示意她可以“跪安”了：“赶紧复查去吧！放心，你的眼睛瞎不了，别老说丧气话。”

许姝雯的口气太过笃定，笃定得祁恬眼皮乱抖。

窗外裂开的云层不知什么时候又合拢了，厚重的流云压在天际，将那点阳光堵得严严实实，屋里又一点一点阴了下去，只剩日光灯白惨惨地亮着，冰冷明亮的光线像一出精彩好戏落幕前的那束光，将病床笼在其中。

祁恬恍惚间觉得指尖都凉了。她站在原地，一双无神的眼睛盯着病床，也不知道许姝雯究竟是闭眼睡了还是正睁眼看着自己，两人一时声息全无。

祁恬站了会儿，咬牙切齿地走过去："你故意的吧？"

床上的轮廓动了下，许姝雯笑声里透出点得意："是啊，但你能拿我怎么着？舍得骂我一声吗？"

不舍得。祁恬被这女人激得脑子发晕，她闭了闭眼，舌尖抵着上颚，最终还是老老实实摸索着拉开抽屉，将那块她顶看不上眼的和田老玉无事牌摸出来，掐在手里哽了半晌，干巴巴地喊道："姐。"

"哎。"许姝雯笑着应了，她那年轻的脸上已经瘦得没有一点肉，却生生笑出了褶子，觉得自己大概可以瞑目了。

两个礼拜后，祁恬接到青坛医院的通知，有志愿捐赠者的眼角膜可以供她手术。祁恬隐约猜到是怎么回事，但还是抱着一丝希冀赶到医院。

到了医院她直奔住院部十层二区，隐隐还抱着一丝幻想。二区依然安静得好像另外一个世界，她匆匆推开八号病房的房门："许大小姐，醒了……没？"

病房里空荡荡的，没有监测仪器，也没有点滴架，加宽的特护病床上整齐的铺盖没有一丝皱褶。窗外阳光明媚，带着秋日特有的凉爽洒进来，洒在雪白干净的床单上，给床单染了一层薄薄的金。

"祁恬？"身后传来疑问，"你怎么在这儿？"

祁恬木愣愣地回头，眯着眼睛看了半天才认出来是之前住院时同时照顾自己和许姝雯的护士长。护士长姓陈，比她们大了十来岁，正皱眉看着她。

"陈姐……"祁恬涩声喊了人，却不知接下来该说什么。

陈护士长知道眼前这个姑娘几个月前住在七号病房，和八号病房的许姝雯玩得好，如今两人的境遇天差地别，实在让人唏嘘。

她叹了口气："接到通知你做手术的电话了吧？赶紧去吧，手术室在九层，捐赠者的眼角膜前天就准备好了。"。

祁恬原本还被一丝奢望吊着悬在胸腔的心，顿时咣当一声砸进了胃里，仿佛千钧重的磐石砸穿脾肾肝肠，疼得她忍不住弓起身子。

"我……"祁恬觉得头晕，嘴巴翕动，甚至不知道自己在说什么，"许姝雯……是她把眼角膜……"

陈护士长看着祁恬，眼底压了点怜悯："抱歉，捐赠者的个人情况是保密的，我不能告诉你。"她在医院很久了，见过太多祁恬这种时不我待的遗憾，摇了摇头，"快去做手术吧，现在是十一假期，医院为了这场手术专门排了班。你的谢意我会转达给眼库工作人员的。”

“陈姐！”祁恬见她转身要走，终于清醒过来，抬手抓住护士长的衣角，见她扭头又匆匆松开，“她……许姝雯有没有什么话留给我？”

祁恬问这句话时没抱什么希望，毕竟自己不是许姝雯的什么人，她去世后亲人应该将她所有东西都收拾过了，这句话多半是白问，但祁恬还是怀了点不切实际的幻想。

陈护士长却没有摇头，相反，她的脸色有点奇异：“说实话，我也不知道那是不是留给你的。”

祁恬呼吸一停，心脏却飞快地搏动着，紧盯着视野里陈护士长模糊的脸。

“是收拾病房时看见的，扔在地上。”如果扔在纸篓里，早被当成医疗废品处理干净了。

陈护士长也不知自己当时是怎么想的，鬼使神差地捡起那张揉成一团的废纸，打开看过后又妥帖收好，一直等到祁恬来。

将那张皱巴巴的纸递过去之后，陈护士长收回手：“你自己看吧！”

祁恬接过来，靠着墙拆了两次才将纸打开。

她将纸举到眼前，鼻尖几乎蹭到纸面上，看了片刻后突然抬头轻笑道：“陈姐，她到底写了什么？我看不清。”

陈护士长看着年轻女孩眼中缓缓升起的雾气，叹了口气，走过去将纸拿走叠好，塞进衣兜：“我也不知道她写的什么意思，我先帮你收着，你做完手术再看。术前不能哭，否则会影响手术效果。”

陈护士长带着祁恬向九层走去，刚出电梯就听到一阵急促尖厉的质问，声嘶力竭，怒不可遏。

“就算逝者可以在生前自行签订捐赠意向书，你们医院难道没有义务通知一下逝者的亲属吗？我们是逝者的父母，前天来办理死亡证明时都没人跟我打个招呼，今天要不是来结账，想着火化前再看一眼，我都不知道我女儿的眼球已经被你们挖出来了！”

“叶女士，我们并没有摘除令爱的眼球，只是将眼角膜取走……”

“哦，那你是在告诉我，躺在太平间冷冻柜里，眼眶凹下去的那个女孩，其实不是我的女儿?！”

“不……”

“我说你们怎么这么客气，还主动帮我联系火葬场，是想烧成灰一了百了是吧？我告诉你，眼角膜也是我女儿身体的一部分，就算烧我也要一起烧！”

“叶女士，我们能理解您的心情。但令爱生前签署过眼角膜捐赠意向书，是自愿的。我们非常感激她——”

“那难道不需要家属同意捐赠吗?！”

凄厉的喊声响彻笔直的楼道，走廊两边的房间都静悄悄的，只有被她堵住门的办公室开着门，一束白亮的阳光穿过室内投到走廊的地面上。

祁恬站住了。她模糊的视野里看到两个黑色的人形色块和一个白色色块对峙着，其中一个黑色色块向前逼近一步，被另一个更高的黑色色块拉住了。她听出那个凄厉的女声属于许姝雯的母亲叶素娟，下意识地向后退了一步。

“不要拉我！”

“素娟……别喊了。”劝她的是个男人，声音低哑疲倦，“这是雯雯生前的心愿，你理解下吧！”

“我为什么要理解？她跟我商量过吗？她凭什么不经父母同意就自作主张?!”

“她肯定是被人骗了，她就是心软，一点记性不长，小时候被人骗，长大了还被人骗！”

“我倒要看看是谁这么不要脸，连个病重的孩子都骗，死了还不让她留个全尸！”

祁恬躲在陈护士长身后，忍不住瑟缩了下，她很想转身离开，却被陈护士长拉住了。

“陈姐？”祁恬带着疑问。

“别耽误时间，加班给你做手术的医生已经到了。”陈护士长低声说着，拉着她向前走了几步。

被叶素娟拦在门口进退两难的医生看到她们，顿时松了口气：“小陈，八号病房一直是你负责的，快来解释下，真不是我们哄骗她签的，是病人自己要求的。”

叶素娟认出陈护士长，向她走来：“护士长，我认得你，你一直帮忙照顾姝雯，她到底是什么时候签的捐赠意向书——祁恬？”

祁恬苦笑着，从陈护士长身后站出来：“叶阿姨。”

叶素娟不想迁怒无关人员，镇定了下情绪问：“你又来复查？你的眼睛好点儿没……等下——”她突然意识到什么，“这层都是手术室！你来这里——是你要接受移植?!”

她彻底愤怒了：“祁恬，你有没有良心?!姝雯对你不好吗？她病得那么厉害还强撑着身体开导你，你就是这么回报她的？你骗她，让她死了还要把眼角膜捐给你！”

叶素娟伸手，修剪得十分精致的指甲几乎要戳进祁恬的眼睛：“你怎么敢!?你爸出轨，你骗人，你们不愧是一家人！你跟你爸一样，都是人渣！”

祁恬的呼吸猛地停住了。

“素娟！”另外一个黑色色块赶过来，将她拦住，“别这样，太难看了！”

“难看？许静思，你看清楚了，难看的是你那躺在太平间里的闺女！”叶素娟丝毫不给丈夫面子，回身扇了他一巴掌，“都是你惯的！要不是你老纵容她，她敢这么做吗？她考虑过我们的心情吗？她把我们当父母吗？”

许静思被掌掴也没发脾气，嘴角翕动了几下，神情间流露出些许迟疑。

这几秒的迟疑引起了叶素娟的怀疑，她盯着他："你有事瞒着我？"叶素娟声音拔高，"许静思，你有事瞒着我！你——"她顿了下，忽然意识到什么，向前迈了一步，猛地撞进许静思的怀里，声音压低，愤怒低嘶，"你早就知道雯雯要捐眼角膜是不是？你签过字了是不是？"

许静思不吭声，显然是默认了，叶素娟像头愤怒的母狮一样，一把将他推出去好几步："好啊，你也瞒着我，这种事……这种事你居然都瞒着我，你……你怎么不跟着她一起去死?!"

叶素娟的怒喊破了尾音，带着阵阵哽咽，她将所有能忍的、不能忍的悲愤都毫无保留地倾泻给了自己的丈夫，仿佛只有这样做，才能挺过这剜心挖骨的丧女之痛。

眼角膜移植手术恢复期为一个月。一个月后，祁恬毕恭毕敬地听完医嘱，出门右转，冲进护士站，向陈护士长要来了那张皱得跟腌菜一样的纸。

纸是从医院病历本上撕下来的，巴掌大小，上面就两行字，字迹斗大，像不会写字的人抓着笔在纸上瞎画的，笔画断断续续、东倒西歪，分不清横竖撇捺。

祁恬刚恢复的视力找不到焦点，用了一些时间才认出那些字：

你喊我一声姐，眼睛给你也不算亏。记得答应我的事，替我好好看看他。

那个"他"字的最后一笔拖得格外长，一直画到了纸外，就像行将就木又不甘闭眼的人临终前呼出的那口气。

即使到了最后，这个矫情又挑剔的女人，心心念念的依然是那个男人。

祁恬被气得心口疼，她哆嗦着深呼吸，转身如同还瞎着，跌跌撞撞地摸到护士站的转椅坐下，一抬眼见陈护士长杵在旁边，又站了起来。

"陈姐，您看这……怪不好意思的。"祁恬有点喘不上气，她伸手去拉领口，才发现手里还攥着纸。低头又试了几次，她将纸按照印子折好，再抬头笑得格外客气："她去世前，没少给你们添麻烦吧？"

"都是我们应该做的，算不上麻烦。"陈护士长伸手指了下，"是写给你的？"

"是。"

陈护士长就不再问了。她与祁恬不同，在住院部见多了老、病、死，没有太多好奇心，也很难生出许多伤怀感叹。要不是祁恬和许姝雯两人的相处模式在住院二部算得上一朵奇葩，她对两个小年轻也留不下太深印象。

"许小姐非常配合治疗，最后走时也没受太大的罪。"陈护士长想了想，还是对祁恬交代了下，算是不咸不淡的安慰。

那姑娘是个能忍的人，即使最后疼到整宿睡不着觉，她也只是瞒着家人，求护士按照临终关怀的标准，给她注射吗啡。

祁恬翘长的睫毛垂下，也不知听进去没有。她点点头将纸揣进了兜里："陈姐，这信……"

"只有我看了，你们也真是的，住个院而已，还认上姐妹了。"陈护士长懒得管这些不相关的事，信送到了，这件事在她这儿就算了结了，"你也别太难过，逝者已矣，自己注意身体，节哀。"

"谢谢陈姐。"祁恬抬手揉了下眼睛，"可不是吗？住个院而已，居然被强按着头认了个异父异母的姐。"

陈护士长看出祁恬情绪不好，但病患间的事不是她们医护能多嘴的，因此只交代道："信已经给你了，赶紧走吧！记得定期来复查眼睛，你能有再次看清东西的机会不容易，别浪费了她的心意。"

祁恬怔了怔，突然意识到许姝雯是真的不在了。一个多月前她还瞪着瞎眼埋汰许姝雯，现在却揣着她的遗言，满心凄凉。

"你没事吧？"陈护士长皱眉，"眼睛不舒服？脸色怎么突然这么难看？"

祁恬回过神："没事。"她摇头，将手揣进兜里，手指一下一下掐着信纸的边角，"没事，我就是有点儿……难受。"

曾经在某个两人嬉笑怒骂的瞬间，祁恬觉得二人的命运是相通的。但实际上，生命是各自的，不幸是各自的，生是各自的，死也是各自的。

一条藤蔓断了，剩下的那条藤蔓还要继续往上攀爬，载着断掉的藤蔓的执念，不能回头地向上攀爬。虽然每个向上攀爬的日子都让她觉得疲惫，但有的人已经连抱怨疲惫的权利都没有了。

陈护士长转身离开，初冬暖阳洒进护士站，光线并不刺眼，却晃得祁恬眼中瞬间全是泪水。

第二章

他想得太美了

B 市的冬季干冷多云，下午三四点的时候天色已经暗下来了。街上的行人神色轻松，手里都拎着年货往家赶。街面上张灯结彩，各色灯串缠满树枝和路灯，超市门口的醒目位置贴满写着打折促销的海报。

祁恬双手揣在羽绒服里，看着郭小圆像条入海的鱼，推着购物车欢快地滑行在货架间。

“瓜子花生买点儿吧？晚上去你家看春晚得嗑点儿。”

“水果来点儿？瓜子吃多了上火，买沃柑吧，放得住。”

“你家年夜饭准备做什么？横菜备好了吧？要不要再买点儿蔬菜？吃太多肉容易上火——哎，生菜打折呢，来两把。现在有大棚就是好，不像以前，只有冬储大白菜吃。”

“雪里蕻要不要？拌上油跟肉末一炒，那香气……”郭小圆回头招呼祁恬，却见祁恬满脸无奈。

“买这么多，你吃？”

郭小圆嘟嘴，把雪里蕻放回去：“得，现在奔小康了，人民生活富裕了，你是看不上肉炒咸菜了。”她说着把购物车右转，推进零食区，“糖得买点儿吧？甜甜嘴——哎，大白兔买一送一呢！还送春联！”

郭小圆拎起一条烫金红纸，在胸前拉开一展：“财到福到！怎么样？”她笑得脸圆圆的，被红彤彤的纸映衬得像个喜气的年画娃娃。

祁恬深吸口气，伸手把红纸抢过来扔回打折区：“瓜子花生，酒水饮料，还有这些糖，你家便利店都有吧？你哥那个干果铺子也能买，干吗非要来超市？肥水不流外人田，懂不懂？”

郭小圆连连摇头：“那不一样，我跟你说……”她压低声音，凑近祁恬，“我家那便利店，就从来没有大白兔，只有‘大白免’。”

祁恬额角一跳：“……那我之前买的趣多多？”

郭小圆干咳：“那是‘趣夕夕’。”

“我说你们家……”祁恬攥紧购物车的车把，不让郭小圆走了，“我之前在你家便利店里可买过不少东西，那会儿你怎么不说？”

“哎呀，”郭小圆自知理亏，戳着脸干笑，“进货又不是我负责，我就是看店嘛。不过你放心，质量肯定没问题，就是包装跟大品牌学习了下，拿你们的话说，蹭点儿流量。小本生意，多理解啊。”

祁恬气笑了：“那怎么这次良心发现了？”

“这新年新气象，我不能像蒙你一样蒙叔叔阿姨呀，老人得吃点正经的吧？你看我多贴心。”

祁恬松开手，有点儿意兴阑珊：“算了吧，我爸都不一定回来。”

郭小圆打量着她的神情：“叔叔春节还不回家？那说不过去了啊。”

祁恬笑了一下，没说话。

郭大壮和郭小圆兄妹俩是祁恬去年大四做毕业设计时认识的，祁恬大学读的法律专业，毕业论文的题目是导师指定的，选题涉及百姓法律援助。她为了找切入点，开车在城里和城郊各个老旧居民区转悠，在马连道北街遇到了家里开干果铺和便利店的郭大壮和郭小圆。

郭大壮和郭小圆都带着老城区人民特有的自来熟和好张罗的性格，见谁都掏心窝子地以诚相待，祁恬用了很长时间才适应他们的热情与真诚。她觉得郭家父母特别会起名，兄妹俩人如其名，一个壮实，一个软圆。

“哎，说话啊。不会今天真就你跟你妈过吧？那也太凄凉了，要不来我们家一起吧?！我家今天吃涮肉，铜锅的，来吧，加两副筷子的事。”

“再说吧。”祁恬推着购物车走向收银台，“我也是瞎猜。说不定等下我到家他已经回来了呢。”

“那敢情好，等下我送你回去，我开了我哥的金杯车，你再多买点儿东西。”

“行啊，那我就不客气了。”祁恬在收银台附近的货架上挑挑拣拣，“等会儿你把我送到家，我给你封个红包，当压岁钱。”

“什么压岁钱?！咱俩差不多大，你别跟我这儿充大辈儿！”郭小圆快跑两步越过祁恬，倒退着冲她做鬼脸，“你那点儿红包还是自己留着吧，多买猪肝吃，眼睛刚好利索点儿——”

“小心！”

祁恬扬声提醒，然而已经来不及了。郭小圆倒退着，撞到了排队等待收银的人，那人手里提着的两份过年大礼包被撞落。

“对不起！对不起！”郭小圆回过身，来不及看清撞到的是男是女，连连道歉。

祁恬推着车紧走几步，忽然觉得被撞到的那人背影有些眼熟：齐肩短发，在发尾稍微烫了点卷，身形瘦高，穿着深蓝色的长款羽绒服，卡其色的羊绒围巾露在领子边。那人转过来的左脸瘦削，颧骨略高。

“别嚷嚷了，吵得很。”那人开口了，沙哑的声音透着厌烦疲惫，底色是拒人于千里之外的冷淡。

“哎，是。”郭小圆声音弱下去，从地上捡起那两份大礼包，小心翼翼地递给她，“阿姨，对不起啊，掉地上了有点儿脏，我给您换两份去？”

“不用。”女人接过大礼包，看都没看一眼，显然是不在意到底摔坏没有。

祁恬仔细打量着女人的侧脸，忽然有些迟疑地开口：“叶阿姨？”

女人这次回头的幅度大了些，整张脸露了出来。祁恬一下确定了：“叶阿姨，我是祁恬，那个……好几个月没见了，过年好。”

“祁恬？”这个名字对叶素娟来说并不让人愉快，她瘦得几乎脱形的脸绷得更紧了，法令纹加深，修得精致的眉毛向眉心聚拢。

叶素娟转过身，上下打量了祁恬好几眼，把祁恬看得低下头去才冷笑一声说：“可以啊，重见光明了，看得见人了，就迫不及待地出门嘚瑟了是吧？”

“不是。过年了，朋友拉我出来买点儿年货，正好遇见您了，那个……您看您初几有时间，我请您和叔叔吃个饭？”

郭小圆认识祁恬大半年了，从没见过她这么低声下气地同人说话，不由睁大了眼睛。

叶素娟却毫不买账：“可不敢。你们家的人一肚子坏心眼，无利不起早。雯雯没跟你吃过饭都被你坑得死无全尸，我们要是吃了你的饭，还不知道你会怎么算计我们。”

祁恬的笑容僵了下，郭小圆不乐意了：“阿姨，大过年的，说话别这么夹枪带棒的行不行？老话儿都说伸手不打笑脸人，您怎么不按规矩来呢。恬恬哪儿得罪您了？”

“祁恬，可以啊。”叶素娟打量着郭小圆，“手术做完刚三个多月吧？这么快就蛊惑到另外一个替你说话的了。”

祁恬嘴角一动，刚想说话，被叶素娟打断了：“得，大过年的，咱也别聊了。麻烦你啊——”她举起大礼包抵在祁恬胸前，神情冰冷，“离我远点儿。看见你我就犯恶心！”

“哎，阿姨，您别仗着自己岁数大——”

“行，您消消气，节后我再联系您。”祁恬拉住郭小圆，让她别说了，“我们先走了，阿姨再见。”

郭小圆被祁恬强拉着离开人工收银台，往自助收银台走去。

“不是，恬恬，什么意思呀？”郭小圆脸都涨红了，像只气炸的粉色河豚，“她那么说你都忍了？这可不像我认识的祁恬哪！”

“还你认识的祁恬。”祁恬一边拿着商品一件件地扫码，一边看了她一眼，“你认识的祁恬什么样？”

“那必须是以眼还眼、以牙还牙，绝不吃亏啊！去年十一月初，你眼睛刚拆线就敢拿铁夹子烫来我店里找碴儿的混混，今天怎么了？”郭小圆越想越不对劲，“你欠她钱还是欠她情啊？”

自助收银机上显示出总金额，祁恬拿手机扫码支付了，拎起两个购物袋：“我做手术移植的是她女儿的眼角膜。”

郭小圆嘴巴一下闭上了，轻扇了自己一巴掌：“我这有话憋不住的臭毛病！恬恬，我给你惹麻烦了？”

“没有，她本来就不待见我，不差这一次。”祁恬抬抬下巴，“还有一袋，你拎着。”

金杯车驶上大马路，郭小圆安静地开了会儿车，还是憋不住：“恬恬，去年那会儿到底怎么回事？你怎么就突然出车祸，还把眼睛搞坏了？刚才那阿姨到底怎么回事啊？她女儿的眼角膜又是什么情况？你跟我说说呗！”

祁恬撑着头看着窗外，天渐渐黑了，她点亮手机屏幕看了眼，没有新的信息，将手机锁屏，往后一靠。

“行，我跟你说，但你别再跟你哥学舌去啊。他问我好几次，我都没理他。”

“得嘞。”

祁恬闭了闭眼：“我是去年六月三号出的车祸对吧？”

“对，那天你开车去郊区，回来的路上出事的，为这事你毕业都延迟了。”郭小圆拐了个弯，“这个月才补了答辩，刚拿到毕业证书。你开车挺谨慎的啊，怎么出事了？”

“我在回城的路上接到我妈的电话，说我爸在外面养的小三怀孕了。”祁恬双眼直视着前方，“怀了不到两个月，抽血检查后说是个男孩，我爸就提出离婚。”

那时祁恬正开车在城郊的土路上艰难前行，计划趁夜回城，第二天交出毕业论文。她在路上接到电话，从母亲混乱的哭诉中得知，父亲在外面养的小三仗着肚子大了要正式进门，她那一向能忍、一直做家庭妇女的母亲第一次没有顺从父亲的意思，哀戚无助地给她打电话哭诉。

祁恬开着车，把手机设了外放，母亲祥林嫂般絮絮叨叨的哭喊在车内盘旋，像环绕的立体声般惹人心烦。祁恬听了半天都没听明白母亲想让自己做什么，仿佛打电话来只是为了发泄崩溃的情绪。祁恬压着烦躁，一点一点劝她冷静，安慰到一半，土路旁突然冲出个孩子，祁恬来不及踩刹车，情急之下猛打方向盘，车翻出路肩撞上了一棵老树。

“不到俩月，那就是去年四月份怀的……”郭小圆握住方向盘的手指轮流翘了一遍，“我去，这马上就要生了吧?!”

“是啊，也就这月底或下月初的事了。”祁恬讽刺地笑笑，“我出车祸后他们好像不怎么提离婚的事了。我眼角膜受损，视力越来越差，在医院住了三个月后出院，九月底你哥带我回医院复查，住我隔壁病房的病友，求我帮她办件事。”

祁恬顿了顿，三言两语就把许姝雯的请托和眼角膜移植的事说了。

“我十月三号做的手术，术后恢复用了一个月，十一月初才看到许姝雯留给我的遗言。之后开始准备补毕业答辩。我打算过完年就去找许姝雯那位活不见人死不见尸的男朋友，之后可能还有麻烦叶阿姨的地方，所以下次你再碰见她，对人家客气点儿。”

“行！下次再遇见她，我先负荆请罪。”郭小圆没好气地说，“你说这男的怎么一个两个的都这么不靠谱。你就说你爸，闺女既漂亮又聪明，他不稀罕吗？非瞎折腾，一家人开开心心过日子多好。”

“他啊，不生个‘带把儿的’出来，就觉得老祁家绝后了。”祁恬叹了口气，看向窗外，“慢点儿开，快到了。”

“希望这次的保安别再看到金杯车就不让进了。”郭小圆说着，将车一个猛子扎到小区大门前。

祁恬家住在四环边的翡丽名苑，小区内人车分流，绿草如茵，环境闹中取静。大门口的保安怀疑地打量了郭小圆的金杯车半晌，还是抬杆把人和车放进去了。在车库停了车，两人拎着东西上楼。院内行人稀少，整洁精美的建筑群在火红喜庆的灯笼和挂饰的映衬下显得沉默萧瑟。

“我说你住的这地方，真是没什么人气儿。”郭小圆拎着东西跟在祁恬身后进了电梯，“等下你爸要真不回家，今儿晚上你就带着阿姨来我们家过年吧。热闹热闹，阿姨心情也能好点儿。”

祁恬看着层层升高的电梯，随意地应了一声。

“我是认真的，我家虽然没你们这儿齐整，但我们那是二环边，老居民区，乱归乱，但人气儿足啊。街坊邻里的，平时甭管怎么不对付，年三十儿晚上也能挨家挨户串着喝酒吃饭，那才叫热闹！”

“那是够热闹的。”到了家门口，祁恬掏钥匙开门，“再说吧，我得问问我妈。”

门推开了，客、餐、厨一体的长条形大厅冷清安静，大厅中部摆着岛台，台面空荡荡的，好像样板间一样。

“妈，我回来了。”祁恬低头换鞋，找出双一次性拖鞋递给郭小圆，“我买菜了，小圆也来了……”

“阿姨好！给您拜年啦！”郭小圆亮着嗓门，欢快地喊了两句，空阔的客厅里几乎能听见回声，却不见有人迎出来。

祁恬皱了下眉。

这不对劲，她的母亲王美佳是个细致妥帖的人，家人回来时总要在门口迎接。自己出车祸后，王美佳把她盯得更紧，绝不会像现在这样一声不吭。

祁恬与郭小圆对视一眼。

“阿姨不在？还是睡着了？”郭小圆小声问。

祁恬摇了摇头，墙上的挂钟显示已经快六点了，往常这会儿王美佳都是坐在餐桌旁等着祁恬一起吃晚饭。

她把手里拎着的购物袋放下，将房间的灯全打开，示意郭小圆等一下。

祁恬快步走向岛台另一侧，确认没人后，转向书房："妈……妈?!"

祁恬的声音猛地扬高了，等在门廊的郭小圆吓了一跳，跟着冲进书房。王美佳侧歪在书房的座椅上，头低垂着，一动不动。脸被头发遮住了，右手垂落，顺着指尖看去，地上洒了数十颗小圆药片。实木大班台上倒着几个药瓶，还放着一个喝得见底的水杯和几张散乱的纸。

"恬恬，阿姨有什么既往病史吗？"郭小圆扫了眼现场，赶忙掏出手机拨打了急救电话，在等电话的间隙匆匆问着，"心脏病？急性胃炎？脑梗？哮喘？不不，不是哮喘……那个，是不是得先急救？"

郭小圆还要再问，电话接通了。

"哎，喂，您好。这里是翡丽名苑小区甲四楼，407……三单元，对，三单元。"郭小圆定了定神，"需要救护车。对，有人晕倒了……女的，四十多岁……她叫……什么病……"郭小圆语塞，敲着桌子给祁恬使眼色。

祁恬试了试王美佳的呼吸，很缓慢，又伸手摸了下她脖颈处的皮肤，一片湿冷。她接过电话，拿起桌上的药瓶和几张纸看了几眼。

听筒里，接线员正在按步骤进行询问："请提供病人的姓名。"

"王美佳。"

"请问病人是晕倒了吗？体温正常吗？皮肤是否有汗？我们正在调度救护车前往现场……"

"病人吞食了大量安眠药，需要洗胃。她现在体温低，皮肤有汗。我是病人的女儿。是——好的，我会先给她催吐——好的，谢谢，麻烦你们了。"

祁恬将电话挂断，迎上郭小圆震惊的目光。

"阿姨吃这么多安眠药……是要自杀？"

祁恬冷淡地把手机塞回郭小圆的口袋里："应该是。"

"阿姨……为什么？"郭小圆一时不知道该怎么组织语言，"大过节的，何苦……"

"我爸要离婚，离婚协议书都拿来了，逼着她签了字，喏。"祁恬把桌上的几张纸调了个方向，"签完字我爸走了，她又想不开了，吞了两瓶多安眠药。"

祁恬蹲下身，将王美佳坐着的办公椅放倒，把人摆正后将她翻身侧躺，指挥郭小圆："等会儿再震惊，倒杯温水过来，再给我拿根筷子。"

急救车呼啸而来时，祁恬已经给王美佳做了初步催吐。但到底岁数大了，王美佳连续出现低温、四肢抽搐等症状，送到急诊室后，医生给上了呼吸机，要求留观三天。

因为正值除夕，急诊室没有几个医生和护士，祁恬觉得不好意思，花钱在旁边的酒店点了一桌菜，让送到医院来，就当医护一起过年了。

做完这些，已经快晚上九点了，祁恬谢过医生，看到走廊上靠墙站着的郭小圆。

“你赶紧回家吧，帮我给你爸妈带个好。今天谢谢了。”说着祁恬把自己的家门钥匙递给她，“明天还得麻烦你，抽空去趟我家，拿套换洗衣服给我。今儿买的东西你都拎走吧，这春节我得在医院过了，别糟蹋了那堆年货。”

“行，我明天再过来。那个……阿姨没事了吧？”

“暂时脱离危险了，还得再观察一晚上。”

“那就好。虽然大年夜赶上这种事……你就当先苦后甜吧，过了这个坎儿日子就好过了，啊？”

“但愿吧。”祁恬没什么笑意地扯了下唇角，疲惫地叹了口气，“反正也不会更糟了。”

郭小圆陪她站了会儿，忽然问：“那你爸妈……就这么着了？”

祁恬掏出离婚协议书递给郭小圆：“两人字儿都签了，还能怎么着？”她的神情有些麻木，这一下午加一晚上的经历跟拍电视剧似的，接二连三的小高潮，她连喘口气的时间都没有。其实她就是出门买了点儿东西，一回来，家居然散了。

她爸祁连山虽然不是什么称职的丈夫和父亲，但人在，她至少还能说自己父母双全。

“等我爸走了才自杀……连死的勇气都有，怎么就没勇气当面拒绝他？我是真想不明白。”祁恬摇摇头，把离婚协议书折了几下，塞回口袋。

“那……你打算怎么办？就这样了？你跟谁？”

“我已经成年了，不涉及抚养费什么的。我可以自由选择跟着母亲或者父亲生活，也可以自己单独住。”祁恬回头看了眼病房，“我妈现在这样，我先照顾她吧！”

“住院费够吗？”

“钱不用担心。协议里的财产分割还挺公平的，房子、车都留给我妈了，钱也没少分给我妈。我爸做事，面子上永远都过得去，让人说不出什么来。”

祁恬冷笑一声，声音忽然压低，轻细冰冷：“但是，这次他真的做得太过分了：出轨、私生子、逼得我妈自杀。他以为只要钱给到位了，我就会像以前一样，为了维护家里虚假的和谐，装聋作哑。”

“他想得太美了。”祁恬眯起眼，压抑了一晚上的怒火终于烧穿她那强撑的冷静，怒意顺着喉管往上冒，从嗓子眼喷出来，话音都透着阴狠，“我是他教出来的。我吃了这么大的亏，他凭什么以为自己能潇洒地全身而退？”

祁恬长相艳丽，即使放着狠话，也很容易让人对她的狠掉以轻心。但郭小圆却知道祁恬性格中有相当激进的部分，她忍不住抖了下，想起另一件事：“那许姝雯拜托你的事呢？还有那个叶阿姨，这么多事赶一块儿了，你忙得过来吗？”

祁恬顿了下，屈指顶住脑门，垂头静了几秒，再抬头时愤怒已经被很好地收敛了：“看来得让姝雯姐再等一段时间了。”

在客、餐、厨一体的长条形空间里，贴北面的墙边摆了张“一”字形高几，中间的餐区立着岛台，桐木制的餐桌从岛台中央延伸出来，与高几间隔了一米见方的空间，空间正上方，细长的灯带亮着，照亮了下方对着高几虔诚跪拜的女人。

女人背对落地窗，双手合十，低眉顺目，嘴唇无声地翕张，花白的头发在脑后挽成乱糟糟的髻。高几上摆着两支仿真香烛，焰心是LED灯做的，一闪一闪地亮着红光，蜡烛间放了香炉，香炉后面挂着一幅观音送子图，图上观音怀抱婴儿，面目慈和。

两个银色绒面沙发一正一侧地摆在落地窗旁，祁恬支着胳膊半卧在上面，面无表情地隔着半个客厅打量那女人的背影。即使背对着，她也知道女人合十的双掌间还夹着三支仿真香，香头也是LED灯做的，细小的光常亮，据说可以亮满两万个小时。

两万小时的时长足够这位母亲向送子观音表达虔诚和祈求，但祁恬的父亲见不得这些，见一次骂一次。所以以前只要父亲回家，母亲就会小心翼翼地将这堆东西藏进柜子深处。最近这些东西摆在外头挺长时间了，因为春节前签了离婚协议后，父亲就再也没回来过。

轻眨下眼，祁恬收回视线望向窗外。蜡烛头上红灯刺目，盯的时间长了，眼睛很不舒服。

窗外天光大亮，她这位不争气的妈已经跪了快俩小时，不知道待会儿还站不站得起来。已经进了正月，压在柿子树树梢的雪都融得差不多了，零星几颗亮橘色的冻柿子挺过了严寒，还顽强地挂在枝头，不知从哪里飞来一只喜鹊，正围着冻柿子啄。喜鹊的吃相实在不太好看，一颗冻柿子上啄两口，再蹦到另一颗冻柿子旁戳几下，然后扇扇翅膀，再换一颗……像极了她那喜新厌旧的爹。

祁恬挑了下眉，轻叹一声，将视线转开了。她漫无目的地在客厅里扫视了一圈，目光最终落在了墙边挂着的日历上。王美佳是三天前出院的，她在医院整整住了五天，病情反反复复的，把医生和护士都折腾得够呛。

今天正月初八了，各单位该上班的都上班了。祁恬盯着二月四日这个日子看了很久，这日子是祁连山养在外面的小三的预产期。

她从出车祸住院至今，见祁连山的次数掰手指就能数出来，最近一次见面是在除夕前一周。母亲小心翼翼地打电话问祁连山春节回不回来，却不知哪句话惹到了他。腊月二十三祁连山回了趟家，进门就同王美佳摊牌，嫌她生不出儿子，不能给祁家传宗接代，说来说去就是要王美佳认下小三生的孩子。王美佳不愿意，同祁连山理论，说这么多年来她为这个家的付出。祁连山却连听也懒得听，几巴掌扇到王美佳的脸上，头也不回地走了。祁恬在一旁冷眼看着父亲的绝情和母亲的崩溃，一句话都不想说。

扔在身前的手机忽然震了下，祁恬就着半躺的姿势低头，亮起的手机屏幕直接识别了她的脸，进入息屏前的微信聊天界面，是郭小圆给她发了张图。

点开图，祁恬看到一个跟她差不多大的女孩正踩着细高跟从一辆黑色轿车的副驾驶室迈出来。女孩弯眉杏目，琼鼻翘唇，卷曲的长发散落在肩颈，双手小心翼翼地护在身前，托住一个巨大的肚子。

郭小圆的评论追着照片噼里啪啦地发过来：

这姑娘长得真好看，鲜花插牛粪哪！

祁恬目光微动，纤长的手指在屏幕上滑动着，撺了回去：

骂谁牛粪呢?

郭小圆毫不心虚：

骂你爸牛粪呢，不乐意?瞅瞅这姑娘的岁数，你爸也真下得去嘴！

祁恬唇边浮出点儿冷冷的笑。怎么下不去嘴？“渣爹”的喜好几十年如一日，只爱肤白貌美、胸大腿长的水灵姑娘。

祁恬翻身坐起来，一边回微信一边套了件高领毛衣：

不是让你帮我盯着他去没去单位吗?净扯些有的没的。

郭小圆迅速回了条十几秒的语音，声音又脆又亮：

这姑娘就是从你爸的奥迪车上下来的，刚到他单位楼下，后头还跟着辆BJ80，也不知道是不是一起的。我这隔着街也看不清——哎，仨人都进楼了，你赶紧过来吧！

祁恬放下手机，将茶几上放着的两颗白色药片就水吞了，穿好大衣往门口走，走到一半侧头看了眼跪在那里的女人，还是过去将人半搀半抱地拉起来了。

“妈，你刚出院没几天，悠着点儿折腾。再跪你这腿就废了，歇会儿吧！”祁恬语气平平，把王美佳扶到餐桌旁坐下，强行抽走她手中的香，插回香炉里，“我出去一趟，中午不回来吃饭了。”

王美佳低垂的头微微抬起说了句话，声音轻微，祁恬过了半晌才明白她在说什么。

“晚上回来吃吗？”

“晚上也不一定。”祁恬看着母亲畏缩怯懦的样子，实在没什么心情陪她，“等下我给小时工打电话，让她来打扫卫生，给你做饭。”

王美佳零散的视线终于聚焦到祁恬脸上，看着她问：“干什么去？”

祁恬眉心微皱，还是说了实话：“刚才朋友看见我爸去单位了，我去找他聊聊。”

王美佳无神的眼中亮起微光，慢慢开口：“你去找你爸？那……你跟他好好说，别说我住院了。告诉他，我想通了，我愿意认下那个孩子，让他……”

王美佳在祁恬的注视下，吞回了最后半句话：让他撤回离婚协议书。

“我怎么会有这么蠢的妈？”祁恬木着脸，觉得这个世界荒谬极了。犯错的是父亲，却要母亲上赶着求复婚，甚至愿意为此去抚养一个跟她没有任何血缘关系的孩子。

王美佳现在的表现，比大半年前刚得知这个消息时还要没出息。祁恬车祸住院三个月，王美佳住院五天，这段时间以来祁连山的不闻不问和薄情寡义，已经足够让祁恬硬下心肠去做该做的事。

但她的母亲却还不如那时，事发时还知道嚷嚷几句决不原谅父亲，可现在，这个可怜的女人居然一边拜着送子观音，一边让自己去跟那男人说她想通了。

“重男轻女”四个字是刻进她骨子里了吗？祁恬静静地想，这都是些什么倒霉事儿？考虑过她为人女的感受吗？

她的母亲王美佳年轻时也是十里八村出了名的娇花一样的姑娘，相貌姣好，性格温柔，嫁给她父亲后柔雅又贤惠，全心全意扶持着他从一个农村的穷小子走到如今的地位。

祁连山做了国企科淮集团的中层管理者，说出去也没什么了不起的，却能让做全职太太的母亲在这个家里越发卑微。

祁恬的注视有点儿久，久到王美佳的眼圈渐渐红了，她感到揣在大衣兜里的手机又震了下。

慢慢弯下腰，祁恬拿出最大的耐心哄她：“好，我去跟他好好说，想办法说服他回心转意。你呢，就别瞎想了，也别再做傻事，记得按时吃饭。”

说完她伸出手，在半空中停顿片刻，慢慢落到母亲肩上，轻拍了两下，转身离开了。直到走出小区门口，祁恬才想起掏出手机看一眼，郭小圆又发来一条消息：

记得吃完药再出门啊，外头有点儿冷，要不让我哥去接你？

祁恬没什么表情的脸上露出了笑容，刚在对话框里打了个“好”字，忽然想起有个人曾经嘲讽自己，说怎么能用郭大壮用得那么心安理得。白皙的指尖在发送键上停了片刻，祁恬还是把那个“好”字删了，重新打了句话：

不用，我已经上车了。

发完后她将手机退回主页，看了眼屏幕上显示的日期和时间：2 月 1 日，9∶28。

科淮集团楼下，郭小圆在地面停车场的阴影处冲祁恬频频挥手，等祁恬走到近前，她指着前方两辆黑色汽车邀功：“还在楼里呢，俩车停一块儿了。”

“谢了，你赶紧回去吧，回头你哥找不到你又要着急。”祁恬说着，抬头望了眼高耸的大厦，二十三层的高楼，楼的外立面，“科淮集团”四个大字竖着排列下来。

“没事，他等下就开车过来。”郭小圆把祁恬的大衣拉开，掏出一个甜甜圈形状的胸针在她毛衣上比画着，“别哪儿，左边还是右边？”

祁恬低头看了眼，有些嫌弃：“怎么是粉色的？还这么大个儿！”

“你既要广角，又要镜头分辨率高，还得保证无线传输稳定、待机时间长，你怎么不自己做一个呢？”郭小圆白了她一眼，“这个摄像头本身是一元硬币大小，过节期间我能买到跟它匹配的胸针就不错了，你还挑！”

祁恬接过胸针捏了捏：“行吧，多谢了。”

郭小圆将甜甜圈胸针别在祁恬衣服左边，又帮她把毛衣拉平，有点儿紧张地说：“这算偷拍了……不会被发现吧？”

“发现了也没事。”祁恬比她平静，“他要面子，不会闹大，顶多把我赶走，还能打死我？”

“可是你这么做……”郭小圆憋回后半句“有点儿缺德啊”，眼神里有些担忧。电视剧里儿子算计老子，都没祁恬做得这么绝。认识祁恬一年多了，郭小圆知道她不是个好脾气的人。心里有气时，当面说了反倒没事，越是这么一脸平静地憋着，越会做出点惊世骇俗的事来。

看着祁恬冷静的面色，她又想起去年十一月份，祁恬从医院复查回来，到自己家的便利店买水，正好赶上一个混混进店。那混混大白天喝得五迷三道的，酒劲上头就要对自己动手动脚。那时祁恬刚从货架上拿了瓶矿泉水，见形势不对，直接把不锈钢餐夹从咕嘟冒着气泡的关东煮锅里拎起来，横着按到了混混的后颈上。餐夹是郭小圆之前整理食材时忘了收的，煮了很久，滚烫。

混混和郭小圆齐声尖叫。混混是被烫的，郭小圆是被吓的。而心狠手更黑的祁恬却一脸淡笑，搓着被烫得通红的指尖，客客气气地对捂着后脖颈子要打人的混混轻声道：“咱们能出去打吗？店里有摄像头，打起来太拘束。就是街对面有个警察局，咱们在警察赶来之前打完行不？”

“行什么行?！谁太拘束？这小娘们儿哪儿来的底气？”

混混恐吓的话哽在脖子里，瞪着通红的醉眼半天没吭声，喉咙里呼哧呼哧的，像卡了口陈年老痰。

郭小圆至今还记得祁恬当时冰冷的眉眼和周身藏不住的戾气，她后来问祁恬为什么突然发难，祁恬轻描淡写地说：“那天心情不太好，而且我最烦欺负女人的废物。”

郭小圆觉得，祁恬今天的心情恐怕也不是很好。

“怎么了？”祁恬注意到郭小圆的欲言又止，“想说什么？”

“你这属于非法取证吧？”郭小圆指了指甜甜圈胸针，“我记得你跟我说过，这种证据法庭是不予采信的。”

“是啊。”祁恬笑笑，“我没打算跟他对簿公堂，只是想拿来做点儿别的。”

“那可是你爸……非得这么做？”祁恬的神情让郭小圆觉得难受，亲人一场，怎么也不该走到反目成仇的地步。但她又不知道该怎么劝，毕竟祁恬家的事……太难看了。

将大衣拉紧，祁恬沉默了片刻：“长痛不如短痛，这事本来不该我插手，但是……谁让我妈自杀了呢？”她冷笑了下，嘴里呼出白气，“而且，我也不想要个杂种弟弟。我妈认命了我也不能认，我太了解我爸了，与他作对，只要退一步，他就会逼着你把剩下的九十九步全部走完。”

敲骨吸髓，绝不心慈手软！

她父亲祁连山是什么人？四十多岁的年纪，从不名一文的农村小子到世界五百强企业的中层，他用了二十年。这二十年间，他走的哪一步没有算计？哪一步不是处心积虑？如果没有做好万全的准备，祁连山不会让王美佳知道小三怀孕的消息，不敢逼着王美佳认下那个孩子，甚至不认就直接离婚。

“如果不能一击必杀，就务必蛰伏不动。”这是祁连山教给她的。所以当王美佳醒来，哭着跟她说，祁连山拿着离婚协议书告诉她不认孩子就离婚时，祁恬就知道，祁连山已经图穷匕见了。

祁恬不觉得母亲的这段婚姻和祁太太的头衔有什么值得留恋的，但事已至此，她如果不咬下祁连山一块肉来，简直愧对他这么多年的言传身教。

出院后，她一直四处打听内情。科淮集团不是一块铁板，嘴碎的员工不少，茶余饭后的闲话足以帮她把小三的一切拼凑完整。她知道小三叫尤婧，是科淮集团去年三月招的管培生，岁数跟她一样大，进公司一个月后就被祁连山调到手下当助理，助着助着两人就住到了一起，开始了没羞没臊的“幸福生活”。

祁恬觉得这件事既然祁连山已经生米煮成熟饭，母亲就该快刀斩乱麻，最大化争取自己的利益，尽早脱身享受生活，何必整天哀哀戚戚求神拜佛。一步步地退让除了让祁连山更加得寸进尺，什么也换不回。在祁恬看来，男人变心就不会回头，“浪子回头金不换”都是笑话。

祁恬没有祁连山疼爱自己的记忆。十几岁前，她还很尊敬这位外形儒雅、风度怡然、待人接物从无错漏的父亲，哪怕她知道父亲重男轻女、并不喜欢自己，但慕强的心理还是让她小心揣摩着他的想法、做派，努力学习他的言谈举止。

可以说，祁恬的为人处世、思维逻辑，是跟在祁连山身后一点点学来的，同他如出一辙——为达目的不择手段。所以当她要在他背后捅刀子时，她有自信会让祁连山痛不欲生。

开弓没有回头箭，祁恬手里这张瞄准祁连山的弓已经拉得太久了，久到她都不知道即将射出的这支箭，力道会有多大，会伤及多少人。她今天来，只想让祁连山身败名裂、钱权两伤，赤条条地滚出她和母亲的世界。

她仓促地扯了下嘴角，如果弧度再大些，就是个微笑了。祁恬拍着郭小圆的肩，把这个脸圆圆的姑娘推出停车场：“别愣着了，赶紧走吧，等下帮我存好录下来的视频。”

“哎……”郭小圆拗不过她，只得千叮万嘱，“那你自己千万小心哪！”

第三章

我来跟您谈谈条件

将郭小圆赶走，祁恬表情冷淡了下来。她走到BJ80旁，看了眼并排停着的黑色奥迪，掏出口红，弯下腰对着BJ80的后视镜补妆。以前她从不上心化妆这种事，但跟许姝雯待了段时间，也只能捏着鼻子承认见人化妆是项礼仪。

将口红放回去时，祁恬的手指碰到一块冰凉的玉牌，玉牌表面干干净净的，是许姝雯留给她的金镶和田老玉无事牌。顿了顿，祁恬把手包拉好，举到唇边虚虚一亲："姐，保佑我马到成功。"

最后对着BJ80的后视镜看了一眼，祁恬将头发撩到脑后，确认胸针开始工作后，敞开大衣，往大厦走去，没注意到BJ80贴了防晒膜的车玻璃后，有个光头胖子坐在驾驶位，一直在饶有兴趣地打量她。

科淮集团是一家做房地产的国企，祁连山所在的工程部负责建筑招投标和采购，在成本管控和利润审计双重压力下，要想达到每年成本降低15%的要求，必须使用新型建材。

祁恬来之前已经打听清楚，BJ80的车主是一家民营的高新技术企业的老板，这家企业专门研发建材，近期刚研发出的新型建材质量好重量轻，很多建筑公司争着想要，科淮集团也不例外。今天祁连山千请万请，才将这位民营企业的老板请到科淮集团来商洽建材采购事宜。

工程部的人每天会经手大量资金，没有谁是一点灰色收入都没有的。祁恬知道祁连山的工资卡在母亲手里，那他哪儿来的钱养小三？

国企好啊，违规违纪的事不会没人管，违规了找上级单位，违纪了找纪委。祁连山偷吃又偷拿，她想看看他最后会沦落到什么下场。

走到大厦门口，隔着玻璃门祁恬看到两个人出了电梯正向外走，其中一人是祁连山，他正侧着身边走边同身旁一个比他高了半个头的男人说话。那男人看上去比祁连山年轻许多，但有种与众不同的沉稳气质，走路的姿态不急不缓，步伐很大，并不迁就祁连山的步速。

走得近了，祁恬看清了男人的长相，小麦色的皮肤，斜飞的剑眉，眼睛是眼尾微微下垂的无辜眼，眼神清澈，鼻梁挺直，嘴唇丰润，配上他刀削般的轮廓，英俊硬朗如混血儿的外表实在很引人注目。这个民企老板意外地年轻。

祁恬一边想着，一边右手极自然地将玻璃门拉开了，左手摘下墨镜，略一躬身："您慢走。"

那男人原本迈向旋转门的步子顿了下，视线掠过侧身站立的祁恬，向敞开的侧门走来："谢谢。"他仔细打量了祁恬几眼，回头问祁连山："这位不是贵公司的门童吧？"

祁恬站直了，不卑不亢地仰头冲他笑了下："做科淮集团的门童，我还不够资格。"

然后她转头，对着祁连山叫了声"爸"。

尚昀刀裁墨画似的眉眼微动，扭头打量着祁连山。

只见祁连山嘴角轻微向下一撇，随即露出如沐春风般的温柔笑意："恬恬，你怎么来了？"祁连山笑起来眉目舒朗，透着惊喜，他转向身边的男人："小尚总，给您介绍一下，这是我的女儿。"

尚昀挑眉，眼中染了几分不知真假的好奇，祁连山知道他好奇什么，就像他请尚昀来谈生意前会想方设法摸清尚昀的底一样，他知道尚昀也会调查他。而只要调查，就一定会知道尤婧的存在。更何况，刚才尤婧是挺着大肚子从自己车上下来的。但这种私事一向越描越黑，祁连山干脆当作没看出尚昀神色有异。

"令爱？"尚昀瞟了眼祁恬。

"让您见笑了。"祁恬的笑好像画在脸上，丝毫不动容，大大方方地迎着他的打量，只拿眼角勾了勾祁连山。

尚昀不置可否地弯了下眼："您二位挺有父女相的。"

听到他这么说，祁连山下意识地扭头，视线撞进祁恬与自己极其相似的桃花眼里，面色微不可见地沉了沉。

祁连山长得并不差，年近五十却依旧外形俊朗、风度翩翩，做了工程部经理后更添了种说一不二的气度，否则光凭有钱，不会让尤婧心甘情愿做小三。祁恬的外貌遗传自他，分开看并不觉得很像，但当两人站在一起时，血缘带来的相似真是摘也摘不清。

一股难以言喻的暗流在三人之间涌动着。

祁连山今天的商洽并不顺利，尚昀虽然年轻，嘴却比蚌壳还紧，对科淮集团开出的任何条件均答复得模棱两可，连采购的框架协议都没签下来。他原本还在琢磨如何在尚昀走之前再拉近下私人感情，现在却突然碰到了祁恬这个不速之客。

而尚昀此时显然将注意力转到了祁恬身上，他觉得这姑娘长得是真好，瘦竹一样的身姿清凛凛的，化了淡妆的瓜子脸迎着浅淡的日光，纤细柔软的半长黑直发垂在颊边，几缕空气刘海下是双迷人的桃花眼，睁大时水汪汪的，眯起来又像月牙一样下弯，瞳仁是深棕色的，透着股凉意。

此时，她被阳光映成琉璃色的眼眸里盛着浅浅的流光，容貌姝丽又干净，是一张很容易就让人卸下心防的面孔。

祁连山在一旁轻咳一声，温柔地问道："恬恬，好久没见你了，身体好些没？"

祁连山在外人面前展现的脉脉温情和关爱问候让祁恬觉得荒唐又讽刺，但她没看漏祁连山眼中的警告，想到自己来的目的，也不愿同他撕破脸，便笑嘻嘻地陪他演戏："好多啦，医生说我以后不用再去复查了。我刚从医院出来，顺路来看看您。"

祁连山微微点头，露出松了口气的神色："那就好，以后开车小心些，你妈就不应该给你买车，女孩子才毕业，开车太危险了。"

"您放心吧，我一时半会儿是不敢再开车了。"祁恬翘着唇角乖巧地应了声。祁连山但凡对她上心些，就会知道祁恬说的复查不是因为车祸，而是眼角膜移植手术，但这个男人恐怕连她做了眼角膜移植都不知道。

尚昀听着两人有来有往的应答，漠然低眉。他今天是不愿意来的，要不是祁连山连续半个月开车到公司堵他，态度诚恳，姿态摆得极低，他根本不会考虑与科淮集团合作。

作为供应商，尚昀当然希望公司的产品卖得越多越好，但他一直坚信商誉同人品挂钩。他调查过祁连山，知道这位祁经理艳福不浅，有个比他小二十多岁的女友临盆在即，马上要喜得贵子。尚昀得知这个消息时就觉得祁连山为老不尊。当今社会男多女少，如花似玉的大姑娘没点儿缘由，凭什么跟他这种快五十岁的人好？他没家没室？都要生了还不给人家个名分，只是女友？果不其然，这个二十多岁的女儿找来，怕是要上演一出"狗血"大戏。

收回视线，尚昀点点头不再寒暄，向停车场走去，步伐更快了。他不喜欢围观别人的家务事，也不喜欢祁恬找上门来的行径——家丑何必外扬？可惜了这姑娘长着一张聪明通透的脸。

祁连山跟在他身后，右臂微微一挡，将一张卡巧妙地塞进了尚昀的西服口袋，嘴里客套着："小尚总，天气还没回暖，注意身体，平日多安排点儿休闲娱乐活动，劳逸结合才好。今天时间太赶，咱们之后再约。"

停住脚，尚昀神情有些微妙，视线在西服口袋和祁连山坦然微笑的脸之间转了一圈，向走在后面的祁恬飘去。

祁恬正不紧不慢地在两人身后踱步，刚才那一幕她看得清清楚楚，见尚昀向她望来，轻笑一声，挥了挥手："我爸的一点儿心意，您别客气，太见外他心里就不踏实了。"见祁连山向她看过来，便又补了句，"今天是因为我来找他，才耽误了您二位谈生意，您就收了他的心意吧，要不他该怪我啦。"

"确实是我招待不周，"祁连山对祁恬的识趣感到满意，笑着在尚昀肩上拍了下，"小尚总就别客气了。"

尚昀见两人一唱一和，也不好再多说什么，点点头坐进BJ80的副驾驶室，降下车窗，客气地同祁连山道别："祁经理，您提出的条件我会认真考虑，最终是否与贵公司签约，需要董事会集体决策。"

祁连山连连点头："那就期待小尚总的好消息了。"

尚昀颔首，升起车窗，BJ80 绝尘而去。车即将驶出停车场时，尚昀忍不住回头看了一眼，只见祁恬和祁连山一左一右站在奥迪车两旁，没什么交流，一同目送着自己离开。

尚昀掏出祁连山塞给自己的卡，上面写着"华清温泉山庄 VIP"，面色不明地看了片刻，嘴角嘲讽地一勾，随手把卡扔进了座椅扶手旁的凹槽里。

祁连山和他女儿之间的关系让尚昀觉得奇怪，却又说不出究竟怪在哪里，不由得有些沉吟。

开车的光头胖子看了他好几眼，终于忍不住了："昀子，别看了，那姑娘就是个傍大款的。"

尚昀收回视线："为什么这么说？"

"她十几分钟前来的，对着你那边的后视镜抹了半天口红，搔首弄姿的，不是什么好人。"光头说着往后看了眼，"你看，跟那老头儿谈判呢，肯定是谈条件！"说着捏细了嗓子，"你坏！人家一晚上至少五千，少一分今儿都不陪你玩！"

尚昀被他恶心得够呛："那是人家闺女，你专心开车！"

"闺女？"光头一脸坏笑，"昀子，你真不知道假不知道啊，现在就流行这些！"

"你这满脑子都是什么乱七八糟的，再废话就下车，我自己开回去。"

"别啊，今儿你的司机休假，我自告奋勇给你当司机充排场，你就是这么对兄弟的？"

"你要不是我兄弟，我现在就能把你从天窗扔出去，你信不信？"

"信，我信。"光头做了个给嘴巴拉拉链的动作，车内终于清静了。

但光头的话让尚昀忍不住多想，再次回头，已经看不到科准集团的停车场了。眼前晃过祁恬那青竹般的身姿和始终带笑的神情，尚昀低头掐了掐眉心。

虽然光头大部分的话都是胡诌，但有一句话说着了——那姑娘应该是来找祁连山谈判的。谈什么呢？有什么话不能回家说，非要追到公司来？

尚昀叹了口气，那姑娘对祁连山的行贿视若无睹，当着他的面替祁连山垫话搭桥，那样八面玲珑、圆滑乖巧的模样，世故得不像这个年纪该有的样子，实在让他不喜。

奥迪车旁，祁连山站在驾驶室一侧，脸上的笑意不退，转过头看了祁恬一眼，眼底沉似深渊："你怎么知道我今天来公司？"

"春节刚过完，上班第一天，怎么着您也得来公司点个卯啊。"祁恬单手撑在车顶，笑眯眯的，眼底透出点儿雪亮的光，一闪即逝，“好久没见着您了，还怪想您的，咱们去大厦一楼咖啡厅喝点儿东西？”

一楼咖啡厅全是科淮集团的员工，有时公司来了客户也会带到那里谈业务，人多嘴杂，祁连山傻了才会跟祁恬去那儿。

不动声色地皱了下眉，祁连山淡声开口：“午休前我没安排会议，我知道你找我什么事，去我办公室说吧。”

祁恬跟着祁连山进了大厦，迎着大堂接待打量的目光明媚一笑，眼角眉梢都透出点艳色，桃花眼弯弯的，勾得前台姑娘心里直颤。

祁连山不知道她在身后作妖，也没在访客本上登记，带着她直接进了电梯。于是前台姑娘迅速在公司八卦群里“啊啊啊”地刷屏，一干小姐妹都知道祁经理正带着一个极漂亮的女孩子去十八楼。

推开办公室的门，祁连山把祁恬让进屋，祁恬向前走了几步，站在原地转了一圈，忍不住感叹:“难怪您不回家，这办公室可比家里的卧室大多了，至少得四十平方米了吧？这年头国企待遇这么好了吗？”

“想聊点儿什么？”祁连山从桌下的保温柜里拿了瓶热饮推过去，指了指摆在对面的转椅，“坐。”

祁恬走过去，把大衣脱下来挂到椅背上，跟祁连山隔着办公桌坐了下来。

“聊聊——您打算给您儿子取什么名儿？”祁恬开门见山，“我妈觉得两个字的名字好听，但听说现在公安局上户口必须取三个字以上的名字了，真的假的？”

祁连山闻弦歌而知雅意，虽然早料到会是这么个结果，但此时祁恬直说了，他心里还是觉得舒坦，矜持地笑了一声：“你妈想通了？”

“是啊，想通了。”祁恬眼神明亮，笑得半真不假，“您都逼她签字离婚了，她一时赌气签了，这不马上就后悔服软，让我来找您聊聊了吗？”

祁连山笑而不语，将一旁的紫砂壶拿过来对嘴喝了两口，才慢慢说道：“要不是实在没办法，我也不想跟她闹到这种地步。”

祁恬冷眼看着他演，觉得恶心极了，心里覆着一层冰：“孩子生下来算是祁家的，那小三算什么？”她唇畔扬起冷笑，“代孕的？”

祁连山没接茬，觉得祁恬是在给他下套，以为他不知道代孕违法吗？何况他也没打算这么委屈尤婧，只是不必告诉祁恬。

他正要将这个话题略过，办公室门忽然被叩响了。不轻不重的三声，守礼又规矩。祁连山喊了声“请进”，一个柳眉杏眼的年轻姑娘捧着文件夹走了进来。祁恬余光瞟见那人的身形，带着椅子转了半圈，大大方方地看过去。

是尤婧。之前小圆偷拍时散落的卷发此时在脑后盘了个髻，高跟鞋一步步走得极稳，挺着肚子，双手捧着文件夹送到桌前，神情优雅又温柔。

“祁经理，下午开会要用的资料。”

祁连山看着她，脸上透出一丝亲昵：“放下吧，我等会儿看。”说着将文件夹接了，“你先回去，我这里有点儿事，处理完了叫你。”

“好的。”尤婧低声应了，感到身侧祁恬打量的目光，忍不住在转身时飞快地扫了一眼。

她刚才坐在工位上，听到周围的人都在传祁连山带了个年轻女孩进办公室，虽然她觉得祁连山不会在自己临近生产时恶心人，但还是忍不住亲自过来看一眼。

她一向自恃貌美，在如今这个看颜值的社会中，自己凭着一张脸蛋儿就可以横行各类办事窗口，事半功倍，无往不利。

然而祁恬的美却超乎她的想象，但比起容貌，尤婧更怕她不动声色间流露出的一丝凌厉。祁恬望向她时，眼底的笑埋着轻蔑，红唇勾得漫不经心，直白的目光让她下意识地收回视线，生怕再看两眼就会心生怯意。

祁恬支着头，饶有兴致地目送尤婧离开，等门关上后才转回身，随手将桌上的文件夹拉到自己面前：“就是她？我怎么觉得她有点儿怕我？”

祁连山看了她一眼，嘴角微抽。作为男人，他一向喜欢性情温柔的女子，祁恬这种张扬肆意的性格真不知是怎么养出来的。

打开文件夹，里面是一份采购合同。祁恬随意扫了眼，这笔超过五千万标额的项目不走公开招标流程，竟然走内部邀标的流程。祁恬一怔，举起文件正打算细看，祁连山骨节分明的手已经伸过来将文件夹合拢了。

“公司的资料都是保密的。”祁连山低沉的声音里带着点儿笑，面上暗含警惕，“还想聊点儿什么？”

祁恬任由他将文件夹抽走，手指理了下毛衣上的胸针，心不在焉地接上刚才的话题：“您说她看没看出来我是您女儿？走得这么快，该不会是吃醋了吧？”

祁连山轻笑，他虽然不是很喜欢这个女儿，但也养了她二十多年，女儿的各种做派都是跟他学的，怎么会看不出她东拉西扯是想让自己放松警惕，当下也不戳穿，只温声道：“想不出要聊什么就回去吧，我很忙，还要上班。”

祁恬终于抬起眼，她的双眼皮很宽，平时眼皮半阖着，水波潋滟的眸子仿佛始终蒙着层水波，此时彻底睁开，水波散去，露出水下沉凝的寒意。

“爸，别赶我走啊，您非要我直说，那说难听了您可别介意。那女孩跟我差不多大，您今后得管一个同龄的男人叫岳父，心里别扭不别扭？”

祁连山注视了她片刻，温和的笑意不变：“你想说什么？”

“认下孩子就不离婚这种鬼话也就哄哄我妈了。”祁恬的声音很轻，但尖锐，像冰水里浸过的针尖，“其实您早就打算给孩子落户以后把她娶进门吧？”

话说得又快又急，像柄薄亮锐利的刀，沿着纹理轻轻一划，就能把表面的画皮剖开，露出内里的丑陋糟污。

祁恬面上透出煞气，嗓音却还带着笑：“爸，爱美之心人皆有之，小三这么漂亮，您肉体上出个轨也就算了，非得实打实娶进门，您也不怕她过几年傍上别的金主，转身把您给甩了？”

祁恬到底还是年轻，没有祁连山那么深的城府，她本来只想随便说两句卸下祁连山的戒备，但却越说越气。

她脑子里一会儿飘过母亲灰白的死气沉沉的脸，一会儿飘过许姝雯殷切的嘱托，发现自己熟悉的两个女人竟然都是对“渣男”死心塌地，简直要气笑了，语气里的怨愤藏都藏不住。一个两个，全都这么蠢！

祁连山脸上没什么表情。他知道祁恬今天来肯定另有目的，但他还没猜出她想干什么。此时见她气得胸口起伏、眼尾发红，不由得蹙眉。

“你都大学毕业了，大人难道不能有自己的生活？我娶不娶尤婧，跟你有什么关系？什么时候轮到你来管我的事了？”

祁恬一巴掌拍得办公桌上纸笔乱跳：“但您不该逼着我妈离婚！”

祁连山觉得不对：“你妈出什么事了？”

“您觉得呢？”祁恬冷笑。

祁连山眼皮一敛，万千头绪在心里转了个圈。他知道王美佳的性情，软和得跟个泥人一样，任人揉搓，难道真做了什么出格的事？

但不管怎么说，他都不能容忍其他人对自己的私事指手画脚。

祁连山默不作声地打量着祁恬。眼前的少女美貌极盛，因为气急，平时内敛的艳色越发张扬。

他忽然想到一个可能：“她想不开了？”

“您知道这个春节，我和我妈是怎么过的吗？”祁恬不想示弱，但一开口嗓音就哑了，“医院的病号饭，太难吃了。”

祁连山心里轻轻一顿，之前觉得她来找自己是别有用心的疑虑忽然消散了。

作为父亲，祁连山知道女儿一直在学自己的势利权衡和为人处世。这么多年，祁恬花的每一分钱都是自己给的，女儿一向识时务，不是被逼急了不会轻易得罪自己这个给钱的“老板”。如今气成这样，只可能是王美佳真做了极端的事，她吓坏了，才气急败坏地找上门来。

祁恬说完就不再开口了，眼里泛着水光，居高临下地瞪着他。一时谁都没说话，空气里仿佛有把蓄满力的弓，稍有闪失就会玉石俱焚。

片刻后，祁连山缓缓露出点儿笑意："你今天来，不是单纯地想发泄不满吧？我可不记得教过你做这种无用功。"

仿佛重拳打进棉花里，祁恬酝酿好的气势一挫，眼中迫人的光就黯淡了。祁连山总是这样，待人接物绵里藏针，绝少与人起正面冲突。

祁恬视线一收，坐回转椅："您看出来了？"

祁连山等她的后话。

"尤婧看着温顺，可现在的小姑娘哪个没点儿心思？她能老老实实把孩子给我妈带？反正我是不信。我妈和她，您早就做完取舍了。"将凉下来的饮料握在手里，祁恬懒洋洋地抠着瓶身的包装，"我今天过来，我妈还让我跟您好好说说，求您回心转意。她哪知道，您主意一向正得很，想过的事不会改。您也算事业有成、苦尽甘来了，想迎个第二春没什么大不了的。也就是我妈，以为少时夫妻老来伴，指望您能念点儿旧情多眷顾她呢。"

祁连山听得嘴角一勾，不置可否："你说的不是反话？"

"都木已成舟了，我说反话有用吗？"祁恬垂着眼皮，懒得看他，"尤婧年轻漂亮，有见识有头脑，就算有点儿小心思也翻不出您的手掌心。换成我，我也选她，总好过我妈那种拎不清的，讲道理都讲不明白。"母亲只会一天天在家否定自己，人都快熬毁了。

祁连山看着她，片刻后神色松动，吁了口气："你不愧是我教出来的，到底比你妈看得明白。你要是个儿子……"后面的话没说，语气里带着点儿遗憾，默认了祁恬的种种分析。他的确是婚内出轨，打算让小三母凭子贵，自己离婚再娶。

祁恬撩下眼皮，似笑非笑地将话题轻轻揭过："我要是个儿子，尤婧能在我面前这么蹦跶？"嫣红的唇角轻抿，祁恬神色间透出点儿血气。

祁连山不在意地笑笑："那你今天来是为了什么？"

"我来跟您谈谈条件。"

"条件？"

"我妈那性格虽然跟个兔子似的，但逼急了也会咬人。您要是不想最后离婚离得一身骚，就把这事交给我吧！"祁恬终于将饮料瓶上的包装纸都抠了下来，抬头笑得善解人意，"她现在后悔签字了，且有得闹。您要是答应了我的条件，我保证让她消消停停的，绝不死缠烂打。您觉得如何？"

"挺好。"祁连山不动声色地点点头，"你有什么条件？"

祁恬向前倾身，把没了商标的饮料瓶往旁边一放，双肘撑住桌子，面上笑嘻嘻地说："阎王爷不使饿死鬼，您给我点儿钱吧！"

"要钱做什么？"

"我去年毕业时出了车祸，答辩都没赶上。好不容易上个月拿到毕业证，工作还没着落呢。现在您跟我妈又离婚了，我得替自己今后打算打算吧？这几天我跟朋友合计着，想加盟个便利店，自己当老板，跟您要点儿启动资金。”

“要多少？”

祁恬想了想，伸手比了个数：“二十万吧。”

祁连山气笑了：“你以为我是印钞票的？工资卡你妈拿着呢，我哪有钱？”

“您别跟我装穷啊。”祁恬嗤笑，“您要没钱，养得起尤婧吗？她刚才进来我可看到了，耳环、戒指、项链全套蒂芙尼，得好几万吧？”

祁连山手指在桌上敲了敲，并不否认：“给她花钱我乐意，但我凭什么白给你？”

听听，这像人话吗？给情妇花钱都不给亲闺女花钱。

祁恬心里冷笑，脸上还是笑意盎然：“就凭我能让您一劳永逸地摆脱我妈。”

“我怎么知道你说的是真是假？”

“您可以先给我一半，剩下的十万等过几个月，我妈真的不再烦您了，我再找您要。”祁恬说得笃定，“不过先说好，我要现金，别转账啊。”

见祁连山不解地挑眉，祁恬没好气地摆手：“我的银行卡和身份证都在我妈手里攥着呢。”

大概是极度缺乏安全感，王美佳将所有能够拿到的东西都牢牢把控着。

许是感同身受，祁连山终于笑了声，答应了祁恬的要求：“行吧，那我等你的好消息。”

说着他站起身，走到墙边的资料柜旁，将柜门的锁拧开，露出一排排标着工程名称的档案盒。他把手伸到档案盒后面翻找了下，摸出一个信封，一边检查信封里的东西，一边说道：“你动作快点儿，我事后再多给你五万。”

祁恬等保险柜门打开了，才慢慢走到他身后：“我尽力，您给个期限。”

“尤婧这几天就要生了，我希望在她坐完月子以后就能举行婚礼。”祁连山俊朗的面容透出亲切和蔼，将信封递给祁恬，仿佛在向年轻有为的下属布置工作，“别让你妈来闹，做得到吗？”

祁恬接过来捏了下信封的厚度，笑得明媚动人：“放心吧，不会让您失望的。”

走出科淮集团的办公大楼，祁恬拦了辆出租车，开出两条街后让车靠边停了，下车在路边等了会儿，上了一辆开过来的白色面包车。

祁恬一上车就靠在后座微微阖眼，没去看驾驶座上的郭大壮和坐在副驾驶座上的郭小圆。她知道这两人此时正担心地看着自己，但她不想睁眼，不想领受他人的好意。

“恬恬，你没事吧？”郭小圆膝上放着正在运行的笔记本电脑，电脑与祁恬身上的针孔摄像头相连，此时屏幕上显示的画面是郭小圆担忧的脸。

祁恬抿着唇没说话，回想起刚才同祁连山心怀鬼胎的相互试探，觉得眼眶酸涩难耐——父女之间算计到这种地步，真是什么脸皮都撕破了。

自嘲地笑了声，一抹飞红自祁恬眼尾缓缓透出，是手术后留下的疤痕。刚才向祁连山套话时，祁恬觉得自己像是抽离了所有感情的旁观者，冷眼看着自己演的蹩脚戏。不管是愤怒还是讽刺，都是她达到目的的手段。而此刻戏已散场，难解的郁气后知后觉地升起，恶感真切地抵在喉咙，让她想吐又想叫。

但事情还没完，祁恬睁开眼，把胸针摘了下来，脸转向窗外看着飞驰而过的景色拉成一条模糊又混乱的色带。还差临门一脚。既然祁连山如她所愿，一门心思在找死的道路上狂奔，那她也不会心慈手软，给他任何翻身的机会。

抬手按住眉心，像是要将什么汹涌而来的情绪压回心底，祁恬有气无力地开口："回马连道北街吧，去你们那儿把事情收尾。谢谢。"她的声音又轻又哑，郭大壮和郭小圆谁都没吭声，对视一眼，郭大壮一踩油门，向目的地飞驰而去。

马连道北街是一条很有生活气息的商业街，沿街分布着三四个大型居民区，马路两旁的商住两用房有三层高，底商全是旺铺，沿着马路开了一排。整洁的二十四小时便利店，品质良莠不齐的连锁快餐店，烧烤店和足底按摩店做邻居，价格实惠的蔬果超市与便民小卖部扎堆。附近的居民穿着背心短裤，趿拉着拖鞋来打冰镇扎啤，为图省事将啤酒直接灌进塑料袋带走，美其名曰"老一辈儿的传统"。

祁恬很喜欢这种喧嚣的气氛，就连比四环路上高了许多分贝的噪声她也喜欢。这么多人，这么旺的人气，让她觉得生活充满希望。

面包车停在路边，祁恬跟着郭小圆进了路边的便利店。接过笔记本电脑，她回头冲着进店的郭大壮笑了笑："我这就把之前搜集到的材料和今天这份视频发到网上，实名举报……我父亲。"

市中心的商业区高楼林立，在紧邻产权交易所的一幢写字楼内，尚昀站在弧形落地景观窗旁，皱着眉给光头打电话。

清晨的阳光明亮璀璨，给他笔挺的侧影勾勒出一圈金边，窗帘只拉了一半，使室内照不到阳光的地方显得更加阴暗，他的脸就藏在这一半阴暗中。

藏蓝色的西装外套搭在老板椅上，尚昀一手扶着椅背，一手拿着手机等待电话接通。他的目光微冷，落在电脑屏幕中的新闻页面上。

"喂——昀子，怎么了？"电话接通的时间有点儿久，光头还没睡醒，声音沙哑。

尚昀瞄了眼墙上的挂钟，快九点了。

"我前天从科淮集团回来时扔了张卡在车里，你拿走了？"

光头昨天应酬到半夜，此时脑子乱成一团糨糊，尚昀又问了一遍他才反应过来："你是说祁连山送的那张卡？你不是一向不稀罕这些吗？昨天晚上我们公司有饭局，我拿去哄那帮大冷天要泡温泉的祖宗了。”

尚昀半晌无语：“卡里的钱花完了？”

“还剩点儿吧，肯定没透支。我结账的时候才知道那是温泉山庄的顶级 VIP 卡……哎，你说祁连山图你啥，这么下血本！”

捏着眉心，尚昀不知道该怎么骂这位发小——祁连山送出这么大一份礼，显然所图不小。光头真是太平日子过久了，连哪些东西不能沾都忘了。

“你别睡了，赶紧去温泉山庄，卡里的钱花了多少，原封不动给我补上。”尚昀听到光头嘶的一声，劈头打断了他的异议，冷声道：“不管你用什么办法，找人把昨天的消费记录给抹了。卡还回来时必须是干干净净没用过的。”尚昀想了想，又补了句：“不许开新卡，卡号不能改。”

光头就是有天大的不解也被尚昀这么郑重其事的态度给惊到了，他沉住气，咂摸出点不妙：“昀子……我给你惹麻烦了？”

“祁连山被抓了。”尚昀的语气不太好，“昨天下午市纪委直接从办公室把人带走的，今天早上刑侦就介入了。”他顿了顿，恨铁不成钢地点了他一句：“你品品这个介入速度，现在谁敢沾祁连山？”

“什么？”光头惊得嗓门都飘了，前天上午他才送尚昀去科淮集团谈业务，这刚隔了一天，祁连山就栽了？

即便是有人针对科淮集团，也不会上来先动一个名不见经传的中层干部啊！

尚昀听见电话那头稀里哗啦一阵乱响，光头打开电脑一目十行地扫着热点新闻，再说话时都有点儿走音了。

“祁连山的女儿？咱们那天看到的那个丫头？”

“嗯。”

“这也太狠了！向市纪委实名举报祁连山办公室面积超标、挪用公款包养情妇、招标程序违规不走公开平台、巨额财产来源不明……因查处的现金、实物资产数额巨大、来路不明，已由公安机关立案侦查……”光头越看越心惊，裹着被子打了个哆嗦。

“这是亲闺女吗？什么仇什么怨？这不是坑爹，这是要出人命啊！”

“肯定有咱们不知道的隐情。”尚昀端起桌上的茶杯喝了一口，茶水已经冷了，“女孩能做得这么干脆利索的也是少见，还搜集了这么多确凿的证据，说真的，我挺佩服她的。”

“佩服？昀子，你不是说反话呢吧？就因为祁连山包养情妇，她就要把亲爹的老底儿全掀了？她家以后还过不过了？!”

把柄之所以被称为“把柄”，就在于它阴私隐秘，可以对人形成威慑，方便要挟。但像祁恬这样直接将祁连山所有作为全部摊到日光下，显然是没打算给自己谋什么私利。

光头觉得祁恬简直不可思议，做老子的进局子了，她这个“大义灭亲”的女儿还能有好日子过？脊梁骨都要被人戳断！

光头从床上滚下来，开了罐牛奶喝两口压惊，缓过神儿来：“你是怕市纪委顺着祁连山送你的卡查到你？不会吧，商场上送礼都是心照不宣的事，又不是你跟他要的……”

尚昀嗤笑一声：“你睡傻了？科淮集团可是国企，市属一级企业，国家监管。”

“那还真是要命。”

尚昀和光头从小在部队大院长大，对这种违规违纪的事格外警醒。

光头越想越心惊，眼皮跳得厉害，几口灌完牛奶，将空罐扔进垃圾桶：“我这就去山庄把事处理干净，你那边也想好怎么说。”

“没什么好想的，实话实说。”

挂了电话，尚昀把手机扔回桌上，手指轻轻压住电脑边缘，觉得祁恬这事办得有点儿超纲，虽然她的狠劲儿自己很喜欢，但这丫头刚进社会就如此锋芒毕露，今后恐怕要寸步难行。当然，也可能这一切她都考虑过，却还是要一意孤行。

站在旁观者的角度，哪怕这件事牵连到了自己，尚昀也想赞祁恬一声大义凛然、一腔孤勇。但这姑娘行事完全不留余地，亲手把自己今后要走的路刨得坑坑洼洼、荆棘密布，尚昀稍微想想都替她忧心忡忡。

在他调查祁连山时拿到的资料中，关于祁恬的介绍只有寥寥几笔，尚昀当时并未在意，如今结合文字再看她做的事，只觉得资料与真人没有一个字能对得上。

因为车祸，延迟到今年一月才毕业的R大法律系学生，做事却如此老辣，对亲爹说举报就举报了，看着八面玲珑，动起手来却不留半点儿余地。

尚昀低下头，身后的阳光照不清他此时面上的神情，他修长的手指摩挲着笔记本的触控面板，片刻后将电脑合上了。

祁连山被纪委带走时整个人都是蒙的，他不怎么关注社交平台，自然也不了解其传播威力，所以他不知道自己的事情不到两天就在网上掀起了轩然大波。

科淮集团是当地有名的房地产集团，纳税大户，出了这种丑闻，各路“吃瓜”群众纷纷前来围观，平台上前十名的热点有三个与之相关，各种分析深挖帖层出不穷。等科淮集团高层意识到这个负面新闻所带来的破坏性时，已经来不及将舆情野蛮地压下了。

直到被带走谈话，祁连山才知道是谁告发了自己。

祁恬清楚同祁连山对簿公堂风险太大，走法律程序时间太长，她也不想留给祁连山用钱权交易将诉讼压下的机会。所以她绕过打官司的常规渠道，直接向市纪委举报，并把他的种种作为挂到了网上，配以网民喜闻乐见的高清图片和视频，将话题炒得沸沸扬扬。

在市纪委启动约谈的程序后，当地刑侦部门迅速介入，检察院公诉也提上了日程。这一系列组合拳打得前所未有的高效迅速，祁连山就是想私下做点儿什么都来不及。将近两个星期过去了，他还没适应谈话的节奏和强度，祁恬竟忽然来探视了。

“爸，情人节快乐啊！最近怎么样？”祁恬弯起的嘴唇猩红如血，像刚喝完人血的女巫，笑得冰冷又艳丽，“挺多人找您聊天的吧？日子过得热闹不？”

祁连山阴着脸坐在凳子上，双臂抱在胸前，冷眼看着祁恬，狭长的桃花眼里布满血丝。

祁恬等了会儿，见他没回应，笑容也淡了些，低头想了想，又开口说道：“瞧我这眼力见儿。您现在肯定不想见我，惦记着尤婧呢吧？”说着脸上的笑意加深了，祁连山看到心里一冷，“她挺争气，您进来的第二天……二月四号吧，孩子就出生了，三十八周，也算足月了。不过虽然平安把孩子生了下来，她却没什么心思养，我听说她最近一直打听怎么把孩子送养呢。”祁恬笑得很甜，“但我告诉她，这样做是弃养，违法。她未婚生子，风言风语快要压不住了，现在焦头烂额的，估计也没什么心思顾念您。”

祁连山终于忍不住，身子往前一扑，两肘撑在桌上，双目瞪着祁恬，一字一句低声骂道：“我就是养条狗，养个二十年它也会看家护院、冲我摇尾巴了。你呢？养不熟的畜生！你以为你害了我，今后会有什么好下场吗?!”

祁恬看着他，脸上的笑意慢慢敛去，一片冰寒：“这句话我原封不动还给您——我妈心甘情愿为您付出了不止二十年，您冲她摇过尾巴吗？您对她龇了多少次牙？伤了她多少次心？最后还逼得她连命都差点儿没了！”

“别拿你妈说事！”祁连山低嘶，“你跟我一样，打心眼里瞧不上她的软弱无能！”

“我是瞧不上，但我爱她。”祁恬直视祁连山，“就像我十多岁之前，崇拜您一样！”

是从什么时候开始变的呢？

祁恬还记得自己的童年是怎么过的，每年回老家省亲，父亲宁愿抱着别人的儿子亲热，也不愿意对她笑一下。尽管她努力学习，力所能及地做家务，也换不来他一个夸奖。

母亲在祁恬刚上初中时再次怀孕，那时父亲已经在城里工作好几年了，单位对计划生育抓得严。但在他看来，生儿子是必选项，是值得拿全家老少和所有财产放手一搏的事情。于是他不惜让祁恬休学，将怀孕的王美佳和祁恬一起送回老家，美其名曰让妻女替自己尽孝。

被送回老家的她们每天是怎么过的呢？洗衣做饭，做农活，孝敬老人，种水稻，喂猪，割麦子，除草，打药，刨红薯……农村的杂活多得超出想象，那时候干什么都要靠人工。在祁恬的记忆里，那段时间她一直很困，跟着母亲剥玉米、摘棉花到晚上九十点钟是常事，赶上农忙时一夜不合眼也是有的。母亲除草、打药忙到天黑，她跟在母亲身后，将割草、烧水、喂猪、做饭学得八九不离十。

祁恬那时还没长开，个头刚到灶台高，做饭得踩个小板凳，灶里烧的是晒干的麦子秆和稻草秆，不耐烧，一把草烧一下，需要一直往里添草。她只能不停地踩着板凳上下，菜烧煳是常有的事，好几次她踩凳子太急，差点儿一头栽进锅里。

祁恬至今还记得老家那些人说的话，他们说女孩子从小就要被使唤，好吃懒做以后就找不到好婆家。而与她同龄的男孩，是从来不用干活的。

老家没有洗衣机，衣服需要手洗，洗衣服的水需要自己动手从水井里压上来。母亲压两桶水需要十几分钟，倒进大盆里，干农活的衣服非常脏，往盆里一放就是一盆泥水，要倒掉再打水，打五六桶水母亲就得撑着腰缓上半天。

有一天中午，母亲实在太累了，洗衣服时洗着洗着趴在洗衣盆里的脏衣服上睡着了，父亲刚好从城里回来，看到这一幕，拎起屋旁的扫把就抽了过去，根本不顾及母亲还怀着孕。他骂母亲连洗衣服都能偷懒睡着，这么偷奸耍滑居然还有脸吃祁家的饭。母亲不敢还嘴，只能护着肚子和头，后背被抽得红肿青紫，摸起来一块一块的，而且被打完还要一边哭一边接着洗。

在这样的环境里，母亲流产了。祁恬记得那时母亲正挺着肚子拖地，拖着拖着血就顺着腿往下流，她特别害怕，却还叮嘱祁恬别跟在城里上班的父亲说，自己一步一步挪去医院，最终还是没能保住孩子，后来就再也怀不上了。小产后母亲的身体坏到极点，气血不足，脸色常年都是苍白的。

父亲是几天后才知道的消息，他赶到医院，当着医生的面骂母亲没用，是不会下蛋的母鸡，连个孩子都护不好。村里的人在一旁劝他，说“你媳妇肚子不争气，实在不行去外头领一个”，说完就拉着父亲去喝酒。父亲喝多了在席上哭，说他对不起祁家列祖列宗，对不起祁恬的爷爷奶奶，没个儿子实在没脸见亲戚。

祁恬那时站在人群外，觉得醉酒后放声哭号的父亲像个陌生人，也许从那时起，她就对祁连山产生了连自己都没察觉到的恨意。

她也许曾对这个她称为父亲的人有过孺慕之情，但随着时间的流逝，祁连山冷漠自私的态度和嫌弃的眼神，将这些感情一点一点地磨没了。

但即使那样，祁恬也从没想过要暗算祁连山。真正让她狠下心肠去算计他的，还是因为母亲在除夕夜自杀。她就算再看不上母亲的性情，也不能眼睁睁看着母亲把自己低到尘埃里，完全放弃自我地去成全一个这样的男人。

“你崇拜我？”祁连山仿佛听到了什么笑话，语气尖刻，“我想起来了，你小时候说过想成为我这样的人。可惜画虎不成反类犬，你学我，却又质疑我，不肯跟着我一条道走到黑。结果现在学成个四不像，丑态百出，真是我祁家的败类！”

任谁被亲人这样否认都不会好受，祁恬内心酸苦，面上却慢慢笑了。

“我的确曾经想成为您，那个被我美化了的父亲。”祁恬漂亮的桃花眼眼波横扫，如寒星如冷泉，“我敬佩您能从老家那烂泥一样的地方脱颖而出，能白手起家，凭自身能力在B市站稳脚跟；我佩服您为了升官能低得下头、弯得下腰，能闭着眼指鹿为马、颠倒黑白。我曾经以为这都是我应该学的，我也的确学会了。”

“您家暴我，我还曾替您找理由。我告诉自己，您工作压力大，回到家里发泄一下也可以理解。不管怎么说，您让我和母亲有吃有穿，您供我读书，让我去见世面……您那么多次把母亲踹在地上拳打脚踢，让她鼻青脸肿、口鼻流血甚至脑震荡，我曾以为这一切都是正常的，因为在老家，大家都是这么过日子的。母亲流产后，您把我们接回了城里，我以为能过几天太平日子了，但紧接着您就出轨了。”祁恬轻笑，“出轨的理由挺充足，因为母亲不能再生育了，所以您得给老祁家留个后。”

“尤婧不是您第一个出轨对象。我上初中时您就有过外遇，弄大了肚子带到家里来，要我妈帮着照顾，理由是我妈生养过，有经验。”祁恬仿佛说到了什么特别可笑的事情，眉眼弯起，“您还记得我当时做了什么吗？”

祁连山脸色阴沉，一言不发。

“我那时快中考了，学习压力大，脾气也大。我从厨房拿了把菜刀，对着你们说，要么滚，要么一起死。”祁恬咯咯笑着，点了点自己的鼻尖，“那女的见我这么疯，被吓跑了，留下我和我妈，被您一顿胖揍。但从那以后，您就再没往家里领过人了。所以这次尤婧的事一出，还真把我搞得有点儿措手不及。”

“但我毕竟也跟在您身边学了二十多年，我是您言传身教，亲手教出来的。所以我要是败类，那您是什么？”

“你这个……”祁连山上半身紧紧抵住桌子，重心往前压，看起来像要扑过去把祁恬活活撕了。

“您悠着点儿，可别闪着腰。”祁恬将握在手中的手机点亮给他看，“录着音呢，您也不希望组织再多掌握几条您的罪证吧?!”

祁连山急喘几口气，恨恨地闭了下眼，把手举起来，紧绷的身体向后靠，慢慢坐回去。祁恬屏息盯着他后退，因为紧张而憋住的一口气缓缓吐出。

忽然，祁连山往前一扑，桌椅被撞得咣当响，祁恬蹦起来躲开倾倒的桌子，却被祁连山抓住间隙，攥着她的胳膊向墙上甩去。

“我叫你吃里爬外！我叫你狼心狗肺！”

“别碰我！”祁恬奋力挣扎，手指不知磕到了什么，一股钻心剧痛陡然袭来，她一下握不住手机，手机掉到了地上。

“住手！”一直守在探视室门口的法警冲了进来，几下制服了状似疯癫的祁连山，问祁恬：“你没事吧？”

“没事。”祁恬蹲在地上，左手攥着右手手指，忍过最开始几波钻心的疼痛，抿紧唇角，“但我的手机有事。”

众人顺着她的视线看去，黑色的手机被踩得凹陷，屏幕碎成一块一块的，内里的主板露了出来，已经破损变形了。

第四章

是痛还是痛快

第二天一大早，祁恬就去了郭小圆家，敲了半天门才把人叫醒。郭小圆昨天晚上在便利店值夜班，凌晨五点才睡下，不足三小时的睡眠让她痛苦万分。

“祁恬，你今天要是没有充足的理由，别怪我跟你绝交！”

“我昨天去见祁连山了。”

“哦，你去见祁连山……”郭小圆蹒跚地走到沙发边趴下，突然腾地弹起来，“你去见祁连山干啥？上赶着找揍?!”

“我去看看他的惨样。”

“看到了吗?”

“差点儿被他揍一顿。”祁恬把碎成渣的手机扔到茶几上，“手机坏了，我记得你有备用机，借我一个。”

“我的备用机是好几年前的款了，新 App 都不一定能装得上。你先凑合应个急，等下我陪你去买新的。”郭小圆在茶几的抽屉里翻了几下，找出备用机递给祁恬，低头翻了翻那个手机残骸，啧啧有声道，“这‘毁尸灭迹’做得够到位的啊，主板都砸烂了，你爸得有多恨你。”

说完她抬起头：“你没被揍到吧？受伤了没?”

祁恬双手插在兜里，摇了下头：“没有。”

郭小圆怀疑地打量着她：“真没事？手伸出来给我看下。”

“瞎看什么，就手背磕了几下。他没来得及干什么就被制伏了。”祁恬伸手在郭小圆眼前快速晃过，“你再睡会儿，十点钟店里开门了陪我去买手机。”

“行。”郭小圆睡眼惺忪的，压根没看清祁恬手背上的青紫，把头往靠枕里一埋，口齿不清地嘟囔道，“你手机里的资料之前都备份过吧?”

祁恬没吭声，把SIM卡插进备用机里，等待开机的几秒内，郭小圆的呼吸变得沉缓。祁恬点开 App，登录上去查看聊天记录，片刻后苦笑道：“没备份，这次可真是有点儿麻烦了……”

正月二十六，节气雨水，气温回升，冰雪融化。往年贵如油的春雨，今年却下成连绵之势，淅淅沥沥的，从夜里一直下到天明还未停止。正义路老街湿漉漉的，路边白石砌成的门楼被雨水浸透，温润得仿佛上好的玉墙。

门楼两旁的柳树开始抽芽了，身姿笔挺的卫兵纹丝不动地在檐下站岗，门内是一片刚刚泛绿的草坪，走过小径，能看到几幢灰墙红砖的三层小楼，在雨幕中显得静谧庄严。院子里极其安静，连个人影都看不到。

忽然，一幢小楼门口走出两人，其中一人长相英俊，羊毛呢的西装笔挺，一边撑开手中的黑伞，一边同身旁的人轻声道："马叔，给您和处里添麻烦了。"

"哪里，难得你主动联系我，我很高兴。"马建云的笑容亲切和蔼，同他握手，"祁连山的案子牵连挺广，我们还在连夜整理材料。前段时间你突然打电话给我，吓了我一跳，没想到会有约谈你的一天。"

马建云是个五十多岁的中年人，气质沉稳，感情真挚，说话时双眼直视着对方，极为诚恳。

尚昀笑得温和腼腆："我也没想到头天刚跟祁先生谈了业务，第二天他就出事了。本来想着下次见面时把卡还给他，没想到没机会了。"

尚昀说话的口气里尊重中透着熟稔，像小辈在同相识很久的长辈唠家常一样。

"他一出事，我就赶紧联系纪委，还好有您帮忙，要不真怕这事说不清。"

尚昀笑容清透，半阖的眼中却透着几丝凉意。他知轻重、守原则，但不表示他喜欢轻声细语地哄人，费心劳神地同别人解释自己的做事动机。

马建云眼角的笑纹加深，眼前的年轻人谦逊有礼，比他那一点就炸的炮仗爹顺眼多了。"这事跟你没什么关系，卡是你主动上交的，你又不在体制内，别担心。"说着他拍了拍尚昀的肩，"之后应该不会再有人找你了，回去吧！"

"好的。"尚昀眼角拉出一道迷人的弧度，带着点温和的笑意，向马建云点头示意，撑着黑伞走下台阶，一步步融入雨幕，背影挺如青松。

等他走远了，马建云才撑着腰哼了一声："几个月没见，这小子做事越发谨慎了。"

他想起去年年底刚见到尚昀时，尚昀情绪失控、言行反常，整个人极具攻击性，连他亲爹都差点儿压不住。但没过多久，尚昀就又变回一贯谦恭有礼、进退有据的模样，绝口不提曾经的失态。也不知道哪个才是他的真面目。

走出大门，尚昀看见一辆红得扎眼的奔驰 GLA 在街上一顿一卡地蹭着，压着限速上限憋屈地滑过半条街，磨蹭到尚昀跟前停下了。

驾驶座的光头殷勤地探身打开副驾驶室的门，笑得一脸谄媚："怎么样，昀子？卡交了？没啥事吧？"

"你就不能在路边待会儿？"尚昀收了伞，长腿塞进车，拉上车门，"卡交了，没什么事。以后你办事动点脑子，我不想隔三岔五来见马叔。”

光头干笑两声，知道尚昀心里不痛快，乖巧地闭上嘴。

尚昀去年年底被亲爹“绑”回公司继承家业，不能自主择业已经够他憋屈了，偏偏像马建云这种跟老爷子交好的叔伯们一个个都身居高位，让作为民企老板的尚昀哪个都不敢得罪。

尚昀掰着卡得生疼的膝盖骨把座位往后调，没好气道：“你这车是SUV吧？前座怎么这么窄？”

“之前坐副驾驶室的都没你腿长……”光头心说我这车一般只拉妹子，神经病才把副驾驶座调得那么靠后，“接着咱们去哪儿？”

尚昀终于坐舒服了，抬起眼皮看了他一眼：“去七宝公墓。”

七宝公墓位于西山山脚，背靠西山面朝平湖，和繁华喧闹的市区只有一个多小时的车程，连五环都没出，是距离市中心最近的墓园。

淅淅沥沥的雨已经变成毛毛细雨，尚昀带着光头登上墓园长长的石阶，穿过层叠的松林，走过一排排高低错落、黑白不一的墓碑。他踩着湿润的青石甬道一直走到最深处，以一丝不苟的态度将墓园的边边角角都走了一遍，连建在墓园四周的墙都没放过。

他的步伐很大，迅疾又稳妥，匀速地走过每个角落，并不在哪里多做停留。

光头跟在他身后，见他走得跟巡查自家农场的农场主一样，不知道他到底是来干吗的，好奇得脸都憋青了。

尚昀终于走舒坦了，掸了掸肩上的雨珠：“行了，回吧！”

光头脚下一绊，终于把一句疑问磕出来了：“昀子，你把这墓园买下来了？”

“没有。”

“那你来这儿视察什么呢？”

尚昀回头看了他一眼：“心情不好，过来散散步。”

“……你没事吧？”光头目瞪口呆，要不是尚昀的神情太过理直气壮，他都想骂人了。谁心情不好会来墓园散步？

尚昀与他对视着，几缕黑发沾染了雨水的湿气，从额头落下来，遮住了他斜飞的眉尾，立体的五官被暗下来的天色镀了一层冷淡的光。

光头觉得他的目光里隐隐有些让人不寒而栗的东西——愤怒、漠然，下意识地哆嗦了下。

尚昀眼皮垂下来，长而粗的睫毛遮住了他深黑的瞳孔，像是在思考，又或者是在拒绝某种窥探，半闭的眼皮把所有他不乐见、不想说的东西都隔绝开了。

片刻后他开口：“没事，走吧！”

光头不敢再多问，闷声跟着尚昀一路往墓园门口走去。走着走着，他视线一抬，忽然“咦”了一声。

顺着他的目光，尚昀看到一个瘦高的女孩站在墓园门口，左手抱了束花，右手拿着笔在填访客登记表，同时还在接电话。手不够用了，她就歪头用肩膀夹住手机。半长的头发随手扎了个低马尾，松松地搭在肩上，几缕头发钻出发圈，凌乱地垂在脸侧。

“是祁连山他闺女！叫什么来着……祁恬？”光头的眼神在认女孩时尤其好使，他站在尚昀身后，用气音发出疑问，“她这会儿来七宝公墓干吗？都快关门了。”

“来墓地不扫墓还能干吗？”尚昀跟着他停在路中间，扫了一眼那女孩怀中素雅的花束，没什么好奇心。

光头心说：“你来墓地不也没扫墓。”他嘴里嘀咕道：“祁连山是被关进去了又不是被枪毙了，她来扫哪门子墓？”

尚昀瞥了他一眼：“要不你去问问？”

“这算不算打听人家隐私啊？不太好吧？”光头一边说一边搓手，明显口不对心、跃跃欲试。

尚昀把视线转回门口。祁恬还站在那里，一边奋笔疾书，一边垂着眼皮应付手机那头的人，表情有些困恹，没注意到不远处站着两个人。

通话结束，把手机往大衣兜里一揣，祁恬将登记簿还给墓园保安，正要往里走，抬头看到了等在那里的尚昀和光头。

祁恬警觉地停下了脚步，站住不动了。

最近半个月沾了祁连山的光，一堆小报记者天天堵在楼下，想再挖掘点儿祁家的爱恨情仇，让她出门办事极不方便。

还有不少想蹭流量且没下限的自媒体，在网上翻着花样儿编各种似是而非的段子。

劲爆吸睛的标题，几张似是而非的照片，内容与标题不符的不少，更多的是不堪入目的内容。因为照片中唯一清晰的是祁恬的脸，导致她现在走在路上都会收获不少异样的眼光。

如果不是实在没时间，祁恬会搜集证据向法院提起诉讼，告这些自媒体诽谤。平时遇到这种拦路等人的阵仗，祁恬早就转身走了，但今天不行。

许姝雯从去世到现在她还没有祭拜过。之前一直不知道她葬在哪儿，叶素娟防她像防贼似的，唯恐她还有什么坏心眼要占许家的便宜。而且祁恬的家事也是一笔烂账，如今好不容易收拾干净，她到处托关系，打听了很久才知道许姝雯被葬在七宝公墓。

今天她特意抽出时间，买了花束来扫墓，决不会因为一两个不长眼的人败兴而去。侧头看向保安室挂在窗外的钟，祁恬用眼尾余光打量那两个人，眉尾忽然微不可见地挑了下——站在左边的人……有点儿眼熟。

祁恬的记性很好，可以说是过目不忘。她收回视线，略一思索就想起对面那个高挑的男人是谁了。她去找祁连山时，祁连山介绍过他——小尚总。

祁恬眼神沉了沉，虽然不是什么小报记者，但也足够让人厌烦。她想起祁连山塞给尚昀 VIP 卡时，这男人不动声色的默许。能被祁连山称呼为“总”的，应该与他是一丘之貉。

这种人大晚上来墓园做什么，不怕夜路走多了遇见鬼吗？祁恬腹诽着，神情却丝毫不变。她觉得尚昀不会记得自己。

祁恬淡定地将花束换只手搂着，迈着稳健的步伐向前走去，头也不抬，打定主意要做个陌路人。

“祁小姐。”

对头顶突兀的男声，祁恬充耳不闻，即将与二人擦肩而过。

尚昀忽然动了，他右手指尖抵住祁恬左肩，将人拦下。

“祁小姐这么急？”这次说话的是尚昀。

祁恬真没想到尚昀的记性和眼神一样好。她舌尖顶了顶颊侧的腮肉，慢慢抬起眼皮。天色暗下来了，雨彻底停了。天空中压抑的云散开些，光线照进尚昀的瞳孔深处，隐约有碎光浮动。

“小尚总。”祁恬静了几秒才轻轻挑眉，好像刚认出他，随即桃花眼微弯，露出一个惊讶的笑容，“竟然在这里遇到了，真巧。”她双腿并拢，站得好似一竿竹子，仪态端庄，“您居然记得我。”

尚昀低头看她，眼底藏着点流变的光：“祁小姐最近声名大噪，所作所为出人意料，让我印象深刻。”刻意压低的喉音，像暗夜山间缓缓淌过的溪流，微凉清冷。

祁恬不动声色地揉揉耳垂，心不在焉地笑了声：“我举报我爸不是什么光彩的事，小尚总还是别提了吧。”

尚昀没想到她说起祁连山毫不避讳，仿佛只是做了件理所应当的事，根本没将那人放在心上。

女孩清亮的双眼直视着自己，眼中带着几分冷淡和疏离，面上是坚信自己的所作所为绝不会错的神情。尚昀温润的眸底突然泛起点冷意与嘲讽。

“祁小姐，”有风吹来，尚昀原本清润醇和的嗓音压低了，多了几分冷硬的铁血意味，“你后悔吗？”

祁恬的笑容微滞。

“实名举报祁连山，将家丑公之于众，各路记者对你围追堵截，社交平台对你品头论足。你的热度这么高，只要简历上写着‘祁恬’两个字，大部分公司或律所就不敢雇你，因为他们怕你哪天突然反水举报他们。更不用说那些与祁连山有内幕交易的人，他们对你恨之入骨，为了防止你哪天再去纪委补点儿材料，可能正打算对你下黑手。”

尚昀与祁恬面对面站着，怀着一种自己都说不清的诡谲的心思，垂眸看着她，语气淡漠。

“是吗？”祁恬笑了声，“也包括您？”

尚昀看着她，忽然起了点儿兴味。这女孩的作为他是欣赏的，但这样锋芒毕露，实在让人看不太顺眼，于是很想打压她一下。

“祁连山确实罪有应得，但凭你的能力，应该可以把这件事处理得更加稳妥，然而你偏偏选择了最激烈的方式，将自己也拖下水。虽然你大义灭亲值得敬佩，”尚昀不知道自己为什么会突然对祁恬说这么多，他半阖着眼皮，又问了一次，“但你如今身陷泥沼，诸事不顺，回过头想，你后悔吗？”尚昀半长的额发抚过眼角眉梢，淡薄的眸光像刀子一样刮过祁恬的脸，“或者我换一种说法，你觉得你做的这一切，值得吗？”

尚昀每说一句话，祁恬的表情就要木上一分。她觉得这个男人不止没原则，还喜欢搬弄是非。他口舌如剑，言辞犀利得仿佛刚吃了馊饭，祁恬嫌他狗拿耗子多管闲事。

光头在一旁听得脸都僵了，他没想到自己哥们儿这么能喷，洋洋洒洒一大篇，喷的对象却是总共只见过两面、见面时间加一起不到半小时的姑娘。第二次见面还是今天，现在。

着急忙慌地把尚昀往旁边一推，光头绷着笑脸出来打圆场：“祁小姐，您好。我是尚昀的朋友，赵钦。”

祁恬脸上客套的笑容已经被晚风吹没了，她看了光头伸出的右手片刻，视线转回他的双眼。

“赵先生，我两只手都占着，就不跟您握手了。”

她一只手插在兜里，另一只手搂着花，冷淡颔首。

光头讪讪地收回手，为自己没话找话感到难堪。

“祁小姐这么晚来墓园，有什么事吗？”

“上坟啊，看不出来吗？”祁恬晃了下手里的花，似笑非笑的，“难道你们不是？”她的视线在两人间转了个圈，恍然大悟。

“不会是专门来蹲我的吧？”祁恬轻笑，笑得光头脸上发烫，“还真是难为二位了。”

光头放弃了，闭上嘴，怕再问下去祁恬会说她是来给他们上坟的。祁恬噎完人，不再理他，冷着脸看向尚昀。天空中黑幕压顶，夕阳最后一线微弱的光线被摇曳的树影割碎，落到尚昀身上。

“小尚总。”祁恬叫了他一声，静下来想想，忽然笑了，“小尚总的父母都很疼爱您吧！”

尚昀看着她。

“只有原生家庭幸福的人，才会企图在处理这种事时留有余地，哪怕是杀人，也要找好下刀的角度，让他们别那么疼。”

祁恬看着他，尚昀的长相其实非常符合大部分人的审美，眉骨高、鼻梁挺、眼窝深，眼尾下垂而瞳孔极黑，嘴唇丰润，是那种英俊多情又无辜的长相，但他通身的气质并不柔软。此时对自己说话的态度，明显不同于初次见面时的疏淡有礼，让祁恬觉得这个咄咄逼人的样子才是他的真面目。

她笑了笑：“可我本来就想让祁连山疼，他越疼我越痛快。”祁恬的声音轻而细，像雪霰，在初春的夜晚格外冻人，“他越落魄我越开心，他跌得再狠我都不解恨！”

祁恬茶色的瞳孔紧缩，她盯着尚昀，脑中却闪过王美佳和尤婧的脸：小三的得意轻狂在得知祁连山出事后变成了跌落谷底的呆滞，王美佳签署离婚协议书后的决绝赴死和被救醒时的失声痛哭。那一声声哭喊像细细的丝，裹住她的心脏，绕成密密麻麻的网，母亲衰老绝望的脸就是抓住那张网的手，用力一抽，网瞬间收紧，勒得她喘不过气来。

她后悔吗？她不知道。但她尽力了。

她做不到既照顾父亲的名声又照顾母亲的身体。从家中各个隐蔽处搜罗出来的药瓶让祁恬知道，如果再不快刀斩乱麻，母亲就彻底毁了，从精神到肉体。她得让母亲脱瘾，让她疼，让她重新站起来。她恨自己动手太晚了。

“小尚总说的值不值得，是指我做了这一切后，用被改变的人和事来权衡我将承担的后果，对比这二者之间的得失，以此判断是否值得？”

祁恬看着尚昀沉默的脸，轻轻抿住唇角。她其实不该再说下去了，她与尚昀并不熟，很容易言多有失。

但或许是因为昏暗的天色，又或许是因为尚昀始终审慎镇定、不带丝毫猎奇窥探的神色，让她忍不住想说一些跟谁都没说过的话。

很多话她不能跟母亲说，母亲太过柔弱，始终认为生不出男孩是原罪，祁连山因此要求离婚是自己罪有应得。在王美佳的老家，因为无子而被休弃的女人，是没脸再活下去的；她也不能跟郭小圆说，自从郭小圆同她一道目睹了母亲的自杀现场，那女孩就开始小心翼翼，把她当作易碎的瓷器一样对待，唯恐多问一句就会让她溃散破碎。所以她只能站在这里，对着两个堪称陌生人的男人侃侃而谈。

“站在道义和公理的角度，我的作为没有丝毫错误。如果我跟祁连山没有血缘关系，所有人——包括媒体和其他什么人——都不会来评判我的对错。所有人都知道这一点，所以您此时也只能问我，值得吗？

“这其实不是一个价值评判的问题，这是个选择题。我的父亲犯了错，即将拖累家庭，我只有两种选择，举报和不举报。如果不举报，我通过诉讼手段，要等多久才能让他得到应有的量刑？举证、质证、庭审、一审、上诉……正常流程需要的时间太长了，我耗不起。”

尚昀敏锐地抓住重点：“但你跟祁连山是父女，所以你说的这一切都不能解释你为什么要用举报的方式将他绳之以法。”

“因为这样做我最痛快。”

“是痛还是痛快？”

“当然是痛快。”祁恬失笑，“我觉得这么做值。您不满意？”

为什么选择玉石俱焚的方式？因为这种方式能让祁连山跌得最快最惨。为什么一定要用伤敌一千自损八百的办法？因为祁连山毕竟是她的父亲。

她出手对付祁连山，必将承受来自母亲的怨责，她带着摄像头走进祁连山办公室时就已经想到后果了。

她的母亲重男轻女、视丈夫为天，不会容忍女儿这样大逆不道的举动。

王美佳自杀被救，睁开眼的第一句话是问祁恬：“你爸来过没？”

得到否定答案后她就开始哭，哭着哭着又埋怨祁恬：“你为什么不是儿子？你要是个儿子，老祁家就有后了……你爸也不会不要我……”

在知道祁恬不仅没把祁连山劝得回心转意，反而直接将人举报之后，王美佳不哭了，她怒不可遏，拿指甲掐祁恬的皮肉，骂她丧尽天良。

“家鸡打得团团转，野鸡一打满天飞。哪个孩子不是天然亲近父母？你倒好，不就打你几次吗，怎么就成了仇人？你把你爸弄倒了，你能有什么好？啊？能有什么好？我以后怎么做人？我都没脸出门了！”王美佳气得胸口起伏，仿佛自己的人生走到如今的地步全是祁恬的错。

“你觉得这么做值得，”尚昀沉下视线，“那你后悔吗？”

祁恬瞪着他，觉得这男人在死缠烂打：“小尚总，你知不知道这样跟女孩聊天，很容易打一辈子光棍？”

然而尚昀却固执地看着她，面容平静，下垂的眼尾隐没于刘海发梢，墨一般漆黑的瞳孔，边缘显不出丝毫色调变化。

“这么做，你后悔吗？”他问得很认真，不给祁恬敷衍的机会，“你虽然说举报祁连山很痛快，但我却觉得你很不痛快。为什么？是因为你后悔了吗？”

祁恬蹙起眉，天色已经很暗了，月光如银，尚昀站在光影交界处，身形被身后那轮冷月照得锋利劲悍。墓园路径两旁的路灯闪烁了两下，亮了。

祁恬深棕色的瞳孔映着光，如琥珀琉璃，终于透出拒人于千里之外的恼意。

“小尚总这么想听我说后悔？”丹辉色的唇微掀，祁恬艳丽的眉眼冷到了极点，在灯光和素色花束的映衬下，显现出一抹惊心动魄的颜色。

“怕是要让小尚总失望了。”祁恬的桃花眼眼尾天生有一个上挑的弧度，正常看人时美艳又勾人，一旦垂下，那弧度就充满了冷漠的不屑和讥诮，“我这人做事决不后悔，不像其他人，总想着回头捡点儿过期的憾恨，含在嘴里，日夜反刍，生怕别人不知道自己有什么深仇大恨。再糟心的事，处理完也就完了，干吗非要留着回味过夜？恶心自己吗？”

“更何况，千金难买我乐意。”祁恬转开了视线，眼中光影浮浮荡荡的，“我费尽心思把祁连山送进牢里蹲着，高兴还来不及，为什么要后悔？”

她被尚昀逼得太紧，又做不出转身就走的姿态，反驳的话下意识地脱口而出，甚至还用上了反问，而不是之前平铺直叙的肯定。

尚昀看出女孩靡丽的眉眼间那丝不自知的颓厌，心里忽然就舒坦了，平心静气地点点头：“祁小姐说得对，是我多嘴了。”

祁恬站在小径上，沉着脸目送尚昀和光头开车远去，本来就不太好的心情彻底明媚不起来了。她低头看了眼手机，墓园还有半小时就要闭园了。

深吸口气，祁恬收敛心神，借着路灯的光，抱着花束在众多或高或矮、或新或旧的墓碑间行走着。

片刻后，她找到了刻着许姝雯名字的那块碑，停了下来。这里显然被人定期打扫过，墓碑下没有杂草，碑体也擦得干干净净，碑前摆着两盆鲜花，花瓣上还有未干的水迹。许姝雯的父母经常来这里吧？

将怀里的花束轻轻放下，祁恬看着冰冷碑石上许姝雯那矜持微笑的面孔，慢慢抬起手，把那张秀丽的脸盖住了。雨水沾满手心，祁恬半跪在湿泞的青石板上，额头抵住手背，虔诚地闭上眼。

“姐，对不起，这么久了才来看你。

“我的眼睛养好了，家里那些糟心事也处理完了。

“你等着。我一定会把宋旭晟押到你坟前，按着他给你磕头的。”

红色奔驰驶上环路，在晚高峰的车流里一点一点往前挪着。车内气氛沉郁，光头一心二用，一眼盯着路况，一眼打量着尚昀的神色，生生把自己练成个斜视。

尚昀手肘架在车窗内侧，目光平静地看着窗外红黄交织的车灯，正在出神。光头默默地将车内温度再次调高，企图把好兄弟那张英俊冷淡的侧脸焐热点儿。

“昀子，去吃饭？”路况终于转好，光头加大油门，点开手机里的导航地图，“饿了吧？咱俩中午都没吃饭，我这会儿肚子里没食儿了，饿得心慌。”

“好。”尚昀回神，“吃涮锅？”

“得嘞！”光头一手把住方向盘，一手激活地图的语音导航功能，让它搜索最近的铜锅涮肉店。地图上的小圆圈没转几下，几条信息先后显示出来。红车车速渐快，光头不敢分神看信息，将手机丢给尚昀："帮我看下谁发来的。"

手机屏幕点亮，消息界面显示那几条信息都来自一个备注名叫"小李子"的人。翻了下信息内容，尚昀一时没说话。

"怎么了？"光头余光打量着尚昀平静的神色，"谁发的？不会是我老板吧？"

"你给你们老板的备注是小李子？"

"是他啊。"光头神色松懈了下来，"小李负责我们公司最近新策划的一个节目，老板让我带带他。"

"什么节目？"

"叫什么……'为爱寻找'。立意可高大上了，要打造国内首档公益寻人节目。以国人的思念牵绊为核心，贴近基层和百姓，传递大爱与希望……"光头挥了下手，"反正你懂的，就是那个意思。参加这种节目得有颜值和噱头撑着，我这两天正让小李在网上搜罗'素人'和故事呢。他怎么说？有好材料了？"

尚昀把手机在指间转了几圈，调回导航地图，慢吞吞地开口。

"他说有十来个人报名了，正在筛选。"

"人数挺乐观啊，男女各几个说了吗？"

"没说。他连着发了几条，主要是说有个报名的素人一定要放在第一期播出，节目必火。"

"他还安排上档期了。"光头发笑，"哪个素人给他的底气？"

尚昀看了眼车窗的倒影，发现自己正在微微皱眉。

"祁恬。"

光头脚一抖，红车差点儿亲上前车屁股。

"……你说谁?!"他惊得音都破了。

尚昀撑着下巴看向车窗外快速退去的灯火，不知在想什么，忽然笑了下："你没聋。"

尚昀把手机塞进支架："这位小李说得也没错，她要是参与录制，你们节目确实会火。"

"火个屁。"光头脸色发青，"就祁恬现在那满网的'黑粉'数量，估计这节目等不到开播，宣传期就彻底煳了。"光头一脸被人踢了屁股的神情，尚昀看着有点儿好笑，也觉得有点儿惊讶。

祁恬怎么这么能折腾呢？生命不息，折腾不止。刚把亲爹折腾进监狱，又要来折腾上节目？

祁家那点儿破事这一个月都被扒得差不多了，没听说她家有谁失踪的，族谱上近三代的人名一个个无论生死都安排得明明白白，她上《为爱寻找》是要找谁？

就算想上节目也不该在这个时间上。祁连山的案子不结，跟祁连山有牵扯却没落马的人就不会消停。上个节目给自己增加无数风险和麻烦，她是这么蠢的人吗？

尚昀只见过祁恬两次，不好说她是不是本性就这么高调，不喜欢低调做人。但她等到天黑才去墓园，尚昀觉得她在生活中至少是个谨慎的人。

谨慎的人，会想不到他刚才考虑的那些风险吗？付出这么大的代价也要上节目，她到底想找谁？

修长的手指抵住嘴唇，尚昀觉得这事有点儿意思。他看了光头一眼："别把她筛下去，录节目的时候叫我一声。"

"你想干吗？"

"我去开开眼。"尚昀向后靠了靠，窝成个舒服的姿势，"观摩一下人是怎么把自己'作'死的。"

二十四小时营业的便利店内，郭大壮正缩在收银台后面的角落里挥汗如雨，按照祁恬的要求，用软件把几张图片改得面目全非。

"恬恬，你行不行啊？"郭小圆站在收银台里，一边给商品扫码一边不停回头，"瞧把我哥折腾的，大冷天的汗如雨下，你也太强人所难了吧。"

"不是，郭大壮你到底会不会 P 图？不会让开，我自己来。"

"不是我会不会的问题，是你这要求说不清楚啊。"郭大壮有苦难言，抹了把脸让出电脑，"你来，我倒要看看你能给 P 成什么样儿！"

第五章 你是不是觉得我瞎

尚昀发了话，节目录制当天，光头还真把他叫来了。录制棚里工作人员进进出出地忙碌，光头作为小领导，在场边陪着尚昀说话。

“给她排在第一个录，你等下就能看到了。”光头抛给他一瓶水，再把手里的资料夹递给他，“访谈都有提纲，个人情况里面也有，你看看。”

尚昀接过资料夹：“你牙疼？”

光头脸色不太好，摸了摸后脑勺：“我本来不想让她录的，毕竟她家那情况……是吧？万一节目播出后，有人在路上认出她，给她泼硫酸，那不是造孽吗？”

尚昀倒不意外光头会这么想，他知道自己这位发小虽然外表是个糙汉，但心思细腻，体贴起人来总是能考虑周到。

“那现在是什么情况？她马上就要登台了。”

“我没拦下来。”光头愁得直嘬牙，“有人直接把她的履历递到制片人那儿去了。”

“谁递的？”

“孙芸，公司合作律所派来驻场的律师。就舞台旁边那个，跟祁恬在一起的。”

光头抬了抬下巴，尚昀顺着他的视线看去，先看到的却是人群中的祁恬。

她穿了条墨绿色的羊绒长裙，脑后挽了个低低的发髻，用珍珠发夹固定着，安静地坐在那里，任由身前一个短发女生帮她描眉。那女生倒是职业化的打扮，身着姜黄色衬衫和黑色西裤，袖子挽到手肘。

场中暖色的主灯打着，轮廓灯在祁恬身后和侧面点亮，羊绒的柔软让墨绿色在灯光下折射出水波一样的纹路，隐隐变换着色调，为她端坐的身姿勾勒出一层毛茸茸的金边。

祁恬好像感觉到了尚昀的注视，她忽然睁开眼，避开了孙芸手中的腮红刷，扭头望去。

灯光瞬间照落眼底，仿佛无数星光坠入，祁恬茶棕色的眸子被映得近乎透明，好像有一层剔透的冰。连衣裙 V 字形的领口随着她侧头的动作敞开了些，露出一截纤细的锁骨，在深色领口的衬托下几乎要发出莹白的光。

光头下意识地转开视线，尚昀却迎着她眼中一闪而逝的诧异，微笑地颌首。

祁恬惊讶的神情很快隐去了，定定地看了他几秒便不再理会，扭头继续化妆。

尚昀拿着资料夹扇了下："她跟那位孙律师挺熟？"

"听说是她大学学姐。"

"R 大的？"

"我没怎么打听。"光头叫来一旁忙着控场的小李，"孙律师跟祁小姐关系怎么样？"

小李早就从网上熟知了祁恬的"壮举"，此时正一边将本人与事迹对上号，一边对着板子确认录制流程，嘴里八卦也不耽误："关系应该挺好的。她俩都是 R 大毕业的，差了两届。我听说祁小姐刚开始不想上节目，是孙律师替祁小姐报上名她才来的。孙律师为了确保祁小姐能被选上，还请节目组的人喝了几次奶茶呢。"

光头不乐意了："我怎么没喝着？"

小李抿嘴一乐："谁让您老跑外勤呢？"

光头打发走小李，看了祁恬两眼，跟尚昀低声嘀咕："你说孙律师是不是缺心眼哪？这种时候让她学妹来录节目。"

"可能没想那么多吧。"尚昀不置可否，"祁恬能让她知道自己在找人，两人关系不会差。"

"找人……你说她能找什么人。"光头摸着下巴问他，"我这两天看资料琢磨啊，她要找的人叫什么……宋旭晟。我寻思着这名儿跟祁恬也不沾亲带故啊，这丫头怎么就想找他呢？"

"资料里没写原因？"

"没写，要不我奇怪呢。"

尚昀翻了翻资料夹，正好翻到祁恬的简历页。"哎，对，你也看看，我之前是真没想到，这姑娘居然是个学霸。"光头显然之前看过，此时一脸惋惜，"要不是祁连山出了事，就她这履历，早被知名律所挖走了，哪能到现在还没个正经工作。"

薄薄几页 A4 纸，一条条闪闪发光的记录，光头第一次看的时候差点儿被"闪瞎"了眼。

"对了，说起找人，"光头打量着尚昀的神色，声音压低了点儿，"你要找的姑娘怎么着了？有进展没？"

尚昀翻资料的手顿了下，摇了摇头。

"摇头几个意思啊？"光头追问，"一点儿进展都没有？电话号码呢？电话号码陆局总得给你一个吧。"

尚昀看向他："没有，没给。"

光头深吸口气，冲天上一拱手："绝了，我陆叔真是绝了。"他放下手，见尚昀还是一副不急不躁的样子，恨不得摇他两下把人给摇精神点儿，"你就一点儿也不着急啊？找你爸想点儿辙？都是老哥们儿了，陆叔不给你面子还能不给你爸面子？"

"这事还没到劳烦老爷子的份儿上。"尚昀笑笑，"我再想想办法吧。"

说着他将随意翻了几页的资料夹合上，抬头向舞台望去。

祁恬已经化完妆了，静静地坐着等待上台。她修长的脖颈微微仰起，肩平腰直，面如白玉，一双桃花眼微敛，坐出了闹中取静的架势。

尚昀忽然觉得她与周围明妆艳服的热闹喧嚣格格不入。祁恬的美其实是一种由内而外、自信张扬的明丽，舒朗开阔、清媚大气，并不需要什么装扮。

如果没有祁连山的事情，目前她应该正处于最好的年华，自由自在地在阳光下盛放。她不应该被拘束在这里，不应该出现在声色犬马的娱乐场，被人品头论足。

望着她正坐如钟的身姿，尚昀罕见地动了点恻隐之心。

“要不你搞出点儿现场事故，别让她录了。”

“那老板该让我滚蛋了。”光头拒绝，“我前两天网上宣传都没让他们放祁恬参录的消息，就怕她来节目组的路上出事，上个社会新闻。”

“你可真够操心的。”尚昀收回视线，轻笑一声，“第一期节目一共就四个人，今天录完夜里剪辑，明天正片就全网首播了，你能帮她瞒多久？”

光头咂了咂嘴：“说得也是。”

事已至此，尚昀懒得再琢磨，把资料夹还给光头：“她要找的人是谁？我在资料里没看到照片。”

所有参加录制的“素人”都会提前给节目组提供若干张照片，以便录制时将照片投放到大屏幕。

“我听说她今天才交的照片，可能还没来得及放进来。”光头歪着身子向房间另一头张望，“你等我问问编制组。”

他正说着，墙角堆满电脑器材的地方突然冒出个脑袋，左右看了看，一眼瞄到光头，飞快地冲过来。

“赵哥。”来人一头乱糟糟的黄毛，满脸熬夜后的萎靡，“你们赶紧调整录制顺序，那人不能录。”

光头一怔：“谁不能录？”

“祁小姐。”

“……为啥？”

“她提供的照片不对。”黄毛有点儿烦，之前准备的素材全白费了，“我跟制片沟通过了，制片让换人。”

光头刚替祁恬操完一堆乱七八糟的心，这会儿突然心想事成了，不知道该不该高兴。

黄毛见他没反应，塞给他一张照片：“你看看就知道了。”

尚昀心里好奇，从光头手中把照片抽过来看，一时没忍住，笑了。

录制计划突然调整，整个场地鸡飞狗跳的。祁恬从台下退到房间门口，隔着人群看了眼还在跟工作人员据理力争的孙芸，她满脸愤慨，企图把祁恬的名字塞回录制名单。

要让学姐的心意白费了。祁恬垂下眼，微微有些歉意。孙芸比大她两届，是法学院众所周知的热心学姐，虽然她总会在提供帮助时“用力过猛”，给当事人带来些不便和尴尬，但谁也不忍辜负那份毫无保留的纯善。

祁恬也是。她可以谨慎提防一切怀有目的的试探和援手，但面对学姐的赤诚，她说不出“不”字。

祁连山入狱后，连母亲王美佳都指责她罔顾人伦，是孙芸特意请了假，等在看守所门口，见她出来的瞬间红了眼眶，将她拉进街边饭馆，给她点了一碗热气腾腾的卤肉盖饭。

她像个真正的姐姐，一边盯着她吃饭一边关心她的处境，问她最近延迟毕业顺不顺利，工作找到没有，今后有什么打算，有没有需要帮忙的地方。

彼时祁恬刚在看守所的探视间内与祁连山彻底撕破脸，白刃见血，互插双肋。孙芸的关怀就像雪天里的一杯温水，将她那颗冻得梆硬的心焐出一丝热气，高筑的心墙裂开一条线。于是，她告诉孙芸自己想找一个人。

祁恬据实相告是不想辜负学姐的善意，她没想到孙芸真的记在了心里，短短几天就借着工作之便把她塞进了《为爱寻找》的录制名单里。

可惜，天时、地利、人和，没有一样站在她这边。如果参录就能找到宋旭晟，被大众知道了长相其实也没什么，但她无法满足节目组的录制要求。

叹了口气，祁恬趁乱离开了现场。逆着人流往走廊西边的楼梯走去，祁恬低头给孙芸发了条消息，告知她自己先离开，请她不要再费心了。

走到楼梯口，小李正从楼梯下往上跑，见到祁恬，先是一愣，随即松了口气：“正找你呢，快来。”

“干什么？”

“赵哥找你有事，让我带你去他办公室待会儿。”

祁恬皱了下眉，想起刚才在录制现场瞥见的尚昀和光头：“你说的赵哥是赵钦吗？”

“对，他是我们导宣部的经理，你认识？”小李说着就要带她去光头的办公室，祁恬向后退了两步。

距离上次不愉快的见面刚过去六天，祁恬怀疑尚昀和光头都没少关注自己家的事，她一点儿也不想跟他们打交道。

她今天是由孙芸带着来节目组的，如果来之前知道光头在这家公司工作，她根本就不会来。

“我跟赵经理不熟，他找我应该没什么要紧事。”祁恬轻巧地绕过小李，疾步向楼下走去，“麻烦你跟他说下，我还有事，先告辞了。”

“哎！”小李在后面急着叫她。

祁恬站在一二楼之间的转角处，回头看了一眼：“我真的有事，请你转告他，谢谢。”

说话间祁恬走完最后一级楼梯，裹紧大衣向门口走去。

门外刮着寒风，初春的阳光不暖，但很亮，刚从里面出来，明暗的突然转换让她眼前骤然一白，祁恬猛地闭上眼，听见有人在喊她。

“祁小姐！嘿，这儿，这儿呢！”

重新适应了户外光线，祁恬睁开眼，看到光头站在吸烟亭外，一手夹着烟，一手使劲挥着，正挤眉弄眼地招呼她。在他旁边，尚昀半侧着身蹙眉看过来，腋下夹着个资料夹。

祁恬心里“啧”了一声，咬着舌尖过去了。

“赵经理。”她站在离光头三步开外的位置，不肯再往前走，“有事？”

光头看出她嫌弃烟味，干笑了两声，狠吸几口把烟掐了。一边挥着烟气，一边拍了下尚昀的肩膀。

“我这兄弟说你肯定不会老老实实地去我办公室，所以我们就干脆到楼下堵你来了，反正要走只有这么一个门。”

祁恬视线往边上一瞟，还没等她说话，尚昀忽然问道：“眼睛不舒服？”

祁恬一怔，还没想好怎么说，尚昀又接了句：“受过伤？”

祁恬的脸瘫了下来，下意识地揉了下眼角，没吭声。

光头惊诧道：“昀子，你怎么看出来的？”

祁恬不说话其实就是变相默认了。尚昀怕她多想，特意解释道：“我有个朋友也这样，参加……工作时眼睛受过伤，后来虽然治好了，但遇到光线突变的环境还是需要个适应的过程。”

祁恬不想就这个话题多聊，她向身后看了看：“我去买瓶水，二位有事找我的话，店里说？”

大楼一楼的底商有家店面挺大的连锁便利店，门口有三个收银台，里面有五排货架，六七个卡座摆在货架后头，供来店消费的人休息吃饭。中午的饭点已经过了，便利店里没人，祁恬拿了瓶水，随意找了个空位坐下，对着光头和尚昀笑了笑：“稍等，我吃个药。”

她从大衣兜里掏出个便携小药盒，倒出两颗白色药片就水吞了，把水瓶拿在手里转了转，抬头问道：“赵经理找我什么事？”

光头满肚子问号，想问她吃的什么药，又想问她眼睛是怎么受的伤，但祁恬双肘撑在桌上，手里握着矿泉水瓶，歪着头，唇角微翘，视线有些散漫，并不特定落在谁的身上。素白的一张脸，为了录制节目化了舞台妆，妆感浓重，像糊了层假面，越发显得冷淡和戒备。于是光头的话到嘴边又绕了回来。

“你是真心想参加这个节目吗？”光头把资料夹从尚昀手中抽出来，问得有点儿郑重，“虽然我不太建议你现在参加，但既然你报名了，如果还想录，我可以帮着跟制片沟通，你尽快把需要的材料备齐，我安排你在后几期参加录制。”

“我不想录了。”

祁恬答得太干脆，光头一时噎住，不知道该怎么接。

尚昀似乎早已料到，短促地笑了一声。

说实话，那笑声很好听，但从尚昀嘴里发出来，就莫名带着点儿诸如嘲讽、意味深长等让人不太舒服的意味。

祁恬皱眉看了他一眼：“小尚总想说什么？”

“没什么。”

尚昀坐在斜对面的卡座里，手肘撑着扶手，整个人放松地靠在椅背上，眼睛不像上次见面时那么暗沉，含了点儿明亮的笑意，正懒洋洋地打量着她。

祁恬见不得他舒坦，向后一靠，双手在胸前环抱。

“小尚总，有话直说，别来你们生意场上那一套，说一半藏一半，云遮雾绕的，小心搬起石头砸了自己的脚。”

尚昀的视线终于准确地落到祁恬身上。

他注视祁恬的目光不知道是审视还是什么，但终究带着点儿不轻不重的压迫感，让向来吃软不吃硬的祁恬下意识地竖起了满身的刺。

她露出个艳光四射的笑容：“怎么，说中您的心病了？我爸送的卡，没给您惹麻烦吧？”

尚昀的表情没什么变化，漆黑的眉眼稍稍压低，眸底映着白炽灯的光，透出点儿兴味来。片刻后他轻哼一声，率先将视线移开了。

光头有些错愕，他几乎没见过自己哥们儿在与人交锋的过程中主动退让过，正想说什么，被尚昀在桌子底下不轻不重地踢了一脚。

“看我干吗？说正事。”

祁恬的视线也移了过来：“赵经理，没别的事我先告辞了。”

他们商量好的是吧？挤对人都掐好了点儿一起来！

光头被这俩人搞得头疼，没好气地把资料夹翻开了：“祁小姐，你到底怎么想的？如果你一开始就不报名参加节目，我能理解，毕竟你家现在情况特殊。但你既然报了名，人也来了，怎么说不录就不录了？”

“这不能赖我。”祁恬不背这个锅，“是您手底下的人突然通知我，说录制顺序调整，让我不用录了。”

“那你就不好奇，为什么突然不让你录了？”

祁恬动了动嘴皮，没吭声。

光头顺理成章地把她的反应理解为心虚：“原来你也知道自己做得不地道？”

将资料夹里的照片推过去，光头屈起指节扣了两下桌面：“美女，你要真不想录，提前说，有的是人排队想露脸进军娱乐圈。你来都来了，拖到上场前才交照片，交的这是啥玩意儿？你当我的人前期准备工作不要钱还是怎么着？大家为这节目熬了好几宿，你怎么能这样呢？”

祁恬盯着照片看了片刻，终于承认：“抱歉，我太想参加了，所以把照片处理了下……但你们怎么看出来的？”

她觉得这张照片处理得还可以。照片上的男人理着板寸头，修眉凤目，鼻梁挺直，削薄的唇勾着点桀骜的笑，正侧脸望向镜头外。这张脸上的五官单独拆开都很好看，甚至还让人觉得有些眼熟，但合在一起却显得格外怪异，因为五官的比例不协调。

光头抬手把照片遮住一半：“眼睛，当红小生的。”手往上挪了下，“嘴巴，金马影帝的。”

“鼻子看着是个女明星的……板寸头你从谁脑袋上扒下来的？”光头说到最后一摊手，“祁小姐，虽然你把五官拼在一起的时候用P图软件统一了肤色，但怎么说呢……你是不是觉得我瞎？”

光头混迹娱乐圈快十年了，一双眼睛毒得可以瞬间看出整容脸到底整了哪些地方。祁恬这张图P得，简直太侮辱他的智商了。

祁恬垂下眼，浓密的眼睫毛涂了睫毛膏，又长又翘，在脸上落下一片阴影：“对不起。我没有要找的人的照片，只能出此下策。”

她道歉的语气很诚恳，让光头好像一拳砸进棉花里，再说下去就显得他小心眼了。

正打算捏着鼻子自认倒霉，光头忽然觉得不对：“你没有要找的人的照片？怎么可能？”

“我手机坏了，资料没备份，这是我根据印象做的。”

祁恬也很郁闷，早知道情人节那天就不该去刺激祁连山。现在可好，许姝雯曾经发给过她的宋旭晟的素描照没了，那时她觉得找宋旭晟这件事跟自己毫不相干，压根儿没往心里去。

素描照找不到后，祁恬仔细回忆了她与许姝雯相处的点滴，忽然意识到自己居然只看过一次宋旭晟的照片。那是张小得跟大头贴一样的破纸片，被许姝雯当宝贝一样藏着，祁恬看的时候还怀疑过是不是许姝雯偷拍的，拍的时候还被宋旭晟发现了，要不那男人怎么会笑得那么嘚瑟。

“做得真的那么差劲？”祁恬对自己的记忆力还挺自信的，绝不是随便拼张图来糊弄节目组，“我觉得跟原图至少像个百分之九十。”

……还来劲了！

光头木着脸，觉得自己跟这位刚毕业一个月的姑娘之间大概存在代沟，有马里亚纳海沟那么深。

光头的表情太憋屈，坐在一旁安静了半天的尚昀忍不住扭头轻笑，那笑声刚冒头就消失了，像个含混的咳嗽，戛然而止，不给人留揣摩的余地。

光头委屈地看向他。尚昀屈指抵住嘴唇，拿过资料夹向后翻了几页。

“祁小姐，资料上写着你要找的是个男人，叫宋旭晟。”

“是。”

问话的对象变成尚昀，祁恬下意识地挺直腰，肩颈线条微微绷紧，一副如临大敌的架势。

“他跟你的关系资料里没写。”

祁恬的嘴唇翕动，又抿住了，不说话。

尚昀打量着她的表情，揣摩了下：“情人？”

祁恬的表情活像被人塞了把耗子药。

尚昀忍不住笑了：“不是？我还以为参加节目的人讲的故事大多与爱情相关呢。”

光头在一旁大力咳嗽，努力打圆场：“跟亲情相关的也有！”

尚昀眼皮都不抬：“祁家近三代就没有姓宋的亲戚。”

光头怔住。祁恬也有些意外：“你调查我？”

尚昀放下资料夹，很讲道理的样子：“你送你父亲去‘双规’的前一天，他给了我一张温泉山庄的VIP卡——当时你也在场——托这张卡的福，对他的调查有那么点儿牵扯到我。”

“虽然影响不大，只有这么点儿。”尚昀抬起右手，食指和拇指比了条细缝，“但我谨慎惯了，在被约谈前又多搜集了些资料。所以现在我对祁家的了解比你以为的要多一点儿。”

这么说的时候，尚昀微微抬着下巴，视线从半阖的眼皮下流出来，凉飕飕的，让祁恬突然有点儿不自在。终于明白在墓园里，尚昀为什么要抓着她的痛脚一条一条地踩了。

“不是情人，也不是亲戚。”祁恬揉了下眉心，“如果非要说的话……就是个必须找到的人。”

“这可有意思了。”尚昀笑出声，“祁小姐不会是要找个仇人吧？”

“……算是吧。”

“这个节目的主旨是‘为爱寻找’，祁小姐却为了寻仇而来！”

“我已经道过歉了。”祁恬隐约有些不耐烦，直觉告诉她尚昀在找碴儿，“是我一开始想岔了，想投机取巧，还好最后没录成。如果给节目组造成了什么实质性的损失，请赵经理列个单子，我照价赔偿。但我应该没有什么对不起小尚总的地方吧？那张卡是我爸送的，您也接了，别说得自己好像是个受害者，从法律上来讲，您这属于非国家工作人员受贿罪。”

尚昀顿了下，神色讶异地盯住她——卡是祁连山直接塞进他兜里的，祁恬看得一清二楚，却还怂恿他收下。她是憋着坏地坑祁连山，连带想把所有跟祁连山有关系的人一网打尽，丝毫不考虑会不会误伤。

光头哪能真列什么单子让祁恬赔偿，他觉得说到现在也差不多了，再说下去就显得他们有点儿欺负人了，便拿胳膊肘顶了尚昀一下，想把资料夹拿回来，但尚昀捏紧了边角没撒手。

“我刚才听说，祁小姐其实本来不想参加这个节目，是你的学姐孙芸强行给你报了名……”

“跟学姐没关系。”祁恬飞快地打断他，寡淡的眼神变得有些尖锐，似乎很怕他们把账算到孙芸身上。尚昀挑了下眉，忽然觉得有点儿意思。

“学姐跟我说有这么个节目要拍摄，让我来试试。我答应了，之后准备材料什么的都是我自己做的。”

这姑娘把一切指责都干脆利落地认了，却不愿提起孙芸半句，巴不得将那位学姐撇得干干净净。这样欲盖弥彰的做法，简直就是毫无反抗地把软肋递到他们手里。

“她让你试你就试？”

祁恬没说话。

该怎么说？说她因为从小得到的关爱少，母亲的视线永远在父亲身上，父亲的关注点永远是别人家的儿子，所以她长大以后不知道该怎么拒绝来自他人的善意？

她说不出口，但尚昀还在等答案，因此她斟酌片刻，干巴巴地道：“学姐人很好，不会害我。”

尚昀突然从那张明艳的脸上看出点儿傻气。

头顶的白炽灯闪了几下，好像是镇流器出了问题，忽明忽暗间，刺刺的电流声顺着耳朵往耳蜗深处钻，直钻到尚昀的心上，像是谁在拿着针刺他。

眸光暗下去，尚昀不合时宜地想起一些让人不那么愉快的往事。一样的傻气，一样对责任大包大揽，一样想把所有人都护在自己的羽翼之下，哪怕那羽翼连毛都还没长全。

便利店的门口忽然响起迎宾曲，有客人进来了，尚昀听着收银台结账的声音，漫不经心地看向手里摊开的资料。

祁恬这份让光头艳羡无比的简历他其实早就看过了，甚至他得到的资料比光头这份更详细。

所以他知道祁恬到底有多优秀：

R 大法学院优秀毕业生；

R 大学业校级奖学金一等奖三次、二等奖一次；

R 大优秀学生干部；

R 大法律援助中心优秀志愿者、“法援之星”；

区人民法院申诉立案大厅诉讼服务志愿者工作奖 A 等；

参与搭建体系建设课题五次、市级立项一次。

这姑娘敏而好学，她闪耀的内在远比漂亮的外表更亮眼，因为她的内在凝结了无数执拗、倔强与挣扎，是她不愿显露人前的。

因此她哪怕化浓妆、着华服，坐在乱糟糟的导录厅里，都能坐出出庭辩护的气势，显得格外鹤立鸡群。

尚昀是真的觉得可惜。可惜她一腔孤勇，最后却无法用自己的天赋和多年来的努力回馈社会，无法用她微小却坚定的力量，去一点点改变现实中的种种不公。

但是在这个社会里，真正让正义无法被击败的根源，不就是有的人可以按捺住本能的恐惧与愤怒，遵从和坚持内心的理性和原则，并以真正的勇气一以贯之地去坚守吗？任何能够守住内心的光和热，敢于说出“这样做不对”的人，都值得被呵护。

店里的客人离开了，四周再次安静下来。尚昀斟酌了许久，终于开口。

“你已经有律师执业资格证了吧？”把资料夹丢还给光头，尚昀搓了搓手指关节，“去跟你那位人好心善的学姐打个商量，让她把你挂到他们律所去。”

“……为什么？”话题转得太快，祁恬一时跟不上他的节奏。

尚昀扫了眼她因为疑惑而微微张开、涂着正红色口红的嘴，斯文一笑：“海睿律所长期服务于欢腾影视公司，他们的驻场律师却擅自泄露节目组的录制计划，造成拍摄进度被延误。你说欢腾影视下次再签委托合同，还会考虑海睿律所吗？”

祁恬猛地攥紧手指：“你在拿学姐威胁我？”

“你也可以换一种不那么伤感情的理解方式。”尚昀双肘撑在桌上，十指松松交叉，笑得俊美极了，“比如，你可以认为其实我是在帮你。”

祁恬深吸了口气，试图跟他讲道理：“不清楚学姐能不能在律所里说上话，就要我去挂靠，你认为这是在帮我？而且赵经理只是部门经理，他能影响欢腾影视的决策，还是你能影响？”

尚昀含着笑，音色好像水面幽幽荡开的波纹：“你太小看你的学姐了，欢腾影视是海睿律所的大客户，所以他们派来驻场的律师必须是中高层，孙芸是律所的初级合伙人，招一两个实习生的权力还是有的，她没跟你说过？”

祁恬向后仰了下，像是被这个回答迎面打了一拳——她知道学姐毕业后发展得不错，但没想到不错到这种地步。

“至于欢腾影视跟不跟海睿律所继续合作，光头确实说了不算，但我说了算。”尚昀像是被祁恬的反应取悦了，笑得有点嚣张，“欢腾影视有三个股东，分别是国资企业、港资企业和个人。我虽然不负责公司具体事务，但拿着公司24%的股份，另外两家法人股东在重大决策时都要争取我的投票，所以这种小事从不会驳我的面子。”

原来他还是个低调隐形的富二代。祁恬飞快地扫了眼光头干笑的脸，知道尚昀说的都是真的。

“如果我拒绝呢？”

“你可以试试。”

祁恬双眼冷下来：“好，那我就试试。”她站起身，凳子腿发出刺耳的金属摩擦声，“我还从没见过屈服于威胁的人能有什么好下场，您有本事就把学姐的律所给毁了，我……”

祁恬伸手指向尚昀，想放一两句狠话。但她到底是个初出茅庐的学生，连骂脏话都要想半天该怎么发音。她用手来回点了点两人，最终只能徒劳地撂下一句苍白的威胁：“如果学姐真的受了什么影响，我一定不会放过你们！”

光头目送祁恬气势汹汹地离去，原本因为她耽误录制进度而产生的怨气又涨了几分：“嘿，真行，说走就走，也忒不把咱们放眼里了。”

尚昀没说话，站起身准备离开，光头拦住了他。

“昀子，你怎么想的？干吗要她去孙芸的律所？”

“我是想帮她一把，做什么事都得有经济来源。可惜她不领情。”

“您可真是咸吃萝卜淡操心，她是那种踏实过日子的人吗？我跟你说，”光头伸手指了指自己的眼睛，“你发小我，今天就用这双阅遍万千美女的毒眼跟你打个赌。”

“什么赌？”

“这丫头长这么漂亮，就不是个能安于室的。她呀，想着怎么炒作出名赚流量费呢！”

尚昀看了他半晌，忽然笑了声：“用你那俩小眼睛看出来的？”

“加上我睿智的大脑分析！”

“还分析?!”尚昀笑着摇头，向外走去，光头连忙追上。

“真的，你听我给你盘盘。二月一号，咱俩碰着她去找祁连山。二月二号，她就把祁连山给举报了。现在一晃半个多月过去了，今天是二月二十五号。你如果打开手机看一眼，就能知道祁连山的事已经不在热搜榜了。她要是再不出来刷个存在感，那她月初做的那点儿事就全白瞎了。”

光头追着尚昀走在人行道上，掰着手指给他说：“你还别不信，现在的小姑娘，一个个都势利着呢。你让她去律所挂着，老实挣钱，那不可能！现在的小孩就喜欢当什么‘网红’、流量符号，来钱多快啊！不信你等着，我这节目她上不了，她肯定得去别的节目。她那副长相，老天赏饭，想出名真的太容易了！”

尚昀任由他在自己身边口沫横飞，等他说完了才道：“行了，别瞎编，她不是这种人。”

“嘿，你又知道了啊？怎么着，真被她的美貌迷惑了心智？”

尚昀无奈地站定，看向光头：“看人别光看外表，就你那俩小眼睛，看走眼多少回了？”

“那我也没机会揣摩人家的内在美啊！”

“你看看她做了什么。”尚昀伸出手指点了下光头的肩膀，“换你，你父母或者兄弟我犯了法，你会告发我们吗？”

光头犹豫：“那……看情况？”

“你看，你犹豫了。”尚昀眯眼看了下亮堂的天空，“祁恬可能也犹豫过，但她还是做了。不管是出于什么原因，我相信能狠下心站在公理一方的人，不会为了挣快钱而出卖自己……我觉得她的自尊不会允许她自己出卖色相，她应该是有自己的苦衷。”

说着尚昀转头冲着光头挑了下嘴角：“你要不信，我就跟你打这个赌。”

第六章

为她讨回公道

银色茶匙里的糖浆顺着茶匙流下，滴入纯黑色的咖啡中，祁恬茶棕色的眸子盯着缓慢垂落的液体，不知在想什么。她左耳的蓝牙耳机中传来郭小圆喋喋不休的絮叨。

“恬恬，咱别发呆行吗？你再打个电话给那个叶素娟，问问她到底来不来。你在咖啡厅里不觉得，我在车上可冻得够呛。”

“约的四点半，还没到时间呢。你冷的话就进来。”

“一杯咖啡一百八十八块钱，疯了吧，我才不当这种冤大头呢！”

“我请你。”

“别，留着我这杯咖啡钱，等下咱俩去吃点儿好的。”耳机里郭小圆吸了下鼻涕，气哼哼地嘟囔道，“一百八十八块钱，我家便利店里十块钱买一送一的大杯美式它不香吗？”

“香。但这里是金融街，寸土寸金的地段，跟你们那老城区没法比。”祁恬抬头看了下外面高楼林立的商业街，斜对面高楼的弧形落地窗反射着阳光。叶素娟就在这片商业区上班。

在被光头揭穿照片造假不能上节目后的这一周里，祁恬给叶素娟打了无数次电话，被骂得耳朵都起茧子了，才把叶素娟烦得松口答应出来见她一面。要不是实在没办法，她也不会出此下策。

约叶素娟出来其实不算难，只要脸皮够厚、嘴够甜、能挨骂就行。毕竟许姝雯的眼角膜已经在自己眼睛上了，叶素娟再不乐意也没办法改变这个事实。

真正难的是接下来的事，她需要宋旭晟的照片或者素描，需要关于宋旭晟的所有信息。她想了很久，觉得现在能得到这些信息的，只有许姝雯的手机了，她得让叶素娟把许姝雯的手机交给自己。

“哎，来了来了！我看见她了！”郭小圆忽然叫了起来，“恬恬，赶紧的，速战速决！”

祁恬抬眼，透过玻璃看到咖啡厅外面一个瘦高的人影步速极快，推开了咖啡厅的门，随着高跟鞋踏在木地板上的咯噔声，一股冷风涌了进来。

“叶阿姨。”祁恬快步迎上去，“您喝点儿什么，我给您点。”

自从除夕夜超市相遇后，祁恬就没再见过叶素娟。她比那时更瘦了，卡其色的薄羽绒服挂在身上空荡荡的，脸色苍白疲惫，颧骨略高，法令纹很深。她带着凛冽的寒意走进店内，让人头脑一下清醒。

“我不喝。”叶素娟解开围巾，越过祁恬坐到位子上，“我很忙，要不是你老打电话来耽误我的时间，我也不会答应跟你见面。你有事说事，我给你——”她抬手看了眼腕表，“我给你十五分钟。”

叶素娟说完，撩起眼皮看向祁恬，眼神戒备淡漠，对祁恬充满了防备和疏离。

祁恬低头笑了下：“行，那我就不客气了。”

她坐到叶素娟对面：“我想请您把姝雯姐的手机借给我，我答应过帮她找到宋旭晟，但我没有这人的照片和电话。我还想问问您姝雯姐生前有没有要好的朋友，知道她跟宋旭晟交往的——”

“不借。”叶素娟打断了她，态度冰冷坚决，以致祁恬一时忘记要说什么，愕然地抬头望去。

“叶阿姨？”

“我不会给你雯雯的手机，也不会告诉你她生前有没有好友。”

“为什么？您不想找到宋旭晟吗？不想找他讨个公道吗？”

“我女儿已经死了快半年了，你现在想起替她讨公道了？”叶素娟冷笑一声，声音尖刻，“我凭什么相信你？凭你的三寸不烂之舌吗？”

她神色冷峻，眉毛在三分之二的位置巧妙转折，不长的睫毛卷翘着，向前倾身：“祁恬，你还想做什么？雯雯已经把眼睛给你了，我女儿最珍贵的两样东西——眼睛、感情，都被你和宋旭晟那个王八蛋拿走了，你还想怎么样？还不满足吗？还想从我们家拿走点儿什么？”

祁恬掐住掌心，坦荡地同她对视，心里告诉自己不能退缩。这种时候就和法庭对质一样，谁先退缩谁就输了。

“叶阿姨，就算姝雯姐没给我眼角膜，只要我没瞎，我也会替她完成遗愿。姝雯姐是个好人，她坚强、善良、聪明，她不该被宋旭晟那种人骗一辈子，到最后还没个说法。”

祁恬顿了顿，把许姝雯留给自己的那张纸头条拿了出来，展开，推向叶素娟。

“姝雯姐给我留了遗言，她想让我替她看看这个男人。我……”祁恬抬手捏了下鼻梁，压下突然泛起的酸意，强笑了一声，“不管您信不信，我得说，在认为宋旭晟是王八蛋这一点上，我跟您是一个阵营的。”

祁恬特意选了咖啡厅墙角靠窗的卡座，灯光不那么亮，与相邻座位之间摆有绿植，环境安静，不用担心两人的对话被听到。

“那种男人，不应该在姝雯姐去世后还潇洒地活着，他骗钱骗感情，凭什么逍遥法外？都说天理昭昭、因果报应，但我不信，我相信您也一样。所以，我想自己来，让他得到应有的后果。”

叶素娟看了祁恬很久，视线才慢慢落下，看向桌上那张皱巴巴的纸条。

“……是雯雯的字。”

“叶阿姨，我知道您讨厌我。是，我占了姝雯姐的便宜，这事儿没什么好辩驳的。姝雯姐给的这个人情太大了，我还不清，但请您让我尽自己所能地为她做点儿事。”

祁恬把姿态放得低得不能再低，话说得又轻又软，几乎是在哀求了。叶素娟似乎被触动了，她搭在桌边的手指动了下，唇角微张，似乎要说些什么。

祁恬屏息等待着她的首肯。

“加个糖包都要钱，你们抢呢？等着差评吧！”

突然有人大喊一声，打破了祁恬苦心营造出的私密放松的氛围。祁恬咬了咬牙，心想今天恐怕要无功而返了。

果然，叶素娟刚柔和下来的法令纹绷紧了。

“我不关心宋旭晟的事。他在哪儿，是死是活，跟我都没关系，我不想再听到这个名字。”

“那请您帮帮我，我去找他问个清楚。”

“我为什么要帮你？你跟他是一路货色！”

“叶阿姨……”祁恬抿了下嘴唇，“我知道自己现在说什么都没用，但您能不能给我一个机会证明自己？”

叶素娟望向她的眼睛：“证明？祁恬，你以为我不知道你对你爸做了什么事吗？我不评价你的家事，但如果我把雯雯的手机给了你，我怕她死后都不能安宁！”

祁恬垂在桌面下的手指攥紧了，脸色变得极其苍白，静了片刻才慢慢开口：“叶阿姨，我承认我在处理家事的时候的确算计了我爸。但我保证，在姝雯姐这件事上，我没有任何私心。”

“我答应过姝雯姐，一定会找到宋旭晟。”祁恬诚恳地看着叶素娟，“同样的，我向您保证，只要找到宋旭晟对不起姝雯姐的证据，我一定会为她讨回公道。我不会让不相干的人去叨扰姝雯姐的安宁。”

“你拿什么保证？人力、财力，你有吗？你刚毕业吧？初出茅庐，什么都没有，你现在对我说的这些话连白条都不如！而宋旭晟呢？他在社会上，资源和人脉都比你多，你拿什么将他绳之以法？”叶素娟突然探身，伸出双手，拇指按住祁恬的眼尾，力气极大，“睁大姝雯的眼睛看清楚了，宋旭晟是个肮脏、卑劣、没担当的混蛋，但他要想脱罪，绝对比你想的更容易！”

祁恬用指甲掐紧食指指腹，强迫自己不要躲开叶素娟冰冷的手指。她在心里默数了十个数，才抬手抓住叶素娟的手腕，将她的两只手慢慢掰开。

"叶阿姨，宋旭晟是不是做过什么非常过分的事？"

"他骗了我女儿的感情，骗了我家的钱，这还不过分？"

祁恬看着叶素娟克制的面容，缓缓摇头："不对……不止这些。叶阿姨，他到底做了什么？"

叶素娟紧抿着唇，以一种严苛的视线打量着她，片刻后忽然笑了一声，站起来要走："我不会给你雯雯的手机，如果你找我就是为了这件事，那么以后不用再联系我了。"

"叶阿姨！"祁恬抓住她的手腕，抬头看着她，"叶阿姨，求您了，宋旭晟再混蛋，姝雯姐也在乎他。她虽然不在了，但咱们活着的人不应该替她要个答案吗？"

"……要什么答案？"

"为什么姝雯姐临死前都相信两人的感情？为什么姝雯姐生病这么久他都没出现过？为什么姝雯姐给我留的遗言是好好看看他，而不是问他为什么不来看自己？"

"我告诉你为什么！"叶素娟猛地转身，几乎维持不住她冷淡矜持的形象，拎着祁恬的大衣领口低嘶，"因为她至死都不认为宋旭晟已经不要她了，她不知道男人的嘴骗人的鬼，要不是她天天通宵守着电话等宋旭晟的消息，不肯好好休息，她的病根本不会发展得那么快！"

"……什么？"

祁恬怔住了，心脏仿佛被人狠狠捏了一下，四肢发凉，脸色是血液大量流失后的惨白。她茫然地睁着眼，觉得自己有点儿耳鸣，下意识地又问了一遍："您说姝雯姐通宵不睡觉？"

叶素娟的暴怒像深压在地底的岩浆喷薄而出，转瞬间又被理智强压下去，喷出的岩浆飞快地冷却成一地沉默坚硬的玄武岩。

她慢慢坐了回去，一只手捂住脸，急促地喘息着，喉咙里带出哭泣的声音。她维持着捂脸的姿势，另一只手攥住祁恬的胳膊，重重地、下死力地掐住她。

"你不是要去查吗？"她露在外面的嘴唇颤抖着，慢慢拧成一条狰狞的下弧线，"那你就去查吧，查查他到底有多冷血，才狠心连面都不露，连个干脆的了断都不给我女儿！姝雯怕他半夜来电话时自己醒不了，给手机设了闹铃，一个小时响一次。我原本不知道，直到医生跟我说，说我女儿再年轻也不能这么熬，熬到油尽灯枯时谁也救不了……"

祁恬觉得自己的舌根发木、指尖冰冷，她紧紧攥住咖啡杯的杯柄才没骂出脏话。她喉咙吞咽了几次，才勉强发出声音："……是姝雯姐的主治医师说的？"

叶素娟抬起脸："你不信？"

"我信。我只是没想到姝雯姐到死都没睡过一个安稳觉。"祁恬逼着自己开口，她的声音从颤抖到平稳，双眼直勾勾地盯着叶素娟，瞳孔仿佛是冰川之下黑不见底的深渊，"您把姝雯姐的手机借给我吧，我自己来找宋旭晟的电话。虽然我不相信天理昭昭、善恶有报，但我是个律师，我还在努力维护公平和正义，求您给我一个机会，让我找到那个男人……我必将尽自己所能……让他付出应有的代价。”

叶素娟看着祁恬，她的女儿把眼角膜给了眼前这个女孩，但是女孩的容貌太盛，她无法从中看出一丝一毫女儿的影子。

叶素娟颤抖地笑了一声：“我不会借给你的，我什么都不会给你的。你有本事，就自己去查。”叶素娟几乎是从咖啡厅逃出去的。

没过几分钟，祁恬的手机响了，耳机里传出郭小圆咋咋呼呼的声音：“恬恬，谈得怎么样？我看叶阿姨走了，拿到手机没？”

“没有，谈崩了。”

“没事，谈判都是你来我往的，过两天你再打电话约她，功夫不负有心人，说不定下次她就被你说服了！”

祁恬一口喝完已经凉掉的咖啡，手指抵住太阳穴，觉得头疼：“恐怕没下次了。我把她惹哭了。”

“啊……”手机那端郭小圆的声音有点儿呆滞，“你……把叶阿姨惹哭了？”

得到肯定答复后，郭小圆简直服了：“姐，我得叫你声姐。叶阿姨看起来多飒一人，你居然能把她惹哭了！你说你是不是为了报复之前她在超市骂你啊？”

“什么跟什么……”祁恬忽然听到引擎声，“你干吗呢？”

“我跟上去看看她在哪儿上班，搞不好她以后都不接你电话了，咱得提前准备，方便到时候蹲点堵门儿。”

“哎，你别——”祁恬凑到窗边，阻止的话还没说完，就看到郭小圆开着面包车追叶素娟去了，“……真成！”

无奈地笑了一下，祁恬收回视线，忽然余光瞟见点儿什么。她迅速转头，街对面那家店的店门向外推开，一个男人搂着个女孩儿走了出来。

女孩儿垂着头，长发遮住脸，走路时脚步一拖一拖的，看起来不太清醒。

祁恬眉毛拧了下，怀疑女孩儿是被迫的，拿起电话正要报警，就见那女孩突然咯咯笑着抬头，伸长胳膊将身边搂着她的男人拉低，嘟起唇作势要亲。那男人飞快地抬了下脸，鲜红的唇印印到他的耳根位置。

原来不是“捡尸”。祁恬看了会儿女孩儿娇艳绯红的侧脸，注意力转向男人。

天色已晚，夕阳几乎消失殆尽，男人身形挺拔，扬头躲避的刹那，额发甩向后方，露出刀削般的脸部轮廓和天生上扬的丰润嘴唇。

祁恬的眉头瞬间挤出皱褶——那男人竟然是尚昀！

祁恬忽然觉得两人身后的门脸有些眼熟，自己似乎在什么时候见过，正思索间，店家的霓虹灯牌亮了，造型雅致的“观郦”两个字瞬间刺痛了祁恬双眼。

侧头避过突然亮起的灯光，祁恬想起自己以前来过这附近。

从大二开始，她就瞒着所有人，利用不上课的时间去跟踪祁连山。最开始她不知道盯梢要注意什么，有过将自己裹得像特务一样，被路人指指点点的时光，也有过在非机动车道骑车追祁连山的轿车，差点儿被转弯车辆撞飞的经历。遭遇的事情多了，她才知道快走时宽大的衣服会发出声音，进小巷子追人时走路要比骑车快得多。

跟到后来，B市城区内交错繁复的大街小巷已经像烙印一样清晰地留在了她的脑海里。那段时间如果有同学问路，她可以熟练地将导航中都没有的各种小路画出来。

她曾在某个冬天暴雪的清晨，站在观郦对面的咖啡厅外，一边跺脚一边盯着街对面观郦紧闭的大门。雪下得太大了，天地昏暗又白茫茫的，她不停地低头，让落在羽绒服帽子上的雪落下，不一会儿脚边就形成一个小小的雪堆。围巾裹着她冻僵的半张脸，呼吸的热气顺着围巾与脸之间的缝隙向上攀升，与寒冷空气遭遇的瞬间，凝结成冰珠挂在睫毛上。

“小姑娘，你站在这儿干吗？”上街铲雪的清洁工推着雪铲走近，仔细打量着她露在外面挂了白霜的眼睛，“这家咖啡厅十点才开门呢，别在这儿傻站着了，赶紧走吧！”

“我……我等人。”话说出口，祁恬才知道自己已经冻僵了，声音都发不出来，她哆哆嗦嗦地向后退了几步，让出路。

“什么人这么差劲，让你一小姑娘这种天气跟外面等?！作孽哟！”清洁工摇摇头，嘟囔着推起雪铲走远了。

祁恬紧抿着唇，视线再次投向街对面的观郦。是呀，什么人这么差劲，让自己这种天气站在外面等？

她眼眶发热，一时不知道自己是希望看到祁连山从里面出来，还是祈祷他干脆永远也别出来了。她看得太专注，直到满身是雪。

那时她还没有明确的跟踪自己父亲的目的，但从小到大，祁连山对她们母女持久的家暴和冷遇，让她想将他更多的不检点行为抓在手里，以便在祁连山做得太过分时，有与他谈判的筹码。跟踪行为在她出车祸后戛然而止。

在漫长的盯梢中，祁连山进出观郦的次数很少。那时她以为观郦是一家高档饭店，但她在各类点评网站都查不到这家店的信息。后来打听很久，才知道这是一家仅对熟人开放的私人会所，经营内容不可言说，想入圈必须经熟人介绍，是销金客们口耳相传、以能进店为荣的地方。

尚昀居然带着人从这里走出来，说他跟祁连山是一丘之貉真没冤枉他。

祁恬冷眼看着两人拉拉扯扯，尚昀好像感到有人注视他，忽然向这边望来。祁恬下意识地向后一躲，侧着身子将自己塞进卡座深处，背紧紧贴住墙。

一系列动作做完她才反应过来，已经不是跟踪祁连山的时候了，就算让尚昀看到又能怎么样？还能揍她不成？

祁恬懊恼地啧了一声，再凑到窗户边看时，尚昀已经带着女孩上了停在街边的BJ80。

说不清是什么心情，祁恬长出了口气，正打算拨郭小圆的电话，对方已经打过来了。

"恬恬、恬恬，你绝对猜不到叶阿姨在哪儿上班！"耳机里，郭小圆的声音连喘带抖，显然冻得够呛。

"你没在车里？跑哪儿去了？"

"我不是想看看叶阿姨上班的大楼是哪栋吗，跟到大门这儿了，结果保安说非内部车辆不让进院儿，我就把车停路边追过来了。"郭小圆走得有点儿急，喘气声混合着牙齿磕碰声透过耳机传来，"我跟你说，你绝对想不到，华恒集团，就是你之前跟我说过的，那个叫什么……那谁的公司来着？你看我这记性，话到嘴边了……"

"尚昀的公司。"祁恬站起来，向咖啡厅外走去，"你赶紧回车上，别跟了，我刚看见尚昀也往那边去了。"

"行，那你在咖啡厅多待会儿，我过去接你啊。"郭小圆往回走着，走了没两步又回头，"哎，等会儿，叶阿姨怎么又出来了？下班了？……嘿，真下班了，楼里出来好多人。华恒集团待遇够好的啊，下午六点准时下班。上回跟你爸一块儿的那辆黑色 BJ80 到楼下了，是不是尚昀的车啊，哎哎，停下了！"

郭小圆说得又快又急："恬恬，我看见叶阿姨跟司机打招呼呢，看着挺客气的，听不清他们在说什么……你等我走近点儿听听啊。"

"别听了，赶紧回来，叶阿姨见过你！"祁恬压低声音催促，"他们说什么跟你有啥关系？赶紧的，别在外头晃了，回头再冻感冒了！"

"得得，听你的……"郭小圆被祁恬吼得没脾气，但挂了电话还是没忍住，混在人群中与叶素娟擦肩而过。

路过的一刹那，她听到叶素娟带着点儿尊敬的语气，同车上的人说道："小尚总，您放心，我这两天准备一下，下周就去 G 省。"

叶素娟要出差？郭小圆心里惊了一下，眼风没控制住往车上扫去。

驾驶室的车窗完全降下来了，司机是个男的，手肘架在车门上，右手搭着方向盘，正探出头来同叶素娟交谈。

路灯下，男人温和微笑的样子如朗月照积雪，皎洁里藏着丝幽寂，让郭小圆的心脏忍不住不听话地跳了几下。这司机未免也太帅了点儿！

副驾驶室那边黑乎乎地鼓起一块儿，似乎还有一个人，叶素娟却完全不向那里看，仿佛副驾驶座是空的。但郭小圆好奇，眼神控制不住地往车内瞟。

车门忽然被轻叩一声，她下意识看去，就见那位英俊的司机目光淡淡，警告地扫了自己一眼。郭小圆一个激灵，刚想张嘴解释两句，那人却已经收回视线，继续同叶素娟说话了。

“说时迟那时快，我嗖的一个凌波微步，闪入人群，隐藏了踪迹，这才躲过追击，将情报带回……”

“行了行了，就你这小身板，还凌波微步，也不怕风大闪着腰。”郭大壮嘴里叼着烤串，打断了亲妹的胡扯，“你就说你听到什么了。”

“我就听到一句。”郭小圆白了郭大壮一眼，将手里的竹签丢进垃圾桶，“叶阿姨说她下周要去G省了——恬恬，”她看向祁恬，“要不这周你再去找她几次？许姝雯的手机她到底给不给啊？”

“她这边走不通了。”祁恬坐在圆桌的另一侧，将刚冲好的感冒冲剂递给郭小圆，“把药喝了，预防感冒。”

“那怎么办？”郭小圆接过药一饮而尽，“没辙了？许姝雯拜托你的事咋办？”

“你确定听见她管尚昀叫小尚总？他们是一个公司的？”

“那一栋楼都是华恒集团的人，我还看见叶素娟挂着胸牌呢！”郭小圆说得笃定，“只要你确定尚昀是华恒集团的老总，那叶素娟就肯定是他的员工！”

“嗯……”

祁恬往后靠了靠，头枕在椅背上，想了很久，忽然问道：“华恒集团还招人不？”

“啊？”兄妹俩看着她，一时跟不上她的思路，呆滞的表情一模一样。

祁恬没理他们，点开手机上的招聘软件搜索，过了会儿将屏幕亮给他们：“还真招人，法务助理，看条件我符合。”

“恬恬，你要去上班？”郭小圆有点儿转不过来，“朝九晚五——不是，朝九晚六坐班去？你现在又不缺钱，你妈还离不开人，哪有时间上班啊？而且你不是还得完成许姝雯的遗愿吗？”

“我就是为了完成许姝雯的遗愿。”祁恬收了手机，耐心给他们解释，“我手里没有宋旭晟的任何信息，根本不知道该从何找起。想说服叶素娟交出手机，其实说到底只有两个办法。”

“什么办法？”

祁恬举起一根烤串：“以情动人。”

郭小圆摇头：“这条路今天已经用了，走不通。”

祁恬没理她，竖起第二根烤串："以势压人。"

"你去哪儿找能压叶素娟的势？"

"尚昀。"祁恬将两根烤串放下，"尚昀是叶素娟的老板，老板的话她总得听吧？如果我能说服尚昀帮我，叶素娟说不定能把许姝雯的手机给我。"

郭大壮在一旁听着，忍不住给她泼冷水："你举报你爸，不是把他也坑了一把吗？他凭什么帮你？"

祁恬看向他，忽然展颜一笑："那我平时老埋汰你，你怎么还帮我？"

郭大壮噎了下，不说话了。

郭小圆来回看了几眼，拍了拍桌子："恬恬，别总欺负老实人！"

祁恬从善如流："我的错，壮壮哥，以茶代酒，给你赔罪。"说罢她笑着把茶杯举到郭大壮面前。

郭大壮脸憋得通红，端起杯子跟祁恬碰了碰，嘴上忍不住刺儿她："这社会上好看的人确实占便宜，但你也别得意，我看尚昀比我眼界宽，见过的女人没一千也有八百。"

"那肯定啊。"祁恬喝了口茶放下杯子，"你们知道今天尚昀是从哪儿出来往公司去的吗？"

"哪儿啊？"

"观郦。"

"那是什么地方？"

"'天上人间'听说过吗？差不多的地儿。"祁恬挑了串烤肉吃，嘲讽地笑了笑，"几年前我看见我爸搂着女的从那地方出来过，今天轮到他了，连搂姑娘的姿势都差不多。你们说这男的怎么就没一个能把持住的，没钱的时候想要钱，有了钱就想要权，等有了权，欲望就更杂了……"

祁恬忽然觉得心里堵得慌，手上的烤串也吃不下了，丢回盘子里："欲壑难填哪！"

"这……"兄妹俩互相看看，都有点儿吃惊。

"这可真是……人不可貌相啊。"郭小圆嘟囔了一句，忽然觉得不对，"等会儿，恬恬，要是这样，你更不能去华恒啊！那男人一表人才却不干人事，那不就是个衣冠禽兽吗？你进去，又长这么漂亮……那不得……啊?!"

郭大壮啧了一声，将妹妹支吾半天没说利索的话补全了："那不得吃大亏啊？是吧?!"

"我还怕他不上钩呢。"

祁恬被逗得直乐，见郭大壮真急了，赶紧安慰道："开玩笑的。我想进华恒，还有另一重考虑。色诱尚昀是下策，我要是能进去，先打听叶素娟的情况，看能不能找到她家人的联系方式。我见过她先生几次，人挺随和的，比叶素娟好说话，说不定他能把姝雯姐的手机借给我。"

“你想得还挺远，”郭小圆往后一靠，没好气地给她泼冷水，“先想想怎么进华恒吧。就你现在这名声，毕业前想跟你签约的那几家公司都没音信了，你给华恒投简历，估计也是第一轮就被刷下来的命。”

装修简洁的总裁办公室内，装着文件的立柜两侧摆满了不合时宜的鲜花：天竺葵、秋海棠和大叶剑兰。品种优良的红、黄、白三色蔷薇被单独放置在落地窗下方，香气甜得发腻。屋内温度适宜，和外面简直像两个世界。

邹莹推开房门的瞬间就被震住了，一贯古井无波的表情裂开条缝，她打量着坐在办公桌后面埋头签文件的尚昀，小心翼翼地敲了下门。

“小尚总，您母亲来过了？”

“对，刚走。”尚昀抬起脸，可能是背光的原因，他身上的蓝色西装更接近黑色，“你看她摆得怎么样？”

“挺好，像个漂亮的玻璃温室。”

“是吗？我倒觉得这里被我妈摆得像个挖光了瓤的半边西瓜。”

邹莹闭紧嘴，坚决不掺和上司的家事。

“先摆两天吧，让保洁记得浇水，一天三次。”

“一天三次？那要烂根了吧？”

“嗯。”尚昀不置可否，签字笔在指间转了一圈，“什么事？”

“已经三月份了，人事部上周收集了公司二季度的人员需求，汇总后发布了招聘信息，大部分岗位的新进员工下个月会入职。但是法务部门的应聘人员有点儿特殊，人事部不敢做主，想问问您的意见。”

“这种事不用问我吧，觉得跟岗位不匹配就再招。”

“但是这人条件太好了。”邹莹把文件夹递过去，“以咱们公司的民企背景，很难拿到这么好的简历。人事部觉得直接拒绝有些可惜，招进来又怕会惹麻烦。”

“不至于吧，一个基层岗位的员工能惹什么麻烦？”尚昀向后一靠，接过文件夹翻开，简历上的照片赫然入目。即使是证件照，也难掩照片中女孩的姝容。

“还真是。”尚昀与照片中祁恬的桃花眼对视了片刻，轻笑一声，“难怪人事部不敢做主。”

他记得祁恬的简历，R 大法律专业的毕业生在人才市场上炙手可热，像祁恬这样毕业之后自己往私企投简历的几乎没有。

“这女孩的情况我上网查了下，热度比二月份有所下降，但还是有不少人在关注她的动态，现在把她招进来，我担心会对咱们公司的舆情有影响。”

“怕什么?!”尚昀弹了弹纸面，将文件夹递回去，“咱们公司账目干净，按时足额纳税，没什么怕人举报的事。这姑娘我知道，能力很强，也符合岗位需求，你让人事部直接招进来吧，出了事我兜着。”

邹莹有点儿吃惊：“不用面试？”

“我面试过了，”尚昀拿笔指了指自己，“两轮。”见邹莹有些难以置信，他扬眉笑得有点儿欠抽，“真的，不骗你。”

直到离开办公室邹莹都在发蒙，不知道一贯谨慎的老板今天抽了什么疯，居然这么轻率地就让祁恬进公司了。

办公室门关上，尚昀习惯性地屈指抵唇，拇指支住下颚。

之前他让祁恬挂到孙芸的律所她不去，却偏偏想来华恒集团。尚昀还没自恋到觉得华恒已经是祁恬唯一的选择，那么她进公司一定有她的目的，是什么呢？真有点儿好奇呀！

尚昀坐着老板椅转了半圈，侧头看向窗外的风景。总裁办公室位于大楼十八层，居高望远，天气晴好时能直接看到B市的西山。

明媚的阳光照亮他英俊的面孔，尚昀懒懒地眯了下眼，双手交叉放在肚子上，听到有春雷在晴朗的天边乍响。今天是惊蛰，春雷惊百虫，万物阳气发，一切都显得生机盎然。

尚昀垂眸打量着窗前开得热烈的蔷薇，嘴角微微上扬。这些花这么摆着，看惯了倒也不觉得碍眼了，多养两天也行。尚昀放松地靠着椅背，没意识到自己在笑。得知祁恬要来华恒集团上班，他竟然有些期待，还有点儿要和高手过招般的跃跃欲试。

第七章

完败的二次交锋

惊蛰过后，雨水增多。早春的雨虽然不大，却带着黏腻的潮气，聚拢在身边，像群饿鬼般吸取着人体的温暖，阴霾的天空仿佛会随时塌下一大块般险恶。

“这鬼天气，下多久的雨了，还不放晴，”祁恬坐在面包车的副驾驶室，皱眉望向窗外，“阴沉沉的。”

“它不会因为你今天要入职就放晴吧？”郭大壮把车停好，看着街对面的华恒大楼，“要上战场了，紧张不？”

“这有什么好紧张的！”

“你应该紧张。”郭大壮不赞同地看了她一眼，“这么大的集团，入职居然不用面试，直接给你发录用通知，怎么看都不是正常流程吧？你心里不虚啊？如果真跟咱们猜的那样，是尚昀拍的板，你说他安的什么心？”

“小圆不是说了，要按正常流程，我在第一轮就会被刷下去。”祁恬最后一次检查妆容，“与其担心这个，不如帮我想想，要是第一天上班就碰着尚昀，我该说些什么。”

“那还有什么好说的？感谢、服软一条龙呗！”郭大壮有点儿幸灾乐祸，“我听小圆说你之前没录成节目，还威胁他来着？‘嘴炮’一时爽，后续‘火葬场’了吧？”

祁恬没好气地白了他一眼：“不会说话就别说。”

“哎，就这眼神！”郭大壮一个激灵，“我跟你说，你进去以后别这么看人，你的长相漂亮归漂亮，但看着盛气凌人的，再拿这种眼神看人，特招人恨你知道吗？”

祁恬收了化妆镜，向右侧一歪，靠着车门似笑非笑道：“我穿成这样还漂亮？”

祁恬知道分寸，不想上班第一天就招人非议，特意打扮得中规中矩：大地色系妆容，长发紧紧盘在脑后，黑色高领毛衣配黑色西裤，浅驼色羊毛大衣，为了遮掩艳色，还特意戴了副细边大框的平光眼镜。

郭大壮咳了一声，觉得嗓子发干，支吾了半天，胖脸有点儿红：“严肃禁欲，更让人想入非非。”

“我就当你是夸我了。”祁恬推开车门下车，弯腰搭住车门，“不过谢谢，这句夸奖对我挺重要的。”她直起身，捏着揣在兜里的和田老玉无事牌，“我现在需要这种鼓励。”

“小心点儿啊！”

郭大壮冲她的背影喊了句，祁恬背对着他摆了下手。

入职一上午，祁恬几乎都在填各种各样的表，从个人信息到亲属情况填了个遍，还被带着去集团内部的医务室做体检。

她跟着人事部的妹子走到医务室门口："我有前天的入职体检报告，还要再做体检？"

"现在是非常时期。"带她来做体检的是个小姑娘，回头认真解释，"得给你拍个胸片看看有没有问题。"

祁恬看了眼自己手里不少于十张的信息表："行吧。"

她估摸着这些表所有人入职时都要填，这么看来她搞到叶素娟家庭信息的希望相当大。

"进来吧，先去脱衣服。"妹子指了指更衣室。

祁恬见妹子要进拍照间了，匆忙问了一句："脱到什么程度？"

"都脱，内衣也得脱。"

入职第一天就要坦诚相见？祁恬在更衣室里纠结了很久，低头看着自己，心想"鬼知道拍照间是不是只有那妹子一人，许姝雯，为了你的事我可真是拼了"。

"快点儿，怎么这么慢？"妹子打过麦克风催她。

祁恬深吸了口气："行吧，反正只要我不尴尬，尴尬的就是别人！"为了不让自己反悔，祁恬一把推开门走了出去。

妹子的尖叫瞬间穿透麦克风："衣服！更衣间有袍子你怎么不穿？"

"你也没说有替换的衣服啊!?"祁恬内心爆出万句粗口，瞬移回更衣室。

胸片拍完，祁恬等妹子从拍照间走出来，深吸了口气："拍照间里还有别人？"见对方眼神飘忽，"有几个人？"

妹子看起来比她还尴尬，干笑着拉开门："就两个，走吧走吧。"

祁恬已经没有勇气问那两人是男是女了，她有种很不好的预感，这事可能很快就会传遍公司。

果不其然，午间休息时间刚到，她合上看了一上午的员工手册，想找人问问去哪里吃饭，就见公司开放区的通道上员工三三两两结伴而去，路过她的工位时笑声有点儿大。

祁恬很想安慰自己说是自己自作多情了，但那些或善意或不怀好意的揶揄眼神让她有点儿如坐针毡。

"祁恬在不在？"一声冷淡的声音在开放区入口突兀地响起。

熙熙攘攘的开放区瞬间静了几秒。紧接着，一上午都把祁恬当透明人的法务部经理蹦了起来："邹秘！在呢，祁恬在第二排第三个隔间！"

祁恬站起来，看见一个衣着干练的三十来岁的女性站在那里，身形板正，神情严肃。

她看了祁恬一眼，眼神毫无波澜，非常官方地颔首：“跟我来。”

祁恬有点儿莫名其妙，看了眼周围纷纷起立以示尊敬的同事，没多问什么，跟着她走了出去。

午饭时间，电梯间人满为患，邹莹带着祁恬直接去了楼梯间，向楼上走去。

楼梯间里灯光昏暗，祁恬站住脚：“您要带我去哪儿？”

“小尚总要见你。”

祁恬刚才就隐约怀疑是尚昀要见自己，此时被证实了也不算太惊讶，但她还是忍不住问道：“集团总裁要见我一个刚入职的法务助理？您知道是为什么吗？”总不能是因为她上午拍胸片的时候脱光了衣服吧！

邹莹走在她前面，一连上了十几级台阶，才居高临下地回望她：“这也是我想问你的，小尚总接管公司以来还没做过这种越级出格的事。你能告诉我是为什么吗？”

祁恬眉毛稍微上挑，但一下就压住了，哪怕心里吃惊也没表露出来：“可能是因为我跟小尚总有过几面之缘吧。”

邹莹神情没有丝毫变化，即使祁恬故意说得暧昧，也只是转身继续往上走：“总裁办公室在十八楼，走快点儿，别耽误我吃饭。”

祁恬跟在她后面，回想了一下上午在人事部妹子面前出的大丑，觉得通过跟人事部门打好关系拿到叶素娟家庭资料的难度有点儿越级，不如先考虑下之前郭大壮和郭小圆兄妹给她出的不怎么靠谱的主意。

他们认为，如果祁恬想在不告知实情的前提下让尚昀帮忙，就必须将他迷倒，这样才能让他为自己所用。

“英雄难过美人关！”郭大壮拍着胸脯说得斩钉截铁，“前有周幽王烽火戏诸侯，后有吴三桂冲冠一怒为红颜，这说的都是什么？说的就是男人色令智昏的做派！你再想想你爸，就知道男人只要被迷住了，什么事都做得出来！”

祁恬冷笑，打算直接跳过郭大壮的建议，但郭小圆接下来的话让她有点儿动摇。

“恬恬，如果尚昀是个正人君子，你这么做肯定没用。但你不是说他跟你爸一样，都出入过那种地方，说明他对女色是感兴趣的。你反正现在也没别的招，不如试试？”

试试这件事让祁恬有点儿心虚，但她确实想不出其他办法来打动尚昀，也没有足够的时间让尚昀发现自己的内在美，只能硬着头皮上。

一路无言，祁恬跟着邹莹来到总裁办公室门口，邹莹刚要抬手敲门，门忽然从内拉开了。

“小尚总。”邹莹后退了一步，“人带来了。”

尚昀如祁恬记忆中一般英俊，嘴角的笑意让人恍惚：“辛苦，你赶紧去吃饭吧。”

邹莹点头，没多做停留，意味不明地看了祁恬一眼，转身离开了。

祁恬深谙“人在屋檐下，不得不低头”的道理，何况现在整个公司都是尚昀家的“屋檐”，自然要自己先折腰。

“尚总。”她仰起脸，笑容完美，漂亮的桃花眼微弯，目光隔着平光镜片都能漾出水来，“谢谢您高抬贵手，让我入职。”

“你怎么知道是我批的？”

“我知道自己现在名声什么样，没有您的首肯，人事部不敢招我。”

尚昀倒不意外她能想得这么明白，手肘撑住门框，勾唇问道：“那你打算怎么谢我？”

“请您吃饭。”祁恬一个磕巴都没打，觉得尚昀问得正中下怀，“正好中午了，您想吃什么，说个地方，我请客。”

尚昀没说话，低眉看着她笑，下垂的眼角看起来温柔极了。

祁恬被他笑得有点儿发毛：“您笑什么？”

“总觉得吃你请的饭像去赴鸿门宴，稍有不慎就会把自己折进去。”

祁恬脸上笑意稍淡：“瞧您说的，我哪有那么大能耐。”

“不用这么谦虚，咱俩都知道我指的是什么。”尚昀说着往前走了一步，把房门带上，“我招你进来是认可你的能力，就像我之前建议你去孙芸律所挂靠一样，你的本事不给社会做点儿贡献可惜了。但我其实很好奇，你怎么会突然选择来华恒，能给我个解释吗？”

“您找我来是为了问我这个？”

“那倒不是。”

“那……”祁恬张了张嘴。

尚昀斜看了她一眼：“我要听真话。”

祁恬把嘴巴闭上了，接着礼貌微笑道：“我不骗人。”

尚昀嗤笑一声，不再追问，顺着走廊向电梯间走去，走了几步发现祁恬没跟上来，回头叫她：“不是说要请我吃饭吗？走吧，地下一层是美食厨房。”

公司总裁和新入职员工并肩出现在地下一层的美食厨房，是件挺吸引人眼球的事。华恒集团员工很多，熙熙攘攘的人流中，无数目光落到两人身上。他们或许不认识祁恬，也不知道祁恬是谁，但不妨碍他们被她的美貌所吸引。更何况有不少人认识尚昀。

“您没说这个美食厨房其实就是公司食堂。”祁恬四处看了看，“您等我一下，我去买张卡。”祁恬说着往入口的柜台走去，却被尚昀拦住了。

“这里不卖卡，钱都是充到工牌里的，你的工牌还没发吗？”

“人事部还没给我。”

“看来只能我请你吃了。”

祁恬抬眼看了他半晌：“您早算计好了吧？”

“入职第一天就要请大老板吃饭，这种事也太不现实了。”尚昀将工牌夹在指间，“新人要有新人的样子，不想去吃便利店的饭团就跟上来。”

“小心谨慎的男人。”祁恬盯着他的背影吸了口气，被人流带着往里走。

端着餐盘，祁恬一路目睹了尚昀的好人缘和各色桃花，无数声的“小尚总”和若干娇滴滴“这里有空位，您来坐呀”的招呼声此起彼伏，让人应接不暇。

祁恬很想装不认识他，但尚昀三步一回头，就是不放过她，她只能跟在他身后埋头走路，努力将存在感降到最低，然而这一切努力还是被尚昀的绅士举动给毁了。

“来，坐这边。”他拉出靠墙小桌的凳子招呼祁恬来坐，祁恬扯着笑僵的脸，顿时感到如芒在背，后脑勺都被视线刺得发麻。

“尚总，故意的吧？”祁恬放下餐盘，见他在自己对面坐下了，没好气地压低声音问道，“您这是打算干什么呢，想拉我当挡箭牌？”

尚昀笑而不语，夹口菜吃了，才笑着问道：“这么明显？”

“您以为我傻呢？”祁恬被人看都看饱了，撂下筷子，“您让您那位邹秘找我到底干吗？我进华恒还没到一天，势单力薄，威胁不到您什么，用不着这么急着给我拉仇恨吧？”

“你还用我给你拉仇恨？”尚昀用筷子点了点祁恬，“你不清楚自己什么情况吗？华恒这么大个集团，可不是都听我的。祁连山的事情牵扯太多人，保不齐公司里也有被牵连的。”

祁恬不耐烦的面色一收：“您是说……”

“我什么都没说。”尚昀对着盘子里的花椒等配料挑挑拣拣，“明面上我梳理过了，但私底下谁也说不好。”终于将配料挑拣干净，尚昀夹了块鱼肉入口，“与其让他们认为你是误打误撞进来的，不如让人以为你有后台，还能安全点儿。”

祁恬没想到尚昀居然这么替她着想。停了半晌，她忽然莞尔一笑，右手放到桌上，修长莹润的手指距离尚昀的左手腕只有一丝距离，仿佛抬抬手就能碰到。

她重心前倾，歪着头自下而上地看他：“我在华恒有后台？谁啊？”祁恬问话的音调又甜又软，尾音颤颤地像勾人的钩子，上挑的眼尾晕染着闪着微光的棕色眼影，眨着翘长的睫毛看人时，流露出一股介于成熟与天真之间的俏气。

尚昀筷子顿了下，头也不抬道：“只是让他们以为，其实你没有。”

“哦——”祁恬拉长音，半真不假地表达了失望，视线从尚昀左手腕上扫过，嘴角微抿。自己都已经快碰到他了，这男人居然纹丝不动，不避让也不更进一步，真是难搞。

收回右手，祁恬拿起筷子吃饭：“真不是想让我当什么挡箭牌？”

尚昀想了想，严谨了下措辞：“现在还不用。”

那就是以后有可能呗。祁恬也不追问，换了个话题：“找我到底什么事？就为了让人知道您挺我？”

“那倒不是。”尚昀用纸巾擦了下嘴角，还没问出口自己先笑了，“我听说你上午体检时出了点儿岔子？”

祁恬一口咬到嘴里的软肉，她舔着疼痛的伤口，问得有点儿咬牙切齿：“捕风捉影是华恒集团的传统？”

“人事部经理跟邹莹说的。”尚昀握拳在嘴边轻咳了声，“她第一次遇到这种情况，以为你是故意捣乱。”

“谁会拿这种事捣乱？”祁恬撂了筷子，觉得自己跟华恒绝对八字不合，“到底几个人看到了？男的女的？”

“三名女员工。我已经让邹莹警告她们不许再传了。”

“不用警告。”祁恬摇着手指，端起汤喝了一口，“越是禁止，大家就越想犯禁。反正看都看了，你再特意禁止他们议论，只会让所有人都觉得我是特别的。”

“不好吗？”

“不好啊！”祁恬放下碗，“我就是来工作挣钱的，低调点儿方便得多。”

“你想挣钱有很多方法，为什么来华恒？”

“您刚才问过我了。”

“你说你不骗人。”尚昀吃饭很快，此时已经接近尾声，他将碗筷放下，笔直坐着注视着她，“正巧，我也想听真话。”

祁恬笑了：“真话也不一定是您想要的答案哪！”她指尖摩挲着握在手里的筷子，毫不避让地回视着尚昀。

祁恬的睫毛很长，中间部分尤其长，这让她抬起眼睛看人时，自然而然地流露出了一股无辜又真诚的感觉，茶棕色的水润眸子，看得人心都要化了。

然而尚昀显然定力极强，完全不为所动，看她的神情淡然极了。

这男人太难糊弄了。祁恬心底呸了一声，忍着暴躁，身体前倾，双目含情，冲尚昀轻轻一眨：“因为你在华恒，所以我来了。”

尚昀一怔，下意识地偏了下头，像是被祁恬这句话击中了。但随即他低低笑了起来，在地下美食广场不甚明亮的灯光下，他身上那种浮于表面的“彬彬有礼”“矜贵优雅”褪得一干二净，薄薄的一层笑意浮在脸上，像清晨水面的一团稀薄雾气，虚假得有点儿敷衍。

“祁恬，你这真话说得跟假话似的。”尚昀压低嗓子说话时，喉音细密缠绵，有种浑然天成的暧昧。他倾身向前，几乎是凑在祁恬耳边说话：“既然是为我来的，怎么连真话都不舍得说全？”

祁恬的头皮嗡的一下就炸了，血气上涌、耳根发麻，雪白的皮肤瞬间粉红。她猛地向后躲去，碗盘稀里哗啦翻了一片。

“我去！”祁恬瞬间破功，蹦起来躲开洒出来的汤汁，手忙脚乱地扯出纸巾擦拭着。

尚昀笑着端起餐盘，在她头顶轻飘飘地丢下一句：“你乖一点儿，别试用期就被开除了。”

祁恬望着他远去的背影，气到头顶冒烟，知道自己和尚昀的二次交锋，完败。

这口气直到下班回家祁恬都没咽下去，她陪着王美佳吃完晚饭，觉得饭菜全哽在胸口了。

在屋里推磨一样走了两圈，实在顺不下去，祁恬抓起外套，对王美佳丢下句“我去遛个弯”，便打车去了郭小圆的便利店。

到的时候，郭大壮和郭小圆兄妹俩正在店后面的理货区盘货，雇来的阿姨正在收银台忙活。郭小圆正跟郭大壮抬着箱子，一抬头，只见祁恬侧着身子缩在货架后面，阴森森地目视着他们。

“恬恬？”郭小圆吓得手一松，整箱方便面砸到郭大壮脚上。

郭大壮嗷的一声，捂着脚指头蹦开：“祁恬？搞什么鬼?!”

“你们之前让我去色诱尚昀。”祁恬木着脸说道，“失败了。”

“啊？”

半小时后，兄妹两人听完祁恬跌宕起伏的入职第一天，面面相觑，不知该先笑还是该先安慰她。

“所以你输了。”郭大壮有点儿幸灾乐祸。他几乎没见祁恬吃过瘪，这女孩想要做成什么事，鲜有不成功的，难得这次尚昀让她踢到了铁板，郭大壮在心里默默为那位兄弟点了个赞。

“嗯，输了。”祁恬背对着他们，拿脑门一下一下磕着墙，心里怎么想都不得劲。

“别磕了，这墙就是个隔断用的石膏板，回头磕破了你赔啊？”郭小圆好笑地拉住祁恬，劝她，“你生什么气？气自己被人看光了还是气自己被尚昀反撩了？”

祁恬呼吸猛地一重。

“肯定都气。”郭大壮拆了包瓜子嗑，“你想啊，她向来仗着美貌横行霸道，想干吗就干吗，有求于人的时候嘴巴一噘、眼神一抛，对方基本就束手就擒了。可惜尚昀不吃她这一套，还反将了她一军，自己的惯用伎俩被别人识破了，她能不气吗？”

“行了，你少说两句。”

“你说她亏不亏，之前咱们叫她一起去海边游泳她都不去，今天可好，全给外人看光了。肥水不流外人田，早知道她今天有这一出，我——”

“闭嘴吧你！”郭小圆踹了亲哥一脚，“恬恬，你接下来打算怎么办？要不别管尚昀了，直接想办法去搞叶素娟的资料吧，搞到了咱就直接走人，辞职都不提。”

祁恬看着面前的白墙，没吭声。

郭大壮吐出半片瓜子皮：“我说妹，你是不是傻，叶素娟的资料都在人事部，她今天体检就是被人事部那帮人坑的，坑成这样还能再去拉关系？”

郭小圆也觉得头疼：“那怎么办？”

“要我说还得从尚昀下手，一个部门那么多人呢，你哪知道谁负责员工资料啊。还不如盯死尚昀，擒贼先擒王，把他搞定了，那不是要什么有什么？”

“你说得轻巧，怎么搞定？”

“祁恬我跟你说，你还是段位太低。”郭大壮打开电脑，噼里啪啦敲了行网址，把屏幕转过去，“别自闭了，来看看真正的‘绿茶’是怎么勾搭男人的，好好学学人家那欲擒故纵、欲语还休的样儿。”

“你从哪儿找来的这些东西，行不行啊？”

“这是人家专门做的节目，解构心机勾引术，说得特详细，又是摸手又是举杯的，你看了就知道我们男人多不容易了，出门在外，遇到的诱惑有多大！我跟你说，像你哥我这么忠厚老实的可太少了……”

“你快拉倒吧，就你那长相，没人想在你身上浪费工夫……”

俩人正互相埋汰着，祁恬忽然动了，她走到电脑旁盘腿坐下，点了播放。

周五，祁恬做完手头工作，发现开放区就剩自己一个人了。错过了下班时间，她匆匆向车站走去。

早春的风还很凉，毛毛细雨似有似无，祁恬裹紧羊毛大衣，缩着脖子在站台上来回走动着，考虑要不干脆叫个车回家算了。

车站外忽然响起两下喇叭，祁恬回头，一辆黑色的BJ80慢慢驶来。驾驶座的车窗降下，祁恬有些惊讶：“邹秘？”她看了眼副驾驶室，“这车不是……”

“小尚总在后面，他今天下午有应酬，喝了酒，不能开车。”邹莹刚说完，尚昀就从后座走下来。

“尚总。”祁恬往后退了一步，“您也这么晚才走？”

自从半个月前祁恬被尚昀反制，她就没再招惹过他。虽然郭大壮一直怂恿她主动出击，鼓吹女追男隔层纱的言论，但祁恬总觉得这种事做起来太掉价，一再踌躇。

尚昀穿着黑色的西服外套，上面沾染着雾水和酒气，刘海向后拢去，整个人看起来俊逸又清爽。他垂着眼看她：“怎么弄到这么晚？”

“有几份文件周一上午要，我怕到时候来不及，提前准备一下。”

尚昀点点头：“我走四环，你家在哪个方向？”

“不用……”祁恬本想说不用麻烦了，眼前忽然闪过郭大壮押着她看完的辣眼视频，决定试一试。

“如果您不介意的话……”祁恬磨了两次牙，才把视频教的说话技巧憋出来，“我家在北四环边上。”

尚昀大概是奇怪祁恬怎么突然这么客气，顿了下才道：“不介意，捎你一段？”

祁恬松了口气，露出笑容：“太好了，给您添麻烦了。”

视频技巧一：引导对方主动说出口，搞定！

祁恬和尚昀坐在车子的后排，就他们两人而已，彼此间却泾渭分明，仿佛中间那位置是特地空出来给下一站上车的乘客坐似的。

“小尚总，您收到您母亲给您的最后通牒了吗？”

这个疑问句的诡异让祁恬抬起了头。

尚昀扯松领带：“只是个慈善晚宴，还是半个月之后的，用不着这么如临大敌吧？”

邹莹眯了眯眼睛：“您母亲的意思好像是想让您去见见老尚总故交的女儿。”

“咳——”尚昀手指缠在领带里，差点儿把自己给勒死，“一个花圃不够她打发时间是吧？”

“您母亲说，您也老大不小了，要不是前几年耽误了，也不至于到现在连个女朋友都没有。她见您整天独来独往的，心烦。”

尚昀无言，歪头抵住玻璃，过了会儿忽然拿眼角瞥了一下祁恬。

祁恬愣了几秒才意识到尚昀是在冲自己使眼色，她看了看后视镜，用眼神无声询问道：“干啥？”

尚昀的视线往邹莹那儿飘了好几次，祁恬才终于领悟到他是要自己帮忙转移话题，在后座慢吞吞地举起了手。

“那个……邹秘，尚总的母亲是个什么样的人呀？”

邹莹不语，过了一会儿才道：“华恒集团是老尚总和夫人一起创办的，早年间老尚总在外面跑业务，经常回不了家，公司内的大小事务都靠夫人支撑，她还坚持自己带小尚总，拼得太厉害，身体不太好。这几年公司稳定了，夫人才退下来静养，种种花什么的。”

“这么厉害。”祁恬由衷地钦佩，感到尚昀视线又瞟了过来，硬着头皮找话题，“邹秘见过尚总母亲吗？”

“当然。”

“那……是个什么样的人？是不是看起来挺凶的女强人？”

邹莹从后视镜看了祁恬一眼，忽然露出个神秘的笑容：“说不好，不过你要是有机会见到夫人，你们俩应该会投缘的。”

祁恬心里一跳，隐约觉得邹莹话里有话，她掐了自己一把，干笑一声：“不会的，我不会种花，养啥死啥。”

尚昀见邹莹还要说话，轻咳一声打断她：“那你平时都做什么？”

祁恬没想到尚昀会主动带话题，不由得一愣。

看来谁都扛不住来自长辈的催婚。想到母亲每天晚饭时看着自己的欲言又止，她忽然心有戚戚。

“就……”她绞尽脑汁想了半天，突然发现自己除了跟郭小圆一周两三次的聊天聚餐，基本上都在琢磨怎么找宋旭晟。

“我平时好像没什么娱乐。”祁恬抬手挠了下鬓角，“您要不问，我还真没发现自己的生活其实很无趣。”

尚昀看了她几秒：“你周末不出去玩？”

祁恬摇头。

“唱歌？酒吧？逛商场？旅游？”

尚昀说一个，祁恬摇一下头，说到最后，祁恬的头摇得跟拨浪鼓一样。

尚昀停下来，祁恬摇头的频率慢慢降低，尚昀皱眉盯着她，忽然断言：“你没有自己的生活。”

祁恬一愣，不知道尚昀是什么意思。

“你之前没有娱乐我可以理解，你要搞倒你的父亲，必然会投入大量精力在这件事上，牺牲休息时间。那现在呢？祁连山的事已经过去将近两个月了，这两个月来你都没找到自己喜欢的爱玩的事，也完全没有放松，为什么？是紧张太久习惯了，还是你还有别的事情要做？”

祁恬呼吸一顿，惊讶于尚昀的敏锐，她抬手擦了下鼻尖：“橡皮筋绷太久，就算松开也得有个回缩的过程啊。”

尚昀觉得祁恬在撒谎，想想祁恬在把祁连山送进看守所后做了什么——试图去上赵钦的节目，失败后没多久就给华恒投了简历。

“你要找的宋旭晟，到底是什么人？”尚昀突然一针见血道，“你进华恒，也是为了这个人？”

祁恬头皮都快炸了，觉得尚昀这心思简直缜密得可怕，她下意识地强笑：“您公司有没有宋旭晟这个人您不知道吗？宋旭晟跟我什么关系，我之前就跟您说过了，差不多就是有我没他的仇人关系吧。”

尚昀侧过头，凉凉地看着她。找人其实是件非常消耗情绪和精力的事，更多的时候不是身体上的疲累，而是心理上的。总有件事悬而不决，让人哪怕在吃饭睡觉时，心都会被突然牵扯，无法彻底放松。尚昀太熟悉这种感觉了，以至一见祁恬这种语焉不详的态度，就知道她没说真话。

祁恬被他看得如坐针毡，头脑一热，伸手挥了下。

“您不会是现在才想起来要面试我吧？来不及啦！”祁恬嗓子发紧，故作玩笑地说道，挥出的手指说不清是有意还是无意，擦过尚昀的身体，落到他的手背上。停顿了片刻，才好像突然意识到一样，猛地收回去。

视频技巧二：不经意的肢体接触，不小心碰到对方的手，手指悄悄划过对方敏感部位。

祁恬硬着头皮做完这些，一抬眼却看到尚昀似笑非笑的眼神，后背的汗瞬间就都下来了——好像起到反作用了。

祁恬没脸去看后视镜中邹莹的表情，深吸了口气：“麻烦就在这里停车。”她看了眼窗外，车已经驶上辅路了，“我家快到了，谢谢。”

邹莹缓缓减速：“这边是西北四环，还没到北四环。”

“已经离得很近了。”祁恬压根儿不知道现在开到哪里了，她全身细胞都在叫着尽快逃离车内大型尴尬的场景。管它是哪儿，让她赶紧远离眼前这男人就行！

车子停在路边，尚昀先下车，给祁恬让路，祁恬下了车就要走，却被尚昀叫住了。

“祁恬。”尚昀的音色在早春的暗夜里低缓醇厚，像杯温好的黄酒，让人陶醉。

“干什么？”她戒备地看向他。

尚昀面带微笑，双手插兜站在车旁，眼神专注地看着她，含情脉脉、缠绵缱绻。

祁恬吞了口口水，嘴巴有些发干。两人无声对视了十几秒，就在祁恬开始觉得不妙时，尚昀忽然笑了一声：“怎么？我杯子都举起来了，你不想过来同我干杯吗？”

祁恬瞬间四肢发麻——他看过！这个男人果然看过那个解构“绿茶”技巧的视频！祁恬还记得视频中最后一个技巧，就是要自己下车后不同对方说再见，只默默注视着对方，用眼神暗示对方下车，或邀请自己再坐回车上。

祁恬刚经历技巧二的挫折，压根儿不打算再实行技巧三，只想转身就走，没想到尚昀却用出来了，还用得毫无压力！

祁恬深吸了口气，她毕竟也是跟祁连山斗智斗勇过的人，只能强撑着让自己不失态，皮笑肉不笑地回道：“不了，尚总，为了我试用期结束后能顺利转正，我还是把杯子放回桌上吧，这样对咱们彼此都好。”

第八章

要不要去爬山

黑色的BJ80重新上路，窗外光影变幻，尚昀撑住下颚看了几秒，忽然低声笑了起来。面容秀丽的秘书从后视镜中看了他一眼，一贯秉公无私的脸上露出点儿无奈。

“有趣吗？”

“很有趣。”

“您准备怎么处理那孩子？”她故意在“孩子”两字上加重读音。

“还没想好。”尚昀看着飞逝而过的路灯拉起一道长长的光痕，口气很随意，“到现在她还不说实话，你查到什么了吗？”

“您问的是宋旭晟还是她为什么要进华恒？”

“哪个有眉目？”

“都没有。”邹莹拧了下眉，“华恒里没有人在这几个月跟她联系过，应该不存在招揽她入职的情况。宋旭晟那边，只有名字，根本无从下手。”

“公司里跟祁连山有牵连的人多吗？”

“四五个吧，现在都降级外派了。”

“好。”尚昀安静下来，陷在座椅里，望着车顶想事情。他其实喝得并不多，酒桌上都是度数很低的红酒和香槟，但他此刻人有些慵懒，一贯缜密的思维突然想开个小差。

“既然这样，那就再陪她玩儿玩儿好了。”

邹莹不怎么意外地叹了口气，瞥了眼上司兴趣盎然的脸：“小尚总，看见感兴趣的东西就想拿来据为己有的习惯可不好。”

“怎么能这么说呢？我只是想探索真相。”尚昀微笑，修正秘书的措辞。

“你别忘了她是谁，回头真给你弄个丑闻出来，老尚总会打断你的腿。”邹莹丝毫不给面子地警告，连称谓都从“您”变成了“你”。

尚昀身子前倾，额头抵住副驾驶座的头枕，偏过脸低笑，笑得成竹在胸、胜券在握：“她做不到。”

“什么？”

“那丫头，”尚昀的笑容里多出了一丝说不清的意味，他眯起的双眼幽深狭长，下垂的眼尾漆黑如墨，戏谑又深沉，“她根本不会勾引人。”

“我要是再听你俩的馊主意去色诱尚昀，我就是狗，我不做人了。”祁恬冷着脸，恨声发誓，“等拿到试用期工资，我立马辞职。”

郭小圆和郭大壮坐在她对面，面面相觑。

“恬恬……出什么事了？”

“视频根本没用——不对，是他看过那个视频！”祁恬愤恨地将面前的一包薯片捏个稀碎，迁怒郭大壮，“你们男的一天到晚看的都是些什么玩意儿?!”

郭大壮不服：“这怎么能赖我？视频有什么错，是你没学懂弄通吧？”

“还会顶嘴了。”祁恬气笑了，站起来，“你出来，咱俩今天比画比画。”

“恬恬、恬恬，你冷静点儿，给我哥一条活路！”郭小圆扑上去抱住祁恬大腿，大脑飞转，企图转移她的注意力，“你怎么跟尚昀说的，你给我们学学呗！”

“对，你给学学，肯定是你表情不到位！”

祁恬冷笑了一声，也不坐回去，稍一弯腰，手撑在郭大壮的椅背上。

“郭大壮。”祁恬在他耳边吐气，“你现在才想起来让我面试？来不及啦！”

郭大壮一激灵，转头看她。祁恬是真的长得好，桃花眼上挑，被灯光映成琉璃色的眼眸清澈干净，笔挺的鼻梁下红唇微翘，正笑盈盈地看着自己。

“壮壮哥？”祁恬撑在椅背上的手抬起来，手指若有似无地顺着郭大壮的颈背线条悬空描摹，指尖距离实际触碰仅有不到一毫米，郭大壮觉得肌肤传来一阵阵发麻的痒意。

“壮壮哥，你发什么呆啊？”

“……我……我去趟厕所！”郭大壮脸腾地红了，蹦起来落荒而逃。

祁恬往椅子上一坐：“看，不是我的问题。”

郭小圆简直没眼看亲哥的丑态：“你就不能给我哥留点儿面子？”

祁恬耸肩。

“恬恬，你考虑过跟尚昀说实话吗？”郭小圆问道，“你说是不是咱们想复杂了，直接跟他说清楚，你进华恒就是为了让他帮忙说服叶素娟，不行吗？”

祁恬沉默了片刻：“那就必须跟他解释姝雯姐的事，他那人很精明，不会让我糊弄过去的。”

“让他知道许姝雯的事有什么问题吗？”

“姝雯姐眼神不好选错了人，我不想让她死后还被当作谈资。我跟叶阿姨也保证过，不会让姝雯姐死后不得安宁。”祁恬低头看着自己掌心，“被‘渣男’骗不是什么光彩的事，知道的人越少越好。”

“好吧。”郭小圆点头，做了个给嘴巴拉拉链的动作，“我保证不说。”

祁恬笑笑，觉得有点儿累：“叶阿姨还在G省出差，等试用期过了，我再去G省求求她。”

郭小圆觉得祁恬这样实在太折腾了，她犹豫了半晌，拿出一张纸。

“其实吧……”郭小圆把纸在桌上摊平，见祁恬询问地望过来，不太自然地笑着，“其实这几天我一直在看爱情片，想从里面找找有没有适合你撩尚昀的桥段——你先听我说完！”

祁恬拒绝的话被郭小圆打断：“我知道，这玩意儿根本不适合你，也不适合我。说白了，这些玛丽苏桥段根本不可能存在于现实中，我本来还想多看几部，但说真的，再看下去我都要月经不调了。”

祁恬勾了下嘴角。

“但是，我还是列出了几个，你做出来，可能会让尚昀动心。”郭小圆双手合十，“你要不要看在我一心为你的份儿上，最后再试一次？”

“毕竟从B市跑到G省找叶素娟这事太不靠谱了，遇到挫折就放弃也不是你的性格……”郭小圆看着祁恬不为所动的脸，尽力一搏，“四月一号！你就当愚人节玩笑，真失败了也有个退路！实在不行，四月中旬你就离职！”

祁恬揉了揉额头，觉得脑仁疼：“行吧，把你的选项都说一遍，我听听哪个最让我想吐，哪个应该就是最佳选择了。”

“你还记得大学时常见的告白桥段吗？在宿舍楼下摆个心形蜡烛，然后放歌。”

“虽然我不打算在华恒长期干下去，但也不想被当成神经病开除。”

“也是，”郭小圆划掉这个选项，“毕竟大功率的蓝牙音箱也不好找。虽然我觉得这个办法其实挺管用的。”

“你如果在我家楼下这么干，你会被我干掉。”祁恬未雨绸缪地警告道，“乱棍打死！”

“好的好的，划掉。”郭小圆去看第二个选项，“多约几个人一起去KTV，在昏暗的灯光下，你跟他合唱一首情歌。气氛好就再来段探戈，其他人一定会起哄，到时候就水到渠成了！”

“探戈？”祁恬光是想想那场景就起鸡皮疙瘩，“都什么年代了，还在KTV里跳探戈，亏你想得出来，我决不会在众目睽睽下干这个，还有吗？”

“你要是不想借着其他人起哄给他造成心动的错觉，就只剩邀请他去爬山了，爬到半山腰时因为太冷，你们俩窝在避风的亭子里，分享一杯热巧克力牛奶，再相互抱着取暖。”郭小圆说到最后，声音低了下去，觉得这办法更不靠谱。

祁恬翻了个白眼：“就这个吧，听得让我想把脑袋揪下来当球踢。”她深吸了口气，“最后一次，之后你不许再劝我了，事不过三。”

“没问题！”

“好。”祁恬准备回家做做功课，临走时想起来，回身一指郭小圆，“把那些爱情片都删了，都是些什么乱七八糟、不接地气的垃圾玩意儿。”

四月一号是周三，祁恬本来还思考着要怎么在上班时间说服尚昀跟自己去爬个山，如果能爬到山顶，说不定她还有机会亲手推他下去。

结果她被告知华恒每月一号都有员工团建，各部门自行组织，员工自愿参加。祁恬一听大喜，这简直就是瞌睡来了有人给送枕头。

祁恬没参与法务部的团建，中午掐着点儿在地下美食广场堵住尚昀，直截了当地邀请他：“尚总，今天团建，要不要一起去爬个山？”

尚昀的表情有点儿微妙：“爬山？你想干什么？在山顶把我推下去？”

祁恬假笑道：“您可真逗。”

“法务部的团建是爬山？”

“不知道。”祁恬看了眼广场上的人流，“估计是喊口号、分组、人桥背摔之类的内容，我不太感兴趣，想做点儿正经运动。”

“怎么会想到邀请我？”

“我入职前跟您有点儿龃龉，现在想做些补救，防止被穿小鞋。”祁恬说得真诚，笑出一口白牙，“领导，给个机会？”

“只邀请了我？”

“对。”

尚昀挑挑眉，看向广场中来往的人，邹莹正隔着人流冲他交叉举起一叠文件，示意他赶紧拒绝。

“好的。”尚昀收回视线，神情一本正经，一副公事公办的样子，迅速点头答应道，“我也忙很久了，今天下午就给自己放半天假。”

这个季节，迎春花刚露了点儿鹅黄的颜色，不下雨的白天是很凉爽舒适的，但到太阳半落不落的下午，山区温度骤降，实在不适合幽会。

祁恬被尚昀载着来到山脚，石缝中的植物都还光秃秃的，四周一片荒芜，阴飕飕的空气里时不时传来几声野狗凶猛的吠叫。

祁恬环顾了下四周环境，迅速给郭小圆发了个定位：“真难为您能找到这么个荒山。”

“这是植物园的后山，西北五环边上，不是荒山。”

尚昀换了件运动外套，背着包锁了车，带她走上防火道：“这季节桃花都没开呢，游人少，咱们走快点儿，过了这段防火道就可以爬山了。”

祁恬见他走得熟门熟路，不由得问道：“您常来这儿？”

“也不算常来，B 市周边的山不少，休息时轮着来。”

祁恬望了眼看不到顶的山峰，隐约觉得不妙，而很快这种不妙的预感就被证实了。植物园后山上的防火道没有修到山顶，这意味着他们要想登顶，就必须在嶙峋的山石和土坡间找路。

山路上碎石很多，祁恬穿的不是登山鞋，走在碎石路上几乎一步一滑，她暗暗叫苦，担心等下下山会更艰难。好在沿途有不少山桃树，枝干光秃秃的，很好抓握，祁恬一路拽着枝干走，不知不觉被尚昀落下了不少。

祁恬的体力其实不太好，她本来觉得自己年轻，怎么都不会比尚昀差，说不定还能找点话题聊天。但没想到尚昀矫健得根本不像坐办公室的。现在还没到半山腰，她的气喘已经有些压不住，尚昀却在前面走得脚步轻快，仿佛地心引力对他毫无作用。

她又不是真来爬山的。祁恬望着尚昀的背影暗自咬牙。爬那么快干什么，跟个猴子一样。

祁恬不愿示弱，只能闷头跟在尚昀身后走。途中时不时看见有些树木低矮的枝丫上系着些陈旧的彩色布条，颜色不一，系法也不尽相同。

祁恬不知道这些布条是什么意思，路过时忍不住多看了几眼，却被尚昀注意到了，给她解释道：“那都是其他队伍走野路时留下的路标。有时候一个队伍因为人员身体素质不同，队伍会拉得很长，为了防止后面的队员掉队，就在树上系个布条做标记，让后来者别走岔了路。”

“这样啊。”祁恬趁机停下来，扶着树干喘了口气，“那等下您恐怕也得给我系几个。我和您的身体素质也不太一样。”

尚昀挑眉：“我汗都没出呢。”

祁恬顾不上跟他抬杠，停下来后气喘得更急了，汗顺着脸颊滑落，脸色是不正常的潮红：“要不您先走吧。”

“你邀请我来爬山，却让我先走？不合适吧。”尚昀走到祁恬身边，仔细看了看她发白的唇色，“你汗出得太多了，稍微休息下。”说着从包里掏出包纸巾递给她，“擦擦，外衣敞开点儿，否则等下衣服湿透你会感冒的。”

祁恬舔了下唇，扬头向上示意：“到上面那亭子再歇。”说着率先向上爬。

尚昀在她身后看了几秒，跟上去：“你为什么想来爬山？”

为什么？还不是因为小圆出的馊主意。祁恬腹诽着，用力攀上块大石：“运动能促进多巴胺分泌，说不定爬着爬着，咱俩就握手言和了。”

“你我之间没什么矛盾吧？”尚昀笑出声，“而且如果你想巴结我，现在做的这些可完全不够。”

“哦，是吗？”祁恬低头，看向石块下方的男人，露出一个虚假又甜美的笑容，“您是不是以为这一路我会对您嘘寒问暖、端茶送水？”

“真可惜，我本来也是这么打算的。”恨恨地将一截干枯的树枝从必经之路上踢开，祁恬吐出口气，“但显然我高估了自己的体力，却低估了您的。”

“你知道我不会对孙芸的律所做什么。”尚昀单手撑住石块边缘，很轻松地跳了上去，“所以你不是因为担心她而单独找我爬山，你也没什么其他理由去做之前的那些事。”尚昀直起身，意有所指地看向祁恬，“所以到底是什么原因驱使你不断地接近我？祁恬，你勾引我的举动太明显，动机我却猜不出来。”

祁恬脸上的笑容消失了，她看向尚昀，他背着光，居高临下的目光像昏暗水下摇曳的唯一光源，带着晕影，有一种明灭不定的虚妄，就像人随时会变卦背离的心。

那一瞬间，祁恬甚至产生出一种如果自己不说实话，会被尚昀推下去的错觉。

“现在这里没人，你喊破喉咙也不会有人来的。”尚昀在祁恬开口前突然说道，带着点儿顽劣的笑容，“所以你可以选择自己说实话，或者我逼你说实话。”

“你别冲动。”祁恬干巴巴地开口，“我没打算像坑我爸一样坑你。”

尚昀愣了一下：“我知道。”他笑笑，用背包垫住后背，靠在山壁上，“我见过你是怎么套祁连山的话的，科淮集团的监控留的时间挺长。你那时的表现比现在自然多了，显然你是在费尽一切心思给他挖坑。”

“但是现在……”尚昀指了指彼此，“你就像个不甘愿抄作业的小孩。我见过想上位的拜金女是什么样的，跟你的感觉完全不同。你学了她们的做法，心里却一直在唾弃这些做法。”收回手，男人双手插兜，歪头看着她，“显然你很抵触做这些，却还是做了，为什么？有人威胁你？”

“你入职到现在刚半个月，却已经试图接近我三次了。从之前咱们有限的几次接触来看，这完全不是你的性格。如果你不是真的对我有所图谋，那就是被逼无奈。”即使是做出这种冷静又一针见血的分析，尚昀的表情还是那般淡然与温和，眼神却很认真，“如果有人威胁你，你可以跟我说，祁恬，我能帮你。”

尚昀的嗓音低柔轻缓，暗含其中的郑重其事却让祁恬一瞬间觉得眼酸，她差点儿就要将实情和盘托出了。

但她毕竟还是那个习惯万事靠自己的祁恬，是那个即使头天晚上被祁连山打得浑身青紫，第二天也能跟同学嘻嘻哈哈地在操场上追跑打闹的祁恬。

她不敢依赖别人，也不相信有谁能一直帮自己。祁连山教会她最有用的一件事，就是等价交换的原则无处不在，甚至连一次次最平常的呼吸，也深深透着这个铁血的定律。

拇指指甲用力掐住食指指节，祁恬逼迫自己露出一个光芒四射的微笑：“尚总，怎么就不能是我看上您了呢？”

尚昀沉默地看着她，片刻后缓缓露出个笑容：“倒也不是不可能。”

他笑得有些自恋，黑色的眼眸俊美深邃，眉宇间却是清冷的白皙。祁恬恍惚觉得尚昀泛出笑纹的嘴角带着点儿嘲讽，像一个烙印那么清晰。

静默在两人间蔓延，山风吹来，身上的汗落下去，祁恬觉得有点儿冷了。

她将敞开的衣服拉好，指着半山腰那看似近在咫尺的亭子："走吧，尚总，到亭子里我请您喝巧克力奶。"

"你哪来的巧克力奶？"

"出发时特意备的。"祁恬拍了拍背上的小包，"我专门用保温袋装着呢，等下喝热的。"

"多大人了还喝奶。"尚昀觉得好笑，摇摇头跟着她向上攀登。

真正登到亭子时已经又过了四十分钟，祁恬觉得自己的肺都要喘出来了，喉咙里隐约有血腥味，身上的汗出透了，贴在身上凉飕飕的。

"我走不动了。"祁恬坐到石墩上，顾不得屁股上冰冷的感觉，将保温袋里的巧克力奶丢给尚昀一包，"天都要黑了，尚总，咱们今天到此为止吧！"

她是没什么心思和体力搞伎俩勾引尚昀了，何况尚昀都已经把话说到那份儿上了，郭小圆的计划算是彻底泡汤了。现在她只想赶紧下山，回家洗个热水澡，然后瘫倒休息，天大的事明天睡醒了再说。刚才郭小圆给她发了消息，说已经开车到她发的定位点了。

"行。"尚昀从包里掏出一个糖袋递过去，"松露巧克力，吃几块恢复下体力。"

祁恬中午没吃多少，正饿得难受，接过来连吃了好几块，才感觉空落落的胃里好受了些。

"别马上坐，站起来走走。"

祁恬叼着奶起身："尚总，你体力这么好，经常锻炼？"

"我以前和朋友都是负重登山，野外露营。"尚昀几口把巧克力奶喝完，"锅碗瓢盆、帐篷、防潮垫、饮用水，负重二三十斤，也没狼狈成你这样。"

尚昀就差把"娇生惯养"几个字贴她脸上了。祁恬不怎么在意地捋了捋头发，山风把她的马尾吹得乱糟糟的："挺好，知道我跟您的差距是云泥之别，也就没什么追赶的心思了。"

"嗯？"尚昀正在看手机，听到祁恬双关的话，微偏过头看她，手机屏幕的亮光在昏暗的山道间撑起一片暖色的光晕，"这么容易放弃，不像你的风格啊。"

尚昀长而浓密的睫毛抖落细碎的辉光："你为了找那个叫宋旭晟的人可是不择手段地要上光头的节目，怎么只是爬个山就这么快认输了？"

尚昀看向她的侧脸堪称完美，轻微上扬的唇线，黑琉璃般的瞳孔暗含笑意。

祁恬忽然觉得有点儿热。

"宋旭晟怎么能跟您比。"祁恬下意识地扯了下领口，"说真的，您觉不觉得有点儿热？"

“现在气温只有二十度，怎么会热?”尚昀觉得祁恬在转移话题，“你后来找到他了吗?”

“没有，我不是在开玩笑，您真不觉得热吗?”祁恬皱起眉，胃里隐约却真实存在的异样感让她感到不妙，“我觉得又热又难受……”

她突然睁大眼，想起什么，低头去看攥在手里的巧克力包装纸：“松露巧克力!”

“你该不会怀疑我带的巧克力有问题吧?”尚昀好笑道，“我也吃了。”

“是松露……”胃里的异样感强烈起来，祁恬来不及解释，一股酸水伴着恶感反涌上来，“呕——”

她捂住嘴，惊恐地看了尚昀一眼，转身跑出亭子：“我蘑菇过敏……呕!”

尚昀完全没想到会这样，他站在亭子里，只见祁恬勉强跑到一丛灌木后，弓身吐了个天昏地暗。偏偏她站的是上风口，即使背对着他，那股混合了巧克力奶的酸臭气味也被山风毫无保留地吹了过来。

“呕——”祁恬几次想站直，都因为更强烈的恶心感而不得不弯下身去，最后连胆水都吐出来了，才撑着一旁的树木，低头粗重地喘息着。

尚昀屈指抵了下鼻子，觉得有些尴尬又有些好笑。虽然他遇到过比这更糟糕的场面，但祁恬这么漂亮的一个女孩子，现在因为过敏吐得天昏地暗，想必是不想让自己看到的。

“你没事吧?”尚昀从侧面绕过去，递了瓶水，打量着她额头暴起的细细的青筋，“喝点儿水。感觉好点儿没?”

祁恬吐得鼻涕眼泪糊了一脸，头发都散了。她真的很久没遭过这种罪了，摆着手将嘴里的秽物吐干净，气若游丝地赶他：“你走远点儿。”

尚昀体贴地把水放到地上，回到亭子里等，十几分钟后祁恬终于将自己收拾干净，红着眼睛回来了。

“松露巧克力里居然真的有松露，哪个品牌这么良心?”祁恬苦笑着自嘲道，声音喑哑，“让您见笑了。”

“是我考虑不周。”尚昀又在包里翻了翻，“要不要吃点儿别的压一压?饼干吃吗?”

“不要了。”祁恬拒绝，“赶紧下山吧，不是吐一次就能好的。我……”

她正要说什么，小腹忽然一阵绞痛，顿时脸色绿了。

尚昀耳朵动了下，隐约听到祁恬传来的腹鸣，忍不住皱眉：“这么严重?是不是要吃药才行?”

祁恬疼得说不出话，冷汗贴着背脊滑了下来，她现在浑身湿冷难受，胃里一阵阵的恶心顶住喉咙。她拼命忍着，眼角逼出两抹飞红。

其实不少人都对蘑菇过敏，但祁恬是属于反应最强烈的那类，一点儿都不能沾，否则上吐是开端，下泄才是最后的终结。如果知道邀尚昀爬山是这么个结果，她绝对不会听郭小圆的建议！祁恬真是肠子都悔青了，今天面子里子全丢了，要不是山路不好走，她立刻就披发覆面狂奔而去。

手肘忽然被人握住了，半个身子被架起来，祁恬猛地一抖，以超乎寻常的速度向一旁躲开："你要干什么？"

尚昀搀扶的手停在半空，诧异地看着祁恬，祁恬在躲闪的同时弓身，双腿微屈，两脚一前一后，重心前移，双手握拳抵在胸前——标准的防卫反击的姿态。

"你……"尚昀一时不知该说什么，顿了顿将手放下，"你反应是不是太大了？我只是想带你下山去看医生。"

祁恬急促地喘了几口气，这才反应过来刚才捏住自己手肘的男性不是祁连山，她匆促地抬头，看到尚昀站在对面，一边关切地看着她，一边将她的包背到身上。

"我……抱歉，我不太习惯别人不打招呼就碰我。"祁恬站直身子，不太自然地捋了捋头发。

"是不习惯别人碰，还是不习惯异性碰？"尚昀清楚祁恬长相打眼，无法不往那个方向联想，"你被骚扰过？"

祁恬顿了下，摇头："那倒没有。就是……小时候被我爸打怕了。"

她向尚昀走去，借着他的手劲向来路走，简单解释道："我爸好面子，我在外面把自己弄脏了丢他的人，会被打。"

"不止吧。"尚昀觉得刚才祁恬的反应太强烈了，一般人小时候被打不会留下这么强的应激反应，"他打得很厉害？"

"……怎么说呢？"祁恬自嘲地笑笑，"也就是被他一巴掌甩出去会直接昏厥的程度吧。"

尚昀的嘴唇抿紧了，片刻后开口道："先下山，我带你去看医生。"

尚昀说得很强硬，扶着她向来路走，祁恬几乎是被他拖着跑的，路过高坎深沟时，尚昀会体贴地托住她。下山这一段路祁恬因为身体不适，几乎是恍惚的。

山间的天空很干净，没有了城市中那层灰蒙蒙的盖子，满天星斗，光却很微弱。尚昀漆黑的眼睛始终关注着祁恬，神情镇定，如同那双始终稳定有力的手掌。

祁恬身上的味道并不好闻，即使她尽力收拾了，但她自己都能闻到飘散的发丝和嘴唇间若有若无的酸味。可尚昀却始终表现得很自然，扶她走路的姿势是恒定的，无过分靠近，也绝无闪躲。

"你不能再吐了，再吐只有胃酸，会灼伤你的食管。"在祁恬又一次甩开他，冲到路边干呕时，尚昀这样说。

祁恬低着头，瞳孔微微颤动。

"忍一忍。"尚昀修长有力的手指掐住她虎口，穴道被按压的酸胀让祁恬瑟缩了下。

尚昀的指腹干燥温暖，触碰到祁恬湿冷黏腻的皮肤时，祁恬下意识地躲避。

“脏。”

“这算什么脏？粪坑我都跳过。”尚昀淡定地吐出这句话，祁恬怔了下，抬起湿漉漉的眼睛看他。

尚昀深色的眼眸在银白的月光下迷离，令人生惑。薄荷冷香似乎从他身上散发出来，仿佛水中泛起的涟漪。

祁恬咳嗽了两声，她的嗓子已经彻底肿了，声音嘶哑难听：“能别在这种时候说这么恶心的事吗？”

“以毒攻毒，看，你不想吐了。”

“那是因为我要闹肚子了。”

祁恬破罐子破摔地坦白告知，她被尚昀看到了自己最狼狈的样子，已经在认真考虑回去就离职，连半个月工资都不要了。

“可惜，”尚昀叹了口气，“咱们到防火道了，要不野地上随便你方便。”

祁恬恼怒地转向他：“尚总，你非要在这种时候和我比谁的下限更低是吧？”

尚昀笑出了声，漆黑的眼尾弯成柔长的线条：“难得见你的情绪这么真实，没忍住。”

“什么意思？”

“你没意识到吗？你总是把自己绷得很紧，”尚昀笑着叹了口气，“让人觉得你心事重重的。所以虽然很不好意思，但现在的你放松多了。”

“谁会在把父亲搞进牢里后还能放松的？”

“不，不仅仅是因为这个。”

尚昀用温柔直白的语气戳破祁恬的伪装。

“你举报了祁连山，实现了愿望，摆脱了原生家庭的阴影，可你依然看起来心事重重的。如果非要形容，那就是仿佛你所有愿望中，最重要的那一个还没实现。”

祁恬瞪着他，只是干瞪着而已，她太累了，眼睛里什么情绪都没有：“你到底想说什么？”

“也没什么。”尚昀轻松的语气让祁恬很不舒服，他伸手在祁恬肩上拍了拍，一副哄孩子的口吻，“只是想告诉你，你还年轻，以后的日子还很长，别把自己逼得太紧了。”

祁恬身心俱疲，脱口而出的话自然也不怎么友好：“谁知道明天和意外哪一个先到？在有限的时间里把自己要做的事都做完不是更好吗？”

尚昀低头去看她，祁恬神色间的轻松又隐去了，戒备重新登场。

晚风很冷，带着山间特有的荒凉气息。防火道上的太阳能灯板一盏接一盏地亮了起来。

祁恬此时与尚昀对望着，就像站在人生的彼岸，与那些世间纷扰遥遥相望。

于是，尚昀心里的那点儿疑惑，像水下暗暗纠缠的水草，在不知不觉中疯长："你究竟想做什么？找到宋旭晟对你来说就那么重要？"

祁恬不说话。

"我能理解你急着找人的心情。但是，没必要影响到自己的生活吧？"

祁恬不再看他，他们已经走到防火道的尽头，黑色 BJ80 淹没在夜色中，一辆白色的五菱面包车停在它后面。

"恬恬！"郭小圆等得望眼欲穿，终于见到两个身影出现在防火道，几步蹦过去。

"怎么样啊？看你俩这架势，成功了？"天黑景糊，郭小圆提着大嗓门冲过去，到跟前才意识到不对。

"恬恬……你怎么哭了？"郭小圆看清祁恬通红的双眼，压低了声音，"失败了？咦——什么味儿？"

祁恬有气无力地看了她一眼："你觉得呢？"

"怎么回事？"

"她吐得很厉害。"尚昀答道，低头问祁恬，"真不用我带你去看医生？"

"不用，回家吃点儿药就好了。"祁恬摆脱尚昀搀扶的手，"今天谢谢了，尚总再见。"

"你吐了？"郭小圆接过祁恬的胳膊，一边扶着她往车那里走一边打量着她那惨白的脸色，"啥情况？该不会是你想跟他告白，结果把自己给恶心吐了吧？"

郭小圆声音已经压得很低，却架不住尚昀跟她们顺路，耳朵还好使，他将问话听得一清二楚，忍不住挑眉。

"我长得让人犯恶心？"

祁恬一边压着冒酸水的胃，一边还要用力憋住便意，真是上下交迫。她掐了郭小圆一把，头也不回，话说得咬牙切齿："尚总长得人见人爱花见花开，是我自己倒霉，吃坏了东西。"

第九章

慈善晚宴

老天似乎终于想起春天来了，不再是整天淅淅沥沥的雨，随手扔了个艳阳出来，挂到水洗般的碧空里。尚昀简约的办公室里，隐约飘着一股优雅而含蓄的香味。

“我没打扰你吧？”香味的源头是在沙发上坐得稳如泰山的女人，四五十岁的年纪，穿着合体的浅杏色套装，头发整齐地梳在脑后，皮肤保养得极好，时光仿佛对她格外仁慈，雪一样白的面容上仅有几道细微的笑纹，交握在一起的双手戴着丝绸手套，举手投足间带着大家闺秀的气度。

“您突然这么客气，真叫人浑身难受。”尚昀坐在她对面，鸡翅木的茶几上摆着漂亮的白瓷雕花茶具，没有实际效用的奢华显得与整间办公室格格不入。

“应该感谢您，让我有了半个小时的休息时间，可以从董事会会议沉闷的气氛中挣脱出来。不过您是怎么进来的？”

华恒大厦各个楼层的电梯都需要刷脸才能使用，而面前这位已经不在职好几年了。

“碰巧遇见了邹莹，她带我进来的。”

尚昀没再多问，亲自动手，将一团干枯得像卷心菜一样的茶团丢进茶杯，缓慢倒入热水，那茶团在水的滋润下，每一片都迅速舒展开来，从外到里，层层绽开，最后形成一朵丰美的水中花。

这个过程美不胜收。浓烈的香气中包含了太多花香：茉莉、桂花、珠兰、柚花……茶水被逐渐染成了鲜丽的玫瑰红。

“漂亮吧？”

“不太好评价。”女人懒洋洋地，把身体微微向后靠，居高临下地看着他，“虽然挺好看，但一想到这是我送来的花的尸体，就让人没什么心情了。”

“别这么说，您闻闻这香气。”尚昀将茶杯捧到女人面前，“花败终有时，让它发挥余热不是更好吗？”

“得了。”女人依然是不咸不淡的口气，“我送来的花没有哪一盆不是连一周都不到就死了，你不喜欢也不用这么糟践。”

她美目四顾，慢条斯理地将手上柔软的丝绸手套摘了：“你这破屋子也就配弄点儿假花装饰了。”挑剔又嫌弃的语气。

尚昀顺着她的视线打量着自己这间空旷的办公室。他从来不将心思用在房间装饰上，办公室从墙壁的颜色到电灯的数量，乃至桌椅的摆放位置，全都是邹莹一手包办的。这里给人的感觉只有两个字可以形容：效率。

聪慧尽责的邹秘“无所不用其极”地鞭策着上司——工作！工作！工作！

尚昀端了半天的杯子终于被女人接了过去，他暗暗松了口气：“您来是有什么事？”

“邹莹跟你说了吧？下周的慈善晚宴。”

尚昀咳了声，企图蒙混过关：“她上周说过，刚才我们正讨论这事呢，在您来之前，董事们都做熟了的，您放心……”

“不是他们。”女人打断他，精致的眉形拧了起来，“这次必须你去。”

“为什么？”尚昀不太乐意，“那种假装大家互相都认识，只能喝酒的晚宴有什么好去的？喝香槟能填饱肚子吗？”

“你去晚宴是为了吃吗？我是让你去见老王的女儿！”

尚昀捂了下头，压下汹涌的吐槽意图：“妈，您真想让我去那个宴会相亲？”

“见个面而已，谈不上相亲。”女人是尚昀的母亲——江菲晏，她喝了口花茶，“你都这把岁数了，是骡子是马，也该拉出去遛遛了。”

“又不是买卖牲口，还得看牙口是怎么着？”

“差不多吧。”江菲晏端着茶杯，嘴唇弯成美丽的弧线，“要不总有人以为我儿子也就那样，不当回事呢。”微笑里带着一丝傲慢的冷漠，“必须得有人帮他们治治眼睛。”

悠闲地喝完茶，江菲晏戴好手套，点了点尚昀：“你这次就算打断自己两条腿，爬也得给我爬去S省。”

尚昀眼睁睁地看着亲妈消失在门边，抬手按了下内线电话，把邹莹叫了进来。

“我妈这两天心情不好？”

邹莹表情不变：“这不为您推三阻四不去慈善晚宴心烦呢吗？”

尚昀将座椅转到贴着办公室的弧形玻璃边往下看，街面上身着黄衣和蓝衣的外卖配送员把电动车骑得飞快，像乘风的箭，路两旁长青的水杉和松柏绿得葳蕤茂盛。

“董事们不都挺想去的？我就别夺人所好了。”

“您说的‘挺想去’，是指您把他们锁在会议室里，逼他们选出谁去参加慈善晚宴吗？”

邹莹站在办公桌前，板着脸，六亲不认，指责尚昀不干人事：“这会儿里头已经从骂您欺软怕硬到数落我为虎作伥了。麻烦您怜惜怜惜我，老尚总让我跟着您是帮着打理公司的，不是替您挨骂传话的。”

尚昀啧了一声：“老爷子什么态度？跟我妈一条战线？”

“您见过二位领导意见不一致的时候吗？”邹莹简直恨铁不成钢，“老尚总但凡松了点口，您母亲刚才都不会坐在这儿埋汰您半个小时，董事们也早就收拾东西出发了，还轮得到我在这儿劝您？”

华恒集团每年都要参加几场国内外影响力较大的慈善晚宴，一边捐款一边给公司招牌镀金。

这种花公司钱长自己脸的事高层都做熟了，接到邀请后几个董事正准备回家收拾行李，已经退居二线的老领导却突然发话，让今年初才接手公司的亲儿子去参加。

尚昀现在虽然是公司总裁，但父亲尚志地余威尚存，哪个董事都不敢对他阳奉阴违。

“我爸妈最近是不是太闲了？”尚昀带着座椅转回来，有点儿烦，“这种事谁去不行？”

邹莹比尚昀大四岁，毕业后就进了华恒，从管培生一路走到总裁助理，大风大浪经历了不少，就没见过尚昀这么反感拍照曝光的人。

“您父亲指定您去，我会提前跟媒体沟通好，确保您的影像不会出现在任何通稿和视频里。”

“真不能不去？”

“不能。”邹莹实在不想伺候了，绷着脸给他透了底，“这次晚宴在S省举办，主办人是您父亲的朋友王青泽，晚宴地点定在丽丝柏翠酒店，会场布置由王先生的女儿王楚楚亲自操刀。王小姐是普瑞特艺术学院的高才生，上个月才回国。”

“我妈就是想让我去跟这位王小姐相亲，”尚昀觉得自己听明白了，“直接约饭不行？非得去晚宴让其他参会者见证这历史性的时刻？”

邹莹的眼神有点儿一言难尽：“王先生对您是满意的，也相信尚家的家风。但王小姐说现在照片和视频都可以美化，您要是想相亲，得先去晚宴露个脸。”

“她以为自己买菜呢？还挑拣卖相？”尚昀活到二十八岁，头一次遇见脑子这么有坑的姑娘，“我说我妈怎么突然这么大脾气，原来是被气着了。行，我去看看，是谁给了这位王小姐这个底气。”

“老尚总也是这个意思。”邹莹嘴角轻挑，“他还说您最好带个女伴去，相亲什么的就不用提了。”

谁家孩子被人这么挑三拣四，父母都会暴躁，更何况极护犊子的尚志地！你王家的闺女金贵，我家儿子就是根草？王家是比尚家实力强还是怎么着？出国读个书怎么就那么高贵了呢？

尚昀给自己顺了顺气，点头一笑：“行，我懂老爷子的意思了。”

看完邹莹拿来的资料，尚昀发现王楚楚确实有自傲的本钱，肤白貌美、灵气十足，是凭本事考上的普瑞特。

他用指节敲着桌子，在脑子里把最近打过交道的适龄女性都过了一遍，发现光论外表，想找出几个胜过王楚楚的都难，除非让赵钦从娱乐圈里找。但他一点儿都不想沾娱乐圈，绯闻曝光什么的，太不友好了。揉着眉心叹了口气，尚昀有点儿为难。

突然想起一个学历、长相、气质、身材都不输王楚楚的，但他们之间的现状有点儿尴尬。毕竟上周才见过她狼狈的一面，估计对方短时间内都不想见到自己。

正琢磨着，尚昀的手忽然顿了下——说起来，这几天好像都没见着祁恬。

他又拨通邹莹的电话："祁恬今天上班了吗？"

"您稍等。"邹莹将尚昀的电话留在专线上，转去询问人事部员工考勤，过了片刻，"祁恬上周三晚上在OA里递交了病假申请，周四周五两天病假，之后三天是清明节假期，今天周二，节后第一天，她没有打卡。"

"知道了。"尚昀放下电话，觉得应该打个电话去慰问慰问，毕竟祁恬这病假也有自己的一份"功劳"。

手指搭住电话，尚昀想，如果这次祁恬同意帮忙，他愿意投桃报李，帮她找到宋旭晟。

祁恬接到尚昀电话时正在安装床架。她一只手提着冲击钻，另一只手把手机开了外放，压根没看来电显示，虚着眼睛瞄准铅笔画好的十字标，竖起钻头打眼。

"您好，哪位？"祁恬的声音和木头被钻穿的嗡嗡声混在一起，尚昀愣了下。

"祁恬？你干吗呢？"

"尚总？"祁恬停下冲击钻，拎过电话看了眼陌生号码，"您找我？有事？"

不知道是不是因为隔了好几个基站，尚昀觉得祁恬的声音听起来又冷又恹。

"想问问你身体怎么样了，明天能来上班吗？"

"大老板亲自关心哪！"祁恬在电话那头笑了声，"好得差不多了，明天，我尽量。"

"怎么？还想接着请假？"尚昀翻着桌上的日历，"再请一周你的试用期都该过去了。"

祁恬没吭声，过了会儿忽然说："过就过吧，反正也没指望能拿到试用期工资。"

尚昀皱眉："你遇着什么事了？真觉得丢脸到不好意思看见我？"

"瞧您说的。"祁恬手指摩挲着床架被洞穿的孔，轻吹口气将木屑吹开，"我就是去上班也不一定能见着您啊。"

她顿了顿："家里确实遇到点儿事，我可能上不了班了，跟爬山那事没关系。"祁恬知道尚昀看不见，但还是笑了笑，"尚总，多谢您打电话来关心，我打算过两天去递交辞呈。"

"怎么回事？"尚昀愣了下，"你遇到什么事了？方便说吗？喂——"

对面传来嘟嘟的挂断音。

尚昀放下电话，思索了下，觉得祁恬家里的事应该就只有祁连山的案子了，但这能影响到她在华恒上班？

祁连山案的热度已经过去了，华恒的员工也不是“键盘侠”，否则祁恬前半个月就不会在公司待得这么踏实。更何况，来华恒不是祁恬自己的选择吗？她进华恒的真正目的他虽然还不清楚，但这姑娘前半个月那奇怪得仿佛失了理智的勾搭行为，让尚昀断定她来华恒绝不是为了辞职。

他打开电脑登录员工档案系统，翻到祁恬登记的家庭住址和座机电话，又打了过去。座机电话连续响了二十多声都无人接听，他开始意识到这事真的不对劲。

套上外套，尚昀同邹莹打了个招呼，开车往翡丽名苑去了。到了祁恬家楼下，他找到 906 号门铃，按了数十下，楼上始终无人应答。

尚昀正想去找物业，路过的一个大爷告诉他：“别按了，906 昨天下午被查封了，那家就一女的带个闺女，也不知道搬哪儿去了。”

“查封？”尚昀愣了下，“为什么？”

“谁知道？犯事了吧。反正是公安局拿着封条过来的，大白天的闹得动静挺大。”大爷嘟嘟囔囔走远，“那家女的直接昏过去了，还是她闺女喊了救护车拉走的呢……”

尚昀站在原地静了片刻，回到车上，掏出手机拨了个电话：“跟你打听个事，翡丽名苑昨天有房被查封了？是打算走法拍吗？”

“——行，我不问。那你帮我查个车牌号——上周有辆车停车时蹭着我的车了，查监控才找着车牌，我得找车主报销补漆的钱——对，谢了。这就发给你。”

尚昀把郭小圆那辆白色面包车的车牌号发过去，片刻后对方将信息返了回来，他看了眼车主登记的姓名和地址，往茶马北街去了。

“恬恬，被褥我给你放门口了啊。”郭小圆抱着一大卷铺盖，用脚踢开便利店二楼的一个开间，“还缺什么你列个单子，趁超市还没关门，咱们赶紧去买一趟。”

“不用了，今天有地方睡就行，其他的明天再说。”祁恬已经装完床架，疲惫地揉了下眼，“小圆，谢谢啊。”

“谢什么！谁也没想到那些中介和酒店都那么势利眼，一看你身份证就不租你房了，要我说，你应该打 12315 投诉他们！”郭小圆摆摆手，有些担心地看着祁恬没什么血色的脸，“倒是你，没事吧？昨天你熬了一宿，阿姨那边稳定了？”

“还在 ICU，不让陪护。我收拾收拾就睡，明天再过去。等我妈从 ICU 出来了，我就去趟华恒，把离职手续办了。”

“你想好了啊?!”

“嗯。”祁恬点点头，不欲多说。

说到底还是她太天真，低估了祁连山的阴狠，那男人想鱼死网破，在看守所里也能反咬一口，不让她们好过。离婚协议上财产分割给了王美佳的翡丽名苑的房子被他说成是赃物，公安局来人，说在调查清楚之前需要将房子查封。

王美佳本来身体就不好，受了刺激直接心梗，人都差点儿没了。要不是祁恬学过急救方法，现在她就不是在郭小圆家的便利店二楼借住，而是在殡仪馆办手续了。

事情发生得太突然，祁恬一点儿心理准备都没有。今天下午母亲刚脱离危险，还在ICU住着。她坐在病房外，忽然意识到，如果母亲死了，她无论做什么都无法挽回。那一刻她真是恨透了祁连山，她捂着脸，嘲笑自己的幼稚和无能。前段时间所有企图勾引尚昀的把戏在这一刻都显得格外单薄和可笑。

在许姝雯去世后，她再一次意识到，真正的送别没有长亭古道，也没有劝君更尽一杯酒，就是在一个和平时一样的清晨或傍晚，有的人长眠了。你永远都不会知道，那些生命里最重要的亲人或朋友，在哪次不经意地跟你说了再见之后，就真的不会再见了。

“想好什么？”门口突兀地响起声音，“辞职？因为你母亲病了？”

郭小圆吓得一激灵，和祁恬一起看向门口，只见尚昀站在门口，双手插兜，正微微皱眉看着她们。

“严重吗？需不需要帮忙？”

祁恬抿唇不语，只感到剧烈的头痛，生理上和心理上的。也许是因为自己过得不太好，她本能地抵触尚昀这种人，和善、宽宏、热心，总想助人为乐——他问过自己好几次需不需要帮助了。但祁恬向来是个只要自己还没倒下，就万事死撑的人，所以尚昀这种善意的询问，总让她觉得不适。

“尚总！”她呼出口气，“您是怎么找到这里来的？”

“你挂了我的电话，我去翡丽名苑，你家也没人。我担心我的员工出什么事，就找人帮忙查了下上次来接你的车的车牌号。”尚昀看着她，“上周咱俩去爬山，白色面包车来接你，车牌号我记下了，一查就能查出车主的详细信息。”

郭小圆来回看着俩人，举手指着自己：“车主信息难道不属于隐私吗？谁都能查?!”

“当然不是谁都能查。”尚昀视线转向她，“郭小姐，我可以跟祁恬单独聊聊吗？”他问得很客气，语气温和，声音平静，但郭小圆还是莫名地感到一股压力。那可能就是久居上位的人的气势吧。郭小圆想着，看向祁恬。

“小圆，你先去楼下看店吧。”看着郭小圆离开，祁恬侧头示意尚昀，“请进吧，尚总。刚搬过来，万事从简，没什么茶水招待您了。”

“出了什么事？为什么突然封了翡丽名苑的房子？”尚昀走进来，“因为祁连山的口供？”

“您消息挺灵通的。”

祁恬借住的屋子很简陋，二十来平方米的开间隔出一个独立浴室兼卫生间。单人床贴墙放着，床头放了个铁艺茶几做床头柜，床尾走几步是占据整面墙的落地窗，深灰色窗帘收在一旁。窗前摆着长条电脑桌，六七个纸箱在桌子下方堆成一排。屋里没有衣柜、凳子和任何家电。

祁恬拆了两个纸箱，才翻出几个坐垫扔到地上。

“条件简陋，凑合坐吧！”祁恬率先盘腿坐到垫子上，“我爸说那房子是赃物，警察介入调查了。周六的时候公安干警加班到半夜两点，电话通知我第二天要查封家里的住房，说在事实查清之前房子不能住人了。”

尚昀看了她一眼，提着裤腿坐到坐垫上。坐下后只觉得空间逼仄，连喘气都嫌挤得慌。

“你母亲气病了？”

祁恬轻轻笑了下。

“我妈那人胆子小、怕事，偏偏又爱瞎琢磨。本来离婚这个坎就没过去，她担心祁连山，昨天下午公安来封房时多问了两句，她才知道是我爸指认房子是赃物，气急攻心……我叫了救护车。”

祁恬叙述的语气很平，好像只是在解释一件很普通的事。她说的时候甚至还有余力思考，尚昀听完后会不会再问自己一次，举报祁连山后不后悔。

但尚昀没有这样做，他皱眉听完，沉默了片刻：“这事做得不地道，就算房子真有问题，公安通知你们搬家也不应该这么急。”

“没什么不地道的。”祁恬没有愤怒的情绪，“人家为了祁连山的案子，清明节还在加班加点，那么辛苦还记得先通知我，而不是直接上门贴封条，已经很人性化了。”

“这屋子你住不久吧？”背靠着铁艺茶几，尚昀伸出两根手指叩了叩茶几腿，“等你母亲出院，你是不是还得找房？需要——”

“那就是我的事了。”祁恬打断他，不想再听尚昀问自己需不需要帮助，那会让她觉得自己很失败。

尚昀抿住嘴，看着她不说话。

祁恬很累，她的过敏反应持续了两天才好，紧接着就遇到封房的事。从前天夜里到现在，她已经四十多个小时没合过眼，连笑的力气都没有，实在没有体力跟尚昀兜圈子。

“尚总，你找我有什么事吗？我过敏已经好了，我母亲的事我也能处理好。感谢公司领导的关怀，如果没有其他事，能不能请您先离开，让我好好睡一觉再说？”

“我不希望你因为这些事离职。”

祁恬看着他，似笑非笑——她终于也能用这种表情看他了：“尚总，这事恐怕您做不了我的主。”

“我可以帮忙。”

“这次您可以好心帮我，以后呢？”祁恬毫不犹豫地拒绝，“不是谁都像您一样好心的。我必须靠我自己。”

“我也没那么好心。”尚昀看出祁恬的耐心已经耗尽，“其实我今天打电话，是有件事想麻烦你。”

“麻烦我？您说。”

“我想下周带你出两天差，去S省参加一场晚宴。”

祁恬愣了愣：“为什么是我？”

“你条件合适。”

“什么条件合适？”祁恬没忍住嘲讽了一句，“长相？性格？从您前段时间的反应来看，我觉得我的条件不怎么合适。”

尚昀被她刺了下，反倒不担心了，慢悠悠地笑了一声：“那得看跟谁比。”

祁恬没好气道：“到底什么事？”

尚昀把事情讲了，讲的时候重点强调慈善晚宴如何盛大，需要携女伴出席，但鉴于他洁身自好，没有合适人选，因此诚挚邀请祁恬同去。

他叙述清楚、条理清晰，从头到尾都没提王楚楚的过分行径——男性自尊不允许他让祁恬知道自己被人瞧不上的事。

祁恬听得一耳进一耳出，脑子累得转不动，一时没想起他从观郦搂个姑娘出来的事，否则她一定会说：“您想要个外形条件好的姑娘，直接去观郦找不就得了？”

她垂眼听尚昀说完，倾身拆开一个装衣服的纸箱，拎出几件素色基础款的衬衫、T恤、牛仔裤看了看，又扔回去。

“尚总，试用期跟您出差，有出差补助吗？”

尚昀原本准备了好几个版本的腹稿来说服祁恬，甚至连祁恬可能提出“孤男寡女一同出差，个人清白如何保障”的问题都考虑过了，唯独没想到她会问这么接地气的事。他顿了顿：“你最近手头紧？”

“家徒四壁。”祁恬手指在房间里转了一圈，“如果吃住行都报销，还有出差补助，我就先不辞职了，跟您去一趟。”

尚昀其实对华恒的出差补助细则不太了解，毕竟每个月发工资都是人事部的事，但他顿都没顿，直接脱口而出：“费用当然是公司全出，出差补助另算。具体多少钱等回来以后我让邹莹去落实，不会让你吃亏的。”

只要能全方位碾压王楚楚，花点钱算什么，决不能让母亲丢了面子。

祁恬没想到尚昀如此干脆，有一瞬间甚至怀疑晚宴只是个幌子，真正的交易是两天一夜中的那一夜。

“你参加过晚宴吗？需不需要我找个人来教你？”

尚昀的问话把祁恬的思绪拉了回来，她定了定神。

“参加过几次，规矩我都懂，不必麻烦了。”金主老板痛快，祁恬也不好意思再多说什么，想了想只能含蓄地暗示，“尚总，晚宴之后咱们是一人开一间房，对吧？”

尚昀一时无语，片刻后才找回自己的声音：“不然呢？你以为我想‘潜规则’你？”

“强奸罪基本刑罚三年以上十年以下，有加重情节的十年以上，死刑封顶。尚总见多识广，想要什么女人没有，打我的主意未免得不偿失。”她慢慢笑了下，“是我以小人之心度君子之腹了，抱歉。”

尚昀觉得祁恬的声音透着深深的疲倦，像火堆燃烧后的余烬，正在一点一点被雪覆盖。

他忍不住皱眉：“你自己的身体情况怎么样？过敏彻底好了吗？”

祁恬垂下眼帘，地砖雪白。她突然想起第二次见面时，尚昀站在月下，目光沉沉地问她：你如今身陷泥沼，诸事不顺，回过头想，你后悔吗？

那时候祁恬还觉得尚昀嘴欠，当时她并没有觉得有什么诸事不顺，毕竟自己不着急找工作，不会被辞退，现实中的朋友也并没有疏远自己。直到——警察上门查封的当晚。

狼狈搬离时邻居异样的眼神，他人含在嘴里若隐若现的嗤笑，给酒店前台递上身份证后被人肆无忌惮地打量……

但她怎么能后悔呢？开弓何曾有回头箭？祁恬咬了咬嘴唇，罕见地向尚昀袒露出一点脆弱：“过敏已经好了，我现在……就是心里有点儿难受。”

精神上对母亲的愧疚远比肉体上的疲累更让人难受。过几天就好了，过几天，等母亲身体好一些，她就能打起精神了。

尚昀伸手在她面前晃了晃。

“我没事。”祁恬缓缓眨了下眼，眼神有一瞬清明，再看时又蒙了层茫然的雾气，“对了，尚总，晚宴服装您准备？我现在回不去翡丽名苑，没有合适的礼服。”

B 市前往 S 省的高速公路上，祁恬跟着尚昀坐在商务车后排，弯腰打开放在脚边的礼品盒。晚礼服和配套的首饰、高跟鞋在日光下闪着幽光，低调奢华。

祁恬翻了下盒盖，发现自己不认识这个品牌的 Logo。

“别看了，法国设计师设计，星际系列，今年春夏的走秀高定款，周末刚空运过来的，国内独一份。”

祁恬侧头看了他一眼：“晚宴的级别这么高？”

礼服的款式和来历都太奢侈了，穿着它参加晚宴简直暴殄天物，应该去戛纳走红毯。

“不高，高就不在 S 省开了。”尚昀兴致缺缺地应着，他身上还穿着下午在公司开会时的西装，与祁恬同系列的礼服被他扔在后备厢了。

坐在副驾驶室的邹莹正抱着平板电脑与晚宴主办方接洽，听到自家总裁这心不在焉的发言，从后视镜里瞪了他一眼，转头向祁恬耐心科普："这次晚宴是佑善基金会组织举办的年度慈善晚宴，是公益行业内影响力最大的慈善活动之一，至今已经举办十届。今年的主题是'爱贯彻始终'。佑善基金会会长王青泽先生是老尚总的朋友，小尚总这次除了去捧场，还要参加现场拍卖，拍卖所得善款将由基金会管理，专为患有先天性心脏病的儿童提供医疗救助。"

祁恬听了，越发觉得奇怪。她跟着祁连山参加过不少晚宴，知道不是所有晚宴都需要穿得这么隆重，慈善类晚宴穿偏休闲风的礼服就足够了。尚昀给她找来的这套行头穿戴出去，金钱的光芒能闪瞎人眼，会让人觉得他们是来砸场子的。

不过……祁恬瞟了眼尚昀冷淡的侧脸，把盒子盖上了。

谁知道金主老板怎么想的？说不定就是去砸场子的呢？

下了高速，祁恬跟着尚昀从酒店后门直接进入休息室，躲过了大堂里咔嚓闪个不停的闪光灯和巨大的来宾签名展板。

邹莹提前预约好的妆发师恭候在化妆镜前，等着为他们打造造型。

祁恬屏息闭眼化了个全妆，硬着脖子任由妆发师折腾自己的头发，侧目一看尚昀已经进更衣室换衣服去了。

"麻烦您，差不多就行。"祁恬跟妆发师商量，"我不上台发言，也不需要别人对我一见钟情。"

年轻的妆发师被她逗得直笑，用一条深蓝色边角处缀满碎钻的绸缎将她的长发松松绑住，放她去换衣服了。等祁恬换好衣服出来，尚昀正站在休息室门口等她。尚昀宽肩窄腰，两条笔直的长腿裹在深色礼服中，低头倚在墙上。

祁恬必须承认，尚昀确实有副能蒙人的皮相，侧脸轮廓分明，天生上翘的嘴角一旦拉平，周身的气质就像一把裹着寒光的刀。

听到更衣室开门的声音，尚昀抬起头，见到祁恬的瞬间惊讶地笑了，抬手轻拍，袖口露出与礼服风格高度一致的百达翡丽星空铂金男表："真美。"

祁恬穿的晚礼服是收身款，展现出她柔美的腰线，垂坠的裙摆是近乎墨色的星空蓝，细若珠米的碎钻镶满边角，材质柔软的布料在行走间被气流托起，修长的小腿在裙下若隐若现。深色缎面高跟鞋也镶满了钻，从鞋尖闪到鞋跟，天然水晶串成的绊带松松搭住纤细的脚踝，蹭着随风摇曳的裙摆。

尚昀含笑的声音像羽毛，轻轻扫过祁恬的耳畔，留下让人忐忑的痒意。祁恬看着他被衣装衬托得格外英俊的脸，捏了捏耳垂，扶墙适应了下十厘米的细高跟，走到他面前。

"尚总，交个底吧。"

如果说换衣服之前还只是有个模糊的猜测，现在看到尚昀特意为礼服搭配的豪表，以及两人穿着的同系列礼服，她要还看不出尚昀想在晚宴上引人注目、一鸣惊人，她就不是把祁连山送进监狱的人！

尚昀翘起嘴角："交底？"

他的目光透着欣赏，缓缓流连在祁恬明艳的脸上。祁恬本身五官极艳，由浅至深的霁蓝色礼服将她衬得凛然又华贵。

祁恬想着还没到手的出差补助，忍下了他肆无忌惮的打量。

"你想在晚宴上打谁的脸？"

尚昀笑得和气极了："你怎么想得这么多？"

"穿这款礼服参加今天的晚宴确实太隆重了，你想穿给谁看？"她晃了晃手里的钻石手包，"我刚用手机查了下，这个晚宴的来宾有不少娱乐圈和媒体的人，代表公司和财团前来的嘉宾名字都不在通稿里。所以，你是被哪位女明星劈了腿，想带我来找回面子？"

"我会被别人劈腿？"尚昀低头看着她。这人明明有双十分好看的眼睛，却总喜欢半垂着眼看人，他的目光像一汪清水，落在祁恬身上，似乎与往日有所不同，"我就是想让他们知道，华恒集团不仅是行业内最优秀的企业，华恒集团总裁找的女伴也是最优秀的。"

说着他向祁恬伸出手，身上飘散着若隐若现的松柏冷香。

"走吧，晚宴快开始了。"

巴洛克式的连拱廊门厅，墙裙之上装饰着大量花卉，藻井画极尽华美。顺着走廊望去，酒店大堂的穹顶上，一盏由无数水晶拼接而成的吊灯正散发着璀璨的灯光。

灯光下，空运而来的大丽花在雪白的签到桌上团团簇簇，披着梦幻般的色彩，馨香在空气中缓缓流淌。

祁恬挽着尚昀的手肘，两人像每一对携伴而来的嘉宾一样，行走在长长的甬道里。她低眉敛目，走得目不斜视。但两人的外形实在太突出了，哪怕刻意避开了正门处簇拥的媒体，也躲不开其他来宾悄然举起的手机。

尚昀突然抽出祁恬挽着的手臂，转身将她挡住，抬头环视了一圈。所有与他目光相触的人都不由自主地绷直了背，默默把手机放下了。

"走快点儿，进了宴会厅找个角落，不用应酬，等拍卖开始就好了。"

尚昀俯身，修长的手指虚虚拢住祁恬的肩，并没有实际碰到，但掌心的热气却在这狭窄的缝隙间蒸腾着，缓慢而强硬地渗进祁恬的肌肤。

祁恬低着头："尚总，我最好别被拍到。"

"彼此彼此。"尚昀皱眉，觉得甬道内的灯光太亮了，"邹莹提前沟通过了，咱们的影像不会出现在任何公共媒体上。"

祁恬突然抬头看了他一眼。

"怎么了？"

“没事。”

她不愿意被拍到，是怕有人认出自己是祁连山的女儿，尚昀为什么这么忌讳拍照？知道自己就算问了也得不到答案，祁恬摇了摇头。

正门处忽然起了喧嚣。

“王青泽来了。”尚昀看过去，将手臂塞给祁恬，“挽好，咱们去打个招呼。”

祁恬挑眉，觉得这应该就是尚昀带她来的真正理由。离正门还有段距离，祁恬看到王青泽身边站了个女孩。女孩穿着珠光粉的齐肩礼服，长发别在耳后，耳垂和颈上佩戴着圆润的海水珍珠，穿着一双软羊皮做的芭蕾款平底鞋。她样貌极美，气质清雅，像森林中清冽的泉水或春天里拂面的风。

有她在，祁恬的存在简直是专门同她作对的。张扬的钻石首饰与宝石胸针，炫富炫得过分极了。祁恬觉得自己像个暴发户，有点儿丢人。

“尚总，给个准话吧。”祁恬挽着尚昀的胳膊，手指悄悄捏紧，“是王先生身边那位小姐？你给我个定位，我保证完成任务。”

尚昀噙着笑，边走边问：“什么意思？”

祁恬的声音从上扬的嘴角飘出，声音又细又扁：“意思就是，你想让我演朵娇弱无辜的白莲花，还是‘婊’得明明白白的绿茶精？”

尚昀失笑：“你是指你前段时间做的那些事？别为难自己了，正常发挥就行。”

“那可有点儿难。”祁恬弯起的桃花眼中漾着粼粼的光，撒娇一样望向尚昀，微笑着咬牙切齿道，“说不定我的本性就是喜欢穿成这样，在大庭广众之下抢男人呢？”

“你要真是这种人，那我做梦都能笑醒……”

说话间两人走到王青泽附近，尚昀能清楚地感受到王楚楚饱含估量的目光，那目光像是正在把他放在利益的天平上，衡量他有没有她所需要的价值。

尚昀突然停住脚步，低头宠溺地看向祁恬，轻声道：“你根本不需要抢。”

大堂中暖色的灯光柔化了尚昀眉骨和鼻梁间的线条，加重了他睫毛投下的阴影，让他的脸在锋锐和英俊间找到一个极好的平衡点。

祁恬一秒入戏，娇嗔：“真的？可你太完美了，总是有人关注你。”她与尚昀含笑对视了三秒，尴尬得一身鸡皮疙瘩。

周围的闪光灯连成一片，闪得祁恬眼睛疼，她羞涩地低头，担心邹莹和华恒集团公关团队接下来的工作量可能会有点儿大。

她心不在焉地听着尚昀与王青泽寒暄，惊讶于他的演技居然和自己不相上下。她与他联手合作的这不到一个小时的时间，窥见他不为人知的一面却比入职后的半个月还要多。

祁恬被尚昀带着，一路走向宴会厅。她每走一步都会带起一抹绚丽耀眼的光，仿佛行进间跨越了一条又一条星河。

王楚楚走在王青泽身侧，视线控制不住地向两人投去。实际上，走廊里几乎所有嘉宾都在看他们。尚昀和祁恬的礼服是同色同系列，二人走在一处，身姿挺拔，面容俊秀，像是一对让人羡慕的璧人。

祁恬顶着来自四面八方灼热的目光，觉得自己快不会走路了。

宴会厅中灯光如瀑，尚昀终于将热情得有些过分的王青泽送上主席台，松了口气。他接过服务生送来的两杯香槟酒，递给祁恬一杯，站到高脚圆桌旁。

“王青泽讲完话晚宴就进入拍卖环节，你等下看到喜欢的，随便拍。”

祁恬用指腹蹭了蹭沾着水汽的杯壁：“随便拍？”她黑亮的头发柔软地匍匐在白皙的颈项上，歪头眨了眨眼，睫毛像小刷子一样刷过，“尚总为了争口闲气连限额都不设了？”

尚昀看着她明亮的笑容，眼底微晃，余光瞥见不远处的王楚楚，笑意加深，抬手将她从绸缎中滑落的碎发勾到耳后：“不设了。”

尚昀的声音沉缓醇厚，压得很低，滑过祁恬耳畔时，祁恬被这声音熨烫得后脑勺发麻，下意识地往后退了一步。

“怎么了？”

“你这样说，我会当真的。”王楚楚还未走远，祁恬微微侧过脸，颧骨浮上一抹微红，漫过精致的侧颜。

“本来就是真的。”尚昀微笑，视线轻抬，忽然眼皮一跳，好像看到自己的母亲也被人簇拥着上了主席台。他定睛望去，站在主席台边缘的果然是江菲晏，戴着丝绒手套，举着杯香槟，背影有着二十六岁的妩媚、三十六岁的风韵和四十六岁的端庄……穿着一双十厘米的细高跟鞋，在人群中璀璨夺目。

仿佛是感觉到了尚昀的视线，江菲晏突然回头，冲他举了下杯，又挑眉看向他身旁的祁恬。尚昀维持着完美的微笑不变，举杯回敬，并向江菲晏身旁的夫人们一一颔首，一副大众情人的样子。祁恬一边看着他们眉目传情，一边若无其事地猛踩尚昀的脚。

“尚总，我还站在这里呢……”祁恬用保持面部肌肉纹丝不动的状态跟上司说着话，“那位王小姐还在往这边看，你这是打谁的脸呢？”

“那是我妈。”尚昀一边优雅地向四周微笑，一边优雅地抽气。

祁恬顿了顿，娇媚一笑，指尖点上尚昀的胸膛：“原来是我误会你了。”

“真高兴你这么重视我。”尚昀掌心虚握住祁恬的手指，视线与江菲晏一触即收，“我母亲看起来对你还算满意。”

祁恬嘴角一抽：“我怎么没看出来？”

尚昀单肘撑在高脚圆桌上，低头笑得温柔：“她要是不满意，这会儿就该直接冲过来教你做人了。”

即使踩着十厘米的高跟鞋，祁恬也差他半头，此时尚昀站在她身侧，低头与她说话时，几乎将她整个人都圈在了怀里。

“人走了。”眼见王楚楚被几个嘉宾围住，渐行渐远，祁恬松了口气，拉开与尚昀的距离。

她伸出两根手指，把耳朵从上到下捋了个遍，抬眉问道：“现在能说了吧？王小姐到底怎么得罪你了？”

尚昀扫了眼被几个嘉宾围住的王楚楚，憋在心底的那口气散得差不多了：“没什么，就是王小姐的择偶标准有点儿挑剔，我不想配合罢了。”

“哦——”祁恬拉着长音，上下打量着他，片刻后笑了一声，模仿纪录片里旁白的语气道，“春天来了，万物开始复苏，又到了动物繁殖的季节……”

尚昀面无表情地看着她：“补助不想要了？”

祁恬见好就收。

拍卖开始后就没祁恬什么事了，她恪守“花瓶”本分，顶着金光闪闪的行头撑满全程。尚昀拍了几幅祁恬看不懂的抽象派画作，然后大概是觉得钱花得不够多，散场后又叫住王青泽，表示要再给基金会签张支票。

祁恬目送着他被王青泽殷勤地请走，在走廊上站了一会儿，想找个工作人员要张房卡。美丽都要付出代价，踩着十厘米的细高跟在这里待了五个小时，她觉得自己的脚快要断了。

邹莹从晚宴开始就一直带着集团的公关团队跟各大门户网站和新闻媒体死磕，这会儿大概是处理得差不多了，从不远处走过来，递给祁恬一把钥匙。

“这是休息室的钥匙，你先去换衣服吧。等下咱们就开车回B市，小尚总过几天有笔重要的业务要谈，需要回去准备资料。S省的限号规则和B市不一样，咱们得赶在零点前出城。”

“大老板都这么拼的吗？”

“人前显赫，人后受罪。”邹莹显然已经习以为常了，拍了拍祁恬的肩催促道，“快去吧，换完衣服等一下小尚总，如果三十分钟后他还没去休息室，你就去二楼茶座找他。”

邹莹自觉都交代清楚了，板着脸挥手，打着电话离开了。祁恬拿着钥匙站了半晌，终于接受今晚要通宵的事实。在休息室里换衣卸妆后，祁恬又跷着脚舒展了十来分钟脚趾，尚昀还没过来。

签个支票要签这么久？祁恬看了眼时间，站起身收拾好礼服，想了想又去尚昀用过的更衣室里把他换下来的西服用防尘袋装了，一起塞进行李包。

“我可真是个贴心细致的试用员工。”祁恬自我肯定地点点头，在休息室内转了一圈，确认没什么东西落下，就出门找尚昀去了。

酒店二楼的茶座氛围幽静、音乐舒缓，因为慈善拍卖会主办方包了全场，这里安静极了。

尚昀还穿着晚宴时那身礼服，支票早已经签好给了王青泽，现在坐在他对面的是王楚楚。王楚楚换了件驼色毛衣裙，头发扎成低低的马尾，涂着裸粉色唇釉，文艺知性的气息扑面而来。

尚昀有点儿头疼。老爷子打算给他安排相亲，他其实并不排斥，家族联姻也不是不能接受，但王楚楚这种挑三拣四、前倨后恭的女人，他实在伺候不来。他以为带着祁恬出席晚宴的态度已经很明显了，但王楚楚显然不吃这套，她就像个抢糖吃的孩子，只能自己不要，不能别人不给。

手指轻敲下表盘，尚昀不想奉陪了："王小姐，时候不早了，回去休息吧。日后有时间我再来S省拜访王会长。"他绝口不提王青泽先行离去前的暗示，起身要走。

王楚楚的清高不允许她多做纠缠，她站起身陪着尚昀走到茶座门口，忽然开口："小尚总。"

尚昀转身看向她。王楚楚的表情很淡，轻轻地笑了声，抬起手又顿住，一边用眼神征询尚昀的意见，一边从他的肩膀上拈起一片亮片："沾上东西了。"

是刚才拍卖结束时现场撒下的彩纸。尚昀看了一眼："多谢。"

祁恬拎着东西来到二楼。二楼没有客房，酒店为了节能将走廊里的灯熄了大半，昏暗的光线里，她隔着老远看到尚昀和王楚楚站在茶座门口，面对面的站姿被茶座内流出的暖色光线裁剪成和谐优美的画面。她目光动了动，发现了距离茶座三四米处的高大绿植后蹲着的黑影。祁恬挑眉，拎着行李包悄无声息地摸了过去。

《明日劲爆》的记者正兴奋地连按着快门。华恒集团的公关团队很强势，他们在今天晚宴前就接到通知，不得上传任何尚家太子爷的参会影像。听说其他平台也收到了类似通知，正经纸媒倒是无所谓，但《明日劲爆》以传播八卦为主业，虽然尚昀不是本次慈善晚宴的主角，但英俊帅气，爆照后的话题也够他们编一个月的。

本来今天这种场合他们都没资格进场，但王小姐不知出于什么目的，特意给了他一张邀请函。这小记者本以为是名媛偶尔也需要拍个街拍来维持网络热度，没想到王楚楚居然送了他这么大一个"瓜"——《B市知名企业华恒集团太子爷密会S省王家千金！》不知道这个标题够不够吸引眼球。

"请问你在拍什么？"祁恬把行李包放到地上，站在他身后客客气气地弯腰询问道。

小记者吓得差点儿把相机扔到地上。祁恬伸手挽救了一把，拿过相机快速翻看。王楚楚单手搭住尚昀肩膀的画面可谓郎才女貌。

"还给我！"小记者低声嚷嚷道，心脏病都快犯了，他紧张地盯着祁恬的手指，生怕她来个啪啪啪连删。

祁恬数了数，就尚昀被王楚楚搭肩这么一个动作，小记者居然连拍了十来张。

她摇摇头，退出了浏览界面，又按进相机设置看了眼："朋友，肖像权和隐私权了解下？"祁恬没有刻意压低声音，于是惊动了茶座门口的两个人。

"祁……"尚昀走过去，顿了下忽然改口道，"小恬？你怎么来了？"

祁恬也差点儿把相机给扔了。她低头僵了三秒，给自己进行表情管理和心理建设，然后抬头笑得娇嗔："阿昀，我有点儿伤心。你也打算'家里红旗不倒，外面彩旗飘飘'了？还要拍照留念？"说着把相机递了过去。

尚昀接过来翻了翻，脸色不太好，回头看了眼跟在后面的王楚楚："王小姐，我以为你父亲已经跟你说得很清楚了，我不喜欢拍照。"

王楚楚神情没什么波动，抿唇看了记者一眼："现在的记者真是……"她也不说真是什么，巧妙地停顿了下，语气很平静，"工作人员没控好场，小尚总放心，交给我处理吧。"

尚昀可不敢放心。祁恬回想了下祁连山身边历任小三的做派，抬手搭住他的小臂。她搭的姿势很曼妙，小指微翘，拇指以外的三根素白手指点在尚昀手腕上方，露出一截细瘦的腕骨，力道很轻，蜻蜓点水，引得尚昀低头看她。

祁恬给了他一个"你闭嘴让我来"的眼神，羞涩地请示道："我能跟王小姐说句话吗？"

尚昀沉默点头。于是祁恬撩撩长发，侧过脸看向王楚楚，把"绿茶精"的做派发挥到了极致："王小姐，今天阿昀带我过来，就是怕有些看不懂眼色的女人老往他身边凑。他自己是无所谓，但是怕我伤心呀。这么直白的意思都看不懂？你们名媛现在挖人墙脚挖得跟狗急跳墙一样，也太难看了吧？"

丽丝柏翠酒店的安保级别很高，没有王家的首肯，这种小报记者根本进不来，所以记者肯定是她安排的。

"麻烦你下次想钓金龟婿时，事先查查对方是不是'空窗期'。挖墙脚也挖得艺术点儿，行不行？"祁恬说完，抛了个妩媚又嘲讽的白眼给王楚楚。

尚昀暗叹：果然演得明明白白。

"那个相机是联网的，会自动把照片上传到云服务器，最好赶紧处理下。"祁恬坐在飞驰的商务车里，提醒车内其他人。

尚昀在最后一排换好衣服，走到前面，问坐在副驾驶室的邹莹："拦下了吗？"

"正在沟通，如果他们拒不配合，我们会采取强硬手段。"

祁恬没忍住犯了职业病："肖像权是公民的基本权利，未经本人同意，任何人不得擅自使用，如果被擅自使用，可先协商；拒不撤销者可依法进行起诉，申请司法保护，维护自己的合法权益。"她顿了顿，看向尚昀，"需要我帮忙发律师函吗？"

尚昀原本心情不佳，此时见她目光清澈地看过来，像只天真又严肃、急着出巢的雏鸟，不由得舒缓了神色。他坐到司机后面，揉了下她的头顶："华恒集团有律师团，不劳你费心。"

祁恬捂着脑袋对他怒目而视："尚总，我有一事不明，可否请教？"

尚昀眼底最后那点儿冷冰也融了，忍不住笑了声："好好说话，问吧。"

"王小姐长相不差，背景也好，她都投怀送抱到这份儿上了，你怎么不吃一口？反正怎么算你都不亏。"

尚昀啼笑皆非："你认真的？"

"嗯哼。"

"我又不是开救济中心的，要是每个投怀送抱的女人我都接待，那我该早衰了。"尚昀漫不经心地笑了笑，语气却很刻薄，"不是什么女人都能近我身的。"

祁恬鼓了鼓嘴，到底没忍住："必须观郦里的女性才行？因为那里的小姐不会给你惹麻烦？"

"你怎么知道观郦？"尚昀愣了下，显然他也知道观郦不是什么好地方，"那地方你怎么……啊，因为祁连山？"

"我爸是去过几次。"祁恬撇过头，"但应该没你去得勤。"

副驾驶室的邹莹忽然从平板电脑前抬起头，回头眼神犀利地看向尚昀，用眼神无声地鞭笞着他。

"别这么看我。"尚昀又好气又好笑，"我去观郦做什么你不知道？最近的这次还是你传达的，我妈让我把江绗——就是我那不争气的表妹——从会所拎回家。她喝得烂醉，听说回家就被我舅关了禁闭。"

邹莹收回视线："最好是这样，否则我觉得您照片流出去也没什么，说不定观郦已经给您做了本影集呢。"说着她重新投入工作。

尚昀无奈地笑了笑，抬手按住祁恬的头顶，将她撇开的头转回来："听明白了？我去的次数没你想象的那么多。有邹莹这个拼命抽打我工作的秘书，我不'过劳死'就不错了。我每次去都事出有因，基本是为了认领江绗，顺便替她结酒钱。"

"那你这个表哥还挺贴心。"祁恬将信将疑，"不过'一表三千里'，谁知道你说的是真是假。"话这么说着，祁恬唇角却控制不住地微微翘起。

尚昀看着她，目光专注流连在她花瓣般的嘴唇上，笑得轻柔："这种亲戚关系就不是我能控制的了。没想到你居然这么关心我的事，是对我有什么想法吗？"

祁恬嘴角的笑容一僵，瞪了他片刻，突然向后一靠，把头重新扭向车窗，不打算再问他为什么这么在意照片流出，也不想知道他对王家下一步的打算了。

她困恹恹地打了个哈欠："没我什么事了吧？我睡一会儿。"

尚昀不再闹她："睡吧，还得再开四五个小时呢。"说着他打开座位上方的阅读灯，从后座拿过文件看起来，车内一时安静极了，只有邹莹偶尔打字的声音。

车外的高速公路上一片漆黑，偶尔闪过车灯，商务车好像航行在深海的孤船。

祁恬迷迷糊糊地打着盹，也不知道自己到底睡着没有。突然她上身猛地往前一冲，胸口被安全带勒得生疼，还没等反应过来，有人在一旁伸手拦住她的肩膀向后抵，另一只手挡在前座和她的额头之间，避免了她受到二次伤害。

这一切都在瞬间发生，祁恬还没完全清醒，耳边就传来砰砰几声巨响，隔着混沌的思维，那声音听起来很沉闷。

"……撞车了？"祁恬强迫自己睁开眼，握住贴在额头的温热手指，猛然惊醒后心脏跳得很快，头痛欲裂。

"追尾。"尚昀声音很冷静，见她醒了，把手收回来，转而去拍司机和邹莹的肩，"都没事吧？"

"没事。"邹莹缓了缓，一贯冷静的她神色纹丝不动，"还好咱们是第一辆，后面追尾了。"

说话间司机已经把车熄了火，打开车门向后看了眼，缩回来："尚总，后面追尾了三四辆保时捷。"

尚昀磨了磨后槽牙道："好，这下修车费不用愁了。"说着他解开安全带，招呼所有人下车，"去隔离带站着，邹莹打电话叫交警和道路救援。"

第十章 命运稍露垂怜

高速路上警灯亮成一片，红蓝相间的光把现场照得透亮。

尚昀见三辆保时捷的车主吊儿郎当地站着，对交警的问话爱搭不理，有点儿来气："一个个的以为自己未成年就没事是吧？又酒驾又无证。祁恬，给他们普个法！"

尚昀拍向祁恬的手挥空了。他一怔，转头看去，那个总喜欢背法条的姑娘正独自一人站在离他们七八米远的路肩上，背对着高速公路，出神地望着远处浓重的夜色。

"祁恬？"尚昀觉得不对，跟邹莹打了个招呼后走过去，"怎么了？"

五月初的夜晚还有点儿冷。祁恬双手插在大衣兜里，站得不太直，双肩微微向前收着，整个人有点儿发抖。

尚昀又问了一次："你怎么了？是不是哪儿不舒服？"

祁恬的反应有些迟缓，过了几秒才转头看向尚昀，眼睛眯着，翘长的睫毛交织在一起，看不出在想什么。

尚昀耐心地等待着回应。过了许久，祁恬才很轻地摇了下头："我可能有点儿PTSD。"

"……什么？"

"PTSD，创伤后应激障碍。"

"我知道 PTSD 什么意思，我是问你怎么……"尚昀忽然想起在科淮集团楼下，祁连山让她以后开车小心点儿，祁恬回了句"我一时半会儿是不敢再开车了"。

尚昀反应过来："你什么时候出的车祸？"

"去年五月份。"祁恬望着高速路下方的荒野，声音很低，语速也比平时慢，好像在极力克制着某种情绪，"也是夜里，为了避让突然冲出来的小孩，车翻出路肩，撞树上了……当时我脑袋磕得挺厉害的。"她顿了顿，"刚才谢谢了。"

刚才如果尚昀没有伸手替她拦一下，再撞一次头人可能就傻了。

去年五月份，至今快一年了。尚昀知道 PTSD 不可轻视，有的受害者在事故刚发生时看不出惊慌害怕，但潜藏的心理问题却会随着时间推移愈演愈烈，甚至在多年后可能萌发自杀倾向。

他俯下身盯着她的眼睛："我能为你做点儿什么？"

祁恬半闭着眼睛，透过眼皮间的缝隙看了尚昀片刻，轻声嘟囔："我眼睛疼。"

"哪里疼？"尚昀没听清，看着刚才还在车上急切展示自己能力的雏鸟变得恹恹的，有点儿心疼，"你说你哪里疼？"

祁恬没吭声，抬手擦了下眼角。她的指尖冰凉，抖得无法自控。

去年五月至今，有太多事情需要处理，她没时间照顾自己的心情，所以她把那些阴晦的情绪、不愉快的记忆都强压在心底，将生活伪装成一切尽在掌握中。直到今晚再次遭遇车祸，类似的场景将那些潜在的记忆和情绪激活，它们尖啸挣扎着，冲破她理智的屏障，试图乘虚而入。

她其实一直都知道那些记忆和情绪不健康，如果得不到妥善处理，将会积重难返，会在某个时刻以一种无法遏制的状态席卷而来。比如现在。身体各处的肌肉都在痉挛颤抖着，手指握不住，祁恬感到慌张恼火。

"是眼睛疼吗？"尚昀看到祁恬的动作，想起她上次从欢腾影视大厦出来时的样子，"是不是那边光线太亮，晃得你眼睛疼？"

祁恬垂着头，长发滑落脸侧，淡色的唇抿得很紧，过了很久她忽然答非所问地回应道："我没带他克莫司。"声音细细的，跟平时自信干脆的语气完全不同，含着点儿委屈和惶然，"我以为我已经不用吃了，但是我现在眼睛疼。"

眼底和眼周的阵阵刺痛让祁恬害怕极了，无论是眼前深浓的夜色，还是不远处发出光晕的车灯，都让她无法不回想起一年前那场惨烈的车祸，以及刚从车祸中清醒过来时那无边的恐惧。

那时她还来不及舔舐因车祸留下的心理阴影，就开始焦虑地整宿枯坐，她对双眼急剧下降的视力一筹莫展，最后不得不逼迫自己接受终有一天会成为盲人的现实。她其实并不坚强，但在成长的道路上无人可以依靠，便只能在无数个难过的瞬间告诉自己：挺住，这都不是事。

尚昀掏出手机迅速搜了下他克莫司到底是什么药，走远几步打了个电话，又叫来邹莹交代了一下，很快返回祁恬身边。

"我妈今晚住在S省，我让她的司机来接一趟，咱们先走，邹莹留在这里处理事故。你家里有药吧？我先带你回家吃药。"他说着屈起一只胳膊递给她，"你眼睛不舒服就闭上，我就在你身边，不会让你摔着的。"

祁恬没想到他会这样说，有些诧异地抬头，尚昀的表情慎重严肃，显然很拿她的话当回事。五月初的子夜带着潮湿的凉意，尚昀站在她面前，目光专注，身后明亮的灯光将他的西装轮廓照得毛茸茸的。

祁恬忽然想起不久前两人在山上，自己因为蘑菇过敏大为失态时，尚昀也是这样认真关心她的身体状态。这个男人虽然平时看起来万事不挂心，但真正遇到事时，从不说多余的废话。他明明也只是个二十多岁的青年，给人的感觉却像风雨中屹立的巍峨山石，又像惊涛骇浪也拍打不碎的顽强岛礁。

在这个很不恰当的时间点，祁恬忽然莫名感动，就好像她对着上苍无声地祈求了很久，命运终于稍露垂怜，赐给她一点儿稀薄的甜。

交警很快将几辆肇事车拖走了，邹莹和司机也开着商务车跟着离去。四周终于静下来，只剩祁恬和尚昀一正一反地站在隔离带里，等着江菲晏的车来接。

祁恬背对着高速路，安静地站在尚昀身旁，看着远处的荒野和夜色。高速路旁有个小小的县城。县城中一片寂静，只有路灯忽明忽暗，仿佛随时都会熄灭。

夜里的高速路上，车辆依然川流不息，不知过了多久，祁恬终于不再发抖，她好像终于攒够了力气，慢慢将手指从尚昀的手肘处拔出来："那个……尚总，谢谢您。"

尚昀肘窝被焐热的地方突然凉下去，他看了她一眼："感觉好点儿了？"

尚昀的声音辨识度很高，尤其压低嗓音说话时，带着点沙哑，像杯细腻又醇厚的起泡酒。祁恬觉得耳热，这男人的声音太好听，让她后知后觉地为刚才神思恍惚间流露出的脆弱感到不好意思。

"……好多了，咱们还要等多久？"

"这就到了。"尚昀望向来路，一辆香槟色轿车疾驰而来，打着双闪停进应急车道。尚昀推着祁恬进了后座，自己拉开副驾驶室的门。车门刚关严，车辆就迅速驶离。

"高速路上占用应急车道，如果被拍下来，记得拿你的驾照去给老何扣分。"

祁恬还没坐稳，身旁突然响起一个悦耳的女声。

尚昀维持着拉车门的动作，震惊地扭头："妈?！您怎么跟来了？"

"我儿子的车被撞了，这么大的事老何敢瞒着？"江菲晏坐在后座左侧，没好气地瞪着他，"你当老何跟你一样的岁数？通宵开车第二天还能回来接我？"

"……您说得好像我现在正躺在急救车上等着被送往医院似的。"

"你背着我给老何打电话，我还以为你被撞得连急救车都爬不上去了呢。"

江菲晏冷笑了一声，无视尚昀吃瘪的神情，看向一旁坐立难安的祁恬，表情瞬间柔和了。"孩子，没事吧？"她和颜悦色地问，"吓着没？有没有伤到哪儿？"

祁恬受宠若惊，同时为这样的区别对待感到格外不自在："没……没有，我没受伤，谢谢您。"她清了清嗓子，觉得得为尚昀正个名，"尚总是为了让我先回家才打电话麻烦您的司机的。"

"你不用替他说话。"江菲晏握住她的手，语气和蔼极了，"他总喜欢偷懒。让他在外面住一宿跟能要了他的命似的。"

江菲晏说着，横了前排一眼，尚昀无奈地笑笑，不说话。

祁恬的手指被江菲晏握着，浑身都不自在。江菲晏的手掌干燥柔软，莹白的指尖涂着低调合宜的透明指甲油，手背的皮肤和手心一样柔白细腻，一看就是精于保养。祁恬不太适应陌生人这种突如其来的亲昵，她忍住抽回手的冲动，抬头匆匆看了江菲晏一眼。

“恋家……不是挺好的吗？”

江菲晏怔了下，随即笑意柔和：“你说得对。”

江菲晏的虹膜同尚昀一样，也是深黑色，透着一股凉意。祁恬在晚宴时见过她的仪态，充满拒人于千里之外的傲慢。

而此时，离得近了，江菲晏脂粉全无，正侧着脸含笑看她，眼窝深邃，深黑的虹膜迎着窗外一闪而逝的灯光，冰凉又剔透，配上她那完全不被时光摧残的美貌，像一场梦。

“……您真漂亮。”祁恬喃喃道，美艳的脸上冒出点儿傻气。

“嗯？”

“我是说……您看起来真年轻。”

任何年龄段的女人都抵不过对她年轻的夸奖，江菲晏也不例外，她笑得开心：“你这孩子真会说话。不像我那不争气的儿子，他说我们穿得像一群五彩斑斓的热带鱼。”

“显然您对他太宽容了。”祁恬有一瞬间不禁怀疑，尚昀嘴巴欠成这样，是怎么活到这么大的。

“我相信你的母亲也很漂亮，毕竟你是我见过的最好看的小姑娘了。”江菲晏拍了拍祁恬的手，“你妈妈还好吗？”她问得很自然，毫无恶意，“我是说，毕竟你父亲——抱歉，你不介意吧？”

祁恬被问得猝不及防，一时愣住了。随后想起来，尚昀带自己参加晚宴，他的母亲怎么可能不调查自己的背景。

“我的母亲……”她看着江菲晏关爱的面容，脑海里却想起王美佳那憔悴的脸。

自己的母亲比眼前这位江夫人要年轻好几岁，此时还未离开重症病房。两人如果站在一起，恐怕谁都会认为王美佳才是年长的那一位。

祁恬想要说什么，最终只终止于一句话：“我是说，我的妈妈，她会好的。”

她稍微抬起脸，漂亮的茶棕色眼眸晕开朦胧的雾气，车窗外月亮银色的辉光淌过她乌黑的发丝，照耀着她白皙无瑕的皮肤。

祁恬扬起卷翘的睫毛，笑容坚定：“我的母亲会好起来的，谢谢您的关心。”

江菲晏听着她不卑不亢的回答，神色有些复杂，混合了欣赏或者别的什么。祁恬不是很在意了，眼睛的刺痛感有加剧的趋势，她忍不住抬手揉了下眼角。

“别揉眼睛。”江菲晏轻轻拉住祁恬的手，“眼睛不舒服的话，多吃点胡萝卜——你喜欢吃胡萝卜吗？洋葱呢？”

祁恬一片茫然：“我……都行。”

“妈——”尚昀在前排撑着下巴听后头的人聊天，终于听不下去了，“您这种见面就打听人家饮食习惯和家庭背景的毛病能不能改改？”

“我是见人就打听吗？”江菲晏没好气，“你看我理那个王楚楚了没？”

“您是没理，您让我带祁恬去不就是为了打她的脸吗？”

“是啊。”江菲晏似乎终于出了这口恶气，语气欢快得很，“你看她打扮得像只孔雀一样光彩照人，其实跟祁恬比起来，就像只拔了毛的秃鸡！”

祁恬忍不住歪了下头，怀疑自己听错了。

“……虽然您说的是事实。”尚昀的语气镇定自若，头都没回，“但我更想知道您晚宴喝了多少酒，居然没等见到我爸就开始说心里话了。”

“那种场合。”江菲晏捏了捏祁恬的手，终于放开她，“不喝酒就得跟他们聊天，跟那帮人有什么可聊的，看着就心烦。”

“不过王青泽是爸的朋友，您连明天早饭都不吃就这么走了，不太合适吧？”

“他要真把老尚当朋友，就不会把你当根萝卜一样挑来挑去。”江菲晏懒洋洋地靠在座椅里，哼了一声，“我是来炫耀儿子的，现在儿子都撞车了，我还留在酒店给他捧场？美得他。”

尚昀无奈地笑了一声。祁恬终于确认，言辞刻薄这个技能，尚昀显然是遗传来的。她乖巧地坐在一旁，闭紧嘴，假装自己是一朵蘑菇。

这位江夫人简直将变脸与骄纵演绎得淋漓尽致，但却并不招人讨厌，大概因为她是金主老板母亲的缘故，让祁恬戴上了有色眼镜。

车内安静下来，片刻后江菲晏忽然又抬起手：“你跟我想的不太一样。”

“……嗯？”祁恬本来都昏昏欲睡了，此时却被江菲晏抬起下颚，她茫然地看向她，“您说什么？”

“我刚在晚宴会场看到你的时候——不，在我知道昀昀要带你去晚宴的时候，我以为你会搞砸。”江菲晏眯了眯眼，“毕竟你是祁恬。”

祁恬一时不知是该先对“昀昀”这个昵称表示惊讶，还是先对江菲晏不客气的措辞感到难堪。

“……那现在呢？您对您见到的还满意吗？”祁恬顺着对方的手劲抬高下颚，极尽柔顺之能事。但她的眼帘半合着，眼皮下的视线并不柔和，带着点儿挑衅和倔强，哪怕对方是尚昀的母亲，她也毫不示弱。

“现在嘛……算是有点儿意外之喜？”江菲晏的两颊浮上点绯红，显然酒劲上来了，她眯着眼睛打量着祁恬，“你在新闻和各种小道消息里，都是不让人省心的孩子，恐怕没有哪个家长喜欢你这样的性格。”

“不，你不用急着争辩，听我说完。”江菲晏收回手，阻止祁恬说话，“通常人们这么做，不管理由是大义灭亲还是卖父求荣，最终目的也都是为了个人利益。”

“这种事情我见过很多，不管说得多天花乱坠，手段再隐蔽难寻，只要耐心等待结果，就能知道这人的真实目的是什么。所以最开始，我以为你是想通过这件事博个好名声，或者增加曝光率，用流量换钱什么的。但现在看来，实际情况似乎并不是这样。因为不管怎么说，祁连山进去以后，你过得比原来更差了。”

江菲晏似乎醉得有点儿厉害，她的目光在车内飘了半天，才艰难地落到祁恬脸上：“我听昀昀说，你家的房子都被查封了？”

祁恬没说话，静静地看着她。

“你还跟你的母亲住在一起吗？”江菲晏叹了口气，“多安慰安慰她吧。到了我们这个岁数，突然变得落魄，其实是很难受的。”

“没有您以为的那么落魄。”祁恬慢慢开口道，“也许物质条件确实差了不少，但生活质量提高了，至少我们不用再像以前那样终日提心吊胆，承受冷暴力，或者因为我父亲心情不好就遭受家暴了。”

祁恬的声音很平稳，因为她说的这一切既不是夸大，也不是卖惨，那样的日子她过了十几年，已经习以为常，但从不打算逆来顺受。

“所以，你做这一切，都是为了摆脱那种生活？”

祁恬看着她，目光有些迷惘，像是在看江菲晏，但更像是在看什么抵达不了的地方。她突然说：“您知道吗？三个月前，除夕夜，我母亲试图自杀。”她的语气还是很平静，声音却轻得仿佛落雪，蒙上一层冷冷的雪花。

“因为我爸逼她签了离婚协议。哪怕那个男人打她、骂她、否定她、贬低她，但是在她看来，被离婚、没生出儿子，都是她的错，她觉得自己没脸再活在世上。”

江菲晏皱眉，似乎没想到现在还有女性存在这种心态。

“摆脱暴力阴影下的生活？我当然想，但不仅止于此。我母亲一直不开心，很多年了。因为心情不好，所以影响了她的身体，我举报祁连山当然有私心。”

祁恬双手握紧，指节处一片僵冷的白：“您想知道我举报祁连山到底是为了什么？我就是想报复他，我想让他体会众叛亲离、无人重视的滋味。我做这件事情时觉得解气又痛快，但做完之后……”

祁恬忽然自嘲地笑笑，脸上浮现出不属于她这个年龄的疲惫：“我妈差点儿跟我断绝母女关系——她骂我不孝、忤逆、自私。”

尚昀沉默地从后视镜里注视着她。

这是让祁恬痛苦的根源，她原本心中始终贯穿着一股气，这股气支撑着她对一切不公平的事进行决不妥协的反抗，对自我身份进行艰难认可。它让祁恬在愤怒时理智，在悲伤时奋起。

祁恬一直告诉自己，尽管祁连山对自己和母亲漠视、否定、羞辱，但总有一天，她要让母亲重展笑颜，让祁连山后悔莫及。可当她费心做完这一切，母亲却说她自私。在母亲自杀未遂被救醒后，在家里房子因为祁连山的供词被查封后，母亲都曾情绪崩溃地怒骂她。

尖锐的指责让祁恬发现自己内心也有丑恶的一面，她正视自己的私心时，觉得非常难受——打着为了王美佳好的幌子，实际上都是为了让自己从令人窒息的家庭关系中得到解脱。

“做事论迹不论心，论心无完人。”江菲晏突然伸手，把祁恬扣紧的十指一根一根掰开，她的手背已经被自己掐出一个又一个指甲印，“不管你举报祁连山的出发点是什么，至少在我——我们——看来，这件事并没有错。”

江菲晏轻声开解她：“你母亲骂你，你被骂了觉得难受，说明你们之间感情很深，这是好事。”

“也许她一时想不开，但……”江菲晏耸耸肩，“她迟早会想开的，毕竟不靠谱的男人还不如一块叉烧。”

犀利的言辞打破了车内沉闷的气氛，司机和尚昀都轻咳起来，祁恬也扯了扯唇角：“借您吉言，夫人。”

“你已经很坚强了，”江菲晏拍了拍她的肩膀，“我以为你说这些时会哭呢。毕竟这样糟糕的家庭背景不是你应得的，你觉得委屈也正常。”

“哭？”祁恬摇摇头，“不，我从不哭。”

“别说大话，孩子。”

“真的。”祁恬抬起眼，“我不能哭，因为从小，只要我一哭，祁连山就会揍我妈。”

江菲晏以为自己听错了：“揍谁？”尚昀也从前排转过身子。

“揍我妈。”即便已经长大了，祁恬说起这些时还是会忍不住发抖，“想不到吧？明明做错事的是我，惹他生气的是我，考试没得满分的是我……但这种时候他从不打我，他只揍我妈。”

“所以我不怨恨我的母亲，不管她为人处世多糊涂，她也替我挨了那么多次打。”祁恬眼角发红，“我不能对她不好，我欠她太多了。”

她一直都记得，每次祁连山冲自己扬起手时，只要母亲在，她都会扑过来挡着，事后也总抱着祁恬说自己命苦，肚子不争气，为什么祁恬不是个儿子……母亲虽然从来都拦不住祁连山，但她终究在祁恬短暂的天真岁月里，用自己羸弱的身躯保护过祁恬。母亲一边嫌弃她不是男孩，一边护着她，多么讽刺。

“后来我学乖了，不再哭了。开始讨好、学习、模仿祁连山，用他的思维方式去说话、做事。因为我怕我一疏忽，会害得我妈被他打死。”

祁恬懂事后拼命学习，以为成绩好就能换来父母的关爱。但是并没有，祁连山在她上初中时就开始出轨，母亲从那时起再也没笑过，看向她的眼神越来越绝望。

“等我终于上了大学，有一天却突然发现，自己已经不会哭了。”

路口的红灯亮了，车辆停下来，尚昀视线轻轻落到祁恬微微发抖的肩上，语气发沉：“祁连山被举报前一直打你母亲？”

“我上初三以后他就不怎么打了。”祁恬深吸了口气，抬起头，“至少我在的时候不怎么打了。”

祁恬头脑发热，她突然想让江菲晏和尚昀知道自己以前那些不体面的姿态，那个曾经站在黑暗中咬牙切齿，咬出血、咬出泪的真正的她，狼狈而真实，混沌又清醒。

祁恬不想让江菲晏误会自己是那种自私自利、唯利是图的女人，虽然她也说不清自己为什么会这么在意。所以，她不介意将自己的过去展现给他们看。

“有一次，他带了个怀孕的女人到家里来，要我妈照顾，所以我跟他干了一仗。虽然我打不过他，但我比他不要脸，也比他不要命。他怕被我打伤了第二天不能去上班，但我不怕啊，我巴不得带着一身伤出门，让所有人都知道这个男人到底是什么货色。”

祁恬盯着自己手背上凸起的青色血管和细瘦的筋骨，回想起她拿着刀反抗父亲的那天下午——

怀孕的女人被她吓跑了，她握在手里的菜刀被祁连山轻而易举地夺下。紧接着，她被踹倒在地，侧脸压在冰冷的地砖上，那双与祁连山相似的桃花眼中，充满着血色的愤怒。

祁连山将她踩在脚下，脸上带着冷笑：“无论我怎么对待你妈，她都不认为是错的，你替她出什么头？我不常对你动手，不是因为我舍不得，而是因为你以后会是一件很好的商品。”

祁恬听到这些话时脑子都要炸了。

“长久以来我没怎么管过你，你居然长歪成这样了……”祁连山突然向躲在一旁不敢出声的王美佳走去，脸上露出狰狞的怒意，“这些年你妈始终没把你教好！”

祁恬挣扎着向祁连山扑去。她挡在王美佳身前，任由拳脚落在身上，她不知道自己为什么还能站着，甚至不知道自己为什么还活着。

鼻腔中的血腥气仿佛至今未散。那从额头开始，绵延全身的火辣，就像肌肤上有一层火在烧，真的很痛，痛到视线都模糊。王美佳连一声“别打了”都不敢说，却拼命将祁恬往自己身后扯。激烈的情绪在祁恬眼中急剧爆裂，随后的余烬是一片灰白。

绿灯亮了，车辆安静地启动，一时谁都没说话，放任祁恬在回忆里失神。

片刻后，江菲晏缓缓吐出口浊气："这可真是……我没想到他是这种人。我很抱歉，孩子。"

"您觉得我是为了名利才举报祁连山的？不是，在祁连山把我当商品一样放在他的利益天平上进行衡量的时候，我就发过誓。

"我可以低头，可以下跪，可以去乞求帮助，但我决不会以自己作为筹码，去换取哪怕一分钱。我不是您说的那种指望男人养活的拜金女，也不是企图依靠猎奇新闻出名的流量'网红'。我做这件事，只是因为我想做。我不想再委屈自己，也不想再委屈我的母亲，我见不得所谓为了大局而委屈一个人的事情发生。凭什么为了祁连山的好聚好散，就要牺牲我母亲的健康和幸福？我对这世上很多不公平的事都无能为力，但至少在我的能力范围内，我想要一个公道。"

尚昀沉默地看着她。车窗外有夜行的车一闪而过，车灯的光亮晃过去，祁恬微微眯起的眼里，茶棕色的眼眸暗色流转，宛如永冬的大地，在怒火中地表破裂。过分纤长的睫毛微微战栗着，让她的眼神里又多了几分狠意。

他很难形容祁恬此刻带给他的感受——真诚、迷茫、沉沉的死气、微薄的希求……在那样极端的过往中，这个姑娘究竟进行了怎样自毁式的燃烧，将自身淬炼过多少次，才成为现在这种光彩夺目的样子？

尚昀不动声色地打量着她，觉得有一股难言的郁气在胸腔中翻卷，如鲠在喉，不吐不快。

"不管怎么说，你成功了。"尚昀沉沉地望着她，"祁连山的案子没有翻身的可能，现在就看刑侦取证的结果，如果能挖掘出更多的证据，他的量刑会增加。"

"希望吧。"祁恬不怎么关注后续了，"我已经尽力了，剩下的，就不是我力所能及的了。"

尚昀张了张嘴，似乎还想说什么，江菲晏突然看了他一眼，眼神暗含警告。

"既然这样，以后你多跟昀昀跑跑外场，说不定还能拦下更多不公平的事。"江菲晏笑着转开话题，"不过从今天的表现来看，你的演技太不熟练了，相比骗倒祁连山的作为，你今天的表现完全不及格。"

"怎么，王小姐没在我们离开后醋劲大发吗？"

"那可不是醋劲大发。"江菲晏一副乐子没看够的遗憾语气，"恼羞成怒都算不上，她只是摔了几个杯子，连桌子都还没掀呢。"

尚昀头疼地捏住鼻梁："妈，您真的喝醉了。"

"我没醉，我走之前还记得安排人明天给那小报记者所在的报社添点堵，比如查个税收点管理费什么的。"

尚昀愣了下：“您知道了？”

“你是说我知道你被偷拍了，还是知道王楚楚那丫头明知道你不想被拍还找人来拍你？”

江菲晏真不像是喝醉的人，说起话来跟套娃一样。

“甭管是哪个，反正王家丫头接下来的日子不会好过。”江菲晏吹吹指尖，“眼高于顶、心术不正，有点儿小心思没什么，但手段也太不像样了，蠢得要死，过几年王青泽退了，他家那点儿家产也经不住她折腾。做家长的再厉害有什么用？也不是谁都跟祁恬一样，自己能把持着不走偏，有勇有谋的，看着就招人喜欢。”

……

突然被夸，祁恬不知道该露出什么表情。

尚昀扶额：“何叔，进B市了吧？我看都快六点了，您找个辅路把我们放下，我叫车送祁恬回家。这一宿我妈折腾得够呛，赶紧把她给我爸送回去，要不待会儿该闹觉了。”

尚昀把祁恬送到家的时候，天已经亮了。清晨阳光明媚，青翠的树叶在晨风中哗啦作响，金色光斑洒在水泥台阶上，宁谧的街道正在苏醒。

郭小圆趁着早上人少，拉着郭大壮给便利店换门帘，要把深绿色的夹棉门帘拆下来，换成轻薄的纱帘。站在凳子上的郭大壮睡眼惺忪，手上一下没抓稳，绿门帘盖到了郭小圆头上。

“呸！呸呸！”

挂了一冬天的绿门帘又厚又沉，脏得要命。郭小圆灰头土脸地从帘子底下挣出来，对亲哥怒目而视。

“你站着也能睡着?!”

郭大壮讷讷道：“有人来了……”

顺着他的视线，郭小圆看到一辆网约车停到路边，一个长得特别好看的男人从车上下来。郭小圆认出来人，忍不住啧的一声，把门帘塞给郭大壮：“尚昀？他怎么来了？”

“那个尚昀？”郭大壮抱着门帘没动，看向不远处那位被他们提及多次的兄弟。

“对。”郭小圆的回答含在嘴里，“恬恬说昨天跟他去出差了，他怎么一个人过来了？”

尚昀下车后绕到副驾驶室拉开车门，用手挡住车门顶，以防车上的人下来时撞到头，呵护的举动行云流水、温柔体贴。

然后郭小圆就看到祁恬从车上走下来，冲兄妹俩挥手：“你俩干吗呢？”

“换门帘。”等二人走近，郭小圆回了一句，顺便推了郭大壮一把，“哥，你先把门帘拿到后面去。”

她不想让亲哥跟尚昀打交道，怕他从此一蹶不振。郭大壮被推得侧了下身，没挪窝。

尚昀的到来让他本能地感到不适，就像动物世界里雄性被侵入了领地时的感受。

尚昀走到近前："早安。"他含笑的目光从两人脸上轻轻扫过，最终落到郭小圆身上，"我送祁恬回来。"

"尚总，"郭小圆刻意扭头，看了眼店里的挂钟，刚六点半，"你们不是昨天才出差吗？怎么回来得这么早，开了一宿车？"

尚昀抬头看向小楼二楼，落地玻璃窗被窗帘挡住了，他笑得和气："不早了，你们先忙。我送她上去。"

郭小圆神情诡异地看了祁恬一眼："送上去啊……"她哥都没上去过呢。

祁恬顿了顿："尚总，送上楼就不用了吧。您也累了一宿，早点儿回去休息吧。"

"知道我累了一宿，还不请我上去坐坐？"

祁恬顿了下，还没说话，郭大壮忍不住插嘴："上个楼而已，恬恬腿又没折，您还打算抱她上去是怎么着？"

郭小圆嘴角微抽，被亲哥这声"恬恬"戳得牙疼——郭大壮真是记吃不记打，被祁恬警告过无数次，还敢当面这么叫。

尚昀漆黑的眼珠转向他："这位是？"

"我哥。"郭小圆下意识往前迈了一步，"您二位上不上去的，自己沟通行不？我们还有事要忙呢。"

说着，她用眼角瞪着祁恬："反正尚总之前也上去过，熟门熟路，我们就不招待了啊。"说完，拉着郭大壮就进店了。

祁恬又困又乏，眼眶胀痛，回头看了尚昀一眼。尚昀注视自己的眼眸含着笑意映着光，仿佛盛了轮骄阳。

祁恬莫名觉得清晨的太阳有点儿燥，耳尖发热："行，条件有限，只能请您喝杯白开水。"

祁恬昨天离开时特意拉了窗帘，打开门后屋内一片昏暗。

她让尚昀在门口等一下，自己先进去拉帘。窗帘被唰地拉开，阳光洒入室内的瞬间，尚昀眉毛挑高："你家被打劫了?!"

开间内一片狼藉，不像尚昀上次来时那样整洁，靠窗的电脑桌上堆着大量杂物和书籍，桌下三四个纸箱敞着口，各色物件七零八落地摊在箱子周围；靠墙的单人床上堆满衣物，床旁边还有四五个箱子，一些尚昀看不出是做什么用的东西搭在纸箱上。整个房间看起来就像个小型偷窃现场，还是有针对性地找什么东西的偷窃行为。

"打劫的话不是应该把纸箱扣过来，东西都倒到地上，再找值钱的吗？"

"所以是你自己把纸箱子扣过来，东西倒到地上，然后再捡回去？那现在这样还真是乱中有序，充满童趣。"尚昀说得一点儿都不委婉，语气却带着笑，不让人感到难堪，

“你在找什么值钱的东西？”

“这个。”祁恬从随身背的包里掏出样东西递给他，“我昨天要出发时找不到了，以为搬家搬得急搞丢了，所以四处翻了下，还没来得及收拾。”

那是一块油润的和田玉无事牌。

尚昀接过来：“玉不错，掐丝的手艺也好。在哪儿买的？”

无事牌由两块和田玉拼成，累缠的金丝层叠绕过边角，构成花卉图案，在玉片边缘扭成金扣，古朴又精致。

祁恬看着他：“你猜是在哪儿买的？”

尚昀打量了片刻：“玉的产地说不好，但这种掐丝彩绘的手艺我在 Y 省见过。”

祁恬原本倚墙靠着的身姿站直了：“Y 省哪里？”

尚昀看了她一眼，对她郑重其事的态度感到莫名其妙：“你考我？不是我在问你从哪儿买的吗？”

祁恬意识到自己的失态，身子慢慢靠回去：“就……Y 省买的。”

尚昀怀疑地打量她片刻，忽然道：“这不是你的东西。”他的语气很笃定。

祁恬下意识反驳：“谁说不是？”

尚昀笑了笑，往前几步走到祁恬身旁，将玉牌放到电脑桌上：“你自己想想刚才问我的那几句话，要是你买的，我说了 Y 省，以你的性格怎么也得假模假式夸我两句慧眼如炬。但你没有，还追问我具体地点。”尚昀若有所觉地看了她一眼，“显然你不知道这块玉牌的购买地，但很在意这块玉牌是在哪里被人买走的。”

尚昀耸了下肩：“再联想你之前上赵钦的节目想找人，答案就很明显了。”

祁恬看着他没吭声，眼神却尖锐起来。

尚昀不为所动：“你还在找宋旭晟？这是他的东西？”

祁恬有些挫败地抿起嘴唇，就算她因为缺觉和眼睛不舒服，头脑发蒙，说话不够深思熟虑，但尚昀也没睡啊，为什么他的思路还那么清晰，他洞若观火的观察力和抽丝剥茧的分析力简直可怕。

尚昀仔细打量祁恬的神情，露出点儿笑意：“看来我猜对了。”

祁恬不是不见棺材不掉泪的性格，相反，她相当识时务，既然尚昀已经说破，她也不再死扛。

呼出口气，祁恬点了下头：“对，宋旭晟的。”顿了顿，祁恬赶在尚昀再发问之前截断他，“您也别问我它是怎么来的，他送的还是我自己拿的，我不会说的。”

尚昀稍启的唇顿住了，他定定地看着她，收敛了所有笑意。尚昀的五官如果拆开看，他的眉眼其实颇为冷俊，只因唇角天生上扬，才会让人产生亲切的错觉。

“不想说还是不能说？”

“无可奉告。”

尚昀将视线低了低，看向祁恬近在咫尺的脸。窗外的阳光被枝丫切割成一道一道的，破碎的光斑落在她姣好的面容上，茶棕色的虹膜映着一抹光亮，像顶级的琥珀琉璃，漆黑的瞳孔正在紧缩，像是一种无声的警告——到此为止，你越界了。

心里忽然升起一丝恼火，尚昀说不清这突如其来的恼怒是因为祁恬斩钉截铁的拒绝，还是因为自己不能掌控一切的意外。他移开视线，环视屋内杂乱的一切。这个因为祁恬要找到宋旭晟的和田玉而造成的混乱场面，让尚昀感到一种说不出的烦躁。但是……算了，大家都是成年人了。

他收回视线，来回扫视了两遍桌面上乱七八糟的东西，从一本摊开的专业书底下抽出个开了封的药盒：“先吃药吧，眼睛还疼不疼？”

他不动声色地转移话题，祁恬松了口气，同时又提高警惕——这男人处世圆融，像一团针扎都找不到着力点的棉花。

“我现在整个头都疼，也不知道是不是因为眼睛了。”祁恬走到门边拿了瓶水，喝两口将药送下，又丢给尚昀一瓶，“您等下回家睡觉还是去公司？”

“看邹莹今天什么时候回来吧。”尚昀接住水，拿在手里没喝，“他克莫司这种药得吃一辈子？”

“不用，之前医生已经说可以停药了。”祁恬拧紧瓶盖，“可能是我的情况不太稳定吧。”

“那你等下吃点儿早餐再睡，我先……”

祁恬期待地等着尚昀告辞，安静了一整晚的手机却忽然在兜里狂震起来。嗡嗡的声音隔着衣服，凭空营造出一股紧张的气氛。

尚昀视线下移：“你的电话。”

祁恬手指按在口袋边缘：“不太想接。”

“你知道是谁打来的？”

“不知道。但第一次在非工作时间接到电话时我出了车祸，第二次我妈住了院，这次估计也不会有什么好事。”

“鲁迅先生说过，真的猛士，敢于直面惨淡的人生，敢于正视淋漓的鲜血。”尚昀说着伸出手，“我不介意做个猛士。”

祁恬看着他，好像在看神经病，站在门口不肯动：“我看你顶多是条汉子。”

兜里的手机震个不停，大有她不接就得震到没电的架势。

祁恬掏出手机看了眼来电，心里一沉：“青坛医院，看来我的睡眠又要泡汤了。”

尚昀在脑海里迅速过了几个可能性，仓促间拎出最有可能的那一个：“你母亲？”

“不。”祁恬接起电话听了会儿，脸色难看地捂住话筒，“是我姐姐。”

第十一章

要不要吃糖

祁恬有时真怀疑自己上辈子就跟青坛医院结下了解不开的孽缘。自从出车祸后，她的生活就再没摆脱过这家医院。

许姝雯在这里去世；找宋旭晟的事在这里承接；眼角膜移植手术在这里做；母亲自杀后在这里抢救；哪怕是之后因为房子被封而导致母亲急性心梗，救护车也是把她送到这里，至今还没出院。而现在，她那位隔了房的，一年都联系不到两次的堂姐，居然正在这家医院里生孩子。

如果不是情况紧急，祁恬都想让医院门口迎过来的陈护士长帮忙看看，她家还有没有其他亲戚跟这家医院有牵扯。没错，给她打电话的正是她去年住院期间对她和许姝雯照顾颇多的陈护士长，这次不知怎么那么凑巧，她堂姐祁静生孩子，住进了陈护士长轮值的病房。

“陈姐，您在电话里让我赶紧来，说来晚了要出人命，到底怎么回事？”

祁恬从网约车上下来，气都没喘一口，跟着陈护士长的脚步匆匆往住院楼赶：“我姐生孩子，我能帮什么忙？我又不会接生……是不是钱不够？”

陈护士长神情沉稳，眉眼间却透着焦虑，她冲祁恬匆匆点头，算是打过招呼，一边走一边快速解释：“祁静——就是你姐姐，这几天预产期，前天晚上她看新闻。”护士长说着看了她一眼，做最后确认，“祁连山的那些新闻，是你家的事吧？”

祁恬点了下头：“是。”

“人不可貌相。”陈护士长笑了笑，未评价对错，而是快速解释道，“那天我值夜班，祁静睡不着在走廊里溜达，我提醒她该休息了，她忽然给我看关于你和你父亲的新闻，都已经是几个月前的事了。但她反复看，她对我说……”

陈护士长想了想，尽量复述祁静的原话：“她说，这是我妹妹，她把我叔叔举报了，她真厉害。”

祁恬木着脸，不知道这位她至今还没想起脸是圆是扁的堂姐为什么要给自己这么高的评价。

“祁静还说，如果过两天她在住院期间遇到什么不测，可以给你打电话。”陈护士长语气平缓，“比如她因为难产陷入昏迷，婆家又对她袖手旁观的时候。”

“不得不说，她对她婆家的判断还是挺准的。”陈护士长措辞很严谨，语气却很微妙，“你姐姐昨天晚上开始宫缩，至今开指还达不到顺产的条件，她婆家不知出于什么心理，不同意上止痛泵，也不同意剖宫产。”

祁恬停下脚步：“为什么？怕花钱？还是别的？”她记得老家村里还有些守旧的思想，忍不住皱了下眉。

“医生昨天夜里就建议剖宫产，拖到现在羊水都快流干了。但送祁静入院和日常陪护的是她的丈夫和婆婆，她的父母没来过。”陈护士长不动声色地透露着祁静的危险处境，“我也不知道她为什么这种时候要叫你来，我给你打电话算是死马当活马医，再拖下去，我怕……她现在体力耗尽，已经陷入间断性昏迷了。”

“她可能觉得我连自己父亲都能送进去，威胁她婆婆和丈夫不在话下吧，毕竟也算一回生二回熟了。”祁恬脸色不太好地笑了笑，“她婆家不愿意剖宫产的原因我大概能猜到，估计是觉得剖宫产对胎儿不好。”

“必须尽快剖宫产，不能再拖了。”陈护士长没半句废话，带着她穿过大厅，走向电梯间，“跟我来——这位先生也要一起去？”

祁恬回头，这才注意到尚昀竟然一直跟在身后。

“尚总？”刚才她一路心急，也跟尚昀说了，让他送她过来后先走，“您怎么还跟来了？赶紧回去吧，这里不知道要搞多久，您先回去休息。”

尚昀打量了下祁恬苍白的脸色，又扭头四下看了看：“等你处理完一起走，等下万一有点儿什么事我也能搭把手。”

祁恬嘴巴动了动，想说什么，最终只是点了下头：“也行，等下要是打起来，您帮着我点儿。”

“打起来？”尚昀跟着两人进了电梯，觉得祁恬的话说得新鲜，“跟谁打？”

“不给我姐活路的那帮人。”祁恬看着显示屏上逐层增加的数字，神情有些凝重，“我跟堂姐不熟，只知道她嫁的是老家同村的人。那个村子吧……别的不知道，但重男轻女这种事，你看看我爸妈就知道了。”

尚昀看向陈护士长：“她姐姐这次怀的是男孩？”

“他们找别的地方查过，说是男孩。她婆婆一天三顿熬鸡汤给她喝，供得跟什么似的。”陈护士长摇摇头，“这么吃，胎儿都快成巨大儿了。祁静三十六岁，是高龄产妇，之前生过一次，是剖宫产。鉴于胎儿较大，医生很早就建议剖宫产，但她婆婆和丈夫都不同意，医院只能让她尝试顺产。”

“昨天夜里折腾了一宿，止痛泵也不让上，说是怕伤害胎儿神经。真是……太受罪了。”陈护士长叹了口气，看向祁恬。其实到现在她也不知道祁恬来了能改变什么，这女孩看起来憔悴瘦削，真能说服那群一看就不好打交道的婆家人吗？但祁静却坚持要自己联系祁恬，就好像祁恬是她唯一的救命稻草。

电梯很快到了六楼，陈护士长带着他们走出电梯间。走廊上挂着妇产科的指示牌，蓝底白字，两边的墙上贴着关于诸如“胎停育 / 反复流产的重要原因”“FMRI 与基因突变”等的科普图。

一阵阵或高或低的呻吟和呜咽从各间产房的门缝里飘出来，女人撕心裂肺的惨叫时有传出，都在倾诉着让一个新生命来到世间需要付出怎样的代价。

在这些象征痛苦与新生的声音里，有个粗哑的嗓音格外刺耳：“你个倒霉玩意儿，没心肝的白眼狼！老娘天天好汤水伺候你，这会儿连个孩子都生不出来！生孩儿是天大的事，你晕什么？这都多久了，憋坏我乖孙回去就让老大跟你离婚！”

祁恬停住了，看到不远处十四号产房门口，一个老太太正叉着腰冲屋内破口大骂，病房门大敞着，医生和几名护士挡在她身前，想把门关上。

“老人家，产妇已经昏迷，我们正在抢救，您就别再添乱了。”

“骂的就是她！还有你们，你们也是！”那老太太看着干巴瘦，背都佝偻了，头发花白，中气却十足，“你们就知道骗我儿子签同意书！我告诉你们，不可能！那女的生大丫时我同意剖了，结果生下来蠢成猪！你们看看！”

老太太说着手上一使劲，把一个黑瘦的孩子从腿边揪出来，那孩子看起来只有三四岁，脸脏兮兮的，流着鼻涕，穿一身看不出颜色的夹袄，狗啃似的短发，脸颊瘦得凹陷，眼睛格外大，黑黝黝的，充满怯懦和泪水。

“这次我乖孙必须让她自己生，生不下来我把你们医院砸了！”

祁恬看着那边，眼神冷得像冰：“老太婆活得长了，倒知道怎么趋利避害，只敢欺负没有自保能力的孩子。”她转开眼睛，“我堂姐夫呢？不在？”

“那儿呢。”陈护士长的眉头皱得更紧了，显然对这家人极度失望，“那边，坐在凳子上玩手机的那个。”

那是个衣冠楚楚的男人，涂着发油，穿着西装，皮鞋擦得锃亮，坐在走廊的蓝色椅子上，一边抖腿一边目不转睛地拿手机打游戏。他对老妇的怒骂和幼女的小声抽泣充耳不闻，双手在屏幕上戳来戳去，突然一扬手，把手机摔到小女孩的脸上。

“哭哭哭，哭个屁！丧气玩意儿，害得老子又输了，没用的废物！”

小女孩下意识地尖叫，声音刚冒出来就消失了。老妇的手指拧住她胳膊上薄薄一层皮肉，瞪着她的样子好像厉鬼：“号什么丧?！你号什么丧?！赶紧把手机给你爸送过去！手机摔坏了我打死你！”

看着小女孩眼里憋着泪，哆哆嗦嗦地捧着手机去找那个男人，祁恬右手攥紧，怒气喷发的心在胸腔里躁动。

尚昀忽然捏了下祁恬的肩膀：“别打人，打人犯法。”

“我知道。”祁恬用力闭了闭眼，不再去看那个连哭都不敢出声的小姑娘。

“我记得医院的麻醉同意书、手术通知书，都是以本人签字为佳，直系亲属优先。除非是完全丧失民事能力或意识水平很差的病人，否则本人的签字是有效的。”祁恬几步迈过去，将举着双手、闭眼等挨揍的小女孩从男人的巴掌底下拉开，看向产房门口的医生，“如果产妇本人想无痛分娩或者做剖宫产，只要签了字医院就可以执行，她婆婆和丈夫的意见应该不用考虑吧？”

产房门口束手无策的医生护士们愣了下，老妇一怔，突然暴怒：“狗拿耗子多管闲事！信不信我抽你！”

祁恬充耳不闻，指了指病房内部，对医生道：“我好像听见我姐醒了，您去看看？”

医生进了产房，见祁静果然满脸冷汗地睁开了眼，一张脸惨白，声音微弱：“医生……医生，救救我和孩子……”

“陈姐，麻烦您把这孩子也带进去。”陈护士长刚要跟进病房时，祁恬拦了她一下，将缩在自己腿边的小女孩指给她看。

小姑娘却紧紧揪住祁恬的衣服，不愿松手，一双眼睛满含泪水，惊恐地看着她，又看向老妇和那个已经站起来的男人。

“乖，进去给你妈加油。”祁恬用尽全身力气，勉强挤出一丝微笑，僵硬地伸出手揉了下小姑娘脏兮兮的头发，隔着门冲病房里喊，“堂姐，我来了。你安心生，今天谁都不能拦着你打无痛针、做剖宫产！”

“小崽子你——”老妇扑过来就要撕扯，祁恬却根本不理她，借着闪避的机会，几步奔到那个法律意义上是祁静的丈夫的男人身边，一把扯住对方领带，膝盖一提，顶住他的胯下。

“尚总，麻烦您帮我按住他，别让他动。”

祁恬使唤起人来毫不客气，尚昀动了动眉，没说什么，过去将男人双手交叉，在背后往上一提，男人顿时疼得脸色都变了。

“你要对我儿子做什么?!”老妇几乎是贴着祁恬的身子刹住，尖叫声响彻楼道。

“我这人其实很讲究礼尚往来。”祁恬看着面前的老妇，老妇布满褶子的脸上一双三角小眼，恶毒的目光透过层层叠叠的眼皮，恨不得在祁恬脸上烧出两个窟窿。

“老太太，你觉得会撒泼耍赖就了不起？以为我不敢跟你吵？那你就想得太美了。”

祁恬被她喷了满脸唾沫星子，一口怒火憋在心里要把自己烧透了，气得头疼——字面意义上的，就好像有人正拿着锥子凿她的天灵盖。

她见陈护士长连哄带抱地将小女孩带走了，终于放任疼痛让理智全面断线，深吸口气，还记着压低声音，杀气凛凛地一口气骂了回去。

“你儿子为生孩子贡献点儿精子了不起？以为自己挺能是不是？你不教他做人我来

教——你再往前一步试试，我现在就把他的蛋给顶爆了！”

祁恬眼睛亮得像鬼火，眼尾都红了。她膝盖猛地用力，那男人被她和尚昀制住，弓得像只虾，胯下剧痛袭来，憋得脸通红，尖声叫骂起来。

“站住！站住！哎哟你别动！她来真的！”

老妇又气又急，憋得脸色青白：“你要做什么?！放开我儿子！”

“放什么放？只会欺负媳妇和闺女，我姐是瞎了眼才嫁给你们这一家祸害！”祁恬恶狠狠地揪紧男人的领带，指着老妇，“你，现在，马上去签字，晚一秒你儿子胯下的东西这辈子就别想再用了，我就算被判刑，也能让你儿子在梦里都硬不起来！”

“你——你这人怎么这么不讲理？天哪！老天瞎了眼！欺负我老太婆年纪大了，没人管哪……”老妇眼见不妙，就地一躺，开始撒泼。然而她的嘴还没张开，她儿子比她叫得还快。

“号！你号个啥！签字！赶紧去签字！”男人疼得脸都白了，双腿哆嗦着内扣，要不是尚昀一直提着他，人都要往地上滚了，“我要是废了，回家就把你扔地窖关着！”

祁恬的膝盖用力再用力，也不说话，只冷冷看着老妇，她身体的不适在加剧，面容苍白疲惫，但她周身环绕的气势凌厉迫人，尖锐、寒冷、锋利——像一把渴望见血的刀。

老妇被她看着，忽然一哆嗦，爬起来扑向产房：“医生！医生，我签字！剖宫产、无痛针，都行！赶紧拿来让我签字！”

尚昀隔着门看了会儿产房里的兵荒马乱，慢慢把手放开了：“一直单腿站着，累不累？”

祁恬没吭声，直到护士拿着承诺书出来，匆匆去联系手术室，打电话要血袋，她才松开男人，退开几步。

“没想到……”尚昀走到她身边，想了想，实在想不出什么形容词，忍不住摇摇头，“你这个样子……真是没想到。”

祁恬麻木地看向他，在老妇冲出来扑向儿子的间隙里，淡淡地解释道：“和这种人讲理是没用的，儿子就是她的命根子，只要攥住了，你就是让她去自刨祖坟也不是不可能的。”

“你很有经验？”

“当然。”祁恬自嘲道，“那些话——我和她对骂的那些话——每年回老家都能听见。他们的思维逻辑已经是定式了，你越和善他们就越欺负你，简单粗暴地对待他们，他们反而会怕。恶人自有恶人磨。”

“你老家的风气一直这样？”

“是。”祁恬从昨天到现在已经快四十八个小时没合眼了，刚才热血上头，现在越发疲惫不堪，“这么说吧，老家人，迄今为止，仍有相当一致的共识，认为女性的子宫是家庭的重要财产，需要当家人拿主意。”

“当家人。”她低声重复了一遍，冷飕飕地笑道，“女人的肚子，要男人做主，简直不敢相信现在已经是21世纪了。”

产房的门打开，祁静的剖宫产手术终于走完术前流程，产科医生正招呼护士把祁静推进手术室。

“堂姐。”祁恬走到床边，祁静看起来糟透了，整个人像刚从水里挣脱出来，汗淋淋的，头发一缕一缕地贴在脸上，脸色白得像鬼。她戴着氧气面罩，手背上插着止痛泵，半睁着眼睛，目光涣散，但当祁恬俯身握住她的手时，祁静的眼睛亮了亮。

“我就知道……”她的声音轻得几近于无，喉音被呼吸吹出来，将氧气罩吹得雾蒙蒙的，挡住了一些声音，但祁恬还是听清了，“我就知道，你来了，我……和孩子……就能活。”

祁恬从不知道自己在祁静心里这么可靠。她咬着唇，压下鼻酸，自己这位堂姐向来文静温柔，哪怕被逼到极限，也只敢拐着弯地求别人救命。

“必须活。”祁恬握紧祁静的手，视线落到一直安静地跟在产床后寸步不离的小女孩身上，“你女儿还等着你呢，你得活着从手术台上下来。”

“手术中”的红灯亮起，祁恬却不敢放松，她转过身，对上两双同样恶狠狠的眼睛。

“怎么？不服气？”她终于有点儿耐心跟他们讲道理了，“难道你们觉得一尸两命，产妇死在医院更吉利？”

“臭丫头，你能帮她一时，难道没想过她以后日子难过吗？”那男人刚才丢了面子，现在要找回这口气。

他以为祁恬会为了祁静向他道歉，没想到祁恬却平静地点点头：“想过。所以我打算等堂姐生完孩子，再问她想不想跟你离婚。”

“你——！”男人愤怒地要扑上来打人，但一直充当背景板、比他高了一头的尚昀忽然向前迈了一步，笑得温文尔雅。

“别动手，有话好好说。”

男人要气死了：“到底是谁先动的手?!”

“嗯？不是你吗？”尚昀说这话时背对着走廊上的窗户，阳光从他背后洒下来，给他镶了圈金边，他的双眼藏在阴影里，微微下垂的眼角，笑意盈盈，却带着一丝危险的警告，“是你先扔手机，还要打孩子的啊。”

祁恬有些意外地看了尚昀一眼，不想正撞进对方一双漆黑的眼睛。

男人呼哧呼哧地喘气，翻着白眼想了半天才憋出一句：“老子教训自家孩子，用得着你们多管闲事吗?!”

老妇跟着低嘶："你刚才那么对我儿子，我就能报警！让警察查监控，就知道是谁先动的手！"

尚昀突然笑了声，好像被这种贼喊捉贼的说法逗乐了。祁恬莫名其妙地看他一眼，暂时顾不上问他什么毛病，掏出手机转向老妇："好啊，你叫警察吧！正好让他们看看你孙女身上的那些伤，再听这些医生护士说说你们是怎么罔顾人命、虐待儿童的。"

"我连我爸都送进去了，再拍个视频把你儿子的前途毁了也不是什么难事。"祁恬压抑的声音绷成一根线，落到空气中，锋利得仿佛能割断面前人的脖子，"虽然我不知道凭你儿子这德行还能有什么前途，但大家都是亲戚，想必你也不希望老家传出什么你儿子没出息、只能欺负媳妇、窝里横的话吧？你觉得呢？"

老妇脸色涨得紫红，哆嗦了两下嘴角，恨恨一跺脚："走走走，给那败家玩意儿交手术费去！"说着，一把扯过儿子，飞快地走了。

眼见那两人走远，祁恬瞬间泄了力，向身后白墙一靠。

尚昀四下看了看，转身坐到走廊边的蓝色塑料椅旁："歇会儿吧，剖宫产手术得有一会儿呢。"说着拍了拍旁边的位置，"过来坐会儿。"

椅子蓝色的塑胶面已经被磨得褪了色，上面戳着好几个烟屁股烫出来的焦痕，数不清的划痕不知道是什么造成的，边缘处还沾染着可疑的黄色污渍。

尚昀从口袋里掏出男士手帕递过去："你垫着坐。"

祁恬摇头，坐下后才想起客套："谢谢，不用。"

尚昀也不勉强，收回手向后靠住墙："之前是我小瞧你了，还以为你是刚从象牙塔里出来的，没在市井间打过滚。"

祁恬知道这不是什么好话，皱着眉看向他："什么意思？"

"没什么。"尚昀半阖着眼皮，想起祁恬背法条时张口就来的胸有成竹和刚才骂人时的一气呵成，慢条斯理地说，"我本来觉得你这种重点大学出来的小姑娘都是学院派的。"

"干净、天真、理想主义，觉得自己掌握的就是真理，待人接物都拿着那么一股劲儿，一看就没惨遭过社会的毒打。"尚昀不知想到了什么，忽然一笑，"但其实你早就在社会上滚过很多遍了，挺好。"

祁恬面无表情地看着他，尚昀虽然穿着一身看上去就很贵的衣服，但他懒洋洋地坐在那里，居然和谐地同身后脏得发灰的白墙融为一体。她转回头："看来你被毒打得不轻。"

尚昀笑了，身体前倾，胳膊撑在膝盖上："眼睛还疼吗？"

祁恬抬手顶住脑袋："疼，刚才生气生大发了，头和眼睛都疼。"

太阳穴突然传来一股温热，祁恬诧异睁眼，只见尚昀站到她身前，正伸手轻轻按揉她的额头两侧。祁恬呆住了："……尚总？"

“你的脸色太难看，比你堂姐更像病人。”尚昀垂着眼，看不清眼底神色，“闭眼歇会儿。”

祁恬迟疑了片刻，照做了。

尚昀按摩的手法很熟练，祁恬觉得凿自己天灵盖的锥子换成了裹着胶皮的小锤，闷痛取代了锐疼，她渐渐眼皮发沉。

“你的眼睛做过手术？”尚昀假装随口一问。他用手机查他克莫司时看了介绍，知道这个药是器官移植后用的，具有高度免疫抑制的作用。

祁恬本能地抵触这个问题，但顿了顿还是答了：“去年车祸后我的眼角膜受损，做过移植。”

尚昀点点头，收回手坐到她旁边，目光带着恰到好处的关心：“怎么会出车祸？”

祁恬本想糊弄说女司机上路手生，话到嘴边却变成了：“我妈给我打电话，说祁连山养在外面的小三怀孕了。”祁恬哂笑一声，“所以开车真的不能玩手机，血的教训。”

尚昀沉吟片刻，直接问了：“你打算劝你堂姐离婚？”

“我不知道。”卸下坚硬的外壳，祁恬露出少有的迷茫，她垂头盯着脚下的地砖，“我能帮她一次，但以后呢？路总是要自己走的，而且……我觉得她应该不想离婚。”

下意识地踢了踢脚尖，祁恬语气有些消沉：“我跟这位堂姐接触不多，但我知道她跟我妈的性格是一样的，都觉得没有男人会被人指指点点，打心眼里也是重男轻女的——你看她把自己的女儿养成什么样子。”

祁恬垂着头，长发将她的侧脸遮住了，只露出个尖削的下巴，尚昀看着她，还是忍不住问道：“你刚才突然想打人，是想到自己小时候了吗？你小时候也跟那个小姑娘一样？”一样什么？尚昀没问，但祁恬听懂了。

“也不能说一样。”她望着因为刚刚大闹一场此时显得空荡荡的走廊，“我爸不会让我脏兮兮地出门，他要面子。”

“小孩子因为词语积累不够，很多感受是不会表达的，我们会下意识地用哭闹来传达情绪，但是……”祁恬嘴唇微微颤抖着，突然笑了下，“我说过吧，我只要一哭，我爸就会打我妈。这样的次数多了以后，我就见不得小孩哭了，只要一听见小孩哭，我就会心跳加速、烦躁不安。”

祁恬望着充满阳光的走廊，声音轻得像呓语：“等我长到自己不会哭，也无法容忍其他孩子哭的时候，我突然意识到，被打其实也不是最糟糕的事，因为那样至少说明还有人在关注你，等到了连哭都被人无视的时候……”

祁恬侧过脸，看着尚昀，轻轻一笑：“才会发现，自己原来活得没有任何价值。”

“男孩不懂这种感觉。”祁恬眼角上挑，“老家那边，男孩生下来就会被严加管教，走的每一步都有人悉心呵护，大家给了他们全部的关注和重视。但是女孩……女孩做对了事不会得到表扬，做错了事，无论错误大小，都会被狠狠打骂，即使做的事光宗耀祖，那也是父亲教育得好，至于本人，没什么值得提及的。那些人看向女孩时，眼中只有比轻蔑和嘲讽更可怕的情绪——无声的漠然。”

“凭什么呢？”祁恬的视线落到远处瘦小的女孩身上，女孩孤身一人从走廊深处慢慢走来，走到手术室门口时停住了，默默地蹲坐在地上，头埋进膝盖，安静地等待着手术结果。

祁恬望着那个按辈分算应该是自己外甥女的孩子，眼睛动了下，本来艳色逼人的长相，忽然透出股狠劲儿：“凭什么这孩子被自己亲爹、亲奶奶作践成这样都没人管，手术室里那个还没生下来就能得到所有人的关注？这不公平。”

周遭静得吓人，一时间只有小女孩埋着头，一下一下小心翼翼地吸鼻涕的声音。尚昀看着她，忽然意识到自己好像进入了祁恬的私人领域。这个女孩心里压着许多事，但在今日之前，她不会说这些愤愤与不平，在连她自己都没意识到的时间里，有什么高筑的壁垒对他悄然开放了。

“其实……”他谨慎地措辞，想开导几句，祁恬却忽然站了起来。

“我去十楼看看我妈。您……”她看向还亮着灯的手术室，犹豫了下，“您能帮我盯着点儿这边吗？不会很长时间，有事您打我手机。”

尚昀到嘴边的话咽了回去，做了个请便的手势：“你去吧，时间长点儿也没事，我还挺会哄孩子的。”说着看向手术室。

祁恬顺着他的目光看去，那个被祁静的婆婆呼来喝去的小女孩不知什么时候已经抬起头，正怯生生地望来，眼睛还是水汪汪的。这么点儿大的孩子，怎么那么多眼泪!

“我……”祁恬表情僵硬，正要说些什么，尚昀已经弯下腰，双肘撑在膝盖上，冲那小女孩摊开手。

“要不要吃糖？”他笑眯眯地看向不远处充满戒备的小姑娘，“大白兔奶糖。”

看着那女孩睁着大眼慢慢站起来，祁恬不着痕迹地后退了一步：“尚总，拐卖儿童处五年以上十年以下有期徒刑，并处罚金；情节严重的可判处无期徒刑，甚至死刑。您能别笑得那么像个人贩子吗？”

“有我这么帅的人贩子吗？”尚昀不满地瞥了她一眼，不由得一怔，“你怕小孩哭居然没有修辞，是陈述句？”

“是的。”祁恬干巴巴地应着，后退的脚步被墙根挡住了，整个人简直是贴在墙上，如临大敌地看着小女孩靠近。

“那你这毛病还挺严重。”尚昀一只手牵着走到跟前的小女孩，另一只手快速摆了摆，“赶紧走吧，见你母亲前调整下表情，你现在的脸色都能把小姑娘吓哭了。”

“得嘞！”祁恬转身就走，拐过弯还能听见走廊那头尚昀带着笑哄孩子的声音，“别怕，我不是坏人。吃糖前咱们先擦个手——哎，脸抬起来，怎么鼻涕都下来了……”

她一路奔到电梯间，微微发僵的身体才慢慢灵活起来。她站在电梯前，觉得呼吸困难、浑身都疼。祁恬用双臂抱着自己，一遍一遍地对自己说：“没事……她不是我，哭也没事。”冰凉的四肢慢慢回温，祁恬把脸埋进手里，然后快速搓了两下手，调整心情后睁开眼，随即被电梯门上的人影吓了一跳。

锃亮的电梯门上，映出两个人影，除了自己，还有一个穿着卡其色风衣的高瘦女人站在身后。祁恬猛地回头，完全没想到自己会在这里碰到她。

第十二章

开过光的嘴

“叶阿姨?!”她惊讶地回头，看到叶素娟站在自己身后，一时怀疑自己太久没休息，神经错乱了，“您怎么……这里是产科……您……”

祁恬咬住舌尖，把那句“您怀了?”的话咽回去。直觉告诉她如果说了这句话，她跟叶素娟之间的关系就要彻底凉了。用力咳了一声，祁恬用拇指掐了下食指指节：“我听说您之前出差了，什么时候回来的?”

叶素娟疑惑地看了她一眼：“你怎么知道我出差了?”

“就……打听了下。”祁恬强打精神，觉得遇到叶素娟的时机实在不太好，自己现在没有足够的脑力与这位阿姨交锋。

叶素娟倒没纠缠这个问题，她双手插在口袋里，点了下头：“你跟我想的不太一样。”

“是好的不一样还是坏的不一样?”祁恬莫名有点儿想笑，不久前尚昀的母亲江菲晏这么说她，现在叶素娟居然也说了同样的话。自己是做了什么让人刮目相看的事吗?

“刚才我看到你跟别人起冲突了。”叶素娟说得很委婉，将自己看到尚昀在一旁帮着祁恬压制那个男人时的震惊隐藏得很好。

祁恬顿了下：“让您见笑了。”她脸上有些烧，“产房里的是我堂姐，她难产了。夫家不同意剖宫产，我在尽力说服他们。”

“很少有人能做到这么尽力。”叶素娟不置可否，“你跟你堂姐关系很好?”

“说不上好，我们就每年春节在老家聚会时见一见，彼此知道有对方这么个人。”

“这种关系一般的亲戚，也值得你这么帮她?”

“这不是能用值不值得来衡量的事情。”祁恬说不清什么意味地笑了下，“我们都出生在重男轻女的家庭，但我比她幸运，能够一直读书。所以只要我有余力，就会帮忙。”

以前总有人跟祁连山说：女孩子读那么多书有什么用? 反正最后都要结婚生子、洗衣做饭。祁连山做了许多糟糕的事，但在读书一事上，确实从未亏过祁恬。

书读得越多，祁恬越明白，女孩子坚持读书，是为了即使最后真的陷入生活琐碎，也能够有力量重新站起来，同时，不会再小看自己。

叶素娟沉默地看着祁恬。站在她面前的这个女孩，脸色苍白、神色疲惫，但眼睛里的光芒却始终不曾黯淡，说话时目光清澈，透着份绝不轻易让他人失望的气度。

“我现在相信，你是真的想替雯雯找到宋旭晟了。”

祁恬一怔，随即巨大的喜悦涌上来：“所以您是答应把姝雯姐的手机借给我了吗？”

“你顺杆爬的本事倒是挺大。”叶素娟对祁恬这种听到话缝就咬死不松口的顽强直觉感到无语，没好气地转身要走，“我只是有感而发，随便夸你一句，别想多了。”

“哎，叶阿姨，别走啊。”祁恬对人的情绪感知很敏锐，听出叶素娟言语间的敌意减退不少，掐了把自己胳膊内侧的嫩肉，强打精神追上去，“您不给我手机也没事，咱们也一个多月没见了，快中午了，我请您吃饭？”

“你没事了？”叶素娟颇有些无语地回头，指了下电梯，“你不是在等电梯上楼吗？”

祁恬犹豫道：“要不您等我一会儿？”

“你不是一个人来的吧？”叶素娟含蓄地提醒她别忘了尚昀，“刚才我看到你和另外一个人在一起。”

祁恬皱眉，还想说什么，电梯叮的一声，到六楼了。

“电梯来了，你去忙吧。”叶素娟挑了下眉，“我一般也不在外面吃饭。”

“是肠胃不好吗？”祁恬把着电梯门，企图再挣扎下，“您今天是来看病的？那下次我请您喝砂锅粥！”

叶素娟真的没见过祁恬这种女孩，很少有像她一样的年轻女孩，能够为了达到目的放下身段。她伶牙俐齿、圆滑坚韧，这种特质一般只出现在各行业的销售身上。但那些销售也是要在职场上打磨过一两年以后，才能这么一直笑脸迎人。

“我不吃外面饭馆的东西。你们年轻人也别老在外面吃，对身体不好。”叶素娟淡淡地说道，语气比上次见面时平和多了，“我来六楼是为了复印雯雯的流产病历。之前太混乱，原件找不到了。”

许姝雯的流产记录？祁恬眼睛睁大：“叶阿姨，能给我看看吗？”

如果拿到许姝雯的流产记录，就能知道她是什么时候怀的，就能……好吧，祁恬也不知道能干吗，但所有的真相不都是由一个又一个零散的、看起来毫无关系的信息拼凑起来的吗？

叶素娟很干脆地拒绝了：“不给。”

祁恬一个后退，后背抵住的电梯因为关不上门响起了长鸣警告：“叶阿姨，咱们都挺不容易的，您看我也努力这么久了，是不是应该给点儿奖励？我是真心想为姝雯姐做些事，病历或者手机，您至少给我一个？啊？”

“你的努力都浪费在一个不值得的‘人渣’身上了，我拒绝你也是为了你好。”叶素娟冷酷无情地把她推进电梯，“你赶紧走吧。我不会给你病历，也不会给你手机。”

电梯门合拢，祁恬看着逐渐增长的数字，倒也没过于沮丧，毕竟叶素娟的语气比之前在咖啡厅时好了不是一星半点儿，再磨一磨，她总会心软的。祁恬握拳给自己打气，并不知道叶素娟在电梯间站了一会儿，转身又走进六楼的走廊。

尚昀在走廊里耐心哄着孩子，听到不远处高跟鞋的落地声，笑着转头："我刚才就觉得看到了熟人，怎么现在才来？"

叶素娟走到他身边，非常自然地蹲下，单手扶住小女孩的头，先熟练地拿纸把鼻涕帮小女孩擦了，再用手帕给孩子抹脸："您难得大发神威，我怕出来扫了您的兴。"

"你都看见了？"尚昀笑着让开半步，方便叶素娟捯饬小孩子，"G 省那边的事处理完了？"

"处理完了，短时间内应该不用再去了。"叶素娟站起身，看了尚昀一眼，"没想到您还挺会哄孩子。"

"我带过我家所有的外甥和侄子，那帮小崽子一撅屁股我就知道他们想干什么。"尚昀双手握住小女孩的腋下，把人提起来，"正好，你看看她是不是穿得有点儿少？摸着身上凉凉的。"他下意识地往裤裆里瞄了一眼，"你说现在的家长多没常识，给小姑娘穿开裆裤！"

他转头跟叶素娟感叹，却见对方正用一种看禽兽的眼光瞪着他。

"……怎么了？"

叶素娟僵着脸："您一个大男人，别随便看不该看的地方。说严重点儿，您这属于猥亵幼女。"

"胡说什么呢？"尚昀气笑了，"你别跟祁恬似的，听风就是雨。"

"祁恬？"叶素娟故作不解地挑眉，"刚才跟您在一起的那女孩？举报自己父亲的那个？"

"对，她是你出差期间招进来的。学法律，动不动就背法条，一本正经的样儿可逗了。刚才她干的那些事你都看到了吧？一般人真做不出来。"

"那也是您慧眼识珠，她这种身份才能进华恒。"叶素娟神色莫名，"现在这种女孩不多见了，能为别人两肋插刀，您……多珍惜吧！"

祁恬在去往十楼国际部的途中，顺便去复查了下眼睛，被告知要少用眼多休息，暂时不用持续吃药。在二区护士台做过登记，祁恬推开王美佳病房的门。

"妈，我听陈姐说你转到普通病房了，怎么样？还难受不？感觉好点了吗？"

王美佳坐在病床上，右手捏着一张纸，听到祁恬的声音，一直垂着的头猛地抬起来："你不是去出差了吗？怎么这么快就回来了？"

"我们领导着急回来处理事情，我就跟着回来了。"祁恬绝口不提回来这一路上遇到的糟心事，走过去握住她的手，"怎么不躺着？今天还需要输液吗？"

王美佳看着她，眼里雾蒙蒙的，像笼了无数的水汽，散都散不去，右手下意识地想往被子里藏，却被祁恬阻止了。

抽出王美佳手中那张纸，祁恬握着王美佳的手紧了下。纸上印着鲜红刺目的纪委抬头，是她举报祁连山各项问题的回函。

“妈，回函怎么会寄到这里？”祁恬皱眉，“祁连山的律师找过你？”

“你怎么知道他的律师找过我？”王美佳怔然，随即想起女儿极其聪明，知道瞒不过她，“是，昨天律师跟我说回函要寄来了，家里被查封，你人又不在B市，回函就送到医院了。”

祁恬看着她没说话。母亲比之前更瘦了，花白的头发被午后阳光镀了一层光。自从祁连山被带走，王美佳就没睡过一个踏实觉，整天牵肠挂肚的，怕那个男人进去了就出不来，完全没想过自己跟那男人已经签了离婚协议。

祁恬理解不了这种感情，她觉得自己是在帮母亲脱离苦海，母亲却觉得被她毁了一辈子的依靠。在举报祁连山的新闻登出后，王美佳骂她自私，没问过她的意思就拆散了他们夫妻二人。祁恬与她讲不通道理，不明白为什么这个花心又家暴的男人会被母亲当成宝！

病床旁的床头柜上，摆着几样医院统一配送的炒菜，还有一碗泡涨了的面条。屋里冷冷清清的，没有一丝人气。祁恬莫名有些难受。她想了想，把纪委回函放到一边，抖开毛毯披到王美佳肩上，在她耳旁放柔了声音问：“妈，爸的律师跟你说什么了？”

王美佳嘴唇哆嗦着，视线却有些闪烁，片刻后她抹了把泪，断断续续地说：“他……他让律师转告我，说他想明白了，以前是他对不起我。他让我等着他，说等他出来以后，一定不会再做对不起我的事了。我听了挺高兴的，就想……就想如果他真能做到……”

祁恬翘起的嘴角慢慢放平，搭在王美佳肩上的双手从指尖开始发凉，看着自己母亲的侧脸，无法形容心里那酸涩拧痛的滋味。

“你答应他，等他出来和他复合？”

王美佳闪烁的视线终于定住，忐忑地扭头看向祁恬，嘴唇翕动了两下：“恬……恬恬，他……你爸出得来吧？今天纪委回函以后，你……你不会再写什么材料了吧？”

这个只做过家庭妇女的人，在她面前蹩脚地套着话。祁恬很轻地眨了下眼，轻而短促地笑了声，像是叹了一口气。

她放开王美佳，站直身体：“妈，你们已经签了离婚协议了，他不应该让律师给你打电话。”

“他是你爸爸！”王美佳突然发起脾气，浑身颤抖着，“谁让你举报他的？你不应该这么做！”

王美佳捂着胸口，气短声尖，眼睛里又涌出泪来，一边哭一边抬手打她：“那是你爸爸啊！你怎么能这么没良心?!”混乱没章法的巴掌砸在祁恬胸前、腰侧甚至小腹，祁恬一动不动，任由她发泄。

“我为什么要把你生出来……”王美佳哭倒在病床上，“我活不下去的……离开他我活不了的……”

祁恬面无表情，刚才还酸涩不忍的心，突然间什么都感觉不到了。长久以来，她与母亲的关系都是一种钝刀割肉般的慢性折磨——今天流几滴血，明天割一两肉。

母亲被父亲折磨得不成样子，转身又会将各种怨愤的情绪发泄到她身上。祁恬对她是哀其不幸、怒其不争，却还想着，既然母亲过得这样不开心，那就帮她一把，拉她出泥沼。但现在，祁恬突然怀疑自己做错了。

甘愿沉沦者，无人能救。也许在她不知道的时候，父亲对母亲好过；也许父母年轻初在一起时，也有过甜蜜的、值得母亲回味一辈子的时光。

如同未经他人苦，莫劝他人善一般。祁恬在指责祁连山的不好时，也无法否认他对自己的栽培。那么，像母亲这种一辈子也无法独立的人，也许真的曾经在祁连山身上汲取过足够的安全感，因此始终无法放弃他吧。低头看着躺在床上哭的母亲，祁恬涩声开口：“妈，你是一个独立的人，我不知道为什么祁连山对你那么坏，你还对他念念不忘。但如果你真的非祁连山不可……我不会阻止你，我也不会再给纪委写补充材料了，你可以让祁连山放心。”祁恬嘲讽地笑笑，感到无边的痛苦。

“我不会再管你想做什么。如果祁连山出狱后真的想再跟你过日子，你们复婚也好、搭帮也行，我都不会再阻挠你们了。”

“我以前放不下你，以后……你想干吗就干吗吧。”祁恬的声音轻飘飘的，在空气中漾起了一丝若有若无的苦味。

在祁恬说“不会再阻挠”时，王美佳就不哭了，她蜷缩在床上，一言不发。等祁恬说到“以后你想干吗就干吗吧”，王美佳突然哆嗦了下，她勉力抬起头，眼里含着惊慌失措的泪。她看着祁恬将纪委回函收好，脸上挂着没有破绽的微笑，静静地看了自己片刻，慢慢离开了。

突然间，王美佳感到有根长久以来被她无视的支柱撤走了，她心里似乎空了一块，感到惶然无助。她张嘴想喊祁恬，却不知该说些什么才能唤回女儿，于是她只能睁大了眼，任由眼泪流个不停。

祁恬几乎是从医院逃出来的。她怕自己再待下去，会说出无法挽回的伤人的话，把跟王美佳的最后一点儿母女情分也伤没了。

冲到医院门口，祁恬才想起她把尚昀落在六楼了。

好烦，想砸东西。祁恬按住胸口，努力压下心底那股躁郁难消的情绪，仰头深吸了口气。祁恬觉得眼底酸涩，正想闭眼缓缓，又被户外的阳光刺得眼前一片白。什么都看不见，鬼天气也欺负人。

和暖的春光里，祁恬低头掐住鼻梁，转身向电梯间走去。电梯正好到了一楼，祁恬埋头往里走，忽然被人拉住了。

“祁恬？”尚昀有些惊讶，“你怎么下来了？”

“尚总？”祁恬抬头望去，模糊的视线里，尚昀脸上的倦意格外清晰，“您怎么……”

她下意识地向尚昀身后看了一眼，想问他为什么不在六楼了，那个小女孩子呢？舌头却不太听使唤。

“你堂姐的手术很成功，母子平安，孩子让她婆婆带走了。”尚昀知道她想问什么，带着她向外走，“我觉得你应该不太想再跟他们打交道，就自作主张，替你和那几位谈了谈。”

尚昀没具体说他是怎么谈的，直接说了结果：“两年之内，你堂姐的日子会过得很舒心，孩子也能得到悉心照料。两年之后的日子如何，就得看她自己能不能立得起来了。”

“尚总。”祁恬愕然抬头，“您不该管这事。这事应该由我来处理，您这个人情太大了，我还不起。”

她想到堂姐夫和那位婆婆的嘴脸，把话问得更直白：“您给了他们多少钱？我能还得上吗？”

“这也不是你该管的事。”尚昀在路边停下，语气郑重，用一种完全对等的态度同祁恬对话，“你不应该将所有事都大包大揽到自己身上。”

尚昀看她的眼神是诚恳的，眉头微拧，眼底带着一丝她非常陌生的情绪。那是责备，责备她想把所有遭遇不平的人都纳入自己的羽翼之下。

“你想帮你堂姐，所以对她丈夫动粗。但在这之后你就离开了，之后她再遇到难事怎么办？你堂姐夫和她婆婆又是那种性格，如果她自己不立起来，只会让他们变本加厉。”尚昀的声音带着循循善诱的暖意，“我做事向来救急不救穷，对方既然是见钱眼开的人，那么我出钱，买他们两年消停，分期付款，两年之后，想要过什么样的生活，就要看你那位堂姐有多大决心了。”

“您说的都对，但是这笔钱——”

“我这么做也不全是因为你。”日光下，尚昀轮廓分明，每条转折线都好像是精雕细刻的。他眼睛微垂，背着阳光站得笔直：“我比你年长，各方面的积累也比你多。如果要在力所能及的范围内帮一帮别人，我比你更合适。”

“而你，还年轻，只有把自己照顾好了，才能去理解和帮助人际关系中的其他人。我希望你不用为了谁牺牲，也不用去拯救谁。想被尊重时，也不用张牙舞爪地恐吓。”他看着祁恬的眼睛，将祁恬离开前他想说而未说的话娓娓道来，“你很正直，眼里揉不下沙子，这样很好，我很欣赏你的性格，但世间事并不是非对即错那么简单。你想为自己、为那个孩子、为你的堂姐乃至更多女性打抱不平，但你不是她们，每个人的处境、经历、想法都不同，你无法替她们承受痛苦，也无法让她们马上脱离困境。”他很想告诉她：你那么迫切地想证明自己不比男孩差，其实男孩更应该羡慕你。

祁恬眨了眨眼睛，看向尚昀。她隐隐感觉到，尚昀看着自己的眼神，跟其他人都不一样。她曾经告诉老家的人，重男轻女是无知和愚昧。那些人听后，瞧她的眼神是吃惊、厌恶，却无可奈何，因为他们吵不赢她。后来他们就不跟她争了，再看到她时，眼睛里只有冷漠，好像根本不认识她。

“如果女性生育应得的正常待遇，都要靠暴力和吵架才能得到，那才是这个社会最大的悲哀。”祁恬眼底还有未完全散去的水光。她想起哭着骂自己的母亲，想起视她为救命稻草的祁静，她感到难言的痛苦和无力，“我到底要如何做，才能改变这些不公？”

尚昀的手落到祁恬的头顶，温暖的触感让她微微发怔。

“要想真正一劳永逸地解决问题，就要想好终将面对的结局，没有假设，没有如果，思考所有的可能性，想好所有的解决办法，并做好伤害和被伤害的准备，然后朝着自己坚信的方向走下去。个人的立场并不值得炫耀。问题在于，你敢在多大程度上、多艰难的条件下，坚持你的立场。”

“守住你心中的光和热，也一定要相信这个世界上所有的光与热。”尚昀的手从祁恬头顶滑落，轻轻抵住她的额头，指尖的温度像一束柔和的光，“那样即使会暂时被黑暗击倒、被乌云笼罩，但你身体里的光和热就是一把利剑，黑暗与乌云早晚会被刺穿。看不到太阳，就成为太阳；成不了太阳，就追着太阳。永远不要因为一时失意而质疑自己。”

祁恬抬起头，对上尚昀近在咫尺、子夜般漆黑的瞳孔。他就站在自己面前，背景是喧嚣的马路和正午毫无遮挡的阳光。他穿着的衬衫已经满是皱褶，眼底的光芒却像跳跃的火种，永不熄灭。耀眼的日光落到他的身上，将他笼罩成一支燃烧的火炬，仿佛随时都能冲破黑暗、步入光明。

祁恬看着这个站在阳光下的男人，恍惚间听到早春湖面发出接连不断的融冰声，一声接着一声，全是叫人欢喜的脆响。祁恬清晰地感觉到，自己胸腔中那颗沉寂很久的心脏，正在以猛烈的速度起搏，声势浩大，无法压抑。

二十平方米不到的开间里，灰色的窗帘没有拉上，阳光透过玻璃照进屋内，路边槐树的剪影落在长桌上，随风晃动。黄昏的光线不再热烈，但鸣虫吵闹，啾啾的鸟叫硬是把祁恬吵醒了。她睁开眼的瞬间，不知今夕何年，缓了几秒，才想起自己从医院出来，坐上尚昀叫来的网约车后就睡着了。

她睡得有些发蒙，浑身软绵绵的，吸气间胳膊一软，整个人顺着床边滚到地上。

在冰凉的地板上躺了片刻，祁恬扶着墙蹭到窗边，拉开窗户向下喊：“小圆？在吗？”

郭小圆很快从店里跑出来，没好气地向上看过来：“醒了？你睡了一天一夜，饿不饿？”

祁恬从窗口探出大半个身子，摸了摸肚子：“饿。”她突然反应过来，“一天一夜？今天周五？糟了，我没请假！旷工……我的出差补助！”

郭小圆翻了个白眼：“放心吧，尚总说本来出差安排的就是三天，你们回来早了，华恒那边还算你们因公外出呢。”

“那就好。”祁恬松了口气，这才后知后觉，“小圆你脸色有点儿臭，谁惹你了？”

“你猜？”郭小圆假笑着露出一口白牙，在祁恬莫名其妙的注视中，奔向通往二楼的楼梯。祁恬知道她有房间钥匙，站在窗边没动。

十几秒后门开了，郭小圆冲进屋，气都不带喘的，张嘴控诉道：“你那位尚老板——”

“好好说话。”祁恬打断她，“什么叫我那位尚老板，尚昀怎么你了？”

郭小圆被她一噎，脸上空白几秒，气势都弱了不少：“……行！”她顿了下才想起要说什么，“尚昀把我哥气哭了！”

“……啊？”

“啊个屁，他，气哭我哥了！”

祁恬静了两秒：“他送我回来的？”

“多新鲜哪！”郭小圆被她问得莫名其妙，“昨天早上你俩一起走的，他不送你回来谁送你回来？”

祁恬点点头，抬脚去卫生间：“让让，我先洗漱。”

郭小圆贴在过道墙上给她让路，等她进了卫生间才接着说：“你在车上睡熟了，尚昀叫了几声你都没醒，我哥以为他怎么你了，差点儿要跟他动手。”

“然后呢？谁送我上来的，我怎么一点儿印象都没有。”电动牙刷的嗡嗡声顺着门缝传出来，混杂着祁恬含糊的声音，“你回头记得提醒郭大壮，别跟尚昀叫板，我觉得他打不过。”

“那不是你睡得跟昏迷了一样，我哥才急的吗？”郭小圆没好气，“本来是我哥想送你上来……”

“尚昀没同意？”祁恬从卫生间出来，脸上还滴着水，“跟你哥打起来了？把你哥打哭了？”

郭小圆被祁恬明显幸灾乐祸的语气气着了，忍不住虚踹她一脚：“不会说话你就少说点儿！”

祁恬呵呵一声，朝落地窗指了指：“你会说话，去折叠椅那儿坐着说。”说完她坐到地上，拉开铁艺茶几的小抽屉，“我先梳妆打扮，顺便洗耳恭听。”

郭小圆眼神好，路过茶几时差点儿被抽屉里的整套化妆品闪着腰：“你真是活该家徒四壁，都什么时候了，化妆品还用得这么高档！”

“脸是门面。”祁恬拿化妆棉拍水，“我有个朋友说过，活得再狼狈也得打扮得漂漂亮亮的，精气神儿不能丢。”

郭小圆坐到椅子上，看着她抹日霜：“你那位朋友很有想法，什么时候叫出来一起吃个饭。”

祁恬动作一顿：“没机会了。”她涂着隔离霜，扭头看了郭小圆一眼，“许姝雯说的。”

“……你瞧我这张嘴！”郭小圆轻拍下自己的脸。

“我瞧你嘴挺利落的，赶紧说，郭大壮怎么就哭了。”

“咳，他不是觉得尚昀居心叵测吗？就想亲自把你送上楼。”郭小圆摆摆手，有点儿一言难尽，“他把尚昀挤到一边，想从副驾驶室把你公主抱出来。”

祁恬收拾化妆品的手停住了，转过头瞪向郭小圆。

“你别瞪我，又不是我让他做的。”郭小圆理直气壮，“反正他已经遭报应了。刚有点儿想法，腰还没直起来呢，咔，腰椎间盘突出了。”

“疼哭了？”

“差不多吧。”郭小圆要笑不笑，“我觉得主要还是对比太明显，伤自尊了。他跟那儿弓着腰直哼哼，站不起来，还是尚昀看不过去，先搀着他到一边躺下，再单手把你从车里扶出来，带着你上楼了。”

郭小圆两手一摊：“要是没他在场，我还真弄不动你，指不定就得给你泼冷水，泼醒拉倒。我说你多久没睡了？居然睡得这么沉。”

“主要是吵架费精力。”祁恬把抽屉合上，三言两语将昨天在医院遇到的事说了。

郭小圆咋舌：“先不说你堂姐的事，我说你妈是怎么想的？都闹到这地步了还想回头？她要是真跟你爸复合了，岁数大了不禁打，不得天天骨折上医院?!”

“你盼点儿好行吗？”祁恬没好气地岔开话题，“你说我堂姐的事怎么办？”

“能怎么办？这不都已经谈妥了吗？你也别再多想了。”郭小圆向后一靠，仰在折叠椅上，语气不咸不淡，“要我说，尚昀也挺不地道的，先斩后奏，算准了你觉得自己欠他人情，只能留在华恒给他打工。”

郭小圆突然坐起来：“上次你们从山上下来，你跟我赌咒发誓说太丢人，等试用期过了拿钱就辞职，他是不是猜到了？所以正好昨天你家有事，他借机帮忙，让你不好意思辞职。”

“你这是什么清奇的脑回路？”祁恬走到门边找昨天背的包，一边摸手机一边觉得郭小圆在异想天开，“我要是能转正留在华恒上班也挺好，有份稳定工作，不吃亏呀！”

“你怎么不明白呢？你觉得欠他人情，那不得埋头苦干来报答他，给什么待遇你都不离职，不就等于给他白打工吗？”

祁恬抽了抽嘴角：“你想多了。华恒这么大一个集团，我能有多大价值，让他为了留住我这么‘曲线救国’？”祁恬捏着手机点了点郭小圆，“早跟你说了，职场白领的电视剧少看点儿，剧情大多降智商。”

“那你说他图什么？真是做善事？损己利人？”

“我在华恒上班又没损着他什么。至于他为什么这么做……钱多烧的吧。”祁恬无情吐槽道，“他参加慈善晚宴都嫌自己拍卖花的钱少，单独给主办方签了张支票呢。祁静婆家要的金额估计他没放在眼里。”祁恬顿了顿，“但我必须还给他。”

“我说你别上赶着成吗？她家的事跟你有啥关系啊！”郭小圆没好气道，“你看看你现在穷成这样，我都想替你掬一捧辛酸泪。要还让你堂姐还去，惯的什么臭毛病！”

祁恬挠挠头，这事她自己也还没想明白，干脆不想了：“行吧，回头再说。说不定华恒根本不想要我呢，我试用期内请了好几天病假，还骚扰尚昀，能转正才是玄学……”祁恬点亮手机屏幕看了眼，声音忽然一顿。

“怎么了？”郭小圆见祁恬皱眉看着手机不说话，瞬间坐直，“是不是给你发转正通知了？我看看，给我看看！”

她蹦过去抢手机，祁恬顺势递给她，抓了抓头发，有点儿惊讶：“你的嘴是不是开过光？”手机屏幕上，赫然是华恒集团人事部发来的转正通知，让她下周一去公司办理转正手续。

“你看看！我说什么来着？”郭小圆嘚瑟得手舞足蹈，猛拍祁恬肩膀，“我跟你说，我就没见过哪个大老板对下属这么好的，尚昀对你绝对有点儿其他想法！”

“你还是闭嘴吧。”祁恬被她吵得头疼，觉得郭小圆得意忘形后说的话简直没法听，“我跟他是最普通的公司上下级关系，还是隔着好几个层级的那种，就这都能让你品出不一样的滋味，你真是被电视剧毒害得不浅。”

“你敢说你对尚昀真的一点儿想法都没有？你自己品品你对我哥的态度，再想想你对尚昀的态度！啊？我倒不是指责你重色轻友，毕竟我哥跟尚昀比起来都不像一个物种。你想想尚昀的脸，再想想他的社会地位，妥妥的钻石王老五啊！”郭小圆说到最后都有点儿恨铁不成钢了，“这种人，要不是我没机会，我跟你说，我早上手了！”

“你是觉得我头半个月干的蠢事少了？”

“你也知道那是蠢事。”郭小圆一摆手，“你做得心不甘情不愿的，还怪人家不上钩？”

祁恬张了张嘴，哑然。

“但这次你跟他出差回来，那感觉就不一样了。那天早上他送你回来，你从车上下来，你俩之间……”郭小圆想了半天不知该怎么形容，干脆简单粗暴，“当时你俩之间那气场，我和我哥根本插不进去。”

祁恬啼笑皆非：“这又关郭大壮什么事？”郭小圆说的每一个字都透着荒谬，但她却偏偏无法反驳。

祁恬眼前依次浮现出黄昏的半山腰、深夜的高速路和医院内外的一幕幕——尚昀每次都站得笔直，却会在自己需要的时候，弯腰看过来。他看人的时候，总是很认真。

她其实很清楚自己容易被什么样的异性吸引——因为父爱缺失，所以她慕强，对成熟体贴的异性会下意识地亲近。尚昀冷静又稳重，风趣又幽默，再加上他体贴的性格和英俊的脸……

用力闭上眼，祁恬向后一靠，靠到冰冷的房门上，才按捺住猛然急促的心跳，将一切不该有的思绪全部清除。

"我不会在华恒留很久的。"她望向窗外，"你知道我最初进华恒是为了什么，我现在之所以还没辞职，是因为我还没拿到想要的东西。"

祁恬慢慢开口，说服郭小圆的同时也冷酷地警告着自己："小圆，不可能的事就别去想，想太多就是自取其辱。尚昀再好，对我又有什么意义呢？无论是家庭背景还是个人实力，乃至社会地位，我和尚昀全都不对等。"

"男女关系中，双方实力不对等会导致什么后果，你看看我妈和我堂姐就知道了。"

祁恬没有她这个年龄段的年轻人那种蓬勃热烈、随心所欲的情感，那样纯粹的感情早已经在无数个殚精竭虑、小心翼翼的日子里消磨殆尽了。大多数女生都幻想过金光闪闪的白马王子或脚踩祥云从天而降的英雄，但她没有。

即使想到尚昀，祁恬的第一反应也不是喜欢和爱慕，而是下意识地衡量这个人对自己是否有什么威胁或助力。她知道自己这些想法势利又现实，也知道这是祁连山在自己思维方式上留下的无法磨灭的烙印，她无力摆脱，也无法摒弃。

第十三章

瞧这鼻青脸肿的，摔得真惨

“是，我明白。——好的，谢谢您。”祁恬被早高峰时的公交车艰难地吐出来，她踩着斑马线横穿马路，向华恒大厦走去，“您放心，我今天一定去办出院手续。如果再办理入院，我需要——行，我知道了。”

挂了电话，祁恬周一早上的好心情消失殆尽。她在公交车上接到青坛医院的来电，被告知王美佳于本月五号入院，到昨天已经住院满两周，按照规定，住院满两周的病人应及时办理出院手续，如果还有住院需求，需要重新登记入院。

祁恬不知道交钱住院还有这么多讲究，她母亲上周四才住进普通病房，自己还同她发生了冲突。无论是为了母亲的病情，还是为了两人间的关系，祁恬都觉得她应该再多住一段时间。但现在，如果不能及时办理再次入院，她就必须找地方安顿母亲了。

心事重重地皱眉，祁恬走进华恒大厦，在等电梯的间隙，她抬头看了一眼挂在挑高十米欧式吊顶上的巨大水晶灯，拨通了一个陌生的电话号码。

“喂，您好。请问是李警官吗？”祁恬压低了声音，在白领们的香风鬓影间缩小存在感，“打扰您了，我是祁恬。——对，是我。”

有人从祁恬身边经过，清甜的香水味飘散，祁恬向一旁让开几步：“两周前您打电话通知我，因为祁连山的案子，需要查封翡丽名苑 906 室，我想请问房子大概什么时候可以解封？”

上班打卡的时间快到了，电梯间排队的人很多，祁恬耐着性子听完话筒对面的人打官腔：“行，麻烦您了。——好的，谢谢。”

祁恬挂了电话，轻咬了下唇角。对方客气地表示会将她的问题向上汇报，但时间什么的无法给她明确答复。潜台词大概就是，短时间内别想回去住了。

电梯间熙熙攘攘，认识的同事互相低声招呼着，笑嘻嘻地交流周末都做了些什么，嘈杂的私语声让祁恬越发心浮气躁，她抬手按了下酸胀的肩颈。

兜里的手机忽然震动起来，祁恬懒得看来电显示，接通了往耳边一靠：“您好？”

“这么多人排队，要不要来蹭个‘顺风梯’？”话筒里的男中音温润带笑，混杂着轻微的电流音，让祁恬耳朵仿佛有自我意识般地开始发热，她回过头，看到尚昀隔着漫长的排队人群冲她扬了下右手，晃动了下指尖去往十八层总裁办公室的专梯门卡。

挂了电话，祁恬逆着人流挤出队伍，贴着墙边溜到尚昀身边，等进了电梯才开口道：“多谢尚总。”

“这谢什么。”尚昀一身正装，看着她笑了下，按下十六层的数字键，“周末过得怎么样？休息过来没？”

“休息好了，谢谢您把我扶上楼。”祁恬被他一问，抬起眼皮看了尚昀一眼，“实在太不好意思了，再有下次，请您务必把我叫醒。”

尚昀听出被微妙加了重音的“扶”字，面上浮起促狭的微笑：“怎么？你想被公主抱？虽然现在不讲究男女授受不亲了，但非亲非故的，上来就想公主抱你的人，非蠢即坏，你一定要小心。”

祁恬眨了下眼，觉得他是故意针对闪了腰至今还趴在床上做理疗的郭大壮。

“多谢提醒。”祁恬把话题岔开，“您周末休息得还行？”

“既然你问了。”尚昀瞥了她一眼，“我周末给你发微信，问你收没收到转正通知，你为什么不回？”

祁恬话刚问出口就知道要糟，她的心思还在医院和母亲身上，随口寒暄给自己挖了个硕大的坑。她干笑两声，拿眼角瞟尚昀：“我没回吗？我怎么记得我回了。”

她确实没回，整个周末郭小圆都在分析华恒让她转正，是尚昀对她别有用心，面对郭小圆唯恐天下不乱的嘴脸和郭大壮愤怒的视线，祁恬的良心告诉她最好别去看手机。

尚昀却完全不为所动，低头微笑道：“要不你现在再看看手机？”

尚昀自觉俩人于公于私都不是陌生人了，在医院外他还好心给这姑娘做了次心理疏导。她倒好，周末整整两天，消息都不回一个。

祁恬鼓了下嘴，干脆瞪眼装无辜。尚昀也看着她不说话，比谁更能沉得住气。

片刻后祁恬败下阵来：“我的错，回头就把您的消息单设提示声，以后一有消息进来我立马回复。”她顿了顿，“或者下次您有事直接给我打电话。”

“你不喜欢非工作时间接电话。”尚昀记得祁恬说过的话，“刚才我还看见你一边打电话一边咬牙，是又遇到什么难事了吗？”

这男人的眼睛怎么这么好使？祁恬深刻怀疑霉运已经无时无刻不在头顶盘旋，否则为什么每次自己倒霉都能让尚昀碰上。

“没什么难事，您放心吧！”祁恬依旧是那个铁骨铮铮万事不求人的祁恬。不就是出院再入院吗？她不信自己搞不到床位。

“是吗？别逞能啊。”尚昀却仿佛看透了她的外强中干，轻飘飘地说，“毕竟你遇到糟心事的频率实在有点儿高。”

祁恬被他笑得心跳都慢了一拍，这男人的观察力太可怕，她觉得电梯的上升速度有点儿慢。

“说起来，我还没谢谢您通过我的转正呢。”祁恬咳嗽一声，生硬地转移话题，“我最近手头拮据，一份稳定的工作帮了大忙了。”

尚昀也还是那个体贴的尚昀，顺着祁恬的意不再多问：“修订内控体系，梳理工作流程，规范法务权限，拟定二十多份商业合同，提出若干岗位风险点。你这个月虽然偶尔行为跳脱，还有病假，但工作量和工作成果是实打实的，大家都能看到，我为什么不通过？”

“那不是……行为跳脱得有点儿夸张吗？”祁恬含糊其词。

“也还好，就当劳逸结合了。”

“领导就是领导，看问题的角度果然独特。”

尚昀含蓄一笑：“所以现在能说了吗？”

祁恬莫名其妙：“说什么？”

“你来华恒的目的，故意招惹我的目的。”

祁恬嘴角一抽，刚放松点儿的心情又绷紧起来。她暗骂自己怎么又放松了警惕，尚昀的心思太过缜密，每句话都不是无的放矢。自己跟他对话，活像进了雷区，简直是步步惊心。

看着屏幕上的数字缓缓从十四蹦到十五，祁恬干巴巴地开口：“您说过您想听真话，我还没想好真话该怎么说……要不您再等等？”至少等她说服叶素娟或者多领几个月工资。

“所以你承认来华恒是别有用心了。”尚昀低头看着她，眼神深邃，“没事，我现在可以听假话。”

这是什么毛病？祁恬被他看得没法，张了张嘴打算胡诌，电梯忽然叮的一声。十六楼到了。

祁恬如释重负，飞快地跑出电梯：“我先去人事部办转正手续了。谢谢尚总，尚总再见！”

她说完转身就走，仿佛走得再快点儿，就能甩掉尚昀落在自己背后那仿佛能看穿一切的目光。但直到她走出半条走廊，如芒在背的感觉却依然没有减轻，甚至……她仿佛还听到了不紧不慢的脚步声？

祁恬回头，受到不小的惊吓：“尚总？总裁办公室在十八楼，您跟着下电梯干吗？非要听我说假话？那也等我去人事部办完手续再说行不？”

尚昀好笑地看向她：“我也要去人事部。”

“你去人事部干什么？”

“咱俩一起出的差，你领出差补助，我就不用领了？”

他仿佛是个假总裁。祁恬的眼神充满质疑，尚昀权当没看到，走到她身旁：“之前邹莹给咱们报的出差是三天，补助按三天算。所以咱们是周五下午回来的，等下填申领单别填错了。”

祁恬难以置信地看着他：“您这样细算自己公司的补贴，良心不会痛吗？整个公司都是您的，有必要做这种左手倒右手的事吗？”

“我这不是为了让你多拿点儿吗？”尚昀半真不假地叹了口气，推开人事部的门，“谁让你现在家徒四壁、生活拮据呢？”

他笑着在祁恬背上虚扶一把：“进去吧，不用谢。”

尚昀说的不似人话，但祁恬没办法跳起来打他。因为人事部的门一开，十几个女员工叽叽喳喳的声音忽然都消失了，齐刷刷地看过来，有几个人嘴里还叼着早点。

“小尚总？”

“小尚总来啦！”

“小尚总是来销假的吗？您这边签个字！出差补助随着工资发放，稍后会打到您的工资卡里。”

人事部经理排开众人，引着尚昀向里走，顺手拍了下凑过来的小姑娘：“去，给小尚总泡杯茶。”

“好。”

祁恬木着脸，看着尚昀耐心地对那位经理应答了三分钟，最终捧了杯茶坐在转椅里。她四下看去，偌大一个人事部，居然没有一个男性。

“祁恬，你也来填张补助单子。”尚昀放下笔，冲祁恬招了招手，“顺便让陈经理帮你把转正手续办了。”

七嘴八舌的一群人仿佛这时才注意到站在门边的祁恬，人群分开，看向她的目光各异。她们仿佛都不怎么怕尚昀，压低了声音与身旁人窃窃私语。

“祁恬？”

“哪个祁恬？”

“她上个月来的，你不知道？”

“没关注啊，我又不管入职，只要没闹出什么幺蛾子要处罚通报的，都到不了我这儿。”

“请过病假吧，不过考勤不归我管，具体不清楚。”

祁恬眼睁睁地看着尚昀坐在人群的尽头，冲自己笑得眉目舒展。尚昀漆黑的瞳仁映着光，带着点儿不怀好意，像一朵喷香无比的大丽花，在“阴盛阳衰”的人事部舒展摇曳、招蜂引蝶。

“尚总，故意的吧？”祁恬走过去，陈经理递给她另外一张补助申领单，她边填边低声咬牙切齿道，“又是挡箭牌？”

“是啊。”尚昀翘着嘴角，“难得你这么胜任，又不会误会什么，不用太可惜了。”

“谢谢您抬举啊。”祁恬捏着嗓子说话，下笔重了两分。

将申领单填好交给陈经理，刚才围观的人已经都散开各干各的了，祁恬犹豫了下：“之前带我办入职的那人好像还没来。”

她对那个带自己去拍胸片，因为没说清楚话而让自己出了大丑的姑娘记忆犹新。

“王娟？”陈经理接过单子，核实金额后签字交给同事，“她上周三就请假了，按理说今天应该来了——哎，她周末跟你们谁说了今天要接着请假吗？”

“没有。”

“没跟我说。”

办公室里响起稀稀拉拉的应答声，一个胖乎乎的女孩喝了口豆浆，从工位探出头：“我周末约她出来玩都没回我，打电话也没接。”

“又是这样？”陈经理皱了下眉，一副见怪不怪的语气，“那齐琪你来给祁恬办转正手续，等王娟来了再跟她交接。”

“好。”齐琪把最后一口包子塞进嘴里，笑呵呵地招呼祁恬，“跟我来吧！”

祁恬看了尚昀一眼，尚昀端起茶杯喝着茶，一副等祁恬办完事一起走的架势。祁恬跟着齐琪向靠窗的办公桌走去，边走边说：“尚总，要不您先去忙？我这儿还不知道要多久呢，别耽误您工作。”

“没事，我不急。”尚昀笑得惬意，显然相较于总裁办公室被邹莹堆满文件的办公桌，他更喜欢这里悠闲的氛围。

祁恬知道他是要刨根问底自己来华恒的目的，但其他人不知道啊！他对这屋里的每个人都很客气，只有同祁恬说话时，语气中带着别人不曾享有的熟稔。

众人看向祁恬的眼神又发生了变化。祁恬觉得自己跳进黄河也洗不清了，她舔了下虎牙，转身不再搭理他。然而身旁的齐琪离得太近了，她饱含兴趣的打量让祁恬不得不找话题转移她的注意力：“王娟总是这样吗？”见齐琪目露不解，祁恬换了种说法，“她总是请几天假，该销假上班的时候又联系不上？”

“我看你们好像都挺习惯的，”祁恬侧头用余光示意了下，“没人因为她不来上班多说什么，我有点儿好奇。”

“她情况特殊。”齐琪拉开抽屉找转正要填的表格，回头看了眼屋内各忙各的同事，小声跟祁恬嘀咕，“她男朋友占有欲特强，不喜欢她出门，俩人三天两头吵架，有时候吵得太厉害，王娟就请几天假再来公司。”

祁恬皱眉：“每次吵架她都会失联几天？”

“对啊，常事。”齐琪不太在意，“刚开始我们还有点儿担心，后来也懒得问了，反正最多两三天，她就会来上班。”

祁恬停下笔：“你们深聊过吗？她为什么老请假失联？”

齐琪莫名其妙地看她："我问她这种事干吗？大家都是同事，彼此不问私事的。"

祁恬沉默片刻："好吧。"

不能怪她敏感，毕竟她是亲眼看着祁连山如何一点点切断王美佳与外界的联系，在言行上打压她、否定她，让王美佳从自我怀疑发展到丧失自我、任由他摆布的。齐琪的描述和其他人的反应，让祁恬觉得王娟现在所经历的这一切，实在太熟悉了，熟悉到她无法坐视不理。

填完所有转正材料，祁恬将表递还给齐琪，在等待盖章和录入系统的间隙，凑到尚昀身边："尚总，您可以从系统里查看所有员工的信息吧？"她记得尚昀之前去翡丽名苑找自己的时候，就是从系统里查的地址。

"可以。"尚昀低头瞟了她一眼，"你想干吗？"

"我想去王娟家看一眼。"

"没来的那个？"

"是。"

"为什么？"

"就是有种……不太舒服的感觉。"祁恬咬了下唇角，"可能是我想多了吧，但不亲眼去看看，我心里不踏实。"

尚昀扬眉看她："现在？"

"现在。"

尚昀沉默片刻，笑了下："像你会干的事。"

刚才她跟齐琪的对话尚昀听到一些，对祁恬会做出这样的决定并不意外。

"你要现在去？请事假？"尚昀把茶喝净，故意为难她，"转正第一天就请事假，你们部门经理批了我也不能同意。"

祁恬看着尚昀兴致勃勃的眼神，又舔了舔牙尖："要不您跟着一起？如果事情是我想的那样，您去的话我还能安全些。"

尚昀压低眉眼："你自己翘班就算了，还想拖老板下水？"

祁恬抽抽嘴角，想起尚昀被邹莹"鞭打"着工作时的样子，觉得这男人太表里不一了。

"尚总，您还想劳逸结合下吗？"

"你想做什么？"

"再来点儿……夸张的跳脱行为。"祁恬冲他狡黠一笑，眼中光芒流转，美色惊人。尚昀有一瞬被惊艳到，下一秒便被祁恬挽住手臂。

光天化日、众目睽睽下，祁恬仰起头，露出一张鲜嫩羞涩的脸："尚总，说好出差回来以后给我调休的，怎么只给补助呀？"故作娇嗔的话语，比平常细软好几分的嗓音从祁恬口中飘出来，让尚昀连胳膊都忘了收回去，更别提办公室里本来就在偷偷关注他们的其他人。

齐琪刚做好正式工牌，正要拿给祁恬，此时手一松，工牌啪嗒掉到了地上。

祁恬对众人的反应视而不见："我就想今天调休，您帮我签个字？"

办公室内死一般的寂静，而与近乎凝滞的空气相对的，是满屋乱飞的震惊眼神。十几名员工，三十多只眼睛，没人说话，但相互使眼色使得眼珠子都能从眼眶里飞出去。

她们之前不是没见过痴缠尚昀的员工。尚昀去年年底接手的华恒，这位年轻有为、家底殷厚的男人已经被形形色色的女人纠缠过，其中不乏有人"曲线救国"，费尽心机入职华恒，对尚昀自荐枕席。

而小尚总和老尚总不同，他做人习惯留有余地，即使是最惹人厌烦的女人，他都能够温柔以待，从不让人下不来台。

尚昀待人接物圆融委婉，似和暖春意，但有时越是温和……就越是无情。据她们所知，所有动机不纯入职华恒的女人，最后都因为各式各样的理由，被华恒辞退了。

不过这次，她们的视线默默地从两人交缠的手臂挪到自家总裁安然含笑的脸上，不太确定祁恬会不会遭受同样的待遇。毕竟之前那些人，没一个像祁恬长得这么好看。光看那张脸，就能够让人容忍她很多事。

陈经理经验丰富，率先镇定下来："小尚总，那我们给祁恬补个调休？"

尚昀没理会陈经理的问话，他迎着祁恬近乎挑衅的眼神失笑道："我答应给你调休？"

"对呀，出差回来的路上说的。"祁恬睁眼说瞎话，"您母亲也在呢。"

嚯——都见家长了啊?!

众人相互乱飞的眼神几乎发出了破空声，嗖嗖嗖地在办公室里飞来飞去，碰壁折返。

祁恬深谙舆论的威力，在众人此起彼伏的呼吸声中，压低声音，凑到尚昀耳边同他讨价还价："请事假也行，我今天确实有事。"

尚昀低头看着她，面上仍然带着笑，目光却似乎洞穿了一切："因为早上那通电话？"

祁恬眨了下眼，默认了。

尚昀便以同样的音量回她："能从你嘴里听到句实话，还真挺不容易的……值得鼓励。"他终于把胳膊从祁恬怀里抽出来，抬手在她头上揉了揉，这样亲昵的举动让在场所有人的眼珠子终于"夺眶而出"。祁恬绷着没动，觉得头顶有点儿发烫。

"调休就算了，周末两天还没休息够？"尚昀不紧不慢地说完，似笑非笑的目光如鸟羽般轻轻扫过祁恬，"有事就去请事假，假条交给陈经理。"

"……好吧。"祁恬装模作样地叹了口气，在齐琪目瞪口呆的注视中捡起工牌，飞速抽身，"那我回法务部填单子。"

流言的传播速度比祁恬预估的还要快，也许华恒的员工私下还有什么特殊的传播渠道。总之在祁恬拿着假条请法务部经理签字时，那位有点儿谢顶，始终对祁恬不冷不热的经理，语重心长地拍了拍她的肩。

“你们年轻人前途光明，还是要行正道、走正路，才能走得长远。”他忧心忡忡地对着祁恬欲言又止，“你也是学法律的，自己要把持好……”

祁恬毕恭毕敬地应了，双手接过假条，出了人事部就在微信上问尚昀：

尚总，王娟的地址给我一下。

尚昀回得很快：

下楼，停车场等你。

祁恬顿了顿，油然而生一种老板带着自己工作日翘班出游的诡异爽感。

祁恬上车后把这感觉说了，同时对尚昀敢背着邹莹旷工出公司表示由衷的佩服。

“你可真是……”尚昀发笑，边启动车边摇头，“说话做事怎么都不过脑子?!”

祁恬不服：“我怎么不过脑子了?”

“你知道自己挺‘有料’的吧?”尚昀侧过头，视线意有所指地往祁恬脖子以下绕了一圈，“下次说话好好说，别动手动脚的，多不合适。”

祁恬脸上的笑意僵了：“你怎么不早说?”

“你直接上手，我措手不及啊。”尚昀耸耸肩，毫无诚意地道谢，“不管怎么说都是我占了便宜，所以……多谢款待?”

祁恬气得要从副驾驶座上蹦起来，尚昀大笑，飞快地将车开出停车场。祁恬从没见他这样笑过，脸部线条变得柔和，弯起的眼角狭长，唇边露出笑痕，神情轻松又肆意，帅得让人眼晕，跟公司里那个装模作样、始终拿捏姿态的样子完全不一样。看着他的侧脸，祁恬有点失神。

“看什么?”尚昀忽然斜了她一眼。

“看这个车的中控台。”祁恬收回视线，干咳一声，“这不是你之前开的那辆车。”

“我今天限号，跟光头借了辆车。”

“可这看起来……好像也不是赵经理的车?”祁恬狐疑，车的内饰很简陋，顶棚有些脏污，关键是车内空间很小，不像尚昀或赵钦会买的车。

“这是他们公司长期租的车，除了手动挡开起来不太方便，其他方面都还行，爬坡拉东西挺好用的，发动机劲儿还大。”

尚昀还没说完，发动机就发出咣咣几声异响，他下意识地踩住刹车，不等换挡，车身猛地一颤，在辅路上熄火了。

“你确定发动机的劲儿大？”祁恬怀疑地看向尚昀，“你是不是太久不开手动挡，不会开了？”

尚昀清了清嗓子：“可能是车上多了个人，车太激动了。”

祁恬瞪眼：“那这车还挺人性化！”

尚昀憋着笑：“这车发动机的劲儿真挺大的，等下上路你就知道了，加速有推背感，小钢炮级别。”

小钢炮?!

“您的意思就是说我沉呗。”祁恬其实对开车和坐车都有阴影，她冷着脸又检查了一遍安全带，“您先告诉我，这车还有别的毛病吗？比如会不会跑着跑着突然掉个车轱辘什么的？”

尚昀笑得差点儿把方向盘拔下来：“不会，咱们是开车，又不是拆车。”

王娟留的地址离公司不远，两人循着地址找过去，祁恬站在门口听了会儿，有些犹豫地回头。尚昀比祁恬少走半层，站在三楼到四楼中间的平台上望她：“怎么了？敲门啊。”

祁恬按响门铃，门后传来匆忙的脚步声。

“谁啊？”年轻的女声听起来细细的，没什么精神。

“王娟，是我。”祁恬对着猫眼挥手，“我今天去公司办转正手续，人事部说必须由你来办，你今天请假，电话也不接，所以我过来找你。”

王娟语气迟疑：“祁恬？你能不能跟公司说下，我明天去公司给你办？”

祁恬用指节在门上轻叩：“你先把门打开，我站在楼道里跟你说话感觉怪怪的。”

“我现在……不太方便……”王娟声音压得更低了，“你先走吧，我等下给陈姐打电话，让别人给你办。”

“就是陈经理让我来找你的呀。”祁恬微微提高声音，“开门说行不行？”

“你小声点儿。”王娟的声音带着哀求，“别把我男朋友吵醒了。”

“那你开门，”祁恬加重语气，“咱们当面说。你写字条，我带回去给陈经理，让其他人替我办转正手续。”

王娟沉默片刻，防盗门的门锁咔嗒一声，门开了条缝。一个月前还朝气蓬勃的小姑娘，此时目光躲闪、视线散乱——典型的自我怀疑的眼神和反应。

祁恬心中微沉，忽然用力把门推开。王娟踉跄着倒退，房门大开，祁恬站在门口，看到她头发散乱，眼皮肿得几乎透明，左颧骨上的紫红已经消退发黄，脖子侧面却有一道根本无法遮掩的、近乎紫黑的勒痕。视线顺着脖子向下，祁恬看到更多裸露在睡裙外的、被施暴的伤痕。

王娟反应过来，扑过去要关门。祁恬向前一迈，右脚牢牢卡在门和门框间，压低了声音问："他打你？你那个男朋友？"

王娟瞳仁近乎疯狂地抖动，想说什么却被祁恬飞快打断了："别说是自己摔的，你要怎么摔才能摔到脖子?！"

王娟看上去慌张极了，她干燥缺水的嘴唇张合数次，最后干脆闭口不言，抿着嘴唇将祁恬用力向外推，想把祁恬推出去。

"你再推我就喊了。"祁恬攥住她的手腕，小心地避开她小臂上的伤，"你们部门的人说你好几天都联系不上了，我有点儿担心，过来看看，没别的意思。"

王娟手上一松，她抬起眼："转正……"

"齐琪给我办完了，"祁恬顺着她的力道松开手，"我就是来看看你有没有事。"她看着王娟狼狈的样子，千言万语堵在嘴里说不出，最后只汇成一句话："你需要帮忙吗？"每次尚昀对自己说这句话，无论祁恬表现得多么抵触，内心都是有所触动的，所以她以为王娟多少也会软化一点。

王娟确实软化了，但恰在此时，客厅侧面的卧室门突然打开了。王娟猛地一抖，这次毫无保留地用力，拼命将祁恬推了出去："不，不用你帮忙。你走，快走！"

祁恬没想到她态度转变得这么快，猝不及防间重心不稳，仰面向后倒去。她双手在空中胡乱挥了几下，仿佛已经看到自己后脑着地的惨状。但是，她落入了一个坚实的怀抱。

"小心点儿。"淡淡的、带着点责备的声音在头顶响起。

祁恬松了口气，仰起脸，对上尚昀垂眸看她的眼神："尚总，谢了。"

"没事吧？"

尚昀低头看她，祁恬的瞳仁因为惊慌还在微微晃动，像软化的琥珀。

"我没事。"她站直身体，皱眉问站在门边、看到尚昀后僵立不动的王娟，"那是你男朋友？"

卧室中走出的男人身形瘦高，半长的黑发披散，鼻子高挺，嘴唇薄而唇色淡。

待看清那男人的眉眼，祁恬不由得轻轻吸了口气——长成这样，难怪王娟舍不得放手。

"小娟？"男人的声音带着刚睡醒的沙哑，"谁来了？"

"是公司同事……"

"公司同事？"男人的声音和他的姿态一样懒洋洋的，视线不太聚焦。

"我是她的老板，她好几天没来上班了，我过来看看。"尚昀不动声色地将祁恬护到身后，"贵姓？"

男人走到门边，身高与尚昀几乎一样，胳膊撑在门框上，半阖着眼皮看人："免贵。姓什么你管得着吗？你是警察还是查户口的？"

这男人外貌满分，可惜长了一张臭嘴。尚昀点点头："说得也是。"

尚昀的反应太平淡，男人一时摸不透，稍微收敛了点嚣张气焰："看也看过了，能滚蛋了不？"

祁恬忍不住从尚昀身后探出头："今天是周一，她应该去上班。"

"我没拦着她去上班啊。"男人盯着祁恬看了几眼，似笑非笑地让开门口，"小娟，你自己说，是不是你自己懒，不想上班？"

祁恬还想说什么，被尚昀反手推了回去："她身上的伤怎么来的？"

男人嗤笑一声："自己摔的呗。小娟，是不是啊？"

他拉长了声音，语气愈发疲懒："你说你这么笨手笨脚的，要是没我在旁边看着，你可怎么办哪！"说着他走到王娟身边，颇为轻柔地伸指拂过女孩脸上的青紫，"瞧瞧这伤的，啧啧，太让人心疼了。"

祁恬要被自己的怒火点燃了，她打开手机录音，希望王娟能说点儿有用的，只要能录到一两句证词，她就有办法让这男的进去拘留几天。但王娟真是一摊扶不上墙的烂泥，那男人摸了她几下，她没受伤的皮肤就泛起红晕，跟被下了蛊一样点头："是我自己摔的，我……我没跟公司说，因为觉得丢脸。"

你是该觉得丢脸，为自己烂到稀碎的择偶眼光。

祁恬愤愤，才张嘴，胳膊就被尚昀警告性地轻点几下，她磨着牙，再次压下暴脾气。

"摔成这样还挺严重的，我带你去医院看看吧。"尚昀的微笑得体，与对面两人一起睁眼说瞎话。

"哎，我说你这人怎么这么多事啊？"男人走回门口，"真以为叫你声老板，你就是个人物了？"

尚昀嘴边勾起的弧度如精确切割的钻，纹丝不动："哪里，我只想带她去验个伤。"

"验伤干吗？"

"留个诊断证明，证明她现在的伤不会危及生命。以防不等伤养好，她就把自己摔死了。"尚昀说得很平静，语气里的刻薄却藏不住，"毕竟她不是一个人住，说不好什么时候意外就来了。"

男人听出了他的潜台词，眯着眼逼近尚昀，两个身高接近一米九的男人，在不到十厘米的距离里对峙着，气氛诡异又紧张。

忽然他往后一仰，夸张地笑起来："是——小娟的老板对吧？"他慢慢退到王娟身边，"还真是个爱护员工的好人呢！——你说是不是呀？啊？"

男人突然变脸，一把扯住王娟的头发，王娟惨叫一声，护着头躬下身。

"说，你什么时候勾搭上他的！"男人扯着王娟的头发猛踹她的膝盖，将王娟踹得跪到地上。

“我没有！我没有！”王娟哭着想把头发扯回来，却完全敌不过男人的力气。男人不听王娟说话，红着眼睛踢向她的肩膀……

“你疯了！”祁恬忍无可忍，从尚昀身后冲出去撞开男人，挡在王娟面前，“你再动手我就报警了！”

“报，你报！”男人冷笑着站稳，弯起拇指蹭了下嘴角，“你看警察来了管不管？你报！”

祁恬抿紧嘴唇，瞪着他不说话。

尚昀忽然在她身后叹了口气：“还跟他废什么话？你叫我一起来，不就为了应对这种情况吗？”

大片的阴影落到祁恬肩上，是还带着尚昀体温的西服外套。他把门关好，走到祁恬身旁，将瑟瑟发抖的王娟挡在身后，遮得严严实实。

男人不屑地看向他：“怎么着，想英雄救美啊？”

尚昀笑笑没理他，看着祁恬，表情无奈又纵容：“怎么又不管不顾地冲上去了？”

“不然呢？”祁恬没什么心情跟他斗嘴，“这姑娘脑子已经坏了，这么逆来顺受，再不挡着点儿，真要出事了。”

“说不服的，打服就行了。”尚昀半垂着眼，慢慢将衬衫袖子挽到手肘，扯松颈间的领带，稍微活动了下筋骨。原本斯文得有些禁欲的人忽然带了某种野性。

他平静的口吻不带一丝火气，语气轻飘飘的，仿佛接下来的交代都无关紧要：“等下打起来，你护着王娟躲好，再打电话报警。”

“没用的。”祁恬的眼神很阴郁，“家暴的出警一向没谱。”

“家暴他们不重视，那斗殴呢？”尚昀看着她笑了笑，修长的眼尾弯起来，“如果是会出人命的斗殴，他们应该在多长时间内赶到现场？”

“凡危及公民人身、财产安全的重大、紧急报警、求助，市区内必须五分钟内到达现场——”祁恬张嘴就答，随即反应过来，“等下，打架斗殴会处五日以上十日以下拘留。情节严重的要负刑事责任！你……”

“是吗？”尚昀不怎么在意，“我不会被拘留的，他嘛……在进拘留所之前，应该会先去医院。”

对面的男人突然扑过来，屈肘击向尚昀的面部。尚昀抬手接住，向旁边让开一步，点了点祁恬手里亮着屏的手机：“录什么音？开录像！不然怎么证明是他先动的手！”

祁恬的眼皮神经质地跳了下，隐约嗅到尚昀那一直压制在身体内的、冷静的狂傲。她不再废话，一手举着手机，一手把哭泣不止的王娟推到墙角。

尚昀和那男人已经打成一团，没什么赏心悦目的套路，纯粹你一拳我一脚地肉搏，拳拳到肉，毫无花哨的招式，比的就是谁更扛打、更不怕疼。

“傻站着干吗?”尚昀侧头避开对方冲脸招呼的一拳，连敲对方肘部麻筋，抽空看了祁恬一眼，“拿王娟的手机报警!”

“报了!”祁恬给他看通话界面，“电话没挂，跟他们说再不来就要死人了!”

“好样的。”尚昀轻笑，提膝甩腿，小腿如鞭子一样击中男人腰部，“既然报警了，那我就不客气了。”

他一拳击中男人胸腹:“五分钟之内，如果警察不到现场，他可能真的会被我打死。”

男人惨叫着，几乎挂在了尚昀的拳上。祁恬突然感到缝线般的头疼——尚昀的神情与平时完全不同，他周身弥漫着切实的杀气，连头发丝都带着股锐利，双唇紧绷成讥诮又嘲讽的曲线，唯独看向自己的眼神还带着几分暖意。

尚昀见祁恬皱眉，嘴角放松几分:“我尽量控制分寸。”

祁恬下意识点头，尚昀表现得相当游刃有余，她能看出他的体能和对疼痛的耐受力都要远高于那个男人。无论是进攻还是防守，尚昀脚下从未停止移动。这个背对着自己、穿着烟灰色衬衫的男人，身高腿长，挥拳踢腿的瞬间，衬衫布料勾勒出他精壮的腰背轮廓。

一直以来，祁恬都隐约有个模糊的认识，她知道尚昀其实并不像外表看上去那样好说话。这个男人坐在总裁的位置，被要求文质彬彬、温和儒雅，但他将这个角色演得相当敷衍。

只要稍微接触得多一些，就能知道尚昀虽然善解人意、风趣幽默，但同样也言辞刻薄、不留情面。他稳重又狡诈，体贴却始终与人保持距离，截然相反的几种特质在他身上并存，矛盾得淋漓尽致。

直到今天，祁恬才终于意识到，在那个华恒集团所需要的总裁角色背后，尚昀本人其实是个心狠手辣，比起动脑更喜欢用暴力解决问题的人。

“你有种今天就打死老子，要不以后别想过消停日子!”互殴逐渐变为单方面的暴力碾压，男人只剩一张嘴还有一战之力，“你惦记我的女人，我就去玩你的——我——”

尚昀素来沉稳的眼神中忽然掀起滔天怒气，一脚将人踹到墙上。巨大的撞击声让躲在角落的祁恬和王娟猛地瑟缩，男人顺着墙壁滑落，尚昀朝他走去。王娟浑身发抖，想冲过去挡住尚昀，被祁恬死死按住了。

“口无遮拦，粗鄙下流，还打女人。”尚昀停在男人面前，居高临下地看着他，声音冰冷至极，每一个字都带着寒意。

“你这种人无论是活还是死，都在浪费国家资源，有时我真想不明白，法律为什么要保护你们!”尚昀的声音一向温和悦耳，但此时的他冷着嗓音说话，效果几乎等同于字字抽刀。他顿了顿，轻蔑道:“真以为长得好看就能为所欲为了?——男人之耻。”

他将被揍得鼻青脸肿的男人拎起来，转向祁恬:“挂电话吧，我听见有人上楼了。”

祁恬疯狂点头："早就挂了，你把他打得还不了手的时候就挂了，所以赶紧放开他！他伤得这么重，绝对是自己摔的！"

第十四章

甭理他，他“仇女”

祁恬在附近的便利店买了创可贴和酒精湿巾，急匆匆地往回走。小区楼下，救护车已经呼啸而去，尚昀单手拎着西服外套，正敷衍地以点头或摇头应付警方的问话。祁恬被他漫不经心的样子急得眉头直挑，快步走过去。

“华恒集团的总裁，尚昀，是吧？”留在现场的警察正严肃询问，“为什么打人？你是从什么时候开始实行伤害行为的？有没有使用工具？打了哪里？”

尚昀有些新奇地看了他一眼，正要说话，祁恬忽然用力咳了几声。

“尚总。”她走过来，把创可贴和湿巾塞给他，“您也受伤了，先处理下伤口。”

尚昀的手指关节破了好几处，下巴一道擦伤，小臂多处瘀青，西服长裤上还印着好几个脚印。

“您等下最好还是去医院看看，不能因为自己还好好站着，就真当自己是伤害行为人了！”

祁恬这话说得一点儿都不含蓄，就差把名词解释糊到警察的脸上:“您这也不是打人，是正当防卫。”

她看向警察，一张脸绷得很紧：“我知道你们警察调查取证的流程。我是目击证人，也是华恒集团法务部的员工。我们尚总不是法律专业出身，措辞可能不够严谨，您问我就行了。”祁恬说着侧了侧身，将尚昀完整地挡在身后，“今天发生的事情我全程进行了录音录像，您可以看完以后再问。”

祁恬说着，把手机递过去：“手机里的音频和视频都可以证明，不是尚总先动的手，对正在进行不法侵害行为的人采取制止行为，属于正当防卫，不负刑事责任。尚总的行为也不属于防卫过当。防卫过当是指防卫行为明显超过必要限度，造成重大损害的情形，通常是指冲突双方的一方致残、致死。”

“今天发生冲突的对方没有骨折、没有内脏损伤、没有体内出血。”说到这里，祁恬隐隐看了尚昀一眼，尚昀微微颔首，表示她说的这三点可以确认。

得到肯定后，祁恬底气更足了：“除了表皮有几处破损，多处软组织挫伤，他并没有受到任何致命打击。事实上，如果他耐得住疼，完全可以不叫救护车。”

祁恬压根儿没给警察说话的机会，对方屡次张嘴，她都抢在对方发问之前把他想问的话答完了。尚昀被她拦在身后，最初的惊讶过后，眼里露出一种湿润的温柔。

这个雏鸟一般的女孩，正在努力张开她那并不丰满的羽翼，想将自己纳入她的保护范围，让他坚冰一样的心房微微发软。

等祁恬说得差不多了，尚昀笑着上前揽住警察的肩，热络地寒暄："我们这位姑娘说得在理，对吧？都是为人民服务，我肯定配合你们的工作。我下手确实重了点儿，这不是看见有人恃强凌弱生气吗？这样，我回去写检查，行不行？保证深刻认识错误，写完了给你们送过去。我检查写得特别诚恳，就是陆远章看了都挑不出什么毛病，真的。"

警察本想多说几句，却被"陆远章"三个字噎在嗓子眼，话到嘴边又咽回去了，面露疑色地看向尚昀。

"按理说，我应该跟您回警局录个口供，但确实不太方便。我也不好给陆叔打电话说这事，他要知道了肯定骂我下手没有分寸……"尚昀似乎有些苦恼，想了想问道，"这样吧，老唐现在还管这片吗？唐罗，他说话管用不？管用的话我跟他打个招呼，今天辛苦您跑这一趟，回头让他跟你们领导打打招呼，给您调个假？"

尚昀说着，掏出手机一边翻通讯录一边歉意地笑："真不是不配合工作，实在是今天时间排不开。谅解啊！"

警察见他真拨号，按住他的手："算了算了，音频、视频先导一下，等我回去看完再联系你们！"

"没问题。"尚昀笑眯眯地收了手机，示意祁恬传影像。

传完，警察要先走："我还得去趟医院，听听那两位当事人怎么说。"

等警车走远，祁恬回头想问陆远章和唐罗是谁，尚昀却先从裤兜里掏出一颗大白兔奶糖："吃吗？"

"不了，谢谢。"

尚昀也不谦让，自己把糖剥开吃了。

祁恬觉得糖纸很眼熟："这不是你上周哄我外甥女的糖吗？哪儿来的？"

"咱们在高速公路上被追尾以后不是要等我妈的司机来接吗，当时我看你脸色不太好，专门跟邹莹要的。后来哄小孩吃了几颗，刚摸兜发现还剩一颗。"

尚昀将奶糖叼在牙齿间，说话有点儿含混："这边没事了，咱们也走吧。"

祁恬看了他几眼，忽然问道："你想抽烟？"

"我不抽烟。"

"哦。"祁恬指了指他一直叼着的糖，"我看你吃糖的样子，以为你烟瘾犯了。"

"你观察得还挺细。"尚昀笑着把糖卷进嘴里，"以前抽过，后来戒了。"

"为什么？"

"迫不得已。"尚昀向停车场走去，回头看了她一眼，"你想知道？"

他问的话像个小钩子，钩子上挂了鱼饵，专等好奇心旺盛的鱼儿来咬钩。

祁恬若有所思地看了他一会儿："算了，也没那么想。"

尚昀失笑，把糖嚼了几下吞了："怎么不想了？"

"总觉得如果我问了，你肯定会让我用同等分量的秘密来交换，我要是说没得换，你就会问我宋旭晟的事，所以我干脆不问了。"

尚昀走到车边，偏头看她一眼："……你想得还挺多。"

"其实你也没想好要不要说，所以才把选择权交给我。"祁恬走到另一边，抬眼看向他，"下次你没想好的时候，最好先闭嘴。"

尚昀挑眉："你好像对我有点儿不满？"

"不是对你不满，是对自己不满。"祁恬木着脸解释，"我之前眼瞎，没看出你隐瞒了这么多事。"

尚昀失笑，看着她没说话。

祁恬顿了顿，组织好语言："一个日常工作就是签字和谈判的总裁，最激烈的运动应该是去健身房举铁，但你打架时的狠劲儿……"她拧眉思索着，"我看不出路数，但肯定不是在什么正规培训班能练出来的。"

"你有很多秘密。"祁恬竖起四指，"善斗、厌恶拍照、迫不得已戒烟……跟警察局的高层好像也挺熟。"她竖起的细白手指一根根弯下去，原本有些混乱的思路逐渐清晰，"你不是小圆之前格外看好的钻石王老五，在你优质单身男的'人设'背后，一定有一个超出我想象的身份。"

祁恬绷着脸，表情认真，分析尚昀也分析自己："我很好奇那个身份是什么，却又不太敢去探寻，毕竟我的麻烦已经够多了，但我又有点不甘心……发现谜题却不敢去解，不符合我的性格，所以我觉得格外憋屈。"

"不过反过来想想，其实我也没打算探究你的过去。人和人之间的悲喜并不互通，分享过往是件很私密的事。所以……"她耸了下肩，"既然咱俩对彼此都有所保留，就麻烦你下次再说话时，别总带着暗示。我承认自己的好奇心很强，会忍不住去琢磨你那些话背后的含义。"

祁恬认真看人时，双眼完全睁开，露出圆亮的眼珠，目光坦然，甚至带点鲁莽，就这么直直望进尚昀的双眼，仿佛要透过他的眼底，看清那颗裹在重重血肉下的心。

被祁恬直接点破连自己都没察觉到的小心思，尚昀一向沉稳的心境裂了丝缝。他的确有许多秘密，也有一些执念和悔恨不能为外人道。

这段时间接触下来，他已经知道祁恬聪敏又理智，让他觉得她是个无论自己说什么都能欣然接受的好姑娘，所以在面对她时，尚昀总是不经意地放松心神，说些不该说的话。

但祁恬却极有自知之明，比起聪明，她的敏锐和谨慎更为突出。已知线索太少，她确实猜不出尚昀的秘密，但她的潜意识已经感知到这个男人的事不是自己能掺和的，于是果断在彼此间画下一条清晰的界线，告诉自己也告诉尚昀：差不多得了，大家都给自己留点儿隐私。

这让尚昀在松口气的同时又隐隐有些失落——他的朋友很多，知己却极少。商场上那么多的合作伙伴都认定他和善可亲，想同他加深交情。只有祁恬这丫头，两人认识还不足三个月，就已经能通过蛛丝马迹窥见一些真相，并在短暂评估后，以迅雷不及掩耳之势，划清楚河汉界。她踩着边界，毫不掩饰自己的好奇，探头张望，却又牢牢控制着自己，决不越界。

大胆，果决，却谨慎。当这些特质集中出现在一个人身上时，无论是谁，尚昀都会毫不掩饰地表达欣赏。哪怕这个人是祁恬，她这样年轻，揣摩人心的本事却已让人后背隐隐发凉。或者说，正因为对方是祁恬，尚昀反而不想这么轻易放过她，让她安全地缩在界线的另一端。

“如果我非要说呢？”他看着祁恬，眼神幽深，“如果我就是想让你知道一些我的过去呢？”

祁恬看他的眼神好像在看智障：“荣辱与共、悲欢相通，不是夫妻就是战友。尚总，你觉得我适合哪个身份？”

尚昀被她一句话噎在原地，片刻后没好气地笑了，将手里一直攥着的糖纸弹向她：“你还真是什么都敢说！”

祁恬抬手接住糖纸，暗暗松了口气：“这不是怕您沉湎过去，把我当成别人了吗？”就刚才尚昀那眼神，绝对不是在看自己。

尚昀愣了愣，忍不住苦笑道：“胡说什么?！你的眼神确实不好，他克莫司别停。”

祁恬看着他，他的笑容有些沉，就好像有些他藏在心底的事突然泛了上来。尚昀毕竟是老板，祁恬觉得自己有义务帮他改善下心情。

“尚总，您今天的表现超出我的预期。毕竟我见过你从观郦出来，也听过你对王楚楚的评价，所以我一直觉得你对女性其实没有太多同理心。”

祁恬皱了下鼻子：“虽然你帮了我堂姐，对谁都客客气气的，但是我能看得出来，你不爱多管闲事，也不是传统意义上的好人。所以今天你能为王娟出头，我挺惊讶的，你比我以为的要可靠多了。谢谢你，尚总。”

尚昀听着祁恬的话，无奈地扯了下嘴角：“你夸人夸得还挺别致……我就当你是夸吧。道谢就不用了，王娟是我的员工，等她好了可以亲自来谢谢我。”

祁恬眯眼一笑，没有告诉他，自己的道谢是感谢他哪怕看不惯，也支持自己一直以来的多管闲事。她知道自己有时候做事过于横冲直撞、不顾后果，她也知道成年人做事应该考虑后果，但许多事她实在看不过眼，总会热血上涌，冲上去与社会潜规则死磕。

但尚昀显然和她不是同一类人，他成熟冷静，那种成熟，是在社会上摸爬滚打很多年才能历练出来的，无论他平时多好说话、干过多少让邹莹咬牙切齿的事，都遮掩不住。

而这样成熟的人，却从不阻止她不合时宜的天真与热血，从不阻止她冲上去跟人死磕，还总会在她快捅破天时默默接手，替她兜底。这样强大却理智的男人，真的很容易让人心生好感。

“您说得对，回头让王娟亲自来道谢。”祁恬舔了舔嘴唇，将心里那些乱七八糟的想法打包扔到角落，坐进副驾驶室，“赶紧走吧，这小区停车费挺贵的，别浪费钱。”

“这会儿想起停车费了？”尚昀轻哼，“早干吗去了？”

祁恬干笑，另起话题：“陆远章和唐罗都是谁？真有其人吗？您怎么对警局的人这么熟？”

尚昀懒洋洋地启动车：“你也说了，我善斗。以前年轻时不懂事，三天两头打架斗殴，经常被请进去喝茶，时间长了，可不就熟了吗？”

祁恬见他说得漫不经心，盯了他几眼，决定暂且听信一半，憋了会儿还是没忍住：“我记得你之前跟我说过，打人不好。”

“是不好。打轻了对方不服，打重了还得负责。这个度一般人把握不了。而且就你这身板，还是别琢磨打人了，柳条都比你扛揍。”

祁恬哽了哽，决定不跟他一般见识：“咱们接下来去哪儿？”

“这不得问你吗？”尚昀看了她一眼，慢慢将车开出小区，“我今天就是个开车的，是你说除了来王娟这儿还有事要办吧？”

祁恬一拍脑门：“被王娟的事一闹，正事都忘了。我得去趟青坛医院，给我妈办出院手续。”祁恬三言两语将自己面临的棘手局面说了，两手一摊，“我家的房子估计一时半会儿解不了封。我要在一天之内找房租房再安置我妈，难度太大，所以我打算去青坛医院试试出院再入院，要不我妈就只能跟我一起挤那小开间了，那个开间的环境……”祁恬苦笑了下，“我怕把她刺激出个好歹来。”

尚昀开车上主路：“你中午还要打电话去问那个李警官？”

“不打了，要是能行他电话就打过来了，我也别天天追着讨人嫌。”

“嗯。”尚昀不置可否，“要不你打通电话，我帮你说说？”

“你有这么大面子？”祁恬狐疑地看向他，“你不是打架斗殴才跟警察熟的吗？”

“你管我怎么熟的，反正我说话比你好使。”

祁恬有点纠结：“封房这事是经侦管的，你刚才说的那俩人负责这块？”

尚昀笑了笑：“不负责，但能说上话。”

祁恬捏着手指，认真盯了他几秒：“……算了。法治社会，一切按程序来吧，不能因为个人不便就要求法外容情，有困难我自己克服。现在也没到不得不求人的时候，如果真到那时候，我不跟您客气。”

尚昀听她说话，不觉得意外，忍不住微微笑了起来。这姑娘和他以前认识的所有姑娘都不同，她不会用各种小动作拐弯抹角地表达情绪，不会怀着恶意与怀疑去看待这个社会，即使自己受了委屈，生气了也不会无理取闹。

“既然这样，你只能在租房和住院里选了。”

“我妈的情况其实不太适合换环境，所以我想先试试办入院。”

“出院再入院这事，光头能帮上忙。”尚昀手指敲了敲方向盘，“他们公司的定点医疗服务机构就是青坛医院，长年 VIP，可以让他帮你问问，看能不能开绿色通道。”说着他看了祁恬一眼，“不过钱得你自己付，加急还有额外收费，这个帮忙不违规，你接不接受？”

祁恬一怔：“真的？赵经理有办法？”

“有。”

“那太好了！”祁恬眼睛大亮，双手合十竖在胸前，“尚总，麻烦您跟赵经理说说，谢谢！”

尚昀挑眉，没想到祁恬应得这么痛快。不过仔细想想，这姑娘从来都知道什么可为什么不可为，她也从来不觉得求人有什么丢人的。她认真、骄傲又执着，带着点聪明人惯有的自负和审时度势的冷静。她会在原则问题上咬死不退，也会在力有不逮的时候寻求帮助。她的坦荡与直白经常让他不太适应，却又暗生喜爱。

尚昀在自己都没察觉时已经笑了起来，整个人像褪去一层保护膜，变得柔软起来：“那我等下停了车就给他打电话。”

光头的动作很快，祁恬这边还没办完出院手续，那边入院的缴费单就已经打印出来了。整套流程完备顺畅，无缝衔接，王美佳甚至还不知道，祁恬就已经把钱都交完了。

国际部十楼，将缴过费的单子送到医生办公室，祁恬终于松了口气——真是朝中有人好办事，整套手续走下来不到一小时。刚中午十二点，她要是勤奋些，还能回去上半天班。

站在病房外，祁恬隔着门上的窄条玻璃往里望，病房内王美佳坐在病床旁的沙发上，静静地看着窗外，一旁医院的小护士正在进行例行检查，确定她身体体征是否一切正常。祁恬的神情有些踌躇。

“想进就进，在门口偷看算什么事？”

祁恬回头，松了口气：“陈姐。”

陈护士长手里拿着祁恬的缴费单，仔细看了眼：“续了半个月的住院费？”

“是，我怕我妈的心梗没好利索，再住段时间。”

“怎么不进去跟她说？”

“我上周跟她吵架来着……”祁恬犹豫了下，“不知道该说什么。而且我妈其实不在乎自己住哪儿，只要环境安稳，她根本不在乎自己是住在医院还是住在家里。”

“你怎么知道她不在乎？”

“她只在乎我爸。”祁恬捏了捏手指，“我——我过几天再来看她吧，她现在心情看着不错，我就别进去败她兴了。”

陈护士长大概知道祁恬家那点儿事，挑了下眉也不劝她，敲了敲挂在脖子上的诊听器：“刚才救护车送来两个人，是你报的警？”

祁恬愣了下：“对，那个女孩，叫王娟的，身体怎么样？”

“脏器有瘀血，肋骨骨裂，还有不少陈旧伤，早就该来医院看了。”陈护士长摇摇头，看着祁恬，“是一起送过来的男孩打的？”

祁恬抿抿嘴：“是啊。她和那男的谁伤得更重？”

“不好说。我没在急诊室轮值，具体情况不清楚。”陈护士长见祁恬真不打算进去，便带着她回护士站，接了杯水递给她，“男孩的伤看着厉害，但应该没有内伤——谁动的手，还挺有分寸的。”

“见义勇为的好人。”

“我还以为是警察呢。”陈护士长诧异地看了她一眼，“或者是你。”

“我哪打得过。”祁恬很有自知之明，她将水一饮而尽，“至于警察……家暴这种报警，其实基本没什么用。这次警察来，也是因为我报警说有人在斗殴，他们才来的。”

“别这么说。”陈护士长将她用过的纸杯接过来丢掉，拍了拍她的肩膀，“如果报警没用，我们就努力让报警有用，而不是放弃这个权利。观念都是慢慢转变的，这次你不就做得很好吗？”

祁恬没想到陈护士长会这样说，她怔了下，点头：“您说得对，反正也不会比不抗争更糟糕了。”

陈护士长鼓励地笑了笑：“想去急诊室看看吗？”

“不了。”祁恬摇头，“警察还在那儿呢吧？我已经把能做的都做了，接下来要怎么说，都看王娟自己的了。”

路都是自己走的，即使能帮扶一时，也不可能救人一世。

陈护士长不意外地点点头：“那没什么事你就先走吧，医院又不是什么好地方。”

祁恬谢过她，匆匆往一楼去了。出了电梯，她远远看到大厅里，光头正在跟尚昀嘀嘀咕咕说着什么。她犹豫了下，笑着过去打招呼。

“赵经理，这次真谢谢您了，给您添麻烦了。”

“客气啥。”光头见祁恬过来，刚跟尚昀说的话一个字都不提了，笑着摆手，“难得昀子开口找我办事，必须得办妥了。”

祁恬笑了笑，没说话。

尚昀问她：“都办完了？”

祁恬点头：“办完了，正好中午，我请您跟赵经理吃饭？”

“咳，怎么也不能让你个小姑娘请我们俩大老爷们儿吃饭哪！”光头招呼两人往外走，“走走走，我知道附近有家馆子，味道特别好，这次我做主，让昀子请！”

祁恬动了下眉：“赵经理，这不合适。”

“有什么不合适的，再客气就见外了。”光头带着两人来到停车场，停在自己那辆大红色 GLA 旁边，“上车，等下我让同事来把那辆车开走。”

祁恬有些犹豫，尚昀越过她拉开车门，歪了歪头：“走啊。”

“我……”祁恬看向他，神情纠结。

尚昀挑眉：“怎么，下午你还想回去上班？”

“……也不是不行。”

“别傻了。”尚昀忍下一个白眼，伸手把她推进后座，自己跟了上去，“事假半天和一天扣的钱是一样的，你别这么拼命，回头邹莹再拿你做榜样来折腾我。”

“您自己的公司，不知道的还以为公司是邹莹的呢。”

“唉，她就是不知道劳逸结合，年纪轻轻就要秃顶了。”

光头也认识邹莹，听到这话狂笑道：“昀子，这话你要敢当着她的面说，下一年的饭我全包了。”

“我倒霉你有什么好处？”尚昀没好气地拉上车门，“别废话了，去东大街。”

光头搭在方向盘上的手一顿：“不下馆子了？去吃大户？”

“对。”尚昀往后靠了靠，窝在座椅里，冲祁恬挑眉一笑，“用不着你请客，带你去吃点儿好的。”

祁恬来回看了看两人，有些好奇：“谁这么倒霉，要被你俩蹭饭？”

“不会说话就别说，真是白瞎你长这张脸。”尚昀伸手弹了弹她的脑门，示意光头开车，“快走，万一他下午出外勤，去晚了就找不着人了。”

东大街机关食堂是一整栋楼，地下一层，地上四层，正值饭点，人流如潮。祁恬端着托盘，站在一楼的自助餐厅里，觉得目不暇接。餐厅里，除了各个窗口的菜肴主食，还有现场制售区，蒸、煮、炸、烤、烙……各种特色小吃，让人看了垂涎欲滴，恨不得每样都尝一尝。

“傻站着干吗？赶紧选，快去排队。”光头已经端着盘子来回跑了好几趟，见她端着盘子四下张望，一边夹菜一边催她，“东西太多挑花眼了？先一样夹点儿试试，看到那边没？排长队的那个，煮麻辣烫呢，你们小姑娘都喜欢，去要一碗。”

祁恬眨眨眼：“这个自助餐厅……多少钱一人？”

“咳，内部餐厅，刷卡就吃，你管多少钱呢！”

“刷卡的内部价是多少？”祁恬有些好奇，这餐厅的规模和菜品放在外面，二百一人都不算贵。

光头停住脚：“怎么，你怕太贵，让大户破费？”

“不，几百块的自助餐我还是付得起的，我是怕吃不回本。”

“不愧是你，想法跟别人都不一样。”光头盛满一盘，冲门口示意，“多少钱我还真没关注过，每次都是别人刷卡。喏，人来了。”

祁恬转头，看到尚昀带着个男人走过来。那人跟尚昀差不多高，身形瘦削，肩背笔挺，每一步迈的距离都几乎一样，路过刷卡机时连着刷了三次卡。

“那是唐罗，昀子跟你说过没？”光头迅速跟祁恬交代了一句，挥手冲对方示意，“谢了啊，老唐！”隔着人群嚷完，他又喜气洋洋地拿了个盘子，转向主食区，还见缝插针地抢了碗麻辣烫塞给祁恬：“快，拿去吃，有我在，不怕吃不回本。”

祁恬端着巨大一碗麻辣烫，还没找地方放下，尚昀已经带着人走到近前，她顿时觉得有点尴尬。好在尚昀向来善解人意，笑着瞥了眼祁恬被热气熏得微红的指尖，点了点旁边的桌子：“快放下，这么大一碗，光头是给你吃的还是给自己吃的？”

“大概是给他自己吃的吧。”祁恬向一旁挪了几步，“二位这里坐，我们刚才占了个桌子。”

将盛麻辣烫的海碗勉强塞进四五盘食物中间，祁恬搓着手指，回头看了眼那位面无表情的唐罗，觉得更尴尬了：“唐警官，谢谢您。您不吃吗？我看您就刷了三次卡。”

“吃过了。”唐罗长着一张方正的脸，脸颊两侧有暗青色没刮干净的胡茬，眉眼细长，深灰色的眼珠雾蒙蒙的，眼皮半耷，整个人看起来跟没睡醒一样，“你就是祁恬？”

他的语调很平，但祁恬还是从中听出点儿嫌弃和……排斥。

“我是。”祁恬扫了眼他身上挺括的警服，视线在他脖颈处稍作停留便迅速转开了，“尚总跟您提起过我？”

“是祁连山的案子。”唐罗撩起眼皮，视线在餐厅内一扫，“这食堂里三分之二的人对你都久闻大名。”

“给各位添麻烦了。”祁恬吸了口气，压下因为唐罗硬邦邦的回答而陡然逆反的情绪。

这位唐警官脖子上有道狰狞的旧疤，从左耳后斜割至右锁骨，疤痕沿着喉结下一指的位置绕颈半圈，像个被斩首没斩利索，硬着牙自己把脖子缝起来的亡命徒。那道伤疤与他一脸厌烦的神情简直绝配，惊悚效果可止小儿夜啼。祁恬心理素质还算过硬，否则这会儿不是接不上话就是脸色难看。

“你怎么说话一点儿长进都没有，不知道的还以为你对祁恬有意见呢！”尚昀笑着拍了下唐罗的肩，转向祁恬，“别往心里去，他说话直。”

“没事。”祁恬笑笑，与唐罗对视一眼，唐罗的眼神明显就是对她瞧不上。

咬了下腮上嫩肉，祁恬请两人先坐了，自己去餐具区取筷子，边走边翻白眼——说话直？要真是情商低，不可能在市局混到二级警督，两杠两星，不是正处级就是副局级，以为我眼瞎呢？这种人会因为尚昀打架斗殴老进局子就跟他称兄道弟，让他揽着肩一起走在内部食堂？这时要还信尚昀说的跟警察熟是因为年轻时不懂事打架斗殴，她就是真的傻。

等祁恬将筷子和勺子都拿回去，光头也端着三个盘子回来了，此时桌上摆满了七八个碗盘，每个碗盘里的食物都堆得冒了尖。

唐罗皱眉看着满桌的食物，见光头还想去盛，伸手拦住他：“你吃得完吗？眼大肚子小，我们这儿不能浪费。”他指了指墙上贴的“光盘行动”宣传图，“别把娱乐圈那套带到这儿来。”

唐罗这次说的话有点儿多，嘶哑的嗓音就藏不住了，祁恬动了下眉，觉得这仿佛砂纸摩擦的声音听起来难受极了。但尚昀和光头两人都面色如常，显然这就是唐罗的正常嗓音。

“怎么吃不完了，这才哪儿到哪儿啊?!”光头嘴里说着，还是坐下了，“得，吃完再盛。”

祁恬在一旁端着碗，见唐罗在自己斜对面坐下了，下意识地将腰杆挺得笔直，肩颈如临大敌般紧绷。

好在唐罗根本没关注她，等尚昀也提筷吃了几口才问道：“你今天不光是来蹭饭的吧？大中午的跑过来干吗？”说着看了祁恬一眼，“如果是为了你上次打电话问翡丽名苑房子查封的事，那就别开口了，不归我管。”

翡丽名苑？祁恬讶异地看向尚昀，不知他什么时候问过唐罗自家房子的事情。

尚昀呛了一下，忙冲唐罗使眼色。唐罗却完全不理会，冷着脸看向祁恬：“你家房子什么时候解封我不知道，我是刑侦口，不是经侦口，不方便问。”

“……哦。”祁恬看着他的脸色，果断将解释的话咽了回去，“我知道了，谢谢您。”

尚昀没好气地拿筷尾敲祁恬手背：“什么啊就谢谢他，我压根就没问过他解封的事！”

“那……”

“你从家里搬出去那天我找你有事，联系不上人，打电话让他帮我查的郭小圆的车牌号。后来也没问过他别的，谁知道他怎么想的，以为我今天来是为这事。”尚昀察觉出唐罗对祁恬的排斥，在桌子底下拿膝盖撞他，“老唐，你这思维发散得可以啊。知道你们有保密纪律，不问你这个。”

“那你们来干吗？”唐罗明显不信，“如果真是来找我吃饭，为什么带祁恬来？”

祁恬闻言哽了下，嘴里那口麻辣烫彻底咽不下去了。

尚昀放下筷子，擦了擦嘴，对自己这位兄弟也是服了：“想帮她问点儿别的事。”见唐罗眼神不善地看向祁恬，尚昀敲着桌面把人叫了回来，“她不知道我找你问什么，是我想还她个人情。”

祁恬感到莫名其妙：“尚总，您还欠我人情？”

一个两个都来拆自己的台，尚昀深感心累：“你要找宋旭晟，不是一点儿线索都没有吗？我想让老唐帮忙在系统里查下这个名字，不算走后门。”说着他看向唐罗，“这总行吧？”

唐罗皱眉看了祁恬一眼：“你也找人？”

祁恬觉得他这个“也”字用得很奇怪，但来不及细想，面对尚昀送到手边的意外之喜，她下意识地飞快抓住：“是的，我想找宋旭晟。”

说着她将名字打在手机上，递给唐罗看：“这几个字。”

唐罗看了眼手机，问她：“他是你什么人？”

“……仇人。”祁恬拿之前糊弄尚昀和光头的说法答复唐罗。

光头坐在她对面吃着蛋饺，闻言嗤笑。唐罗转头看向他：“你也知道她要找人？”

“知道，找挺久了。”光头一抹嘴，“几个月前她还跑去电视台上我们的节目呢。这不是至今没找到，昀子才来找你的吗？”

祁恬松了口气，感激地看了他一眼，还好光头不是小心眼的人，没将她之前做的缺德事说出来。光头也是后来想明白的，知道祁恬是真心要找人，不是要自己玩，这会儿还帮她补几句：“小姑娘也挺不容易的，两眼一抹黑，都不知道从哪儿入手。你要是能行，就帮着在系统里找找，反正就是敲仨字的事，不耽误你什么。”

唐罗皱眉看了他们三人片刻，站起身：“行吧，昀子你跟我来。”

尚昀将碗里的汤一饮而尽，叹着气起身：“我看你今天就不打算让我消停吃顿饭。”

祁恬身形微动，想站起来说“我跟着去吧”，却见唐罗冷硬的视线转来，硬是把她看得不敢动了。

等两人走远，祁恬眨了下眼，问光头：“应该不是我的错觉，那位唐警官是不是特别不待见我？”

光头给了她个肯定的眼神：“是。”

“因为我举报了我爸？”

“不，因为你长得太好看了。”

祁恬以为自己听错了：“……什么？”

光头嘴里叼着根鸡翅，答得含含糊糊的："甭理他，他情路坎坷，'仇女'，不是针对你。"

祁恬有点儿好奇这情路到底得多坎坷，以致唐罗对所有女性都产生敌意，但也知道这种事光头不说，自己就不该问，于是点点头，另起话题："你们三人早就认识了？是哥们儿？"

光头埋头苦吃："我们仨是发小，从小穿一条裤子长大的。"

"这样啊。"祁恬露出礼貌的微笑。她就知道，尚昀的嘴，骗人的鬼。

另一边，尚昀跟着唐罗走进他的办公室，在唐罗登录系统的间隙，不忘提醒他缩小范围："先别查全国，就查 B 市吧。二十八岁，男性，近十年在 B 市活动。"

"你怎么那么肯定？"

"我调查过祁恬，她近十年没离开过 B 市。"尚昀笑了笑，"她之前去光头那边上节目也提供了宋旭晟的基本情况，我看过。"

唐罗没再多问，将名字敲进系统，等待搜索的间隙看了尚昀一眼："你自己要找的人都没找到，还有心思帮祁恬找人？是觉得跟她同病相怜，还是想积德行善，给自己攒点儿运气？"

"你这张嘴……"尚昀低头笑笑，"都有点儿。毕竟我跟她都是对要找的人求而不得，能帮就帮一把。"

唐罗定定看了他几秒，脸上没什么表情，眼神厌世，配合着他脖子上那道疤，让人怀疑他是不是曾经自杀未遂："凭什么要让她先找到？凭她好看？"

尚昀失笑："别胡说，什么好看难看的?! 你这叫以貌取人，懂不懂？"

"不，我这叫吃一堑长一智。"唐罗半撩的眼皮微微发红，他看着尚昀，声音嘶哑，神情阴郁，"昀子，你看看我，前车之鉴。你别栽在我摔过的坑里。"

尚昀面上的笑意缓缓收敛了，同他对视了几秒，随即摇摇头："祁恬和害你的人不一样，性格、成长环境都不一样，你想多了。"

"龙生龙凤生凤，老鼠的儿子会打洞。"唐罗的声音越发喑哑，"祁连山不是什么好东西，歹竹出好笋的概率太低了。"

"你这么说就有点儿偏激了。"

"不是偏激，"唐罗抬头定定地看着尚昀，薄唇抿紧，"是教训。"

尚昀一时没说话。他比谁都清楚，唐罗脖子上那道险些要了他命的疤到底是怎么来的，所以他知道唐罗为什么会对女性如此戒备。但尚昀有自己要找的人，所以他能理解祁恬苦苦找寻宋旭晟时求而不得的焦躁，因此想帮帮她。

"祁恬和我的关系，不是你以为的那样。"片刻后，尚昀慢慢开口，"而且她这个人，性情坦荡，没有那些弯弯绕绕的小心思。"

“是吗？”唐罗低哼，“祁恬举报祁连山，转到经侦的材料，最早一笔可以追溯到十年前。十年前祁恬才多大？她那时就已经想好要留证备用了！这种心机，说一句深沉不为过吧？”

尚昀眼神微动：“十年前的证据？”他想起祁恬说过的话，“该不会是祁连山动手打人，祁恬的验伤记录吧？”

唐罗有些诧异：“你怎么知道的？”

“被打得那么惨，没点儿报复心才怪了。”尚昀压低眉眼，不欲再多说，敲了敲桌面，“结果出来没？”

唐罗看了眼屏幕，滚动鼠标：“出来了。”他快速扫过屏幕上所有标注“宋旭晟”的条目，一直半闭不闭的眼皮睁开了，“这个结果……”

他抬起头，有点幸灾乐祸：“昀子，要么你被祁恬骗了，要么祁恬被这个叫宋旭晟的骗了——这里的所有条目，没有符合条件的。”

尚昀敛眉：“什么意思？”

“我换个说法，这个系统里，没有二十八岁、叫宋旭晟的B市人。”

第十五章 请吃饭的都是大爷

这个结果出乎尚昀意料，他盯着唐罗："你确定？"

"当然。"

"那就把范围扩大到全国，在系统里再跑一次。"

唐罗不乐意了："那用时可就长了，一时半会儿出不来。"

"没事。"尚昀笑得和善可亲，拍了拍唐罗肩膀，"我不着急，周五之前告诉我结果就行。"

唐罗瞪大眼，然而还不等他抗议，尚昀抬脚向外走去："我记得你之前跟我说过，我的事就是你的事，让我千万别跟你客气。"说着回头笑了下，"不是骗我的吧？"

"你……"唐罗被他气得脖子都红了，伤疤更是红得发亮，半晌才拍着桌子，对已经关上的门吼了句，"这是你的事吗？这明明是祁恬的事！"

尚昀没听到那句怒吼，他走回食堂，正赶上光头去回碗，祁恬坐在桌旁捂着脸，一副不认识那人的神情。

"吃好了？"尚昀落座，端起碗继续吃，冲祁恬交代了句，"系统要跑一阵子，你耐心等几天。"

"好的，谢谢尚总。"祁恬犹豫了下，还是问道，"您欠我什么人情？我怎么觉得一直都是我在不停地欠您人情。"

尚昀停下筷子，似笑非笑地抬头道："你帮我打发了王楚楚，之前我就想过，如果你同意跟我出席S省的晚宴，我就帮你查查宋旭晟。"

"那件事呀，"祁恬恍然，有种自己占了尚昀便宜的错觉，"那不是因公出差吗？我还拿了出差补助呢。这都让您惦记着还人情……尚总你可真是个好人！"

祁恬由衷感叹，尚昀却笑不出来了，见光头端着碗往回走，他飞快地拿筷子戳了下祁恬额头："我不太想收这种'好人卡'。你要想报答我，就好好上班，多做贡献少'作妖'。"

祁恬动了动嘴，没好意思说，如果真有了宋旭晟的消息，她十有八九会辞职。

日子在惯常的忙碌中流水般淌过，如果王娟没来公司办理离职手续，那么这周的生活跟上周就没什么两样。祁恬在公司群里看到她的告别感言，呆坐片刻后叹了口气，转身继续审订即将与供应商签订的销售合同。

换位思考，换成她被同事看到祁连山暴打自己，她也会离职的。那种狼狈凄惨的样子，无论自己怎样占理，都是希望能被彻底遗忘的难堪记忆。

一周结束，祁恬周五下班前接到孙芸的电话，问她能不能接个急活，报酬好说。祁恬算着卡里的钱，欣然接受了，并表示自己年轻可以熬通宵，后天就能把活做完。

月落星沉，祁恬熬了两宿，在周日太阳升起时，伸了个懒腰，将卷宗一合，打算倒头就睡，恍惚间听到郭小圆在楼下喊她。

看了眼刚刚指向清晨六点的时钟，祁恬掐着额头把窗帘拉开了："别叫魂。天大的事，等我睡一觉再……说……"

楼下，郭小圆的身旁，尚昀正抬头看着她，注视自己的眼睛含着笑意映着光，仿佛盛了轮骄阳。祁恬揉了揉酸涩的眼睛："……尚总？"

尚昀双手插兜："我方便上去吗？有事要跟你说。"

祁恬周末两天过得晨昏颠倒，头脑发蒙，此时被他注视着，觉得清晨的太阳有点燥，晒得她耳尖发热。她扫了眼拦在前面的郭小圆，下意识地点头："那你上来吧。"

尚昀还记得上次来祁恬家见到的混乱，这次再进门时觉得比他预期好了不少，除了临窗的桌上摊着大量纸质案卷和几本法律相关的专业书，室内其他地方堪称整洁。

尚昀扫了眼桌面："公司的活？周末还这么早起来干？"

"不是。"祁恬把亮屏的笔记本合上，有点心虚道，"学姐给的私活，挣点儿外快。"

"你工资不够花？"

被老板发现自己做兼职，祁恬觉得有些尴尬："够，就是想多挣点儿，有备无患。"

尚昀不置可否："你也别太拼了，之前不是眼睛疼吗？后来还疼过没？"

"眼睛没事了，医生让我多休息少用眼。"

尚昀挑眉，忽然从专业书底下拉出个开了封的药盒："没事还吃药？"他低头看了眼，"药名在上头写着呢，他克莫司软胶囊。"

祁恬看着他眨眨眼，不吭声了。尚昀没来由地有点生气，不知道是气祁恬不爱惜身体，还是气她撒谎。

"你也说了医嘱是多休息少用眼，你这一桌子的资料，看了多久？"他伸手摸了下笔记本外壳，"电脑还是热的，你通宵了？"

祁恬没想到自己还没问尚昀这么早来有什么事，就被他追着一通质问。一年之前，她还没有多少被人关心的经验，此时被尚昀盯着，有些手足无措地抿住唇，莫名气弱："没通宵，睡了……"尾音在尚昀指向整齐得没一丝皱褶的床铺时消失了。

她顿了顿，给自己鼓劲："睡了俩小时，趴桌上睡的。"

“他克莫司吃了几次？”

“一次……两……三次吧。”

尚昀面无表情地看着她。

祁恬尴尬过头，有些恼羞成怒：“尚总，您一个男人，不抽烟，随身带着手帕和奶糖，能熟练地给小孩擦鼻涕，现在还来管我吃药次数，要求我早睡早起，您这做派不像年轻人，像我大爷。”

她从小独来独往惯了，没什么亲近的人，就算摔倒了也没人疼，从没想到长大以后会有人对她的生活指手画脚、管东管西。

尚昀浓长的眼睫一颤，被祁恬倒打一耙的说辞气笑了：“我怎么不知道你还有大爷？”

夹着几许凉意的笑声滑过耳畔，祁恬心头一跳，败下阵来：“我错了。”

识时务者为俊杰。

“前天下班的时候学姐给我打电话，她知道我现在用钱的地方多，就问我想不想帮律所编本书。”祁恬挺直腰板，站在尚昀面前老实交代，“海睿律所每年会出一本案件汇编，学姐忙着出庭，让我帮她把律所经手的案子做个初期分类。”

“孙芸周五给你的兼职，让你今天交？”

“那倒没有，我是想早做完早完事……哎呀尚总，您到底有什么事？总不能是来查我有没有早睡早起的吧？”

尚昀盯着她看了几秒，无奈地叹了口气，熟门熟路地从桌底的箱子里抽出两个软垫，往地上一扔：“坐。”

祁恬极有眼力地收起折叠椅，腾出地方，去门口拿了两瓶矿泉水，在尚昀身旁放下一瓶，乖乖在他对面坐下：“您指示。”

尚昀扫了眼长桌上摊开的各类案卷，伸手翻了翻，翻出之前看过的那块和田老玉无事牌，拿在手里看了片刻，在祁恬忍不住想问什么之前，把牌摆到两人中间。

“上周一，我请唐罗帮你查宋旭晟这个人，昨天半夜老唐给我打电话，有结果了。”

祁恬屏住呼吸：“看你的表情，结果不理想？”

“是。你没提供他的身份证号，唐罗只能根据名字去查。全国叫这个名字的共有 213 人。将生活轨迹缩小到 B 市及周边相邻地区，条件匹配的有 7 人。但结合你提供的年龄和性别，排查结果是没有。”

他看着祁恬的眼睛，又强调了一遍：“B 市及周边地区没有叫宋旭晟的二十八岁的男人。”

唐罗周一午间仅查了 B 市，结果显示无此人。接着按尚昀的要求将范围扩大到了全国，B 市常住人口只有几千万，全国却有十几亿。唐罗被尚昀拿话挤对住了，只能一边骂一边查，整个人差点儿气成一条河豚。

信息库数据庞杂，即使设定了查找条件，系统也跑了将近一周才出结果。然后尚昀昨天半夜被他电话轰炸，告知就算扩大范围，B 市及周边也无此人。

这个消息出乎尚昀预料，他原本想着同名同姓又符合条件的怎么也应该有几个，但居然一个都没有。直觉告诉他这不正常，但他找不出问题在哪儿，所以一大早来找祁恬，想从她的反应中看出端倪。

但祁恬怔住的神情太过自然，显得比他还意外："一个都没有？这不可能。全国这么多人……"她定了定神，"尚总，唐警官在什么数据库里查的？采集的信息全吗？"她揣摩着尚昀的神色，"是全国公民身份信息系统？B 市及周边地区没有，那其他地方呢？您这么说，是全国其他省市的人有满足条件的吧？"

"你这反应速度……"尚昀捏着鼻梁，笑了下，"你到底为什么非要找他？还是不能告诉我吗？"

祁恬瞬间闭嘴。

尚昀捏了下手指，关节发出脆响："你之前说话挺坦率的，咱俩聊天也很痛快。怎么一说这事你就变哑巴了，大爷我觉得很失落。"

祁恬用眼神对他这种占口头便宜的行径表示鄙夷："尚大爷，我觉得我有权利保有自己的小秘密。"

"即使代价是再也得不到我的帮助？"

"……您这么说就伤感情了啊。"

"是吗？"尚昀优雅后仰，单手搭在屈起的膝盖上，从发丝到指尖都在完美诠释"仗势欺人"几个字怎么写，"我就不明白这人有什么不能说的，是他教祁连山家暴你和你妈，还是祁连山贪污的那些钱其实都上供给他了？又或者祁连山出轨去观郦是他引的路？"

祁恬被他离谱的想象力和破下限的毒嘴震惊了："尚总，相信我，他要真对我家干了那些事，他现在坟头的草已经够割一筐喂猪了。"

"那就不是关系到你切身的事。"尚昀眯眼，食指抬起来冲她一点，"他伤害了你朋友？"

祁恬瞳孔微缩。

尚昀挑眉："我猜对了？"

祁恬意识到不能再跟尚昀这么聊下去，再聊下去，哪怕她一句话不说，家底都能被他掏出来。她其实一直想找个合适的人好好吐槽一下宋旭晟做过的那些事——无论是叶素娟告诉她的，还是许姝雯加了滤镜的回忆，都把她恶心得够呛。

但一来找不到合适的人选，二来祁恬始终觉得许姝雯一世聪明，最后栽在这么个小人身上，实在不是件光彩的事。许姝雯自始至终都不认为自己被骗了，站在旁观者的角度看，她就像个陷入爱情眼盲心迷的痴情女，而答应了她遗愿的自己，也是个不自量力、不辨是非的笨蛋。

这与她的性情不符，甚至有悖她做人的一贯原则——做错了事的人就该被惩罚。可如果找到了宋旭晟，她不仅不能惩罚他，还得替许姝雯好好看看他。祁恬只要一想到许

言，就觉得自己被许姝雯坑成了个笑话。

知道这一切，不想看到他讶异好笑的神情。虽然她说不清为什么不想

，但她宁可就这么一直扛着，也不想向他解释必须找到宋旭晟的缘由。

阴晴不定的脸色：“怎么不说话了？”

“因为再说就涉及别人了。”

以说，别人的事不行？”

不能说？”

发怒：“你和别人有什么不同吗？”

：“我

心你。”

了一下

想转头回避迎面而来的灼灼视线，但下一秒还是忍

尚昀对视。

嘴唇，尚昀看出她的外强中干，瞬间心软，含糊地笑了

的笑容好似与往常不大一样，夹杂了些喟叹，又十足温

黑瞳孔中的审视更甚往昔，映出她的影子。

”

？”

”尚昀修长的食指点住放在两人间的那块玉牌，“或者说，我见过

你见过？”

昀低着头，“他也有块玉牌，和这块的工艺和色泽类似，但牌面

……一只猪。”

的笑意，带着奇怪的情绪：“我曾经怀疑那只猪是他自己瞎刻的，

刻彩绘和累丝盘纽都工艺高超，只有那只猪丑得刺眼。”

的睫毛一抬，看向祁恬：“我之前跟你说制作玉牌的工艺在Y省见过，但没

Y省的。”

小海豹式鼓掌：“您咬文嚼字的本事，我甘拜下风。”

这种玉虽然也叫和田玉，但它白度高，透光度却不好，是产自G省的一种白玉，

在当地叫罗甸玉。”尚昀将点在玉牌上的手指收回，双手交握。

“你这块玉是宋旭晟的，我朋友也非常宝贝他的那块玉。如果不是你说宋旭晟是你的仇人，我甚至怀疑……”尚昀紧紧盯着祁恬，不放过她任何表情变化，“你是我朋友的恋人。”

“……我活了二十三年，今天才知道我还有位尚未谋面的男朋友。”祁恬一脸冷漠，坚定地拒绝，“您朋友一定是个好人，别让他跟宋旭晟扯上关系。”

“你说得对，我朋友的确是个好得不能再好的人。”尚昀点点头，又丢下一枚重磅炸弹，“其实我也在找人。”

祁恬想起上次唐罗说的那个“也”字：“找你的朋友？”

尚昀淡淡地看着她：“找我朋友的恋人。”

“……你那位朋友不叫宋旭晟吧？”

“不叫。”

“我觉得您想偏了。”祁恬皱眉，“您刚才也说了，工艺和色泽类似，但两块玉的款式并不一样。这说明就算两块玉都出自G省，也肯定不是同一批，相互之间没什么关系。就是同一条流水线上生产出来的工业品。”

“可是你为了找宋旭晟，不惜伪造照片参加节目，随身带着他的玉，还对他的消息格外上心。怎么看，他都不像你的仇人。”

尚昀还有完没完，祁恬一点儿都不想跟他讨论宋旭晟和自己到底是什么关系，气得干脆不说话了。

拿起放在地上的和田玉无事牌，尚昀向前倾身，摊开手掌同她对视。

“这块玉是他的东西，他亲手送给你的？”尚昀看着祁恬微微颤动的茶色瞳孔，嗓音沉冷低柔，“你这么要强，却费尽心思地去找一个连身份证号都不告诉你的男人，这让我很惊讶。”

他劝诱她：“就算宋旭晟不是我要找的人，但说不定有什么联系。跟我说说这个人，我帮你判断他值不值得你这么上心。”

祁恬僵着背脊一动不动。两人间的距离太近了，近到祁恬可以清晰地看到尚昀英俊的脸上闪过的每一个细微表情。他的嗓音近在咫尺，带着股隐然的强势，连同他温热的呼吸一同涌来，将她困在方寸之间。

两人一时僵持住了，因为身高的差距，祁恬被迫仰起脸看着尚昀。片刻后，她不知想到了什么，嘴角勾起，一丝笑声从喉咙里溢出，带着点警告。

“尚总，您是以什么身份跟我说这些话？”

“领导？朋友？还是别的什么？”祁恬强迫自己微笑，沉住气与尚昀对视，“您该不会是照顾人照顾习惯了，想当我爹吧？”

尚昀被问得上身后仰，拉开距离看向祁恬：“你……”

“我之前提醒过您，有什么话想明白了再说。”祁恬琥珀色的眼珠冷冰冰的，却又有团火焰在里面燃烧，“您是我的什么人？要来关心我的交友和树敌？”

尚昀侧腮绷起一根筋，暗自磨牙。是啊，她是自己的什么人，为什么自己要一而再再而三地诱导她，甚至用气势逼迫她？他想知道她与宋旭晟到底是什么关系，他对她的关注已经远远超出公司里的其他人。

祁恬毫不退让地同他对峙，眼神深邃，虹膜被窗外的阳光照映成华丽的金茶色，下睫毛长得过分，让这气势汹汹的瞪视中莫名多了几分娇气和嗔意。

尚昀额头的青筋突突轻跳，最终还是率先转开了视线——雏鸟太拧巴，不能逼得太紧，否则飞跑了得不偿失。

他问道：“我能相信你吗？”

祁恬飒然一笑：“我一直都值得您信任。”她的笑容坦荡无畏，仿佛可以扫清世间一切阴霾雾霭。

于是尚昀也无奈地笑了，他发现自己对祁恬总是格外宽容，就像冰冷的冬雪，若是融化了，会变为软得不行的水滴。

“好吧，那就等你想说的时候咱们再谈。”尚昀的气息重新变得温和，他站起身，向祁恬伸出手，“饿不饿？我带你去吃早饭。”

祁恬看着眼前骨节分明的手指，把他的话原封不动地还回去：“彼此彼此，什么时候尚总想说自己的秘密了，我都愿意听。”

尚昀哭笑不得：“你可真够公平的。”

“我要是真的公平，现在就该问您要找的人叫什么名字了。”祁恬轻哼，虚搭着他的手指站起来，“毕竟，您已经知道我要找的人叫宋旭晟了。”

“可惜我不知道我要找的人的名字，否则我肯定告诉你。”

“连自己要找的人的名字都不知道，您觉得我信吗？”祁恬呵呵一笑，伸出手，“玉牌还给我。”

尚昀不动声色地握住玉牌：“这玉牌跟你的风格不搭。”

祁恬撩了下眼皮：“那我跟什么风格搭？”

“你这么漂亮，更适合色彩艳丽的红蓝宝石。”玉太温润，与祁恬直接率真的性格格格不入。

祁恬合理怀疑尚昀在口头占她便宜。她想起之前参加慈善晚宴的那身行头，表情有点一言难尽。尚昀的审美不是不好，但实在太张扬了。他披着一身温和优雅的君子皮，骨子里却仿佛天生就喜欢当面打别人的脸。

祁恬把玉牌从他手里抠出来：“尚总，红蓝宝石都是刚玉，沾着‘玉’字呢。”

尚昀眉头轻挑："你在跟我抬杠？"

"哪儿能呢？"祁恬抿着嘴，笑得甜蜜又虚假，"请吃饭的都是大爷。"

尚昀带祁恬去了附近一家酒店，酒店一楼提供早茶自助。酒店风格很复古，有服务员推着餐车在过道上穿梭，餐车上摆着一小份一小份的茶点，每碟数量三到四个，食客有想吃的就自己动手拿。祁恬看着餐车上琳琅满目的早茶点心，有点儿犹豫。

"想吃什么就拿，自助的，吃不吃都那么多钱。"

"品种好多，我都想尝，但是吃不完。"祁恬看了眼餐桌上明晃晃的"光盘行动"宣传牌，觉得自己选择障碍了，"不能浪费。"

尚昀看着她对美食不自觉地露出垂涎的神情，又想起前几天她站在机关食堂里左顾右盼犹豫不决的模样，有点儿想笑。他叫停餐车，将所有点心都取下一盘，又要了双公筷。

"你先吃，吃不了的我收尾。"

祁恬看着面前二十多个盘子，震惊了："您确定……您吃得完？"

即使南方茶点比北方早餐的馒头、煎饼精致小巧，但那也是米面做的主食，种类这么多，就算每样只尝一口，祁恬也觉得量太大了。

尚昀把公筷递给她："夹吧。"

祁恬接过筷子。她一个人吃饭吃惯了，很少与别人分享同一个盘子里的食物。因此这种她先吃尚昀收尾的模式让她觉得既新鲜又不好意思，毕竟她从小就被教育不能在餐桌上先动筷子。

她不知道这样吃饭其实很暧昧，只是下意识地觉得不太妥当。她不知道只有家人或恋人才会自愿帮对方收尾，特别熟的朋友都不一定行。但祁恬没经验，她再敏锐都想不到那一层，关于恋爱，她知识点完全是空白的。而尚昀不知是有意还是无意的，根本没打算提这一茬。

拿着公筷，祁恬一口气夹了好几样，鲜虾饺和牛肉肠粉是必吃的，还有咸水角、叉烧酥、红米肠、萝卜糕、豉汁凤爪、糯米鸡、上素腐皮卷和燕麦流沙包……每样夹一个，祁恬面前的碗里很快堆起来，筷子悬在个头有些大的榄仁萨其马上犹豫着。

尚昀撑着头，眼皮都没抬，化解她的纠结："觉得一块吃不下就掐半块走。"

祁恬恍然大悟，开心地举一反三，把所有大块头的点心都掐了一小块，然后毕恭毕敬地将公筷呈给尚昀，示意他可以收尾了。

尚昀拎起筷子在盘子里轻轻一点，扫了眼祁恬面前的碗："确定够了？"

"吃完这些，午饭都省了。"祁恬知道自己眼大肚子小，现在两个碗里都堆得冒了尖，她压力很大。

尚昀看懂了她的神色，好笑又无奈："你好奇心太重了，什么都想尝试。"

“感恩尚总，让我终于体验了一把成年人不做选择题的美好。”祁恬为五斗米折腰折得毫无压力，尚昀嘴角微扬。

“吃你的吧，拍马屁都拍得这么没诚意。”

祁恬笑嘻嘻地喝了口汤，低头细嚼慢咽起来。慈善晚宴时尚昀就注意到了，祁恬的吃相很好，小口小口吃得很专注，速度却不慢，咀嚼时很安静，筷子从不磕碰餐具，喝汤时端着盅，垂首直腰——是被专门教导过的样子。

祁连山在她身上下过血本。尚昀想着，飞快地清空几个盘子，一抬眼见祁恬边吃边直着眼睛发愣。

“想什么呢？”

祁恬回神：“唐警官查的时候，有符合条件且在G省的宋旭晟吗？”

“还在琢磨他的事？”尚昀听见这个名字就烦，皮蛋酥都不香了，“有没有又怎么样？你还打算去G省找他？”

祁恬有点儿泄气：“要是有手机号就好了，那样还能打电话问问。”

“你连他的手机号都没有？”

“曾经有，”祁恬堵心地叹了口气，“存在手机聊天记录里，后来手机摔坏了，资料全没了。”说罢，她低头咬了口萝卜糕，再抬头见尚昀正半垂着眼皮看她，见她望来，一边的眉毛缓缓抬高。

祁恬愣了两秒，整张脸突然亮了：“尚总，您该不会刚好有这些宋旭晟的手机号吧？全国公民身份信息系统里查到的？”

“嗯哼，”尚昀点开手机，给她传了份文档：“挨个试吧，全国范围内能对上年龄、性别的也就二三十个。我这服务怎么样，童叟无欺，还包售后。”

祁恬看着文档里被贴心地按省市划分好的数十个电话号码，热泪盈眶：“尚总，你可真是个好……”尚昀抬起筷尾指向她，威胁地眯眼，祁恬痛快改口，“……男人！”

“好男人”总比“好人”强点儿。尚昀暂时放过她，有点嫌弃地看着她神采飞扬的脸，嘴角弧度扩大了几分：“这么高兴？只是拿到电话号码，又不是找到这个人了。”

“饭要一口一口吃，路要一步一步走，我不贪心！”祁恬把手机捧在胸前，“唐警官可真是个好人——尚总，谢谢您！”

“你一天不发‘好人卡’就难受是吧？”终究让她说出“好人”二字，尚昀气笑，眼见祁恬五官全都舒展开了，艳色肆意扑面而来。

初夏的风很温柔，吹过桌椅间窄小的过道，掠过祁恬明媚的笑颜，沾染上她的气息，回旋撞进尚昀胸口，他不着痕迹地按了按胸膛，感到手心处传来的温热和怦然。

神情微动，尚昀正想说什么，放在桌上的手机忽然响了。他接起来，一听声音就笑了：“老唐，正念叨你呢，你电话就进来了。”

唐罗在那边骂："别念叨，你一念叨我准没好事！一个破人名折腾了老子一礼拜，我跟你说，跟这事有关的都别再找我了，再找绝交！"

"瞧你说的！"尚昀失笑，站起来往外走，敲下祁恬的肩膀让她继续吃，"昨天半夜打电话就算了，这一大早又来电，是有什么事？"

祁恬见尚昀走到酒店外面跟唐罗通话，也没心思吃了，擦干净手，对着号码表开始拨号。

酒店外，尚昀站在路边的垂枝樱下，纤细的枝条被一簇簇沉甸甸的花朵压得垂落，花团簇在一起，亲吻着他的肩膀。

尚昀伸出指尖轻触花蕊，听见唐罗在那边哗啦啦地翻纸，也不着急，等了片刻，听到他问："之前你是不是给部里打过报告，申请恢复钉子的手机号？"唐罗的声音在话筒里有点儿失真，"部里批了，你什么时候来一趟，我把钉子的SIM卡给你。"

尚昀的手指一下僵住了，半天没反应过来："批了？钉子的？"

"批了。"

尚昀怔了会儿才开口："好事。"嘴里说着好事，表情却没跟上。尚昀在遇到措手不及的事情时习惯先摒除一切激烈情绪，只保留机械的冷静。

唐罗了解尚昀，在电话那头陪着他沉重呼吸，一个字都没说——沉默在电话两头蔓延。

片刻后尚昀忽然笑了一声，再说话时嗓音寒凉："好事。我今晚去找你，叫上光头，咱哥几个攒个局。"

挂了电话，尚昀在原地站了片刻，勉强收拾好心情，走进酒店。坐回餐位，尚昀注意到祁恬眉头紧锁，正对着手机发呆。

"怎么了？"

"您回来了。"祁恬抬头，仿佛刚注意到他，神情还有点儿没反应过来，"我……刚给这二十多个宋旭晟打了电话，"她有点儿不知道该怎么说，顿了许久才慢慢开口，"其中大部分以为是诈骗电话或者广告，说不了两句就挂了，还有些说的是方言，我听不太懂……我觉得没有哪个是我要找的人。"

"都不对？"

"我打通的感觉都不太对。"

尚昀轻点桌面，他现在也有情绪，没什么耐心同祁恬绕圈子："没打通的呢？"

"只有一个号码没拨通，但提示音说是空号。"祁恬迟疑了下，看向尚昀，"全国公民身份信息系统里登记的号码，应该都不是废号才对。"

"应该吧。"尚昀语气有些敷衍，"也可能是最近才注销的，系统没来得及更新。"

"这样啊……"祁恬难掩失望地叹了口气，如果一直没有希望倒还好，最怕这种仿佛看到了希望，那希望却又转瞬破灭，格外考验人的心理承受能力。

端起冷掉的汤喝了一口，祁恬迅速收拾了心情："没事，过两天我再挨个打一遍试试——您怎么了？"她抬起头，发现尚昀的脸色很难看。

只是出去接了个电话，这男人周身的气场就全变了。如果说出去之前他是碧波万顷的悠扬平湖，那现在就是黑暗无边的莫测深海——在平静的水面下，暗藏着无数惊涛骇浪。尚昀的情绪管理向来到位，在公司里哪怕真生气了，也顶多是笑着重罚，让下属后悔莫及。

但此时，他一贯稳定的情绪有了波动，一股被他压在深处、凶猛的狂气散发出来，铺天盖地，化为他周身挥之不去的阴霾，让人不敢靠近。

祁恬直觉不妙："出什么事了？"

尚昀敛眉，一时没心情回话。唐罗的电话唤起他不好的回忆，那些回忆让他全身每根神经都紧绷着，战栗直达脑髓，思绪仿佛回到了一段耗尽他的青春热血，努力在地狱中挣扎的日子——他神情冷酷又模糊。

祁恬没来由地心悸，在他手背上揪了一下："是唐罗打来的电话？到底出什么事了？公司的事？有业务牵扯到刑侦了？"

"说话啊，只要不是人命关天，打官司我保你不输！"

疼痛和祁恬的聒噪唤回了尚昀的神志。视线聚拢，尚昀看到祁恬正紧张地盯着自己，手指捏着他的衬衫袖口，嘴里叭叭说个不停，像只笨拙的、跳来跳去、努力吸引他注意的雏鸟。尚昀下意识地舒缓了神色，周身戾气消弭，气息重新变得温润。

"是唐罗。不是你猜的那些事。"

祁恬松了口气，犹豫下，咬着嘴唇问："那他到底跟你说了什么？"

尚昀看着她，明明在笑，眼神里偏偏带着压抑不住的戾气和阴郁："真想知道？"

祁恬一顿，想起自己之前拒绝探知他秘密时说过的话。这不像她。祁恬清醒地意识到自己越界了。她一直固守与尚昀交往的安全边界，礼貌地站在线外，耐心地等待他主动告诉自己一些事。她谨慎地踩着边缘反复横跳，压抑本能，小心试探，告诫自己不能鲁莽。毕竟好奇心不仅是最好的老师，也是朋友间友谊细水长流的阻碍。

但今天尚昀的情绪爆发得太突然了，她实在忍不住。赶在后悔之前，祁恬重重点头："想知道。"

尚昀没想到祁恬会坚持："不是什么好事。"

"能说吗？"祁恬又向前迈了一步。

尚昀终于露出苦笑："……稍等，让我编一下。"

还没等他编好，祁恬鼓起勇气迈出的两步就迅速缩回去了："别勉强。"

她想了想，找了个相对安全的话题。

“唐罗跟你是发小，你俩一起上学一起择业，为什么他去了公安局，你却在华恒集团做总裁？”

祁恬不再打破砂锅问到底，这让尚昀松了口气，却又有些失落。

“因为唐罗在刑侦口，有些任务很危险，如果科技发展快，能让一些任务的风险降低。华恒集团是我父亲创办的，虽然是民企，但有不少涉及军工的专项研发。老爷子让我接手公司的时候跟我说过，想回馈社会，有很多条路。”

吃完最后一块茶点，尚昀将空盘摞到一起。

“所以我就回公司做富二代了。有钱挺好，可以做很多事。”

“比如？”

“比如，可以让好人不再流血又流泪。”说这句话时，尚昀握着水杯看向祁恬，瞳孔在背光处呈现出一种极深的黑，像在压抑着某种强烈的情绪。

祁恬能察觉他所说的，接手华恒集团的理由不全是实话，但她恍若未觉：“钱的确是好东西，有铜味没臭味。只有那些拉不下脸去挣钱，看到别人挣钱就眼红，还在暗处使坏的人，才有臭味。”

祁恬总有很多奇思妙想和稀奇言论。尚昀看着她的微笑，神情渐渐放松，眼神宽和又纵容。刚才如果祁恬没有坚持叫他，他就要克制不住温和的谦谦君子面具下，那一丝从灵魂深处冒出的、丑陋隐秘又见不得人的愤恨了。虽然他并不介意自己的真面目被祁恬看到，但也不想这么快就暴露自己丑陋的一面。

“再等一等……”尚昀想。等到祁恬的处世变得更加圆融，适应这个社会的运转规则后，他会亲口告诉她。她心中有永不平息的孤勇和热血，想必可以接受他的那些惨痛过往。

“真好。”尚昀想，“有她在，真好。”

第十六章 乖，安静点儿

吃过早饭，祁恬站在路边目送尚昀开车离去，随后一边消食一边往便利店走。太阳已经升得很高，人行道上日光跳跃，晨风温柔吹拂，槐花在枝头自在摇曳。祁恬站住脚，举目四望，宽阔的马路上车水马龙，生机勃勃。尘世喧嚣，让她低落的心情也慢慢热闹温暖起来。

“没关系。”她安慰自己。失败乃成功之母，今天这些电话都不对也不要紧，她反抗祁连山也是很多年才成功的，只要有足够的耐心和毅力，就没有解决不了的事。翘着嘴角，祁恬踱回便利店，一抬眼，正对上郭小圆惊讶的眼神。

“你怎么没跟尚昀一起走？避嫌？”

祁恬一头雾水：“避嫌？避什么嫌？”

“今天要上班啊，你怎么不坐他的车去公司？还省得挤公交……”郭小圆见祁恬一脸迷茫，顿觉不妙，“这个周日要上班啊，劳动节放假调休，你忘了?!”

……她还真忘了！

祁恬一下汗就出来了，赶紧给尚昀打电话。

“尚总，您走远了吗？”祁恬有些心虚，“我忘了今天要上班……您方便掉个头捎我一段吗？”祁恬看了眼店里的时钟，“八点半了，坐公交的话我要迟到了。”她刚才跟尚昀早饭吃到最后气氛有点儿严肃，两人都满腹心事，谁也没提调休的事。

“今天上班？”尚昀的语气有点疑惑。

祁恬松了口气——连老板都忘记了，这个锅砸下来她就不怕了，有高个的扛。

“是啊，劳动节调休，今天要上班。”

“我记得周五邹莹让办公室通知全员，周日没什么事可以不用去公司，正常双休就行了。”尚昀顿了顿，“法务部有急事？”

“……没有。”祁恬想起周五下班那会儿，公司的办公群连着响了好几百次。

当时孙芸刚好来电话，等她接完点进去，满屏的“收到”和“感恩”，她以为是哪位大佬发红包，往上翻了十几下也没看到，手机还因为信息太多开始卡屏，她不耐烦再翻，干脆息屏不管了。现在想来，那应该就是办公室发的周日不用上班的通知。

祁恬干笑：“我忘了。”

“现在放心了？”尚昀把手机开了外放，“消消食就上楼睡，别熬夜把脸给熬黄了。”

祁恬嘴角一抽：“劳您费心，我等下把稿子给学姐送过去就睡。”然后习惯性地礼尚往来，“您呢？今天怎么安排？”

“晚上约了唐罗和光头一起喝两杯，”尚昀的声音经过话筒有些淡，“散散心。”

“喝酒啊，”祁恬下意识地皱眉，“您心情不好喝酒其实……去哪儿喝啊？”

“酒吧。”

祁恬对酒吧实在没什么好感，没忍住啧了一声：“酒吧鱼龙混杂的，您可小心点儿，别喝醉了被人仙人跳。”

尚昀似乎笑了下：“你不想我去酒吧？”

祁恬垂眼：“酒吧什么的，我有心理阴影。”

“哦。”隔着手机，祁恬觉得尚昀在笑，“那……你现在是以什么身份来劝阻我去酒吧？”他的笑声轻且哑，并无半分喜悦，虽然心情不好，却还顾着彼此的情面，以祁恬一个多小时前刚说的话来反问她，“你是我的什么人？”

祁恬无意识地蜷起手指，觉得尚昀那向来温润的嗓音，掺杂了几分阴郁和苍凉。

她沉默不语，尚昀却不放过她：“祁恬？怎么不说话了？”

他的声音低哑上扬，祁恬用力咬住唇角，仿佛这样才能抵抗内心一阵阵酥麻的痒意。

她强迫自己不去管那痒意，集中心神对抗话筒中仿佛带着水汽的声音：“我在反省，我就是华恒集团的员工，拿钱办事，不该管其他的。”祁恬恨自己“声控”这一属性总是不合时宜地冒头，“我多管闲事了，您当我什么都没说。”

说罢，她挂断电话，无视郭小圆充满好奇的八卦之眼：“我先去睡会儿，睡醒去给学姐送稿子。”

郭小圆气得把握在手里的扫码枪一丢，双手叉腰：“你就没什么想和我说的？”

“没有。”祁恬冷漠，“我现在只想睡觉。”

一觉睡到黄昏，祁恬醒来后神清气爽，心情都好了不少。她拿起手机，给孙芸发了条消息。

对方很快回了电话，却不说稿子的事：“稿子什么时候送都行。”孙芸的语气有点儿凝重，“祁恬，你认识一个叫李梓盟的人吗？”

“李梓盟？”祁恬觉得这个名字很陌生，“不认识，怎么了？”

“这人不知道从哪儿打听到咱俩的关系，跑到律所来找你。”孙芸拉了一下百叶窗，有点烦，“来一下午了，问他找你什么事他也不说，这会儿还跟会客室里坐着呢。一会儿我们该下班了，要不你来一趟，把他领走？”

“男的女的？多大岁数？”

“男的，看着岁数跟你差不多，二十三四岁吧。”

祁恬拧着眉想了半天，还是觉得自己没听说过这号人：“行，我把稿子带给你，顺便看看是什么人。”祁恬将东西一收，快步下楼。

“哟，睡醒了？”刚到店里，郭小圆没好气的声音响起了，“饿不饿？来吃点儿？”

祁恬步子一顿，看向收银台，郭小圆正趁着没人，蹲在后面吃关东煮。

“你让你哥来替个班，回家吃点儿正经的行不行？”

“他那边今天生意出奇地好，顾不上我。”郭小圆站起来，向街对面努努嘴，“明天过节，今天都跑出来买瓜子花生了。”

说完她见祁恬背着双肩包，皱眉道：“干吗？你要出去？”

“嗯。”

“那你什么时候回来？我还等着问你和尚昀怎么回事——哎！”

郭小圆还没说完，祁恬已经几步出了店，气得她追在身后喊：“你现在不跟我说，回头我拉着我哥一起堵你！”

“别这样。”祁恬招手拦车，匆匆回头看了她一眼，“我先去找学姐，有人找我找到她那儿去了。”

郭小圆皱眉，还没来得及说什么，祁恬已经坐上出租车扬长而去。

车刚上主路，郭小圆的消息就进来了：

恬恬，谁找你找到孙芸那儿了啊？

祁恬低头回复：

不知道，学姐说那个人叫李梓盟，我没印象。

隔了会儿，郭小圆的语音进来了：

“恬恬，不会跟你爸有关吧？你什么准备都不做就过去安全吗？”

“学姐说他跟我差不多大，应该跟我爸的案子没什么关系。”

“前两天我听说有个开发商打算把我们这片拆了统一规划，那个开发商就姓李，和这个李梓盟有没有关系？”

“姓李的那么多，哪有这么巧的事?！你别听风就是雨的，跟着其他人瞎聊。”

“哦。那你自己小心点儿，有事给我发消息。”

"好。"

祁恬合上手机，把拆迁这事在心里过了几遍，觉得不对。茶马北街在二环边上，规划向来谨慎，不应该传出这种谣言，还是说……谁在试探民意？

思索间，海睿律所到了。祁恬下车，直接去了孙芸的办公室："学姐，稿子给你。"

孙芸接过来随手一放："走，我带你去会客室看看。"

推开会客室的门，祁恬刚走进去，那个叫李梓盟的男孩就站了起来："祁小姐。初次见面，冒昧打扰，见谅。"

祁恬看着他，男孩长着一张娃娃脸，寸头，皮肤微黑，镜片后的眼睛狭长，整个人看起来温暾腼腆，一点儿都不像能厚着脸皮在孙芸律所一坐一下午的人。

"李先生。"祁恬点点头，"咱俩没见过面，您为什么一定要找我？"

"我有求于您。"李梓盟不紧不慢地开口，"您现在借住在别人家，我冒昧登门不合适，华恒集团庙太大，我进不去，只能来这里叨扰孙律师了。"

说着他转头冲孙芸歉然微笑，却只得到孙芸戒备的眼神："你调查祁恬？"

"我有求于人，总要知道什么筹码能打动对方。"李梓盟的声音不急不躁，目光牢牢地锁在祁恬的脸上，那种直视程度远超出礼貌寒暄的范畴，"祁小姐，孙律师这里要下班了，咱们换个地方详谈？"

祁恬皱眉看着他，能感觉到李梓盟看向自己的眼神不是男人见色心喜的目光，其中暗含的打量与探究让她感到不安。但越是不安，她越要弄明白他到底想做什么。

"好，去哪儿？"

李梓盟想了想，掏出手机："稍等，我查一下附近……"他仔细看了看手机，抬头道："5 号酒吧，行吗？"

祁恬顿了下："银锭桥那里？"

"对。"

"走吧。"

"祁恬！"孙芸抓住她的胳膊，"我陪你去！"

"没事。"祁恬反过来安慰她，"学姐，下班了你赶紧回家，明天就放假了，好好休息。那地界热闹得很，你别担心。"

许久不去银锭桥，祁恬跟着李梓盟到地方后吓了一跳。

古旧高大的牌楼旁是四处延伸的湖，成排的绿柳沿街栽种，等天气再热点，会有垂柳拂水、荷花满池的盛景。

临水的岸边有条商业街，因为今天是小长假前夜，许多酒吧茶馆的招牌早早就亮了，原本青砖灰瓦的湖岸变得五彩斑斓。

斜阳西下，火树银花不夜天的绚烂景致吸引了数不清的游人驻足，满街辉煌的灯火将黄昏的天空映成淡金色，条条金色流云在空中游弋，明明暗暗的光影中，一轮白月显得分外皎洁。

阵阵混合了酒气与香水的味道杂糅在空气中，祁恬下意识地抬手一握，仿佛握住了浸满B市繁华的纸醉金迷。自从不再追着祁连山抓小三，她已经很久没有来过这么热闹喧嚣的地方了。

李梓盟仿佛对这里很熟，他带着祁恬七转八拐，在一排酒吧间挑了个最不起眼的门脸钻了进去。

进门的瞬间，爆炸般的音浪差点儿把祁恬掀翻。一波一波的欢呼，光芒四射的球灯，台上把控全场的歌手，舞池中随着音乐摇摆的人群，一起组成了一幅疯狂放纵的浮世绘。

“祁小姐，找地方坐，我去买点儿饮料。”四周太吵了，李梓盟罩着嘴，凑到祁恬耳边喊话。他说完向吧台挤去，祁恬举目四顾，待在这种环境对她来说简直是种折磨。

这间酒吧门脸极小，内里却大得要命，挑高的屋顶不像其他店那样隔出第二层，而是吊满灯具和音箱。

酒吧内光线明暗交替，时而亮得刺眼，时而暗得伸手不见五指。祁恬的眼睛无法适应光线的迅速转变，只能垂着眼皮四下寻找空位。

在第四次侧身让过酒保和喝高了的顾客后，祁恬终于找到空位，刚坐下来就觉得有人在看自己。她撩了下眼皮，没去寻找视线来源，抬手撑住额角把脸挡住了。她对自己的长相有自知之明，不想招惹是非。

“昀子，看什么呢？”

厚玻璃底的酒杯磕在桌上，唐罗抬手示意酒保续杯，转头却见尚昀凝神望向昏暗的酒吧深处。

“……没什么。”尚昀收回视线，浅浅抿了口酒，“看到个言行相悖的熟人。”

祁恬不让他喝酒，自己却跟着别人跑来酒吧，可不就是言行相悖！

“哪个熟人？过去打个招呼？”光头从旁边的高脚凳凑过来，抖出两支烟递给他们。尚昀摆手拒了，唐罗接过来点燃。

“不去了，省得败兴。”尚昀低声哼笑，想起件事，看向唐罗，“老唐，还记得钉子那块玉不？刻了只猪的。”

唐罗抽烟的动作顿了下，片刻后缓缓吐出个烟圈：“你是说他最开始以为是汉白玉，后来又以为是和田玉，最后才发现其实就是块普通罗甸玉的那块？”

“对。”

“记得啊，怎么不记得。”唐罗见光头疑惑地看着他俩，漠然地冲他喷了口烟，“那块玉后来不是没找见吗？早碎了吧。”

“祁恬有块形制类似的，就是没刻猪。”

唐罗眼珠动了下，看向尚昀：“你想说什么？”

光头在旁边插话：“你们到底在说什么？什么猪不猪的？”

两人都没理他。

“我在想……祁恬要找的人，会不会就是钉子？”

唐罗看了他半晌，隔着尚昀将光头凑过来的脑袋推开了：“你别想了，她要找的人叫宋旭晟，有名有姓，哪个字跟钉子都对不上。”

“再说，全国这么大，哪有这么巧的事？要真这么凑巧，我倒要怀疑是不是有什么阴谋了。”

光头在一旁拿酒瓶敲吧台：“是兄弟不?！你俩别背着我开小会！”

“乖，安静点儿。”唐罗把烟塞进光头嘴里，“少说话多抽烟。”

尚昀见光头叼着两根烟直瞪眼，无奈地笑了声：“你是嫌他肺还不够黑？”他抽出其中一根掐了，又看向唐罗，“你说的不无道理，但她那块玉也是罗甸玉。”

“有可能这两块玉都是G省产的，但流通渠道不一定一样。”唐罗兴致缺缺，又取了根烟点燃，“你这判断太草率了，肯定没过脑子。”他看了尚昀一眼，“以前你可不这样，怎么着？温柔乡，英雄冢，看上祁恬了？什么事都得先考虑她？”

尚昀半晌没说话，忽然自嘲地笑笑：“你说得对，是我想多了。”

李梓盟从人群里挤到祁恬所在的桌旁，将手中的托盘放下：“我点的气泡水，祁小姐尝尝。”

托盘里有两杯透明无色的液体，微小细密的气泡从杯底源源不绝地往上冒，冰块在其中沉浮着。

祁恬端起高脚杯嗅了下：“汤力水兑金酒？”

李梓盟一怔：“祁小姐懂行。”

祁恬放下高脚杯：“这是鸡尾酒，不是气泡水。你故意说错的？”

李梓盟被当面揭穿也没不自在，神色自若地将托盘上单独摆放的玻璃杯推了过去：“一点儿酒都不能喝的话就喝这个吧，这是番茄汁。”

祁恬知道酒吧里有番茄汁卖，但大多数都卖不出去，只能被酒保拿来调酒。很少有人会单独点这玩意，口感黏腻不说，味道还又酸又咸。请她喝这个，李梓盟是想来跟她结仇的吗？

“你找我到底什么事，现在可以说了吗？”

李梓盟端起鸡尾酒，慢条斯理地抿了一口，开门见山道："我想请祁小姐帮我举报李家。"

"对不起，"祁恬怀疑自己幻听，她捏着耳朵，往前凑了凑，"你再说一遍？"

李梓盟拿起餐巾压了压嘴角，抬眼微笑："我想请祁小姐，助我举报南城李家。"

"你是说做房地产生意的那个李家？"祁恬拧眉，"你跟那个李家什么关系？为什么找我？"

"我是李家的私生子，我找上祁小姐，是觉得祁小姐同我一样，爹不疼娘不爱的，对我的处境必定能感同身受。"

祁恬眼神冷下来，她一点儿都不觉得把祁连山送进去是什么值得炫耀的事："如果你是因为我举报了我爸，就觉得我能帮你举报李家，那你未免将我想得太高了。我能力有限，你还是另请高明吧！"祁恬说罢，站起身要走，却被李梓盟从背后拉住了。

"祁小姐，李家跟你父亲也有牵扯，你不如等我说完再考虑是否拒绝我。"

这事跟祁连山还有关系？祁恬回头，冷眼看向李梓盟："你说的是实话？"

"左右都是一查便明的事，我何必骗你？"

李梓盟说得诚恳，祁恬却不敢全信。这男孩长着一张老实巴交的脸，眼神却相当冰冷，狭长的眼皮夹着深棕色的眼，瞳孔细小，看人时就像冷血动物昂起了头。

"行，我听你说。"祁恬坐回去，甩开李梓盟的手。四月末气候温暖，李梓盟的手却凉得惊人，像蛇的皮，毫无温度。

"我父亲是南城李家的掌舵人，李家靠做地产生意起家，极为有钱，近几年跟你父亲就职的科淮集团有利益往来。"

"你是怎么知道的？"

"我父亲虽然不太看得上我，但李家的事倒也不会刻意瞒着我。"李梓盟笑笑，"科淮集团是国企，资金使用受国家管控，很多事情做起来不顺手，所以私下里李家有几笔闲置资金让渡给科淮集团使用了。不知道科淮集团的账面是怎么做的，但这种行为本质上是企业间资金拆借，是违法的。你父亲进去后，这几笔钱的事目前李家没人敢提。"

祁恬面色凝重起来，飞快地捋清其中的关系："科淮集团打算赖账不还？"

"至少近期不会还，科淮集团现在还处在风口浪尖，如果突然又有几笔大额支出，很容易让人起疑。"李梓盟淡淡地看了她一眼，"钱收不回来，我父亲最近挺急的。"

"所以让你来找我？"祁恬觉得这个锅她不能背，"科淮集团不还钱这事能赖我？"

"李家向来不讲理。"

祁恬抿唇，觉得有点儿烦，没想到举报祁连山还能牵扯出别的事。

"这件事其实也没那么麻烦，"李梓盟看出她的烦恼，劝诱道，"李家做的违法事不止这一件，祁小姐如果能出手，帮我把我父亲也送进去，就不用为这几笔钱发愁了。"

祁恬下意识地冷笑："你们两家企业违法关我什么事？我是为了显个头才长的脑袋？"她点了点桌面，"我爸在科淮集团就是个中层，这几笔账就算过了他的手，也不是他一个人能吃下的。你现在不该来找我，该找能在科淮集团做主的人。"

"如果我真想要回这些钱，自然不会来找祁小姐。"李梓盟神情平静，"我父亲让我想办法追回这些钱，但我只想送他去坐牢。"

他伸手抹去酒杯上凝出的水珠，语气轻描淡写："这几笔钱不是小数目，我父亲如果拿回它，下一步不知道又会去做什么缺德事。依我看，这些钱越晚收越好，最好等我把他送进牢里再说。"

这是什么钩心斗角的豪门闹剧?！祁恬扯着嘴唇，讽刺地笑笑："你是为了跟正房嫡子争权夺利?"

"我对李家的权和利没兴趣，他家从根上就是烂的。"李梓盟抬起的目光幽深冰冷，充满着掩饰不住的仇恨，"如果可能，我甚至想换掉我这一身血。流着跟我父亲一样的血，让我感到恶心。"

祁恬被他的态度镇住了，片刻后问道："你跟李家到底有什么深仇大恨?"

李梓盟看着她："他——我父亲，强奸了我的母亲，生下了我。"

祁恬吸了口冷气："所以你是想替你母亲报仇?"

李梓盟平静的神情突然破碎了，年轻的面孔瞬间扭曲："母亲？不，那个女人……不是因为她。"他看了看周围的灯红酒绿，"祁小姐，你信吗？这世上就是有不爱孩子的父母。"

"我母亲为了不让我出生，喝烈酒，骑野马，冬天出门趴在雪地里……这些都是我记事起天天听她念叨的。可惜我命硬，还是被生下来了。"他脸上笑着，眼神却很冰冷，坐在热闹的人群里，仿佛无家可归的孤魂，"我母亲脑子有问题，你知道她是怎么变成这样的吗？因为她企图掐死我，被我父亲揪着头发撞墙，生生给撞傻了。"

李梓盟仿佛又回到了那个到处飘着尘埃浮土、仿佛生了锈的世界，空气干燥肮脏，天空是泥土的颜色。破旧的房间里，窗户灰蒙蒙的，窗框上还有细细的铁栅栏。屋子的一角垒着土台，上面有一台黑白电视机。

在G省的一个小山村，一座普通的民房里，电视里的《新闻联播》"飘着雪花"，幼小的孩子蜷坐在地上，身上是大大小小的新旧伤痕，脖子上还有青紫色的掐痕。疼吗？孩子不知道，但比起疼痛，他更多的是不明白。不明白"妈妈"这个词其实并不代表憎恶唾弃，"爸爸"这个词也不代表谩骂殴打。

他还小，但也知道自己所处的环境是危险和不健康的。他将自己的存在感缩到最小，双眼盯着电视，假装听不到身后被称作"父母"的两人在扯发抠眼、号叫怒骂。

他的母亲又泼又野，面对他父亲李成也丝毫不肯示弱，被扯住头发拖到地上还能破口大骂，孩子间或听到几个零星的词语：强奸、畜生、杂种。

虽然他只有四岁，但他已经知道这些词的意思了。没有人关心他脖子上的伤，就像没有人关心他的母亲究竟是怎么被他父亲从隔房的大哥那里夺来，又被迫生下了他。

屋门被李成撞开了，他拖着女人离开了房间，巨大的撞击声从院子里传来，年幼的李梓盟瑟缩了下，把头埋进突出的膝盖骨里，假装自己是块没有心跳和体温的石头。

李梓盟的整个童年就是在那样的混乱中苦苦挣扎过来的。直到某天清晨醒来，他的母亲不再对他横眉冷眼、满脸厌弃。那个泼野得与整个死气沉沉的村子都格格不入的女人，正歪嘴斜眼、口水横流，看着他嘿嘿傻笑。

这是李梓盟从幼年到成年的噩梦，很长一段时间里他都被困在那个清晨，一闭眼就能清晰地复原出每个细节，他震惊又绝望。那种粗糙、沙哑、悲伤的感觉，仿佛处在垂死的边缘，让他感到非常害怕。

“都是家暴，都是从小被打……”李梓盟冷冷地笑，看向祁恬，仿佛想寻求某种支持，“祁恬，我觉得咱们是一路的，只有你才能懂我。”

祁恬一点儿都不想跟这个看起来随时可能发疯的人扯上关系：“我不懂你。我妈最初跟着我爸时是心甘情愿的，即使到了现在，他们之间也还有感情。”

但她至少知道了，为什么李梓盟身上会带着一种毫无保留的、随时准备与什么人什么事玉石俱焚的气势，就像汹涌到极致即将破灭的浪花与泡沫。

“李梓盟，李家在B市发迹，你爸妈是什么时候来的B市？”

“我六岁以后。我父亲从G省来了B市后，攀上了个好岳父才发的家，至于我母亲……她永远留在G省了。”李梓盟没什么暖意地笑了笑，“我被父亲带来B市后，听说我母亲没过几年就去世了。他们在G省从没领过证……我刚来B市的时候，是个黑户。”

他嘲讽地笑了笑：“我后来偷偷打听过，我母亲原本是李家另一支长房订下的媳妇，在家很受宠，否则脾气也不会那么倔。”李梓盟闭了闭眼，“不知道我父亲是怎么哄骗的她，听村里人说，两个人也好过一段时间，只是没到一年，就成了怨偶。”

李梓盟的脸上没什么表情，看不出任何情绪：“我父亲在她怀孕后就离开村子找门路赚钱去了。他在G省边境混了五六年，我不知道他在外头干什么，村民却都说他出息了，赚了大钱，是村里头一批能翻盖新房的人。”

直到有天下午，李成带着几个满嘴普通话的男人来到村里，说这些B市来的大老板是响应国家扶贫政策，前来考察调研，打算给村里修一条直通县城的公路的。于是在李梓盟六岁那一年，他和母亲成为阻碍李成前往B市的绊脚石。

他母亲跟李成虽是怨偶，但好歹也在一张炕上睡了那么多年，现在李成有了好前途，转身就不想认他们，这让他的母亲勃然大怒，叫嚣着既然李成背信弃义，就别怪她去告他强奸，让他去不了B市。

后来李梓盟想，如果没有他，他的母亲也许不会做得那么绝。毕竟女性再嫁，在G省农村并不少见，但带着他这么个拖油瓶，母亲显然没有太多选择。因此，他母亲一边咒骂李梓盟是丧门星，企图掐死他；一边守在村口，想在B市大老板出现时，揭穿李成那似忠实奸的面目。

然后呢？他母亲被李成生生打傻了，李梓盟也被他父亲以“同宗没了父母的可怜孩子”为名收养，带到B市。

故事告一段落，酒吧内依然人声鼎沸，但祁恬和李梓盟所在的卡座，气氛却沉闷压抑。

李梓盟将前情说完，看向祁恬：“祁小姐，我的这些往事，能否让你生出点儿恻隐之心，帮我一把？”

祁恬吸了口凉气：“我同情你，但我帮不了你。”她忍不住叹息，“你都二十多岁了，如果早几年，还能在追诉时效内起诉你父亲强奸，但现在……经济案我不擅长，你另请高明吧。”

李家的水太深，祁恬很清楚自己有几斤几两，先不说李梓盟的话是真是假，祁恬也并非孤身一人，她背后有要保护的人，不会轻易去为陌生人冒险。

李梓盟见她要起身，忽然笑了下：“果然，想以情打动祁小姐，是有些难。”他看着祁恬，轻声询问道，“既然如此，我换种方法？”

“你想干吗？”祁恬警惕地看着他，“先说好，我富贵不能淫，威武不能屈。”

“我知道祁小姐不会被利益收买。”李梓盟面色不动，“所以我想试试……以势压人。”

“你什么意思？”

“祁小姐，听说过旧城改造项目吗？”

祁恬连三拒绝：“没听过，不想听，你别说。”

李梓盟笑了，像条暗夜里吐出信子的蛇：“既然祁小姐不想听，那我就长话短说了。”

第十七章 咱俩的关系见不得人

祁恬在李梓盟说出要以势压人时就感觉不妙，但她没想到还会牵扯到郭小圆。李家的地产生意最早在 B 市南城，早年间南城地贱，他们赶上了好时候，低买高卖，十几年运作下来，已经成为地产界的“新贵”。如今这“新贵”的手终于从南城伸到了马连道，也不知他们究竟付出了什么代价，竟然拿下了政府对茶马北街的旧城改造工程。

旧城改造是指对老城区街道、路网、水电、通信局部或整体有规划地改造，从根本上提升居民的生活品质。在这一过程中，需要拆除部分建筑，拓展道路，对居民进行迁移，以保证改造工作顺利开展。说白了，就是茶马北街整条街道上所有商铺的生死去留，在不影响总体规划的前提下，全在李家一念之间。

郭小圆家的干果铺和便利店都在这条街上，李梓盟不知怎么查到了祁恬跟郭小圆的关系，今日找上门来，显然是做了充足的准备。光影明暗间，祁恬看着李梓盟志在必得的脸，磨了磨后槽牙，她知道这事不是开玩笑。

“李少爷，你对旧城改造有多大话语权？”

李梓盟用指尖敲了下桌面：“我学的是城市规划。虽然这次的改造方案是我父亲找专业团队做的，但我的一些建议他们也会采纳。”

祁恬撑着脸，不屑地“哦”了一声，笑道：“因为这事，所以你爸着急用钱？你一个私生子说的话他真能听进去？”

李梓盟也笑道：“祁恬，激我没用。”

“那什么有用？”

“帮我举报李家。”

祁恬心说“我可去你的吧”，嘴上却道：“李少爷，你对‘举报’这个词存有太高期待。”

“如果顺利的话，旧城改造项目就会暂停。”

“暂停之后呢？就算你们李家倒了，也还有王家、赵家等一大堆地产商捧着钱盯着这个项目。政府既然想改造茶马北街，除非 B 市白皮书中 B 市的发展方向变了，否则这个项目不会被取消。”祁恬沉下脸，她不喜欢跟蠢人废话。

“李梓盟，你比我更清楚李家是什么样的庞然大物，你父亲不择手段将李家发展到如今的模样，就算不是根深叶茂，也是牵一发而动全身。相比之下，我爸就是个农村出来的穷小子，举报李家跟举报他完全是两码事。李家做大到如今的地步，你真以为区区几份举报材料就能动得了吗？你不怕惹火烧身吗？”

“你怕？”

“怕，我怕死。”祁恬冷笑，“你自己要下海，别拖着我一起，我怕被淹死。”

李梓盟静静看了她片刻：“我以为你学法律，是为了弘扬正义。”

“你是不是对我的职业有什么误解？”祁恬坐在他对面，笑得如芙蓉夜放，眼神却是冰冷的。

“举报也好，学习法律也罢，我从来不是为了自己畅快才去做那些事的。就算祁连山最后被绳之以法，我也不会觉得开心。因为我知道这个过程有多艰难，而在这个艰难的过程中我又付出了什么样的代价。除此之外，我还要忍受这一切的后果，忍受自己很多时候的无能为力，并将长久地忍受下去。这些都是捍卫正义的下场。李少爷，你有这样的觉悟吗？”

祁恬将很长一段话说出来，李梓盟的眼神微微波动：“我可以有。”

祁恬烦躁地甩了下垂在胸前的头发：“李梓盟，你是不是听不懂人话？我不会帮你，你有钱，去找愿意帮你的人行不行？”

“即使我用郭家的那两间铺子威胁你，把他们列进首批搬离名单，你也不松口吗？”李梓盟狭长的双眼微眯，闪烁着暗光，像一条嘶嘶吐信、昂首准备攻击的黄金蟒，“祁恬，我做得出来。也许我在旧城改造上确实没有太多话语权，但区区两间铺子，我还是做得到的。”

这下真是拿捏住了祁恬的软肋。她吃软不吃硬，如果是自己的东西被人这么要挟，祁恬就豁出去不要了，哪怕亲手毁了，也不会让李梓盟得逞。但眼下，被拿来威胁她的不是东西，是郭小圆和郭大壮，是郭家的经济来源，她不能为逞一时之气，武断地替他们做决定。

“你为什么紧盯着我不放？”

“因为我一个人扳不倒他们。我恨我的父亲，恨那些手握权力肆意玩弄他人命运的人。我不想放过他们，我以为你也是这么想的。”

“我举报我的父亲，是为了让我母亲能活下去。”祁恬站起来，居高临下地俯视他，“也许你我皆是为了一己之私去做举报这件事，但我不会为了自己的私事将不相干的旁人拖下水。但是你呢？你以无辜之人做筹码，在他们不知情的情况下要挟我，你的做法，和你恨的那些人又有什么区别？”

“你身在苦海，就一定要拖旁人一起入苦海沉沦。你不觉得亏心吗？”祁恬冷眼看着他，以犀利的言辞反击他，“李梓盟，你难道不怕被你拖下水的人，最终对你倒戈一击吗？”

李梓盟面色不动地抬头看着她：“如果你真要阵前倒戈，那我也认了，是我眼瞎，以为你疾恶如仇。”他微微勾起嘴角，坦荡地同她对视，“现在我只问你，帮或不帮？”

“非得是我？”

“我的同路人不多，想与之倾诉的人更少。”李梓盟眼神微动，“我没有太多选择。”

祁恬盯着他，胸口起伏，片刻后拍了下桌面，从牙缝里挤出一句话：“我考虑考虑。”

“尽快考虑，下周就要正式通知了。”李梓盟细长的眼睛愉悦地弯起来，“别这么生气，即使没有旧城改造的事，我也会选择你。”

祁恬抬腿要走，却被李梓盟接下来的话钉在原地。

“我知道你在找宋旭晟，我认识他。”

祁恬猛地转身：“你认识他？”

“认识，我来 B 市之前，他带着我玩了两年。”

祁恬呼吸都轻了，她重新坐回卡座，带着期待的眼神：“G 省？和你一个村？他现在还在那儿吗？”

“我不知道。”李梓盟坐在卡座里，双手交握搭在腹部，圆圆的脸看起来诚恳极了，“但我在村里时他也在，他比我大六岁，会带着我到处玩。他和他爸爸是难得的对我好的人。”

那是十六年前的事了。祁恬算着时间追问：“最近这半年你们有联系吗？”

李梓盟笑了笑：“祁小姐，我确实还有些关于宋旭晟的信息，但我只告诉我的合作伙伴。”

祁恬恼火地吸了口气：“我怎么知道你说的是真话？”

“我没办法自证，我甚至无法保证我认识的宋旭晟就是祁小姐要找的人。但是，祁小姐想找到宋旭晟的心情应该挺迫切的吧？”李梓盟笑得欠揍极了，“如果祁小姐寻人的心意是真的，那怎么会放过任何一个可能的线索呢？”

祁恬下意识地攥紧手指，开始思考干脆动手揍他一顿，说不定能揍出点儿信息，反正这里群魔乱舞，就算警察来了，她也能说自己是喝断片儿了。然而她眼神刚刚一凝，李梓盟就敏感地朝卡座里缩了缩：“祁小姐，你应该不想给别人留下不好的印象吧？”

“给你吗？求之不得。”

“当然不是我。”李梓盟很有自知之明地摊开双手，以示无害，用眼神示意她去看吧台，“我调查你，自然也会调查你周围的人。我能查到郭家兄妹，怎么会查不到小尚总与你的关系？”

“尚昀和我的关系？”话题跳得太快，祁恬有点儿接不上，“他和我什么关系？”

“本来我也觉得你俩没太大关系，但刚才我去点酒时，他特意让酒保给我拿了杯番茄汁。我觉得他是给你点的……你觉得呢？”

祁恬看向吧台。吧台比酒吧其他地方要亮得多，祁恬一眼就看到一颗锃光瓦亮的头，正冲自己笑着挥手，指间燃烧着香烟，红点明灭。

祁恬抿住嘴，视线扫向他周围，寻找尚昀。赵钦身旁还有两个人，其中一个藏在吧台的阴影里，身形笔挺瘦削，看不清样貌。另一个人低头背靠吧台，头顶变换的光线勾勒出他轮廓分明的面部，出色的相貌在明暗变化间有种难以言喻的邪性。

那人垂着眼，对周围或隐晦或热辣的打量漠然以对，双臂撑在吧台边缘，手指松松握住酒杯，衬衫敞开，袖子挽到手肘，领带搭在结实的胸膛上，裸露出大片紧实的皮肤，在灯光下充满诱惑。

可能是祁恬的注视太放肆了，他突然抬头望过来。祁恬轻轻吸了口气——居然真是尚昀。隔着烟草的雾气，祁恬觉得尚昀看起来凌厉又陌生，眉眼沉郁，充满攻击性，与平时克己守礼的模样完全不同。

她看不清他眼底的光，下意识地握紧盛着鸡尾酒的玻璃杯，拇指摩挲着沁凉的杯壁。两人对视着，视线交错穿过舞动的人群和绚丽的灯光，祁恬好像忘了“非礼勿视”几个字怎么写，目光直愣愣的，毫不躲闪。

“刚才要离开孙律师律所时，我的人给我发消息。”李梓盟向前倾身，凑到她耳边，“说小尚总到5号酒吧借酒消愁来了，我本来不信，但现在看，消息居然是真的。”他的吐息和他的皮肤一样冷，让祁恬寒毛直竖。

“看小尚总的样子，似乎喝得有点儿多。”

祁恬没理他，表情平静，眉目纹丝不动，谁都听不到她内心的咆哮——尚昀怎么在这儿？他早就看见自己了？一直在看自己和李梓盟交谈？她还记得尚昀早上接完电话之后的状态，如果不是还有自知之明，她很想立刻冲过去拉他离开这鬼地方。但她还记得尚昀电话里问过的话，知道自己并没有立场约束他喝酒。

“祁小姐，两间铺子加宋旭晟的消息，交换你出手帮忙。”李梓盟看着祁恬姣好的侧颜，语气充满诱惑，“我的诚意满满，看你的决定了。”

祁恬知道，仅仅为了“宋旭晟”这三个字，她都没办法拒绝李梓盟。他是这么久以来，第一个明确说知道宋旭晟的人。但她现在不想理他，她的视线被尚昀牢牢吸引，流连在他敞开的衬衫和紧实的肌肤轮廓间。

尚昀忽然扬了下唇角，将手中的酒一饮而尽。他喝酒时下颚仰起，露出滚动的喉结和深长的锁骨，迷人的阴影和流畅的线条暴露在暧昧流转的光线中，惹人遐想。然后他慢条斯理地抬起手，给衬衫多系上两粒扣子。

将杯子扣回吧台，尚昀忽然竖起手指冲祁恬点了点，像质询，又像警告。祁恬心跳漏了两拍，绷着波澜不惊的脸收回视线，正要同李梓盟说话，眼角余光却看到尚昀忽然动了，他站直身子，笔直地朝她所在的方向走来。

祁恬的额头顿时神经质地跳了下，没来由地心虚——她前脚刚跟尚昀说去酒吧不好，后脚自己就来了，不仅来了，还喝着李梓盟请的饮料，欣赏着尚昀的肌肉。怎么想怎么不合适，她猛地站起身：“给我几天时间，我回去考虑考虑。”

李梓盟意味深长地笑了笑，没有为难她：“那我就静候佳音了。”说着，他将番茄汁推过去，“喝点儿东西再走，毕竟是他人好意请的。”

祁恬不想接，鬼知道这男人经手的饮料安全不安全，但余光看到尚昀已经走进舞池，马上就要穿过疯狂的人群走过来了。祁恬不敢再与李梓盟周旋，端起番茄汁一饮而尽。番茄汁里的冰块化得恰到好处，稀释了浓稠的液体，祁恬来不及嫌弃味道，匆匆扯了张纸巾把嘴一擦，向酒吧后门蹿去。只要没被当场抓住，回头尚昀问起来，她就矢口否认——什么酒吧？她怎么可能去酒吧?!

舞池内摩肩接踵、随着音乐摇摆的人太多，尚昀挤了半天才走到一半。他突然停下来，看了眼祁恬落荒而逃的背影，视线转向李梓盟。李梓盟坐在卡座里，隔着半个舞池向尚昀举杯示意。这个看似老实的男孩，此刻笑得乖张又阴森，视线若有所指地飘向后门，似乎随时准备将画皮一掀，龇着血腥的獠牙给逃走的祁恬来一口狠的。

危险的神情一闪而过，却足以让尚昀警惕。他很早就听说过李梓盟，这人在B市的生意圈里很出名。因为他不只兴趣爱好与众不同，行为处事也喜欢剑走偏锋，透着随心所欲的邪性。

尚昀回头看向吧台，光头身旁，一直躲在阴影里的唐罗往外挪了两步，迎着尚昀的视线点头，示意这里交给自己。于是尚昀不再耽搁，在人群中换了个方向，快步走向酒吧后门。

与酒吧正门外那条喧嚣的街道不同，后门外是条安静的胡同，专供住在附近的居民进出。祁恬之前来过几次，出后门往左走十几米，就能拐进一条被砖头封死的小巷。

此时暮色已起，胡同里隔十几米亮着一盏光线柔和的路灯，小巷中却没什么灯光。祁恬走进小巷深处，打算翻墙抄个近路，离开酒吧。

“你跑什么？”

身后突然响起声音，祁恬吓得差点心跳骤停。她回过头，巷子光线暗淡，尚昀站在巷口矮墙的阴影里，半明半暗的脸上看不清是什么神情。

“尚总？”祁恬捂住怦怦乱跳的胸口，“您怎么出来了？您朋友呢？我看到赵经理和……那个是唐警官吗？”

“对。”

“您专门出来找我啊？”

“是啊，我专门来问问你跑什么。”

“我……”祁恬顿了顿，故作镇静地咳了一声，“有一个叫李梓盟的人带我来这儿，来之前我不知道您也在。他有事找我，说着说着忽然扯到您身上，我觉得他不怀好意，就先溜了。”

尚昀看了她片刻，嗤笑一声：“你不想让他知道你认识我？咱俩的关系见不得人？”

“那倒不是。我觉得他不是好人，不想跟他过多纠缠。”

“你的感觉挺准。”尚昀随意地应着，一步步走进小巷。

祁恬忍不住缩了下肩——她一直都知道他走起路来气场十足，此刻巷子幽暗寂静，愣是被他走出步步杀机的感觉。

“你是不是认识李梓盟？”见尚昀走到近前，祁恬下意识地偏了下头，又转回来，“他去吧台点酒时你看见了？”

“嗯。”

“你嗯哪一句？”

尚昀半阖着眼皮看向她，平日里温和无辜的五官被酒气侵染，显得尖锐，甚至有些飞扬。月光下睫毛的阴影顺着眼尾的弧度垂下来，透出种高高在上睥睨一切的气势。

“我知道他，认识谈不上，”酒精影响了尚昀的中枢神经，他的语速比平时慢，“但他肯定认识我。”

说着他皱了下眉：“他还是点酒了？我特意让酒保送了杯番茄汁，他没拿？”

“他拿给我了，你知不知道那番茄汁直接喝特别难喝？”

尚昀抬了下眼：“你不是说喝酒不好？”

“……”

尚昀喝酒喝成这样居然还有余力关心她，祁恬觉得他这种老父亲式的操心简直感天动地。

“尚总，唐警官和赵经理还在酒吧等你，你快回去吧，我这就回家了。”

“急什么？”酒劲涌上来，尚昀昏沉沉的，脾气不太好，“让他们等着。”

祁恬抽动嘴角，见他真没打算回去，就把自己好奇的问题问了：“你跟李梓盟怎么认识的？你俩看着不像一路人，玩不到一起吧？”

“谁说我们认识？”尚昀酒喝了不少，气色看起来却和平时没什么区别，还不忘纠正祁恬的语病，“我知道这个人，但没打过交道。”

“那你也不知道他什么性格？我今天才认识他，他就要我帮忙举报他全家，我觉得他疯得不轻。”

尚昀轻哼，一贯沉稳的语气里透出刻薄：“狗咬狗，是他们李家能干出来的事。”

祁恬抬头，盯着他的瞳孔：“怎么，这还是他家传统？”

“兄弟阋墙、弟抢兄妻、隔房如仇，说的就是他们家。”尚昀喝酒不上脸，就是说话不懂得委婉了，哼了一声，“你跟他打什么交道？回头被卖了还帮着人家数钱。你什么时候变得这么蠢了？”

祁恬见他好像醉了，便原谅他口不择言："大概是因为你早上请的那顿自助餐太丰盛，直到现在血液还停留在胃里，舍不得往脑子里流？"

尚昀的声音像无根的浮萍，飘得过分："是吗？我怎么觉得是早上没把你喂饱，你才来酒吧续个摊！"

"什么叫没把我喂饱？"祁恬眼见两人的对话犹如脱缰的野马，一路滑向深渊，拉都拉不住。原来尚昀喝多后理智也会随着酒从肾走，上面哪句话是他清醒时能说出口的？

深吸了口气，祁恬盯住他逆光的脸，生不起气来。要是换个人这么一句句挤对她，她早甩手走人了。但对方是尚昀，在酒吧撞见他，祁恬总觉得理不直气不壮。轻咬嘴角，祁恬收着下颌抬眼瞅他："那李家和李梓盟到底怎么回事，你给我讲讲？"

她很少用这个角度看人，只在求人时才这么做，百发百中。尚昀显然也吃这套，祁恬素白的一张脸，桃花眼眼尾微翘，琥珀色的双眸泡在一汪秋水中，潋滟有光。他看着她清透的眸子，呼吸忽然有点沉。

"南城李家，做地产生意的。当家人李成是李梓盟的父亲，李梓盟借他的势，做了全国爬宠协会理事，B 市百分之九十的爬宠交易背后都有他的影子。"

"爬宠是指什么？蛇？"

"不止，蜥蜴、变色龙，爬行纲的动物他都玩儿，我听说他养着一千多条蛇。可能是跟这些动物接触多了，他性格有点儿怪，想法跟一般人不一样，你少沾他。"

"好。"祁恬本来就觉得李梓盟疯，此刻更加警惕，"但他拿郭小圆威胁我。"

"郭小圆？"尚昀抬手揉了揉额角，"你具体说说。"

祁恬飞快地将事情说了一遍，最后坦白道："我打算跟他合作，他有宋旭晟的消息。"

尚昀有点儿不高兴："你为了宋旭晟要去蹚他家的浑水？"

"不光是为了宋旭晟，"祁恬有点儿不自然地避开他的视线，"帮他的理由有好几个，宋旭晟只是其中一个。"

尚昀冷笑了下："还有什么理由，说来听听。"

"还有……郭家两间铺子不能因为我没了，哪怕最后能多给点儿赔偿呢。李梓盟的母亲如果真是被强奸的，虽然追诉期过了，但能做出这种事的人肯定不会只犯这一次，我看不得这种人逍遥法外。"

尚昀看着她，心里不太舒服。宋旭晟、郭小圆，这女孩总为得到的一些善意在意许多人，却偏偏对他的好意视若无睹。

"这么说，你还打算跟李梓盟去 G 省？"

祁恬犹豫了下，点点头："之前你帮我查到的那些电话，有一个空号是 G 省的，我想借这个机会一起查查。"

"那你打算去多久？怎么请假？"尚昀逼近一步，"祁恬，你刚转正可没年假。"

两人离得近了，祁恬能闻到他嘴里呼出的气息，麦芽香气和汤力水的苦涩交织在一起，清冽醉人，她忍不住退开几步："我……我回去想想办法。"

尚昀定定看着她，忽然皱眉："你跑什么？"

祁恬莫名其妙："我没跑啊。"

"我跟你说话，你往后退。"尚昀突然伸手将她拉近，"刚才在酒吧也是，我想过去提醒你小心李梓盟，你居然从后门跑了。"

祁恬的手腕被尚昀握住，他的手掌坚硬如铁，五指蹭过自己手腕的动作却极轻，仿佛羽毛拂过，带着种温柔。

祁恬全身都僵住了，尚昀掌心的热度化成酥酥麻麻的奇怪触感从她的毛孔钻进去，迅速流过每寸血管，扎进心脏，在她柔嫩的心尖上毫不留情地电了一下。至此，祁恬可以确定尚昀是真的醉了，否则他不会这么强硬地拉着自己不放手。

"说啊，看到我为什么要跑？"尚昀心底有点儿怒气，又觉得这怒意很虚浮，像随风晃动的火苗，随时都会被吹灭，怪异得很。

胡同里透过来的光洒在尚昀裸露出的皮肤上，形成暧昧的色泽。他梗着脖子，颈侧的肌肉紧绷，酒意蒸发，有汗珠慢慢渗出，向着衬衫衣领内滚落，气氛暧昧又迷人。

祁恬咽了口唾沫，强迫自己挪开视线："我觉得你看到我在酒吧肯定会唠叨，说我不该去酒吧之类的。"

她在尚昀面前难得气短，整个人又乖又软："其实我对酒吧有阴影，毕竟祁连山好几任小三都是在酒吧里被我捉奸的。"她之所以熟悉酒吧的酒水勾兑，也完全是跟祁连山斗智斗勇的结果。

尚昀半阖着眼皮，呼吸沉缓，也不知听进去没，握着祁恬手腕的手一直没松开。片刻后他慢慢点头："你以后也别来这种地方。去G省的事你再考虑考虑，李梓盟不是什么好人，你别急着做决定。给我几天时间，我想办法调查一下他说的话是真是假。"

祁恬眨了下眼，不明白尚昀为什么要把她的事情揽过去，但还是乖巧地点点头："好的，我不急。"

"你也别背着我胡来，如果李梓盟在这期间找你麻烦……"

"我就揍他。"

尚昀本来想说让她来找自己，但祁恬一接话就煞风景，让他已到嘴边的关心和叮嘱顿时都说不出来了。抬起眼皮扫了她一眼，尚昀觉得祁恬的腰比初见时更细了，忍不住笑她："揍他？你不嫌手疼？"

尚昀的声音低沉，在耳畔响起，又好像是从很远的方向传来，如流水潺湲。

祁恬脸颊一阵发烫，强忍住捏耳垂的冲动，凶恶地抬手："要不咱俩来比比？"

"比什么？"尚昀闷笑，伸手握住她虚张声势的拳头，"比打架？我让你一只手你也……”

说到一半，尚昀终于意识到两人此刻的姿势极为暧昧，他一只手拉着祁恬的手腕，另一只手将她握起的拳头完全包住了，彼此面对面站着，四目相对，周围突然安静下来。

祁恬被尚昀握住拳的时候，心跳都停了一下，继而又以更猛烈的速度起搏，将浑身的血液往脸上送，头脑一片空白。她看着尚昀深黑的眼眸和被酒气熏红的眼角，心跳极快，隐约间像是触到了什么，又不明晰。周围翻腾的酒气被两人的呼吸吹拂着，慢悠悠地在空气里飘荡。

尚昀忽然闭了下眼，放开祁恬的手，靠着墙慢慢坐下：“抱歉，我今天心情不好，拉着老唐和光头出来陪我喝酒散心，喝得有点儿多，失态了。”

他的手一松，祁恬就觉得皮肤上被碰触过的地方一阵凉意，她下意识地摩挲了两下，心率慢慢恢复正常：“你们三个都是开车来的？需要我叫代驾吗？”

“不用。”尚昀像是酒醒了点儿，半低着头，脸上的表情看不太清，“你陪我待会儿？酒劲过了我叫代驾，先送你回家。不用管光头他们，他们自己会走。”

祁恬低头看向他，尚昀穿的还是早上来找她时的衬衫西裤，两条长腿曲着，双臂搭在膝盖上，领带被他扯下来攥在手里，衬衫还有三颗扣子没扣好——这是一个完全不符合他性格的、有些脆弱的姿势。

隔着一条街巷的酒吧街灯火通明，小巷里却基本上没有灯光，尚昀整个人就隐在这样一片黑暗里，让祁恬本来躁动的心有些发软。

“行，陪你待会儿。”祁恬在他身边坐下来，一时也不想跟他说什么，空气里还残留着淡淡的尴尬。

祁恬偏过头，看着小巷矮墙的缝隙，那缝隙间生长出一株黄色野花，在夜风里摇曳，她伸出手，在花瓣上点了点。

身旁传来尚昀的问话：“李梓盟下午找的你？”

祁恬收回手：“他直接去了学姐的律所，指明要找我。”

“你留他的联系方式了吗？”

“没有。”祁恬这才想起来没有李梓盟的电话，倒也不急，“无所谓，反正他调查我，肯定有我的电话。”

“他的事明天再说，我今天脑子不转。”尚昀搓了把脸，“你怎么不问我为什么心情不好？”

祁恬觉得喝多了的尚昀有点儿烦人：“你心情不好肯定跟早饭时唐警官打来的电话有关，我那会儿问过你，你不说。现在我不想问了，你也别说，我看你能憋到什么时候。”

尚昀盯着她，眼眶微微发红，好像祁恬欺负他了似的，声音又低又哑，带着点儿压抑的委屈：“我偏要说！”

祁恬觉得这个男人真是贱，她绷着脸："那您说。"

杜松子酒强劲的后劲翻上来，尚昀的眼神有些茫然："我朋友去世了，我心里难受。"

祁恬愣住："节哀。什么时候的事？今天？"

尚昀沉默了半晌，缓缓摇头："不能说。"

话说一半是最遭人恨的。祁恬恨不得把尚昀倒过来拎着，倒出他脑子里的酒。

然而尚昀的悲伤太过真实，他背靠着墙，肩上几点暗光，半阖的眼中透出沉郁苍凉。这个男人心里藏着太多说不清道不明的东西，让祁恬忍不住叹了口气。

"行，你别说了，"她觉得自从认识尚昀，自己的脾气都好了不少，"秘密就烂在心里吧。车钥匙给我，我送你回去。"

祁恬用老年代步车的速度，慢悠悠地开着BJ80把尚昀送到家，车熄火后将车钥匙递过去："赶紧回去休息，我先走了。"

尚昀没接，他人有点儿昏沉，抬起眼皮看了祁恬一眼："上去坐坐？"

祁恬挑眉，细白的手指在钥匙圈里转着，似笑非笑道："尚总，三更半夜，孤男寡女，您邀请我去您家坐坐？"

想什么呢?！祁恬没当回事，伸手帮他把安全带解了，推开驾驶室车门准备下车，忽然觉得自己的裤腰被人扯了下。回过头，只见尚昀靠在副驾驶室的皮椅里，半睁着眼，表情无辜又迷茫，仿佛那只勾住祁恬牛仔裤腰袢的左手与他毫不相干。

"尚总。"祁恬叫他，"你打算借酒装疯？"

尚昀似乎觉得眼皮千斤重，听到祁恬喊自己，皱着眉睁眼看她："我没有。"

祁恬发自内心地觉得自己真不是什么好人，一边觉得尚昀酒后有点儿烦人，一边又想多看两眼他失态的样子。

"那您是舍不得我走？"话脱口而出的瞬间，祁恬清晰地看到尚昀的面色微动。车内环境灯因为车熄火太久熄灭了，月光从天窗流淌进来，如水般荡过车内，尚昀勾住祁恬腰袢的手指瞬间发力，但很快就松开了。

收回手，他嘴角微微挑起，喉结微动，低沉疲懒的声音回荡在车内："舍不得，能不走吗？"

祁恬的心扑通一下原地蹦起，她觉得自己要被那声音迷倒了。

"不能。"祁恬从没对异性动过心，根本不会应付这种局面，手心和后背瞬间汗湿。绷着脸，祁恬将一直攥在手里的车钥匙丢给尚昀，飞快地跳下车，正要甩上车门以示决心，忽然犹豫了下。

"那个……"祁恬扶着车门犹豫了两秒，还是探头看向尚昀，"尚总，您现在清醒吗？"

尚昀"嗯"了一声。

祁恬等了半晌，见他就出这么一声，也不知到底清醒不清醒。她想了想，还是决定趁他醉酒，把自己一直琢磨的另一件事先处理了。

“既然清醒着，”祁恬咳了一声，拿出求人的态度，特意用上敬语，“我想麻烦您件事。”

“说。”

祁恬没给彼此犹豫的时间，一咬牙不管不顾地说了：“麻烦您给叶阿姨打个电话，约她出来跟我当面聊聊。”

尚昀的呼吸有点儿沉，片刻后他疑惑地开口：“……哪个叶阿姨？”

“就……华恒集团工程部经理叶素娟。”

祁恬说完，屏住呼吸看向他，希望他醉得够糊涂，别问自己前因后果，因为她不想解释。

但尚昀虽然醉了，显然脑袋还正常。

“为什么要约她？”

“我跟她之间有点儿误会。”

月亮被云层遮住，车内一片昏暗，尚昀半垂着眼，不知在想什么。

片刻后他动了动手，指向驾驶座：“你上来。”他语气很和缓，似乎万事好商量，但说出的话却没有商量的余地，“你上来把事情说清楚，我就打电话。”

祁恬捏紧门把手，在转身就走还是上车解释这二者间反复挣扎，最后还是想拿到许姝雯手机的愿望占了上风，坐回驾驶座。

“我跟叶阿姨认识，是在进华恒集团之前。”祁恬直觉今天不宜再跟尚昀提宋旭晟，便只从自身入手，“之前因为一些缘故，叶阿姨觉得我是占她女儿便宜的混蛋。我想请您牵线搭桥，解开这个误会。”

“叶素娟的女儿去年就去世了，我记得邹莹还代表公司出席了葬礼，慰唁家属。”尚昀仰靠在座位上，话说得很慢，但口齿清晰，“而你去年车祸住院，视力受损。你是怎么一边养伤一边占她女儿便宜的？”

祁恬忍不住扭头打量他——思维这么敏捷，这人到底醉没醉？

尚昀半阖着眼皮，眼睛微张，等了会儿没听见祁恬回答，不耐烦地斜了她一眼：“我知道我长得帅，别看了，说话。”

“哦。”祁恬扭回头，抬手摸了下眼角，“我出车祸后眼角膜破裂，如果不及时做眼角膜移植手术，我会瞎。”她见尚昀露出恍然的神情，点了点头，“对，手术用的眼角膜，是叶阿姨的女儿捐的。”

“我记得器官捐赠是双盲原则。”

“是。但我车祸住院期间，和她女儿是病友。”祁恬垂下眼，双手搭在方向盘上，“所以她在去世前，指定将眼角膜移植给我。我不知道这其中具体是怎么运作的，但叶阿姨显然事先不知情，所以她很讨厌我。”

祁恬歪着头，轻轻趴到方向盘上，冲尚昀笑了笑：“她觉得我为了一己之私哄骗她女儿，让她女儿死无全尸。”

“今年三月初，我约叶阿姨在咖啡厅见面，想求得她的谅解，但她根本不想理我，我们没说两句她就走了。我追出去，看到她在华恒集团楼下和您说话。”祁恬在心里反复斟酌着接下来要说的话，“我当时认出了您，我想，如果她是您的员工，比起我，她也许更愿意听您的话。”

尚昀想起三月初，他去观郦接江绗，回到公司楼下，有个人频频望向自己车内，被他警告性地看了几眼。

“不对……不是你。”尚昀抬手，掐着眉心回想，“……是郭小圆。”他睁开眼，“看到我跟叶素娟说话的，是郭小圆，她当时一直在看我车里副驾驶室坐的人。”

祁恬没想到尚昀记性这么好，张了张口没说话，点头认了。

“所以你突然向华恒投简历，进公司后请我吃饭，约我爬山……都是为了让我帮你说服叶素娟？”

“我……想跟您混熟后，请您帮我跟叶阿姨说点儿好话。”亲口承认对尚昀做那些事时的动机不纯，祁恬感到格外羞耻，不仅因为这期间的种种乌龙让人尴尬，还因为她觉得承认了这些，就践踏了尚昀一直以来的好意。

尚昀静静地看着她，没说信还是不信。他微微下垂的眼角漆黑如墨，没入同色系的发梢中。他看了她很久，久到祁恬的指尖开始发凉。

“最后一个问题，叶素娟的女儿叫什么？”

“许姝雯。”祁恬垂下眼不敢看他，手指握紧方向盘，“我为我的动机和做法道歉，我知道我给您带来了困扰，真的很对不起……但是，得到叶阿姨的谅解对我来说很重要，所以您能帮我约一次她吗？”

尚昀的脸色并不好看，任谁知道自己被特殊对待只是为了利用自己后，都不会太高兴。但他还是点了点头：“至少许姝雯这个名字是真的，我可以帮你问问。”

尚昀当着祁恬的面拨通电话，打开免提。

叶素娟接得很快，在听了尚昀的转达后，她沉默了一会儿：“尚总，其实上次在医院，我就认出她了。”她没有跟尚昀说自己与祁恬在电梯间的对话，“我确实不喜欢她，之前我觉得她自私、狡诈。但那天在医院，我看到她为了一个并不熟的亲戚据理力争，我对她已经改观了。”

尚昀瞥了眼坐在旁边的祁恬：“那你最近愿意找时间和她当面谈谈吗？”

“不……我还是不想。”叶素娟在那头冷静地拒绝，“虽然我对她改观了，但见到她会让我想起我的女儿，我心里会不舒服。”

“因为她用了你女儿的眼角膜？”

叶素娟静了下，祁恬的手指弯起来，有些紧张地屏住呼吸——她怕叶素娟忽然提起宋旭晟。但她曾反复模拟过请尚昀帮忙打电话的场景，她觉得如果叶素娟连自己都不愿意见，应该更不想提起那个男人。

“……您就这么认为吧。”叶素娟的确不想再多说，她叹了口气，“捐赠这事是我女儿先斩后奏的，我知道时已经晚了，我是看到她的遗体时才发现的。我……”叶素娟的嗓音哽了下，将情绪强压下去，“本来这件事双方都不该知道彼此的身份，既然现在碰巧知道了，还是当作都不知道，到此为止吧！”

虽然叶素娟对祁恬的敌意淡了很多，但她心知肚明，祁恬通过尚昀来找她，还是为了完成许姝雯的心愿，去找宋旭晟。她至今都见不得许姝雯留下的那些遗物，更别提再去回忆、谈论那些事。她心中的伤痛无法平息，最后说的那句“到此为止”，与其说是拒绝尚昀，不如说是再次拒绝祁恬。

电话响起忙音，尚昀收起手机，看向祁恬。祁恬似乎对这个结果并不意外，笑了笑：“谢谢尚总，又欠您一个人情。”

“你欠我的人情多了，不差这一个。”尚昀的语气很平淡，听不出喜怒。

祁恬讪讪地问道：“尚总，那再麻烦您件事？被注销的手机号还有可能查到身份证号码吗？”

“你还想让唐罗查？”尚昀漆黑的眼珠微动，语气有些烦闷，“雇私家侦探还得先讲清前因后果呢，你嘴那么严，我不知道该怎么跟他说。”

“您说得是，是我想当然了。”祁恬不敢再得寸进尺，她顿了顿，知道再待下去会徒增尴尬，便抬手推开车门，“那……”她犹豫了下，看向暗影中的尚昀，“尚总，我先走了？”

“嗯。”

祁恬下车，将车门轻轻关上。尚昀坐在副驾驶室，一动不动，整个人像是与阴影融为了一体。许久，他忽然低低笑出了声，垂在身前的左手拇指和食指轻轻揉搓，缓缓叹了一口气。

“老唐说得对。”低哑的声音从齿缝间飘出来，像是咬牙切齿，带着点儿自嘲的心酸，“长得漂亮的女人，主动接近你都有目的……留不住。”

第十八章

这是一道“送命题”

劳动节前最后一天上班，李梓盟的电话又打了过来。彼时祁恬正一字一句审着销售合同，听到李梓盟的询问，她有些心不在焉。

“你不能等过完节再问，让我斟酌斟酌？”

李梓盟轻笑道：“祁小姐，你迟早会同意的，何必再拖？”

祁恬竖眉：“既然我迟早会同意，你急什么？”

“原来宋旭晟的消息加上郭家的处境还不足以让祁小姐痛下决心。”李梓盟叹了口气，“那我再推祁小姐一把。”

祁恬警惕：“你又要搞什么幺蛾子？”

李梓盟的语气却格外严肃：“祁恬，昨天傍晚，梅市口路大成南里发生了一起交通事故，肇事司机酒驾逃逸，两个小时后被警察逮捕，受害人抢救无效于今日凌晨去世，这事你知道吗？”

祁恬关上合同，上网搜索新闻：“你是说昨天晚上七点多的那场交通事故？”

“对。”李梓盟语气阴森森的，冷笑道，“死者姓张，是海睿律所的专职律师，死前刚从法律维权服务中心出来，他无偿为拆迁户提供法律援助，眼看维权即将成功，却被撞死了。”

祁恬猛地站起来，觉得自己呼吸都在抖：“海睿律所？”她声音尖厉，无视四周投来的惊讶目光，“李梓盟，是你干的？”

“我没那么大能耐，”对方声音轻缓，透出漠然的情绪，“但李家有。”

电话被挂断了，祁恬站在原地，白着脸捏紧手机，片刻后走到部门经理身旁：“领导，我想请半天假。”

法务部经理听到了祁恬刚才电话里说的：“海睿律所跟你什么关系？”

“是我学姐开的。”祁恬顿了顿，“律所里的律师基本上都是我的校友。我之前不知道死者身份……我想去看看。”

经理皱眉看了她片刻，这姑娘入职以来的工作效率有目共睹，但考勤却让人头疼，有时他都不知道她是算干将还是算刺头。

犹豫片刻，经理还是批了：“你去吧，有什么需要帮忙的给我打电话。”

祁恬赶到海睿律所时，孙芸正冷着脸安排工作。她将一份份卷宗档案分类，交给下属去处理，扭头招呼祁恬。

“你怎么来了？下午放假了？”

祁恬看着孙芸苍白的面色和微微发肿的眼皮，直截了当地问：“昨天晚上交通事故的死者是律所里的人？”

孙芸愣了愣：“你听说了？新闻没报这么细。”

“李梓盟给我打的电话。”祁恬走过去，坐到孙芸对面，握住她冰冷的手，“是R大的师兄？”

孙芸眼圈红了：“是，张海正，比咱们大好几届，今年三月份刚结婚，他老婆昨天晚上在医院大出血，才知道自己怀上了……估计孩子保不住了。”

祁恬手指下意识地收紧：“李梓盟说是李家干的。”

“没有证据。”孙芸眼泪掉了下来，“我们都怀疑是李家，因为张海正跟进的法律援助案件涉及南城永泰房地产集团，是李家的产业。眼看就要胜诉了……但警察说肇事司机就是个混混，查不出跟李家有任何关系。”

每家律所每年都会安排律师接受法律援助机构的指派，办理一定数量的法律援助案件，尽量满足困难群众的法律援助需求。永泰房地产集团在清退老旧城区住户的过程中手段粗暴，经常引起诉讼，这次的援助案件是孙芸指派给张海正的，她现在格外后悔。

“祁恬，我心里特别难受。”孙芸收回手，捂住脸，“我的同事被撞死了，却没有证据证明是李家指使的。而过不了多久，我的同行还要为那个肇事司机依法辩护。我……”

学姐不甘且愤怒的泣音从颤抖的指缝间溢出：“我甚至无法指控那个肇事司机是故意的……我们律师无论是站在公诉席还是代理席，发言都需要证据，没有证据就连情绪化的发声都不被允许……难道这就是我们学法的意义吗?!”

祁恬僵硬地站了起来，她张开双手想抱住学姐，却又觉得任何安慰都格外苍白无力。她知道学姐说的很有可能就是真相，但她也知道学姐没有证据能将幕后主使绳之以法，替学长报仇。探寻真相永远如此艰难，若没有足够的证据作为支撑，法理之外难讲人情。

孙芸的呜咽细弱，强撑的姿态让祁恬咬破了嘴唇，唇齿间缭绕着血气。

许久，祁恬慢慢沉下身，用力揽住孙芸的肩膀：“学姐，哭完就准备诉状吧。我来找肇事司机受李家指使的证据，他们自以为能逃避惩罚，但法律的尊严不容践踏，我会让李家知道，司法公器，底线何在……我说到做到，我发誓。”

出了律所，祁恬拨通了李梓盟的电话，在等待接通的间隙，她用左手紧紧攥住右手腕，努力让一直发抖的手指平静下来。

好像有什么东西在胸腔里澎湃着，拍击着血管，灼烧着情绪。

第一次看到母亲身上绛紫色的伤痕时，第一次抓到祁连山带小三去开房时，第一次因为祁连山被人当面啐了一脸时……无数个第一次，让祁恬以为自己早已习惯了那种让人打心眼里发冷的愤怒——喘不上气，手脚冰凉，精神却极度亢奋，觉得自己无所不能。

她一直认为，只要有足够的耐心，所有的真相就一定会有水落石出的一天，她已经习惯了忍耐和因忍耐而产生的痛苦。可即使习惯了这样的痛苦，她还是无法眼睁睁地看着好人流泪。孙芸是个非常开朗、热心的学姐，她从未见过她这样无助哭泣过，看到她哭泣，祁恬觉得忍耐是件不可原谅的事情。

电话接通了，祁恬不等李梓盟说话，硬着声音摆明条件："是谁让司机酒驾肇事的？证据给我，我帮你举报李家。"

李梓盟静了两秒，轻声开口："我只能给你一个名字，但这个名字不会对李成造成任何威胁。"他顿了顿，"我还有段录音，能不能用这个录音将对方送上审判席，就要看你学姐的本事了。"

他听着祁恬急促的呼吸，细声慢语，像魔鬼的劝诱："祁恬，只要李家不倒，这样的悲剧每时每刻都有可能发生。利益当前，他们无视法律，肆意妄为。"

长达五天的小长假开始了。夏花灿烂的时节，海棠纷落，满地银红。

街前路过的少女看到路边停着的黑色 BJ80 放下车窗，露出一个单臂搭住车门的侧影，阳光照亮的半边脸，眉目俊美轮廓温柔。随风飘来的笑声温润雅正，带着漫不经心的调侃。

"陆叔居然同意你离开 B 市？"尚昀靠着头枕，语气放松，视线落在车旁的紫藤花架上。

"不只同意我出 B 市，"唐罗在电话那头嘚瑟道，"还答应让我去 G 省了。"

"G 省？"尚昀微笑的表情凝固了，似乎终于注意到路人频频回望的目光，将贴了防晒膜的车窗升起来，"怎么会让你去 G 省？"

"半年前的事，要去复盘。"

"那我也去。"

"你已经不在体制内了。"唐罗说得斩钉截铁，"你去不了，昀子，陆叔不会让你离开 B 市的……你看家吧。"

尚昀拿着电话，没吭声。透过深灰色的车窗向外望去，竹枝长廊像白色的骨架，一簇簇怒放的细碎紫藤花如串串紫色垂铃，在风中摇曳，他依稀可以听到招魂的脆响。花事正盛，神秘的色泽与嚣张，让他记忆深处泛起沉渣，那样刺目黏稠的海洋，像血一样，与无数熟悉的身影融为一体。

都是不容遗忘的真实。他的眼神深邃起来。

“谁说陆叔不让我离开B市，我就出不去了？”

“不然呢？”

“我是华恒集团的总裁，”尚昀对着后视镜，理了理散落的额发，“去外地考察工作天经地义，与当地企业结对帮扶更不会有人拦着。G省穷困的地方多了去了，我上赶着去送钱，陆叔凭什么拦我？”

尚昀仿佛能看见唐罗目瞪口呆的样子，他微抬下颚，视线从眼皮子底下撒出去，后视镜里的俊脸倨傲又欠揍：“不像你，体制内的，没人批连出差经费都没有，可怜见的……要不要我赞助你点儿啊？”

“滚！”

挂了电话，尚昀的心情并不像表现的那么平静，但他惯于忍耐，能熟练地做到不动声色。

打开车窗透了口气，尚昀给邹莹打电话说：“帮我订两张今天晚上飞G省的机票，另外联系叶经理，问问她FA项目的材料定检怎么样了，有什么需要更换的材料，我一并带过去。”

邹莹被他的吩咐砸得有点儿蒙，拿开手机看了眼日期，同他确认：“小尚总，今天是小长假第一天，您要加班工作？什么事这么急？FA项目那里出问题了？”

“没出问题。”尚昀抬手捏了下鼻梁，“突然有点儿事要去G省，顺便去看看FA项目的检修情况。”

邹莹被尚昀“顺便去看看FA项目”的说法噎了下，觉得事情没那么简单：“小尚总，什么事的优先级能排在FA项目前面？FA项目定检不是一向由叶素娟经理负责吗？”

她咄咄逼人：“两张机票，除了您，另一位是谁？不说清楚我可要向老尚总汇报了。”

天边的云朵软绵绵的，像洁白蓬松的鹅绒。

尚昀盯着看了片刻，把所有事在心里过了一遍，觉得也没什么不能说的，便笑着答道：“告诉你也行，先别跟我爸说。我正好要去G省处理点私事，可以顺路定检FA项目，让叶素娟歇一次。另一张票是给祁恬订的，她也想去G省，小姑娘一人去不安全，正好假期，我带她跑一趟。”

尚昀说着，抬手遮了下阳光，面上的神情柔和又放松。

邹莹罕见地语塞了片刻，再开口声调有些怪：“小尚总，祁恬昨天下班提交了辞职申请，这事您知道吗？”

火烧云丝丝缕缕，掩护着鸭蛋黄似的红日缓缓坠下。祁恬刚结束与李梓盟的会面，那段据说能牵扯到李家的录音已经发给孙芸了，祁恬同他约好明日启程前往G省。

李成来B市后做事谨慎了很多，李梓盟觉得如果要收集他的不法证据，只能考虑从他发迹之前入手。祁恬对此毫无异议，她本来就打算找个时间去G省，打听宋旭晟的消息，现在既然目的地统一，那就尽快出发。

骑着共享单车穿梭在二环附近的巷子里，祁恬一边想着去G省要带的东西，一边躲避着巷子内乱停的私家车，间或还提醒着自己节后记得去趟华恒，办理离职手续，再跟尚昀好好道个别。

她一心多用，再抬头时，看到辆黑色的BJ80堵在胡同口。刚才被她暗自念叨了好几次的尚昀正靠着车门，皱眉望向自己。

这么不禁念叨？祁恬单脚支地，注意到他身旁还站着赵钦，正挤眉弄眼地冲自己使眼色。祁恬莫名回望，不知道他想暗示什么。

自打上周末把尚昀送回家，知道联系叶素娟无望后，祁恬就没再往尚昀面前凑过。节前上班的那几天她安分守己、勤勤恳恳，超额完成了工作任务。就算昨天临时起意要离职，她也是把手头工作都做完了才递交的辞职申请。

祁恬自知那天晚上趁尚昀醉酒，哄他打电话给叶素娟，做得不太地道，所以这几天她都特意避开尚昀，不去惹他烦。因此现在他看起来不太高兴，她真有点儿摸不着头脑。总不能是现在才回过味，觉得自己坑了他，来兴师问罪的吧？

祁恬跟赵钦“眉来眼去”半天，彼此都没明白对方到底想干什么，倒是她身后催促的喇叭声已经连成一片，此起彼伏，夹杂着“前面的干吗呢？还走不走了”的催促。

算了，该来的躲不掉。祁恬放弃逆行逃跑的打算，硬着头皮骑到尚昀跟前。

“尚总，您找我？”她顿了顿，“要不先把车挪开？停在这儿挡道了。”

地上还画着黄色禁停线，有钱人果然不怕吃罚单。

尚昀不冷不热地“嗯”了一声：“上车。”他周身散发的不悦太明显，让祁恬再次看向赵钦。

这位怎么了？闹什么情绪呢？

赵钦送给她一个好自为之的眼神。

车开上路，祁恬看向跟自己一起坐在后座的尚昀：“别开太远，我等下要回家……找我什么事？”

“我不找你，你就没事要跟我说吗？”尚昀冷冷地看了她一眼，“你要辞职都不跟我说一声？华恒哪儿不好了？”

祁恬猜到可能是因为这事，她顿了顿，拿出早就想好的说辞：“华恒挺好的，是我自己的问题。李梓盟告诉我在G省后村见过宋旭晟，我得去看看，但我不知道需要去多久，劳动节假期可能不够。我入职才一个半月，老请假影响不好，其他同事嘴上不说，心里多少会有意见。所以我干脆辞职吧，别让人事部管考勤的同事难做。”

“你也知道你来华恒才一个半月。”尚昀揉着指节，凉笑一声，“入职一个半月，请假三次，一次生病，一次是跟我去S省出差，另一次是拉着我去找王娟。你入职是我特批的，入职后的假期也是我批的，可你离职的消息却是邹莹跟我说的。”

他转头看向她：“祁恬，你怎么想的？对你来说，我是那种用过就扔的人吗？你的良心呢？你来华恒第一天我就问你，为什么放着海睿律所不去，要投简历来华恒，你不愿意说实话，我也不逼你。你在职期间做了那么多可笑的事，我也没说过你。上周末，你承认来华恒接近我，都是为了让我说服叶素娟跟你和解，我没说服她，所以你就辞职？这就是你来华恒的唯一目的？”

祁恬嘴巴开合了好几次都没能插进话，最后尚昀停下来，她反而不知该说什么了。被他这样一条条列举，不用别人说，祁恬自己都觉得自己“渣”。用人朝前，不用人朝后，过河拆桥说的就是她。

半晌，祁恬气弱地开口：“……您生气了？”

“我失望。”尚昀的神情说不上生气，更多的是一种淡淡的失望，“因为你的经历，我以为你会比同龄人更懂人情冷暖，在待人接物时，会设身处地为对方着想。但现在看来，是我想多了。”

尚昀的话语犀利见骨，自嘲中又透出十分无奈，像大冬天屋檐下的冰挂，噼里啪啦碎了一地。

祁恬的脸皮火辣辣地疼。从相识起，她见过尚昀装腔作势，见过他气定神闲，他有时会给人压迫感，但更多时候他都是一副老好人的脾气，有错指正，做对从不吝啬鼓励。他像个称职的领路人，永远温和有耐心，对自己包容乃至纵容。祁恬从未见他露出失望的神情。她见不得他这样的神情，简直比直接冲她发火还让她难以忍受。

“对不起，我不是故意的……我没想那么多。”祁恬细白的手指攥在一起，一向聪明的头脑停摆了，她说得磕磕绊绊，不知道该说什么，“我——我着急了，突然有了宋旭晟的消息，学姐律所的学长又被撞，还有小圆家里的铺子……太多事赶在一起，我……”

她本来不是这么冲动的性子，但是事情一件追着一件，让她应接不暇，她几乎是被推着走到如今的境地。

“祁恬，有没有人教过你，遇事要冷静。”尚昀打断她，“越重要的事，就越要缓一缓。你难道没发现，从上周你遇到李梓盟开始，就一直在跟着他的步调走。他抛出的鱼饵你舍不得吐，他给的线索你毫不怀疑——你什么时候变得这么蠢了？他说的是真话吗？你是怎么判断的？”

尚昀存心要让祁恬长点儿记性，即使她已经被他训得脸色隐隐发白，他还是狠下心将所有事情的内里撕开：“宋旭晟的电话是我给你查的，他送你的玉产自G省是我跟你说的，李梓盟只要知道你对G省格外关注，他就能编一个自己认识宋旭晟的故事！”

“我问过你跟宋旭晟之间到底是怎么回事，我说过我可以帮你，你不愿意说，我也不强求。但现在，你却要因为李梓盟的几句话就跟他去G省，甚至不打算跟我说一声？”尚昀说到最后真有点儿上火，“他用来拿捏你的手段我都会，但我为什么不对你用，你真的不明白？我是怎么告诫你的？我让你别沾李梓盟，你就这么背着我跟他打交道？”

祁恬没想到尚昀什么都知道了，被他的质问弄得措手不及，来不及细想便下意识地问道：“你怎么知道我要跟他去G省？”

提起这个尚昀更生气，他冷笑了一声：“都是李梓盟告诉我的！”

“李梓盟？”

“是啊。李梓盟特意打电话给我，说你要跟他去G省，查李成的底。”尚昀断句断得很微妙，语气平静，祁恬却能听出内里的愠怒。从尚昀的角度来看，李梓盟这通电话是在明晃晃地打他的脸。他额外关照的女孩，比旁人给予更多的耐心和纵容，却不听他的忠告，还背着他跟李梓盟那个明显心怀鬼胎的家伙搞七搞八——就没见过这么不知好歹的丫头！

尚昀按着额头，默默给自己顺气。从今天中午开始，他就没舒心过——先是唐罗提起G省，紧接着是邹莹告知祁恬辞职，他正要安排人去查怎么回事，就接到李梓盟的电话。那小子电话里的语气神气得很，说祁恬已经答应帮着举报李家，他们准备去G省从头查起，诚邀尚昀也一起来。

尚昀脾气就是再好，也忍不了李梓盟这样直接的挑衅。况且他从来就不是什么好性子的人。

祁恬觉得李梓盟脑子有坑：“我答应帮他，他却通知你？他什么毛病？”

“他是李家教出来的，做事只看利益，不讲人情。”尚昀侧脸望向窗外，嘴唇微绷，“只要他认为我加入，他想做的事成功率会提升，他就会给我打电话。”

“可他凭什么觉得你会答应？”

“所以他从一开始就在试探。上周末他查到我在酒吧，所以才会带你过去。包括今天的电话，他都还在权衡。”

“权衡什么？”

“权衡他举报李家的风险，和听从李家安排来算计你的风险，哪个更大。”尚昀嘲讽地笑笑，“他想知道我会不会为了你去入他的局。”

祁恬不说话了。她又不是真的铁石心肠，自然能听出尚昀没说出口的话。但她觉得李梓盟的算盘打错了。她可以为了宋旭晟、郭小圆乃至孙芸而全力帮他，但决不容忍他拉尚昀下水。

“他大概不知道，我最恨的就是被人当作筹码反复算计。”祁恬凝住的眉眼阴到滴水，“我给他打电话。如果他真要拖你下水，我就不管了。宋旭晟、小圆、学姐……他用这些人威胁我，我认了。我孤身一人，做事可以不管不顾。但你不能认，你跟我不一样，你位高权重，如果你搅和进来，会让人以为是华恒要对李家动手。”

她看明白了，李梓盟就是为了这点才想拉尚昀入局。尚昀抬了下眼皮，看着她没说话。祁恬说打就打，艳丽的眉目透出煞气。

电话拨通的等待音响起，尚昀却忽然抬手把电话挂断了：“你真这么想？没有我，你们此行不一定顺利。”

“不顺利就不顺利，又不是我要扳倒李家。”

“查不到宋旭晟的消息也没事？”

“我也没那么着急，慢慢来，总能查到的。”

事情走到现在的地步，祁恬突然觉得找宋旭晟也没那么紧迫了。大概因为那人远在天边，是她答应许姝雯的一个承诺；而尚昀近在眼前，是一直以来给予自己诸多照顾的债主。

二者权衡，祁恬自然要先顾眼前人。

尚昀盯着她：“你知道李家涉黑吗？”

“原本有所怀疑，律所师兄出事后，便确定了。”

“既然确定了，那你就该知道，你跟李梓盟一起去G省，是羊入虎口，哪怕你有自己的目的，但是……值得吗？不怕吗？”

“怕啊，”祁恬唇角上扬，往常被她克制的妩媚瞬间鲜活，犹如穿过黎明时分的曦光，摄人心神，“当然怕。我知道对付李家会有危险。”

她毫不掩饰自己的恐惧：“但我也知道万事皆有代价，不冒险，怎么能得到自己想要的？”

“更何况，总要有人将李家做的那些丑事揭露出来，面对无差别的恶意，没人能保证自己会是下一个幸存者。直面恶，才能守护善。我多做些，这个社会就会少些追悔和苦痛。”祁恬认真地看向尚昀，眼神清澈，仿佛能映出子夜里的每一缕光。

人生百年，吾道不孤。恍惚间，尚昀觉得眼前的女孩与他记忆中的什么人重叠了。他头一次清晰地感觉到，祁恬身上有种他倍感熟悉的特质。

那种特质他在逝去的友人身上看到过，是历经磨难，哪怕已经足够理智和成熟，也从未平息过的孤勇与热血。

祁恬正是凭着这些孤勇与热血，顶风冒雨地走在自己认定的道路上。

无论是举报祁连山、为堂姐祁静争取应有的待遇，还是不让王娟再受家暴的折磨，又或者是现在要去查找李家的罪证，她一直都知道这条路上将会面对的艰难险阻，但她还是要走下去。

她拥有珍视和想要保护的人和事，因此对自身安危并不那么在意。也正因如此，尚昀才会长久地将目光停留在她身上，她的那些特质，不知不觉地吸引着他。

“既然你不怕危险，那我就放心了。”他突然笑了笑，“其实我也有事要去G省，咱们可以一起走。回头如果真遇到什么麻烦，还要劳烦你帮我挡一挡。”

“啊？”祁恬被他突然的转折搞蒙了，握着手机有点儿没想明白，“你也要去？你答应李梓盟了？”

“没有。”尚昀朝前面看了看，赵钦正一心二用地开着车，见尚昀看过来，迅速目视前方。

“我有事要去G省处理，跟你顺路。从B市去G省的机票，我可以帮你出。”

“那多不好意思，我……”

“是今天晚上的红眼航班。”尚昀双手交握，淡淡地笑了下，“还是说，你更想明天跟李梓盟一起走？”

这简直是一道“送命题”了。祁恬张了张嘴，果断转移话题：“赵经理，现在是往哪儿开？这路怎么看着有点儿眼熟。”

赵钦从后视镜看了尚昀一眼，咳嗽下：“其实我也不太确定，昀子指的方向，要不你问问他？”

祁恬顿了顿，还是转向尚昀：“如果晚上出发，我得回去收拾行李，要不您在路边把我放下？”

尚昀眼皮都没抬：“先去趟青坛医院，然后送你回家。”

“去青坛医院干吗？您身体不舒服？”

尚昀叹了口气：“你长点儿心吧，你母亲每半个月要办理一次出入院，现在已经过去十一天了，万一你在G省耽误了行程，回不来怎么办？”

祁恬猛地愣住——她真忘记了。

“还是你打算让你母亲出院了？”

“不，还是再住段时间吧。”祁恬定了定神，“青坛医院条件好，我妈住着挺舒心的。等从G省回来，我再问问房子什么时候能解封。”

“嗯。所以我让光头跟着一起来了，他和医院熟，等下帮你把手续办了。”

祁恬嘴唇动了动，不知该怎么表达谢意。这男人一旦存心卖人情，做事便好似春风化雨，细致入微，让人想不承情都不行。

车内安静下来，赵钦鬼鬼祟祟地瞄了几眼后视镜，直撇嘴——说得这么冠冕堂皇，还不是要拉自己过来做个后手，本来是怕跟祁恬闹僵了没个回旋余地，结果又卖了她一个人情。

不过话说回来，尚昀也够不容易的，被李梓盟气得摔了手机，最后还是担心祁恬只好找过来。他从没见尚昀这样上赶着照顾谁过，说出去真是没人敢信。

总算祁恬这姑娘不像有些小女生那样爱面子，做人还懂眉高眼低，该服软时决不硬刚，几句话让尚昀消了气——光凭这一点，赵钦就觉得她比许多人强得多。

他想起尚昀说过的话：“祁恬说话做事，让我觉得痛快，哪怕她跟我对着干，我也觉得她行事痛快。”可不是痛快吗？光头想，做人行事磊落不怕死，做女人不求外力保护，头脑清醒，行为莽直，祁恬都占了。

到了青坛医院，祁恬想跟着赵钦进去，却被尚昀拦住了：“你要去看看你母亲吗？”

祁恬踌躇了片刻：“等从G省回来再看吧，我怕她多想。”

“那就让光头去办，你别进去了。”

赵钦没好气地瞪了尚昀一眼，冲祁恬点点头：“昀子说得对，你别跟来了，在外头等着就行。”

祁恬下车，被阳光晃得站在原地缓了两秒，看向从另一边绕过来的尚昀：“尚总，人情欠得太多，我要还不起了。”

她掐指一算：堂姐的手术，母亲的住院，自己爬山时过敏，同尚昀出差撞车后他送自己回家，还有帮忙查宋旭晟的消息……这一桩桩一件件，已经算不清了。

尚昀走到近前，慢条斯理地看了她一眼：“除非是想划清界限，否则人情不是用来还的，是为了加深彼此的羁绊。我送你人情，不过是想让你念我点儿好，分清远近亲疏。”

祁恬抬眸望向尚昀，仔细打量他的神情：“我知道李梓盟不安好心，但我也在利用他。”

“你以为自己是剑走偏锋，其实还没看明白。”尚昀气没全消，说话不留面子，“他的算计你根本没看透。”

祁恬不太服气：“还请尚总指教？”

尚昀特别沉得住气地抬了下眼皮，微凉的视线落在祁恬身上，似乎和往日不同：“你父亲的案子快要公开审理了，李家和科淮集团有几笔违规拆借的资金，这事你知道吗？”

“李梓盟跟我说过。”

“李家怕祁连山把这事说出来，让李梓盟想办法解决。李家的本意是让他挟持你，威胁祁连山。但李梓盟以此为条件，拿到了李家今年去G省开拓业务的机会——李成从没想过让他重回G省。”

“李家从G省来B市，为什么还要回G省开拓业务？”

“G省的房地产市场方兴未艾，足够他们再去分一杯羹。”

所以李梓盟明面上是代表李家去G省圈地建房，私下才是去查李成的黑历史？祁恬这才知道李梓盟为什么急着逼她做决定——李家留给他的时间并不多，在祁连山被公开审理前如果没能举报成功，他挟持自己时绝不会手软。

想明白这些，祁恬有些狐疑地看向尚昀：“你为什么知道得这么清楚？也是他告诉你的？”

“华恒集团生产高科技建材，李家也会拿钱来买。华恒对所有交易对象都要做尽职调查。李家的家丑并不难查，只是没人愿意多管闲事罢了。”尚昀看着她，“商场上的人大多做一看十，像你这种走一步看一步的，我还真没见过。”

祁恬被他说得嘴角微抽，知道他心气儿还不顺，掐着手指转移话题：“想让我爸闭嘴得给足够的好处，他现在唯一求的就是外面的人赶紧把他捞出来。”

她很了解祁连山：“李家要是想不明白这点，把我杀了也没用。”

“别动不动就杀来杀去的。”尚昀皱眉，不太舒服地哼了声，“李家认为祁连山会因为顾虑你而闭嘴，这样就不必费力气去捞他了。”

祁恬愣了愣：“他们忘了是我举报的我爸？”

尚昀看了她一眼：“普世价值观里，虎毒不食子。”

祁恬怔了片刻：“李成是不是忘了自己做过什么事？”

没见过万年坚冰的人根本不知道该怎么描绘那种透骨的凉意，碰触后也只会小心翼翼地缩回手，说一句“它在烧”。

祁恬觉得想拿自己来威胁祁连山的人一定不是李成，李成没这么蠢。

尚昀笑了笑：“所以现在这个局面很有趣，李梓盟以为自己机关算尽，大家都是他的棋子。但其实咱们各怀鬼胎，谁都有自己的打算——你要去找宋旭晟的线索，他要举报李成，我呢……也有自己的事要做。”他单肘搭在车顶，闲适地笑了一声，“看来咱们仨这一路上要面和心不和了。”

“不会面和心不和的。”祁恬摇头，“尚总，我知道您去G省至少有一半……一小半原因是因为我，我不会跟您离心的。”

尚昀没想到她这么直接，不由得愣住。片刻后，他挺立如松的站姿改变了，绵长地叹了口气，单手支颐，整个人倚在车身上，好像有点儿伤脑筋：“祁恬，你这个人……有时候真是……”

真是什么，他又不说了，只伸出另一只手，按在祁恬的头顶上，泄愤般地揉了两把：“还行，不算不知好歹，不然迟早要被你气死。”说着笑起来，眼角堆积的那点儿郁气消失了。

“总不能真让你一个人跟李梓盟去G省，我不放心。”说完想了想，又补一句，“我把你的辞职申请驳回了，上班后让邹莹通知人事部开除你，还能拿点儿赔偿金。”

“我觉得我工作又快又好，你不试着挽留我一下？”祁恬瞄了一眼尚昀，正好撞见他的目光。

“挽留你？华恒庙小，我怕哪天你把公司给折腾没了。”

尚昀说完，两人都笑了起来。笑着笑着，祁恬先收敛了笑意："尚总，谢谢。真的。"

她的表情郑重其事，让尚昀以为下一秒她就会说"深恩无以为报，只能以身相许"之类的胡话了。但祁恬顿了顿，认真又恳切地对他说："我知道自己人微言轻，没什么大本事，讼棍……尚总应该也不缺。"她想了想，"总是承你的情，我挺不好意思的，口头道谢没什么诚意，等从 G 省回来……请你喝茶。"

她知道尚昀应酬多，请吃饭这种事早已司空见惯，说不定都烦了，便将已到嘴边的"请你吃饭"咽回去，改成了"请你喝茶"。

那几乎不算停顿的迟疑被尚昀注意到了，他的目光柔和了几分，静了片刻忽然道："我以为你会觉得我多管闲事。"毕竟他拉赵钦出来作陪时，赵钦都觉得他越界了。

"我是那么不知好歹的人吗？"祁恬不是初入社会、自尊大过天的牛犊，她被生活磋磨日久，自然知道人在屋檐下不得不低头的道理，更何况尚昀说话做事已经相当委婉了。

"你不是，你只是不太拿我当回事。"

这话祁恬哪敢认："尚总，说得诛心了啊。"

尚昀笑了起来："既然不在华恒上班了，叫我尚昀就行。"

祁恬扯着嘴角，不知他是不是又打什么主意："真能叫您的名字？"

"为什么不能？对了，也别再'您'啊'您'的，不是上下级了。"

"我得想一想，就我这全身没有二两重的筋骨皮肉和不讨人喜欢的臭脾气，够不够格直呼尚总大名。"

尚昀失笑："你倒是挺有自知之明的。"

祁恬也笑笑，抿着唇望着他，半晌不说话。

尚昀被她看得发毛，正想问她怎么了，祁恬忽然轻飘飘地问了句："尚昀，你对女孩儿一直这么好吗？不管是谁都这么照顾？你这样……"她顿了顿，"很像'海王'或者'中央空调'。"

这句话分毫不差地落入尚昀耳中，让他沉寂许久的心突兀一跳，仿佛有什么蒙了尘的真相被一只无形的手仓促地擦了把，露出隐藏其中、一直被自己刻意忽视的事实。就好像，不经意间被祁恬点出了几分真心。

"瞎说什么呢。"尚昀下意识地反驳，脸上的笑都淡了一半。

祁恬紧紧地盯住他的脸，不放过任何细节。但尚昀显然比她高明很多，他不动声色地将所有思绪感情都压在平静的表象下，除了那双墨色的瞳孔微微收缩，再看不出任何不妥当的神情，他带着一丝笑意，镇定地回望祁恬。

"这就算照顾了？那你真是遇到的坏事太多、好事太少。以后跟着我混，让你少受点儿委屈。"说着他伸出手，想再揉一把祁恬的头。

祁恬侧身避开了："是吗？我倒觉得人只要活着，总会遇到不顺心的事，在遇到对的人之前，多受点罪，能充实自己。”

尚昀真有些惊讶了，他缓缓地眨了下眼，再低头时敛下眼底的光，不动声色地叹了口气：“你说得有道理。”

祁恬忽然觉得有些烦，她听过很多这样不咸不淡的话，这些话往往出自一些想同她搭讪却又失败的人口中。

祁恬知道自己长着一张太过艳丽的脸，加上行事直来直去不留余地，自小就得到过很多来自陌生人的敌意，莫名其妙就被攻讦、被绝交、被阴阳怪气……之前她觉得这样也无所谓。

但现在类似的事情发生在尚昀身上，让她忽然之间心里仿佛被什么刺了下，火气直冒，烦躁又失望。心底的情绪迅速发酵，像火山口沸腾的岩浆，咕嘟咕嘟往外冒，让她很想不顾一切地发一场毫无顾虑的脾气。但她毕竟是成年人了，只能压着火，退开两步：“别离得这么近，男女有别知不知道？七岁不同席没听说过？”

尚昀故意气她：“我二十七岁都过了。”

“你成心？”

尚昀觉得祁恬现在憋屈又恼火的样子有点可爱，忍不住伸手将她拉近：“再退就到车道上了。”他打量着祁恬的神情，忽然莫名笑了声，“辞职了也好，都在一个公司，有些事确实不太方便。”

“什么意思？”祁恬被他这九曲十八弯一般的聊天搞得忽上忽下，忍不住抬头看了他一眼。

“没什么。”尚昀扶着她的肩将她转向医院大门，能看到赵钦从电梯往外走了。他垂眸看着站在身前的女孩，轻声问道：“你猜我会不会对其他女孩儿也这么照顾？”

祁恬站在通往医院大厅的台阶前，阳光照在长长的台阶上，光束间浮尘翻飞，起起落落，她突然偏头打了个喷嚏。这个男人太狡猾了，他明明知道自己想问什么，却以退为进，还故意用气音说话，听得她耳根一阵发麻。

暖风在两人身边吹拂，祁恬赶在赵钦走近之前揉着鼻子回头看着尚昀：“我不猜。我现在只想找到宋旭晟，其他的事没心思想。”

尚昀被她的避重就轻气得发笑，这丫头敢拿话试探，却不敢再往前多走一步。

她转回头，长发顺着肩颈落下，露出一段白皙的脖子，细碎的绒毛在发际处支棱着，显得俏皮可爱。

尚昀克制着蠢蠢欲动的手指，看向走过来的赵钦。先这样吧，就像祁恬要找宋旭晟一样，他也有必须找的人，现在时机确实不太合适。再等一等，等到事情都解决以后。

第十九章

我想活，真的

黑色 BJ80 驶停在茶马北街的便利店前，尚昀跟着祁恬下车："晚上八点半机场见。对了……记得给李梓盟打个电话，告诉他你提前出发了。"

祁恬觉得他的表情有点儿意味深长，忍不住扯了下嘴角："我觉得他得高兴坏了。"

尚昀扬眉："可不吗，我也这么觉得。"

目送祁恬上了楼，尚昀走到驾驶室旁，边看手机边问光头："我这儿完事了，你跟我一起回去？"

"不然呢？你打算让我坐公交车回去？"光头神情似控诉，坐在驾驶座上坚决不挪窝，"我是被你拽出来的，咱可不兴用完就扔啊。"

尚昀笑了一声，拍了拍他的肩膀："行，那还是你开车。"

重新开车上环路，光头哼着歌，突然听见尚昀嘱咐他："我去 G 省是临时起意，今天才决定的，别人都还不知道，你嘴巴也严点儿，别大嘴巴谁问都说。"

光头隐约有种不好的预感："什么叫临时起意，谁都不知道？"

"意思就是，不只我爸妈，陆叔也不知道我要离开 B 市。"

BJ80 突然一飘，光头张大嘴，趁着红灯转头瞪他："合着你没跟陆叔打招呼?!"

"没打。"尚昀用两根手指拎着手机转了个圈，语气漫不经心的，"我要说了就去不成了。"

"那也别让我背锅啊！"光头不干了，"本来小长假我还想约你俩出来玩的，结果一个两个不在 B 市也就罢了，还要我帮你瞒着陆叔？你觉得我瞒得住吗？"

光头气愤了，后脑勺的褶子绷紧："陆叔可是公安局局长！你真以为他气急了不审我啊?!"

现任市公安局局长的陆远章跟尚昀和光头两家住同一个大院，长得凶神恶煞，可令小儿止啼，疾恶如仇，行事一板一眼。光头年幼时父母长期在外，管教不到自家儿子，特意打跨洋电话，拜托陆远章代行父职。陆远章应下后极为认真，只要光头敢犯浑，他就能抡着棍子把他从大院东门一路抽到大院西门。

这么多年过去了，光头不怕父母就怕陆远章，只要一看见陆远章那张黑脸，他就条件反射地骨头疼。

“反正我把话撂这儿，只要陆叔问我你去哪儿了，我绝对一个磕巴不打，麻溜地就把你给卖了！”

红灯转绿，光头一边踩油门一边口沫横飞：“我记得你和老唐都不能随便离开B市吧？什么原因陆叔没说，但肯定是为了你俩好，你现在偷摸地要去G省，到底是去干吗？”

他没给尚昀说话的机会：“别说是为了祁恬，我一个字儿都不信！”

尚昀看着窗外飞驰的景色：“确实有别的事要处理。”

“不是公司的事吧？”光头跟他穿一条裤子长大，能听出他轻描淡写的话背后，隐约透出的郑重。

尚昀没说话，光头短胖的手指在方向盘上反复握了几下，下定决心般开口：“陆叔那里我可以先扛着。但你得告诉我，你和老唐突然都离开B市，是不是去做同一件事？我知道有些事我不该问，可他连去哪儿都没告诉我，我不放心。”

他拿眼角打量着尚昀，见尚昀脸色平静，便知道问不出什么，只能退而求其次：“再不济，你也得给我句准话，你俩会不会有危险？”

“这事给你准话你就信？”尚昀嗤笑了一声，“怎么着？我要是说有危险，你现在就去找陆叔把我给卖了？”

光头绷着脸没吭声，真打算这么干。尚昀见状笑了笑，不怎么走心地宽慰他：“没危险，我就是去收几笔烂账。毕竟还带着祁恬呢，我能做什么危险的事?！你放宽心好好过节，有事就往我身上推，陆叔年纪大了，已经揍不动你了。”

光头听到最后，气得冲他竖中指：“你就仗着陆叔宠你吧，次次先斩后奏，都要上天了。”尚昀轻哼，懒得理他。

红眼航班在巨大的轰鸣声中起飞又降落。

落地后祁恬打开手机，对着李梓盟给的地址直皱眉：“铜市山县，还得坐大巴。”

尚昀带着她往机场外面走：“大巴车站离机场有点儿远，打车过去。”

祁恬边走边问：“明天李梓盟来了，你说你来G省帮他？”

“他哪有那么大面子？”尚昀点开打车软件叫车，“华恒在G省有业务点，FA项目的建材有部分是我们提供的，我这次来G省不仅是为了公司业务，还要跟G省贫困县帮扶结对，加快当地同胞奔小康的速度。”

祁恬不怎么真心地海豹式鼓掌：“哦，那华恒好棒棒。”说完觉得FA项目耳熟，过了会儿突然抬头：“FA项目，宇宙之眼？华恒有业务？”

尚昀挑眉：“反应过来了？我还以为你觉得这很普通。”

“怎么可能普通！那可是宇宙之眼！我能跟你一起去吗？提你的话买票能打折不？内部价？”

“要什么内部价?！”祁恬的反应极大地满足了尚昀的虚荣心，“等事情处理完了我带你去，免费。”

“行啊，那我先谢一个。”祁恬笑嘻嘻的，没怎么当真。她来G省是找宋旭晟的，还要帮李梓盟查证，时间紧张，不一定有时间。

“如果这次时间不够，能预约下次不？”她抬头问尚昀，见他居然在发呆，“怎么了？心不在焉的。”

“唔……”尚昀犹豫了下，“十点多了，大巴可能是末班车了。”

“末班车怎么了？”祁恬莫名，“末班车也得给我们送到站啊。”

“那倒是。”尚昀看向祁恬，露出一个混合了幸灾乐祸和同情的微妙眼神，“我就是有点儿担心司机着急下班，开快车。”

祁恬没太理解他的意思，直到上了大巴，车猛地蹿出去，她才意识到尚昀想说什么——她其实对车还有阴影，尤其是在漆黑的夜里，盘山小道，再加上一辆除了喇叭不响哪儿都响的破车。

盘山路九曲十八弯，一面是陡峭山岩，另一面是车灯都照不亮的悬崖峭壁。深浓的夜色加重了人对危险和压迫的感知，每一次转弯，祁恬都觉得右侧的黑色山岩要倒下来。她刚开始还能一惊一乍地盯着路况，仿佛只要自己睁着眼，司机就能开得稳当点儿。但等到大巴进了山，飞驰上仅容两车擦肩而过的车道时，她就彻底歇了，窝进座位闭着眼一动不动。

“没事吧？”尚昀没想到祁恬的心理阴影这么重，这姑娘现在不仅脸色惨白，连嘴都白了。

祁恬闭着眼睛摆手，不敢说话，觉得自己一张嘴都能把心脏吐出来！大巴司机显然归家心切，转弯时连刹车都舍不得多踩。

“G省山多，李梓盟的老家还不知道在哪个山沟里，你现在不提前适应，到时候要被他看笑话。”

尚昀知道该怎么说才能激起祁恬的士气，他话音刚落，祁恬就颤颤巍巍地睁眼了:“他家在山县底下？”

“应该是。山县下辖有不少乡镇，我也不知道他是从哪个村出来的。”

“李梓盟说他和宋旭晟是一个村的。”祁恬捏着手指，“能不能找个牛车慢慢走？”

“公路都修起来了，你以为还能找到牛车？”

“我记得公路是这两年修的。”祁恬知道尚昀在特意分散自己的注意力，干脆背对车窗，抬头看向他，“铜市山县，几年前还是排得上号的贫困县，李梓盟老家在这边，看来他小时候日子的确过得不怎么样。”

“他这次带资回来，也算衣锦还乡了。”尚昀视线微抬，山里的夜晚漆黑一片，显得星星格外明亮，“到了山县咱们住一宿招待所，等明天他到了再一起行动。”

“他来之前肯定跟这边打过招呼了，有人接应，你呢？什么打算？”

“到了再说。”尚昀来G省的主要目的跟李梓盟和祁恬不一致，不欲多说，打算走一步看一步。

两人又说了一些话，子夜已过，祁恬渐渐困顿。

车窗外连绵起伏的山势趋于平缓，凑近车窗已经能看清山岩的颜色。大巴开始减速，车轮下的道路渐渐变宽。祁恬扭头，见道路两旁终于出现零星的路灯，不远处有了房屋轮廓，不由松了口气——总算驶出大山了。

“这都半夜了，招待所还有空房吗？”紧绷的心弦松下来，祁恬终于有余力想其他事，“要不要先打个电话问问？”

“这地方不是旅游区，一般没人来。”尚昀看了眼窗外，站起来从架子上拿上行李，“走吧，到站了。”

大巴车在县城外围的汽车站停下，祁恬跟在尚昀后面下车。大巴车乘客多是当地人，下了车后纷纷散去，车站瞬间冷清，只剩下孤零零杵在地上的站牌杆。

祁恬看了看四周，没几盏路灯，黑漆漆的，标准的荒郊野外。点开导航，再打开手机电筒，祁恬招呼尚昀：“招待所在这边。”

山县招待所的住宿条件在当地是最好的，祁恬和尚昀到了前台，才知道李梓盟已经提前把招待所给包了。

祁恬无言片刻，拿起手机要给李梓盟打电话，却被尚昀拦住了，对前台小哥说：“已经半夜三点了，他今天晚上肯定不会来。房钱我们另给，他预付的你们也不用退。”说着他将付款二维码亮给他，“行个方便，明天他来了，咱们再商量。”

前台小哥半夜被叫起来困得不行，觉得尚昀说得也没什么问题，扫了码放他们进去了。

祁恬背着双肩包走在尚昀后面，觉得李梓盟可太能挥霍了：“他包下整间招待所干吗？我下午给他打电话时他也没说这事啊。他要带多少人来，这么大阵仗？”

“谁知道呢！”尚昀不怎么在意，“没准是想给我个下马威。”

“他还求着你帮忙呢，怎么可能给你下马威?!”祁恬撇嘴，“我觉得他就是故意挥霍李家的钱。”

山县最好的招待所也就那么回事。尚昀和祁恬互道晚安，进了自己的房间，把行李放到桌上，抬眼打量房间——加大尺寸的圆床，红色的家具，鹅黄印花墙纸，深棕色的复合地板；卫生间做成三分离，浴室单独隔出来，对着卧室的那面墙改成了锃光透亮的大块玻璃。怎么说呢……审美和情趣都有点儿低俗。

尚昀走进浴室，面无表情地将收到顶部的百叶窗拉下来。随后他掏出手机，坐到床尾想了想，点开唐罗的头像，给他发了个定位，又往聊天框里打字：

已到G省，有事联系。

发完这条消息，尚昀垂着眼皮静坐片刻，又补了句：

我跟祁恬一起过来的。

发完后，尚昀也没指望唐罗能及时回复，把手机往床上一扔，从包里翻出衣服打算去洗漱，结果唐罗的视频电话进来了。

尚昀有点儿惊讶："你没睡？"

"手机连着响三次，怎么睡？"唐罗的睡眠质量一向不高，起床气大得要命，"怎么回事？我还没出发呢，你就已经到了？怎么又跟祁恬搅一块儿去了？"

尚昀举着手机给他看了下住宿环境，把李梓盟要挟祁恬的情况以及祁恬的打算简单说了。

唐罗一边听一边下床倒了杯水："李梓盟明天跟你们会合？那等他到了，你找个机会把他们甩开，过来找我，让他俩自己折腾去。"

尚昀一顿："什么意思？"

"李梓盟是上次在酒吧你让我盯的那个人吧？我后来稍微查了下，"唐罗将水一饮而尽，"原来是南城李家的小子，经侦盯他们家有段时间了，他们家手伸得太长，私募老鼠仓、互联网金融平台爆雷都有他们的影子，最近经侦的兄弟正打算收网，姓李的小子突然跑外地去，兄弟们都担心是不是打草惊蛇了。"

"还有这回事？"尚昀有点儿诧异，"我以为他来G省，明面上是替李家投资当地房地产的。"

"他又不是李家的核心人物，能动用多少钱？还投资！"唐罗嗤笑，"不过我也就是知道有这么回事，横竖不归我管，你随便听听得了。"

"嗯。"尚昀表示知道了，"那祁恬怎么惹你了，你这么不待见人家？"

唐罗反问："我还要问你呢，怎么突然跟她走这么近？真惦记上了？"

尚昀没吭声，中午在医院大门口时，祁恬最后的问话像暗示，在他心里掀起波澜，让他开始正视两人间的关系。

他正想着要怎么跟唐罗提这事，唐罗再次开口："李家没人干净，她跟李梓盟混到一块儿，也不是什么好人。”

尚昀皱眉：“李家是李家，她是她。”

“祁恬为了利益能出卖亲爹，认识李梓盟第一天就去酒吧，你觉得她能好到哪儿去？”

尚昀脸色淡下来，换到沙发上坐，向后一靠：“你越来越偏执了……提到G省，让你想起过去的事了？”

“跟G省有什么关系?!”唐罗被说中心事，用力“呸”了一声。喉结滚动，他下意识地竖起拇指蹭了下脖子：“我就是看不惯她的做派，为了自保，再亲的人也能毫不犹豫地出卖，想想就作呕。”

尚昀眉心微蹙：“祁恬不是小芾。”

“小芾”两个字仿佛是个魔咒，隔着电话，唐罗把攥在手里的杯子咣的一声砸了，脸和脖子瞬间变红，血气上涌，脖子上的疤越发狰狞，他瞪着眼，像是要跟谁拼命。

“别提那个女人！”

尚昀透过屏幕注视着他：“老唐，以前你不这样。”

“以前是多久以前？老子没被割喉的时候？”唐罗单手挡住脸，努力压抑情绪，“昀子，女人没一个好东西。教训我是吃够了。”

尚昀没说话。他不觉得唐罗说得对，但能理解他的偏激。

唐罗曾把小芾捧在手心里宠，那个不满二十岁的女孩却可以一边甜甜地叫他罗哥，一边毫不犹豫地把他的喉咙割断。要不是唐罗命大，尚昀和赵钦今年清明节就该去给他扫墓了。

血淋淋的教训就在前面悬着，尚昀不敢说自己不怕。仿佛在这世上活得久了，再好的人都会从单纯堕向邪恶，从洁白到被染成黢黑，这一过程仿佛谶言，谁也躲避不了。但尚昀的心头总还藏着一口热血，他记得有人跟他说过，这世上坏人很多，但好人也很多，阴暗的地方永远没有阳光照耀的地方大。

他仍相信这个世上总有一些人、一些事是值得为之付出努力，并不惜代价的。但唐罗已经不信了，他曾经对美好报有多么热切的希望，现在就被这希望伤得有多深。

他深信失败是种犯罪，对警察尤其如此，因此更加愤怒、不满与憎恨。

“昀子，别看脸，你就找个温厚老实的，能听你话的……祁恬不行，她心眼太多了。”

唐罗抬起血红的眼，盯着尚昀，那双瞳孔仿佛浸在血里。

“别像我一样……鬼迷心窍，把命送到女人手里。”唐罗一手举着手机，一手指着脖子，手背青筋暴起，手指痉挛扭曲。他仿佛又回到了半年前，看到那个蠢透了的自己带着傻气愣怔的脸，正抖着手企图堵住脖子上那个切面光滑的裂口，血流得太快，Y省阴湿的空气顺着裂口灌进肺里。

他的反应有些慢，靠着一面快要倾倒的砖墙，死死地盯住站在几步开外的小芾。那个清秀的女孩手里拎着雪亮的刀，刀刃锋锐，她身上甚至没有沾上血。她像没事人一样，软软地冲着他笑，嗓音清甜飘忽：“罗哥，我也不想的。但谁让你是条子……我想活，真的。”

他记得那天的所有细节，记得Y省潮湿闷热的天气，记得血液瞬间喷涌而出的速度，记得力气一点点流失的恐慌，记得视线逐渐暗下去时的绝望，却独独记不起小芾当时的表情。

在什么都看不清了之后，他听见小芾踩着马丁靴向自己走了几步，又突然停下。她的鞋底在沙土路上摩擦出慌乱的节奏，紧接着一声惊叫，飞快地离他远去。

一声巨响在唐罗耳边响起——炸弹引爆了，唐罗被滚烫的气浪掀翻，剧烈耳鸣。在失去意识前的最后一刻，唐罗突然意识到，这是他们的PLAN C。

祁恬对当天夜里尚昀和唐罗的交谈毫不知情。她一觉睡到天亮，睁眼的瞬间清醒，翻下床去洗漱。刚洗漱完，尚昀就来敲门：“起来没？出来吃饭。”

祁恬一边开门一边低头看手机：“李梓盟说他马上就到了。”

尚昀“嗯”了一声：“先吃饭。”

到了自助餐厅，祁恬看着丰盛的食物有点儿惊讶：“山县经济挺好啊？”食物虽然没有B市的餐厅丰盛，但荤素均有，蔬果菜类都不缺。

尚昀顺着她的目光看去：“县里条件确实不错，真正困难的是下面的乡、镇、村，今天有时间就去下面看看。”

祁恬想了下：“今天的安排都听李梓盟的？”

尚昀垂眸：“你答应过来帮他找证据，想好从哪儿入手了吗？”

“是有点儿想法，但你俩来G省的目的不一样，能一起行动吗？”祁恬敲了个鸡蛋剥一半递给他，“如果路线不一致，我跟他走？”

尚昀接过话：“你不考虑跟我一起？”

“他有宋旭晟的信息，”祁恬摊手，“我还指望他带我去宋旭晟老家看看呢。”

尚昀按着额角：“他来县里投资建房，我可以去村里扶贫建厂，都是送钱，我们可以顺路。”

餐后两人走出招待所，边消食边等李梓盟。太阳很大，四周全是露天的空地，树木是近几年才栽下的，林荫稀疏。县城的道路还没山路修得好，从招待所延伸出去的几条路全是沥青夹杂混凝土，间或还有一段土路。太阳一晒，到处飞土扬尘，空气干得人鼻腔疼。

祁恬眯着眼在阳光下溜达，忽然听到尚昀“啧”了一声，抬起头，看到远处乌泱泱地拥来一群人。那帮人不知道是在哪儿接到的李梓盟，此时正众星捧月般围着他，都在抢着说话，场面十分嘈杂可笑。

祁恬沉默片刻，转头问尚昀：“这都是些什么人？李梓盟带着来的？”

“看着像当地人，”尚昀仔细看了两眼，“应该是来拉投资的，我看见李梓盟手里拿的标书了。”

“你眼神真好。”祁恬眯着眼，视野中的人群被日光镀上重叠的白光，晃得人心烦，“这些人怎么知道李梓盟今天过来，消息太灵通了吧……李梓盟告诉他们的？”

“我觉得更有可能是李成那边跟这里打的招呼，”尚昀觉得李梓盟脸色不怎么好看，显然是李家内部有人把他的行程卖了，“估计招待所也不是他包的。”

“祁小姐，”李梓盟看到两人，明显松了口气，“怎么昨天突然说要先走，我还以为你要反悔。”

“反悔倒不会，毕竟我有求于你。”祁恬迅速扫了眼他身后那帮人，向旁边让开几步，将尚昀推出来，“尚总给报销机票，我就提前来了。”

“小尚总打算帮忙了？”李梓盟当着一帮人的面，不能把话说得太明白，伸出手，“小尚总，谢谢！”

“别谢太早，”尚昀敷衍地同他握手，两人一触即分，“我过来也是有事，不一定帮得上忙。”狭长的眼尾轻垂，尚昀仔细打量着李梓盟的神色，“倒是你，排场够大的啊！”

李梓盟顿了顿，抬手把两人往招待所里请：“二位，借一步说话？”

两人跟着李梓盟进了招待所大门，李梓盟回头看了眼那帮人：“阴魂不散。这些都是当地说得上话的，不知道是谁跟他们说了我要来，我刚下车就被堵了。李家这十几年跟当地没断联系，陆续投了不少钱，把这些人的胃口越养越大，他们以为我这次也是来送钱的，特意把招待所都替我包下来了。”

“你难道不是来送钱的？”祁恬指了指他手里的标书，“投标置地？”

李梓盟低头看了眼标书封面：“做个样子而已，我也没打算给李家省钱。”

“这事你自己处理吧。”祁恬不关注这个，“举报的事你打算怎么做？在这帮人眼皮底下你要得开吗？”

李梓盟显然也头疼：“今天刚来，得应酬他们，明天才能做自己的事。”

“那正好，今天先干点儿别的。”这话正中祁恬下怀，“你去B市之前住哪个村？带我去看看。”

李梓盟愣了愣：“现在就去？”

“不然呢？”祁恬冲外头扬扬下巴，“这么大串尾巴，干什么都不方便，不如打着调研的名头先下乡看看。”说着她转头看向尚昀，“尚总来G省是打算援建的，正好同路。”

李梓盟看了尚昀一眼，觉得这样安排也行：“行，我让他们安排车。”

他们说话的这会儿工夫，招待所外的人差不多散了，就剩两三个还候在原地。李梓盟出去跟他们交代了两句，很快就有人开来辆越野车。

“你们别跟着了。”李梓盟拉开驾驶室的门坐进去，对守在车头的人交代道，“今天谢谢大家来接我，晚上再请大家喝酒。”

“哎，行，李老板，那我们先让招待所准备着。”留下的人里有个三十多岁的青年，跟李家有点儿关系，搓着手，操着不太标准的普通话，“李老板，这几年乡里变化挺大的，路都修起来了，跟以前不一样了，真不用我跟着？”

“用不着，”李梓盟将车发动，示意尚昀跟祁恬上车，“我认识路。”

“那……有事您打电话！”

青年明明比李梓盟大十好几岁，却一路跟着车跑，殷勤挥手，仿佛他多主动点，李家就会在当地多投点儿钱。

尚昀和祁恬坐在后座，车渐渐开起来，李梓盟回头冲两人交代道：“村子那边路况不好，你们把安全带系上。”

“好。”尚昀扣紧安全带，又去检查祁恬的，嘴里还不忘交代，“等下开慢点，她晕车。”

李梓盟挑眉没说话，倒是祁恬扭头看向他，尚昀坦然地与她对视：“你不晕？从机场到山县那段路，我看你都快哭了。”

祁恬咬牙切齿道：“晕，但你也用不着特意说出来。”

越野车飞快地驶出县城，穿过县道和检查站，即将进山。李梓盟从后视镜看着祁恬和尚昀：“后面都是山路了，有些地方减速没法开，祁小姐要是晕车就闭会儿眼，睡一觉就到了。”

话音刚落，李梓盟手里的方向盘就向右转了大半圈，祁恬坐在右后座，被惯性甩向尚昀，要不是安全带卡着，她能扑进对方怀里。

“你——”祁恬还来不及反应，越野车反向又是一个转弯，这次换尚昀倒向祁恬，深蓝色西装紧贴祁恬的白色外套，祁恬余光看到窗外灰黑色的岩壁扑面而来，呼吸瞬间乱了。

“别回头。”尚昀在她耳边低声提醒道，“别看。”

“刚才右后轮是不是悬空了？”祁恬声音有点儿抖，她下意识地向后看了眼刚才通过的弯道。那段山路极窄，越野车刚才拐弯时靠着惯性加速通过，如果开慢了，转弯时悬空了小半个车身的越野车说不定会翻下悬崖。

“别怕。”尚昀安慰她。

“我没怕。”祁恬不愿示弱，紧绷着身体坐在位子上，生怕李梓盟开得兴起，来个三百六十度大回旋，直接把她甩进尚昀怀里。但这条山路弯道极多，她跟尚昀坐在后座，像被荷官放进骰盅的骰子，被摇得你撞我我撞你，没一会儿祁恬脸就白了。

偏尚昀还故意问她：“怕不怕？眼睛疼不疼？”

祁恬后背被冷汗湿透了，咬着牙道：“你消停会儿吧。”

尚昀宽容地笑了笑，看了一眼全神贯注开快车的李梓盟，低声对她说：“我帮你带了盒他克莫司。”

“我谢谢你了。”祁恬又吓又气，不想理他。

李梓盟开着险路，情绪反而高涨起来，扭头对他们说：“别担心，就这段路有点儿危险，再往前就没事了。”

祁恬吓得瞪着眼睛吼他：“回头看路！”

“怕什么，这路我都开熟了。”李梓盟不在意，“倒是你们，没见过这种路吧？”

尚昀见他越发过分，不由得皱眉：“你再不看路就靠边停，我来开。自己想死别拉上别人。”

李梓盟笑了声，把头转回去：“真没事，以前路没修好时才危险，特别窄的土道，一下雨就泥石流，马走都费劲，全靠人的两条腿，几步一滑，得捡树枝撑着。从县城到村里，走得快也得一天多。”

“现在修了路，比原来强多了。”他顿了顿，声音忽然低沉，“我六岁时 B 市来的人就说要修路，拖到两年前才修好。”

尚昀和祁恬都没理他，觉得他现在的情绪有些喜怒无常。李梓盟似乎回想起了什么不愉快的经历，也不说话了。越野车穿梭于群山之间，艳阳高照，狂风肆虐。有时车胎压过没有沥青的路面，尘土便爆炸般扬起来，车窗外很快被附上一层黄土。堪比掉头的弯道一个接着一个，越野车两三米之外就是笔直的山崖，祁恬看得心惊胆战。不知过了多久，李梓盟终于把车停下了。

第二十章 你怎么能把她当小姑娘

“到了。”李梓盟跳下车，“我去找村主任，你们等一下。”

车停在村委会院外，紧挨着一条小溪，溪对面是成排的砖房，刷了黄白色外墙涂料，屋顶的黑瓦很新。

尚昀看着四周，村委会在山坡上，顺着山坡有一块块开垦好的梯田，坡底散落着几十户人家。坡底的另一面是很高的山，这几年植树造林颇见成效，小树苗成片长起来，疏落的绿意让整座山的线条变得毛茸茸的。临近中午，梯田里劳作的人很少，民宅里也没有几家冒出炊烟。

祁恬有些奇怪：“村子里好像没什么人？”

“年轻人都出去打工了，村里基本上只有老人和孩子。”李梓盟带着村主任走过来，指了指山下说，“以前大家都住坡下，一下雨就被淹。溪对面那排房子是新盖的，村主任说料还没干透。”

他说着向村主任介绍尚昀：“这位是B市来的大老板尚总，想来咱们这儿做个调研，看有没有能帮上村里发展的。”

“哎，尚总！您好您好，路上辛苦了吧？”村主任是个四十多岁的男人，他用力地同尚昀握手，笑出一口黄牙，“我是先村的村主任，您喊我老吴就行！”

尚昀点了点头，将祁恬介绍给他：“这是我的律师，投资时有些法律风险可以规避下。”

祁恬笑着冲他点点头。村主任显然将注意力更多地放在尚昀身上，点头哈腰，正要再说几句场面话，尚昀打断他：“李梓盟是在你们村长大的？我看你俩挺熟。”

村主任愣了下，眼睛直往李梓盟那儿瞟：“这个……不是，他家在后村，我们这是先村，但是两个村离得不远。”

尚昀扬眉，同祁恬对视一眼。

祁恬皱眉问李梓盟：“不是说去你老家看看吗？你带我们来这边干吗？”

李梓盟睁着细眼，毫不心虚：“先村是宋旭晟的老家，我以为祁小姐更想来这边。我家在后村已经没房子了，先村宋旭晟家的老宅子却还在。”

“先村跟后村隔着几条山路，我能自己走路以后就老过来，那时候大多是宋旭晟带着我玩，我对先村的印象更深。”这么说的时候，李梓盟的神情很平静，但问题就是太平静了，“老吴是前两年当选的村主任，我们打过几次交道。”

祁恬隐约觉得哪里不对：“照你这么说，宋旭晟这人还挺不错的？”

李梓盟看向她：“我不知道你为什么要找他，但在我的记忆里，他是少数几个对我好的人。”

祁恬抿了下唇，转向村主任：“宋旭晟家离得远吗？我想去他家看看。”

村主任犹豫了片刻：“远倒是不远，但是……宋家那孩子早就不在村里了啊。”

“什么意思？”祁恬看向李梓盟，“你不是说这是他老家吗？”

“是他老家。”李梓盟转向村主任，“赵奶奶还住在老地方吗？”

村主任点点头：“一直按您之前交代的，额外关照，但老太太死活不肯搬家，要不您再去劝劝?!”

李梓盟不置可否：“我带他们去看看。”说着他招呼两人向山下走去，边走边给祁恬解释，“宋旭晟老家在这里，但我去B市之后不知道他什么时候也离开了，只有他奶奶还住在这儿，我带你们去看看。”

祁恬觉得自己被骗了：“你之前说他在这儿！”

“我说的是我在的时候他还在，我六岁就离开这里了，之后他去哪儿了，我也不知情。”李梓盟不觉得自己玩文字游戏有错，“我在B市待了多少年，就跟他失联了多少年。”

祁恬面无表情地看着他：“你早就打算把我骗来再说？”

“怎么能说是骗呢？这里确实是宋旭晟的老家，这点做不了假。”李梓盟回头露齿一笑，“而且，就算没有宋旭晟的事，你也会来的，毕竟你还关心你的学姐和朋友。”

祁恬站住，不想走了。

尚昀拉了她一把：“来都来了，去看看再说。”劝完祁恬，他看向李梓盟，“那个村主任可靠吗？你这么明目张胆地来宋旭晟的老家，不怕你父亲知道？”

“我爸根本不记得有宋旭晟这号人，老吴人还算老实。真问起来我就说是跟小尚总一起来的，小尚总的眼光当然比我好，有发财的机会可别忘了我。”

李梓盟话说得气人，脚下却不停：“更何况，来这里是祁小姐要求的，我必须得满足她。”说着再次回头冲祁恬一笑，一双细眼里全是算计，“举报的材料还要麻烦祁小姐多费心。”

“李梓盟，你要一直是这个态度，咱俩没法合作。”祁恬一点儿也不想费心，她冷着脸看向他，“你习惯算计利用是你的事，但现在既然咱们目标暂时一致，你最好别耍那些心眼，否则不如就此散伙！”

祁恬真的很烦这些钩心斗角，把话说得又硬又重：“我要保住郭小圆的铺子，要替学长报仇，也不是真的非你不可。”说到底，这地球少了谁转不动？

李梓盟没想到她把话说得这么直白，不由得愣住了。他看了祁恬片刻，见她确实不是在开玩笑，才开口解释：“我问过宋旭晟的奶奶，问她宋旭晟去哪儿了，但是问不出来。”

他站在田埂上停了停，见祁恬跟上来了，才继续朝前走：“你不信的话，等下见到赵奶奶，你可以自己问，但我觉得你问不出什么来。”

“为什么？”

“老太太……有点儿糊涂了。”李梓盟抬头看了看天边流散的云彩，罕见地叹了口气，“赵奶奶的日子不好过。”

祁恬冷笑一声：“有宋旭晟那么个不肖子孙，她日子是好过不了。”

李梓盟回头看了她一眼：“我之前就想问了，你跟宋旭晟到底是什么关系？既然讨厌他，为什么还要找他？我跟他虽然十几年没联系了，但我认为他人品并不差。”毕竟自己小时候可没多招人喜欢。

“我跟他有仇，”祁恬冷冷说道，“我是来找他算账的。”

“多大的仇，值得你跨省来找？”李梓盟更疑惑了，“钱债还是情仇啊？”

祁恬闭上嘴，不理他了。三人又走了十几分钟，终于下到山脚，李梓盟带着他们顺着沟底向西拐，走进一条羊肠小道，小道上铺了水泥，但损毁很严重，路面坑坑洼洼的，夜里走很容易摔跤。

路的尽头立着幢房子，给人感觉这条路是专为那幢房子铺的。李梓盟带着他们走了过去：“到了，这就是宋家的老宅子。”

到了近前，祁恬才发现宋家的房子和村里其他人家的房子都不一样，是老式的木头房子，墙体承载了积年累月的风吹日晒，呈现出一种泥棕色的油腻感。门框两旁的红色对联被雨水洗掉了色，门扇上的“福”字翘起了边角，摇摇欲坠，仿佛再多来一阵风就能把它吹落。

要不是李梓盟带着过来，祁恬很难相信这幢房子还能住人：“这真是宋旭晟的老家？”

“是。”李梓盟带着他们进屋，室内潮湿闷热，有不知名的昆虫顺着木墙的缝隙爬来爬去，发出窸窣的声音。窗框上蒙着塑料布，室内光线昏暗。

堂屋里摆着赵老太太的全部家当。东南角拉着看不出花色的布帘，帘子后面可能是睡觉的床。西北角搭着灶台，几根木柴堆在角落里。水泥地面踩上去沙沙的，全是尘土。屋子里没人。

“赵奶奶？”李梓盟走出屋，扬起嗓子喊了两声。

屋后头慢慢传来拖沓的脚步声，一个六七十岁的老人佝偻着背走了过来，手里拄着根树枝。

“赵奶奶，您怎么跑后头去了？”李梓盟过去要扶她，被挥开了。

“哪来的后生仔，在我这屋门口瞎转悠。”

老太太的话说得不客气，祁恬怀疑地看向李梓盟：“她都不认识你？”

李梓盟还来不及解释，老太太已经看见站在门口的尚昀和祁恬。

“哎哟哟，这是哪家的丫头啊？”老太太原本绷着的脸忽然笑了起来，脸上连成沟壑的皱纹在阳光下更明显了。她拄着树枝几步挪过去，完全无视尚昀，仔细打量着祁恬，嘴里啧啧有声：“长得真俊，配得上我的大孙子。”

祁恬努力无视她打量的目光：“您的大孙子叫宋旭晟？”

“你知道？我就说嘛，我那孙子绝对是山沟沟里飞出去的金凤凰，十七岁考到警察学校，出来就穿军装，这十里八乡的，没一个不羡慕我们老宋家的！”

祁恬眼睛睁大了：“警察学校？”她飞快地看了尚昀和李梓盟一眼，转头去问老太太，“婆婆，宋旭晟考的警察学校？哪年考的？”

祁恬连着问了两次，但老太太似乎累了，完全不理她问了什么，只捏着她的胳膊，又说了几句“大孙子像他爸”，便嘟囔着谁也听不懂的话，挪到屋檐下的竹躺椅旁坐下，闭目养神，不再搭理她了。

“婆婆？婆婆！”祁恬蹲在她身旁叫了两声，神情有些急切。

宋旭晟上过警察学校，这事她完全没听许姝雯说过。她想再多问一些，可老太太在屋前的一小块阳光下，哼起小调，沉浸到自己的世界中去了。

“婆婆，您听得见我说话吗？”祁恬又问了几句，越发急切，几乎想动手推她。

“别问了，老太太脑子有点儿不清醒。”尚昀拉住祁恬，看向李梓盟。

李梓盟点点头：“赵奶奶糊涂很久了。”他看着祁恬的眼睛，“我没骗你吧？几年前我能自由往返G省后，就找她问过宋旭晟的去向，她的反应和现在一样。有时我运气好，她还会多说一句，说她也在等孙子回家。”

祁恬深吸了口气，站起身望向老房子四周荒凉的野地，有些发怔。

“这里离村子里的其他住户太远了，老太太一个人住在这儿，不安全吧？”祁恬觉得宋旭晟是把赵老太太也抛弃了，不由得开始担心老人家的处境，“这房子太老了，看着像危房，刚才村委会对面的那排新房盖好了，怎么不让老太太搬进去呢？”

李梓盟没什么笑意地勾了勾唇角：“赵奶奶自己不想搬。”

“为什么？”

“她要等宋旭晟回来。”李梓盟顿了顿，“我猜的，她没说过，但我觉得她是怕离开老屋，如果宋旭晟回来，就找不到家了。”

“宋旭晟有多久没回过家了？”

“我问过，赵奶奶没说。”

祁恬嗓子眼发堵——宋旭晟能在许姝雯病重后直接消失，自然也能在赵老太太神志不清后不闻不问。这个男人无情无义、不忠不孝，真不知道爹妈是怎么教的！

“宋旭晟是老太太的孙子，那老太太的儿子呢？”祁恬想起刚才在屋内看到的情形，

"宋旭晟的爸妈也不管老太太吗？"他们身后的房间，只能用"家徒四壁"来形容，祁恬没看到有第二个人存在过的痕迹。

"好像不在了。"李梓盟神情有些恍惚，"我——我记不太清。我六岁前的记忆是混乱的，只记得清赵奶奶和宋旭晟，其他人……其他人我想不起来了。"

李梓盟挣扎回忆的表情不似伪装："我不记得宋旭晟的父母是怎么回事。"

尚昀在一旁开口问道："宋家的事，你没问过村主任？"

"我最近几年才有点儿自由，之前李成不让我离开B市。老吴是前年当的村主任，十几年前的事我问过，他不清楚。"

"他知道你不是先村的人，难道就不好奇你为什么会对宋家这么关注吗？"

"只要我在先村投资，他不会多嘴问的。"李梓盟嘲讽地笑了笑，"这里的村民大多'事不关己，高高挂起'，他为什么要得罪我？"

尚昀皱了皱眉，不再问了。李梓盟也觉得再说下去没意思，转身向来路走去："看也看了，祁小姐如果还有要问的，就抓紧时间问，我先回村委会。G省要进入雨季了，赵奶奶不愿意搬，老吴得找人来给老房子做防水。"

祁恬看着他的背影："你对赵老太太比对其他人上心多了。"

李梓盟离开的步伐一顿："毕竟赵奶奶喂我吃过饭。"赵老太太专门开火给他烧饭，宋旭晟带着他漫山遍野疯跑，是他童年时期为数不多的温馨记忆。

李梓盟离开了。祁恬蹲回赵老太太身旁，又等了片刻，见还是得不到回应，长出了口气，站起身："咱们也走吧，至少有了宋旭晟的一点消息，确定这个人真实存在过，也不算白来。"

尚昀点点头，带着她往回走，祁恬撑着他的手翻过一道陡坡，忽然想起件事："尚昀，宋旭晟是警察学校的，那唐罗呢？"她抬头看着他，"唐罗是警察，上的也是警察学校吗？你呢？你和唐罗是发小，你上的什么学校？"

尚昀回望着她，目光安定平和："我和唐罗都没上过警察学校，唐罗当警察跟陆叔有关系，他是转业军人。"

"哦，是你之前说的那个陆远章局长。"祁恬思维有些钝，又往前走了几步，忽然叹了口气，"你说宋旭晟这种人怎么能上警察学校呢？他的思想品德根本不及格啊。"

尚昀看了她一眼："既然说到这儿了，你现在能跟我说说，你为什么非要找宋旭晟了吗？"

祁恬有些犹豫，李梓盟显然是站在宋旭晟那边的，自己要再不把事情说明白，回头被李梓盟坑的时候，尚昀不一定护她。

"其实也没什么好说的。"她揪了下垂落胸前的头发，"之前不告诉你，是因为这不是什么光彩的事。"

祁恬拧住眉："你也知道，叶阿姨的女儿去年去世了，我上次让你帮忙打电话……"

"和叶素娟有关？"尚昀有点儿惊讶，"所以你跟她的问题不止因为她女儿的眼角膜，宋旭晟在其中做了什么？"

祁恬叹了口气："叶阿姨的女儿许姝雯和宋旭晟曾经是情侣，许姝雯生病后，宋旭晟失踪了，直到她去世，宋旭晟也没去医院看望过。叶阿姨为此恨透了他，觉得姝雯姐识人不准，但姝雯姐直到去世都相信宋旭晟是有苦衷的。我虽然不知道她为什么这么相信他，但她把眼角膜给我了，所以我得帮她找到宋旭晟。"

"难怪叶素娟根本不想见你，"尚昀之前觉得奇怪的地方终于说得通了，"你答应许姝雯去找宋旭晟，自然会惹恼她。女儿去世，男朋友却连个面都不露，许姝雯还对他念念不忘，叶素娟肯定恨不得宋旭晟根本没存在过。"

"而且姝雯姐还瞒着叶阿姨借给了宋旭晟三十万……"祁恬艰难吞咽，努力将接下来的话挤出来，"现在叶阿姨人财两空，她既恨姝雯姐瞒着自己，又恨宋旭晟背信弃义。"

尚昀眉头微皱："确实过分。"

祁恬苦笑道："我一直说自己跟宋旭晟有仇，不是开玩笑的。姝雯姐是个特别好的人，特别特别好，凡事拎得清，身患绝症却很豁达。我跟她满打满算只认识了几个月，却很能理解叶阿姨难过的心情。宋旭晟不干人事，我劝过姝雯姐很多次，但她依然坚信自己和宋旭晟情比金坚。"

"所以……虽然我觉得找宋旭晟这事很蠢，但既然是她的遗愿，我又受了她的恩惠，就一定要为她做到。"

尚昀看了她半晌："祁恬，你确实跟别的小姑娘不太一样。"

"啊？"

"肝胆洞，毛发耸。立谈中，死生同。一诺千金重。"尚昀轻声开口，"拜托你的人已经去世了，你哪怕得罪还活着的人，也要坚持履行承诺……怎么说呢，挺轴的。"

祁恬抿了抿嘴唇："你直接说我傻就是了。我知道我这样不讨人喜欢，但祁连山教给我最有用的经验，就是一切皆有代价。我当然可以不兑现诺言，但人生如果习惯了走捷径，最后只会走到绝境。"

祁恬抬起眼，茶棕色的眸子被日光照得熠熠生辉："我尽力去做，哪怕最终结果依然不尽如人意，至少我问心无愧。"

尚昀看着她，忽然笑了笑："我能理解。"他见祁恬露出询问的神情，解释道，"我也在帮我的战友找人，所以能理解你。"

而且，祁恬就是那种人，那种受了别人的好，一定要加倍奉还的小姑娘。她感受过这世间的许多恶，因此更加珍惜那些善。她固守着阳光、空气和水，仿佛这样就能在广袤大地上开出一片灿烂的花海。

“你怎么能是傻呢？觉得你傻的人才是真的看不透。”

尚昀转过头，向远处望了眼。太阳开始西斜，天空红得刺眼，火烧云低低地压在青绿的山巅，仿佛随时都可以引燃山火，金红的落日好像就在前方不远处，这样夸张的落日尚昀从未在B市见到过。

“你这样很好，”尚昀带着她慢慢走，“坚定、自信，知道自己要做什么，并且毫不犹豫地去做——我羡慕你。”

祁恬觉得尚昀在夸她，但又觉得他其实想说的是别的话，她下意识地问道：“你有什么想做但不能做的事吗？”

尚昀有些惊讶地转过头，山间的风穿梭在两人之间，尚昀漆黑明亮的眼中压抑着一些情绪，他轻轻笑了笑：“是有一些……事，倒不是不能做，就是年纪大了，做起来瞻前顾后的，不像你，还敢横冲直撞。”

“你？岁数大？”祁恬下意识地反驳：“你才比我大几岁啊?！装老成！——谁说我横冲直撞了？”

尚昀笑起来，弯腰平视她：“反正比你大。横冲直撞没什么不好的，我是夸你呢。但咱们能不能打个商量，以后你要做什么，都提前跟我说一声，这样万一你捅破了天，我这个高个儿的还能替你顶一顶。”

祁恬一下失声。她看着他，在落日熔金的傍晚，尚昀的目光仿佛有魔力，让她的眼角渐渐酸涩。

“你怎么突然这么好说话？”

“我一直都很好说话，是你对人的戒备心太重了。”尚昀伸出手，“走了，李梓盟要等急了。”

祁恬伸手搭在他的手上，犹豫了一下，还是改而扯他的衣袖：“这里不好走，等到了村委会我就松开。”尚昀挑挑眉，并不勉强她。

“既然宋旭晟老家确实在这里，他父母的信息应该能查出来，他爸妈总能知道他去哪儿了吧。”祁恬踩着尚昀的脚印走，觉得这趟G省来得值，还挺有收获的，至少开局不错，“不过听李梓盟的意思，宋旭晟小时候人还挺好的，怎么长大以后跟变了个人似的。”

尚昀倒觉得没什么奇怪的：“这么多年了，谁也不知道宋旭晟后来遇到过什么事。有些人你隔个几年再见，说不定连性别都变了。”

祁恬噗一声笑出来，一下午如鲠在喉的沉郁消散了几分。

“不会找不到宋旭晟的，”尚昀开解她，“既然这里有了线索，不管是不是你要找的宋旭晟，等回去我让唐罗把地点限定在这里，在系统里重新查一遍，说不定能查到身份证号。有了身份证号，后续资料就都能找到，不会再‘查无此人’了。”

祁恬抬了下头：“真的？”

“真的。”

祁恬仰头看向他，这一瞬间她突然觉得，能够不再孤军奋战，其实也很好。

“那我先谢谢你和唐警官了啊。”她本来不觉得孤独有什么，她从小就知道自己的父亲是个伪君子，知道自己的外貌和家境会引来许多人眼红。所以她干脆把自己打造成一座浮游的孤岛，大多数人尝试着向岛上走几步，被嶙峋的礁石硌了脚便放弃了。

但尚昀不这样，他维持着良好的教养，站在这座孤岛的边缘，彬彬有礼地询问自己可否登岛。他这个人，始终带着一种奇异的、仿佛能疏导一切的、像是长夜尽头一盏孤灯般的温柔。

“要不我再去问问村主任，说不定多问几次他就能想起一点。”祁恬快走几步，却被尚昀拉住了。

“晚上再问。”尚昀示意她看向不远处，“村主任上车了，李梓盟来之前说过，晚上要在招待所请当地人吃饭。你等晚上他们都喝得酒酣耳热时再问，说不定能有意外之喜。”

祁恬来回看了几眼，一脸恍然大悟：“尚昀，我发现你也挺贼的。”

“怎么说话呢！”尚昀没好气道，“我这叫经验，不识好歹的小丫头。”

越野车驶回山县时，天还没彻底黑。祁恬坐在后座一时没动弹，觉得腿还有点儿软。

“你们先下，”尚昀对李梓盟和村主任说，“我陪她坐一会儿。”

李梓盟见招待所已经灯火通明，有不少人正在进进出出，知道现在不是说话的时候，“行，那你们快点。”说罢他招呼村主任，先过去应酬了。

祁恬坐了一会儿，终于有力气解开安全带：“今天晚上这顿饭，咱们也得陪着？”她有些不太乐意，“那帮人跟咱们也没什么关系啊。”

“在他们看来，咱们和李梓盟是一伙的。”尚昀觉得“咱们”这俩字听着很舒服，见有人过来请了，飞快倾身，贴着祁恬耳朵轻声道，“等下吃饭他们肯定会劝酒，你一口都别喝。”

他的声音压得很低，很沙哑，像个小钩子，勾得祁恬心尖颤了下。

她回头问道：“推得掉？”

尚昀笑道：“我替你挡着。”

越野车在户外晒了一天，车厢内特别闷热，祁恬觉得自己浑身的温度也一下攀升，燥得人难受。

“那说好了啊。”飞快地跳下车，祁恬踉跄了一下，腿有点发软。

刚才尚昀的笑声很轻，却近在咫尺，就好像他往自己耳边吹了口气，还用指尖在她背上划了一下，力道不大，她却半条命都快没了。

招待所的饭堂里果然支起了圆桌，服务员正往来上菜。李梓盟支着头，百无聊赖地坐在主位左边的位置，有一下没一下地瞟着门口。

晚上的席面是中午那个三十多岁的青年张罗的，祁恬听别人管他叫徐主任。这位徐主任很会来事，一道道菜量大份足，风格家常，让人挑不出什么问题，就连酒也是普通的玻璃瓶二锅头。徐主任张罗着大家入座，将尚昀和祁恬让到主位。

祁恬落座后感到李梓盟的视线在自己脸上来回转悠，忍不住抬眼问道："你看什么呢？"

"我刚才下车时你脸色还煞白，这会儿已经恢复红润了。"他的声音没有刻意压低，周围嘈杂的氛围静下来。李梓盟刻意感叹道："还是小尚总有办法。"

祁恬不用转头都知道满桌的当地人脸上是什么样的神情，她挑挑眉，毫不客气地刚了回去："那当然，不管什么事尚总都能解决，哪像你，吃个饭还要等别人张罗。"

场面顿时冷了下来，只有李梓盟还撑着头笑眯眯的，仿佛根本没听出祁恬是在挖苦他。

尚昀大概是在座最淡定的人，低头倒了杯茶，递给祁恬："渴了一天，喝点水。"

祁恬很给他面子，接过来，不再看李梓盟："谢谢。"

尚昀又看了徐主任一眼，见他僵立在一旁，显然不会处理这种尴尬局面。在心里叹了口气，尚昀开始暖场："徐主任，别光站着看热闹，李总累一天了，还等着你们张罗开饭呢。"

"哎！是是！瞧我这眼力见儿。"徐主任接过尚昀递的梯子，感激地顺坡下来，端起酒杯往李梓盟座位走去，"李总，您大人有大量，我们都饿了，就等着您开席呢。来来，我先敬您一个！"

桌上哄笑起来，本来就是应酬的酒席，大家各怀心思，不出片刻气氛就炒热了。男人们推杯换盏，山县叫得上名的人基本上都来敬酒了。觥筹交错间，酒杯在灯光下折射出明亮的光，祁恬看着玻璃瓶里不断摇晃的透明液体，眼前晃过赵老太太那间危房一样的家。

她突然想起赵老太太当时说宋旭晟像他爸，哪方面像？也许比起孙子，从老人的儿子入手，能找到更多的线索！她想找尚昀商量，却见他被人群团团围住，根本靠近不了。

算了。祁恬放弃叫他，趁着其他人绕场敬酒时，将走过身旁的徐主任拉住："徐主任，我今天去先村，那里有位姓赵的婆婆，孙子是宋旭晟，你知道她儿子叫什么，是做什么的吗？"

徐主任喝得满脸通红，听了祁恬的话有点儿迷糊："您说的是先村的赵婆子？她叫赵芝兰，就是个疯婆子，她的话您别信，都是胡言乱语的。"

徐主任说话声很大，把李梓盟吸引了过来，相比起尚昀，他被敬酒的频率要低得多。

李梓盟阴着脸："你说谁是疯婆子？"

“李……李老板。”徐主任喝得舌头大了，脑子却还清醒着，看出李梓盟不高兴，连忙往回找补，“咳，您不常回来，不知道。那赵婆子十几年前就有点儿糊涂了，逢人就说自己儿子干大事去了，等她儿子回来就没人敢再欺负她，其实谁欺负过她啊?！前几年她家还有个孙子，有事我们都找她孙子说，可不知道从什么时候起，她孙子也不见了，现在就她一个孤寡老太太，我们上门慰问时，她都能把我们给打出来，不信您问老吴！”

说着他扭头，要拉人下水：“哎，老吴！你……”

“别喊了，”祁恬拦住他，“村主任还没你知道得多呢，你把你知道的都给我们说说。”

徐主任于是赔着笑又开了一瓶酒，边为李梓盟倒酒，边给两人解释：“十几年前的事我也不太清楚，那会儿我在外地上学，放假才回来看看。赵婆子的儿子我只记得姓宋，在村子里没什么存在感，唯一的印象是他好像穿过制服。”

李梓盟见他停了下来，举杯同他碰了一下，徐主任受宠若惊，一口气干了，抹嘴接着说：“赵婆子的孙子我倒还有点儿印象，比我小不了几岁，我大学毕业回来刚参加工作时，他考上B市的警察学校了，这事赵婆子吹嘘了好久。也确实不容易，一个老太太带着个孩子……叫什么我可不记得了，得去村里查人口登记的本子。但我记得那人去B市后回来得就少了，后来干脆不回来了，只留赵婆子一人在村里住。”

李梓盟握着杯子的手捏紧了：“宋旭晟知道我去了B市，他考上警察学校，为什么不来找我?”

祁恬冷淡地看向他：“李家是什么好地方吗？他为什么要去找你?”

李梓盟绷着脸没说话。祁恬见再问不出什么，挥手让徐主任走了，转头看向李梓盟：“所以其实村民有不少人见过宋旭晟的爸爸，可为什么你一点儿印象都没有?”

李梓盟的脸色很难看，屈指顶住脑门：“我真的完全想不起来，要不是你找宋旭晟，我不会发现自己关于宋旭晟爸爸的这块记忆是缺失的。”

但这说不通啊，李梓盟六岁时，宋旭晟应该也是个孩子，所以才会带着他玩儿，那时宋家肯定有大人，否则光凭赵老太太看不住两个小子。

祁恬从许姝雯的年纪推算：“宋旭晟应该比你大六岁，他带你玩儿的时候，自己也就是个半大的孩子。”她打量着李梓盟的神色，“今天赵婆婆说宋旭晟像他爸，刚才徐主任说宋旭晟的爸爸穿过制服。你说，有没有可能宋旭晟的父亲是个警察?”

李梓盟愣了两秒：“因为儿子上了警察学校，老子穿着制服就是警察？你这个逻辑说不通。而且……你干吗这么关心宋旭晟的父亲？你不是来找宋旭晟，以及帮我搜集李成的举报证据的吗?”

“要不说你心思都花在不该花的地方了呢。”祁恬有点儿鄙视他，“你家在后村，连老房子都没了，去村里什么也查不到。李家在山县经营了多年，你看看在场的这群人。”

祁恬点了点喝得面红耳赤的人群：“这些都是你们李家拿钱一年年疏通出来的关系，

谁会说李成的坏话？你为什么要来G省查李成，不就是因为李成在B市根基已稳，你想从他发迹前入手吗？但你有多少年没回G省了？这些人哪个不是跟李成更亲？既然这样，我们只能先打听你小时候的事，看看当年到底发生过什么。既然李成能强奸你妈，他就能干出别的伤天害理的事，总要有个线头，才能牵出后面的所有事。"

祁恬说得头头是道，李梓盟看了她半晌，竖起大拇指："祁小姐果然经验丰富，佩服佩服。"祁恬懒得理他，觉得这人是在拐着弯骂自己。

李梓盟脸上重新挂起假惺惺的笑容："小尚总可真是怜香惜玉，把要敬你的酒全给拦了。"

到现在还能稳坐桌旁吃菜的只有祁恬一个了，桌子另一边有七八个人围着尚昀，另外还有两三堆人分散着喝。李梓盟给自己又斟了一杯酒，坐在祁恬身边不挪窝。

祁恬看了他一眼："你不过去？"

"去给小尚总抬轿子？"李梓盟唇边笑意加深，有什么情绪从他脸上一闪而过，"不去，而且我看见那些人就恶心。不能被当作中心为人瞩目，我就提不起劲。"

"原来你还是表演型人格。"祁恬放下筷子，端起茶杯冲李梓盟举了下，"走一个？"

李梓盟也喝了不少，微黑的皮肤泛着红，噗噗直笑："你干了我随意？"

"那还是算了。"祁恬放下茶杯，"咱们聊聊。"

"聊什么？"

"明天的计划。——你能不能别老是拿这种眼神看我？"

祁恬不是容易自作多情的人，但从B市第一次见面起，她就觉得李梓盟对自己的关注有些超标，到山县后更是如此，只要一有机会，他的视线就恨不得黏在自己身上。

但那并不是男人打量女人的眼神，如果非要形容，祁恬觉得那是黄金蟒直立而起，思索着要从哪里入口才能把人完整吞下去的姿态。

"你看别人也是这么看吗？小心哪天被人把眼珠子抠出来。"

"唔。"李梓盟似乎没想到祁恬会直接问，他收回视线，推了下黑框眼镜，"明天你打算做什么？"

"先去当地档案馆看看，"祁恬见他收敛了，也不再多说，"宋旭晟的事跟你无关，我自己查。李成的事，从律师角度来说，我会建议你把跟他生意有关的社会报道，以及你出生后，他发迹前那几年待过的地方的新闻都找出来看看。"

李梓盟应得很干脆："行，档案馆我去协调，但资料都是十几二十年前的了，肯定没有电子档，需要自己翻。"

"只要纸媒的资料都留着就行。"祁恬说着，将视线转向酒局，见尚昀还在接受别人敬酒，来者不拒，神情毫无异样。她忍不住皱了下眉——上次在酒吧，尚昀喝醉的时候看起来也是这么清醒。

李梓盟看着她的侧脸："祁小姐，你知道吗？当初李成要带我去B市时，我是不愿意的。我舍不得我那个傻掉的妈，害怕去陌生的地方，我哭着跪在后村的村主任家门口，求他劝我爸改变主意。"

祁恬转头看向他，李梓盟吃了口菜，神情自如，像在拉家常。

"那时候我想得很简单。我觉得就算我妈傻了，李成不要我了，我也能活下来。像宋旭晟那样的好心人在乡下应该不少，我觉得我没问题。"

"纠正下，宋旭晟可不是什么好人。"

"我不跟你争这个。"李梓盟勾勾嘴角，"可我都跪下来了，后村的村主任却还是为了李成和B市那些人承诺的修路、援建，把我绑着送给李成了。村民们没有一个反对的，他们以为李成和他们一样，都觉得儿子越多越好。他们为了自己过好日子，巴不得我赶紧滚蛋。而李成不想节外生枝，也就接了，要不是我之后表现得够乖，早被他给弄死了。"

李梓盟嗤笑一声，将杯中的酒一饮而尽："因为我那次折腾的动静太大，李成带我去了B市后，哪儿都不让我去，其实到了B市，我就知道自己之前有多蠢了。B市有那么多好吃的好玩的，柏油马路又宽又平，跟我从G省走的那天看到的烂泥塘和黄土路完全不一样。这里的乡镇晴天刮土雨天水淹，我当初是脑子被驴踢了才想留下来！"

"所以你觉得这些人恶心？"

"我当时是抱着孤注一掷的心态去求村主任的，我妈被李成打傻了，我觉得我离死也不远了。所以我不想跟他走，我觉得我跟他走了活不下去……我一把鼻涕一把泪地求他们，可他们做了什么？"

李梓盟拿筷子点着桌对面的那群人："他们直接把我捆了送回了家，还跟李成说，小孩子不懂事，多打几次就好了。"

李梓盟阴沉沉地笑着："后来我被打得奄奄一息，在李成面前伏小做低，才慢慢活出个人样。我今天来，这帮人里有当年的老人，还敢问我，知道他们当年的良苦用心了没？他们哪儿来的脸这么问?!"

祁恬沉默地看着他，可怜之人必有可恨之处。李梓盟憎恨李家，却在不知不觉间，性格和行事手段也被李家同化了。

李梓盟见祁恬不打算接话，无趣地摇了摇空酒杯，撑着头换了个话题："所以，祁小姐，怎么才能搞垮李家？我知道李家很多事，他们洗钱，私募，放高利贷，逼着老人抵押房产购买虚假理财。李家挣到的钱，有不少都进了这里这些人的口袋。仅这一点，我就有厚厚一摞证据。"

他笑嘻嘻地半趴在桌上："以上这些，作为举报材料够不够？"

祁恬觉得他可能喝大了："不够，缺乏决定性证据。"

"什么是决定性证据？"

“犯罪现场的录音、录像，当事人、旁观者的证词，汇款转账的票据、凭证等。”祁恬觉得李梓盟想得太简单了，“因为我成功举报了祁连山，所以你觉得这事很容易？”

酒劲上来，李梓盟晕乎乎地点点头：“不容易吗？反正都是要搞垮当老子的，咱俩……咱俩一伙！”

“谁跟你一伙？”祁恬见他越说越大声，怕屋里其他人听见，拉着他出了招待所。

夜空下，祁恬把他往空地上一推：“李梓盟，你明知今天来吃饭的这些人和李成有利益牵扯，怎么还敢在饭桌上说举报的事？不怕被他们彻底留在G省吗？你想过后果吗？”

“为什么不敢？我还真不怕他们动手……活着也没什么意思，如果——”李梓盟站在原地直打晃，神经质地哼笑着，“如果李家和山县都毁了，那我就赚了。”

祁恬想起下午在先村看到的新建房屋，留守村中的老人孩子，还有那位赵老太太：“但这里的百姓是无辜的，你不做好万全准备就贸然动手，会牵连他们，你不是很关心赵婆婆吗？”

“无辜？谁无辜？”李梓盟突然向祁恬逼近两步，“为了自己的利益，把一点自保能力都没有的小孩捆得跟猪仔一样塞进轿车后备厢，这种人无辜？”

“他们当时做的固然不对，但你不能因为他们做错了，就用更恶劣的行为来报复！”

李梓盟死死盯着祁恬，过了很久，忽然咧嘴，尖利的犬牙露出来：“我做的事哪里恶劣了？我是在弘扬正义啊！我要让那些愚昧的人睁开眼，让那些贪婪的人后悔莫及。我这么做，跟你做过的事有什么区别？”

祁恬咬紧牙，她知道举报了祁连山会被人戳脊梁骨，但不想被李梓盟拿来说：“影响范围不一样。我爸只是集团的一个中层，他出事牵扯范围没这么广。但你想毁掉李成，你知道李成在G省投资了多少项目，其中不乏建厂和修路的，如果这些项目出了问题，会直接影响到村民的生计！你只是为了报复，你不考虑后果，或者说，受波及的人越多，你越开心。”

“你说得对，一想到如果李家破产，村里那些人会一夜返贫，我就兴奋得睡不着觉。”李梓盟微微战栗着，表情疯狂，“盛大、热闹的送终，才是舞台谢幕最好的方式啊！”

祁恬抿住嘴唇，忽然意识到李梓盟的三观和自己完全不同。他内心没有正常人该有的公序良俗和道德底线，他深信人总是活在伤害之中。他其实根本不需要谁的支持与帮助，他同祁恬说了这么多，无非是因为他以为祁恬和自己一样，对这个世界充满了恨，他以为自己想做的事会得到祁恬的惊叹和赞扬。

李梓盟大方地袒露伤口不是为了愈合。他的人生已经被操控扭曲了，在没有遇见多少好事时就遭到了残忍对待。人生对他来说就是害他和被害，加害于别人和被别人加害。爱、恨，宽恕、理解，这些身为人活下去所必须体验的东西，他都没有足够的时间去体验。他被李家残酷功利地训练成了一只兽，又被商场上相互倾轧的潜规则调教成了一头猛兽。

李梓盟无法说服祁恬步入他那条疯狂的河流，祁恬也无法阻止他这种疯狂的想法。看着李梓盟，祁恬开始思考要怎么措辞才能既不刺激他又能迅速脱身。

“祁恬。”身后不远处有人在喊她，祁恬回头，看到尚昀站在招待所门口，酒席不知什么时候已经散了。

“祁恬。”尚昀看着她，“过来。”

月色与夜色交映，勾勒出尚昀棱角分明的轮廓。真是瞌睡来了有人给送枕头。祁恬松了口气，转身向他走去，却忽然被李梓盟拉住了。

“祁恬。”他的手心紧贴在祁恬腕部皮肤上，湿冷黏腻，声音却透着热切疯狂，“祁恬，别过去，咱俩才是一伙的。”

祁恬的头皮都要炸了，她觉得手腕仿佛被什么冷血动物缠住，留下黏液，鸡皮疙瘩顺着小臂一路向上蔓延。她用力甩了下手，没甩开。

尚昀大步走来，漆黑的眉眼乌沉沉的，嘴角还是天然上翘的弧度，看向李梓盟的目光却冷得好似冰河，不带一丝温度。

“李梓盟，”他走到近前，身板笔直，仿佛酒精没对他造成什么影响，“松手。”

尚昀表情平静，与他握住李梓盟肘部的力度毫不相干：“否则，我就在这里卸了你的两条胳膊。”

李梓盟手肘的麻筋被尚昀捏住了，攥住祁恬手腕的五指剧烈颤抖起来，他不甘心地看着自己手指不受控制地张开、垂落，忽然尖锐地笑了一声：“尚总，你护祁恬护得这么紧，真当她是个小姑娘吗？”

他细长的眼睛睁大，瞳孔中满是疯狂：“她可是凭借一己之力把祁连山拉下马，让李家寝食难安的人，李家至今还想拿她来让祁连山闭嘴。你怎么能把她当小姑娘来养?！你怎么敢得罪我——”

“废话真多。”尚昀嫌他吵，一掌劈向他颈后，把人敲晕了。

“来两个人，”他回头冲招待所门口聚集的人群喊，“送李老板回房间，他喝多睡着了。”

祁恬颇为无语地看着他：“你怎么一喝酒就不高兴？”上次在酒吧也是这样，喝了酒的尚昀看起来烦躁又沮丧，好像谁欠他几百万似的。

尚昀冷冷地看了她一眼，伸指点她额头：“我头疼，你也闭嘴。”

第二十一章

他的记忆出了问题

“得。”祁恬被噎得够呛，想着尚昀至少有一半原因是为了自己才喝这么多，乖乖闭嘴，伸手去搀他。

“回去休息？我扶你？”

尚昀盯着她看了半天，才慢慢“嗯”了一声，垂下眼睑，任由祁恬将自己的胳膊搭在她肩上。

“跟你说了别沾李梓盟，你老是不听。”等进了招待所大门，尚昀突然在祁恬耳边不满地嘟囔着，声音很轻，带着点鼻音和气性。

祁恬忍不住地扑棱了两下耳朵：“听，我记着呢。这不是怕他喝高了乱说嘛，到时把咱们俩都害了，我才拉他出去说的。”说完她一手扶着尚昀，一手翻找房卡，心跳有点儿加速。

嘀的一声，房门开了，祁恬将人往里一送，忍不住松了口气：“你赶紧歇着，我也回屋了。”

“等等。”尚昀倚住门框，将要溜到隔壁屋子的祁恬叫住，“明天怎么安排？”

“呃……我跟李梓盟说了，打算先去档案馆查查十几年前的资料。”祁恬犹豫了下，不太确定地看着他，“你是不是有自己的事要做？那……”她鼓了鼓嘴，虽然不是很想跟李梓盟单独待着，但还是决定善解人意，“你要有事就先去忙你的，咱们电话联系。”

尚昀皱眉看了她片刻，缓缓开口道：“你打算和李梓盟去档案馆？”然后“哼”了一声继续道，“想得美。”

祁恬不知道这句“想得美”是针对谁，但怎么听都不像尚昀会说的话。无语片刻，她见尚昀还盯着自己，不由得咳嗽一声。

“你要是方便，我肯定是希望你跟着一起。”她轻声说，站近了点儿，“这不是怕耽误了你正事吗？”

尚昀喝了酒，小麦色的皮肤看着比平时白皙不少，神色恹恹的，面无表情地垂眼看着她。祁恬本能地觉得这样的尚昀有点儿危险，下意识地说了软话。

尚昀听完，似乎满意了，也不说自己到底有没有正事，点了点头：“行，明天一起去。”

直到面前的房门关上，祁恬才回过神来——这男人盯她盯得这么紧，到底在不放心什么？

初夏午后的阳光从老旧的木窗缝隙间透进来，祁恬鼻尖缭绕着旧纸堆特有的老旧油墨和尘土味，肉眼可见的灰尘在光线中飞舞，细小而丰盈。

她将看过的地方晚报挪到右手边，又从左边拿起一份新的。动作很轻，山县陈年档案存放的房间久未打扫，动作稍大点儿就要打喷嚏。

“这么查真的有用吗？”坐在她对面的李梓盟忽然将手中的几份报纸往桌上一扔，语气有点儿绝望，“看了一上午也没看出什么来，午饭还没吃呢，你们倒真坐得住，我都不知道重点该看什么。”

祁恬先捂了下鼻子，等桌面扬起的尘土落下才没好气地对他说：“只是查你出生前一年到你六岁的地方报道，才七年的资料，这你都看不下去，还想举报？趁早放弃吧！”

李梓盟憋着一口气，坐在原地扭了扭脖子：“小尚总，你看得那么快，看出什么来了？”

尚昀的位子靠近窗，手边翻过的报纸已经堆起半米高，正随意将面前的一摞报纸簌簌翻过，听见李梓盟问他，抬起眼皮看了他一眼：“确实看出点东西，还打算等下再跟你核实。”

听他这么说，在场两人都看了过来，祁恬搬着凳子挪近：“你看出什么了？”

“这儿有个新闻，是十六年前的。有辆重型卡车从山县出发开往后村，路上驾驶室着火，车辆失控，造成人员伤亡。”

“交通事故年年都有，”李梓盟懒洋洋地靠着椅背，“你不能因为这个新闻写了后村就觉得它特殊吧?!”

尚昀没理他，抽出另一份报纸：“同一天，官方报纸发了条新闻，说G省有位特警在执行任务的过程中，因见义勇为，为抢救人民生命财产牺牲了。”

李梓盟皱眉看着他。

尚昀从特意留在桌面上方的报纸中又抽出一份:“这里，村镇小报的中缝处有条告示，提示当地村民，入夏后天干物燥，注意火情，举例是有辆卡车在行驶途中自燃。”

李梓盟坐正了。

尚昀将三份报纸一一摊开：“两条新闻的时间是同一天，告示是在之后的第二天。虽然官方报纸没提地点，但我觉得这三份报道指的是同一件事。”

祁恬走过去将报纸翻了翻，看向李梓盟：“十六年前的六月，你还有印象吗？是你六岁那年的夏天，你爸是几月份带你离开G省的？”

“我是六月底到的B市……我记得刚到就七一了。”李梓盟捂住头，“应该没什么特别的……我就记得那年他一直特别亢奋，那几个月也特别亢奋，揍我妈和我揍得更狠了。”

“为什么？”

“我哪知道为什么?！他打我我还要问他为什么吗?！”李梓盟猛地抬起头，眼中布满血丝，“你要我去问一个疯子为什么要揍我?！”

“李梓盟，我们是在帮你。”祁恬压住桌面，向他倾身，“你再想想，那几个月到底发生过什么事。宋旭晟的父亲，当时在不在村里？”

“怎么又扯到宋旭晟？我根本不知道宋旭晟的父亲是哪根葱！”李梓盟突然发飙，撑着胳膊猛敲自己的脑袋。他的情绪明显失控，祁恬皱眉想喊他，却被尚昀拉住了。

尚昀对祁恬说：“出来说话。”祁恬有点儿不放心李梓盟，但尚昀的手强势地搭在她肩上，祁恬想了想，还是跟他出去了。

“他没事吧？”祁恬出门前回头看了一眼，“怎么突然像是受了什么刺激。”

尚昀没说话，朝屋里投去一眼，确认李梓盟不会实质性地伤害到自己就不管了，看向祁恬：“怎么突然问他宋旭晟父亲的事？”

祁恬犹豫了下：“你刚才说有个特警见义勇为牺牲了。”

“所以呢？”

“昨天晚上酒席时，徐主任说他印象里宋旭晟的父亲穿过制服，我觉得乡下这种地方，除了警察应该没人会穿制服吧。”

祁恬不太自信，想了想又补充道：“就是突然灵光一闪。按理说宋旭晟出生在农村，如果家里没有人做相关工作，不会突然想读警察学校。一般人考大学不都是瞄着国家重点什么的吗？也可能是我猜错了。”

尚昀点了点头：“你直觉挺准。”

“啊？”

“昨天晚上我看见你拦住徐主任问了几句话，所以后来我跟他打听你问了什么。”尚昀丝毫不觉得自己打听祁恬的问话有什么问题，“他把跟你说过的话又说了一遍，我也怀疑他说的制服是警服。”

祁恬扬眉，尚昀点开手机找了找，递给她：“所以我搜了最近两代警察制服的图片让他看，他说是这套。”尚昀点住屏幕，“‘99’式特警作战服。”

祁恬恍然大悟：“所以你刚才查报纸时，特意找的关于特警的新闻？”

“对。”尚昀的语气有些沉，“特警服不是谁都能穿的，特警失踪也不可能悄无声息。刚才那个重型卡车失事的新闻，虽然官媒说是见义勇为，但说实话……”尚昀迟疑了片刻，“以我的经验来看，这里面有问题。”

祁恬弯了下手指，温暖的走廊内，她手心全是汗。

“宋旭晟的父亲是特警？”祁恬回头看了眼捂着头一动不动的李梓盟，“那他怎么一点儿都不知道？小孩子就算被瞒着，对这种事也应该挺敏感的。”至少她小时候就老想让警察叔叔来惩治祁连山。

“李梓盟的表现很奇怪，他好像从来没意识到宋旭晟有父亲。”尚昀见祁恬不解，换了种说法，“他对宋旭晟的印象很深，但他从没想过宋旭晟应该有父亲，就好像这个人在现实中没存在过，这不正常。他智商正常，应该知道宋旭晟肯定有父母。”

祁恬懂了他的意思，眼中漾起圈圈光晕：“你的意思是说……他的记忆出了问题？”

“他昨天说自己六岁那年的记忆很混乱，再结合你刚才问话时他的反应……”尚昀捏了捏指节，“我怀疑他有逆行性遗忘症。”

祁恬眼睛瞪大了：“你的意思是他受过脑外伤？”

去年车祸住院时，祁恬的主治医生曾担心她罹患此症。逆行性遗忘症具体表现为当身体受到外伤或脑部出现震荡时，在清醒阶段想不起事故发生前的事情。

“难道重型卡车事故跟他有关？”祁恬怀疑道。

尚昀对不确定的事很谨慎，犹豫了片刻：“只是猜测，现在能确定的只有那个特警，我让老唐在内网查查，看这个特警叫什么……是不是姓宋。”

祁恬没说话，审视地盯着他。

尚昀莫名：“怎么了？”

“我觉得你对警察系统的事特别熟悉，还很关注。”祁恬知道尚昀有秘密，以前不关心，现在倒有点儿兴趣了，“你以前不会是警察吧？特警？”

“不是。”尚昀失笑，“瞎猜什么呢？”

“唐罗都是警察，你为什么不是？你们不是发小吗？”祁恬不信，“老让唐警官帮忙查，多不方便啊，不如自己动手。而且你连公安局局长都认识，为什么不当警察？”

“谁规定发小必须工作都一样啊？”尚昀没好气道，“再说了，警察能一言不合就带你飞G省吗？能凭借关系硬就让李家有所顾忌不敢对你胡来吗？”问一句，尚昀就用手指戳一下祁恬额头，没好气地轰她进屋，“小丫头还挺贪心，哪来那么多两全其美的好事！”

祁恬被他赶进屋，回头看向他：“你不进来？”

“我打个电话再进去。”

尚昀等祁恬进去了，才拿出手机打给唐罗。上次两人的通话不太愉快，尚昀拨号时忍不住皱了皱眉。

电话响了很久唐罗才接，声音小心：“怎么？”

“不方便？”

“等下。”

尚昀听见电话那头窸窸窣窣响了半天，然后唐罗的声音变大了：“盯梢呢，长话短说。”

尚昀下意识地看了眼档案室，走远了点：“你们到G省了？在哪儿？”

唐罗在电话那头笑了声，有点警惕："昫子，这刚半年，你把纪律都忘了？"居然在电话里瞎打听。

尚昫沉默，换了个话题："休息时帮我查个人。"

"谁？"唐罗警惕道，"宋旭晟我可不管啊！"

"十六年前一特警。"尚昫捏了下鼻梁，"新闻有报道，说是因为重型卡车起火，见义勇为牺牲了，具体是灭火还是救人没说。"

"特警见义勇为？"唐罗有点儿感兴趣，"什么新闻啊，说得这么不清不楚的？"

"是啊，不清不楚的。"尚昫意味深长，"官媒。"

唐罗用指尖敲了敲手机背壳："叫什么也没说？"

"没说。六月的新闻。"

"行，方便时我查查。"唐罗的兴趣被勾了起来，"不过十几年前的事，现在的系统里不一定还有，可能封档了。"

"没事，有结果跟我说下就行。"尚昫也没抱太大希望，想了想心里还是放不下，"你们在哪儿盯梢？真不能说？小心点儿。"

"你都跟在祁恬屁股后头跑了，还来咸吃萝卜淡操心。"唐罗嘲笑他，顿了顿还是含糊地说了句，"离你挺近，真有事少不了你的份。"

"那你别忘了，到时候务必叫我。"

挂了电话，尚昫沉了沉气才回到档案室，正好听见祁恬在对李梓盟循循善诱："你想不起来宋旭晟父亲没关系，你告诉我，你住在后村，怎么会在四五岁时独自一人跑到先村，跟宋旭晟玩得那么好呢？"

"你怎么不说是宋旭晟来找我的？"

"你说的原话是，'宋旭晟带我玩儿'。"祁恬指出他下意识的措辞，"这种表达方式，说明是你去找他，他才会带你玩儿！你没意识到你的潜意识里，一直都是你上赶着找人家吗？而且除了宋旭晟，在后村和先村，还有人跟你玩吗？"

"没有……"李梓盟没在意祁恬的语气，反而震惊了，"你这么一说，还真是这样。"他瞳孔颤动，"我记得我跑过几条山路，从后村走到先村去找他，当时他家就在那个老房子那儿——不对，我没去他家找他，我爸不让我跟别人玩儿，每次我都是等在山路旁，被宋旭晟父亲捡回去……第一次我是被谁带着进村的？……"

李梓盟的声音低了下来，双手挡住眼睛，不让光线影响回忆："我的手被拉着，我只到旁边人的膝盖上面一点儿……牵着我的手很大，粗糙、干燥……很有劲儿……"

祁恬侧头，示意推门进来的尚昫噤声，两人放轻了呼吸，听着李梓盟喃喃自语。

"我想不起来脸！"李梓盟暴躁地抬起头，"我仰头，那人背着光，我看不清！但肯定是个成人！"

废话！祁恬泄气地坐回去："别想那个人了，想想你为什么要跑去先村？"

"大家都怕李成，没人愿意靠近我家。"李梓盟很阴郁，"我被打得太厉害，或者我爸打我妈打得特别凶的时候，我会跑出村。"

"所以那人是在山路上捡到你，然后带你去先村宋旭晟家里玩的。"祁恬觉得事情又绕回去了，"捡到你的人肯定是宋旭晟他爸，是他带你回家跟他儿子玩的，你印象里却完全没有这个人。"

李梓盟觉得自己快要自闭了："你到底为什么非要纠缠这个人？这人跟举报李成有关系吗？你是不是根本没打算帮我？"

"举报李成的直接证据你有吗？你要是现在能拿出一点李成违法的直接证据，咱立马回B市，我陪你去举报！"

李梓盟被祁恬噎住，细长的眼瞪大了。

祁恬送了他两个白眼。

"没有直接证据就只能找间接证据，以推论的方式间接证明李成涉嫌犯罪。也许宋旭晟的父亲和李成的主要犯罪事实无关，但如果能证明他的死亡，李成确实牵扯其中，我们就可以顺藤摸瓜，找到切入点。正常人如果在山路上捡到一个被打得很凄惨、只有四五岁的幼儿，第一反应一定是把他送回家。"祁恬经历过这些，说起来驾轻就熟，"但你印象里这个成人却没有，为什么？要么他早就知道你是谁，了解过你的遭遇，要么他对你居心不轨，想拐卖儿童。"

"但你没被拐卖，说明这人知道李成的底细，他跟李成肯定相互认识，他带你去宋旭晟家玩儿，是想照顾你，让你远离那种家庭环境，这也从侧面说明他其实并不赞同李成的行为。那么如果这个人的善心到现在都没变，也许会是我们的突破口。"祁恬指着报纸，"当然，也可能这个人已经死了。但新闻措辞是很严谨的，重型卡车在山路上着火，造成人员伤亡，没写死亡，就一定有幸存者，这事跟宋旭晟家有没有关系待查，但我觉得咱们得想办法找出这个幸存者。"

"再者，这个地方如果真如你所说的，十几年前穷成那样，普通人是不可能买得起重型卡车的。现在一辆重卡十几二十万，搁那会儿得是天价了吧？这种车那时候要么是公司的，要么是地头蛇的。你觉得李成名下有没有可能会有重卡？我觉得去查查那时候山县和几个村里的重卡购买记录，说不定会有意外之喜。"说完，祁恬竖起三根手指，"所以我现在的想法是，查幸存者、查司机、查重型卡车的所有者。"她目光炯炯地看着李梓盟，"当然，你还是得尽可能地回忆当年在山路上捡到你的人是谁，咱们双管齐下。我说得够清楚了吗？"

李梓盟抿住嘴，觉得不服气，却又不得不承认祁恬说得有道理，她通过几篇报道，几乎将所有可能都想了一遍，反衬出自己的愚蠢。

“行，就按你说的办。”李梓盟不太情愿地点点头，“我下午就去查这三件事，你要不要一起来？”

“我就不去了。”祁恬低头收拾桌上的报纸，按年份放好，“这点事你一个人肯定能搞定。我饿了，要先去吃饭。——尚总，一起吗？”

尚昀配合地站起身。李梓盟盯着她：“我也没吃午饭。”

“那你去吃啊。”祁恬招呼着尚昀一起走，“之前答应帮你忙，可没答应要跟你寸步不离。”她说着扭头，“你也知道，我要查宋旭晟的事，不可能一直跟着你。反正线索都留给你了，等你这边有消息，我们再跟进，两头不耽误。行不行？”她嘴里问着行不行，脚下已经走到门边了。

李梓盟阴郁地看着两人，忽然无声地笑了起来，是那种带着敌意的冷笑，像孤狼在舔舐伤口：“行，祁小姐放心的话，就分头行动。”

“什么叫我放心的话就分头行动？”祁恬被李梓盟最后那句话搞得不太舒服，离开档案馆时同尚昀抱怨道，“好像他打算背着咱们干坏事似的，又不是我要查李成！”

尚昀走在她身旁：“他大概没想到你这么不待见他。”

“那不是你三令五申让我离他远点儿吗？”祁恬甩锅甩得相当熟练，“不过我跟他坐一起确实不太舒服，他这人负能量太多。”

李梓盟偏执又极端，每当与他同处一室，祁恬的本能都在叫着远离他。

尚昀低头看着她笑：“那你就离他再远点儿。”这姑娘言行间将远近亲疏分得明明白白，这点让他很满意。

“你刚才打电话问过唐警官了？有结果吗？”祁恬想起正事，“他是不是午休呢？没打扰他休息吧？”

“我发现你对他挺客气。”

“他本来就仇视女性，我要是再不客气点儿，不是更不招他待见了吗？”

尚昀觉得祁恬就是再客气，也很难扭转唐罗的偏见：“你要他待见你干吗？”

“他是你发小，我要是跟他关系搞得特僵，你夹在中间多难做啊。”祁恬很能察言观色，“朋友跟朋友亲亲热热，世界就能早日大同。”

她说完，轻盈地走到尚昀前面，长而直的黑发松松扎成一束，忽然回头，发丝在空中飞扬起一个弧度：“我现在算是你朋友吧？”

尚昀眼中淌过笑意：“你是不是真以为我特别闲，谁的事都管？”

祁恬转身倒退着走，仰头打量他。尚昀的虹膜比旁人的都深，日光下像冰凉剔透的黑曜石。祁恬见过他看人时的疏离与傲慢，但此时他眼中笑意柔和，让人无端信赖。

“哪能呢？我知道尚大爷日理万机，挣钱都掐分计秒，我的情况在尚大爷这儿绝对独一份，特殊待遇。”

“有事大爷无事尚昀，以前怎么没发现你这么不要脸？”

尚昀似笑非笑的目光羽毛般轻轻扫过祁恬的脸，声音雅润，像含苞待放的莲被夏风吹拂，在乍暖的湖面上陡然露出尖角，那么美好。随着尚昀走近，祁恬仿佛嗅到薄荷味的冷香凭空搅动在空气里，混合着她已日渐熟悉的嗓音，轻轻落到皮肤上，缓慢而坚定地沁入皮肤。

她突然有种错觉，好像下一秒尚昀就会搂住自己的腰，嘴唇碰触她敏感的脖颈……祁恬指尖为此微微卷起。

尚昀暧昧的气息喷薄在耳颊边：“祁恬，既然知道自己是独一份儿，那你有没有想过，要为此付出什么代价？”

第二十二章

我信我要揍你了

心动是什么感觉？和文字相反：心静止一秒。祁恬双脚踩在微斜的人行道上，稍微侧过视线就能看到爬满常春藤的旧楼。空气中初夏的气息渐浓，县道上不间断地驶过电动车。

与渐次急促的心跳不同，祁恬的呼吸正在逐渐放缓。那是她的习惯，越是紧张越要屏住呼吸，不能让人看出丝毫破绽。她想后退，拉开一定距离以看清尚昀的表情，确定他是在开玩笑还是在刻意撩人。但尚昀没给她这个机会，他的手臂不知什么时候绕过她的腰，五个指尖轻轻抵住她的后背，拉着她转了半圈，形成一个仿若拥抱的姿势。

"别动。"尚昀在她耳边低声说道，声音很放松，内容却不怎么让人愉快，"有人跟踪。"

祁恬顿时毛骨悚然，僵立了片刻，慢慢抬手搭住他的肩："几个人？什么时候开始的？"

尚昀的额发散下来，挡住祁恬的侧脸，一个借位的站姿，让人从远处看仿佛两人在拥吻："一个人，几分钟前，应该是咱们从档案馆出来时就跟上了。"

"李梓盟找的人？他联系的档案馆，山县其他人不知道咱们的行程。"两个人维持一个姿势太久了，祁恬握拳在他肩上轻捶一下，将人推开了。

用手背擦了下隐隐发烫的脸，祁恬问道："现在怎么办？装作不知道接着走？"

尚昀望着远处眯了下眼，忽然向回走去："一个人而已，去看看。"

祁恬猝不及防，被尚昀拉住手腕，向隐在上一个街角处不停探头的人冲了过去。这么莽撞？祁恬被迫跟着快跑了几步，那人见尚昀直冲过来，扭头跳上停在路边的电动车，飞快蹿走了。

"看清楚了吗？"尚昀见追不上，停下来问祁恬。

"黄色卷发，个子不高，海军蓝的 Polo 衫和黄色斜纹裤……男性？"祁恬有些不确定，"他跑步姿势像男的。"

"你看清他的脸了吗？"尚昀神色有点儿奇怪，嘴唇抿成一条直线。

"太匆忙了，没看清。不过……"祁恬回想了下，"他右边眉毛上好像有颗痦子。"

之前盯祁连山和小三盯出经验了，祁恬认人时会下意识地先观察那些无法更改的特征，毕竟现在化妆就是乔装，不记体态特征，下次迎面遇到都认不出来。

尚昀面无表情地向那人跑掉的方向张望了片刻，侧了下头："李梓盟还在上面吗？叫他下来。"

祁恬这才发现两人又返回档案馆了："万一是他找的人呢？现在叫他下来不就是告诉他咱们都知道了？"

"不是他。"尚昀说得肯定，"他是真心想干掉李成，你正在帮他，他没必要在这种时候给你添堵。"

"那这个人是怎么回事？李梓盟联系档案馆以后，有当地人知道咱们要查李成，所以来盯着？"

"可能吧。"尚昀不置可否，抬眼催促祁恬，"先把李梓盟叫下来，别让他一个人行动，不安全。"

祁恬见尚昀神色格外慎重，一边给李梓盟打电话一边问："莫名其妙被人跟踪，应该先报警吧？"

"没抓到人，报警也没用。"

尚昀拧眉，见李梓盟从楼上下来，不待他说话，直接问："今天来档案馆，你让谁帮着疏通的？"

"徐主任。这个档案馆是老馆，没存什么重要资料，他跟老馆留守处的人打过招呼，今天咱们可以随意进出。如果想去新馆，还需要介绍信。"李梓盟打量着两人的神色，"怎么了？你们折回来就专门为了问这个？"

尚昀点点头："一起走吧，找地方吃午饭。"

"嗯？刚才祁小姐不是想甩开我单干吗？"李梓盟的嘴永远那么欠，"小尚总是怎么说服她回心转意的？"

尚昀观察着他脸上的微表情："我们刚出档案馆就被人跟踪了，山县有人知道你要查李成吗？"

李梓盟一愣，知道这事不能开玩笑："不可能，我跟谁都没说。"

祁恬怀疑："你突然让徐主任帮你联系老档案馆，他不问为什么？"

"他问了，我说是要查山县近二十年的城区规划，以便我考量怎么投资买地。"

祁恬觉得他这个说法有点儿牵强，还要再问，被尚昀拦住了："先吃饭，下午再说。"

李梓盟得意地看了祁恬一眼，走到路边联系徐主任，让他派车来接。

趁他打电话的间隙，祁恬拉住尚昀："你觉得跟踪者不是冲李梓盟来的？"

"为什么这么问？"

"你盘问得太敷衍了。"祁恬还记得刚才尚昀一口咬定不是李梓盟招来的跟踪者，"如果不是冲李梓盟，那是冲谁？我举报祁连山牵扯到的人不会千里迢迢追到G省来报复。是冲你来的？为什么？你来G省到底要干什么？"

她打量着尚昀纹丝不动的神情，忽然做了个大胆的猜测："你该不会认识那个跟踪者吧？"

祁恬纯属灵光乍现，胡说八道，但尚昀却罕见地僵了下，瞬间被她捕捉到了。

"真的认识?!"

"不关你的事，别瞎打听。"将她伸直的脑袋按了回去，尚昀推着她走向李梓盟，"等下车来了你跟李梓盟上车，回去好好吃饭。"

"你呢？"

"我去处理点儿事。"

"我不能跟着？"祁恬揪住他的袖子，"你要去干吗？我可以帮忙！"

尚昀脸上飞快地掠过一抹祁恬从未见过的神色："这事你就别掺和了，把李梓盟的事处理好就行。"

祁恬站着没动："我更想帮你。"

尚昀看向她，嘴唇抿成一道完美的弧线，神色不见半点退让。

祁恬知道尚昀在无声地拒绝自己，但她还是在固执地等待一个明确答案。

她甚至还给这个等待加筹码："你刚才还让我离李梓盟远一点儿。"

刚才两人间的气氛暧昧，而此时两人间若有似无的张力消失了。尚昀如果仅仅是为了告诉她有人跟踪，没必要做出那些惹人误会的举动。

但尚昀面无表情，发现跟踪者后——更准确地说，是听完祁恬描述跟踪者的外形后，他的喜怒哀乐就消失了，全身紧绷，像头潜伏在荒野草丛中的野兽，随时准备跳出来咬碎他等待已久的目标。他拒绝接触和试探，固执地坚守着自己的领地。

"我知道了。"祁恬绷紧唇角，向后退开几步，"你去忙吧，我跟李梓盟去吃饭。"

她转身向李梓盟走去，身影仿佛即将融入日光，尚昀忍不住叫了她一声："祁恬。"

祁恬没有回头，敷衍地挥了下手，背影仿佛在说：我知道你有秘密，我相信你有苦衷，我理解你的顾忌，我也非常尊重你隐瞒的理由……没关系，我不生气，我只是很失望，仅此而已。

尚昀看着她绷着笔直的肩背站到李梓盟身边，等着徐主任开车来接。他突然想起祁恬曾经说的：其实我也没打算分担你的过去。人和人之间的悲喜并不互通，分享过往是件很私密的事。

但现在，她很明确地表示愿意与他共担悲喜，他却因为种种原因不敢轻易尝试。于是那个总喜欢反复横跳、试探两人相处边界的雏鸟要缩回去了，她把头埋进翅膀下，甚至不愿意再多看他一眼。

祁恬和李梓盟并肩等车的背影让尚昀觉得刺眼，好像心底多了股熔岩，诡异地翻腾着，有点儿疼，还有点儿焦躁，他说不清自己究竟在烦什么，只想将她拉回来，遂了她的愿，也好过看她这副拒人于千里之外的模样。

口袋里的手机震了起来，是唐罗。尚昀没接，但那边锲而不舍，嗡嗡的震动声持续不断。尚昀扭了下肩颈，忽然转身疾跑几步，转过楼群，不去看那两人上车的身影。

“老唐，你最好说点儿有用的。”他绷紧嘴唇，声音从齿缝间飘出，异常低哑，带着咬牙切齿的凶狠，“什么事这么急？”

“怎么着？还打扰到你休息了？什么态度！”唐罗才不怕他，语气更凶地戗回去，“是不是你求我查系统里牺牲特警的资料的?！还不知道结果呢，就要过河拆桥了？”

“查出来了？”

“宋郑，照片无，具体信息封存，牺牲时三十八岁。”唐罗干巴巴念完，“没了。”

“没了？”尚昀活活被他气笑了，“你催命似的给我打电话，就为了告诉我你只查到个名字和年龄？”

唐罗也火了：“你脑子被驴吃了？作为特警，生前资料全部封存意味着什么，你不会不知道吧？”

尚昀到底被祁恬搅乱了心神，此时突然反应过来：“又是一个没完成的秘密任务？”

“不然呢？”唐罗语气很差，“宋郑连警号都查不到，生前肯定执行过秘密任务，且该任务没结束，需要继续保密，跟咱们去年的任务一样。”

“嗯。”尚昀走到路边建筑物的阴影里，贴在墙角凹陷处，警惕地向外看去，“你这次来 G 省是继续咱们去年的任务吗？先说好，到时叫上我。”

唐罗蹲在安全屋里，一边吃方便面一边不耐烦地大声挤对他：“昀子同志，你已经脱离队伍，离开体系半年了，你凭什么觉得自己还能掺和一脚？”

“凭我看见白鱼了。”

“你看见……谁?！”唐罗猛地蹦起来，面桶翻了都顾不上，踹了一脚刚进屋的同事，“你不是去盯白鱼了吗？在哪儿盯的？人呢！”

被踹的同事一脸莫名其妙：“我换班之前他还在老档案馆那儿呢，怎么了？”

唐罗还想问他怎么了呢，盯着白鱼居然没看见尚昀那么大个活人。

同事想起件事：“白鱼当时好像偷摸跟着一对情侣，老档案馆去的人少，俩人在路边搂搂抱抱还挺明显的。我正要跟你说，看看那边的监控，试着提取下那对情侣的面部轮廓，说不定能知道白鱼为什么盯他们。”

尚昀听见了，压住眉骨深吸了口气：“不用查了，你问他是不是在山县兴业路和红旗路交叉口西南二百米的老档案馆看见的那对情侣，白鱼盯的应该是我和祁恬。”

“情侣是你俩？”

“我发现有人跟踪，逢场作戏。”

“我说呢！还好还好。”唐罗为不用吃尚昀的“狗粮”松了口气，蹲到中控台前调监控，调了半天，突然一摔鼠标，“这破地方监控头坏的太多了，老档案馆那边全是盲区。”

尚昀没说话，唐罗突然意识到什么：“白鱼那孙子认出你了？”

“应该是。我本来还不太确定是他，”尚昀语气沉沉的，“但你们既然一直跟着，那就不会错了。”

唐罗奇了怪了：“这家伙胆儿肥了啊，看见你还不跑，居然反过来盯梢！想什么呢？”

尚昀也想知道是怎么回事：“他怎么会去老档案馆那边？你们诱导的？”

“还真不是。咱们去年行动漏网的那几个兔崽子都跟白鱼有联系，这几天不知道谁给他们传了消息，满县城乱窜，好像是知道我们过来了。”唐罗扶着墙站起来，“那些人这几天陆续跑去其他地方，不在山县了，各个都以为自己在玩金蝉脱壳。无所谓，已经二十四小时监控了，等着交易现场巩固证据，到时候有一个算一个，全他妈进去给老子挨枪子，为钉子偿命！”

唐罗激愤的情绪像把破鞘而出的刀，锋锐狂躁，顺着话筒直冲出来，刺得尚昀忍不住向后一仰。他古井无波的脸上，忽然神情扭曲，既不是悔恨，也不是追忆，而是痛苦，就像是钢钉扎入骨髓，又或者磐石砸断脊背。

再深沉内敛的人，都会因为某件事、某个人的突然出现，而有刹那无法控制的情绪，那种不能被理智强压下去的情绪，一般是锥心之痛。

“到时候带上我。”尚昀的瞳孔仿佛沁出一层血，眼睛发红，他用力闭了下眼，“老唐，你必须带上我，否则咱俩完了。”他淡淡补充道，“绝交！”

唐罗犹豫了片刻，粗声道：“我得请示陆叔。”

“好。”尚昀觉得陆远章不会阻拦他，“晚上我也给他打个电话。”

祁恬跟着李梓盟回到招待所，李梓盟对尚昀突然单独行动很好奇，吃饭时旁敲侧击了好几次。

祁恬冷脸敷衍着：“尚总一开始就说过是有事才来G省，现在突然离开肯定是处理自己的事去了，你瞎打听什么？”

李梓盟笑了笑：“他不跟我说没关系，怎么连你也不带着，我以为他得把你拴裤腰上才放心。”

祁恬心气儿不顺，面无表情地看了他片刻，忽然钩钩手指：“李梓盟，你真想不起六岁那年夏天的事了？趁现在尚总不在，你有什么难以启齿的，可以单独跟我说说。”

李梓盟脸色一冷：“你有完没完？”

“你不记得那年夏天的事，却还记得是哪几个村民把你绑得像猪仔送还给李成的，还塞进后备厢，甚至连走的那天下雨，黄土路变成烂泥路都记得一清二楚，怎么可能呢？

“你记得宋旭晟的老家，记得赵奶奶，却完美地把祖孙三代中间那代的人给忘了，我还从没听说过谁失忆失得这么恰到好处的！尚总说你可能是逆行性遗忘症，也许吧。受过脑外伤也许会让你短期或长期忘记受伤前发生的事，但不会让你彻底忘记一个人。

“你跟宋家不是只接触过几次而已，宋旭晟带着你玩了将近两年，两年期间你都没跟他父亲接触过吗？现在的脑手术都不可能将一个活生生的人从你记忆里剔除，凭什么逆行性遗忘症可以？”

祁恬目不转睛地盯着他：“你也许确实有段时间忘记当时发生的事了，但凭你的性格，你不会放任自己的记忆出现断档，你根本无法容忍事情失控，所以你会无所不用其极地去查、去回想。”

祁恬向前倾身，死死盯着饭桌对面的李梓盟：“尚总不逼问你，是因为他对宋旭晟没有执念。但我有，你觉得我会轻易相信你说的话吗？”

祁恬的敏锐让李梓盟的后背微微冒汗，生出一股棋逢对手的兴奋感。他向后窝进椅子，身体控制不住地颤抖了几下。

祁恬眯起眼：“李梓盟，如果你再不说实话，我不介意直接动手，到时候你就知道我要找到宋旭晟的决心有多大。”她转了转细瘦的手腕，“我觉得你这人有时候挺欠揍的，喜欢敬酒不吃吃罚酒，我打不过别人，揍你还是有把握的。”

李梓盟嘴角抽搐，沉默地看着她。祁恬看人时，眼神一向专注坚定，她坚信自己永远不会令他人失望，自信得仿佛会发光。

而李梓盟却已经习惯像苔藓一样藏在阴影中，唯恐暴露于阳光之下，暴晒而死。他深陷泥潭，一时想将祁恬拉下来，一时又想让她一直这样干干净净的。

“你从什么时候开始怀疑的？”

“从你在酒桌上跟我细说你跪着求村主任，却被那些人捆起来的时候。”祁恬知道他要招了，“你还说当年的那些人跟你说他们用心良苦。”

李梓盟“啧”了一声，捂住眼睛无声地笑笑：“瞧我这张碎嘴……”他放下手，摇摇头，“我知道有小尚总在，肯定瞒不了多久，但没想到是你先看出来。不过如果我现在直接说，岂不是太侮辱你的智商了？要不你先猜猜？”

祁恬冷笑道：“既然你不打算开诚布公，又何必来找我帮忙？”

“如果我说一开始找你，是为了让小尚总出手，你信吗？”

祁恬冷脸：“我信我要揍你了。”

李梓盟弯起眼睛笑笑，转了转手中的茶杯：“吃好了？有些事不适合在饭桌上说。”

祁恬拒绝跟李梓盟去他的房间详谈，最终两人各退一步，在招待所旁边找了家有包间的咖啡厅，坐进去，一人点了一杯掺满糖精的咖啡。

“宋旭晟的父亲叫宋郑，”李梓盟既然打算说，便很干脆地开门见山，“是个特警。我第一次遇到他，是在后村外面的山坡上。”

李梓盟在四岁那年已经懂得趋利避害，他在李成再次殴打他母亲时从家里跑了出来，漫无目的地游荡在山间，被回乡的宋郑遇到了。那时宋郑已经是特警，难得有假期回家探亲。他一脸严肃地教训李梓盟不该一个人在外面野，天快黑了，赶他回家。但他随即注意到了李梓盟裸露在外面的皮肤，大片大片的青紫使他相信了李梓盟颠三倒四的哭诉。宋郑亲自将李梓盟送回家，目睹了李成对家人的暴行。

他动手阻止了李成。那时谁都没想到，这一次阻止，在李成心中埋下了怀疑的种子——宋郑为什么要管他家的事？李梓盟为什么要听宋郑的话？宋郑拿床单披在李梓盟母亲肩上的动机是什么？

而在李梓盟眼中，宋郑顶天立地，是他心目中的英雄。他比李成更像自己的父亲，会在每次回乡时给自己带一份与宋旭晟相同的零食，摸着他的头告诉他不要妄自菲薄，叮嘱宋旭晟和李梓盟要做人杰而非草芥，教他们最基本的防身动作，带他们在山间玩官兵捉强盗的游戏。

可以说，从四岁到六岁的两年里，是李梓盟这一生中最快乐的时光。

直到李成带着B市的大老板来到后村，这段快乐时光才戛然而止。李梓盟六岁那年，发生了太多事。他的母亲被打傻了，自己将被强行带走。他不想离开宋旭晟和宋郑，求了村主任无果后，并没有直接被绑，而是连夜逃去了先村。

宋郑那段时间恰好都在村里，李梓盟后来才知道为什么，原来他一直潜伏在当地做专案侦查。十六年前的G省人穷地多，李成心眼活，为了挣钱什么都干，投机倒把，取巧钻营，混得久了，不仅认识了B市的老板，也积攒了些上不得台面的小弟。只要能赚钱，李成荤素不忌，卖消息，卖人脉，而李梓盟当时并不知道这些，他逃到宋家寻求庇护，宋郑出门办事，他就躲在宋家屋后的菜地里。第二天早上，他就被李成找到了。

“你觉得宋郑比老子好是吗？”李成抓着李梓盟的后颈，一脸狞笑，“老子今天就让你看看，真到了生死关头，没人会顾你的小命！”

李梓盟记得那天是六月十日，天气干热，他身上的汗流得像小溪，背心裤衩都湿透了。李成几下将他揍得浑身青紫，甩进一辆重型卡车的副驾驶室。

李梓盟疼得大哭，哭泣间听到李成跟司机交代：“带这小子去山县跑一趟，回来时把货拉齐了。”

“哎，成哥放心。”司机打着赤膊，皮肤黢黑。李梓盟描述不出他的样子，只清楚地记得那人眉毛上贴了块狗皮膏药。

李成下手很重，李梓盟瘫在座位上动弹不得。司机似乎得到了吩咐，一路都没理他，大热的天，往返折腾了七八个小时，李梓盟水都没喝上一口，整个人快虚脱了。重型卡车行驶在山路上，他恍惚间听到司机惊骂，随即感到身后有滚滚热浪袭来。

“着火了！”司机惊叫，用力踩刹车，但刹车突然失灵，车像出栏的蛮牛，顺着下坡路狂奔。司机惊叫得嗓门都变了，哆哆嗦嗦地踹开车门，却因为车速越来越快，抱着方向盘迟迟不敢跳车。

“我当时已经半昏迷了，在闭着眼等死。”李梓盟脸上所有浮夸的神情都消失了，他拎着搅拌棒在咖啡杯里缓缓搅动，平静得反常，“然后，宋郑来了。”

李梓盟不知道宋郑为什么会出现在坡路尽头，当时他迎着卡车冲来的方向疾奔，看准时机跳进车厢，将司机和李梓盟一并揽住，跃向路旁。

几乎是同一时刻，卡车在他们身后爆炸倾覆，李梓盟在最后时刻被宋郑用力推下山坡。爆炸的热浪掀起山坡上的碎石，李梓盟直接昏了过去。

“我醒来时确实忘了这件事，村卫生所的医生说我受的刺激太大，失忆了。”李梓盟端起咖啡喝了一口，随即嫌弃地皱眉，“难喝。”

祁恬默默将手边的咖啡推远了点儿：“李成相信你失忆了？”

“他那么多疑，怎么可能轻易相信！”李梓盟冷笑道，“所以他带我去先村，看宋郑最后一眼。”

宋郑已经被烧得连个人形都没有了，他残余的肢体被放进棺材，由村民们抬回先村。赵老太太几乎一夜之间白了头，她哭着趴在棺木上，谁拉都不松手。宋旭晟在一旁劝着，十二岁的少年，自己都站得摇摇晃晃，眼里流着泪，无措又仓皇地看向四周。李梓盟就在那时，被李成推到了众人面前。

“去，给你宋叔磕头，要不是他，躺在那里的就是你了。”李成恶毒又尖刻的话被围观村民听到，大家的眼神都很微妙，满面悲切下透着事不关己的冷漠和看热闹的好奇。

李梓盟那时脑中一片空白，不知道到底发生了什么。他在卫生所里睁开眼时，鼻间充斥着消毒水和血腥的味道，身上的衣服都没换，背心短裤被爆炸的火星燎得全是窟窿。他看到所有人的嘴巴都在一张一合地议论，说宋郑如果不是为了救他，不会冲进那辆着火的重型卡车。

他茫然回头，用求助的眼神看向李成：“宋郑是谁？宋叔怎么了？发生了什么事？……我浑身都疼，我能回家吗？”

赵老太太猛地抬起头，盯着他哭骂，骂他是没良心的小畜生，宋旭晟也挪开眼，不再看他。只有李成在望着他笑，李梓盟惊慌失措，幼小的心间突然升起一股巨大的恐惧和悲恸，眼泪难以抑制地蓄满眼眶，却迟迟不敢落下。

他不能哭。李成带他来之前说过，如果他在外面哭了，就打折他的两条腿。

无数议论如细小的蝇嗡，无处不在，无孔不入，捂住耳朵也逃不掉。那个祭拜的夜晚，在李梓盟的记忆中格外寒凉。他被李成拽进刚设好的灵堂，强按着磕头，在额头和青砖碰撞的响声里，李成压低了声音疯狂又得意地笑着，那笑声扭曲阴暗，在之后很长的一段时间里都是李梓盟最深的噩梦。

随后李梓盟被李成拽走，说要先带他回家收拾去 B 市的行李。李梓盟还记得赵老太太在他们身后声嘶力竭地喊：“滚！别再回来！”

离开宋家时，李梓盟被一个小个子男人撞了一下，那人身上缠满绷带，还在渗血，冲进灵堂咚咚磕头，边磕边哭，哭声无比真挚。

“我后来听说，那个磕头的人是那天被救下来的卡车司机，村民叫他掰芋。”

“掰芋？这不是个人名吧！”

“我也不知道具体是哪个字，只知道是这个发音。”

“所以今天上午查到的报道是这件事？你的亲身经历？”祁恬还是有地方想不通，“李成当时为什么要打你打到瘫软，跟车去山县再回来？他让司机拉的是什么货？”

“我不知道，我当时根本动不了。”李梓盟摇头，张开右手中指和拇指，比了段距离，“但我记得当时他给司机的钱大概有这么厚，用黑色袋子包装的百元大钞。”

祁恬目测他比的厚度：“你这都一拃了，得有十几万了吧，十六年前的十几万……他买什么要这么多钱？真是贩毒？”她想起另一件事，“你怎么知道宋郑是专案组的？”

“有人看到专案组的车了。”李梓盟脸上没有表情，“农村和城市不一样，村民彼此知根知底，不存在秘密。李成做的事其实村民都知道一点儿，但因为李成给了他们好处，所以只要有外人来调查，全村人都会给他通风报信。”

“宋郑盯上李成也是村民告的密？”

“对，他在家打人时我听见他骂来着。”

“那李成是想先下手为强？”祁恬试着代入李成的犯罪视角，“他知道宋郑盯上了自己，所以想干掉他，但袭警的罪名太大，于是他制造了一起事故，当作意外？”

“我是这么怀疑的，因为他成功了，而且从这件事中得利了。”李梓盟转动杯子，“宋郑在先村的人缘很好，我被宋郑救了命，于情于理都该跟着那些村民去守他的头七，但李成第三天就带我去了 B 市。”

“可他为什么要把你扔到车上？”

“他不在乎我的死活，可能他觉得我死了更好……他怀疑我不是他的种。”

“什么？”

“他认为我妈和宋郑有染。”李梓盟微歪着头，黑洞洞的眼睛看向祁恬，忽然咧嘴一笑，“宋郑太照顾我和我妈了，李成自己卑鄙龌龊，所以也这样想宋郑。到了B市后，他带我做过亲子鉴定。”

“他有病吧？”祁恬无语了片刻，“那专案组的行动呢？暂停了？”

“因为宋郑出事，专案组在我们离开前都没有动作，之后又发生过什么我就不清楚了。但李成逃过一劫，他到B市后借资本洗白，再没用过这么粗暴的手段去除掉一个人了。”

“这么说你早就知道李成的犯罪事实，为什么不直接跟我们说？”

“我直接说出来，你们会怀疑我也参与其中，因为都是我的推断，没有证据，你不是说需要关键性证据吗？而且……其实你和尚昀都相当自负，只有自己找出来的真相才会相信，我说的对不对？”

祁恬“啧”了一声，没有否认。她指尖点住桌面，忽然又问：“那个司机呢？后来你找过他吗？他被李成坑得命都差点没了，应该愿意作证。”

“我不敢相信他。”李梓盟抿住嘴唇，“那辆卡车如果真是借着拉货运毒，司机一定也牵扯其中。李成跟他说话时感觉他们很熟，肯定早有合作了。”

“所以现在的关键是，重型卡车突然着火、刹车失控，到底是不是人为的。”祁恬点着手指，“如果不是人为，就还要再找其他证据才能扳倒李成；如果是人为，那李成就是打算要你们三个人的命，而且他还得逞了，至少是蓄意谋杀。”

“就是蓄意谋杀。”

“缺少证据啊，兄弟！”祁恬头疼地伸了个懒腰，“司机还活着吗？他的行踪你能查到吗？”

“我在打听了，但徐主任说没听过掰芋这个人。”

“我就说这名字肯定是你记错了。”

“也许吧，但如果再见到他，我肯定能认出来。”

祁恬站起身：“去查查那辆卡车是哪个厂家生产的，我记得新闻里没写。”

“现在去？”

“今天算了吧，”祁恬犹豫了下，转向窗边往外看，“说了一下午，我想回招待所歇会儿。”

太阳开始西沉，远方天空与山峰相接的部分已经是淡粉色的暮霭，天空由浅蓝渐渐变为淡淡的青绿。尚昀到现在都没跟她联系，她有点儿担心。

李梓盟走到她身后，看着暗下来的天色，忽然说道："几年前我重回G省，第一件事就是去看那条山道，山道铺成了柏油路，但地势十几年都没变。当年宋郑明明只要跳下山坡就能避开重卡，但他却没有这么做。"

祁恬回头看向他："你是什么时候想起当时的事的?"

"没过几天就想起来了。"李梓盟笑笑，"你说得对，逆行性遗忘症是短期的，我装作不记得，只是不想提起这个人。"他眯了眯眼，"提起来难受。"

祁恬不接他的茬："你没过几天就想起来了，紧接着就被李成带到了B市……村民哪来的时间捆你?"

"我想起来以后，想偷偷溜去山路上看看，觉得也许能捡到宋郑的一些……遗物什么的。"李梓盟的声音涩滞，"但还没走出村我就被几个村民发现了，他们问我要去哪儿，我说想去找宋旭晟，问问到底是怎么回事，村民们没想到小孩子会说谎，就让我别去，说先村的人已经把宋郑的死算在我头上了，我去了会被他们打。我不听，非要去，他们就烦了，把我捆起来送给了李成，让他看住我。李成那会儿正忙着抱B市老板的大腿，没工夫理我，听了我的说辞也没说信不信，只绑了我一夜。第二天跟B市的人一起出发时，他让村民把我塞进后备厢，带走了。"

李梓盟想了想，补充了一句："我那个傻妈没跟着走，被留了下来，听说没过几年就死了。"

祁恬听完，只想仰天长啸："恕我直言，我以为自己也算见识过一些垃圾，但后村，这就是一个垃圾坑啊。"

李梓盟笑笑："你说得对。"

他没告诉祁恬的是，在被带到B市后的很长一段时间里，他都精神恍惚。最开始他封闭眼耳口鼻，企图将G省的那些痛苦、悔恨和懦弱封存起来，当作什么都没发生过。但很快就意识到这没用，于是他开始强迫自己回想宋郑死亡那天，他看到的每一张面孔，细品每一句话，他一边呕吐一边要求自己记住那些漠然的嘴脸和每一个居高临下的表情。

他在无数个深夜绝望又无声地哭。他无数次地后悔——

如果当时我不逃就好了。

如果我不向他求助就好了。

如果……被烧死的是我就好了。

在无数次呕吐和悔恨后，李梓盟的想法逐渐扭曲，他从一开始反复想着"如果死的是我就好了"变成"既然没死，那就好好活着，活下来，把那些畜生通通送进地狱"。

第二十三章

我能亲亲你吗

从咖啡厅回到招待所，祁恬惊讶地发现服务员又开始往来有序地端盘上菜，她朝最大的包间看了一眼，狐疑地看向李梓盟：“你又要请客？钱多也别这么烧啊，尚总可是打着援建的旗号来的，这么天天觥筹交错，哪儿还需要援助？”

李梓盟站的角度比她合适，指了指门缝：“看清楚，是打算援建的小尚总请客，让一部分人先吃起来。”

“他打算干什么？”祁恬觉得尚昀从中午开始就不正常，想过去看看，被李梓盟拉住了。

“你别现在进去。”

“为什么？”

李梓盟轻“啧”了一声：“你看着挺聪明的，不知道不能在饭局上落男人面子吗？”

祁恬撇撇嘴，承认他说得有道理：“恶俗的酒桌文化。”

两人站在大堂里面面相觑，因为不知道尚昀葫芦里卖的什么药，一时都不敢轻举妄动。

“徐主任没跟我说小尚总今晚有饭局，”李梓盟拿出手机看了眼，“他是为了自己的事还是？”

“我哪儿知道?!”祁恬细声道，“徐主任都不一定在那个包间里，没准是因为今天有人跟踪我们，所以尚总打算甩开你单干。”

她指了指李梓盟：“你这人有前科，嘴里没实话，尚总肯定不会事先通知，要不什么事都会被你走漏了风声。”

李梓盟推了下眼镜：“我以为经过一下午深入而恳切的交谈，祁小姐已经对我改观了。”

“改观什么？觉得你是个身世悲惨值得同情和帮助的弱小无辜受害者？”祁恬轻啐，“你顶多是棵被迫长歪的树，还是因为后期主动同流合污所以再也长不正了的那种。”

李梓盟神情隐在阴影里：“如果同流合污能让李成伏法，我无所谓。”

“你高兴就好。”祁恬深知自甘堕落的人无法说服，但还是忍不住刺他几句，“其实你这就是自我满足，自以为是地牺牲自我成就他人。你才多大？就算真的沉在泥潭里，用力挣扎也能爬上岸。玩自毁毫无意义，只会亲者痛仇者快。不过你的亲人——算了，你折腾吧。”

祁恬想起李梓盟身后糟心的李家，觉得“亲者痛仇者快”这句话简直是为他量身定做的，便不再劝了。

李梓盟却盯着她：“你想拉我上岸？”

“别多想，”祁恬后退了一步，戒备地看着他，“我随便说的。我现在自身难保，顾不了你，只能在精神上鼓励你奋发向上，早日做回有为青年。话说回来，你没做过恶事吧？

“做了又怎样？”

“做了我只好勉为其难，亲手把你送进去。”

祁恬毫不掩饰对他的不喜，这让李梓盟不由得沉默，想不出该说什么。

他没有多少跟女孩打交道的经验，在李家的生活充满尔虞我诈，连这样跟同龄人斗嘴的机会都很少。但他也知道，祁恬现在的反应与其他人不同。很多心怀善意的人在得知他的经历后都会主动伸出援手，自以为能拯救他脱离苦海。他们将自己的理解强加于李梓盟，时常让他觉得厌烦。

但祁恬不这样，她更像隔岸观火的神佛，看起来足够慈悲，也不拒绝他的倾诉，却绝不擅自插手他的事情——或许是觉得他不值得帮吧。

李梓盟低头，拿脚尖蹭了蹭地面。祁恬这种冷淡让李梓盟觉得舒服，她给彼此留出了足够的空间，也会在适当的时候力所能及地扔给他一根浮漂，至于他能不能、会不会抓住浮漂，她完全不在意。

他抬头看着她。与祁恬打交道，虽然费心费力，还经常不讨好，却让李梓盟觉得痛快。这种痛快大概是因为他知道自己的表现从一开始在祁恬眼中就不及格，所以与她相处时反而没什么顾忌，格外随心所欲放飞自我。

李梓盟盯着她的时间太长，祁恬忍不住手指发痒：“眼珠子真不要了？”

“找个地方坐坐吧，”李梓盟转过脸，“别跟这儿傻站着。——回房间吗？”

“不回，我要等尚总出来。”祁恬犹豫了下，“再回咖啡厅坐会儿？”

“那家咖啡厅的咖啡像涮锅水兑白糖，能不能换一家？”

祁恬嫌他矫情：“你不都喝完了吗？”

“花了钱的，能浪费吗？”李梓盟没好气道，“你不也喝完了？”

两个人都没意识到，仅仅一下午的时间，他们之间相互戒备的气氛就淡了，互相埋汰起来放松了许多。

“我有点儿饿了，”祁恬捂着肚子，“找地方吃饭？”

“那边有几个小吃摊，你想吃什么，我去买吧。”李梓盟犹豫了下，没让祁恬跟着，

“你在这儿等小尚总，那边有凳子，坐一会儿。”

祁恬奇怪李梓盟怎么突然这么好心，但她确实有点儿累，便没跟着，完全忘了刚认识时她连李梓盟请的酒都不敢喝。李梓盟打包回来的小吃不少，他不知道祁恬爱吃什么，干脆把当地特色小吃全都买了一份。

于是等到酒席结束，尚昀将人送出招待所，转回大厅时，就看到祁恬和李梓盟两人正头对着头，蹲在角落的一张茶几前，你一块我一块地分着香酥鸭和麻饼。

“你们在干什么？”仅仅一下午没在一起，尚昀就觉得自己错过了许多事。

“散了啊。”祁恬吃得脸颊鼓起来，嘴角粘着麦酱，站起来跺了几下发麻的腿，“等你呢，李梓盟的事有进展了，想大家一起商量商量。你突然请客做什么？”

“打听点儿事。”尚昀情绪不高，惜字如金。

但他向来喝了酒心情就不好，祁恬没往心里去：“打听谁的事？你的还是李梓盟的？”

“都有。你先擦擦嘴。”

李梓盟在一旁默默递来一张纸巾。

祁恬道谢，接过来把嘴擦干净：“你请了谁？是徐主任那帮人吗？”

尚昀没说话，突然觉得李梓盟递纸巾的动作太刺眼，眼神在两人间打了个转：“你们下午去哪儿了？”怎么突然关系和谐了不少！

“在咖啡厅帮李梓盟回忆他失去的记忆。”祁恬想起中午尚昀是怎么把自己甩了的，不太想理他，示意李梓盟说。

但李梓盟没吭声，尚昀神色不明地将视线转过来时，他觉得自己在与一把染着醉意的剑对峙。剑尖锐气逼人，顺着尚昀的视线扑面而来。那是雄性被入侵领地时的无声警告，在祁恬看来只是满身酒气、神情冷淡的男人，却让李梓盟感到无比危险。

他的直觉救过自己很多次，联想到头天晚上一言不合被劈晕的下场，李梓盟果断起身，将吃剩的食物一收，光速退场：“我不想再复述一遍，你和小尚总说。”

“凭什么我说？”祁恬见他走得飞快，感到莫名其妙。

尚昀站在她身后，背衬着浓黑的夜色，眼神沁着凉意：“你怎么突然跟他这么熟了？”

“因为他说实话了。”祁恬回头看了他一眼，还在气他中午说走就走，不太想理他，转身想回房间，“明天再说吧，你喝了酒，早点儿休息。”

尚昀忽然拉住她：“你不高兴？”

祁恬回头：“任谁被召之即来挥之即去，都不会太高兴。”

如果不在意，当然心有天地宽，李梓盟也好，其他人也好，她都可以冷淡又漠视。然而七情连着六欲，看着尚昀好似无事发生的平静面孔，她还是会感觉憋屈，忍不住无理取闹想发脾气。她突然觉得这事没意思极了。

“明天再说吧，我现在不太想理你。”祁恬甩了下胳膊，想挣开他的手。但尚昀手掌似铁，几乎可以捏碎祁恬的手腕，但他手指摩挲的动作却极轻，拇指缓慢蹭过祁恬的腕骨，带着某种暧昧意味。

“放开！”祁恬抬头，一双眼极亮，像天上的寒星，冷冰冰的，“拉拉扯扯的，成何体统！”

尚昀从未被她这样瞪视过，哪怕最开始他就知道祁恬是朵带刺的花，但因为她进华恒是有求于他，所以她会下意识地将所有尖刺收拢，展现出艳丽的花心，在他身边来回打转。

而在这个微凉干燥的夏夜，两人间的关系突然悄无声息地褪去了所有伪装，那些客套的、包容的、彼此心知肚明却从不明言的暧昧与默契，都被祁恬毫不留情地一把撕开。她将尚昀平日里那些如薄薄霜雪般的胸有成竹和漫不经心，都强行摊开在阳光下，使之飞快消融。

她其实一直是这样的性格，非黑即白，决不容忍似是而非、藕断丝连。能与他反复周旋这些时日，已经是对他另眼相看了。道理尚昀都明白，但他还是突然觉得难受。

“不放。”他垂下眼皮，手指收得更紧，看不清神色，“祁恬，我不太舒服，陪我回去好不好？”

温润的声音被酒意熏染得异常低哑，难得的示弱让祁恬觉得如果拒绝，倒像是自己在欺负他了。扭过头给自己顺了会儿气，祁恬任由他拉着手：“走吧。”

天已经彻底黑了，招待所的走廊亮起灯，光线昏暗，四周格外安静。嘀，刷卡声响起时，祁恬才忽然感觉安静过了头。房门被推开，尚昀抬眼，轮廓分明的脸在不笑时有种疏离厌世感：“进来？”

祁恬抬脚走进去，忽然意识到不对——这是尚昀的房间，孤男寡女，三更半夜，她进来干吗？偏偏她始终对尚昀提不起什么戒心，两只脚仿佛有自己的意识，特别听话地迈了进来。

“坐。”尚昀跟在她身后进屋，将房门关上，祁恬警惕地看了他一眼。

尚昀的房间和祁恬住的一样，都是大床房。他坐到床尾，四处看了看，打开落地灯，指着床边的沙发让祁恬坐。

祁恬站了半晌，还是走到他对面坐下：“我已经陪你回来了，能走了吗？”

“你没有想问我的吗？”尚昀双肘撑在膝盖上，低头掐着眉心，“你不想知道我下午去哪儿了？”

“你会说吗？”祁恬忽然觉得这对话有点儿熟悉，忍不住笑了下，“尚总，咱别每次一喝酒就性格大变行不？上次在酒吧你喝醉了就净说些没头没尾的话，像你这种只挖坑不填土的臭毛病，还是别开口讲古了。”

她双手放在膝盖上，掸了掸裤子上的灰：“今晚之前我确实对你的事挺感兴趣的，但你既然不打算和盘托出，那我建议你干脆一句都别说。”

尚昀似乎没听到她说什么，静静坐了会儿，忽然去行李包里翻，掏出个药盒扔给她。

“他克莫司。你眼尾的红痕浮出来了，眼睛不疼？”

药盒落进怀里，祁恬心跳快了几拍，满肚子话都被压了回去。指甲抠着药盒，祁恬犹豫了下，还是问他：“你怎么难受？”

“喝多了，头疼。”尚昀的声音有些含混，不像平时那么吐字清晰。说完这句话，他又沉默下来，不再说话。

祁恬觉得这样的尚昀简直可恨极了，明明是他拉着自己不放，却愣是憋着一言不发。

“那个……”

“李梓盟……”

两人同时开口，互相看了眼，祁恬比了个手势：“你先。”

尚昀看着她，脸上浮现出明显不高兴的神情：“李梓盟下午跟你说了什么？”

“他不记得宋旭晟的父亲是骗人的，宋旭晟的父亲叫宋郑，救过他的命。宋郑就是咱们上午看到的新闻报道里牺牲的特警，十六年前为了救李梓盟被着火的重型卡车炸死。那辆重型卡车的司机跟李成认识，收了李成的钱，从后村来山县拉货，回程时卡车不仅着火，刹车还失灵了。李梓盟当时是被李成打成重伤扔在车上的。”

尚昀微阖着眼，听她说完：“刹车和着火都有预谋？有人要对付宋郑？”

“我跟李梓盟都觉得是李成蓄意谋杀，因为那时李成涉毒，宋郑所在的专案组有计划要打掉这个黑恶势力，所以李成有理由对宋郑动手。”

“李梓盟为什么会在车上？”

祁恬一脸一言难尽：“李成怀疑宋郑和李梓盟母亲有染，想把李梓盟一起送走。”

尚昀揉着太阳穴蹙眉：“这很像毒贩的思维。那个司机呢？同伙还是弃子？”

“我们正打算查那个司机，但目前还没头绪。”祁恬想了想说。

“你们？”尚昀重复了一遍，关注点似乎跑偏了，他向后仰倒，“我不喜欢你和李梓盟掺和到一起。”

“我还不喜欢你什么都不说呢！”祁恬不跟喝醉的人计较，站起来，“我烧点热水给你泡杯茶，喝了应该能舒服点儿。”

“你不问我说什么？”

“跟我问了你就会说似的！”祁恬没好气道，将药盒放到一旁，从柜子里翻出热水壶。

屋内门窗紧闭，落地灯郁黄的光映出祁恬忙碌的背影，尚昀闭着眼，听到茶叶簌簌落入杯底，电热水壶中传来吱吱的声音，烦乱了一下午的心忽然安静下来：“你问了我就说。”

“嗯？”祁恬回了下头，没听清他说什么。

水开了，祁恬将茶泡好，轻手轻脚地放到床头柜上：“凉会儿再喝。”

尚昀单臂挡住脸，看不清神情，含糊地“嗯”了一声，忽然笑道：“你真不问？”

祁恬坐回去：“你要实在憋不住，我也不是不能勉为其难地听一听。”

尚昀放下手，望向她。祁恬不知道，从发现白鱼开始，他胸中就一直翻涌着疯狂和暴怒。他感到自己的脑袋被劈成了两半，一半翻滚着炽热的熔岩，另一半盛满结冰的海水；一边叫嚣着要杀了白鱼，杀了那些畜生，为兄弟们报仇，一边反复思考着怎样才能不牵扯到祁恬，又不让她觉得被辜负了。

被白鱼看到祁恬和自己走在一起，是他没预料到的，也是他最不愿看到的。他去年参与了一个秘密行动，因为有白鱼这样的漏网之鱼，所以他不能随意出省、出境，不能像正常人一样站在阳光下亲吻喜欢的姑娘。他绷紧神经躲避镜头，隐瞒身份，回避谈论那段日子。他不想让祁恬知道那些不堪回首的旧时光，那些记忆像一扇被强行封印的大门，每一次推开，都会被其上散发的血腥气生生呛至窒息。

他忽然问祁恬：“你有没有想过，既然宋郑是位牺牲特警，那宋旭晟辜负许姝雯，是不是也有苦衷？万一查到最后，结果并不如你所想，你这样拼命去做，值得吗？”

祁恬有些发愣，她记不清这是尚昀第几次问她值不值得了。这个男人心里好像有道难以跨越的坎，日夜折磨着他，让他每每扪心自问都得不到答案。

理智告诉他曾经做的没错，但情感上他却无论如何也接受不了，只能借助外力，用祁恬的回答来一遍一遍地告诉自己这么做值得。祁恬也从未让他失望过。

“我不信命，但我相信公理正义。宋旭晟骗钱骗人骗感情，既然他敢不负责任地销声匿迹，就要有被从老鼠洞里揪出来的觉悟。叶阿姨因为厌恶不愿再提起他，那我就更不能轻易放过他。他必须为自己做过的事付出代价。也许是我太天真，但李梓盟有句话说得没错，我已经不是小姑娘了，我能为自己的行为负责。我觉得值，就会坚持到底。”

尚昀看着她，觉得眼前的姑娘好看极了，干净又清澈，有着芦苇一样的韧劲和铁一般的自律。她确实不是小姑娘，不是那种没吃过苦、没受过伤，娇滴滴、需要人捧在手心里悉心呵护的姑娘。他看着她，久久不语。

“我说得太飘了？”祁恬被看得有些不好意思，悄悄挪了下屁股。

“祁恬，”尚昀瞳孔中的冰雪消融殆尽，露出苍茫纯净的夜空，也许酒精真的麻痹了他的神志，他听到自己轻声说，“如果可能，我希望你这辈子都能活得像个小姑娘。”

“什么？”祁恬愣住。

在她的视野里，尚昀躺在灯光之外，轮廓朦胧又柔和，她看不清他的表情，只隐约看到他眼底有几点亮光，正目不转睛地盯着自己。

她清了清嗓子，觉得两颊发烫：“你说什么？”

“我说，我希望你能过得轻松点儿，而不是像现在这样，不管什么人的事都想去帮忙。”尚昀的声音很轻，带着点儿呵护和心疼。他低沉的嗓音仿佛浸满了白酒的香气，缓缓淌过祁恬耳畔，让她面对他时原本就需凭借怒气才能勉强维持的理智像只薄薄的瓷碗，啪的一声，碎了。

“我——你怎么突然说起这个？”她的心脏狂跳，隐约有种预感。

尚昀眯着眼，将祁恬难得一见的慌乱纳入眼底。山县的酒不知是什么粮食酿的，初入口时味道清淡，后劲却极大，酒香缭绕在尚昀的舌尖，让他觉得夜色动人，酒香绵绵难舍。冰封多年的心好像裂开了一条自己都不知道的缝，有许多酒后真言正源源不断地企图从那条缝里挤出来，把他自己都吓住了。

他曾经如履薄冰，未曾行差踏错一步。人活一世，爱恨痴贪皆为欲，他能活着从地狱里走出来，便是因为极度自控。凡事忍一忍就过去了。可忍耐是件痛苦的事，哪怕习惯了也很难挨。于是他突然不想忍了。

他坐起来，人往前一倾，面无表情地把祁恬压到沙发上。

“你——”祁恬看着突然凑近的脸，呼吸都停了一瞬。这么近的距离，尚昀眼底那片经年缭绕的雾气彻底散开，像没有涟漪的湖面，清楚地映出她的脸。

“我觉得，你这样很好，我很喜欢。”

“啊？”祁恬猝不及防，心跳得又快又急，却不敢问他这么说是什么意思，她生怕自己会错了意，那才真是尴尬得要用脚趾抠穿地板。

像是平时压抑着的情绪都被释放出来，尚昀一双墨黑的瞳孔明亮极了，他缓缓低头，意图再清楚不过。鼻尖相对时，祁恬到底撑不住了，猛地闭上眼，然而等了片刻却没等来他下一步动作。她忍不住睁眼，看到尚昀就那么近地看着她，比直接亲吻还叫人恼火。

祁恬羞愤难当，一低头缩了下去，蜷起双腿将自己攒成一个球，咬牙切齿道：“尚昀，不会说话就别说，主谓宾说全了才叫话，你那叫病句！”她说到最后尾音都是颤的。

尚昀笑出极沙哑的声音，翻身坐到沙发上，与祁恬肩并肩坐着，看着她一字一句说得郑重。

“我说，我很喜欢你。我觉得你应该也是喜欢我的，我没自作多情吧？”他说得成竹在胸，面上的神情是张扬甚至锋锐的，目光微烫，唇畔微扬的笑意仿佛也带着热意。

不得不承认，当尚昀压着嗓子说出那句“我没自作多情吧”的时候，祁恬的后背麻了一下。那感觉就像她去做SPA，按摩师用手指轻轻按压她颈后的风池穴，酥麻的感觉从后脑勺顺着脊柱一路向下，一直蔓延到腰部。

她的耳朵不受控制地动了动，脸色由粉转红，话说得倒还坦荡：“没有。”

尚昀看着她慢慢笑了，伸手盖住她的手背：“那你为什么不说出来？”

“说什么？”

“说你喜欢我。”

“我……”祁恬看着他，觉得周边慢慢变得安静，只听到自己的心跳声，扑通扑通，一声比一声急促，向四周荡漾开去。所有声音都被心跳声隔开了，模糊又遥远，只有尚昀落在自己手背上的温度是真实的。

他正朝着自己笑，笑容里带着几分霸道和志在必得。祁恬觉得有什么东西在心里疯狂冲击着，仿佛是之前被自己死死压在内心深处，自己五次三番勒令它不许发芽的那颗种子，正在努力撞击血肉，想要破土而出。

电热水壶的开关发出咔的一声轻响，祁恬回过神，像溺水之后突然有了呼吸，她猛地喘气，重新有了生机。

“尚昀，你还清醒吗？”祁恬突然有点儿担忧，“你每次喝醉之后都不太正常。”

祁恬并不讨厌尚昀酒后话多黏人的样子，却又觉得现在的一切都那么不真实。

“我酒量挺好的，也没有借酒发疯的前科。”尚昀脸上被酒意逼出的红晕清晰可见，眼底目光灼灼，烫得祁恬不敢直视。

他带着笑意开口：“祁恬，喜欢就是喜欢，自己不骗自己，谁也骗不了你。”

尚昀的话像黑暗的荒原上忽然溅落的一颗火星，将祁恬心底最后那点犹疑燃烧殆尽。于是她强作镇定的神态一点点撤下，取而代之的是一种难以言喻的紧张与羞涩。

“你说得对，”她扬起头，反手将尚昀宽大的手掌攥住了，表情赧然，眼神却格外坦荡，甚至带着点视死如归的架势，“我喜欢你。在你喜欢我之前，我就喜欢你了。”

祁恬对感情从不回避，喜欢就喜欢了，如果有必要她还能说两句情话，虽然这点好像比自己想象的要难。她咬着嘴唇，一边觉得自己勇敢得超乎想象，一边又觉得自己怯懦至极。

下一步该做什么？她心跳得飞快，想倾身抱住尚昀，或者——或者亲一下。但她浑身软得像摊烂泥，稍微一动就会滑到地上去。

尚昀看着她，祁恬的双眼皮很宽，对人有所保留时，一双桃花眼便好像烟笼雾照般叫人看不真切，只有当她赤诚以待时，这双眸子才会变得清透见底，只能，也只会容下一个人。自己被她放到了眼里这件事让尚昀感到愉悦，于是他做了件没喝酒时绝不会做的事。

他侧转上身，一手穿过祁恬腋下，一手穿过她膝盖下，在她短促的惊叫声中，轻轻松松就把人抱过来放到膝盖上了。

“尚昀！”祁恬又惊又羞。

“我以为你又要背法条了。”尚昀将她打横抱在怀里，脸埋进她的颈窝，低声发笑，“上次你怎么说来着？强奸罪处三年以上十年以下，有加重情节的十年以上，死刑封顶？”

祁恬被他的嗓音和口鼻间呼出的热气撩得浑身发抖，脑子一团糨糊，觉得自己没出息极了。

“双……双方自愿，不……不是强奸。”

“那是什么？”

祁恬不想说，尴尬地挪开视线：“放我下来。”

尚昀将她勒紧了：“你确定？你现在抖得跟筛糠似的，我放开你，你能站得住？”

祁恬被他说破，整个人都僵住了，僵着脖子同他对视，片刻后败下阵来：“那也不能一直这样……”

“为什么不行？”尚昀微笑，嘴角的弧度压都压不下去，他无辜英俊的脸弯起来，一边俯身离她更近，一边慢条斯理地开口，“既然彼此都表白过心迹了，那接下来是不是该做点儿情侣间才能做的事？”

轰的一声，祁恬觉得自己脑袋都要炸了：“太……太快了……”她脸颊涨红，气若游丝，拒绝的语气一点儿都不真诚。

尚昀惊讶挑眉：“瞎想什么呢，脸突然这么红？”说着他仿佛恍然大悟，意味深长地笑了笑，“小姑娘，思想不纯洁啊！”

简直要疯了。祁恬腰不酸了，腿不疼了，胳膊也不抖了，撑住尚昀的肩膀就要下地：“放开我！”

尚昀不松手，笑得更大声：“我说中了？”

祁恬窘得眼睛都红了：“尚昀！”

“不闹你了。”尚昀将她拉回来，从背后抓住她的手，“再抱会儿。”不知是不是酒精麻痹了他的神经，导致他控制不住手上的力道，将祁恬的手攥得格外紧。

屋内温度似乎升高了，祁恬后知后觉地发现尚昀身上透着潮意。尚昀握住祁恬的手掌也有些汗，手指滑进祁恬的指缝，两人手指交叉时，指缝间皮肤相贴，让祁恬觉得这种细小的摩擦甚至比拥抱更为亲昵。

尚昀身上的汗出得更多了，似乎他的身体机能正在将晚餐时喝下去的酒慢慢蒸出体外。他半阖着眼皮，下巴搭在祁恬肩上，被酒意熏过的嗓子微哑：“那个叫掰芋的司机……李梓盟跟谁打听过？”

“嗯？”祁恬被他抱得昏昏沉沉的，脑子都不转了，“徐主任吧，好像是，但徐主任没听说过这个名字。”

“正常。徐亚国才三十多岁，十几年前还不知道在哪儿读书呢。”

“如果打听不到司机，就只能去查卡车了。”祁恬有点发愁，“感觉更没什么希望。”

“让李梓盟发愁去。”尚昀不在意地轻笑，酒意蒸出来的汗顺着额头滑落，刚巧滴到祁恬手背上，祁恬被烫到般抖了下。

“你到底为什么要请他们吃饭啊？”她有点儿担心，“要不你去吐一下？”

尚昀听了就笑：“你也太看不起人了。我睡一觉就行，你——”

兜里的手机突然震动起来，尚昀拿出来瞟了一眼，果断挂断。

“这么晚了，谁的电话？”

“不认识的号码，可能是广告吧？”尚昀将她搂回怀里，下巴枕在她的头顶，“不理它。”

祁恬却清醒过来：“你还没交代下午到底干吗去了，别想用美色蒙混过关！”

尚昀失笑道：“我？美色？”他屈起食指压住祁恬的下嘴唇，指节来回磨蹭，“我一直以为你是被我的声音勾引的。”

祁恬僵住，尖叫差点脱口而出。要不是被尚昀禁锢在怀里，她立时就要蹦起来夺门而逃——声控特质被正主当面拆穿，简直没脸再活。

似乎被她的反应取悦了，尚昀胸腔震动，哑着声音笑笑，忽然问道：“我能亲亲你吗？”

“啊……啊？”祁恬还沉浸在尚昀早就看出自己对他声音垂涎的羞愤之中，一时没听清他的话，反应过来后头顶瞬间冒烟。

她有些羞涩地闭上眼：“可……可以。”

尚昀笑着低下头，温热丰润的嘴唇先是印在祁恬嘴角，绅士又克制，一点一点试探。呼吸的气息打湿干燥的皮肤，身边似乎落下厚重的屏障，一切来自他处的杂音都被阻隔在屏障之外，唯有沉重的鼻息一下一下将周遭全部填满，让人移不开也挪不动。唇间的亲吻与腰背上的爱抚，让祁恬浑身酥软。

“活着真好。”许久后尚昀放过她，贴着祁恬柔软的唇瓣轻声感叹，“特别好……”

尚昀体会过苦，因此更觉得现在的甜特别甜。爱与被爱的滋味如此美妙。他亲吻着她，想起有人曾在他颓丧时说过：人要特别珍惜生命地活着，只有活着，才能找到幸福，死了就什么都没了。

“他说得对，”尚昀想，“这句话说得特别对。”

祁恬终于憋不住气，伸出手乱摸，企图捏起尚昀腰间的软肉转一圈，却发现他的腰腹硬邦邦的，根本无从下手。

尚昀抽了口气，克制地退开少许：“别闹。”他低头，额头抵住祁恬的额头，“乖，明天带你去看宇宙之眼。”

祁恬注意力被转移了：“宇宙之眼？”

“嗯。你之前不就想去看吗？”尚昀的笑容比平时多了点肆意，“让李梓盟继续查司机和卡车，我带你去玩两天，毕竟是假期，不能荒废了。”

“可是……”祁恬隐隐觉得哪里不对，但脑子一片混乱，想不起要说什么。

尚昀将她圈在身前，轻吻她的眼角：“没有可是。”说罢，用舌尖撬开她的牙关，亲热地同她纠缠，将她再次亲得呼吸不稳后，才抬手拭去她唇角的水光，“明天一早就出发，开车去克镇，咱们早去早回。”

祁恬缓缓眨了下眼：“克镇？”

尚昀看向她的眼神含笑：“对，安放宇宙之眼的克镇。”

第二十四章

恬宝，捉住你了

第二天一早，尚昀带祁恬走的时候谁也没惊动。两人乘着晨光，搭了辆顺风车来到高速路口，找租车公司租了辆越野车，准备上高速。

上车前尚昀扶着车门问祁恬："你行不行？"

"车行我就行。"她坐进副驾驶室，"不是有药吗？这里到塘县也没火车，走吧！"

尚昀坐进驾驶室将车启动："要开六个小时，你不舒服就提前说。"

祁恬露齿假笑道："只要这车比之前那个小钢炮强，我就没问题。"

尚昀笑着指了指她。越野车风驰电掣般驶出山县，祁恬握紧车上的扶手，慢吞吞地提醒道："道路千万条，安全第一条……"

尚昀没好气道："你还是闭眼睡会儿吧。"

"不了。"祁恬凑到车窗旁向外看，天边朝阳破云而出，喷薄成红彤彤的一片，青山连绵，一时明光万丈，"等下李梓盟的电话该打来了，你想好怎么说了吗？"

"有什么好想的？"尚昀轻哼，"带女朋友出来玩还需要向他汇报？帮是情分，不帮是本分，他拎得清。"

祁恬眨了下眼："你还是没说昨天下午到底干什么去了，事情办完了？"

"没有。"尚昀犹豫了下，"等事情都办完了，我再从头告诉你，好不好？"

"行啊。"祁恬的视线流连在道路两旁成片未长成的庄稼上，青绿色的麦浪被晨风吹得起伏，远山还未完全被朝阳照亮，天边薄云裹挟着朝霞，好似晕开的点点胭脂，逐渐把天际染透。

"反正我也猜得差不多了，到时看看我的推理对不对。"她回头看向他，"不过我建议你还是说出来，憋在心里会影响身心健康，你看你老借酒浇愁，跟换了个人似的。"

尚昀笑了一下，没吭声。他很少在外人面前流露真性情，儒雅翩翩的面具戴久了，连他都偶尔以为自己真的是个老好人。

越野车突然减速，停在一个加油站旁。

"要加油？"祁恬愣了下，随即摸索着去解安全带，"那我下去走走，透口气。"

尚昀按住她："你帮我盯一下，我去加油站外面打个电话。"

祁恬愣了下："给谁打？"

“李梓盟。”

祁恬审视地眯起眼，纤长的睫毛一颤一颤的：“你们什么时候勾搭上的？”

尚昀失笑，祁恬的睫毛像蝴蝶振翅，将他的心都煽热了。他倾身替祁恬解开安全带，双手一提，把人提了过来。

祁恬挣扎：“不许色诱我！把事情说清楚！而且别老把我提溜来提溜去的，我不要面子的吗？”

“你会在意面子？”尚昀闷笑，把人搂了个满怀，仿佛四手四脚的人终于找到了契合的另一半，“我跟李梓盟说一声，你不是怕他起来找不见人着急吗？”

“我可不怕。”祁恬见车窗外没有工作人员往这边看，才轻哼一声，老实地窝进尚昀怀里，手指顺着他的脖颈往上蹭，一路蹭进他浓密的头发里，轻轻按压着他的头皮，“没骗我？”

“那可说不准。”尚昀把脸埋进祁恬颈窝，感受她勃发的生机，促狭地笑了一声，“我的秘密太多了，谁知道有没有为了你好，骗过你。”

他抬起头：“既然你坚持要打听那些小姑娘不该知道的、残酷又惨烈的真相，等从克镇回去，我就带你亲眼去看看。是你自找的，到时候可别后悔。”

他知道祁恬一直想了解自己除了华恒总裁以外的另一重身份，他原本想隐瞒，但现在改变主意了，他打算亲手将谦谦君子的温柔皮囊揭掉，将内里不体面却真实的自己给她看。就算把她吓跑了又怎么样，他会亲手把她抓回来的。

“我给过你机会的。”尚昀想，“所以你跑不掉了。”

祁恬眨眨眼，慢吞吞地收回手，伸出胳膊去方向盘旁边拿尚昀的手机：“那你还不快去打电话？我迫不及待地想知道你那些见不得人的秘密了。”

祁恬眼睛亮晶晶的，漂亮得像阳光下流淌的小溪，纤长的睫毛翘起，轻轻撩动，再铁石心肠的人，被她这样看着，都要心软。

尚昀捏住她的鼻尖：“你可真是……”真是什么，又不说了。祁恬目送他下车，转过头去与加油站的工作人员交涉。

离开祁恬的视线，尚昀的脸色就淡了下来，他拨打了李梓盟的手机，电话几乎是瞬间就被接通的。

“你们去哪儿了？”李梓盟一觉醒来发现自己一人被留在山县，整个人都愤怒了，觉得昨天晚上的识时务都喂了狗，他就应该一直贴着祁恬，气死尚昀拉倒！

“长话短说。”尚昀无视他的咆哮，“那个重卡司机的名字，你学着当地人的口音给我念一遍。”

“什么？”李梓盟蒙了下，满腔怒火被闷熄，余下一片呛人的浓烟，他定了定神，“你什么意思？”

“让你学你就学，我又不会坑你。”尚昀有点儿不耐烦，“我要处理的事可能跟你的事有重叠，如果是我想的那样，李成的事你就欠我个人情。”

李梓盟静了静，用方言复述了当时村民说过的话。

尚昀捏紧电话：“你确定他们是这么说的？”

李梓盟的笑声有点儿变调：“小尚总，你可能不知道，我连做梦都在琢磨这件事，反反复复，来来回回，每个字、每个发音，我都是吃透了嚼烂了才吐出来的，不可能有错。”

“行。”尚昀抿紧嘴唇，“算你运气好，这次遇着我。你就在山县好好待着，别再四处打听，等我们回去。”

李梓盟不傻，直接问：“掰芋也是你的目标？小尚总，你到底是什么人？”

“不是掰芋，是白鱼。十六年前犯罪集团里的边缘人物，一个曾经可以被李成随意抛弃的棋子，这么多年过去了，他已经成为勾连犯罪分子的关键人物。”尚昀每说一个字，嗓音就阴冷一分，他不欲同李梓盟多说，简单道，“我跟他有笔血账，必须算。”

挂断电话，尚昀垂头静立了片刻，又拨通了唐罗的手机：“我在去克镇的路上，你们到了？”

唐罗罕见地没有大声怒喊，只简短应了一声，然后说：“陆叔找你。”

说罢他将手机开了免提，一个沉稳又威严的声音传来：“小尚，你已经退伍，不应该再插手这件事——”

“陆叔，”尚昀打断他，“您知道吗？从去年年底到现在，我只要一闭上眼，就能看到兄弟们死不瞑目的脸。”陆远章突然沉默了。

尚昀眼睛突然酸胀，他抬手捏住鼻梁，似乎想要将什么情绪压下去，但他发现自己压不住。那些深埋的情绪就像海面升腾而起的巨浪，又像树木突然疯长刺向天空的枝丫，让他将这半年来一直憋在心底的话和盘托出。

“一〇七行动小组十二人，死亡七人，失踪三人，存活二人。您猜，我跟唐罗这些日子是怎么熬过来的？”尚昀的声音很轻，说出口的话却惊心动魄。

“我的心理评测不过关，您建议我退伍，我照做了；我爸让我回来接手公司，说高科技的军工产品能让兄弟们以后再出任务时少点儿危险，我也接手了；您为了我们的安全，不让我们探望牺牲战友的家属，不让我们和以前的兄弟联系……这些我都做到了。我做到了您希望我做的所有事，但只有这件事，我不能听您的。”尚昀抬起眼，眼珠是极深的黑色，像暴雨将至的大海，蕴藏着骇人的力量。

“陆叔，我每天都会做噩梦，梦到我冲进窝点的那天，我看到的……那些被挖出来的膝盖骨，被削掉的鼻子，一根根被拔了指甲的手指，和没有嘴唇遮挡的牙床！”他的描述一句比一句残忍，一声比一声更似刀剑，句句都冒着血腥气！

“那都是我们亲手送进去的卧底啊，陆叔！”

“够了！”陆远章的声音颤抖起来，呵斥充满深浓的痛苦，愤怒也无法抹去那些伤痕，“小尚，你说的我都懂，我也很难过，但你已经不在行动组了，你不能参与，这是纪律！”

纪律?！尚昀觉得自己连笑的力气都没有了，他看了眼等在加油站旁、皱眉望来的祁恬，她大概已经意识到他情绪不对，神情间满是担忧。

“陆叔，就算您不同意，我也会去克镇的。”他再次开口，“我要带祁恬去看看宇宙之眼。我听说，白鱼他们都在克镇了。——您先听我说完。”

尚昀低头，避开祁恬的注视，转身背对着她：“祁恬是谁，老唐跟您说过吧。那姑娘受B市南城李家的李梓盟所托，答应帮忙查找李家当家人李成的罪证。李成原来是G省人，十六年前在当地制造了一起交通事故，事故的死者是当时正在参与专案组行动的特警，宋郑。”

“宋郑？”陆远章有点儿迟疑，“唐罗昨天查的那人？”

“对，十六年前的六月十号，宋郑为了救人，死于重型卡车爆炸。您知道，当时那辆卡车的司机是谁吗？”

尚昀不等陆远章说话，径直给了答案：“是白鱼。”

唐罗忍不住惊呼：“竟然这么巧?！”

“是啊，多巧。”尚昀嗓音沉冷，“十六年前，白鱼是李成的马仔，替李成卖命。我不知道当年宋郑参与的行动是什么，但如果让他知道他救的人是白鱼，我觉得他可能会后悔。”

“十六年前……”陆远章沉默了片刻，还是将事情告知尚昀，“十六年前有个扫黑除恶的六一八行动，我听说因为有行动组成员在行动前牺牲了，由此导致行动消息泄露，跑了不少人。去年的一〇七行动和六一八行动有关联。”

“陆叔，宋郑是英雄，他因为六一八行动被谋害，至今因为黑恶势力没有清扫干净而资料封存。他的母亲如今已经糊涂了，却还记得自己的儿子穿过制服……我们不该让他再继续做没有照片的无名英雄了。”

尚昀眼皮遮住的眼眶里，像是盛着两汪血：“就算是为了让祁恬找到李成的罪证，白鱼也必须被抓捕归案，我需要他的证词来指认十六年前是受李成指使才开车谋害的宋郑。

“陆叔，您以前总跟我说，天理昭昭，善恶有报。白鱼已经逃了十几年，去年更是害了钉子和其他兄弟，我不能容忍他再继续逃下去。您要是不同意我加入行动组，我就自己来。”

天色大亮，热风渐起，头顶天空中绵软的云层忽然破开一线，被遮挡的灿阳露出头来，阳光毫无保留地洒在尚昀身上。深黑色西装里是铁锈色的衬衫，阳光将他层层笼罩，衬衫在光的映照下是一片暗红，像极了陈年旧血。

陆远章沉沉叹息着，他知道尚昀说到做到，只能妥协："我们只收到线报说他们打算在克镇进行交易，目前还无法确定准确的目标人数，你来了直接联系唐罗，但是有一点，祁恬是个普通人，你必须保证她的安全，不能让她牵扯进来。"

"人数应该是六到八人，昨天晚上我在山县请当地人吃饭，听他们聊天说起来，最近有几个当地有影响力的人突然同时离开山县，不知道去了哪儿，我怀疑全都去了克镇。"

"好，我跟当地警方沟通，按照比这个数量多两倍的人数布控。"

陆远章说完将手机还给唐罗，安排工作去了。唐罗关闭免提，挪到一旁悄声问尚昀："昀子，你还是跟祁恬混一起了？玩玩儿还是认真的？"

"认真的，"尚昀警告他，"别再跟我说她的坏话。"

"得，不说！"唐罗觉得被兄弟背叛了，没好气地问他，"那你到了克镇怎么出来？我们打算明天行动，你买瓶安眠药让她睡两天？"

"用不着。"尚昀见祁恬已经等不及往这边走了，加快语速，"安眠药对身体不好，我自有办法。"

峰回路转十八弯，祁恬被尚昀带到了G省塘县克镇。

"克镇是布依族和苗族世代生活的地方。现在因为FA项目出名，我们正在打造天文小城，有关项目还在配套建设中。"

导游热情地招呼两人跟上，要带他们去存包。

"二位别急着参观天文体验馆，咱们先坐摆渡车去看宇宙之眼。宇宙之眼观景台所处的五千米内都是电磁波宁静保护区，禁止携带和使用任何可能发射电磁波的电子设备和电器，所以得请你们寄存下手机。——二位没戴手表吧？"

见祁恬摇头，导游又朝尚昀补了句："哥，车钥匙也得寄存。"

祁恬皱了下眉："这么麻烦？"

"你以为呢？宇宙之眼，观天巨眼，国之重器，再怎么谨慎也不为过。"尚昀笑着拍了下她，看向导游，"摆渡车就不坐了，等下存完东西我们自己走上去。"

经过严格程度堪比机场的探测门和人工检测两道安检关卡，七百八十九级台阶在灿烂的阳光下向祁恬招手。

"说真的，这比我之前忽悠你爬山还累。"祁恬气喘吁吁地边走边掰着指头算，"一层楼也就二十多级台阶吧，这爬上去得将近四十层楼了，我在B市爬个四层楼都得歇半天。"

尚昀走在她旁边，气定神闲，呼吸频率都没变："你还好意思说那次爬山，就你这体力，从散步开始练吧。"

"主要是这路，"祁恬艰难地再迈一级台阶，"全是台阶，连个景都没有，注意力都没办法分散分散。”

尚昀笑道：“深山老林里本来没有路，是先行者走的次数多了，这里才有了路，然后才能筑成台阶。”

祁恬不吭声，她知道FA项目最终定在大窝凼，是科学家们历经十多年跋山涉水，对一千多个洼地进行选址才挑选出来的。从选址到竣工，历经二十余年，是人类直接观测遥远星系、探求宇宙起源的重要设施。

她有点儿疑惑：“你们公司跟宇宙之眼到底有什么业务往来？”

“宇宙之眼自启用以来发现了两百多颗脉冲星，多次捕捉到极罕见的快速射电暴，但它本身也需要维护。”尚昀笑得云淡风轻，神色间的得意却怎么也压不住。

“宇宙之眼的运维团队为它建立了一个安全评估系统，需要定期对它的亚健康节点进行保养维护？华恒集团有幸能为它提供部分替换材料。”

祁恬冲他竖起拇指：“听起来很厉害。”

尚昀轻笑：“我也这么觉得。”

终于到了山顶，阳光变得强烈，从观景台望下去，祁恬由衷地感受到了“宏大”两个字的含义。阳光下，五百米直径的单口径球面射电望远镜，像一朵银白的花，绚烂盛开。

尚昀贴着她的耳边问：“是不是很震撼？”

祁恬趴在围栏上，目不转睛：“这是个工程奇迹。”

“走上来不亏吧？”

祁恬至今气未喘匀，脸颊一片潮红：“这么大的面积，下雨不会积水吗？”

“不会。FA项目由4450块大小不同的三角形反射板组成，表面呈多孔状，就像筛子，下雨不会积水，既能减少成本，也能减少重量，还能减少风的阻力。”

“那冰雹呢？”

尚昀也是很佩服祁恬的脑洞了，他拉着她离开观景台，边走边解释：“冰雹会给反射面板造成一定影响，之前叶素娟来G省也是为了沟通运维团队，看是否需要更换面板，所以冰雹防御作业炮站必不可少，FA项目周围的三个站点都有炮，喏。”

祁恬顺着他的手指望过去，站点没看到，却被一抹反光射到眼睛。

“嗯？”她停住。

“怎么了？”

“没什么，可能眼花了。”祁恬揉了下眼睛，“刚才好像看到什么反光的东西。”

但一闪而过，她都说不清引起自己注意的是什么。

“可能是其他游客的发卡。”尚昀带着她向山下走，“环幕影院整点放片，咱们走快点儿。”

直径十五米的大型穹顶空间，完美展现了浩瀚的宇宙，满眼星辰，祁恬沉浸其中，听到旁白音缓缓陈述："美丽的宇宙太空，以它的神秘和绚丽，召唤着我们踏过平庸，进入它无垠的广袤。"

由宇宙之眼收集到的宇宙中的脉冲星发出来的声音交织出现在祁恬耳边，那是种有规律、富有节奏感的信号。

走出展馆，祁恬久久无法回神，她被尚昀牵着向停车楼走去。直到走到车旁，她才深吸了口气，低声呢喃道："果然，在所有浪漫中，关于宇宙的浪漫总是史诗级别的。"

尚昀侧头看向她，明亮的天光下，祁恬的眼神带着对未知的向往与狂热，光洁饱满的皮肤泛着晶亮的光泽，脸上是他从未见过的，血脉偾张的神情。

不自觉地，尚昀低头吻了吻她的额头："科学家说过，如果将地球生命三十六亿年的历史压缩为一年，那么在这一年中的最后一分钟诞生了地球文明，而在最后一秒钟人类才摆脱了地球的束缚进入太空无垠的广袤。"

祁恬有些感慨："屈原写过天问。'天何所沓？十二焉分？日月安属？列星安陈？'咱们和几千年前的古人所求所问也没什么不同。"

尚昀看着她微微张开的嘴，垂下头凑近："之前没看出来，你这么喜欢天文！"

"我不是喜欢天文，我是对一切未知的真相抱有好奇。"祁恬顿了顿，"我有太多想知道的东西。宇宙起源和更高级的生命，十几年前谁能想到我们可以听到距离我们上万光年的脉冲星的声音呢？活着的每一天都是见证奇迹的时刻。"

祁恬说得兴起，最后用一句话总结："有时候，我真想再多活几百年。"

"是吗？"尚昀神情有些疑惑，"你从来没有某个时刻，突然觉得活着很没意思吗？"

"没有。"祁恬皱眉，不明白尚昀怎么会突然这样问，"你有过这种想法吗？我一直觉得自己如果不努力活下去，应该会很不甘心。得有多少巧合才能生下我！努力活着不会有什么损失，倒会有额外的好处。比如，让我遇到了你。"女孩眯着桃花眼笑着，笑容里带着几分甜蜜和一点儿羞涩，却没有丝毫回避。

于是尚昀一肚子的话都说不出来了，他突然问道："如果我比你早死呢？"

祁恬一怔，脸上的笑容慢慢消失："怎么突然问这个？你是打算去做什么危险的事吗？"

尚昀看着她不说话，祁恬抿住嘴，片刻后开口："你死了我也会活下去。活着才有翻盘的机会。"

"你是不是觉得，相爱的两个人，如果一方死去，活下来的人才是最艰难的？因为活着的人要承受所有悲伤。但其实悲伤会被时间冲淡，活着的人有机会遇到新的人，开始新的生活。而死去的人……"祁恬挑了下眉，"除了生者的记忆，他们什么也不是了。"

意识到尚昀在背着自己策划些什么，祁恬突然把他抵在车门上，歪着头露出一个挑衅的笑："反正……你要是背着我把自己玩死了，我肯定会再找个男朋友。"

尚昀目不转睛地瞪了她片刻，忽然无声地笑起来，他一个挺身挣脱祁恬的压制，将人拽进车里，禁锢在副驾驶的座位上，身体悬在上方，露出个凶狠的微笑："我怎么找了你这么个没良心的小姑娘？"

远处隐约有嘈杂的人声，楼间的风被阻挡在车外，两人的呼吸与温度渐渐混成一团。尚昀的手指有些用力地捏着祁恬的下巴，轻轻啃咬着她的唇角。鼻尖相触，他偏了下头，把祁恬压进座椅里，重重亲了下去。这个吻带着些惩罚的性质，让祁恬看到尚昀隐藏在胸有成竹、从容不迫的外表下面的，有一点幼稚和一点报复心的一面。

祁恬假装不知道尚昀的手顺着她的衣服下摆摸了进去，掐住了自己的腰。两人不知什么时候换了姿势，祁恬坐在尚昀怀里，身体顺着他的腿往下滑，软得像一摊融化的糖浆。尚昀及时将人兜住，低头同她额抵着额，笑容充满威胁。

他一下一下亲吻着祁恬的唇缝，用力碾压："你还打算找什么样的男朋友？能有我这么好吗？"

祁恬被他亲得说不出话，只能睁开眼睛瞪他。尚昀低笑，转而去亲吻她的耳后，喑哑的声音如同轻柔的指尖，挠上她的耳朵，钻进她的心："错了没？"

他将她抱举起来，昂着头亲，两人的呼吸缠绕成一团一团的线。祁恬被他亲得快透不过气，脸颊绯红，软绵绵地求饶："错了错了……我错了，我有良心……"

尚昀声音越发哑下去："你可真是要命。"

尚昀开车带祁恬离开景区，在山脚找了间酒店入住。离开电磁波静默区后，尚昀的手机开始疯狂震动，涌入无数电话和信息。

祁恬脸上的温度直到进入酒店都没降下来，但她又对尚昀刚才语焉不详的试探耿耿于怀，忍不住捂着脸追问："你是不是打算背着我做什么？不能说还是不想说？"

尚昀手肘撑在前台上，脸埋进去，无奈埋怨："宝贝儿，你像张跳了针的唱片，一直停在这个调子上过不去了是吧？"

祁恬憋气："行吧，我不问了。"

尚昀迅速转身将负气要走的祁恬拉住："这就生气啦？"他低头弹了下她的鼻尖，"怎么这么大气性？"

祁恬捂着鼻子瞪他，忽然瞟见酒店门口有人进来："放开！"她伸手抵住尚昀越靠越近的胸膛。

"怎么？真生气了？"尚昀见她突然反抗，不由得越发得寸进尺。祁恬毫不客气地提膝撞向他的小腹。

尚昀反应迅速地躲开："这么狠？"

祁恬使出浑身解数朝他使眼色，可惜这男人聪明一世糊涂一时，愣是没能跟她心有灵犀。绝望地白了他一眼，祁恬清了清嗓子，声音略有些发虚："邹莹姐，你怎么来了？"

尚昀回头，发现自己的秘书居然跨越千里，追到G省来了。

"小尚总醉生梦死太久，电话不接信息不回，我怕他连公司叫什么都忘了。"邹莹绷着一张六亲不认的脸，看向尚昀的视线像在剐他的皮。

"小尚总，您是不是忘了酒店大堂有摄像头，居然在这儿跟祁恬打情骂俏，是嫌咱们公司公关部的活还不够多吗？"酒店大堂的摄像头三百六十度摄像，高清无死角，祁恬无地自容。

"邹莹姐，是我的错……"错什么了，祁恬支吾了半天没想出来。

邹莹气场太强，像是来跨省"扫黄打非"的，并且还一网打尽人赃并获了。她看了祁恬一眼，语气稍微缓和了点："不关你的事。"

尚昀轻咳一声："哪有你说的这么夸张，我怎么会忘了公司叫什么？而且现在还在假期内，什么事这么急？"

"是不是应该再给您放一个月的假？"

"如果不影响公司运营的话，我没意见。"

如果视线可以杀人，尚昀现在应该已经尸骨无存了。

邹莹恨铁不成钢地叹了口气，她从一直拎在手里的公文包中掏出一叠崭新的文件，单臂托住，像对待被遗弃的婴儿般，充满母性光辉地抚摸着它们。

尚昀被她这种慈爱怜惜的样子吓得寒毛倒立。

邹莹的视线紧紧盯着尚昀："您别怪我。"

"啊？"

邹莹一把抓住祁恬的手，将她拉到自己身边，将文件递给尚昀："在处理完所有文件之前，祁恬我先带走了。"

祁恬愣住："邹莹姐，这关我什么事？"

"你在他眼前晃，他就没心思干活。"邹莹说得意味深长，"为了华恒集团的未来，只能委屈你了。"

"您真是高估我了。"祁恬不知该摆出懊恼还是羞愧的神情，脸色精彩极了。邹莹大概以为她是魅惑君王不早朝的妖妃，其实她和尚昀昨天晚上才确定关系。尚昀不干活，纯粹是因为懒！

尚昀抱着文件，忍不住好奇："如果我不处理完这些文件，祁恬就回不来了？"

邹莹回眸一笑："您可以试试。"一向不苟言笑的脸上出现了笑容，把尚昀惊出一身冷汗。

祁恬被邹莹带到一家西餐厅。西餐厅装潢现代，风格简约，明亮的落地窗，宽敞的卡座。邹莹给两人各点了杯咖啡，冲祁恬笑笑，低头开始在平板电脑上处理工作。祁恬坐在对面，浑身都不自在，她摩挲着咖啡杯的杯柄，总觉得邹莹突然找过来这件事透着诡异。

华恒集团有一套严格的管理流程，就算尚昀半年不在，邹莹也用不着不远千里来追人。究竟是什么事需要邹莹亲自出马？还找了个那么蹩脚的借口把她从尚昀身边带走？

祁恬忧心忡忡，扭头望向窗外。暮色渐沉，昏暗的天色里，祁恬看到几辆深绿色吉普车从远处的街面疾驰而过，她迅速挪向窗边。这引来邹莹的注意。

"怎么了？"邹莹抬头，"窗外有什么？"

祁恬犹豫了下："吉普车，看着像军车。"

"吉普车不都一个样吗？"邹莹不太在意。

祁恬看着她，忽然问道："邹莹姐，公司究竟有什么急事？其实尚昀明后两天就准备回去了。"

邹莹看了她一眼，放下感应笔："有啊。"她将平板电脑掉转方向，递给祁恬，"喏，好几亿的大单子，老尚总朋友介绍的，需要小尚总签字。"

祁恬避嫌地移开视线，把平板电脑推了回去："邹莹姐，我已经递交辞职信了，根据竞业限制协议不能再看这种合同。"

邹莹见她这样知分寸，眼中浮起笑意。

祁恬握着咖啡杯，还是忍不住问了："邹莹姐，你一直管尚昀叫小尚总，那老尚总……是尚昀的父亲吗？"

"对，我刚进集团时是在老尚总手下做事。去年年底老尚总退位，小尚总接班，老尚总怕小尚总刚进公司会有人欺生，所以让我做他的秘书。我比小尚总还大四岁呢。"

"哦……"祁恬顿了顿，"我以为谁坐在总裁的位置上就听谁的呢，原来还有大小新旧的区别啊！"

邹莹笑了笑，没说话。于是祁恬就明白了，即使是在尚昀已经接班的现在，华恒集团乃至其他一些事情，肯定也只有那位老尚总说了才算。

她心里有了底，双手压在桌边，稍稍低头，由下而上地看着邹莹，笑得既甜又狡黠："邹莹姐，老尚总是不是来克镇了？在跟尚昀说话？"

邹莹正握着感应笔更改文件，手一抖，满屏文字都错删了。

她诧异地抬头，一向四平八稳的表情出现一丝变化："你为什么这么想？老尚总来克镇干吗？"连声音都比平时大了几个分贝。

祁恬得意地笑了两声，上身倾过去："我猜对了？"

邹莹镇定的脸色维持不住，抬手将她的脸推远："不是，没有，别瞎想。"

祁恬意味深长地"哦"了一声："那尚昀一个人在酒店签文件，多凄凉啊，我去陪陪他呗。”

邹莹嘴角微抽，盯了祁恬几秒：“不许去！”

祁恬没再得寸进尺，乖乖坐回去，掐着手指盘算自己诈来的消息。尚昀的父亲来了克镇，邹莹也来了克镇，下午在观景台看到的那抹反光，刚才驶过的几辆吉普车，还有尚昀下午问自己的那些问题……祁恬有些焦躁地咬了下手指。邹莹找来，很难说是真的追着尚昀处理工作，还是老尚总授意的。尚昀突然带自己离开山县，甩开李梓盟，明显是在策划什么。到底是什么？

远山还未将夕阳吞噬殆尽，月亮便已悬在枝头，暮色将倾未倾。尚昀终于赶在最后一丝天光消失前，拿着厚得可以砸死人的文件来到西餐厅交换祁恬。

已经处理完七八项事务的邹莹一边心满意足地清点着那摞文件一边频频点头：“其实您要是真的肯做的话，也是做得到的嘛。”

尚昀一脸苦涩：“邹莹，你看起来不像是来辅佐我的，更像是我爸派来和我作对的。”

“哟，瞧您这话说得。”邹莹轻抿了下不施颜色的嘴唇，“我与您的利益是一致的，您目光所至就是我心之所向。大家都等着您冲锋陷阵带我们挣钱呢！”

尚昀揉了把脸，长叹道：“劳驾你赶紧走，看见你就头疼。”

目送邹莹离开，尚昀无工作一身轻，瘫进卡座里翻菜单：“恬宝，想吃什么？”

祁恬刚琢磨了半天心事，没什么胃口：“跟你爸聊得还顺利吗？”

这句诡异的疑问让尚昀抬起头：“什么？”

“你不是跟你爸在酒店见面吗？邹莹姐都跟我说了。”

尚昀眯了眯眼，忽然伸手毫不客气地揉乱祁恬的头发，笑得发颤：“恬宝，你诈祁连山也是这么理直气壮？心理素质可以啊，说得跟真的一样……噗——”

祁恬青筋乱凸，看着桌子对面笑得毫无风度的男人：“有什么好笑的？问你话呢！”

“我刚才一直在酒店签文件。”尚昀笑得眼中漾起水波，伸手顺着祁恬脸颊的曲线向下轻拂她的头发，“真的，不骗你。”

“邹莹姐……”

“邹莹的嘴要是这么松，她就不用干了。”尚昀笑着打断她，“她到底跟你说了什么？”

祁恬闭上嘴，面前的男人笑得优雅真诚，她知道自己问不出什么来，如果非要坚持，可能会害得邹莹丢掉工作。

“好。”她抿了抿嘴唇，“我信你。但——”她犹豫了下，“如果你有什么必须要做的事，告诉我，我不会拦你，也不会跑去给你添麻烦。”

“但是，永远不要打着为我好的旗号隐瞒我。”祁恬盯着他，“我没你那么理智，你要是没个交代就突然消失，我不知道自己会做出什么事。”

尚昀认真想了想："这有什么不知道的？你肯定会上各种媒体平台曝光我——'渣男'不告而别，究竟是人性的沦丧还是道德的败坏？各种分析来一套，我就该被网友们人肉搜索了。"

"你——"祁恬气急败坏，指着他半晌，男人微笑的唇形连弧度都没改变，她不由得泄气，"咖啡喝多了，胃疼，想吃黑森林蛋糕！"

尚昀唇边的微笑加深了些，语气更加温柔："先吃正餐再吃甜点，乖。"

鲜花，烛台，浅金色的白葡萄酒盛在高脚杯中。两人的烛光晚餐没吃多久就要告一段落，倒不是味道不好，主要是……尚昀的酒量似乎有点太浅了?!

祁恬震惊地看着对面一边举杯一边冲自己迷蒙微笑的男人，脸颊微红，眼映烛火，嘴唇上沾着酒液，莹润有光。平时总是一副绅士、平静样貌的男人，最近酒醉的次数似乎有点儿多。

"你不是装的吧?"祁恬满脸怀疑，费力地将人扶回酒店，"前几天在山县你不是挺能喝的吗？几斤白酒都没事，今天半瓶葡萄酒就把你放倒了?"

祁恬将他往床上一推："你故意整我呢?"尚昀躺在床上，半睁着眼看她，唇角勾笑，呼吸平稳，一语不发。

"行吧，醉酒的是老大。"祁恬被他看得没脾气，将房间大灯关掉，只给他留盏床头灯，"你睡，我去前台再开间房。"

她转身要走，身后尚昀却忽然开口了。

"你的酒窝没有酒，我却醉得像条狗。"清润的嗓音被酒意熏得沉缓，又被尚昀刻意压低了，对站在床边的祁恬来说，这个声音太清晰，就像带着颗粒的温水，顺着耳窝淌了进去。

她忍不住一阵战栗，惊讶地回过头："你说什么?"

尚昀冲着她弯起眼睛："我喜欢夏天的雨、雨后的光，和任何时候的你。"

祁恬觉得是自己醉了，要不怎么能听到尚昀说胡话呢?

她俯下身捧住尚昀的脸，仔细嗅了嗅他口鼻间的味道："你是喝醉了，不是吃错什么东西了吧?"

尚昀"噗噗"笑着，趁机将她搂住了："恬宝，你已经把我的心弄乱了，打算什么时候来弄乱我的床?"

祁恬惊得连滚带爬地翻到床的另一端!

她压抑着尖叫道："你这都是打哪儿看来的鬼东西?!"

以她对尚昀的了解，这些风流的土味情话绝对不可能是他自己想出来的。

尚昀不解地歪头，下垂的眼睛显得无辜又迷茫，皱着眉，丰润的嘴唇抿了起来："恬宝不喜欢？我一个朋友写的……他说女孩子都喜欢听情话。"

尚昀那双子夜般漆黑的眸子里氤氲着湿气，祁恬被他看得脑子都木了，抖着手往床边挪。之前几次醉酒也没见他有这毛病!

“你给我闭上嘴，睡觉!”

尚昀半坐起来：“恬宝，我原本觉得自己过得还挺不错的，吃得饱，穿得好，有钱花。但总觉得还差点儿什么，原来还差一个你。”

祁恬被他的声音电得发麻，又被他说的话“雷”得焦黑。她紧紧贴住床尾的栏杆，不敢轻举妄动。现在这个样子的尚昀……实在太犯规了!

刚才为了扶他回屋，不小心将他的衬衫扣子扯掉了几颗，现在他一起身，衣服几乎全部滑了下去，露出光洁紧致的胸膛，看起来精干又紧实。

祁恬已经没有多余的精力去思考为什么尚昀突然开始向她批发土味情话，他是不是有什么阴谋这个极具难度与深度的问题，她的视线忍不住顺着那件衬衫滑落。

尚昀一喝酒就出汗，微湿的皮肤在郁暖的黄光中，好似上佳的钧瓷蒙了层水光，隐隐透出葡萄酒的甜香。只见他蹭啊蹭，终于靠着床头坐直了，衬衫随着他的动作又滑落了些，腰线往下便隐没在层层叠叠的布料中。强健的肌肉有着说不出的暧昧与诱惑……

祁恬视线绕完一圈，咽着口水强行把视线固定回他脸上。只看脸也没什么用，尚昀那张脸实在太具欺骗性了，他看向祁恬的目光专注而深情，带着缠绵的邀请，下垂的眼尾隐隐透出薄红，仿佛在难受地忍耐着什么。

“热……”他皱了皱眉，拉扯身上的衬衫，“恬宝，好热啊!”

祁恬的心提到了嗓子眼。尚昀朝她伸出双手：“恬宝，抱。”

“嗯嗯，抱。”祁恬一边微笑一边咬牙切齿，迟迟不动，“在抱你之前，我想先确认一件事。”

尚昀睁着无辜的眼看着她。

“你现在是借酒装疯呢还是真喝醉了？回答我吧。”

尚昀眼中的光晃了晃，声音好像含在鼻腔里：“我不知道……我就是觉得你好可爱。我说的时候来不及思索，我仔细想过之后，还是会这么说。”

他一边用鼻音喑哑地低语，一边继续拉扯自己的衣服。

“别再脱了!”祁恬扑过去揪住他的衬衣领子，将整件衣服用力合拢。

尚昀双手抓住她的手腕，滚烫的脸贴进祁恬的掌心，露出享受的神情。祁恬一动不动。

“恬宝，”尚昀仰起头，笑盈盈地对上她的视线，“捉住你了。”

第二十五章 我的姑奶奶哟

层层叠叠的窗帘随着空气的流淌微微扬动，祁恬被尚昀拥入柔软的被褥中。这个过程很缓慢，尚昀一直注意着祁恬的反应。他的手指轻轻地禁锢住祁恬的双腕，她稍一用力就能挣开。

祁恬没有挣扎，她睁着一双桃花眼，冷静地问他："你知道自己在做什么吗？这种事做了是要负责的。"

"知道啊。"尚昀低头，鼻尖与她相触，气息很沉，"那你知道我想变成什么样的人吗？变成你的人。"这该死的土味情话！

男人滚烫的身体像会制造热浪的星球，炽热围绕着祁恬焚烧，让她觉得又热又渴。混乱的呼吸充斥着房间，甜腻气息越来越浓……

最后检查了一次房间的门锁和防盗链，尚昀湿着头发来到窗前，回头看了眼陷在被子里熟睡的女孩，他从酒店二楼的窗户翻出去，将窗户推上，顺着排水管滑向地面。

"搞定了？"唐罗早就等在楼下，眼神向上示意，"你是怎么说服她的？"

"她不可能被说服。"尚昀整理了下衣服，"我让她睡着了，走吧！"

唐罗打量了他两眼，出于哥们儿义气提醒他："她醒了之后会气疯的！"

"那就动作快点儿，"尚昀走向停在一旁的车，"天亮前回来。"

吉普车迅速消失在夜色之中。

第二天，祁恬醒得很早，她睡得不踏实，总觉得有什么事被自己忽略了。睁开眼的瞬间记忆上线，想起倦极睡去前放任尚昀对自己做了什么，祁恬恨不得拿枕头捂死自己——鬼迷心窍地松口，真不知喝醉的到底是谁！

房间里太安静了，床上悄无声息，祁恬猛地坐起来，房间里空荡荡的，除了她没有第二个人。祁恬定了定神，突然想起许姝雯同她说过的，宋旭晟不告而别的那个清晨。

她视线落到床头柜上，尚昀留了张纸条，写着：睡醒了先洗漱，我出去晨跑了，马上回来。祁恬面无表情地将纸条撕个稀碎，先去门边看了下完好的锁头和防盗链，然后走到窗边将窗帘拉开，合好的窗扇上，支撑杆没有拧紧。

他是从这里跳下去的吧。祁恬推测出尚昀离开的路径，冷静地走进卫生间洗漱，将昨天来到克镇后看到的蛛丝马迹在脑子里过了一遍，她擦干手上的水，掏出手机打了个电话。

电话很快接通了，祁恬客气地问候对方："赵经理，在哪儿吃饭呢？"

彼时光头正在酒店大堂的沙发里吃粉，一口羊肉一口粉吃得不知道多开心，电话进来时他都没看是谁，接通了直接往肩膀上一夹，歪着头问道："哪位？"

"祁恬。"

光头一口粉卡在嗓子里，不上不下，烫得他直叫唤。

祁恬不等他反应又给了他致命一击："昨天的观景台上，您也在吧？"

光头好容易把那口粉咽下去，上颚都烫破了皮，紧接着被祁恬识破行踪，惊得羊肉汤泼了一手，疼得他直叫。

"您那颗头反光挺明显的。"祁恬几年如一日地盯梢祁连山，早就练就了一双火眼金睛，她拿着房卡出门，完全不给他反应时间，"您在哪儿，给个地址，我过去找您。"

光头彻底吃不下了，把羊肉粉放到茶几上，抽几张纸擦干净手，拿好手机："我就在你住的酒店一楼，你下来吧！"

祁恬顺着楼梯下去，看到他开门见山道："尚昀让你来的？"

光头揉着脸苦恼着该怎么回，片刻后在祁恬的灼灼目光中败下阵来："妹子，先坐。咱们坐着说。"

祁恬没动："站着说吧，我马上就走。"她笑了下，"尚昀干什么去了？是不是去做什么危险的事了？"

光头拿筷子搅了搅泡涨的羊肉粉，挑了丝漏网的羊肉塞进嘴里，含糊着应了声："唔。"

"怎么过去？"

"哎，我说，你这姑娘怎么……"光头简直头大，他抬头，想劝祁恬别太轴，尚昀把她哄睡了才走，又叫自己过来守着，明显是不希望她去涉险，她做人怎么没点数呢？然而他一抬头就看到祁恬的脸，深茶色的瞳孔在阳光的照耀下呈现出漂亮的金棕色光泽，瞳孔微微颤动，显示她正在极力地压制自己的怒气。

"你就算去了也改变不了什么，行动从后半夜就开始了。"

"我知道。我不是去添乱的，我心里慌，你带我到能第一时间得知他消息的地方就行。"

祁恬提要求的样子太过诚恳，光头与她对视了片刻，抹脸哀叹："长得好看了不起啊？你这么求我，让我很难做。"

祁恬弯腰，将脸凑近了："尚昀、陆局长、老尚总、邹莹姐，或者其他什么人，如果有人怪你，你就往我身上推。"她薄红的嘴唇扬起，用艳丽的面容说着威胁的话，"咱们现在这个角度，从监控里看就是你在骚扰我。如果你被他们责问，就说是我说的；如果你不带我去，我就告你性骚扰。我不一定能告得赢，但一定会让你很难受。”

光头看着祁恬志在必得的眼神，屈服了。

陆远章等人的指挥方舱距离头天邹莹带祁恬去的西餐厅不远，祁恬看到迷彩的指挥方舱时顿了下，低声问光头：“这么大规模，到底是什么行动？B市为什么要跨省来抓人？G省不作为吗？指挥方舱应该是部队的吧？”

光头耸肩，表示这些问题他都不清楚。车内的人早就知道两人来了，车门无声地开了条缝，将人放了进去。祁恬进入车内，看到几名军人正在指挥台前无声地忙碌着，数十个监视屏亮着，各式各样的接线和器材堆在周围。

车厢深处，两个她没见过的男人并排站着。光头在她后面进入车厢，尴尬地冲其中一个穿着制服的男人笑笑，在祁恬背后比了个手势，表示自己拦不住她。

祁恬当作不知道他们之间的无声交流，走近几步，视线在穿制服的男人肩章上停了停：“一麦两星……您是陆远章局长？”她转向另外那个不认识的男人，犹豫了下，“老尚总？”

陆远章和尚志地都没见过祁恬，他们从各方描述里拼凑出对这个女孩的画像，唐罗说她自私冷血，光头说她狡诈难缠，邹莹说她敏感多思，尚昀说她……说什么来着？尚志地想了想，想起昨天尚昀说她聪明敏锐，关键时候从来不掉链子。

现在看来尚昀说得没错——能认出他们两个老家伙，直接找准光头这个切入点，不择手段地胁迫他带自己找到指挥车，至少说明祁恬的脑子是够用的。尚志地想起尚昀昨天对他说：“爸，我喜欢上个小姑娘，哪天带回来给你见见。她忠于公义，遵从内心的理智和原则，不因畏难而放弃，不随波逐流，不自怨自艾，对认为对的事情一以贯之地坚守。这很难，需要付出极大的理性和真正的勇气与坚持。这样的品质，在当今这个浮躁的社会里格外难得。”

现在祁恬站到了眼前，尚志地忽然觉得自家儿子还少说了很重要的一点——这么漂亮的小姑娘可真不多见。

他笑眯眯的，样貌俊朗，有着成熟男人历经千帆后的稳重，与一旁严肃的陆远章形成鲜明对比，和气地招呼着祁恬：“我是，你来找尚昀？”

“是。”祁恬逼着光头带自己来时，完全没想过会遇到谁。现在她猝不及防，素面朝天地独自面见尚昀家长，内心不抓狂是不可能的——姝雯姐的教诲不该忘，果然出门必须化妆！

她按捺住情绪，眼角余光瞥见监视屏上的画面动了，忍不住侧了下脸，又将头转回来：“叔叔，尚昀究竟在做什么？跟着警方行动……是要抓捕什么人吗？”

连着两个问题都让人不好回答，尚志地笑了笑，他笑起来的感觉跟尚昀很像，祁恬甚至可以透过他想象出尚昀年老后的模样。

“是啊，尚昀也老大不小的人了，还那么喜欢凑热闹，我们这些老家伙也不好拦着。”

“什么不好拦着？我看你是巴不得他去！”陆远章冷声开口，在一旁生硬拆台。

“哎，哪能呢？我还挺担心他一个编外人员给你们添麻烦……”

“担心你还把他塞进一组?!”

尚志地老打太极：“孩子有心结，我得让他自己迈过这个坎儿。”

祁恬在一旁站着，不敢插话，后背被光头轻轻捅了下。她回头，见光头冲自己使眼色，朝左上角的一块监视屏拼命努嘴。祁恬看过去，那块监视屏的视野内是繁忙的街景。意识到行动正在进行，她飞快地将几十块监视屏浏览了一遍，最终在其中一块屏幕上看到了一晃而过的尚昀的侧脸。

“啊……”光头比她还不如，刚看到个后脑勺，人就超出录摄范围了，又去找其他屏幕，“跑哪儿去了？”

“这里。”祁恬短短几分钟已经大致将摄像头的顺序捋明白了，抬手指了下另外一块屏，悄声跟光头嘀咕：“上左右下，右二，左三，左七，上四……”

光头跟着她的提示看了个眼花缭乱，头都晃晕了，揉着眼睛放弃。操作台前的几名军人看向祁恬的眼神都变了。

尚志地饶有兴趣地问她：“怎么发现监控顺序的？”

“光线。”祁恬指了指车顶，“现在是清晨，太阳在东边，看地上建筑物的影子就能分出哪几块屏对着的是同一条街道，行动组身边的建筑物也有特征，跟拼图差不多，找到颜色和形状相近的图块拼一下就知道了。”

“这里纵五横八共四十块屏，你能记住每块屏幕里的景象？”

祁恬看了尚志地一眼，点点头：“我记性挺好的。”

“这不是记性挺好，这已经是过目不忘了吧?!”光头在心里疯狂吐槽，想起自己戳穿祁恬上节目照片造假时，她理直气壮的反应——差很多吗？我觉得做得挺像的。

尚志地笑了，拍着陆远章的肩膀感叹道：“高手在民间，后浪推前浪啊。”

陆远章看向祁恬：“我知道你，你举报了你父亲。小尚这次带你来克镇，是因为你受过什么专业训练吗？”

“他带我来参观宇宙之眼。”祁恬笑了一下，“我没受过专业训练，是野路子。毕竟为了收集证据，我盯了我爸好几年。”她说这话时，监视屏的亮光映到她眼睛里，茶棕色的虹膜飞快地划过一道冷光。祁恬知道有些事情瞒不住，不如自己先说出来。

陆远章看着她，发现祁恬的美貌其实很具迷惑性，就像艳丽的夹竹桃，远观时赏心悦目，甚至不起眼，只有接近后才会发现，它几乎所有部分都有毒，稍有不慎就会被毒到。

“举报祁连山的证据环环相扣，你做得不错。”陆远章中肯地评价，视线投向监视屏，“你担心尚昀？”

“担心。”祁恬坦然承认，忽然脸色一变，向前迈了半步，“这身衣服……掰芋?!”她视线飞转，看向另一块屏，“唐警官!”

祁恬转头，目光焦灼：“陆局长，这个掰芋在山县跟踪过我们，现在是在抓他？他十六年前就涉嫌贩毒运毒，我怀疑他是一起故意杀人案的从犯，他身上可能有武器，尚昀——”

祁恬抿了下嘴唇，说得又急又快：“尚昀不是警察，他和唐警官不一样，他穿防弹衣了吗？能保证他的安全吗？”

“一线冲锋哪儿有安全的？”陆远章冷声道，“也就比去年的情况好一点儿。去年的行动才真的危险，差点儿失控。尚昀那小子……你知道当时我是下了多少道死命令，才摁住他不去送命的吗？”

“去年？”祁恬意识到自己可能触到了尚昀的秘密，“他去年参与了类似的行动？为什么？他只是普通公民，没有受过专业训练，您为什么批准他去参加行动？警察局没人了吗！”

陆远章皱眉不语，没想到祁恬这么直接，看来尚昀真的遵守纪律，什么都没告诉她。尚志地在一旁想缓和两句，车厢外忽然传来连串枪响。

“交火了！具体地点？”

“在哪儿发生交火?!”陆远章和尚志地扑到指挥台前，祁恬和光头被挤到后面。

后背贴着冰冷的铁皮，祁恬的视线飞快地穿梭在各个监视屏中间，眼底很快漫起血丝。突然，她的视线停住了。

“隔这儿两条街，汽车站那里！”她扑向车门，打算跳下去，被尚志地单手拎了回来。

“在车上等，我们保证还你个完整的尚昀。”尚志地神色凝重，语气还算和蔼，他将祁恬推给光头，自己和陆远章带人下了车。

一片混乱中，祁恬紧张得思维发散诡异——尚昀喜欢把人提来提去的坏毛病，原来是遗传他老爸。等人走光，祁恬将光头一推，毫不犹豫地跳下车，避开那些人离开的路线，向汽车站跑去。

“姑奶奶……我的姑奶奶哟！”光头在后面追得气喘吁吁，“尚叔让你在车上等，你能不能听人一次劝！”

“要等你等。”祁恬在街上跑得飞快，头发扬起来，阳光和风被甩在身后，怒气混杂着恐惧在胸膛里澎湃着，拍击着血管。

答应过的！他明明答应过！

答应过如果有什么一定要做的事，会直接告诉自己，不会不告而别。祁恬从来不说，但并不代表她不害怕某次再见就成永别。

风渐次刮过上升的街道，阳光穿透云层刺眼地照耀着，祁恬的影子清晰无比，跟着她一刻不歇地奔跑。她越跑越快，越跑越快，却在穿过一片建筑物的阴影后突然停了下来，急促地喘息着，望向几十米外的街角。

“我的祖——我的天！”光头上气不接下气地奔到她身旁，正想抱怨两句，却被街角那一片狼藉惊得把话吞了回去。

“这是……这是怎么回事？怎么这么多血?!”不远处的地上，红色的液体正在黄沙掩盖的柏油路上缓缓流淌，一点一点积累成小小的血泊，流向路边排水的沟渠。

黄色的警戒线拉了起来，当地驻军和警察组成的人墙阻挡了围观群众的视线。许多旅行团的游客和当地人都在不远处推搡观望，交换彼此的震惊和情报。

救护车与消防车尖声鸣笛，自远处飞速驶来。地方台的记者也闻风而动，想得到第一手消息。贴着台标的采访车从身旁呼啸而过，祁恬忽然动了下，如梦初醒。

“这两条围巾我要了。”她快步走向街边的一个摊位，摊主无心经营只想看热闹，祁恬从摊上随手拽走两块围巾，示意摊主去看光头，“找他收钱。”

“哎哎！过分了啊！”眼见祁恬向现场跑去，光头急得跳脚，却被摊主拦下来要钱。

祁恬笔直地冲向刚才在方舱中见过的两名战士，企图从两人中间钻进去，却被制止了。她定了定神，还来不及在硬闯和说服间选出一个，里面已经有人在叫了：“让她进来。”

人墙打开一条缝，跟在祁恬身后观望的记者和围观的人群像找到了系统漏洞的黑客蜂拥而至，将重新聚拢的战士们挤得频频后退。

“凭什么她能进去？”

“对啊，她是什么人啊？”

“您好，我是当地电视台的记者，请让我采访一下负责人，这里到底发生了什么……”

混乱嘈杂的场面被祁恬抛在脑后，她冲入一片狼藉的现场。现场三四十人正在清理路面，伤者和死者被抬进救护车，路面除了血迹再看不出别的。消防车停在稍远的地方，陆远章和尚志地正在同现场负责人对话。

往来穿梭的人群穿着相同的军装或警服，太多人从祁恬眼前晃过，她抱着两块披肩，感觉一阵阵缺氧头晕，紧张得快要吐了。她实在不想去救护车上翻那些血肉模糊的躯体，分辨究竟哪一个才是尚昀的。阳光落下来，她感到既愤怒又难过。

“怎么站在这里发呆？”忽然被人从背后抱住，熟悉的声音距离很近地从背后传来。祁恬回头，看到尚昀，和站在他身旁几步远、满脸厌弃的唐罗。两人都是站着的，虽然身上沾染着血迹，但至少是凭借自己力量站着的。

祁恬一直吊在胸腔里的那口气突然消散了，转而是无边的愤怒。她猛地挣脱尚昀的拥抱，将两条格外鲜艳的围巾扔到他们头上，一人一个盖头。

“脸！”她颤抖着深吸了口气，“不是说不能被拍到吗？”

在刚才那短短几分钟的时间里，她几乎把尚昀从残到死的情况想了个遍，甚至还想过“只要人活着，变成什么样都行”。现在看到他完好地站在眼前，心头的火怎么都压不住。

“我说过没有？有事一定要告诉我！我又不会拦着不让你去，用得着这样吗?！还用那么……”下作的手段。

吼一句砸一记尚昀的胸膛，祁恬没留一点儿力。她是真的气急了，说到最后眼眶都发红，剩下的话哽在嗓子里，无论如何也说不出口。带有目的性的性爱，实在让人无法接受。

祁恬容貌极盛，站在全是男人的行动组里已经很引人注目了，此时哭着怒吼，吸引了无数道视线，即使被围巾蒙住了脸也让两人觉得如芒在背。唐罗自认倒霉，扯下围巾躲进人群，留尚昀一个人站在原地接受审判。

“恬宝，留点儿面子。”尚昀苦笑，将围巾拉下一半，露出眼睛，伸手想将人搂住。

祁恬拍开他的手，一言不发地怒视着他。然而即使是被她这样愤怒地瞪着，尚昀也觉得甜甜的。满地的血色和远处传来的呻吟，像迎风招展的胜利旗帜，他已经很久没这么轻松愉快过了，好像要飘起来。一切都是那么的真实。

“真好啊，”他想，“活着真好。”

忍了那么久，憋得那么狠，他退伍后的日子充满了孤独和愤怒，却还要装作彬彬有礼若无其事，努力融入普通人的世界。祁恬是他这段日子中唯一的意外，是大雪里突然出现的炭火。她敏锐伶俐，能察觉他不为人知的秘密。但人的悲喜虽然可以互通，经历却无法复制。

眼睁睁看着战友去世，尚昀心里始终憋着一口气，那口气是信仰动摇后对自我身份的艰难认知，是在反复诘问祁恬后重新坚定的理想信念。现实如此残酷，又让人如此痛苦，但他已经重新看清前方的道路，并准备一直走下去。

他再次伸手，将祁恬紧紧拥入怀中。祁恬气狠了，扭着身子挣扎，忽然听到一声轻轻的咳嗽。祁恬挣扎的动作停住了，不可置信地转头：“邹莹姐?！你怎么也在这儿？”

“老尚总说这边媒体太多，让我来盯着点儿，官媒报道发出之前，其他渠道尽量不要发声。”邹莹没好气地瞥了尚昀一眼，“我昨天才知道小尚总之前为什么见不得光，这次您应该不怕被拍到了吧？”

“这次到底是什么行动？尚昀去年参与的又是什么行动？邹莹姐知道吗？”

“去年十月七日，B 市警方联合 G 省驻军，对长期盘踞在 Y 省和 G 省边境的一特大制毒贩毒犯罪团伙实行了抓捕，抓捕过程中有犯罪分子逃脱，今天是对这些漏网之鱼进行收网，为去年的军警联合行动收尾。”

“尚昀为什么会参与这个行动?”

邹莹正要说话，尚昀掀掉围巾，似笑非笑地扳着祁恬的肩将人转过来。

“想知道的话，你可以直接问我。”

祁恬还在生气，语气很刻薄：“问过，你不舍得说，我猜你是打算把这事带进坟墓。”

尚昀叹了口气，低下头：“恬宝，别逼我在这儿吻你啊。”

“你——”祁恬的眉毛竖起来，突然发现尚昀的脸完全暴露在了阳光下，不由得紧张起来，“赶紧转过去！没看见那边一排摄像头吗?!”

人墙外，许多人正伸长了胳膊，将手机举得高高的，企图拍下第一手资料。

“没事。”尚昀笑得放松，亲了亲祁恬的额头，示意邹莹去处理，自己拉着祁恬向反方向走，“这次是去年一〇七行动的后续，虽然有几位兄弟重伤，但该抓的一个没漏，我和老唐不用再躲避镜头了。”

祁恬回头看了几眼现场：“你的意思是，这件事彻底结束了?”

“结束了，以后我不会再做这么危险的事了。”

祁恬点点头：“掰芋是怎么回事？他不是宋郑那时的事吗？也牵扯这个一〇七行动?”

“宋郑当年参与的是六一八行动，打击以李成为首的黑恶团伙，掰芋其实是白鱼，是我们这次要抓捕的重点人物，他在十几年前就已经实施过犯罪，这次终于落网。六一八和一〇七两次行动虽然间隔时间很长，但犯罪嫌疑人有重叠，可以进行并案处理。”

祁恬皱眉想了想，忽然话锋一转：“所以你到底是什么人？尚家太子爷参与重案行动？你家老爷子就不怕后继无人?”

尚昀笑了，他沐浴阳光，深深吸了口气，像个贪恋人间阳气的幽魂，在烟火红尘中流连不去。

“我啊，我家有参军的传统，所以我军校毕业后就入伍了。本来计划两年后退役，去年年初就能回来。但后来我所在的部队参与了军警联合行动，需要抽调精英，我因为文化体能全优被抽调进组，直到一〇七行动后才退役。”

“一般像你这样服役期间参与重大任务的，转业后都会安排进公安系统，像唐警官那样，你为什么去继承家族企业了？我看你爸挺硬朗的，不需要你这么早就接任总裁。”祁恬狐疑，“而且……一〇七行动不是今天才收尾吗？去年十月份那会儿，你们行动没完成，你为什么突然退伍？刚才陆局长说去年要不是他的严令，你就冲上去送死了，又是怎么回事?”

尚昀顿了顿，低头无奈地笑笑：“恬宝，做人太敏锐不好……”

“是你说的，只要我坚持想知道真相，等事情结束后就全都告诉我，现在打算反悔?”祁恬竖眉，露出个威胁的甜笑，唇形完美，“可惜没有这个选项，买定离手，落子无悔啊，亲。”

尚昀对祁恬这种得理不饶人的性子又爱又恨，他轻轻攥了下她的手腕：“不反悔，等回了 B 市，我全都告诉你。”

第二十六章

割喉的一刀

劳动节小长假最后一天下午，祁恬被尚昀带着，跟随行动组一起包机返回了 B 市。这次劳动节假期过得之丰富紧凑，居祁恬历年假期之首。飞机落地，行动组的人分头行动，仅留七八名警察押解嫌疑人。

唐罗换了便衣，搭着尚昀的肩："我先回局里，白鱼刚才在路上把宋郑的事招了。李成确实收买了他，他去山县明着是拉木材，实际夹带毒品。车上的木材有一部分淋了汽油，烟头一点就着。这本来是他和李成商量好的，伪造卡车事故撞死宋郑，李成让他在卡车冲向宋郑时跳车，但事到临头他害怕了，他不知道李成为了让他没有退路，把刹车给破坏了。"

"宋郑为什么那个时候会出现在山路上？"

"陆叔问了当年参与六一八行动的人，行动组安排他在那里盯梢，他们知道李成从山县拉货，所以设卡拦车，要检查车上货物。"唐罗顿了顿，"宋郑知道白鱼是嫌疑人，他其实完全可以躲开，等车辆撞毁再检查残骸是否有毒品，但他还是冲进去救人了。"

唐罗叹了口气："为了这种人渣，不值。"

祁恬静静地站在旁边听，想起李梓盟说的：当年宋郑明明只要跳下山坡就能避开重卡，但他却没有这么做。

人们以为的超级英雄，是基因变异、富可敌国、天生神力。可现实中的超级英雄，因为工作所需，甚至无法公开任何信息。去掉英雄的种种光环，真正让人动容的，是他们血液中流淌的大爱大义，这些东西闪闪发光，永世长存。

"再审，务必让白鱼交代，他……"尚昀脸上突然阴狠，顿了片刻才接着说，"他怎么发现钉子是卧底的。"

"放心！"唐罗绷紧下颚，"他不把知道的吐干净了，连口水都别想喝！"

唐罗双手插在口袋里，转身准备走，忽然回头，审视地看了祁恬几眼，凑到尚昀身边，声音不大不小："你真打算在一棵树上吊死？不考虑换一个？"

尚昀干脆利落道："滚。"

"得！"唐罗一点头，"哥等你失恋一起喝酒。"说罢他挥挥手，"走了，还得回局里通宵。"

这回是真走了。祁恬冲着他的背影乖巧道别："唐警官慢走，一路走好，小心出门摔着。"说罢翻了个巨大的白眼，不远处唐罗脚下一个踉跄。

尚昀好笑地低头看她："怎么不当面骂他？"

"这不得给你留点儿面子吗？"祁恬没好气道，"下次我可不客气了，当我是死人呢？"

"他被女朋友背叛过，有心理阴影。"

"我知道，赵经理说过。"祁恬还是觉得唐罗小气，"谈恋爱处下来不合适还不能分手了？他女朋友是吃他家米了还是给他头顶'种草'了，至于记到现在吗？还仇视女性、迁怒别人，没见过这么小肚鸡肠的男人！"

尚昀牵着她向外走，安静地听她说完，慢慢开口："没吃他家米也没'绿'他，就是在他执行任务时，给他脖子上来了一刀。"

祁恬吃惊："你们去年的一〇七行动？"

"对，他差点儿就和其他人一样，留在G省边境了。"尚昀语气浅淡，却难掩字间刺鼻的血腥气。

"能讲讲吗？"祁恬下意识地攥紧手指，"所有事。"

"好啊。"尚昀带着她走出机场，坐进BJ80。

这个故事其实并不长，尚昀有时觉得再过一段时间，自己就会将它放下了，使其慢慢成为一段褪色的记忆。然而当他真的开始回想时，才发现，尽管时间有冲淡记忆的作用，可当他重新将它翻出来时，却发现它始终潜藏在脑海深处，依旧一清二楚，恍若昨日。

"我和唐罗读的都是军校，毕业后唐罗直接进了警队，我去参了军。我们，还有光头，都住在一个大院，陆远章和其他叔伯看着我们长大。一〇七军警联合行动前年年底就启动了，我和唐罗去年三月份被选中，进入同一个行动小组，小组的组长叫丁义金，我们都叫他钉子。丁义金是G省当地人，家庭条件不好，大部分津贴都存下来寄回家了，还跟家里说自己有钱，让他们别舍不得用。

"其实他留给自己的那点儿钱根本不够用，好在部队什么都管，只要忍得住，一分钱不花都能过下去。我们都笑他是要攒钱娶媳妇，他却说自己有女朋友了，女朋友说不要他的彩礼。"

尚昀笑了下，睫毛顺着下垂的眼角盖住眼睛，流露出一丝嫌弃："长得那么吓人，居然还有女朋友！"

祁恬忍不住追问："怎么吓人？"

"他受过伤，脸上好多疤。"尚昀抬手比画了下，"左脸基本毁了。"

"伤得这么重？也是因为一〇七行动？"

"我不知道，我和唐罗进组时他已经是那个样子了。"尚昀看着她，"他资历深，做了我们的组长，可能是上级觉得他长得凶，能镇得住我们。因为部队纪律，他跟女朋友聚少离多，只能趁休息时打打电话、发发语音，后来……”

后来，因为行动进入攻坚阶段，连电话都不能打了，他就开始写信，写了很多很多封信，信件被认真装订、贴好邮票，却一封都不能寄出去。因为保密条例。

都说从前没有电话和网络，车马很慢，书信很远，一生只够爱一个人。可等真过上了车、马、邮件都慢的日子，他们才发现，不能及时联系的时间里，相思是种让人备受煎熬的折磨。

尚昀似乎陷入了漫长的回忆，祁恬等了许久都不见他开口说话，只得催问:“后来呢？他去年也退伍了吗？跟女朋友结婚了？”

“没有。”

尚昀抬起头，望向车顶，其实并没有什么好望的，只是他怕自己再低着头，泪水会落下来。

“他牺牲了。我们这个行动组，只有我和老唐活了下来。”他的记忆回到那些令人追悔莫及的瞬间，有种想要拨转时间改变过去的冲动。

“节哀。”祁恬觉得现在的尚昀脆弱极了，她轻声安慰道，“一〇七行动成功了，你的战友们都会被追授为烈士吧。”

“会的。”

尚昀艰难地深吸了口气，继续回忆。

和唐罗一同被选中参加任务时，他们都格外意气风发。宣誓那天，两人一身庄严制服，行军礼，念誓词，眼里闪着光——恪尽职守，不怕牺牲，全心全意为人民服务。

然后他们被丁义金带着，在驻地接受训练，与犯罪分子费心周旋。最终在牺牲数十名线人，送进十几个卧底后，历经艰险，踩着战友的血肉，将G省庞大的犯罪组织慢慢兜入网中，等待最后的一击。他清楚地记得行动那天是十月七日，中秋节，联合行动领导小组突然收到潜伏在犯罪组织内部的丁义金发来的求救信号。

领导小组甚至等不及入夜，就给他和唐罗匆匆分派了不同的任务，将他们派往不同的地点，他们再次写下遗书，准备出征。陆远章是联合行动领导小组的指挥，他按着他们的肩，要求他们熟记多套行动方案，务必平安归来。数十辆警车和军车呼啸着，在刺目的灯光中，飞快地驶向城外山野。G省的边城即使是秋天也依然溽热，行动小组顶着夕阳，翻过山坡，看到山间蜿蜒而过的一湾碧水上，涌动着暗红色的波光。

不祥的暗红色。唐罗作为侦察兵谨慎地摸到河边。

尚昀脸上浮现出混合了讥讽与后怕的神情。

“他在河边遇到了女友小芾。”

祁恬轻轻吸了口气。

“小芾是老唐在执行其他任务时救下的女孩。”那女孩天真懵懂，总是瞪着一双水灵灵的大眼，将唐罗夸得像上天入地无所不能的神。

唐罗虽然奇怪小芾为什么会出现在行动现场，但他担心女友安危，催促她赶紧离开，小芾却在他转身时，毫不犹豫地给了他一刀——割喉的一刀。

“当时，我和老唐分头行动，我赶到所负责的任务点时，听到老唐那边的备用炸药被引爆了。”爆炸声响起，尚昀知道唐罗那边出事了，因为完全不顾卧底和行动小组成员安危的强攻，是他们多套行动方案中的备选。

爆炸引发的大火蔓延至河边，烧红了半边天空，迷蒙的白烟中透出血色的光。燃烧的芦苇，噼啪作响的独木舟，所有被火焰覆盖的物体在河水蒸腾的白雾中若隐若现，汽油的刺鼻味与蛋白质的焦臭味通过余热未散的空气传来。

“我赶过去时，老唐已经快不行了。”

尚昀不想详谈自己是顶着怎样的火力和压力，从负责的任务点赶去河边的。

他喉结上下滚动，压抑地说道：“我赶到时，老唐的女朋友正打算再给他一刀……我开了枪。”

近在咫尺的枪声在巨大的混乱中简直不值一提，尚昀出现在唐罗越来越窄的视野里，他们的脸上都布满了灰尘与鲜血，尚昀极怒的表情近乎狰狞。

“老唐，别睡！”尚昀甚至来不及给他止血，拔出随身携带的肾上腺素隔着布料扎进他的大腿根部，边推针筒边呼叫后援，“支援！请求支援！这里有人重伤！”

一小束夕阳落下，微妙的角度让唐罗的眼睛被这束刺眼的光耀得溢出眼泪。他紧紧压住喉咙，不甘心就这样窝囊地死去。火药的气味充斥着鼻腔，有人在怒吼，有人在尖叫，各种各样的色彩在唐罗眼前飞速掠过、旋转，仿佛永无尽头。

“老唐被救走后，我继续执行任务。”尚昀搭在方向盘上的手指神经质地抽搐着，“我要去救钉子，救我们的队长……我比任何人都早地冲入了犯罪窝点……”

“然后，我看到……”尚昀嘴唇颤抖着，“我看到被削了鼻子和嘴唇，昏迷不醒的丁义金。”

祁恬轻轻握住他的手，尚昀沉默片刻，忽然笑了一声：“那时窝点里已经没有其他人了，犯罪分子四散逃跑，我想把钉子背出来。可是，屋子外面的炸弹被引爆，我们的退路没了。”

他的语气很平静，嗓子却像含着一口血：“我知道是陆叔指挥的。”

“指挥官在决策时会多方考虑，为了不被犯罪分子要挟，一定会坚持原则、顾全大局，在必要时将人质和罪犯一起击毙。局外人站在陆叔的角度，会觉得为了抓住罪犯，牺牲几名卧底和战士是迫不得已、可以原谅的。可是，那时候的钉子已经没有被挟持的价值了。”尚昀重重闭了下眼，“他活不了了。”

当时，尚昀情绪崩溃，握着步话机大吼，他从未那样对陆叔说过话。他说：“陆远章！你他妈凭什么下令强攻?！谁给你的权利?！我们的命不是命吗?！”

“陆叔忠诚、铁血，国家利益至上，所以他在面对犯罪分子用丁义金当挡箭牌、企图负隅顽抗时，为了避免更大的损失，果断放弃了已经成为人质的卧底和提前突入营救的行动小组，对大部队下达了强攻指令。”

“当时他已经做好了牺牲我的准备……我能理解。”尚昀的声音很轻，理智到冷血，“但我不甘心。”

陆远章没有想到，尚昀自己也没有想到，他的不甘心和不情愿让他不仅没牺牲，还憋着一口气将暴露后被拷打得不成人形的丁义金背了回来。当丁义金被尚昀放下来时，指挥部里所有人都沉默了。丁义金的脸上全是干涸的血渍，鼻子和嘴唇缺失，双腿的小腿骨被寸寸敲断，膝盖处有两个残破的血窟窿。

他只剩下最后一口气，想说话，嘴里却不停涌出血沫，他无力地靠在尚昀怀里，求尚昀替他向未婚妻道个歉——对不起，承诺的一生一世、执子之手，不能兑现了。

丁义金是张着嘴巴走的，谁都看不出他是在哭还是在笑，就像谁也猜不透这位铁血战士在人生的最后时刻，在被长官亲口放弃时，到底有没有后悔。

机场冰冷机械的提示音远远传来，出口处的栏杆一下又一下抬起，发出一声声“欢迎光临”。

尚昀坐在驾驶座上，一动不动。在这个昏暗得几乎失去所有光线的环境里，他又一次清晰地听见丁义金临终前的低语。

他说：“昀子，我撑不住了，真的好疼。”

他说：“我想回家。”

他最后说：“回不去了，替我给家里人和……道个歉。”

“钉子死在了我的怀里，”尚昀轻声重复道，“他死在了我的怀里。但其实本该赴死的人也许会是我。”

“在部队选拔卧底的时候，大家都争着报名。那时我们满腔热血，对牺牲不以为意，我们都以为死亡不过是瞬间的事，十几年后就又是一条好汉。很少有人会真的去想，死之前要遭受怎样的折磨，但钉子想到了。报名的人超出需要，笔试和练兵大家都是优秀，所以最后队里决定抽签。钉子作为队长负责做签，最后一个抽。他……没把那根红头签放进去。当我们发现时他已经出发了，当时我们还骂他不讲义气，要争功。直到我抱着钉子，听见他说，他是队长，他得对我们负责……牺牲的弟兄太多了……我们为了职责，把命和下半辈子都豁出去了。但是有些人，明明可以不用死。我受到的冲击太大，和陆叔起了冲突。陆叔后来找过我，他向我道歉，他说当时的情况，他只能在坚持原则、顾全大局之后，再去考虑我们的性命。

“军人以服从命令为天职，我不能怪他。可是……”可是，那些无法平复的憋屈、压抑、沉闷和不甘却在慢慢吞噬着他身为军人的使命和自豪。尚昀耳中充斥着金铁击打的耳鸣，后脑一阵阵发胀。

“我们付出了巨大而惨痛的代价，行动后却必须隐姓埋名，为了避免毒贩不择手段的报复，不得不躲避无处不在的摄像头。”

“回到B市后，部队对我进行了几轮心理评测，认为我的情绪不稳，不宜再出任务。我也知道自己的状态不对，便接受了部队和陆叔的建议，提交了退伍申请。”尚昀看向车外，行驶道上缓缓开过接客的轿车，“但我跟陆叔提了个要求，我说只要有一〇七行动漏网之鱼的消息，我就要回来。”

俗话向来都讲“人死为大”，好像只要人一闭眼，便尘归尘、土归土。但在尘土之间，尚且寄着三寸冤仇。那并不太长，差不多是把一颗心穿透的长度。

“李梓盟找你找得恰到好处。陆叔他们本来只是例行公事去G省复盘行动，如果李梓盟不找你帮忙，谁也发现不了白鱼的行踪。我们之所以这么紧盯白鱼，因为钉子就是被他暴露的。”

尚昀看着她笑了笑：“现在白鱼落网，老唐会撬开他的嘴，让他交代怎么发现钉子是卧底的。这就是整个故事了……我说过这不是你该知道的事，你非要问，现在觉得不舒服了吧？”

“为什么不该知道？不去了解这种事，难道去关注明星八卦吗？”祁恬轻轻摇头，将他的手用力包在手心，“很悲伤，但让人敬佩。等关于这次行动的官方报道出来了，我们一起去祭拜你的兄弟。”

时间的沙薄薄地层层覆盖悲伤，一切都将被消融分解在会低声吟唱的苜蓿原野，上面零星开出素白的花。

劳动节假期之后的第一个工作日，祁恬随着人流走进华恒集团的大厦，站在人满为患的电梯中，她感觉有点儿荒谬。

昨天这个时候，她还奔跑在克镇的街道上，目睹抓捕现场，在一片硝烟中提心吊胆地寻找尚昀的踪影。而今天，她就要坐在窗明几净的工位前，再次提交辞职申请。她不能再给尚昀打工了，办公室恋情大多没有好下场。

“祁恬在吗？”刚坐下，邹莹冷淡的嗓音就从开放区入口处传来。

一切仿佛旧事重演，顶着地中海发型的法务部经理蹦起来，忙不迭地应声：“在呢在呢，她刚来！”

祁恬站起来：“邹莹姐，有事？”

邹莹穿着得体的职业裙装，衣服被熨烫得没有一丝皱褶，仿佛前两天在克镇抓着祁恬威胁尚昀的人不是她，她平静地颔首：“跟我去人事部，你被开除了。”

原本还满脸堆笑的法务部经理脸一僵，早到的同事纷纷侧目，大家心中仿佛都生出一股果然如此的感触。

“祁恬的能力虽然有目共睹，但能折腾也是尽人皆知，进公司连试用期都没过，就已经请了好几次事假，听说还曾经在食堂勾引过总裁……只能说不愧是把亲爹送进去的人！”

“这种人，人事部留到现在才发难，已经是给足了特批她入职的小尚总面子。”

……

“那个……邹秘啊……”法务部经理跟在祁恬身后同邹莹争取，“祁恬她犯什么错了？她工作完成得挺好的，我们部门人手本来就不够，公司要开除她，怎么也不先跟我这个部门经理说一声啊？”

邹莹有些诧异地看了祁恬一眼——法务部这位经理可是出了名的不好说话，祁恬到底有多能干才会让他主动发问？

“小尚总要求开除的，我也是刚知道。”诧异归诧异，邹莹面上还是纹丝不动的神色，“您要不去问问小尚总？”

“这……那算了……算了……”

法务部经理落寞地回到开放区，祁恬跟在邹莹身后走向人事部。寂静的走廊上一时只有脚步声。

邹莹回头看了她一眼：“你好像不惊讶。”

“毕竟是我先提的辞职，”祁恬笑了笑，“尚总照顾我，才让公司走开除流程，为了让我领点儿补偿金。”

邹莹点点头，既然祁恬心里清楚，她就省得解释了：“之后有什么打算吗？”

“还是得找人……”祁恬叹了口气，这次去G省折腾一圈，李梓盟得偿所愿，尚昀也解开心结，只有她，要找的人还是没找着，着实让人发愁。

邹莹知道这件事，不多做评价，只简洁道：“六一八行动和一〇七行动都是为了同一个案子，作为六一八行动组的组员，宋郑会被追认为烈士，他的儿子按理说不应该像你说的那样。”

“我学法，只看证据。”祁恬笑了下，“从目前的已知信息来看，我对他还是维持原判。”

两人说话间，祁恬推开人事部的门，眼睛一亮——这可真是不禁念叨，刚想到叶素娟，就看到她在屋里跟人事部同事说话。

叶素娟还是那样瘦，两条长腿被裹在黑色西裤中，科研人员标配的白大褂敞开，底部随着屋内的气流略略飘荡，带起若有若无的冷香。

“叶阿姨！”祁恬扬声，“好久不见，您来人事部有事？”

叶素娟转头，眉眼平静，颧骨略高，唇薄而苍白，神情冷肃，比常人颜色略浅的眼珠看过来时，祁恬感到初夏的天气仿佛飘起严冬的风霜。

“我来销假。”叶素娟言简意赅。

对于祁恬，叶素娟的心态是复杂的，一方面她知道祁恬在为自己女儿的遗愿尽心尽力，不应苛责她；而另一方面，只要一看到祁恬，她就会想起逝去的女儿和不知所终的宋旭晟。这让叶素娟非常难受，甚至发展到只要在公司里看到祁恬都会远远避开的地步。

“你来人事部干什么？”

“我来办理离职。”祁恬见叶素娟愣了下，笑嘻嘻地解释，“我被开除了，以后您在公司里不会再看到我，走路不用绕道了。”

原来她都知道。

叶素娟看向邹莹：“为什么开除她？我听说她能力很强。”

邹莹还是那句话：“小尚总要求的，我也是刚知道。”

叶素娟微微皱眉，显然并不相信这套说辞。然而不等她再追问，祁恬就在旁边说道：

“叶阿姨，其实是我先提的辞职，公司为了让我多拿点儿补偿金，才开除我的。”

叶素娟来回看了两人片刻，冲祁恬颔首：“你自己心里有数就行。”她双手插在白大褂里，随意问道，“你之前信誓旦旦说要替我女儿讨回公道，现在有眉目了吗？”

她原本只是随口一问，但祁恬却有些犹豫：“确实有些情况，正想找您说说呢。”

上班第一天事情不多，邹莹便带着祁恬和叶素娟找了个洽谈间，让两人把事情说完再去人事部办手续。祁恬和叶素娟进了洽谈间，分别落座，气氛有些微妙。

邹莹走到门外守着，拿出平板电脑边处理公务边回忆叶素娟这位老员工的情况。

尚昀进公司时，老尚总专门提过这个人，说她的性格和科研能力一样强，在研发部说一不二，必须将所有事情都掌控在自己手里才安心。老尚总建议给叶素娟放权，给予充分信任，因势利导，避其锋芒。尚昀也确实这么做了。

后来，在员工私下议论里，邹莹断断续续听说，叶素娟的女儿许姝雯是她这一生中唯一的也是最大的意外。许姝雯聪慧过人，就是跟叶素娟不亲，青春叛逆期长达十年，从十五岁持续到二十五岁，之所以没有继续下去，不是因为她想明白了，而是因为她重病去世了。据说直到去世，她都还在跟叶素娟争论到底谁对谁错。

华恒集团对直系亲属去世的员工有慰问。那时尚昀没去，邹莹替老尚总跑了一趟，亲眼看见叶素娟当着公司同事的面跟丈夫大吵，冷着脸让身为大学教授的男人滚，说要不是他对女儿纵容溺爱，许姝雯不会堕落到这种地步。“这种地步”是哪种地步？邹莹没兴趣打听。

但现在祁恬居然跟叶素娟有了牵扯，这让她不得不分出点儿精力详细了解下前因后果，以防事情脱离掌控。侧着耳朵听了片刻，邹莹不得不感叹世界真是太小了。祁恬要找的人竟然是叶素娟女儿的男朋友，而这位男朋友还是宋郑的儿子！

“所以你假期去了G省，”叶素娟的嗓音没什么起伏，“还查到了先村，也算说得过去。”

祁恬拘谨地应了一声：“我在先村看到他奶奶了，老太太一个人过，有点儿糊涂了。”

叶素娟颔首，没有更多表示。她本身情感就比较浅淡，许姝雯去世后更是对所有事情都提不起兴趣。

“那你打听出他去哪儿了吗？”

“没有。”祁恬底气不足，“不过我查到他父亲是谁了。他爸爸叫宋郑，是警察，十六年前在执行任务中去世。我觉得有这样的父亲，宋旭晟也许——”

“也许没那么坏？”叶素娟打断她，冷冷一笑，“你还记得姝雯有块和田玉的玉佩吧？”

祁恬嗫嚅：“记得。”那块无事牌现在正在她兜里揣着。

“他用那块玉佩骗了我家三十万。你知道他把那三十万用在哪儿了吗？”

“我只知道姝雯姐借过他三十万，还真没想过他拿去干吗了。”

“我告诉你他干吗了。他在山县买了房。”

“买房？”这个答案祁恬没想到，“给谁啊？赵奶奶还一直住在乡下呢。他自己住？这就有点儿……”

祁恬本来还幻想过宋旭晟是不是有苦衷，但现在被叶素娟一说，又气了。凡事论迹不论心，单看宋旭晟干的这些事——骗色，骗钱，还消失无踪，说他“渣男”都轻了。

“你是不是觉得父亲英雄儿好汉？但现实多的是虎父犬子的例子。”叶素娟说出口的话咄咄逼人，语气却平静极了。但表面的风平浪静并不能掩盖内心的悲痛，叶素娟的悲伤像一口深井，石头砸下去，溅起的水花轻易不为人所知。

祁恬被叶素娟说得哑口无言，片刻后抬眼央求：“叶阿姨，我真没辙了，宋郑的资料在警局封存，家人信息一片空白；赵奶奶糊涂了，问什么都不说；先村的村主任这两年才上任，连宋旭晟真人都没见过……您能不能把姝雯姐的手机借给我？我保证，用完了马上还给您！”

“借钱不还，不告而别，背信弃义。”叶素娟寡淡的脸上浮现愤恨，“这样的人，做局骗姝雯，你还非要替她把人找到问个明白！”她猛地站起身，“不撞南墙不回头是吗？”

门外坐着的邹莹回过头，透过玻璃门望来。叶素娟压了压脾气，突然将一部手机丢到祁恬怀里：“你非要看，那就给你。你看了就知道，为什么我说姝雯遭遇了骗局。”

祁恬跟着站了起来，有点儿疑惑地点亮屏幕。手机没有密码，她大概翻了翻，很快明白叶素娟为什么这样说。许姝雯的手机相册里，有几百张景色照和人物照，却没有一张宋旭晟的照片，无论合影还是单拍，全都没有。

她又点开聊天软件，联系人列表也没有一个名字能跟宋旭晟挂钩。抬头看了叶素娟一眼，祁恬抿着唇，将手机银行的App点开了。

“叶阿姨，麻烦您输下登录密码。”祁恬将手机递给她，“如果姝雯姐借给他三十万，至少转账记录应该是有的。这么大金额，聊天软件转不了。”

叶素娟却不接，她冷笑：“你以为我没想到吗？我也是后来才知道，我那个傻女儿给他三十万的时候，直接拎着现金去的，生怕别人不要她的钱似的，手机银行里根本查不到对方账号。”

祁恬没想到宋旭晟行事这么小心。现代公民就算自身不使用网络，也不可能在网络上没有任何痕迹。但宋旭晟不知通过什么手段，愣是将不可能变为可能。

全国公民身份信息系统查无此人，许姝雯的各种聊天软件中没有他的联系方式，银行转账记录也没有……这男人就像天亮后草叶间的露水，趁人不备就悄然蒸发了。

唐警官查不到条件相符的人，尚昀给的手机号也没有能对上的，那……不对，手机号！

祁恬想到什么，点开通讯录。通讯录里果然也没有宋旭晟的手机号，但在最近通话记录中，有一个号码出现的频率非常高。

“这个号码。”祁恬抬头指给叶素娟看，“我见过这个号码。”

那正是尚昀给自己的那一串电话号码中，唯一一个被注销了的空号。

第二十七章 你认得他吗

叶素娟最终还是让祁恬将许姝雯的手机拿走了，也许是累了，也许是在公司里有所顾忌。她不愿再与祁恬多说什么，恨不得马上离开。

“之后就算是宋旭晟这个人跪到我面前给我磕头，我也不想再看到他。”叶素娟走的时候这样对祁恬说，“不管找不找得到，月底前把姝雯的手机还给我。”

祁恬一手握着手机，一手捏着兜里的和田玉无事牌，跟在邹莹身后把离职手续办完了。拿了补偿金，祁恬站在华恒大厦门口有片刻迷茫。她要做的事情很多：母亲的住院，家里的房子，找下一份工作，还有找宋旭晟。要做的事太多，一时间她反而什么都不想干了。

邹莹从楼里走出来，站到她身旁：“小尚总今天没来上班。”

祁恬莫名其妙地看向她：“不关我的事，我又不跟他住一起。”

“他去警局了，我来告诉你一声，”邹莹无语地转头，“以防你想知道。”

祁恬眼神一亮：“邹莹姐，你真好！”

祁恬赶到警局，正好看到七八个人被办案民警押送进去，年龄有大有小，穿着气质各异，却都很安静。她看了几眼，跟着他们走向门口，正好看到尚昀和两个人一起走出来。

“李家这次伤筋动骨，今后你好自为之。”尚昀的声音很有辨识度，语气却非常冷淡。

“好的，为感谢二位相助，我打算捐批东西给警局，请务必让他们在里面多待几年。——唐警官，您看您还缺点什么？”

即使是这种场面话，李梓盟的语速也比一般人要慢上半拍，甚至能听出内里中气不足的气音。

“别得了便宜卖乖，赶紧走，我们这儿忙着呢！”唐罗操着破锣嗓子没好气地赶人，“白鱼和李成有关，刑侦这边刚录完口供，经侦准备审李成和其他核心人物，你最近安分点儿，别太招眼。”

“懂，低调。”李梓盟是真的高兴，说出来的话都不再阴阳怪气，“真的谢谢。”

两拨人在大门口遇到了。

“祁恬？”尚昀讶异，“你怎么找到这儿来了？”

“邹莹姐说你在这里。”祁恬看了看另外两人，“这么快证词就整理完了？李梓盟是过来录口供的吗？”

“是，老唐他们熬了一个通宵。”尚昀拍了拍唐罗，“今天早上叫我过来的，给一〇七行动做个总结，顺便跟李梓盟交代下后续事项。”他们昨天走得急，飞机落地B市才想起来联系李梓盟，他今天清晨才赶回来。

“我其实更想听祁小姐给我详细说说过程。”李梓盟笑着邀请祁恬，“祁小姐，大仇得报，下午赏光吃个饭？”

“我送我爸进去都没找人庆祝，现在倒在你这儿找补回来了。”祁恬没拒绝，提醒他之前的约定，“咱们去G省前说好的，茶马北街的改造项目，你记得暂停。”

“我等下就交代下去。你放心，李家倒台了，下一个接棒的还不知道在哪儿呢，至少还能拖两年。”

祁恬点头，看向唐罗，说起另一件事：“唐警官，四月三十号，海睿律所有一位律师在受理关于南城李家的诉讼时，被酒驾司机撞死了。我怀疑这个酒驾司机也是受了李成的指使，能不能麻烦您跟负责该案的警官说一下，录口供的时候一起问问？”

“你先把证据交过来。”唐罗依然不给她好脸色，只拉着尚昀说话，“上次给你的那张钉子的SIM卡，你不是说卡里没有他未婚妻的通话记录吗？刚陆叔跟我说，钉子在参加任务前还有个手机号，为了任务注销了。局里今天跟营业厅联系了，那个号应该也能恢复，等恢复了拿给你。”

尚昀果然被吸引了注意：“今天能拿到？”

“等下班。”唐罗低头看了眼腕表，“营业厅走手续得走个半天，你下班再来找我一趟。”

“行。”尚昀毫不犹豫地答应了。

丁义金牺牲前拜托尚昀替他向未婚妻道歉，尚昀知道他一直将未婚妻的手机号存在SIM卡里，因此在退役前就打了报告，申请拿到丁义金的SIM卡。但前段时间他拿到的SIM卡里没有任何号码，他正发愁呢，唐罗就替他将事情解决了。

心里一松，尚昀抬手拍了拍唐罗的肩：“够意思，晚上你下班早的话，请你吃饭。”唐罗笑笑，挑衅地看了祁恬一眼，祁恬觉得他幼稚极了。

她懒得理他，转头问李梓盟：“下午去哪儿，定了告诉我。”

李梓盟直接拿手机给她发信息：

还是5号酒吧？正好我有点儿事想跟你说。

祁恬看了尚昀一眼，有点迟疑："又是酒吧？什么事啊？"

"到时候再说，我还需要去确定一下。"

"行吧。"祁恬应下来。

尚昀在一旁微笑道："恬宝，你不问问我，就答应了？"

"你晚上不是跟唐警官有约吗？"祁恬一脸无辜，指着李梓盟，"而且我很感兴趣他要说什么事。"

唐罗在一旁递耳语："昀子，早跟你说了，趁早别要这种仗着自己漂亮就'不安于室'的女人。当着你的面就敢乱来，谁知道背地里——"

"我还真不知道下午去酒吧就算乱来了，那唐警官乱来的次数应该比我多。"祁恬冷脸打断他，转头去看尚昀，"上次我就跟你说过，你的兄弟要是说话再这么难听，我就不客气了。"

唐罗不屑地嗤笑："哦？你想怎么不客气？"

"身为公职人员，口出恶言侮辱普通市民，我可以投诉市长热线，还可以直接去法院告你诽谤，你故意捏造并散布虚构的事实，侮辱我的人格，破坏我的名誉——仗着漂亮就'不安于室'？不好意思，我知道我漂亮，但你凭什么说我'不安于室'？"

祁恬觉得唐罗烦透了："自己眼瞎找了个金玉其外败絮其中的女人，就觉得所有长得漂亮的女人都不配得到幸福吗？你是有多阴暗？啊？见不得哥们儿比你幸福是吗？因为你是尚昀的兄弟，被你评头论足我就必须受着？你做什么美梦呢?!"

唐罗僵住。

"还有你。"祁恬转向尚昀，格外火大，"如果你以后再放任他对我说三道四，咱俩就掰了吧。我谈恋爱是为了开心，不是上赶着找气受的。如果你不能无条件地挺我，我凭什么许你生死白头？你干脆和你兄弟抱着过一辈子去吧！"

一口气将心里话喷完，祁恬终于爽了，她狠狠瞪了两人一眼，将包往肩上一甩，扭头就走。

李梓盟将三人的冲突看了个全程，嘴角忽然勾起丝幸灾乐祸的笑，冲尚昀一点头："小尚总，我还有事，先告辞了。"说罢走得飞快。

等两人都走远了，唐罗才反应过来，气得跳脚："嘿！她——"

"你还想说什么？"尚昀拦住他，"你自己怎么想的心里没数？我早跟你说过我对她是认真的，你真见不得我好是不是？我知道你受过刺激，她说得难听但没错，你自己好好想想，下次再这样我也要翻脸了。"

唐罗气了个倒仰："合着老子跟你经历生死，还比不上你跟她认识仨月！你这么有本事怎么不去追她呀?!"

尚昀低头给祁恬连发了几条信息，片刻后抬头："陆叔那里问了吗？宋郑的所有资料什么时候能解密？六一八行动已经结束了。”

“你有本事别问我！老子不管了！”

尚昀盯着他，想告诉他祁恬的特殊和优秀，但他又觉得，祁恬的这些美好，没必要跟外人说。于是他垂下眼，将心中的千言万语揉碎了，再拼凑起来，变成淡然而直白的话语。

“她很好，你应该祝福我。”

唐罗愣住，尚昀看着自己的眼神坚定认真，不带一丝玩笑，让他意识到如果再继续戴着有色眼镜看祁恬，也许两人就真的做不成兄弟了。

“宋郑资料解锁了，他儿子宋旭晟资料无，宋郑的警号还是查不到。”唐罗转过脸，向楼里看去，“我早上问了陆叔，陆叔说可能是警号传承。”

“警号传承？宋旭晟？”尚昀乍听觉得这不可能，但细想又有些释然，“那就难怪宋旭晟会不告而别了。”

“你不能把这件事告诉祁恬。”唐罗冷漠地说道，“不是我针对她，只是如果真的是警号传承，能继承警号的只可能是宋旭晟。但咱们前期调查过，符合条件的宋旭晟查无此人，说明他很可能在参与秘密行动，这种机密绝不能外传。”

尚昀犹豫了片刻，点头：“你说得对。”

见尚昀认同自己的要求，唐罗脸色稍缓：“钉子的资料我刚扫了一眼，还没详细看。他父母双亡，老家还有个奶奶，回头咱们一起把抚恤金和烈士证给老人家送去吧。老太太姓赵，叫赵芝兰。”

尚昀的脸色忽然变了：“你说钉子的奶奶叫什么？”

下午四点，祁恬再次挂掉尚昀电话，抬头看向坐在对面的李梓盟。

“你特意约我这会儿到酒吧，是有什么事？”

天色尚早，5 号酒吧里没什么客人。李梓盟视线落到她那个还未息屏的手机上：“你不接小尚总的电话，没问题吗？”

“有什么问题？自己处理不好兄弟和女朋友的关系，还让我亲自动手教训人，我该惯着他？”

从早上负气离开到现在，祁恬一直没回尚昀的信息。她去医院续费，把之前赵钦帮忙垫付的费用全部还清，又给负责祁连山案子的警官打了电话。翡丽名苑的房子解封还遥遥无期，她现在心情极差。

李梓盟笑了笑：“既然跟小尚总处得这么不开心，不如考虑考虑我，李家现在我说了算。”

“你？”祁恬失笑，看向李梓盟，李梓盟脸上的神情漫不经心，眼神却直勾勾的，祁恬脸上的笑意淡了，“你不行。”

“为什么？”

“你是不是觉得，因为咱俩童年都很惨，凑成一对可以相互慰藉？”祁恬烦躁地捋了捋头发，“其实不是的，相似的经历只会让我们不断回忆起那些不愉快的过去，最终结果就是大家都不开心。”

“没必要为了寻求共同话题就找和自己有相似经历的女朋友，你可以试着找个性格跟你完全相反的。”祁恬撑着头，“咱们在不择手段这方面其实有些像，只不过我还有底线，而你没有。但我也需要有人随时监督自己不走错路，所以我觉得尚昀很好，他理性，对我足够包容，我没有换男朋友的打算。”

祁恬想了想，又补充一句：“我也不打算脚踏两只船，咱俩没戏，你别琢磨了。”

祁恬说得坦荡又真诚。李梓盟看着她，心里涌起一种说不出的感受。他一直觉得，老去或者死亡，都是人类这种短暂生物的美。所以他不在意外表的美丑，只欣赏意志力强大的人。而祁恬吸引他的，一直以来都是比她的外表和能力更为耀眼的，善良坦荡、正直不屈的灵魂。

“可惜了。”低头轻喃，李梓盟很有绅士风度地收回话题，“那就说说正事吧。”他两只手轻轻搭在一起，“我有一点个人的，关于宋旭晟的猜测。”

祁恬讶异地挑眉：“你？”

“很吃惊？”李梓盟笑笑地推了下眼镜，“祁小姐不遗余力地帮我达成夙愿，我自然要有所回报。”

他说着打开钱夹，取出一张名片推给祁恬。

“七宝公墓？”祁恬不知道他葫芦里卖的什么药，“你给我一张七宝公墓负责人的名片干什么？”

“七宝公墓是民营的，其中大部分股份属于这个负责人。”李梓盟指了指那张名片，“我之前调查你的时候，也顺带调查过小尚总，我发现他在七宝公墓买了一片墓墙。”

祁恬有片刻无语：“人家买墓墙碍着你了？”

李梓盟笑笑：“当然不是，那时我没往心里去，这次从G省回来，我忽然想起这事，猜测他买墓墙可能是为了一〇七行动组牺牲的战友。”

祁恬不为所动：“所以呢？这跟宋旭晟又有什么关系？”

“我早上去警局时，听见两个警官提到宋郑，我就特别偷听了下，他们说宋叔的警号依然没有解封，怀疑是因为警号传承。”

“你耳朵可真够灵的！”

李梓盟笑了笑，意有所指地提醒她：“祁小姐，你没听说过警号传承吗？”

“警察的职业生涯里只有一个警号，从穿上警服的那一刻起，警号就与警察生死相随、荣辱与共。警察殉职后警号会被封存，被封存的警号只能用一种方法重新激活，那就是传承。”李梓盟看着她，“祁小姐，只有子女可以传承父辈警号，你懂我的意思吗？”他加重语气，“宋郑的警号只有他的儿子能继承——宋旭晟是个警察。”

“宋旭晟真是警察？”祁恬怔住，在得知宋郑是警察的时候，她曾有那么一瞬间想过宋旭晟会不会也是警察，但因为许姝雯从未提起那个男人的职业，她也就没往这方面深想。

“不对，他要是警察，为什么唐警官在全国公民身份信息系统里查不到？”

“就因为他是警察，所以才查不到。”李梓盟才知道这个信息，语气有些激动，“祁小姐，你想想，宋郑的信息之前是不是也查不到？六一八行动如今才算彻底结束，宋叔的资料也才刚刚解封。”

“你的意思是宋旭晟也参与了重大任务？他……”

他对许姝雯突然不告而别是因为不能透露任务内容？祁恬下意识地捂住额头，觉得思绪一片混乱。

“宋旭晟比我大六岁，他实际年龄跟小尚总和唐警官差不多。”李梓盟压低声音，因为接下来的大胆推测而轻轻战栗，“所以我盲猜……他会不会因为宋叔十六年前在六一八行动中牺牲，自己主动报名参与了一〇七行动。”

祁恬茫然而惊悚地抬头，双眼无神：“可是……尚昀说一〇七行动死了很多人，他们那组除了他和唐警官，其他人都牺牲了。”

李梓盟脸色暗了暗：“也许他跟他们不是一组呢？”

祁恬没说话，低头打量着手里的名片：“你如果真这么想，就不会给我七宝公墓负责人的名片了。”她抬起头，冷冷注视着他，“你是不是觉得，宋旭晟肯定在尚昀买的那片墓墙里？”

李梓盟那双细长的、时常带着冷漠的眼睛，终于微微一动，露出几分痛苦的神色。他闭了闭眼。

“是，所以我想去求证。”

“你想怎么求证？”祁恬突兀地笑了一声，声音出人意料地尖锐，“掘坟吗？把那片墓墙全都撬开，看看里头有没有照片？”

“可以吗？”李梓盟看着她，“这不算没底线吧？我只是想求个明白。”

祁恬死死咬着牙，同他对视，内心天人交战。这是不道德的，她当然知道。

但姝雯姐让我好好看看他。

他已经死了吗？一〇七行动组所有牺牲人员的名单会对外公开吗？

不，她等不到那时候。

祁恬猛地站起身：“我去趟洗手间，然后咱们出发。要做那种事，不能被人看见。你联系负责人进行清场。”

李梓盟抬起头，眼镜镜片反射出一道冷光：“没问题。咱们速战速决，免得夜长梦多。”

下午四点，天色有点儿发沉，空气中潮气加重，闷得人喘不过气来，好像快下雨了。

李梓盟一边面无表情地看着窗外，一边和公墓负责人讨价还价，最终在付出不菲的价格后，他得到了下午五点到六点的清场时间。

将电话挂断，祁恬去洗手间之前留在桌上的手机突然震动起来，顺着桌子一路震向边缘，眼看就要掉到地上。在掉落的瞬间，李梓盟伸手一接，将手机接住了。他原本想将手机放回去，但在看到亮起的手机屏幕上的备注后，忽然改变了主意。

“我的太阳？”这是什么恶心的称呼?！将震动不休的手机捏在手里翻来覆去看了个遍，李梓盟确认这不是刚才祁恬挂断尚昀电话的那部手机。他不记得祁恬在G省用过两部手机。长时间不接听，手机自动挂断了，然而下一秒，电话又打了进来，来电显示还是那个人：我的太阳。

这可有趣了。

李梓盟饶有兴致地摸着下巴，祁恬刚还义正词严地跟他说自己不会脚踏两只船，现在这部备用手机上就出现一个看起来就有问题的备注，真是让他想不误会都不行。

李梓盟没怎么犹豫地接通了电话。

“您好？”

对面静悄悄的，李梓盟在心里默数了至少五秒，那边才传来一道温和的男声：“您好，请问您是这个手机号的持有者吗？”

尚昀?！李梓盟一秒就听出了对方的声音，不由得惊讶挑眉——这两人什么毛病？玩情趣吗？备用手机搞这么恶心的昵称？他突然玩起了恶趣味，用力捏住鼻子，语气很恶劣：“你谁啊？给我女朋友的手机打电话干什么？你哪儿来的号码？”

对面又沉默了，这次李梓盟指尖点着桌面读秒，过了片刻，尚昀的声音有些低沉地传来：“您是这个手机号持有者的男友？方便问下您和她是怎么认识的吗？”

“你打听这些干吗？变态佬，没事少打电话来骚扰我女朋友！”李梓盟演得兴起，说到后面忍不住手舞足蹈，一时没注意，暴露了原声，瞬间被尚昀听了出来。

“李梓盟？”尚昀突然挂了电话，换自己的手机打过来，质问的语气很急切，“刚才那手机号的主人是谁？为什么是你接听？”

李梓盟玩够了，见祁恬已经从洗手间出来，便把话说得飞快：“这是祁恬的手机。我说你俩能不能别玩得这么花，多大人了还玩角色扮演？她还装作不接你电话，结果专门拿个过气手机给你备注‘我的太阳’！请问你给她备注的是什么？”

尚昀那边呼吸忽然一重，飞快地将手机挂断了。

“怎么了？”唐罗坐在一旁等他打电话的结果，见他没说两句脸色就变得极为难看，不由得奇怪，“号码不对？”

“号码没问题。”尚昀垂眸，用力攥着新买的备用机，未熄的屏幕上，显示的名字是：女王殿下。

“那你干吗突然挂了？”

“老唐，你还记得我之前跟你说过，祁恬有块和田玉，跟钉子的那块特别像吗？”

“记得啊，你还怀疑过祁恬就是钉子的未婚妻，是你要找的人。”唐罗不太愿意提祁恬，“亏了不是，你这可是挖钉子墙脚。”

“嗯。”尚昀神色依然不对，他还记得祁恬对那块玉的看重程度。

她说她是替许姝雯找宋旭晟，但她简直执着得过分！宋旭晟真的是许姝雯的男朋友，而不是她的男朋友吗？

尚昀一向理智的头脑有些混乱，忽然抬头：“钉子生前写的那些信呢？陆叔还没拿到？”

“昨天行动才算彻底结束，今天你就跟催命似的什么都要，你真打算累死陆叔啊？”唐罗没好气地踹他一脚，“也就陆叔宠你，换别人试试，都不带搭理你的！”

说着他把手机扔给尚昀：“喏，陆叔刚来的消息，约你五点半墓园见，他把信给你。”

“你拿我的手机打什么电话？”祁恬从李梓盟手里夺下手机，语气不好，“基本礼貌都没了？”

“尚昀来电。”李梓盟张开双手表示无辜，“打了好几次，你之前挂他电话，我怕真闹僵了，这才接的。”

“尚昀？”祁恬脸色一变，“他打这个电话？”

“是啊，他还问我是不是这个号码的持有者。”

“那你说了什么？”

“嗯……我说我不是。”反正尚昀最后听出来了，李梓盟觉得他这样也不算说谎。

祁恬眉梢拧紧，尚昀怎么会有许姝雯的电话号码？而且……她翻开通话记录，来电的号码赫然就是之前她怎么都拨不通的空号。

祁恬的呼吸急促起来，下意识地回拨。电话很快被接通，尚昀熟悉的声音传来，祁恬觉得自己心跳都停了，她僵硬而快速地问道：“尚昀，你怎么会有宋旭晟的电话号码？这个号码不是空号吗？你是不是早就知道宋旭晟是谁？你一直在耍我?!”

电话那边，尚昀沉默了许久才沉沉开口：“这不是宋旭晟的手机号，是钉子的。祁恬，真的是许姝雯要找宋旭晟吗？难道不是你要找他？你真的不是钉子的未婚妻吗？”

“什么？”祁恬觉得事情不可能更荒谬了，尚昀说的每个字她都懂，连在一起她却突然不懂其中的意思。

“见一面吧，我有东西要给你。”似乎尚昀受到的冲击也不小，只说了一句话便单方面挂断了电话，“是钉子的遗物。”

“我……”祁恬盯着嘟嘟作响的手机发怔，她隐隐感到所有事情似乎都在走向一个他们已经推测出来的真相，只差戳破最后一层纸。

去七宝公墓迫在眉睫。

“先不管他了。”飞快地将手机收好，祁恬催促李梓盟，“你跟负责人说好了吗？咱们马上去七宝公墓。”

夏日黄昏，空中隐隐传来几声闷雷，四面八方的黑云在B市上方聚拢。原本晴朗的天空突然变了色，闪电在黑云密布的天边划出诡异的光。

光线昏暗的墓园里，祁恬和李梓盟站在一片被撬开黑石板的墓墙前，谁都没有说话。初夏晚风腾腾如浪，漆黑的天幕被笼罩在电闪雷鸣中，大雨却迟迟未至。

祁恬手指抠住壁龛边缘，细碎的砂石卡进指甲缝，她浑然不觉，死死盯着其中一个壁龛内贴着的彩色照片。那照片上的人留着寸头，浅褐色的皮肤，右半边脸俊朗帅气，左半边脸却伤疤交错、形如鬼魅。

转动眼珠，祁恬看向被撬开的黑色石板背面，上面有这个墓碑主人的名字——丁义金。照片上的男人笑得安宁而坚定。祁恬慢慢抬起手，轻轻盖住照片上有疤的半张脸。

她看着手掌旁的右脸，轻声问道：“李梓盟，你认得他吗？”

照片上那半张完好而英俊的脸，浓浓的眉毛压低，眼睛狭长深刻，眼中盈满笑意与赤诚，鼻梁高挺，薄薄的嘴唇中央还有好看的唇珠，与祁恬记忆中，许姝雯稀罕地捏着一张大头贴，小气地只给自己看过一眼的宋旭晟，一模一样。

李梓盟哑声开口：“认得，他比小时候更俊了……是宋旭晟。”

祁恬觉得四肢都是凉的，思绪混乱。宋旭晟就是丁义金？所以在全国公民身份信息系统里查无此人，为了执行秘密任务而改头换面，不留丝毫音信。无数个以前觉得古怪又无解的细小疑点，忽然延伸出数不清的枝蔓，勾连在一起，展露出事情的真相——

宋旭晟就是丁义金，他为了执行一〇七任务，在某一天突然不告而别，消失得无影无踪。

只有卧底才需要重新塑造一个完全不会被怀疑的身份。

祁恬眼珠动了动，回头看向不远处隔了几排的墓碑。

那是许姝雯的墓。

她要怎么跟许姝雯交代？

难道走到隔了几排的墓碑前，蹲下来，对墓碑说：“姝雯姐，告诉你一个好消息和一个坏消息，你想先听哪一个？好消息是，我找到宋旭晟了。坏消息是，他已经为执行任务牺牲了。”

尚昀早就知道这一切吗？他在听自己讲述为什么要找到宋旭晟的理由时，心里是不是一直在偷偷地笑？他为什么要一直追问自己那块和田玉无事牌的来路？那个时候他就已经猜到什么了吗？应急灯惨白的灯光下，祁恬冷淡而安静地站着，一动不动。

闪电划破夜空，身后突然响起一道冰冷而愤怒的声音：“祁恬，你们在干什么?!”

祁恬回头，看到尚昀站在路灯下，如积雪松、石中玉，高挑的身形背着光，冷硬中透着怒意。身后还跟着陆远章和唐罗。尚昀脸上没笑了，看着她又问了一遍，声音依旧和缓，瞳孔却很黑，风雨欲来的黑。

“你把这些墓墙都撬开，是什么目的？”

祁恬一向喜欢听尚昀说话。这个男人的声音即使在最愤怒时，也能让人心尖发痒。挪动了下站僵的腿，祁恬将脚尖轻轻挪过潮湿的青石板，她单手撑着墙，看了看只剩最后一丝夕阳的天际。

“尚昀，”她转过头，轻声问他，“为什么宋旭晟的照片在丁义金的墓里？”

她看向青石甬道上渐渐深暗的阴影：“你早就知道宋旭晟是丁义金了，是吗？”

“今天下午，李梓盟跟我说，你买了七宝公墓里的一片墓墙，可能将牺牲战友的照片都贴在石板后面，然后你又用宋旭晟的手机打来电话。你……”她咬了下唇，既为擅自掘墓墙感到愧疚，同时又有一丝难堪，但还是坚持说了，“你是不是早就知道他们是同一个人，一直看我像傻子一样到处找？”

尚昀没说话，只冷冷地看着她，他面色阴郁，像暴雨将至前阴云密布的天空，片刻后忽然轻笑了一声：“如果我说是，你打算怎么样？”

祁恬自嘲地笑笑：“不怎么样，这件事是我的错，我太想找到他了，对不起。”

尚昀却不为所动，他的语气很柔和，眼神却黑云重重，说出来的话一点都不委婉：“祁恬，这片墓墙里安息的，都是为国牺牲的英雄，你一言不合就来掘坟，说什么都是狡辩。这件事如果不是你想做，李梓盟能说得动你？”

闷鼓般的雷鸣自天边滚滚而来，电光撕破黑夜，狂风卷地而起，树影不堪摧折。

尚昀的话像夹着冰碴的骤雨，毫不留情地砸到祁恬脸上，没给她留任何情面：“早知道你这么好骗，我何必费尽心思地处处暗中关照你，直接一招手你就会贴上来了吧？”

随着尚昀毫不留情的挖苦，雨点终于砸下来，浓郁潮湿的泥腥味弥漫，大雨瓢泼而至。

第二十八章

乖，自己过来

暴雨如注，天地仿佛都淹没在水幕之中。

祁恬瞬间被淋得透湿，她却仿佛毫无察觉，视线慢慢扫过小径上站立的三个人，唐罗已经撑开手里的伞，将陆远章和尚昀遮住了。

尚昀说得没错，如果不是她想，谁也说服不了她来撬墓墙。祁恬低下头，觉得寒气从脚底蔓延上来，忍不住打了个寒战。双方冷冷地对峙，谁都一言不发。冷风呼呼，刮得墓园两侧的林木不停摇曳，好像玄鸟的两翼，展翅欲飞。

李梓盟忽然打破沉默："各位都别跟这儿站着了，雨这么大，我们可都没伞，要不去管理室避一避，把事情说清楚？"

对面的三人还是没有说话，就连最沉不住气的唐罗，此时都知道闭嘴，只皱眉看着淋成落汤鸡的两个人。陆远章心里是生气的，他没想到现在的年轻人这么恣意妄为，墓墙也能说撬就撬，如果他较起真来，这两个全部都要负刑事责任，可偏偏那个女孩是尚昀的心头好……

恼火地拧眉，陆远章长出口气，将腋下夹着的防水档案袋递给尚昀："本来想祭拜之后再给你的，看来今天祭拜不成了，东西拿去吧！"

视线落到档案袋上，尚昀脸上的愤怒不见了，眼底流露出深切的悲怆。他接过袋子，飞快地解开线绳，捏住袋尾轻轻一抖，露出几个花花绿绿的信封。修长的手指划过信封边角，尚昀在心里数了数，冰冷的面庞像春风拂过，透出些暖意。

"齐了，多谢陆叔。"

陆远章看着尚昀慢慢将绳子缠好，收紧档案袋的束口，再抬头时，眼底外泄的情绪已经消失干净。毫无破绽的年轻人，如松如竹，俊逸温润。

陆远章满意地"嗯"了一声，冲还站在雨中的祁恬和李梓盟努嘴："你处理好，不许再有下次。"

尚昀应了一声，略顿片刻，脱掉西服外套迈出伞外，几步走到祁恬面前。

将西服搭在她身上，尚昀伸出手："有什么事回去再说，下雨了，我送你回家。"

祁恬诧异抬眼，没想到掘坟这种事都能被他轻轻放过。雨水落进眼睛里，她下意识地眨眼，仿佛泪流满面。尚昀见不得她狼狈的样子，即使有天大的怒气，也不可抑制地心软了那么一瞬间。他强迫自己声音强硬起来："走啊！"

祁恬看了眼站在身旁的李梓盟，有片刻迟疑："他呢？"

尚昀没有收回手。小径上的路灯忽然灭了，几近黢黑的墓园，被应急灯照得惨白的墓墙，一半光明一半黑暗。尚昀站在阴影里，目光中藏着太多说不清道不明的东西，定定地看着祁恬。

"我只管我的女朋友，他犯了错，就要承担犯错的代价。"

黑色的BJ80静静停在雨幕里，车灯熄灭，像一头潜伏在路边的野兽。车内气氛凝滞到近乎要结冰。祁恬坐在副驾驶室，头发湿答答地贴在脸上，睫毛上的水珠被她用力眨掉了。尚昀比她湿得更彻底，蓝黑色的衬衫紧贴在身上，脸上还在往下淌水，他抹了把脸，顺手将半长的额发捋到脑后，看向祁恬。

"雨太大了，看不清路，等雨小点儿咱们再走。"

祁恬轻"嗯"一声，简单应答，然后两人就像路旁树上因为暴雨而停止鸣叫的蝉，一动不动，一声不吭。

片刻后，尚昀忽然开口："你到底怎么想的？"

祁恬看了尚昀一眼，这个男人一贯是和风细雨笑意盈盈的，很少像现在这样面无表情，显然被自己气得不轻。

她抿了下嘴唇："李梓盟说他听到警官们的议论，宋郑的警号被传承了，他跟我解释了警号传承的意思，猜测宋旭晟也参与了一〇七行动。你跟我说过一〇七行动死伤惨重，如果宋旭晟真的参与了行动，那么很大可能就是他已经牺牲了。"

祁恬说着，小心翼翼地打量着尚昀的脸色，谨慎地选择措辞，防止刺激到他。

"之后我接到了宋旭晟的电话，发现……我以为你早知道宋旭晟是谁、在哪里，我以为你并不想告诉我，我想尽快让这件事有个结果，所以……"

"你应该给我打个电话的，"尚昀面容冰冷，"可你没有。你因为唐罗跟我使性子，哪怕我打了十来个电话，你也不接。但是你接了钉子的电话，我在你眼里还不如一个承诺！"

祁恬张了张口，忽然不知该做何解释。她想说不是的，尚昀当然比宋旭晟重要，可是……如果宋旭晟真的在那一片墓碑里，她要找的人就近在咫尺，她没法放弃。

"姝雯姐每天都写日记。"祁恬忽然转移了话题，"她每天都写，病得越重，她写得越多。后来她的父亲将她的日记本藏了起来，她就找陈护士长要病历纸，哪怕她一天只能坐起来十几分钟，都拿不住笔了，也要支撑着写。我骂过她，我说你命都要没了，还考虑留遗言吗？趁还活着，多跟父母说说话吧。她就笑。她说跟父母说话当然要说，但宋旭晟不在，她要给他留点话。她说宋旭晟是个重情重义的人，如果她不留只言片语就死了，宋旭晟一定会自责一辈子。”

祁恬手指颤抖着捂住眼睛：“我当时不相信，我说她才是眼瞎的那一个，我骂她得的不是胰腺癌，是脑癌……我见不得她那么固执……我一想到她死了，宋旭晟可能也死了，我就……”

两人陷入了长久的沉默，久到祁恬全身都冰冷，头发几乎不滴水的时候，尚昀突然动了。他打开陆远章给的档案袋，抽出其中花花绿绿的信封，将内容缓缓念出，声音哀伤沉缓，带着暗沉与苍白。

“姝小雯，我又要出发了，很久没有联系，想你。长久失联，你会生气吗？但没有办法……为了你的安全，为了祖国的安全……”

祁恬猛地顿住，意识到陆远章给尚昀的是宋旭晟写给许姝雯的书信。

“我的信仰是无底深海，澎湃在心中，对你的爱给了我无尽力量……我的忠诚永在，温暖若停留你心，我愿用一生祝福。此生只为一个信仰，我相信你能理解。”

尚昀的朗读逐渐沙哑，含着浓浓的血意。

“如果我此次牺牲，姝小雯，你不要难过……我不在乎烈火长风，不会放弃赤胆忠诚。当阳光照亮你幸福的微笑，我的心就和你一起跳动。”

祁恬屏住呼吸。

座椅的自动加温功能在两人上车时就被尚昀打开了，此时热度已经达到峰值，祁恬后背贴在发烫的椅背上，那股灼热透过布料一点点浸入皮肤里，她却觉得指尖发凉，心提到了嗓子眼。

“我们曾经开玩笑，说丁义金不适合做战士，他像个多愁善感的诗人，写信要字斟句酌，力求优美。但在执行任务时，他又会变成一把最锋利的尖刀，不怕流血受伤，从不后退，仿佛毫无痛觉。可他偏偏又最惜命，他总说自己不能死，因为有人在等他回家。”尚昀的叙述带着极致的克制与压抑。

“他从来不曾辜负过别人的期望，他将家人看得无比重要。但他知道先有国后有家，他的父亲为国捐躯，他自己也继承了父亲的遗志……他没能赶去看望重病的许姝雯，是因为那时候他已经牺牲了。他是个英雄……是个好人。”尚昀痛苦地盯着祁恬，“自古忠义难两全，他已经尽力了。他将许姝雯护得那么牢、藏得那么严实，唯恐任何人知道那是他心尖的瑰宝。他去世后很长时间，我连他未婚妻的名字都不知道！”

尚昀那让祁恬很喜欢、很迷恋的嗓音破音了。他向来隐忍，他以为自己可以永远成熟冷静，不会失态，但此时，在这个不合时宜的时间点，因为祁恬的做法他爆发了。

“他做得还不够好吗？”尚昀双眼血红，“一定要每时每刻都厮守在一起，才算是有情人吗？”

“在他付出了真心、信仰、生命后，还要被你们——你和心爱女人的母亲——埋怨、记恨，他甚至——甚至连一个小小的、安静的栖息之地都不配得到吗？你们居然掘了他的坟！”

祁恬从没见过尚昀发火，他伤心又愤怒的面容在她眼前放大，她的情绪随着他的诘问而起伏，连话都说不利索了。

“对不起……我不应该这么做。姝雯姐没有记恨他，她直到死都……”爱着他。

“为了祖国，他什么都没了，我带他出来时，他除了一口气，什么都没了。”尚昀仰起头，捂住眼睛，突兀地笑了声，声音低哑，融入车外的雨声里。

丁义金闭上眼时，身旁的大树杜鹃摇曳。硕大的树冠，头顶的花枝，在深蓝的天幕上交错伸展。尚昀紧紧攥着丁义金冰冷残缺的手掌，流不出一滴眼泪。队长是一个骄傲的人，一直都是，因此他不会想看到别人对他流的泪水与哀怜。

然而在这个时候，尚昀的心情即使不能由他自己的方式，也希望能由其他的方式，传达给队长知道，所以……

尚昀紧闭着眼，车窗外大雨滂沱，仿佛全世界都在哭泣。

“你别这样。”祁恬发着抖，“你别哭……我错了。”

“你们在没有决定性证据时，凭猜测就去刨他的坟，你学法就是这么学的?!”尚昀的声音低下来，冰冷又失望，让祁恬一下慌了，“丁义金也许做得确实不够尽善尽美，但至少你应该向我求证后再做决定。”

“你明知道李梓盟是唯恐天下不乱的性格，却宁可听信他的推断！”尚昀叹了口气，神情疲累又麻木，“我也是今天才知道宋旭晟就是丁义金，可你怀疑我向你隐瞒真相……你不信任我，你只相信自己猜到和看到的。”

“不是——不是这样的。”祁恬浑身发抖，说不清是因为身体的寒冷还是尚昀失望的态度，她说得磕磕巴巴，一向伶俐的口齿被凌乱的思绪影响了，“我没想到……对不起，我道歉，我不该那么武断，我不该去撬墓墙。”

看着尚昀不为所动的侧脸，祁恬试探着伸手去碰他的衣袖，她很少道歉，所以不会说那些听起来格外诚恳的话。

“我不知道，真的。”她向前倾身，语气有些慌张，“我真的没想那么多，你……你别生气好不好？”祁恬心里堵得厉害，她从没这么懊悔过，“我们别吵架好不好？我应该先找你问清楚的，我太想知道真相了，可是我以为你不会说。”

“你都没有问过我，为什么以为我不会说？”

“我之前问过，你那时说你要编一下。”

尚昀用力吸了口气，没想到祁恬能把那句话记到现在。他看向祁恬，女孩怀里抱着刚才冲出墓园时被自己强行披上的西服，手指攥着湿得滴水的西装，呼吸小心翼翼、短促无声。她看着自己的眼神湿漉漉的，像只落入陷阱却不动不叫、企图靠猎人的恻隐之心逃命的雏鸟。

尚昀忍不住露出一丝苦涩的笑："那时跟现在不一样。"

"怎么不一样？"

"关系不一样，"尚昀拿她楚楚可怜的样子没办法，向她伸出手，想把西装拿回来，"你是自己人了。"

祁恬却猛地向右一躲，肩胛骨弓起，整个人缩起来，像只落汤鸡奓开湿淋淋的羽毛，企图自卫。躲避幅度之大，完全是应激时的下意识反应。

尚昀的手顿住了，想起爬山那次祁恬的解释："你怕我打你？"

祁恬在做出那个动作的下一秒就意识到自己干了些什么，她飞快地摇头，看向尚昀："没有，我就是……突然有点儿冷。"

祁恬笑得很僵，说着自己都不信的谎言。尚昀没有拆穿她，只是一边用视线安抚她，一边把手慢慢探过去，扯走西服，递给她一条干毛巾："擦下脸。"

祁恬接过来，先将脸擦干，再低头抓着发尾一点一点吸水。

尚昀看着她的动作，忽然问道："你为什么觉得我会打你？"

祁恬攥着头发的手指一僵，尚昀耐心地看着她没说话。他好像总是这样，当他一定要得到某个问题的答案时，就会有足够的耐性，静待对方坦诚相待。

"你很生气。"祁恬见尚昀发梢还在滴水，忍不住指了指，"你要不要先擦一下？还有毛巾吗？"

"就一条。"尚昀接过祁恬递来的毛巾胡乱擦了一把，"接着说，为什么你以为我生气了会打你？"

祁恬自嘲地笑笑："可能是被祁连山打出来的条件反射还没消退吧。"

她以为自己早忘了，但身体还记得。记得祁连山每次暴怒时，自己和母亲都要受皮肉之苦。在她懂得奋起反抗前，首先学会的是弓起身，缩成小小一团，护住要害，不要让祁连山失手将自己打死。尚昀看着她，祁恬茶棕色的眸子湿漉漉的，头发被擦得半干，一缕一缕搭在肩上，脸色苍白，嘴唇也没什么颜色。她双手环抱坐在座位上，身子时不时打个冷战，即使是车内循环的暖风和座椅的加温也无法提升她的体温。

尚昀觉得自己真的拿她没办法："我是生气，但看到你这倒霉样子……暂时气不起来了。"

他把毛巾扔到一旁，往后调了调驾驶座的座椅，将座椅后退到极限，再转身从后座拎了张空调毯。他先用毛巾把自己身上湿透的衣服凑合擦了擦，然后把空调毯在腿上摊开，看向祁恬："过来。"

"过哪儿？"祁恬思维有些迟钝，不知道尚昀在说什么。

尚昀挑眉："过来我这儿，不知道自己衣服都湿了吗？身上没干就吹空调，明天该感冒了。"

祁恬低头，随即看到被透出内衣颜色的长袖白T恤，羞耻得想要夺门而逃。

"你今天敢开这个车门，我就敢把你扒光了裹起来。"

尚昀说这句话的语气跟之前喝醉了说要卸了李梓盟两只胳膊时一样冷静。

祁恬不敢赌他在开玩笑："我……衣服再吹一会儿就干了。"

尚昀没说话，理了下毯子。

祁恬苍白的脸上泛起绯红："……要不你把毯子给我？"

尚昀不满："你是打算让我湿着？"

"其实你裹着我湿着也行。"祁恬垂死挣扎，"这中间有个扶手箱，我过不去。"

尚昀冷笑："先村的山坡都爬了，一个小小的扶手箱倒难住你了。"

这男人即使冷笑也是好看的，祁恬僵在座位上，眼睁睁地看着尚昀向自己倾靠过来："我可还在生气呢，你是不是要想想该怎么哄我？"

祁恬漂亮的桃花眼睁大了，尚昀缓缓吐息："乖，自己过来。"

祁恬双颊瞬间爆红。两人离得太近了，祁恬甚至能清楚地感知到尚昀说话时，每一个音是怎么从唇齿间摩擦而过的。尚昀的嗓音一贯诱人，此时因为那被稍微拉长的尾音而有了些哄骗的意味，让祁恬的理智跟这如墨夜色一样沉了下去。她把脑子和羞耻心一起丢了，一手撑住扶手箱，一手扶在中控台上，战战兢兢地跨到驾驶位。

驾驶位即使后退到最大限度，祁恬站在尚昀面前也太勉强了。她半弓着腰背，身体前倾，单手撑住尚昀身后的椅背，觉得这个姿势实在太不雅——某个不便言说的部位几乎要触及尚昀前额。就算已经与尚昀零距离亲近过，祁恬还是不太能适应这种远超社交距离的亲密。

不知道是不是自己的错觉，尚昀好像笑了下。祁恬脑子闹哄哄的，几乎乱成一团糨糊。她觉得白T恤前襟被热烫的气息吹过，撑着椅背的胳膊忍不住发抖。

"在车里站着，你可真想得到。"尚昀没好气地用毯子将她裹住，然后把她的腿一条一条弯曲、抬起，膝盖放到座椅上、自己身体两侧。

这个姿势……祁恬把脑袋从毯子里挣出来，慌乱地看向尚昀。

"怎么了？"尚昀仰脸看着她慌张的模样，嘴角翘了下，将毯子裹得更紧了。

于是紧张得说不出话、只露出个脑袋的祁恬，看上去像只被裹在网中的鹌鹑。她直挺挺地跪在驾驶座上，不敢放松，唯恐松懈后会引起什么不必要的接触。但胳膊被尚昀裹在毯子里，祁恬仅剩膝盖两个支点，没有借力的地方，不一会儿身体就开始前后摇晃。尚昀伸手扶住她的腰，祁恬顿时一僵，扑腾了两下没躲开，便自暴自弃地停止了挣扎。

"那个——"清清嗓子，她企图靠说正事来转移注意力，"我不会再这么做了，你能原谅我吗？”

尚昫刚才的伤心愤怒不是装的，祁恬已经清楚地知道他的底线在哪里，她再也不想见到他暴怒的样子。

“嗯。”尚昫轻声应答，手指在她腰侧动了下，“我接受你的道歉，”他抬眼看着祁恬，“以后别这样了。”

“再也不会了。”祁恬斩钉截铁，顿了下又有些犹豫，“但重来一次，就算我跟你说了，如果你不答应，我应该还是会去撬的。”

“我知道。”尚昫嗓音很淡，“我知道你的性子，所以我不仅是气你撬了墓墙，还气你不够相信我，李梓盟跟你说了后，你没有直接来找我。你为什么潜意识里就觉得我不会迁就你？”尚昫扶在祁恬腰侧的手指稍微用力，“为什么不接我的电话？唐罗说的那些话你有什么好在意的？是我做得还不够好，让你没有安全感吗？”

他并不想生气，也并不想将对李梓盟的怒气转嫁到祁恬身上。他跟祁恬一样，第一次爱，所以紧张、惶恐，既想与心爱的人靠得更近，又怕太过猛烈将人吓走。可即便他自认已经非常耐心温和、循序渐进了，这个雏鸟一样聪慧又率直的姑娘，依然将自己的心守得很牢，稍有不如意就会拍拍翅膀，迫不及待地飞走。

祁恬不接电话，撬了墓墙，这些他都可以理解，可是当他站进滂沱大雨中，朝她伸出手时，她竟然还会犹豫，问他李梓盟怎么办！那瞬间，他气得想把李梓盟扔进墓墙里让他永世长眠。

祁恬睁大眼，她没想到尚昫也会在感情中患得患失。尚昫问话时声音暗哑，像是被气狠了，带着点儿控诉和伤心。祁恬心尖酸胀，连两人此时极为暧昧的姿势都顾不上了。

“你没有哪里做得不好。”脸上很烫，祁恬不知道该怎么描述自己的心情，“我不是怕你，我是……一想到宋旭晟就是丁义金，脑子突然就蒙了。我知道你不会打我，你不是那种人，我是怕你生气。你很在意牺牲的战友，我明知你不会同意，还是把墓墙撬了。我……我其实是想找你问清楚宋旭晟怎么变成丁义金了，可不知道该怎么问。我那时心里很乱，怕问你问到最后会吵起来。”

尚昫眼中闪着细碎的光，像幽深的泉水，在平静的水面下藏着无数不曾说出口的心思，无孔不入地钻进祁恬心里，让那里湿软一片。

祁恬受不了尚昫这样看着自己，将矜持全丢了，一双桃花眼闪躲着，上挑的眼尾四周染着红晕，语速又快又急，将该说的不该说的全都说了。

“我不想跟你吵架，也不想让你觉得我不好。可是当我看到你用宋旭晟的手机打来的电话，电话备注还是‘我的太阳’……我就想把事情都先查清楚，再……”

“那你知道许姝雯的手机号在丁义金的 SIM 卡里存的是什么昵称吗？”

“什么？”

“女王殿下。”

“我觉得我好像把一切都搞砸了。”祁恬沮丧地低下头，“明明一句话的事，却绕了这么大一圈，我是不是变蠢了？”羞涩和无措熏红了她的眼尾，睫毛还有点儿湿漉漉的，梨花带雨一般，水润得令人心动。

尚昀看着祁恬强忍羞耻也要把话说完的样子，心里充满喜欢和怜爱。

“我觉得和你谈恋爱以后，我变蠢了。”

这个姑娘是真的在意他，这个认知缓缓浇灭了他的怒火。他抬手将她垂下来的几缕发丝缠在指间，稍微用了点力，祁恬顺着他的力道俯身。

“变蠢了好，变蠢了你就只能依赖我了。”

祁恬愕然抬眼，尚昀与她额头相触，紧抿的唇角微微翘了翘，喉咙里溢出声自嘲般的轻笑：“我一直以为自己喜欢和成熟的女孩谈恋爱，因为这样的女孩子不会无理取闹，知道关系需要两人一起维持，会对长期亲密关系有正确清晰的认知。但经历今天之后……我觉得你幼稚点儿也没关系。”

“哪怕你无理取闹呢，也别抱着‘分手也无所谓’的心态和我相处。”尚昀说得很温和，扶在她腰上的手却收紧了，带着点儿强硬，握得祁恬有点儿疼，“你说走就走，我很难受。打你电话你也不接，我联系不上你，怕你出事。下次再冲动行事前，哪怕多想我一秒呢，行不行？”

仿佛心脏被人猛攥了一把，酸涩和甜蜜同时炸开，祁恬觉得又高兴又难过，一颗心就像吃火锅时煮的丸子，先在冰柜里冻着，又被沸水烫过，上上下下地浮沉，说不出任何话来。她突然闭眼，凭着一股仓促生成的勇气，用嘴唇胡乱碰了下尚昀的颧骨。

“对不起，我……我不会再这样了。”祁恬说得磕磕巴巴的，她咬着下嘴唇，坚持把话说完，“下次我一定会直接问你。我一点儿都不想因为误会或者冷战而发生什么错过一辈子的事情。”

车外是漆黑冰冷的滂沱雨夜，车内的温度却很高，祁恬的气息近在咫尺，像是空气在烧灼般炽热。

尚昀握在她腰间的手一松，瞬间又收得更紧。他能感觉到毯子底下的皮肤被他攥得发烫，柔嫩的皮肤上现出手指的痕迹，那景象禁不起深想。尚昀的喉结忽然滚动了下。

“这点儿歉意可不够。”笑声掩不住地从他喉咙溢出，带着点暧昧与模糊。原本纠缠在祁恬发间的手指向后，按住祁恬后脑勺，两人间的距离彻底消失了。

尚昀一下一下地轻触着她的唇角：“丁义金的事之后，和我一起回先村看看赵老太太吧！”

将目标转移到祁恬的唇缝，尚昀试探地逗弄着她嘴中若隐若现的舌尖。

“他跟我说过，像我们这种人，要把每一天都当作最后一天来过，否则将来会追悔莫及。所以……你也不用太害怕误会和冷战会把我们分开。”

尚昀忽然抬头咬了下她的鼻尖：“因为我不会让事情过夜的。你看，我这不就来找你了吗？”

祁恬的心忽然被尚昀的嗓音戳开个口子，像是从此拴了根有主的绳，一路被牵着往什么未知的地方去了。往日追在身后的那些顾虑、担忧、忍耐、承诺，瞬间都被抛到脑后，想不起来了。

祁恬低着头，尚昀顺着她的鼻尖、额头、脸侧一路亲吻，最后回到唇间，不再是温柔地试探虚实，而是重重挤压，唇舌吸吮。祁恬被他亲得气息都要断了，鼻腔里轻哼几声，声音轻柔得吓了自己一跳。

快喘不上气了……祁恬下意识地挣扎起来，右手胡乱地从毯子边缘伸出来，抵住尚昀的胸膛。隔着半干的衬衫，尚昀结实的胸肌触感清晰地传到指尖，祁恬憋得头晕眼花，推得太轻反而像是在点火。

好在尚昀总算放开了她，祁恬赶紧往后仰，没想到咚的一下，脑袋被尚昀护住了没磕着，后腰却撞到方向盘上了。

祁恬皱着眉“嘶”了一声，生理性的疼痛让她眼角溢出泪水。

“躲什么？”尚昀皱眉，把人拉回来揉，祁恬腰间凹陷，手放上去正好合适。

“尚昀……”祁恬声音细得像猫叫，嗓子都是抖的，她睁大眼睛控诉着，可惜气势不足。

尚昀笑了，轻声诱哄着：“你直挺挺地跪着累不累？要不要坐一会儿？”

说着，他捧住她的脸，亲了亲她的眼角，然后不顾祁恬可怜的挣扎，自眼尾一路吻下，最终在她下巴上咬了一口，喑哑低笑道：“你最好别在这种时候哭，会让我更想欺负你。”

祁恬实在没力气了，她的膝盖早就麻了，此时被尚昀掐着腰，全身都是软的，她满心不甘地慢慢跪坐下去，窝进尚昀怀里，隔着毯子都能感受到男人火热的体温。

淡定，祁恬暗示自己，就当蹭了张免费的电热毯。但尚昀没有轻易放过她，他含着笑，伸手勾起她的下巴。祁恬被迫与他对视，不自在极了，整个身体都因为他的视线而隐隐发烫。她下意识地抬手捋了下湿湿的头发，又用手背蹭了蹭脸颊。这些小动作在尚昀眼中，就像只淋了雨的雏鸟在狼狈地梳理自己的羽毛。

尚昀忍不住将人搂紧，俯身再次亲吻。一回生二回熟，祁恬面色潮红，遵循着本能，用自己也喜欢的方式去迎合他。感觉到她的顺从迎合，尚昀心跳加速，吻得越发放肆。唇舌纠缠间，祁恬被整个覆盖住，不认输地同他纠缠。

一声惊雷撕破黑夜，从天边滚落。尚昀猛地清醒，将祁恬稍稍拉开了。

“嗯？”祁恬呼吸急促，眼中雾蒙蒙的，她迷茫地看向他，娇弱的鼻音让他着迷。

“时间不对。”尚昀郁闷地“啧”了一声，伸手蹭了蹭祁恬湿软的唇角，拇指下移，按住祁恬白皙的颈侧，那里的大动脉正在飞速搏动，让他的心都跟着燥热起来。

“乖，今天不行。”深吸口气，尚昀紧紧箍住祁恬，将脸埋在她颈侧，憋得有点儿难受。

祁恬眨了几下眼，才后知后觉地意识到自己刚才放肆成什么样，瞬间耳中嗡嗡直响，全身血液都往脸上冲去。

尚昀不太舒服，他将毯子稍微拉开些，含住祁恬纤细的锁骨，报复似的轻轻咬噬。祁恬那里很敏感，身体抖了抖，听到他模模糊糊的声音。

“你是不是很久没去看你妈了？明天我陪你去医院看望一下吧，之后也该去见见你父亲了。”

祁恬愣住，思绪回到现实，全身沸腾的血液慢慢凉下去。

尚昀不等她胡思乱想，抬头在她嘴唇上亲了一下：“然后我带你去我家认认人，怎么样？”

祁恬被他深情注视着，有点儿头晕目眩，浑身软得没有骨头般任凭尚昀摆布，嘴上却依然不肯认输：“……认人做什么？”

“这不是显而易见的吗？”尚昀轻笑，捏着她腰间的软肉，下垂的眼尾勾起来一笑，眼波仿佛活了一般朝她荡去，又轻轻巧巧地收回，像蜻蜓点了点湖面。

他刻意压低声线：“当然是去见家长，过明路啊！”

第二十九章 誓言无声，英雄无名

朝阳升起，水汽散去。

一夜大雨过后，阳光透过玻璃照进来，将医院的走廊分割成一格一格的。神色匆忙的医生穿行在光与暗交替的格子间，仿佛行走于一个又一个生死之间。祁恬陪着王美佳做完各项常规检查，推着轮椅将人送入病房，然后拿着检查单走出门，尚昀迎了上去。

“怎么样？”

“不稳定型心绞痛，冠状动脉粥样硬化，还有低钾血的症状。医生建议先介入治疗，等几天，看能不能排上手术。”

祁恬有些担忧，强打精神：“我去交手术押金，你再等会儿啊。”

“我去吧，你陪着你妈。”尚昀将检查单拿过来，伸手抵住祁恬扬起的脑门，“知道你钱够，回头记得转账给我。”

祁恬被他戳得脑袋向后一仰，露出点儿笑：“那就多谢尚大爷体贴了。”

“你这张嘴呀……”尚昀拿她没辙，捏着她的肩膀将人转半个圈，“快进去吧！”

祁恬走进病房，王美佳这段时间住院住得人看起来状态好一些。单人间，独立卫浴，窗户朝南。门一推开，阳光将室内照得亮堂堂的。祁恬正要说话，忽然注意到，母亲的头发似乎全白了。金色光芒洒在一头白发上，让祁恬感到无法言喻的心惊——她的母亲，在谁都没意识到时，飞速衰老了。而她只有四十五岁呀！

祁恬抿着嘴唇，握着门把手站住了。她看着呆呆望向窗外、对外界几乎没有反应的母亲，想起直到去世前还撑着一股精气神，努力想活下去的许姝雯。

这两个人，一个因为男人犯了法，急病了；一个直到死前都对宋旭晟念念不忘。无论哪一个，让她想起来都觉得世事无常，心结难解。

深吸了口气，祁恬扬起笑脸走过去：“妈，最近事情多，没常来看你。今天觉得怎么样，后背还疼得厉害吗？”

王美佳回头，眼珠慢慢转了下：“你不是去交押金吗？”

“尚昀去了。”

王美佳“哦”了一声，静了几秒，才又看向祁恬：“他对你好吗？”

祁恬怔了下：“挺好的。”

“可是，他看起来是个大官，”王美佳努力组织着言语，“比你爸的官还要大，你跟他……”王美佳担忧地拧着脸，脸上的皱纹更明显了，“你跟他在一起，会不会受欺负啊？”

祁恬眼睛发酸，王美佳突然抓住她的手，急急说道：“他……他要是打你，你就跑，别受着……”

走廊上传来不紧不慢的脚步声，祁恬下意识地扭动手腕。王美佳急了，眼睛看向房门，压低了声音飞快地嘱咐着：“你要是跑不了，别跟他犟，先顺着他，找机会偷偷告诉我，妈护着你……”

一着急呼吸就乱了，王美佳剧烈咳嗽起来。祁恬眼中迅速聚积起泪水，她俯下身把王美佳半抱在怀里，一边轻拍她的背，一边哽着嗓子安抚她。

“妈、妈，你别担心，他挺好的，真的。他没欺负过我，如果他动手，我决不会忍让的，你放心。”说到最后，声音已经带上了哭腔。

她一直以为，王美佳这辈子也就这样了——忍辱负重、委曲求全地维护着自己支离破碎的婚姻。祁恬没想到她重病至此、怯懦至此，对祁连山死心塌地，却还能分出母爱来担心她，担心女儿会步她的后尘。

“我跟你不一样，妈，我能保护好自己……我能养活自己，也能养活你。”

祁恬紧紧搂着母亲，头一次意识到母亲对自己那份柔弱却深沉的爱。她闭着眼把泪逼回去，踌躇了很久，终于还是咬着牙，万般不情愿地问道：“我等下要去看看爸，你有什么话要带给他吗？”

王美佳的眼睛唰地亮了，祁恬看着她，缓慢而坚定地摇摇头：“不，我不会带你去的，你的心脏不允许你再有剧烈的情绪波动了。”

王美佳眼中的光暗了下来，她喘着气，想了半天：“那……你让他配合警察，把该说的都说了，别找罪受。我……我等着他……”王美佳声音弱下去，一双眼忐忑地看向祁恬，见她不说话，又补了句，“让他在里头努力改造，争取早日出来。”

祁恬垂着眼静静听完，笑了下：“好，我跟他说。”

她又抱着王美佳坐了会儿，才松开手，替她将一缕花白的头发别到耳后：“妈，我先走了，你好好养着，听医生的话，我请了护工，等下就来了，有事给我打电话，过两天我再来看你。”

“恬恬。”王美佳慌张地拉住她的手，“你……你生气了？”

“没有。”祁恬笑着回握住她，“真没有。”

她只是突然意识到，这世上除了生死，都是小事。许姝雯死前她没想明白，一直说着宋旭晟的坏话，直到被现实给了记响亮的耳光。

而王美佳与祁连山已经一起生活了二十多年，他们年轻时发生过什么她并不知道。她不懂王美佳的感情，理解不了她的隐忍，但一直能感受到王美佳对自己的爱。

这样就够了，祁恬告诉自己，纵然在她看来祁连山再不配为人夫、为人父，但王美佳放不下他，那就放不下吧。死人说的话，病人说的话，往往是活着的人最想说出口却又最难说出口的话。祁恬想放过彼此。

她扶着王美佳躺下："妈，你愿意跟爸过，我不拦着，反正他岁数也大了，等出来还不知道要多久。你要是想等他，就先养好自己的身体。"说完她把薄毯盖到王美佳身上，调好空调温度，笑着离开了。

尚昀等在门外，见她出来，有些惊讶地挑眉："心情好了不少？"

祁恬推着他向外走："嗯，就是突然觉得虽然人生不如意十之八九，但总有那么一星半点还挺让人开心的。"

尚昀被她推着，回头看向她带笑的脸，白皙的皮肤在阳光下几乎发着光，他也不禁微笑起来："是吗？"

"是啊。"祁恬眼中汇聚着神采，明艳而自信，整个人熠熠生辉。

那样的祁恬太动人，让尚昀忍不住回身搂住她的腰往上一提，低头给了个一触即分的吻。

"嘿！"祁恬脸红了。

尚昀弯着眼睛，额头与她轻轻相磕："小丫头。"

他看着祁恬的眼神温柔极了，像是在鼓励她用力拥抱那一星半点的开心，在生活的万般刁难下，一如既往地勇往直前。

《中华人民共和国刑法》第三百八十二条规定：国家工作人员利用职务上的便利，侵吞、窃取、骗取或者以其他手段非法占有公共财物的，是贪污罪。受国家机关、国有公司、企业、事业单位、人民团体委托管理、经营国有财产的人员，利用职务上的便利，侵吞、窃取、骗取或者以其他手段非法占有国有财物的，以贪污论。

祁恬大学主攻刑法，很难说是不是早就有心针对祁连山。

祁恬举报后，公安机关立案侦查，对有关证据的提取和对相关事实的调查已经进行了三个多月，祁连山也在看守所被羁押了三个多月。虽然法律并未给公安机关立案侦查设定时限，但羁押嫌犯不得超过七个月。祁连山的案件牵扯太多、轰动一时，公安机关不敢耽搁，证据搜集得差不多就已经向检察院移送案件了。

检察院会在一个月内做出决定。等判决下来，祁连山就不能在看守所待着了，他会被判刑然后送往服刑的监狱。

祁恬打算在他开始蹲监狱前去见见他，尚昀担心她和祁连山发生冲突，便和她一同去了看守所。祁连山被带到会客室，看到尚昀时愣了下，再看到坐在他身旁的祁恬时，脸色就变了，转身想走。

管教没给他这个机会，把门从外面关上，隔着门上的小窗提醒道："你们只有十分钟，抓紧时间！"

祁连山在最初的变脸后恢复了镇定，他坐到两人对面，笑了笑："小尚总，稀客。"

尚昀打量着祁连山，他穿着半旧的 Polo 衫，除了比之前见时瘦了点儿，并不显得落魄。尚昀伸出手："祁经理，好久不见。"

祁连山同他握了下，这才看向祁恬："过了这么久，还得有人陪着才有脸来见我？"

祁恬半搭着眼皮笑笑："您别这么说，有脸皮的都不乐意跟您在一个屋子坐着。"祁连山搁在桌上的手一紧。

尚昀揉了下祁恬头顶："好好说话。"

祁连山惊奇地发现自己的刺儿头女儿居然没有反抗，真的开始好好说话了。

"妈住院了，"祁恬将诊断证明推给祁连山，"她要想活着等你出来，得做心脏搭桥。"

祁恬紧紧盯着他："虽然你俩已经签了离婚协议，但我觉得还是应该跟你说一声。"

祁连山拿起诊断证明仔细看了好几遍，捏着不肯放手："住的青坛医院？那里的心血管专家不是最权威的，你带她去北翼——"

"挂不上号。"祁恬打断他，讽刺地笑了笑，"爸，现在不是你打个招呼就可以加塞的时候了。我跟你说这些，是想请你看在妈对你情深义重的份儿上，把该交代的都赶紧交代了，别扛着，反正迟早都会被查出来。你又不是终极 Boss，死扛着干吗？罪责再重也判不了死刑。"

祁连山盯着她："你很遗憾？"

"我不想你死。"祁恬耷拉着眼皮，手指按住诊断证明，将它慢慢拖了回来，"你这种人，活得落魄才是受罪。"

祁连山看向尚昀，见他对祁恬这种堪称大逆不道的话毫无反应，这才问祁恬："你想让我交代什么？"

"南城李家给科淮集团拆借过几笔大额资金，是经你手做的？你跟经侦说过吗？"

祁连山视线闪烁了下："这种捕风捉影的事你也信？"

"信哪，怎么不信？"祁恬向前倾身，眼中全是嘲讽的冷意，"不止一个人跟我说过这事，就连李家人都跟我提过。李家也不是蛇鼠一窝，他们有人需要你的证词。"

祁连山来回看了下两个人："李家涉黑，你们知道吗？"

祁恬和尚昀的表情一样，不置可否，看不出深浅。

"看来你们心里有数。"祁连山自嘲地笑笑，"这个看守所里有李家的人，我今天说了，明天就会被安排去做重体力劳动，真惹急了他们，还会挨揍。这里面三餐都没有荤腥，要吃荤菜还得单独给钱，我现在的身体可禁不起折腾。"

祁恬神色莫名地看了他几秒，忽然一笑："爸，你进来也好几个月了，头发都没白呢。"

她睁着和祁连山形状一致的桃花眼，眼神冰冷，“你知道妈现在什么样了吗？她那个样子，才叫禁不起折腾。”

祁连山沉默下来，脸色很难看，片刻后攥了下拳：“我知道了。”

“李家折了，不干净的基本上全进来了。”尚昀忽然开口，“经侦盯了他们很久，最近在收网。”他看着祁连山笑了一下，带着点儿看好戏的期待，“祁经理要揭发就尽快，否则这消息很快就不值钱了。”

祁连山心里一紧：“多谢。”

“时间快到了，”尚昀扶着祁恬站起身，“我们先告辞了。”

“等一下。”祁连山叫住两人，“我能单独跟祁恬说几句话吗？”

尚昀询问地看向祁恬。祁恬愣了下，点点头。会客室内就剩两人，氛围迅速从一般友好变为敌对。

祁连山换了个姿势：“可以啊，居然勾搭上尚昀！你应该感谢我把你调教得这么好。”

祁恬不为所动：“你想说什么？”

“看起来尚昀对你还挺好，也听你的话，为什么不让他帮忙把我早点儿弄出去？我出去了，你妈心里也能踏实点儿，我的人脉还在，帮着找专家、转院都可以。”

祁恬看着他，忽然笑了：“妈知道我跟尚昀在一起，首先担心我会不会被欺负，你的第一反应却是为自己谋利。你可真没让我失望，我该说真不愧是你吗？”

祁连山恼羞成怒:“这明明是互惠互利的事，你别说得这么难听！是谁供你锦衣玉食，一路重点学校读过来的？是谁送你去参加各种课外班、夏令营开阔视野增加见识的？你以为你凭什么能在尚昀面前进退自如？那都是我用钱一点一点给你堆出来的底气！我要是折在这里，有了案底，你以为你能有什么好？就算我净身出户了，但退回赃款后你们的日子也不好过吧？生活拮据吗？手术押金凑得够吗？你把我送进来，外界会怎么评价你？我告诉你，成年人的世界，没钱就会被欺侮，没权没势就会被倾轧、被狗眼看人低！这几个月你还没有体会到吗？”

祁恬静静地听他咆哮完，吐出口浊气。“成年人的世界？”她冷笑，“你是想跟我说，成年人的世界没有‘容易’二字？成年人的世界不得已是常态？成年人就得学会把一切不正常视作正常？”

祁恬站起身：“抱歉，我作为成年人，觉得你说的这些都是为自己脱罪找的借口。我认识尚昀时，没地方住，没工作，背着卖父求荣的骂名，但他依然愿意耐心接触，自己来判断我是什么样的人，他跟你看重的东西不一样。”

“他是年轻人，看重的当然跟我不一样。”祁连山笑得嘲讽，“年轻人有情饮水饱。你鲜活漂亮、聪明灵巧，有几个男人能不爱你？但再过几年呢？男人是很现实的，我们需要钱、权、势，需要能帮自己得到这些的人力物力。他是富二代，不是富一代，你觉得尚家能允许一个经济犯的女儿和他在一起吗？他爸要是铁了心不许你进他家门，你看他还敢不敢要你！门当户对，门当户对你懂不懂?！我们是一根绳上的蚂蚱，我倒霉了，你以为你能独善其身？”

“我从没觉得自己能独善其身。”祁恬撑着桌面，倾身看着他，“举报你之前，我就有跟你一起滚进烂泥里的觉悟了。可是，那又怎么样呢？”她挺直腰，视线划过一个微妙的弧度，带着种凌驾于所有难堪之上的倨傲和凛然，“就算是跌进烂泥里，我也能在泥里打个滚，然后爬起来继续往前走。”只要往前走，不停下也不回头，她坚信，总有一天，自己会走出这片泥潭，踏上干净的地面。

“就是不知道，你还有没有这个本事了！”祁连山瞪着她，嘴角抖动着，气到说不出话来。祁恬看着他，失去了与他沟通的欲望。

“对了，妈让我给你带句话。”祁恬在门前停下脚步，“她说她会等你，让你配合警察，好好改造，重新做人。”

祁恬握着门把手，拧了几下才拧开，她顿了顿，还是回头看向祁连山。

“虽然我完全不期待你能重新做人，不过你的岁数也大了，应该打不动了吧？等你出去了，妈如果还要跟你过，我不拦着。但是，只要你再对她动一次手，我就报警，申请行为保全，然后把你送去养老院，你永远也别想再进家门。”

祁恬的眼睛很亮，就像狮群中，年轻的狮子对年迈的狮子发出赤裸裸的威胁和驱逐警告。

祁恬和尚昀从看守所出来，已经是下午，唐罗匆匆找了过来。

“昀子，白鱼招了。”他来得急，跑到跟前才注意到祁恬，脸色不由得一僵。

祁恬大大方方地问候：“唐警官，下午好，昨天让您见笑了。”

那是说句见笑就能一笔带过的吗？一想到昨天自己顶风冒雨地将墓墙的墓碑一个一个复原，唐罗嗓子眼就又开始发痒。

尚昀给他使眼色：“打招呼。”

得，一看就是被吹了一宿枕边风。唐罗知道自己这兄弟没救了，扯着脸跟祁恬一点头：“下午好啊，昨天我说得过分了，你别往心里去。”

“哪里，晚上墓园的善后麻烦您了。”

唐罗怎么听怎么觉得祁恬在挖苦他，竖起手指正想掰扯两句，被尚昀拿话岔开了：“白鱼说什么了？”

“哦，对。”唐罗想起正事，“他招了钉子是怎么暴露的。”

“如果白鱼就是掰芋，那他应该……见过宋旭晟小时候吧？”祁恬忽然插话，“先村后村的人，都是乡亲，离得也不远，而且宋旭晟小时候和长大以后变化也不大。”

唐罗看了她一眼，似乎没想到她想得还挺细："变化挺大的，钉子毁容了。"

祁恬想起照片中的左半边脸，不吭声了。

尚昀握住祁恬的手："钉子到底是怎么暴露的？"

唐罗露出一个苦涩的笑容："钉子他……太有礼貌了。"

唐罗迎着二人不解的目光解释道："钉子不知道犯罪组织外围也有人，他潜入内部时言行都警惕着。但接外卖的时候……"他抿了下嘴，"白鱼是扮成外卖员给他们传递消息的，正儿八经抢单刷单那种，抢到了提着外卖过去顺便就把消息送到了，必要时还会直接抢其他外卖员的单。钉子顶着半张毁容脸，长得人憎鬼厌的，接外卖时居然会说谢谢，在那种环境里实在太突兀了。白鱼一直混在底层，人精得像猴儿，心里有鬼，疑心病就重，传消息时特意跟犯罪分子提了一嘴。"

唐罗咬紧腮肉："在贩毒集团里，宁可信其有，不可信其无，队长从那时起在他们心里就已经是个死人了。"

祁恬指腹蹭着尚昀的手背，无声地安慰他，皱眉将自己知道的事情拼凑在一起，努力捋着时间线："我记得姝雯姐说过，去年二月中旬左右她还见过宋旭晟，她没提宋旭晟毁容。你们是三月份被抽调到专案组的，那时他的脸已经毁了？"

尚昀攥紧祁恬的手指，突然想起丁义金没有寄出的信里，有一封充满忐忑与歉意："钉子是为了去做卧底才故意毁的容，他有一封毁容之后写给许姝雯的信，时间是去年正月十五……二月八号。那信上说：姝小雯，我为了任务把脸划伤了，我知道你会生气，但是没办法。脸很疼，破相了……我变丑了，你不会真的嫌弃我吧？"

尚昀捏紧手指，闭了闭眼，心里说不清是什么滋味——丁义金为了潜入贩毒集团，亲手毁了自己的脸。

"我听说那段时间一〇七行动遇阻，因为一着不慎导致潜入犯罪集团的多名组员牺牲，我和唐罗也是因此才被抽调进组的。"

气氛凝滞起来，许久之后，祁恬突然开口："你昨天不是说要去 G 省看望赵奶奶吗？打算什么时候去？"

尚昀压下所有情绪："赵老太太还不知道她孙子去世了，你要去告诉她吗？"

"不……"祁恬喉咙上仿佛扎了一根细细的鱼刺，咽不下去，也吐不出来，"我不去跟她说这些，我不是想去打扰她……我就是想去看看她。"

唐罗跟尚昀本也计划着回 G 省边境，取出去年因为撤退匆忙，不得不留在行动现场的钉子的骨灰。

他们约定好，由尚昀先带祁恬去先村，唐罗回去请假，随后赶过去。第二天，尚昀带着祁恬搭乘飞机去了 G 省，再次经过长途大巴和山间越野的洗礼，祁恬觉得自己差不多把 PTSD 治好了。

故地重游，时间间隔不过一周，两人心情却与上次大为不同。他们赶到先村时，天色已近黄昏，尚昀带着祁恬走到山脚，站在远处观望着那座摇摇欲坠的老房子。暮色中的老房子显得更加破败了，天气湿热，房子四周杂草丛生，颤颤巍巍却又屹立不倒，像极了住在这里坚决不搬的赵老太太。

也许是天热减了衣裳的缘故，老太太看起来比一周前更瘦了，弓着腰，嘴唇嚅动，仿佛在说着旁人听不懂的话。她坐在屋前的空地上，就着最后一点天光修补着破损的箩筐。她身后的屋檐下，摆着一张瘸了腿的桌子，桌上一杯一碟、一碗一筷，盛放着简单的晚餐。

不成套的餐具，藤编的箩筐，桌椅黯淡的色泽，编织出一位老人凄凉惨淡的晚年。尚昀远远看着她，看了很久，还是无法透过她看出任何属于丁义金的轮廓。

山里昨夜下过雨，一滴雨水从檐角落下，滴进桌上那个搪瓷杯子里，在寂静的山间溅起一声回音。

祁恬忍不住向前迈了一步，尚昀拉住她，轻轻摇头，用眼神阻止了她的冲动。祁恬同他对视，忽然流下泪来。尚昀怔住了，下意识地松开手指——他不知道她为什么突然哭了。

祁恬死死咬住手背，慢慢弯下腰，披在肩头的长发滑落，遮住了脸，然后压抑的声音才从紧咬不放的牙齿间溢出，眼泪簌簌落下，滴到地上。

“祁恬？”

她用胳膊挡住脸，蹲了下来，把头深深埋进去，眼泪不停滴落。祁恬哭的时候没声音，只有肩头耸动，安静到不可思议。

“祁恬。”尚昀蹲到她对面，想将她的头抬起来，“怎么突然就哭了？”

缓了一会儿，祁恬才慢慢开口：“你的眼神……你的眼神好像在哭。我本来心里就难受，看到一下就忍不住了。”

尚昀一时说不出话来。

“以后你难过了，我安慰你；你想发脾气就发出来，我不会害怕你。”祁恬语无伦次地说着，突然抱紧他，“尚昀，我会对你好的，悲剧已经发生了，谁都不想这样，你不要露出这么难过的表情，我心疼。”

听到这话，尚昀终于无法再忍耐，压抑的痛苦猛地爆发，泪水夺眶而出。他懂事后很少哭，已经很多年没有流过眼泪。入伍后被超负荷的训练虐到尿血时他没哭；唐罗危在旦夕时他没哭；丁义金在他怀里闭上眼时，他还是没哭。

哭有什么用？生活总要继续，他一直都是咬着牙，寻找可以走的方向，不停地往前走。但心里的痛苦就像腐烂的伤口，必须狠狠地刺上一刀，让脓血流尽，才能痊愈。

现在他所有的情绪仿佛都找到了一个宣泄口，那些压在心底不愿去面对的事，那些藏在冷静和隐忍之后的悲伤，被他重新拨开，亲手挖了出来。

他回抱着她："我有时会想，为什么不该死的全都死了，那些丧尽天良的人却还活着，这世间真的有公道吗？我们做的这些，真的值得吗？"他哽咽着，泪水浸湿了祁恬的衣衫，"我不求什么，就想大家一起痛痛快快的……"一起痛痛快快地拉歌、一起训练、一起完成任务，一起……一直走下去。

尚昀想，他不求现世安稳，也不求平安健康，甚至不求肢体健全。他只想让大家都活着，想在老了之后，哥几个还能凑在一起，天南海北地胡吹，互相调侃参军时做过的蠢事。他们一起当过兵、扛过枪，蹲过同一条战壕，对付过共同的敌人。他们有过命的交情，是比肩的兄弟。

他不想在今后说起这些时，身边的人已经一个个都不在了，指给别人看的照片上也只剩下黑白。他不想从此连一个拥有共同回忆的战友都没有。

唐罗知道他内心最深的恐惧，因此挣扎着醒过来，嗓子没养好就要说话，他说："我知道你小子感情脆弱，要是连我都没了，你还不得跳楼啊？快别给社会添堵了，老子为了你，从鬼门关爬回来了。"

那时唐罗喉咙的伤还没好，一说话嘴里全是血沫子。尚昀几乎陷入癫狂的情绪终于找到支点，在确定唐罗脱离危险后，他冲进洗手间，憋着气将脸埋进了放满水的洗手池。

唐罗说得对，尚昀远不如外表看起来那样坚强理智，他重情义，怕别离，他根本无法承受如此多的生离死别。那一坛坛甚至连名字都没有的骨灰摆在面前，让尚昀无法平衡内心那杆正义与情感的天平。

太平本是烈士定，从无烈士享太平。

无奈的事实压在尚昀的心头，理智告诉他为国捐躯是光荣的，感情上他却无法再继续留在部队。祁恬回答不了他的愤懑，这世上有许多事都没什么道理，也并非所有念念不忘都有回响。她只能紧紧抱住他，用力些，再用力些，用自己的体温让尚昀感到些许温暖。

现实也许总是残酷的，也许总是存在不公。祁恬不信"老天爷仁慈"，"善恶到头终有报"也不过是欺骗小孩子的心灵鸡汤。但她相信那些还在努力实践公理与正义的人，她相信黑暗可以暂时大过光明，而且天终究会亮，就如万物皆有裂痕，而那正是光之来处。她相信英雄的姓名即使暂时无法被人知晓，但功勋必将永世长存。

所有的牺牲都会被铭记，每一个牺牲也必有其价值。江河知道那些英雄，湖海知道那些英雄，祖国不会忘记那些英雄！

祖国不会忘记，人民不会忘记，历史也不会忘记！

金色盾牌，热血铸就。誓言无声，英雄无名。

第三十章

驻足黑暗，守护光明

残阳如血，挂在浓绿的山头，即将被夜色吞噬殆尽。昏鸦满山乱飞，晚霞遍布天际。尚昀和祁恬找到村主任，借住到村中的一座院落。

“这家人都外出打工了，我跟他们打过招呼，这几天你们就在他家住吧！”

村主任热情地介绍着，祁恬道了谢，与尚昀进院。院中格局与一般农家相同，并排三个房间，正中是堂屋，两侧的偏房各摆了张床，两旁的厢房都上了锁，并不给人居住。

祁恬刚才情绪激动，抱着尚昀哭了一场，此时蔫坐在堂屋里，神志有些萎靡。尚昀四处看了看，走进来对她说：“左右两边的房间都打扫过了，早点睡，有什么事明天再说。”

祁恬揉了几下眼睛：“好。”

尚昀抬起她的脸：“眼睛疼？”

“不疼，有点儿涩，可能是刚才哭狠了。”祁恬眼角发红，垂着眼睛不同他对视，“一会儿就好。你今天开车也累了，你先睡吧！”

尚昀看了她一会儿：“睡不着，出去走走？”

晚风吹过树颠，叶片无声摇晃。夜色如墨染，混沌无光。祁恬被尚昀牵着手在村道上走着，渐渐走下绿草茵茵的山坡。

“你还要去看赵奶奶吗？”她压低声音问，“这边下去太黑了，等我用手机打个灯。”

尚昀回过神，拦住她：“不去了。”他顿了顿，“等拿到烈士证书再去找她吧！”

“宋旭晟给赵奶奶在县城里买了房，她为什么不去住？是要等宋旭晟回来吗？”

尚昀没有说话，轮廓分明的侧脸被月光笼罩着，比白日多出几分苍白。风盘卷而去，回声穿行林间，没入漫漫夜色中。祁恬仰头，透过摇摆不定的枝丫看向夜空。银河横在苍穹之中，无数繁星闪烁，将祁恬的脸都微微照亮了。

祁恬拉着尚昀停了下来：“我在B市从没见过这么多星星……竟然真的能看到银河……”

尚昀抬了下头：“现代化的钢铁丛林里，确实很少有这样的星空了。”他拉着祁恬向高处走，“去那边，没有树木遮挡，看得更清楚。”

祁恬跟着走过去，才知道尚昀带她走到了入村的山道上，几步之外就是悬崖，嶙峋的山石被护栏隔开，黑暗中看不清崖壁的险峻，凭空让人多了些不可靠的安全感。

“别再往外走了。”祁恬拉住他，夜晚山风呼啸，把尚昀的西装外套吹得鼓起来，“别再走了，万一脚滑掉下去怎么办？”

尚昀回过头：“你怕我掉下去？”

祁恬深吸了口气，夜晚微凉的空气吸入肺部，感觉有点儿冷，她看着面前的尚昀，手指紧紧握住的那只手骨节分明，指间的纹路却有些模糊，是被她紧张握出来的汗。

她觉得尚昀不太对劲：“你站过来点儿。”

尚昀看了她两秒：“你怕我跳下去？”他忽然笑了，“恬宝，你把我当成什么了？”

尚昀换只手握住她，倒退着向后走。祁恬两只手都用上了，手臂上绷起浅浅的青筋：“尚昀！”她有些慌，力量悬殊，她根本阻止不了他，“我要生气了！”

“就这么点儿力气，还敢说如果李梓盟欺负你，你就揍他！”尚昀距离护栏只有一个拳头的距离，月光在他眉端刷出淡淡的阴影。但当他偏了下头，阴影移开时，眼神已经重新温和，甚至带了些无可奈何的笑意。

祁恬不敢放松，她死死攥着尚昀的手腕，半晌才说出一句话：“你……你不——你到底要干什么？”

惊吓过后，祁恬飞速的心跳让她控制不了自己的嗓门。

“嘘——嘘——”尚昀将她搂到怀里，带着她慢慢移动，调整到合适的角度。

“看。”他指向前方。

远处山脉的轮廓在暗夜中清晰可见，蜿蜒雄伟，大片墨染的流云自天际跌落山顶，犹如灰色瀑布，变幻莫测，在夜里看来十分震撼。

“那是瀑布云，这边山里独有的景观。”尚昀在她耳畔轻声说着，“只要找好角度，不用到那边山里，就能看到这样的美景。”

尚昀的手指在祁恬脸颊上轻轻滑动着：“我突然想起丁义金的信里提过这个观景点，想带你看看。”

祁恬并不吃他这一套，恼火地挣扎，要往回走。尚昀抱住她，耐心地哄着。

“恬宝，你怎么会以为我是想不开要跳崖呢？”他低低地笑着，“我是那么脆弱的人吗？”

祁恬气得眼尾都红了，胀胀地疼。今天自从到了这里，尚昀的情绪就一直不对劲，刚才还一言不发，怨不得她多想。

祁恬的语气很硬：“宋旭晟还写过这些事？”

尚昀顿了下：“他给许姝雯写了很多信，杂七杂八的，什么事他都写。他一直想带许姝雯回来见见赵奶奶，他做好了计划……”

计划一〇七行动结束后就去见许姝雯，哪怕许姝雯生他的气也要将人哄回老家，见一见家长，将当初借许姝雯的三十万还了，把准备好的惊喜给她，再……

尚昀忽然直起身子。

祁恬感到他的气息变了："怎么了？"

"没什么。"他突然想明白，为什么赵奶奶一直不肯搬走。

丁义金在信里写道：

我在老家宅子的后院埋了个铁皮盒子，里面有我最珍贵的东西。如果这次任务我不幸牺牲，希望你能去先村安慰我的奶奶，并将那些东西从地里挖出来。先村的地址我告诉过你……

赵奶奶应该是知道丁义金在后院埋了东西，她一直在等自己的孙子回来，将东西取出来。

祁恬狐疑地看了他几眼，走到山路内侧，背靠着岩石坐下："你给我讲讲丁义金的事吧！"

尚昀有些惊讶，这还是祁恬第一次用丁义金这个名字："怎么突然想知道他的事了？"

"我想知道他到底是个什么样的人。"祁恬仰头看着他，"在姝雯姐的描述里，他很好，有责任心，待人真诚，孝顺，信守承诺。叶阿姨……"

祁恬明智地跳过这个人，苦恼地摇摇头："说实话，通过这些描述我拼凑不出他的样子。我没见过他，没和他打过交道，他做的许多事和姝雯姐的描述都不一样，让我觉得他很矛盾，好像有时特别好，有时又特别坏——我总觉得他行事不合常理。"

尚昀知道她指的是什么。当祁恬说宋旭晟对许姝雯始乱终弃时，他虽然觉得这些行为很过分，却因为对方是陌生人，他没有那么深的感触。但当"宋旭晟"这三个字被替换成"丁义金"，尚昀就觉得这些事荒谬无比且不可能。

所有这些事在丁义金的信中都能找到原因，尚昀觉得是时候告诉祁恬一些事情了，他走到她身旁坐下："从部队里说起吧……"

部队从来是铁打的营盘流水的兵，尚昀等人作为尖子生被抽调进行动组，彼此间谁也不服谁。

"我和唐罗去年三月份进组，丁义金那时已经进组三个月了。他有一批老兄弟，我们这些新人去了，总要磨合磨合。"

丁义金的体能不是最好的，技术也不是最过硬的，所以当他顶着半张毁容脸出现在一帮心高气傲的新人面前时，没有几个人是服气的。不服气怎么办？直接用实力说话。

尚昀低头捡起颗石子，在手里颠了颠："刚开始我不明白为什么那帮老兵都愿意听他的，指导员大概也看出我们这些新去的心气儿高，等入了夏，直接搞了个实战军演，说是让大家培养默契。"

野外驻训除了步兵还有坦克，大家抓阄，尚昀、唐罗和丁义金被分到了坦克组。

坦克组里一辆坦克配置有车长、炮长、装填手和驾驶员，四个大男人挤在空间狭小的铁皮车厢里，像闷在罐头里的鱼。G省的夏天又潮又热，太阳暴晒，尚昀坐在自己的操纵杆前，坐着的铁板凳直烫屁股，身上的汗水像溪流一样淌个不停。坦克行进速度慢，在前往靶场的路上，小队对讲机里唐罗和另外一个坦克兵说着话，哇啦哇啦的，一会儿说屁股要烤熟了，一会儿问车长他能不能脱个衣服……两个男人愣是聊出了三百只鸭子的效果。

尚昀注意到，作为车长的丁义金，话是最少的。连续开了两个小时山路，终于到了靶场，准备进行实弹射击。几个人随着命令装弹、瞄准、射击，一顿操作猛如虎，结果击发失败。车里的人全蒙了，入伍至今，各个兵种的实弹射击都训练过，从没遇到过哑弹。

丁义金反应极快，迅速向上级报告情况，上级命令他们尝试反复击发。上了膛的炮弹必须打出去，否则会在坦克里爆炸。

“我们试了很多次，但一直击发失败。”

哪怕知道尚昀人好好地坐在这里，祁恬还是忍不住紧张：“后来呢？”

“后来我们都慌了，唐罗是驾驶员，坐在坦克最前面，不知道我们后面发生了什么，但他没听到炮响，就一直按对讲机，问怎么了，到底怎么回事。那时丁义金、我和那个坦克兵在后面，不知道该怎么回他。”尚昀将石子丢进夜色里，“我们当时都不敢说话了，我开始后悔上车前没写遗书。”

“那你们最后怎么办了？”

“按照应急处理预案，遇到这种情况要么弃车逃跑，要么炮弹退膛，把哑弹抱出来。”尚昀垂眸，“丁义金接到上级命令，让我们弃车逃跑。”

“你们跑了吗？”

“没有，”尚昀笑了下，“丁义金说他想试试。”

就是在那时候，尚昀发现这个高瘦沉默的男人极其坚毅。他在其他三个略显慌乱的士兵中，镇定得像根定海神针。

作为车长，当时三条人命全部压在丁义金身上。他却直接无视了上级下达的逃离指令，在小队对讲机里对尚昀他们说：“我想把炮弹退膛试试。”

“太危险了吧？万一炸了……”

“是呀，万一炸了，我们四个全都没命。”尚昀笑笑，“但当时我们都说：好的。”

“为什么？”

“在部队里，虽然没人明说，但大家潜意识里都认为装备比人重要。”

“啊？”

“就是人可以受伤，但装备不能坏。装备的优先级是高于我们本身的。这不是规定，但大家都是这么坚持的。就是有一种……装备是第二生命的思维。”

都说军人以服从命令为天职，但是当上级下达逃离命令时，他们却愿意相信一个之前看不上的车长，并履行自身职责，听从车长的指挥。

尚昀抬了抬头：“现在想想，一边是一辆老式训练坦克，一边是四条人命。傻子都知道该怎么选，但抛弃装备这种事，在我们潜意识里是拒绝的。”

当丁义金把炮弹退膛，抱在怀里时，他们才发现炮弹的底火已经因为反复击发而变形了，没有人知道它什么时候会爆炸。

丁义金抱着炮弹从坦克里爬出来，上级的咆哮响彻靶场。

“跑！往废弹坑跑！”

当时整个训练场的气氛凝重到除了丁义金的脚步和上级的咆哮，没有任何别的声音。

祁恬屏住呼吸：“最后炸了吗？”

“要是炸了就没有之后的事了，”尚昀捏了下她的脸，“队长命大。”他脸上的笑容忽然僵了下，纠正自己的说法，“那次他命大。”他把祁恬的手拢在掌心，“因为这件事，我和唐罗对他是服气了。不只是我，大家其实都挺佩服他的，临危不乱，胆子也大。”

“再来一次估计他也不敢了吧？这事回想起来多后怕啊。”

“是啊，后来我问过他，他说不敢了，说那时没多想，完全遵从本能反应，事后都没敢让许姝雯知道。”

“姝雯姐知道了估计……”祁恬本来想说许姝雯会发飙，但想起她的脾性，忽然改了口，“可能会夸他帅得让人心动吧。”

尚昀失笑：“是吗？可惜那会儿因为他训练起我们来毫不手软，我们都在背后骂他。”

“训练你们什么？”

“就是体能，冲坡，三十千米负重越野，挖掩体，跳战壕……强度之大，三四趟下来，人基本上就‘生死看淡，不服就干’了。”

祁恬被他说得半信半疑：“真的假的？你不是说丁义金自己体能也不太好？”

“他体能再不好也比我们强，反正被他操练了一天，我们这帮人就没有内裤不湿的。”

“咦——”祁恬被他接地气的描述搞出一声阴阳怪气的嫌弃，忍不住拍了拍他，“什么烂形容！”

尚昀看着她笑笑，片刻后忽然叹了口气：“他较真，不爱说话，对自己对我们都挺狠的，我本来以为他是‘钢铁直男’，但有一次我路过营房门口，看见他坐在小马扎上写信，边写边乐。我问他写什么呢，他不说，我瞅准机会把纸抢了过来，发现满篇都是‘亲爱的’，我就知道这是他给女朋友写的信，还威胁他回头要把这件事告诉其他人——大男人做这种事，多少显得有点儿娘。他被笑话了也不急，还说随便我。”

“我就问他，这次任务结束是不是能等着吃喜糖了，他就笑，有点儿期待又有点儿忐忑的那种。”尚昀的头低下去，“他说不知道能不能求婚成功，但他会尽全力。他的半边脸毁容了，笑起来很丑，而且很吓人，但眼神很温柔。那瞬间我突然意识到，他其实就是个普通人，寡言是他的性格，不是对我们故作姿态。后来接触得多了，我们跟着他闯过许多次危险，才知道他平时训我们训得那么狠，是为了让我们尽可能多活些时候。”

祁恬沉默地握紧他的手，风卷树摇，她有些恍惚，仿佛听到来自过去的时间里，那一声声隐忍的恸哭。她一时分不清那哭声是来自丁义金，还是其他那些没有姓名的战士。

尚昀将她搂进怀里，声音有些低落：“恬宝，我永远不会自杀的。被毫无意义的悲壮感染，歌颂本可避免的牺牲，这些都是在鼓励后来者继续走向错误的道路。信念是人类的至高愿景，但这信念不该包括毫无意义地牺牲自己的生命。丁义金在最好的年华里为国家奋斗牺牲，上对得起国家，下对得起家人，却唯独没有想过对不对得起自己，他已经做到了自己能做的一切。我退伍从商，是为了让战友们在今后保家卫国时能有更强的装备支持，保证他们的生命安全。我不想让他们流血又流泪。”

祁恬在他怀里安静下来，就着他的手指柔顺地抬起下颚。

星光璀璨的浩瀚苍穹中，瀑布云直泻天地间。山风吹过，林间草木的簌簌声由近及远，无数草叶飞起来，随着山风越飞越高，渐渐高出树梢，向那更高远的夜空飞去。

所有牺牲于隐秘战线的英雄，就像这满天星辰，不知道谁是哪一颗。他们终日在如夜般的黑暗里摸索前进，他们为了信仰而坚持，为了信仰而忍耐，似乎他们就是为之而生，也注定了要为之而死。但是黑夜暗透了，更能看得见星光。那些星光终将撕开黑暗，重放光明。

而最让祁恬动容的，不是天上，也不是星星，而是“不知道”。不知道丁义金是哪颗星，不知道还有多少英雄在隐姓埋名，不知道他们是否尚存，又是否正在绝境中挣扎。他们唯一的信仰就是成为苍穹中的一颗星，同别的星星一道，共同撑起这片夜空，辉耀祖国山河。

山地的植物被露水浸湿，连鸟鸣都没有的林间，重复挖掘的声音单调刺耳，晨风吹拂的空气里带着泥土的腥气。

几个月前被仓促埋葬的丁义金的骨灰终于重见天日。尚昀弯腰将酱棕色的骨灰盒小心翼翼地捧出来，等在一旁的唐罗红着眼，庄严地敬了个军礼。

仲夏的G省雨水多，山中光景静美，被雨水一润，仿佛一个悬浮在空中的扑朔迷离的梦。

尚昀与唐罗站在半山腰，觉得恍如隔世。如果不是树干上还残留着弹痕，他们几乎不敢确定大半年前的行动就在这里。尚昀微微扬起视线，深夜营房中战友间肆意笑谑的声音仿佛还飘在空气中。他曾与丁义金对饮，同唐罗放歌。星空之下，他们拳指相抵、志在必得，相约任务完成后要攒个局，大醉一场。

然而人生和世事都无常，在流水的默默清波中，眨眼间便虹桥如倒影，楼宇断壁残。喧嚣的山林间血气弥漫，天空中云层尽数染红；硝烟瓦砾青苔布满，荒草淹没过往记忆。无数壮志豪情都在弹指一挥间。

他缓缓收回视线，抱紧怀中的骨灰盒。今天天气很好，万里无云，正适宜英魂归故里。

兄弟，我们接你回家。

祁恬从未想过李梓盟会有倒贴钱替人干活的一天。这个年轻的男孩因为主动举报，且提供了大量证据，得以从李家混乱的旋涡中脱身。他趁着尚昀和唐罗去往G省边境接回宋旭晟骨灰的时间，突然出现在赵老太太的屋外，自说自话地指挥一群人开始挖土动工。

“你要干什么？”祁恬冲上去踩住铲入土中的铁锹。

“我来帮赵奶奶翻建房屋。”李梓盟笑得很和气，“赵奶奶不愿意挪地方，那就老房子重盖吧。这房都成危房了，不能住人啦。”

“宋旭晟县里的房子白买了？”

“那不是用许姝雯的钱买的吗？放着吧，钥匙给你。什么时候那位叶阿姨心血来潮，想来体验生活，可以去住一住。”

李梓盟自从把李成送进去，成了当地的名人，连宋旭晟的房门钥匙都能搞到！

“你这叫非法侵占民宅你知道吗？”

“我可没开门进去。”李梓盟为了“对付”祁恬，这两天特意多看了点儿法律方面的书，“再说了，凡事要讲证据，你看见我进他家门了？”

祁恬觉得他还是欠揍。

赵老太太从屋里走出来，盛夏正午最热的阳光照亮她沟壑纵横的脸，她眯着眼睛打量着李梓盟，有些迟疑："你……是不是前段时间才来过？"

"是我，奶奶，"李梓盟蹲下身仰望着她，一副依恋的姿态和神情，"我又回来了。"他顿了顿，努力笑得可爱，"我想您啦，回来陪陪您。"

祁恬在一旁冷眼看他变脸。李梓盟安抚好赵老太太，转头向祁恬解释："给赵奶奶翻修老屋的钱全我出，是我自己挣的钱，来路干净，不是什么黑钱。"

祁恬无语："你对老李家的认知倒挺清醒！"

"十几年前我吃过赵奶奶的饭，我不能坑她。"李梓盟笑了下，这个一直以来游离于人群之外，对万物万事都保持高度戒备状态的男孩，在赵老太太这个孤寡老人面前慢慢卸下了铠甲，"宋家对我很好，我回来报恩。"

李梓盟在先村住了下来，翻修工程如火如荼。他趁机又联系了南方的买家，将家里上千条爬宠打包出售，半卖半送地清理干净，资金全部回笼。

他一副要清理资产与过往决裂的架势，慌得B市的李家人赶紧打电话来问，李梓盟站在挖开的土坑旁，"嗯嗯啊啊"地安抚着他们，结束通话就将电话关机了。

"真烦。"他皱着眉嘟囔，注意力很快被不远处走来的两个人吸引了，"哟，回来了啊！"

李梓盟挑眉看着尚昀和唐罗走近，不等他们开口，自己先坦白："别问，问就是我心情好做慈善，要给赵老太太修幢能颐养天年的大别墅。"

尚昀懒得跟他抬杠，扭头问祁恬："丁义金埋的东西挖出来了吗？"

祁恬摇头。尚昀绕到打了一半的地基后方，叫来工人："劳驾，再挖深点儿。"

工人吭哧吭哧开挖，李梓盟"嘿"的一声，忍不住踢了脚路边的土疙瘩："几个意思？出钱的老板在这呢，你们听他的？"

祁恬白了他一眼："别不服气，他看起来比你更像老板。"

"这地下埋了东西？你们要挖什么？我和宋旭晟是好兄弟，他家房子底下要是挖出什么东西，记得见面分一半哪！"

"挖什么你都不知道，还好意思惦记着分？"

两人斗嘴的话音未落，就听插入土中的铁锹发出一声闷响，像撞到了什么金属。

"别挖了！"尚昀制止。

祁恬和李梓盟凑到坑边，唐罗捧着骨灰盒站在一旁，尚昀提着裤腿下到坑里，拿根树枝将土里的东西慢慢勾了上来。那是个很老旧的铁皮盒，外面裹着三层红色塑料袋。盒子上斑驳的图画看不清原样，摇动时，盒子里的东西发出哗啦哗啦的碰撞声。

尚昀握着盒子，一时没说话。

祁恬看了李梓盟一眼，走上去轻声道："赵奶奶现在住在村主任家里。"

李梓盟左右看了看，跟着尚昀他们去了村主任家，村主任的媳妇正陪赵老太太坐着闲聊，尚昀轻手轻脚地将盒子放到老人面前。

李梓盟刚想问什么，被祁恬扯了一把。

“赵奶奶，您……”即使尚昀沉稳惯了，此时语气也有些不稳。李梓盟见他支支吾吾，知道不会是什么好话，脸色淡了下来，走过去将赵老太太扶正了：“奶奶，您想听他说话吗？不想听我就让他出去。”

赵老太太的视线落到盒子上，手指忽然卷起来，露出惊惧和逃避的表情：“这个盒子你们从哪找到的？它明明被旭子拿走了……”老太太嘴翕动了两下，无力地泛白了。

尚昀和唐罗相互看了看，唐罗将村主任的媳妇请了出去，尚昀深吸了口气，当着所有人的面将盒子打开了：“赵奶奶，这里面是宋旭晟的遗物。”

他冷酷又果决地将所有人都隐瞒的事实直接揭穿：“宋旭晟回不来了。”

赵老太太晃了晃，脸色惨白。

“你怎么敢?!”李梓盟用力扶住她，转头去瞪尚昀。

“你能瞒多久？”尚昀慢慢站直，“有些痛苦是当事人必须承受的，知道真相才能帮她尽快走出悲伤。”

盒子是宋旭晟去年春节期间，最后一次回家探亲时埋下的，里面有宋郑的照片，宋旭晟和赵老太太的合照，宋旭晟和许姝雯的合照，宋郑的警号，宋旭晟的警号，几张背后写了密码的银行卡，还有一张泛黄的、宋旭晟曾经写给许姝雯的三十万借条。

宋旭晟与赵老太太的合影背后，用铅笔写了一行字：奶奶，你要好好的。

除此之外，还有一对套在一起的18K金素面戒指，戒面光可鉴人，阳光落下时，会投射出心形图案，图案内镌刻着宋旭晟和许姝雯名字最后一个字的拼音：sheng&wen，像是要把最美好的愿景封印在戒指里，套到心上人距离心脏最近的那根手指上。

祁恬的嗓子哽住了：“是3D内部雕刻……”

那些值得纪念的时间、忘不掉的名字，都被宋旭晟这个沉稳坚定的男人刻进光里。他残破的外表下，是一颗温暖又柔软的心。

赵老太太静坐了片刻，忽然张大嘴，无声地哭泣起来。老人家的崩溃是什么样的？希望你永远不要看到。当人伤心到极致时，是哭不出眼泪的。赵老太太瞪着干涸的眼睛，用枯瘦的手攥紧拳头用力捶打着自己的胸口。

祁恬的眼泪一下溢了出来，扑过去阻止她伤害自己：“奶奶……奶奶！”她用力握住赵老太太的双手，回头看向尚昀，“为什么说得这么直接？她年纪大了，受不住！”

尚昀的眼圈也红了：“不说？难道要在每个节假日，让老人家心怀希望地等着宋旭晟回来，再一次次失望吗?!”

李梓盟在一旁站着，有些无措。他知道宋旭晟去世了，可当那些遗物以一种无主的姿态，无比冰冷地撞入眼中时，他才清晰地意识到，那个比他大六岁，即使自己也处在风雨飘摇的境地之中，也不忘照顾自己的小哥哥，是真的真的，再也回不来了。

他忽然觉得自己一直冰封的心被拧得发酸，悲伤的情绪让他难过又陌生。祁恬的呼吸声清晰起来，李梓盟恍然惊醒，他仿佛做了一个很长很长的噩梦，现在才突然睁开眼，头一次以自己的意志去规划将来。

他蹲下身，双手搭在赵老太太的膝盖上，轻声安慰着："奶奶，别哭。您还有我呢，我陪着您，我会一直陪着您！"

祁恬捂了下眼，仰头将泪水逼回去。她上前拉走尚昀和唐罗，让李梓盟留在屋里，将整件事情的始末告诉赵老太太。

屋外的阳光很暖，祁恬却依然觉得冷，她用力揉了很久的眼睛，情绪才平复下来："姝雯姐是学医的，她想让身边人都健健康康的。她说这世上不缺明白人，世事看透很容易，看透之后还能充满希望地活着才难。人还是应该相信爱的力量，即使世事难料，人心难测，也要相信爱。就算爱拯救不了世界，也能拯救自己，因为爱出者爱返。她直到最后都心怀善意与爱意，坚信宋旭晟没有负她，她比我活得明白，比我通达。"

那天赵老太太差点儿就去了，然而她还是活了下来，在红尘堆里打了滚，从判官笔下抢出生机。亲人的生老病死，在她身上反复上演。但平凡如蝼蚁的众生无论经受什么苦痛折磨，依然要努力活着，努力过得更好。

就像种子在废墟里也会发芽，花草在风雨后仍然抽枝，再弱小再卑微，也有不肯放弃的坚持。

时间一晃到了盛夏，端午节临近。

天空一片蔚蓝，商业街上数十个或大或小的电子屏持续不断地滚动着广告，忽然在某一时刻全部熄灭了。声浪和音效突然消失，悠然行走的行人纷纷抬头，看向一片漆黑的屏幕。

寂静几秒后，所有的电子屏开始滚动播报同一条新闻，沉稳的旁白在B市各处响起，层层叠叠，仿佛寂静山谷中无数的回声。

由B市公安厅指导，在G省公安厅的全力配合下，历时十六年三个月，横跨两省六市，联合驻地解放军某部，先后组成六一八行动组、一〇七行动组，通过艰苦卓绝的行动，成功破获一起特大跨国贩卖毒品案，瓦解了一个盘踞在G省边境多年的贩毒集团，彻底斩断了横跨两省的制毒贩毒利益链条。

女播音员情感充沛、吐字清晰，川流不息的人群渐渐放慢了脚步，纷纷抬头看向附近的屏幕。

屏幕上滚动播放着一些可以对外公开的视频片段，和两次行动中牺牲人员的生前照片。

2005 年 4 月 26 日，G 省禁毒支队在开展日常巡逻检查时发现一男子形迹可疑，经检查，当场查获冰毒一包。通过审讯，禁毒支队意识到其背后可能有一个组织严密、结构庞大的贩毒集团……G 省公安厅成立了由禁毒、刑警、技术、网安等部门人员为成员的专案组，开展前期侦查工作……公安干警于 2005 年 6 月 18 日突击毒贩网点，行动代号六一八，他们精准打击，抓捕毒贩十余名。

十几年后再回看当年的决定，公安干警的敏锐和果决依然足以让人称道。但他们在开展行动时并不知道，那些看似清晰明了、可以一网打尽的犯罪分子，只是露出海面的冰山一角。他们被打击后迅速潜伏，等待再次猖獗的一天。

2019 年 12 月，B 市公安厅接到线报，得知十四年前的贩毒集团死灰复燃……该贩毒集团在 G 省边境疯狂作案，形成利益链条……公安干警迅速出击，与当地部队通力合作，抽调系统骨干人员进入行动组，制订行动计划，将最终收网时间定为 2020 年 10 月 7 日，行动代号一〇七。

渐渐地起了风，那种柔和浩荡，仿佛有承载一切又包容一切的力量，吹过流云，吹过长街，吹过 B 市的每一个角落。

在六一八行动和一〇七行动中，牺牲公安干警及解放军战士 ×× 人……他们是守护平安的卫士，是同你我一样的普通人。请铭记无名英雄！让我们一起向他们致敬！

风声渐急，尚昀站在七宝公墓里，静静地听着收音机中的新闻播报。在他站立的前方，工作人员正在将没有姓名与照片的墓墙一面一面小心开启，取出其中的照片或零星遗物。

公墓中密密匝匝的枝条逐渐繁茂，靠近墓墙的空地上，日光跳跃在林间，地上青草如茵。尚昀闭了闭眼，水汽打湿了他的睫毛。他能感到风在温柔盘旋，松针簌簌掉落，天地都融入他的一呼一吸之间，万物不肯相扰。

很奇怪，参军的时光回忆起来总是很漫长，是营房里战友们的齐声嘶吼，是大风天巡逻时的整齐口号，是训练场上面红耳赤的对练摔打，是执勤夜里横在苍穹的银河。

然而到了某个时间点，倒影便如惊梦破碎，夜风中的星光与月色都消失不见，日子快得像流光剪影，迅疾又无声地流过，只余半生噩梦，淹没了所有被寄予厚望的往日时光。

他跌跌撞撞走到如今，才终于解开了心结。

“真的全都移入西山公墓？”唐罗走过来，一边拍打着落在身上的灰尘一边问他，“都是你一点一点搜集起来的，舍得？”

“他们应得的，我一直等着他们被葬入烈士陵园的这一天呢。”

站在一旁的陆远章重重地拍打着他的肩背。

也许人们并不知道他们是谁，但至少应该知道他们是为了谁。他们驻足黑暗，守护光明，隐秘而伟大，堪为国之柱石。现如今山河无恙，愿邀尔共享。

跟着一起来处理移墓事宜的尚志地突然从甬道上转出，神色从容，笑着冲尚昀努嘴：“看那边。”

隔着高低不一的几排墓碑，尚昀看到将手搭在许姝雯墓碑上的祁恬。她在明媚的天光下低着头，神色宁静，柔顺的发丝匍匐在肩颈处，一点阳光端落在她的鬓角，宛如斜插在发间的一朵簪花，光亮圣洁，似梦似幻。

“她笑起来真好看，”尚昀想，“我真幸运。”

尚志地拿肩撞了下自己的儿子：“就她了？”

尚昀垂眼轻笑，唐罗在一旁不太情愿地哼了一声，那语调颇有自家好白菜被猪拱了的不甘。祁恬忽然抬头，看到尚昀站在那里，就像他曾经站在先村的山坡上等她，也是这样轻轻阖目，使人望之失神。

他用一双笑眼望着她，向她伸出手：“来。”

阳光透过松林缝隙，碎金般洒在尚昀的脸上，眉眼深邃，鼻梁挺直，俊美得不似真人。

天色很好。圆脸细眉的李梓盟站在新建成的老屋旁擦汗，低头给祁恬发短信，告诉她：“我想明白了，我不是喜欢你，我只是不想你比我混得好。”发完后转身扶住等待搬进新家的赵老太太。

赵老太太拄着拐，精神不错，一口一个败家子地骂李梓盟糟蹋钱。光头和李梓盟同处一片蓝天下，拉着摄制组要拍一部反映当地脱贫致富的纪录片。

尚昀的母亲江菲晏被请去参加宴会，一群打扮得花枝招展的贵妇将她围在中间，江菲晏包裹在真丝手套里的手指轻拈香槟杯的杯柄，脸上带着矜持的笑意，无聊地将视线投向窗外。

翡丽名苑四居室的房子终于解封，王美佳在医院收拾好行李，等待着祁恬接她出院。

祁连山的案子已经开庭了几次，法官却迟迟没有给出判决，他望向铁窗外的青天，默默拿起床边王美佳写给他的信。

经过一个多月的艰难审讯，李家人终于有人心理防线被突破，交代了罪行，执行枪决的名字多了好几行。

叶素娟将手机里的信息拿给丈夫看，是祁恬约他们节后一见，归还许姝雯的手机，并将还原事情的所有真相。

马连道的改造工程因为李家倒台暂停了，郭家人欢欣鼓舞，趁着天气好，郭小圆拉着郭大壮给便利店和干果店做起大扫除。

而职场精英孙芸，正抱着笔记本电脑冲进金碧辉煌的写字楼，被邹莹带着，去见一位大客户。

片刻间阳光猛烈起来，透过繁茂的枝叶争先恐后地闪耀，照得墓园甬道的浮尘结伴翻起又落下。

祁恬下意识地放慢脚步，见尚昀在几步开外的地方先是有些讶异地挑眉，然后微微一笑，向自己走来。看着他走到自己面前，祁恬羞涩地抿起嘴角。

尚昀微微眯眼，依稀从暖橙色的空气里又听见自己与父亲的对话：

> “那么，孩子，你究竟看上了祁恬的哪一点？”
>
> “我欣赏……她的坚韧与执着，正直而坚持自己的原则。她坚信正义不死，公理永存。她不会因为一时失意与挫折而迷茫，也不会因为他人评价而随波逐流。她在尘埃中奋斗，在人群中闪耀，不被定义。无关样貌，每一个她在我眼中都闪闪发光。”

这样说着的时候尚昀从混乱嘈杂的人群中望过去，祁恬站在克镇那片狼藉的现场，繁茂的枝叶与碎花糅合出斑驳的阴影将她姣好的脸庞偷偷遮掩，笔直站立在路旁的祁恬低头摆弄着手机，没人能看清她的神情。她距离他如此近，仿佛都能够听见血液澎湃的声音。

“你真的考虑好了？”尚志地的声音威严，带着仿佛能看透一切的睿智，“尚昀，你和她的身份背景都很敏感，有心人会拿来大做文章。”

“是的，爸，我考虑好了，我只要她。”

记忆中的那个清晨，祁恬抱着两条围巾狼狈赶来，气喘吁吁焦急寻人的样子，让他充满了惊讶与震撼、喜悦与期待。

他还记得第一次与祁恬交锋的情景。墓园昏暗的光线中，他与她对峙的画面被残阳剪接成浓重的阴影。气流从茂密的树叶间穿越，仿佛亡者悠长的叹息。那些缓缓飘落的毛毛细雨，湿滑厌烦。女孩迎着路灯抬起的脸充满傲气，倔强不屈的眼神与他的眼神碰撞，两人在一个旁人无法靠近的空间里相互对峙。

一切的一切，都从这里开始。

不经意间挥霍过，如许时光。

（正文完）

番外 许姝雯&宋旭晟

第三十一章 你应该多笑笑

阳光慵懒地穿过尚且鲜嫩的银杏叶，大理石喷泉晶莹的曲线像缎子般柔滑。

池边的垂枝樱远观是一片无瑕的洁白，花蕊中却渲染着婴儿肌肤般的粉红。柔韧的枝条如三千青丝，垂到波光粼粼的池面，妖娆而不堪攀折。

祁恬坐在喷泉旁的咖啡馆里，将许姝雯的手机归还，又将宋旭晟在执行任务间隙写在各色各样纸张上的信件一一摊开，缓缓推到叶素娟和她丈夫许静思面前。

“叶阿姨，前段时间的新闻播报您应该知道了，我也同B市现任公安局局长陆远章核实过了，宋旭晟从去年初开始化名丁义金，参加一〇七行动，并于去年十月七号行动收网当天牺牲。他遭到了犯罪分子的残酷对待，但直到最后也没有屈服。”

祁恬犹豫了片刻，将宋旭晟毁容后的证件照也放到桌上：“他为了进入犯罪集团做卧底，毁去了自己的容貌。他从未忘记姝雯姐，直到死都还惦念着她。这些是他生前留下的遗书和信件，每一封里都有写给姝雯姐的话。”

祁恬按住卷了边的信纸边缘，看着叶素娟面无表情的脸：“他没有故意抛弃姝雯姐，也没有恶意骗钱不还。”

叶素娟垂着眼，拿起几张信纸拆开看了很久，忽然没什么情绪地笑了下：“不用还了。我家姑娘一口咬定是送他的，虽然我事先不知道，但她爸同意了。”

喷泉的水被风吹得改变了轨迹，池边的三人沾染了一身凉意。

“那……”祁恬顿了顿，不知道接下来该说什么。

叶素娟对宋旭晟的偏见很大部分来源于失去女儿的不甘和懊悔，要让她现在完全原谅宋旭晟，确实有些强人所难。

叶素娟忽然抬眼：“你知道我为什么这么恨他吗？”

祁恬有点儿犹豫：“因为您觉得无论怎么样，他都辜负了姝雯姐？”

“这只是其中一部分原因。”叶素娟压下被风吹乱的发丝，“我曾经有个姐姐。”

这个内敛的母亲第一次以自己为主角，向他人叙述自己的故事，祁恬下意识地坐直了身子。

“她比我大三岁，特别聪明，跳级读了两年高中就考上了重点大学，她是我父母的骄傲，也是我的骄傲。那时我天天都跟同学炫耀，我有个了不起的姐姐。”

“可这么聪明的姐姐，在读大四的时候，被人骗走了三万块钱学费。”叶素娟眼皮颤了下，视线有些迟缓地落到祁恬身上，“骗她的人，据说是她的男朋友。”

“可是这所谓的男朋友，拿了我姐的钱就消失了，再也找不到了。我们上学的那个年代，手机非常稀有，传呼机也不算普及，如果一个人有心躲起来，是根本找不到的。我姐意识到自己被骗了，觉得很丢人，不敢跟家里说，就自己想办法凑学费。你知道她做了什么吗？”

叶素娟下嘴唇颤抖着，似哭似笑地耸动着肩膀：“她找到街边贴的小广告，去卖卵子。”

许静思默默握住她的手。

“你觉得黑诊所取卵子能有什么好下场？我姐连手术台都没下来就死了。所以你能理解吗？当我知道我丈夫和我女儿合伙瞒着我，借给宋旭晟三十万，”叶素娟低吼，用力甩开许静思的手，“那瞬间我觉得天都塌了……我觉得历史重演了……我好恨！”

祁恬攥紧手指，在这一刻，她终于明白了叶素娟一直以来那偏执又显著的恨意到底从何而来。

生离永远比死别更让人撕心裂肺。

叶素娟忽然问道：“他是烈士吗？”

祁恬重重点头：“是。他的烈士证已经发下来了，会送到G省给他的亲属。国家不会忘记他的贡献。”

“好。”叶素娟想了下，“据你所知，直到他死，有没有做过什么对不起我家姑娘的事？”

祁恬放在桌面的手指颤了颤：“没有。”她声音先是提高，后又低落下去。

“他——宋旭晟出过很多任务，我问过尚昀和陆局长，他参与的每次任务都可能导致死亡，所以他写过许多封遗书。尚昀说他在每封遗书中都提到了姝雯姐，除了姝雯姐，他心里再也装不下别的什么人了。牺牲前，他给尚昀留下的唯一遗愿，也是让他代为向姝雯姐转达歉意，说他不能……”

祁恬端起桌上的水喝了一口，将酸涩的泪意压下去。

“宋旭晟说，他不能执子之手，此生憾恨。”

行役在战场，相见未有期；生当复来归，死当长相思。那些无法言说的热念，再也传达不了的深情，像一颗滚烫炽热的星火，乘着风、倚着云，借着祁恬的口，从遥远的他乡裹着浓烟飘至眼前，突然炸开，好似将叶素娟心里的冰融化了。

“好。”叶素娟抖着唇，重重点头，“好。”

她的声音终于开始哽咽："姝雯没瞎。"她的泪水夺眶而出，"我瞎了。"

叶素娟再也无力维持仪态，这个坚强冷硬了半辈子的女人，除了在医院大闹一场，连亲生女儿的葬礼都能镇定地走完殡仪全程的女人，却在此刻颤抖着捂住脸，将身体转向喷泉，伤心号啕。

许静思抖着手抚在她的肩膀上，轻柔而坚定地将人拥进怀里："没事了……没事了。素娟，都会过去的……别哭。"

喷泉的水流仿佛也被沾染了悲伤，喷涌成哀婉的姿态。叶素娟在丈夫的怀中涕泗横流。她那固执的女儿，那直到去世前都寸步不让、同她争辩的女儿，终于用事实赢了她一回。

许姝雯始终坚信自己没有看错人，坚信宋旭晟没有负她，她直到去世都没有怀疑过他的情义。他们终不负彼此的真心。

带着宋旭晟的书信和他的遗照，叶素娟和许静思回到家中。两人坐在偌大的书房内，不知是谁先起的意，他们走到自从许姝雯去世后就再没进去过的房间外，静静站立。

许静思拂去门口挂着的许姝雯遗像上那些并不存在的灰尘，将遗像取下抱在怀里，轻轻推了叶素娟一把："进去吧，两个孩子以后就能一直在一起了。"

叶素娟再次红了眼眶，带着哭音笑了一声，将房门推开了。阳光洒入室内，一切布置一如许姝雯生前。将许姝雯和宋旭晟的遗照并排摆在窗前，叶素娟将宋旭晟留下的数十封书信按时间顺序理好，整齐地摆到一旁。

"我一直误会了她……如果早些知道……"叶素娟觉得自己的悔意苍白虚弱，她自嘲地笑了笑。

她一直知道自己理智到冷血，并且曾经以此为傲。所以她知道这世上从来没有如果，就像她从不曾想，如果她不那么专心工作，而是像许静思一样耐心倾听，姝雯也许就不会走得那么遗憾。

她曾冷酷地将所有诸如此类的想法狠狠扼杀在摇篮里，她告诉自己没有错，错的是阅历尚浅的许姝雯。可现在，她怀着满腔悔恨和遗憾，想拥抱下女儿，却只能对着她的遗照强颜欢笑。

"雯雯，你看，祁恬给你把男朋友找回来了……"泪水溢出眼眶，划过叶素娟略显高耸的颧骨，她哽咽着，将两幅遗照向彼此推了推，"妈错了……宋旭晟是个好男人，妈不该骂你，也不该骂他……"

叶素娟哽咽着，强忍着巨大的悲伤，后悔和遗憾让她抑制不住地发抖。

许静思怕她摔倒，扶着她坐好。

"静思……我想看看她，我为什么不能在她生前多了解了解她?!"

叶素娟哭出声，那是一个母亲毫无掩饰的绝望。

“姝雯……别看老跟你吵，其实她一直听你的话，直到最后都保留着写日记的习惯。”许静思将一个深蓝色的硬皮本放入她手中，“这还是你在她小时候对她提的要求，以便你闲暇时能及时了解她的学习和生活情况……她一直保留着这个习惯，直到去世。”

“之前我就想给你看看她的日记，但那时你不想理我，也不愿进姝雯的屋子……”

叶素娟攥紧硬皮本，哭得更厉害了。等她终于冷静下来，许静思不知什么时候已经悄悄离开，留她一人静静坐在房间里。她摩挲着硬皮本的封皮，慢慢翻开许姝雯留下的日记。

她是什么时候开始跟女儿冲突得越来越厉害的？叶素娟慢慢回忆着，是在许姝雯十八岁，考上 B 大医学院以后。因为是女孩，叶素娟总怕许姝雯在外受人欺负，又怕她重蹈自己姐姐的覆辙，自小便将她管得极严。

管束多了自然会引起许姝雯的反弹，她从十五岁起就专注于与叶素娟唱反调，等考上医学院，离家住校，许姝雯便如一朝冲天的笼中鸟，怎么也不愿再回头了。

而那时许姝雯十八岁，亭亭少女刚长成，如最鲜妍的花苞。叶素娟的担忧更甚，为了能随时掌握她的情况，询问越发频繁，两人的冲突也越来越多。

那时许姝雯烦，叶素娟也烦，她觉得女儿不懂自己的苦心，女儿觉得她将自己视为她的所有物。

双方都不愿放下成见坐下来好好交谈，哪怕许静思在其中斡旋也不见成效。日子久了，叶素娟的心便冷硬起来，不再想了解许姝雯的内心。拖到今日，她只能从许姝雯日记的字里行间，重新拼凑出她缺席的、女儿大学以来的日常生活。

许姝雯记忆中的高考那年夏天，又热又湿，热是因为天气，湿却是因为她的闺密陈菲彤。

陈菲彤读高中时偷偷谈了个男朋友，两人顶着高考的压力卿卿我我，约定考入同一所大学同一个专业。奈何男孩不争气，高考分数出来后，去了别的城市，录取通知书收到后，陈菲彤就被男方单方面分手了。陈菲彤为此伤心欲绝，抱着许姝雯哭了一个暑假，连 T 恤都因为给陈菲彤擦眼泪报废了好几件。

许姝雯认为闺密不争气，开学第一天就将人拉到解剖室门口，让她旁听高年级上的解剖课。

“你睁开眼睛看看，不管男人女人，剖开后都是一样的心肝脾肺肾，长得好看难看有区别？高矮胖瘦有区别？那个男的要啥啥不行，自卑第一名，只考了大专当然得跟你掰了，谁让你这么优秀？”

陈菲彤已经哭了一个暑假，情绪宣泄得差不多了，此时被许姝雯当面夸，不由得破涕为笑，推了她一把："你以后找男人不看脸？真以为都是两个眼睛一张嘴没区别是吧？"

许姝雯信誓旦旦道："我肯定不看脸，有趣的灵魂比漂亮的皮囊更重要。年轻时长得丑，到老了就没办法更丑，看个几十年怎么也看习惯了；要是找个长得帅的，老了以后落差太大，看着多难受！"

陈菲彤信了她的邪，真以为许姝雯是个将内在美看得高于外在美的文化人。

结果没多久，军训一开始，许姝雯就把自己说过的话吃了回去。负责B大医学院军训的年轻教官是专门从警察学校抽调过来的大四学长，身高腿长，气质磊落，即使脸被晒得微黑，一双微微上挑的凤眼依然能轻易勾走一群情窦初开的十八岁少女的心。

第一天军训结束，其他专业的女生就跑到医学院的宿舍发出跟土拨鼠一样的尖叫，深切表达了对医学院学生能被那位叫宋旭晟的学长教官带训的羡慕与嫉妒。

许姝雯坐在床上修眉毛，等陈菲彤终于把人应付走，筋疲力尽地走进来，笑眯眯地来了一句："你何必替教官谦虚，他确实长得帅，人家又没夸你，你跟着脸红什么？"

陈菲彤从小到大一着急就脸红，此时被许姝雯嘲笑，气得直翻白眼："刚才看热闹就算了，这会儿还来说我？你不是要看内在美吗？怎么地？也看上那张脸了？"

说着她拿起杯子喝了口水，一晚上都在应付他系同学，嗓子干得冒烟。

许姝雯把修眉夹放回化妆盒，又拿指甲矬磨指甲，漫不经心地说："谁说我看上那张脸了？"她吹吹磨出来的指甲屑，冲陈菲彤抛了个媚眼，"我是馋他的身子。"

陈菲彤一口水差点喷出来，指着许姝雯的手直哆嗦，放声尖叫："许姝雯，你妈知道你是这样的女儿吗?!"

许姝雯被她急眼的样子逗得哈哈直笑，笑声从门没关严的宿舍里传到走廊上，当晚就有不少人知道了有一个叫许姝雯的医学院女孩，敢对教官身材大放厥词。

于是之后的军训里，许姝雯经常被宋旭晟找各种理由针对。他针对的方式很老套——罚跑。军姿不标准跑三圈，俯卧撑数量做不够跑五圈。引体向上一个都上不去？去跑四圈再回来吧！

几天下来许姝雯还没怎么着，陈菲彤就看不下去了，拉着她嘀咕："宋旭晟知道你说的话了？看起来像是针对你的打击报复啊！"

许姝雯那会儿刚跑完四千米，一张白净清秀的脸潮红汗湿，嘴里喘着粗气，坐在树荫下，一口一口慢慢喝着水。

水喝够了，许姝雯一边用帽子扇风一边朝陈菲彤递眼色："少说两句。"

宋旭晟刚让队伍休整，就有不少大一新生围过去。这位学长教官看着严肃，其实脾气很好，与大家年龄相近，长得又帅，在一群教官中相当惹眼，是众多学生心中的"优质股"。新生们围着他叽叽喳喳问个不停。

陈菲彤皱眉："他怎么这么受欢迎？"

许姝雯调侃："还好军训就两周，要不他就要成为'蓝颜祸水'了。"

陈菲彤仔细打量着许姝雯的表情："姝雯，你看到别人围着他，心里不舒服？"

许姝雯扇风的手一顿，转了转帽子戴到头上："想什么呢？我说馋他身子就只是馋身子，没别的。"

陈菲彤不信，拿她说过的话噎她："你不是说不管男女，剖开都一样吗？"

"但肌肉形状不一样啊。肌肉紧实有弹性，与同部位的肥肉相比，摸起来更让人喜欢吧？如果训练得当，加上线条和手感就更完美了。"许姝雯像个"老司机"，耐心指点好友，"你看他的体形，是长期有氧和无氧训练相结合才能打造出来的，比只举铁和健美的形态好看多了。"

"你真不是看上他的脸？"

许姝雯挥了下手："脸不重要。"

陈菲彤心说宋旭晟里外三层衣服，你究竟是怎么看出他肌肉线条好的？

许姝雯当然不是火眼金睛，她承认宋旭晟确实帅，但那天说"馋他身子"也确实是在夸他肌肉练得好。

一开始被宋旭晟针对，她还想找个机会解释下，但连着几天没完没了地罚跑，她的逆反心理也被激了出来：一个毛都没长全、没毕业的大四学长，心眼小成这样，以后还能干啥？

军训第二周，宋旭晟不再针对许姝雯，大概是觉得老针对她没意思，毕竟那句玩笑话也不能拿到台面上来说。

但许姝雯是多骄矜的一个人，心里憋着一股气，多一个眼神都懒得分给他。

转眼两周的军训就要结束了，各院系的学生都对自己的教官依依不舍。同吃同住十几天，方阵间拉歌拉练拼体能，大家都有了种归属感，跟教官感情深厚得像认识了数十年。

医学院有男生凑到女生堆里，低声说想给教官宋旭晟送份大礼。有人问什么大礼，男生异想天开："咱们让教官见义勇为，立个三等功怎么样？"

"你还能安排教官见义勇为啊？"

男生一脸运筹帷幄："咱们自导自演一出抢劫或调戏的戏码，让教官路见不平……"

话没说完就听到一声轻笑，众人看过去，许姝雯坐在人群外围，腰背挺直，坐得端正，被这群人的异想天开逗乐了。

"你们没想过这事要是被揭穿了会怎样吗？"她垂着眼皮，脸上笑容懒洋洋的，仿佛在说在座的有一个算一个，全是笨蛋，"丢人是次要的，别把教官坑了。万一事情闹大，你说你是演戏，谁信？你不怕学校给处分，教官还怕被你连累呢！"

有人受不了她说话的语气和神情，很冲地说她："你干吗阴阳怪气的？不想让教官立功？"

"你们还是先问问教官乐不乐意你们搞这些幺蛾子吧，要我说，好聚好散，别上赶着做蠢事，大家都安分点儿。"

"什么叫蠢事？你是不是因为被教官针对了所以见不得教官好？"

"你不上赶着，第一天能说出那种话？"

"要我说教官够给她面子了，能在寝室里说那种话，得多不自爱！"

"许姝雯你不会因爱生恨了吧?!"

"我因爱生恨？"许姝雯秀气的眉毛差点儿飞进头发里，"好心劝你们不听，那就去做吧，别后悔。"

"我们肯定做，被发现了就是你告的密！"

许姝雯嗤笑："告密者看谁都像告密的，我现在合理怀疑就是你把我的话传出去的。"

"你……"

"别吵了别吵了，姝雯你少说两句……"陈菲彤在一旁苦口婆心地劝架。

吵闹声传远，已经集合列队准备撤离的教官们都听到了。

带点刻薄的笑声传进宋旭晟耳朵里，他下意识地回了下头。

即使是席地而坐，许姝雯优雅的坐姿在一群少男少女中也显得格外醒目，弯弯的柳叶眉扬着，不知说了句什么，让周围的同学一脸气急败坏。

他记得她，军训第二天就有战友告诉他，这个肤白眼大的女孩在寝室大放厥词，说馋他身子。宋旭晟觉得女生说话不该这么轻浮，就找机会罚了她几次。

他本以为许姝雯会同他讨价还价或将事情解释清楚，但这女孩只在第一次被罚时若有所思地看了他片刻，便带着了然的笑容，毫不反抗地接受了惩罚，之后一句话没说。

宋旭晟不喜欢许姝雯那种仿佛看透一切的笑，似乎显得自己很不成熟。他有些懊恼，觉得自己小题大做了，许姝雯比自己小三届，军训结束后两人不会再有交集，何必为难她。

但宋旭晟没想到，在被B大新生欢送的当天晚上，他又跟许姝雯相遇了。

警察学校的大四学生基本都有了去向，宋旭晟被公安部录取，三方协议已签，打算军训结束先回趟老家，便趁着下午空闲，到学校附近的超市采买返乡要带的东西。

超市里人来人往，在二楼通往出口的扶梯上，一对年轻情侣推着购物车，购物车的轮子没有卡进扶梯的传送带，两人没拉住，车载满米面酒饮，借着重力，加速向下冲去。

“小心！”

“快躲开！”

很多目睹险情的顾客惊叫，有人下意识地捂住了眼睛——那辆装满东西的购物车越来越快，越来越快，冲着出口处一位正要离去的老人撞去！

老人白发苍苍，步履蹒跚，正独自拎着塑料袋向外走，见车撞来，尽力向前挪，却腿脚一绊，向地上摔去。

宋旭晟刚进超市就看到这一幕，立即飞扑过去，挡在老人和购物车之间。

他伸长手臂将摔倒的老人兜住，购物车重重撞到他背上，当即疼得他脸色一白。

“对不起！对不起！”小情侣吓得脸都白了，冲到两人身边，拼命道歉，“你们没事吧?！都是我们的错！”

其他人也围过来，七手八脚地拉开购物车，询问两人需不需要帮助。

宋旭晟忍着疼，想把老人扶起来，臂弯却忽然一沉。

那位老人受了惊吓，一下晕厥过去，面色苍白，嘴唇开始发紫。

“这是怎么了？”

“他……流了这么多汗，是不是要报警啊？”

“叫救护车吧？看着像心梗。”

“谁带了速效救心丸？”

宋旭晟伸手去探老人鼻息，发现呼吸没了，他迅速将老人平放到地上，按照学校教的急救方法，开始给老人做心肺复苏。

周围乱哄哄的。心肺复苏需要每分钟按压100到120次，还要保证按压深度，豆大的汗珠顺着宋旭晟的额角流下，T恤很快就湿透了。

“都散开，别围着！”一声冷静清晰的女声突然穿透人群，传到宋旭晟的耳朵里。

随即有人挤进来，跪到宋旭晟对面，张着手把人群向后隔开。

“我是急救员，确认现场安全，我已做好防护。”清脆的女声语速飞快，举着双手看向宋旭晟身后，“菲彤，打120告知情况。保安，超市内有没有AED（除颤仪），如有请拿来。其他人散开，有学过急救的来帮忙！”

模式化告知完毕，那人低头询问宋旭晟：“第几轮了？”

“啊？”宋旭晟气喘吁吁，百忙中扫了一眼，意外看到许姝雯那张带有复古风情的脸，“你……”

“先救人。”许姝雯不寒暄，上手接替已经按压了将近两分钟的宋旭晟，“你歇会儿，待会儿交替。”

许姝雯接替宋旭晟开始给老人心肺复苏，动作标准得可以去录教学视频。

按压30次后，许姝雯左手将老人下颌抬起，打开气道，确认老人口中无异物后，右手掌掌根抵住老人前额，食指和拇指捏住老人鼻翼，俯身包住老人口周，将气吹入。老人的胸部明显起伏了下。

许姝雯吹了两口气，又开始按压，以30：2的比例重复五个周期，手和胳膊开始不受控制地颤抖起来。

陈菲彤打完急救电话，蹲到许姝雯身边：“姝雯，换人？”

许姝雯摇了摇头，用眼神示意宋旭晟接手，转头问她：“救护车什么时候到？AED呢？”

“这个超市没有AED，急救车五分钟之内到。”

“好。”

许姝雯一心二用，数着次数，等宋旭晟按压三十次后，示意他暂停，俯身对老人进行人工呼吸，两次后再让他继续。

两人轮流按压，直到救护车终于赶到现场。

随着老人被拉走，许姝雯撑着膝盖站起来，甩着哆哆嗦嗦的两条胳膊，朝陈菲彤抬了抬下巴：“走吧，这学期的实操课学分我一天就修满了。”

陈菲彤扯了扯嘴角，递过一瓶水：“漱漱口，人工呼吸时你没垫纱布。”

刚才一番生死竞速，两人都是第一次经历，幸好没掉链子，陈菲彤到现在腿还有点儿软。

“哪儿来得及准备纱布?!”许姝雯接过水漱口，回过神来有点儿郁闷，“唉，初吻没了。”

陈菲彤正想安慰两句，宋旭晟忽然叫住她们：“等一下。”

许姝雯回头，见宋旭晟从超市里追出来，不由得挑眉："教官，军训今天中午就结束了，你不能再罚我了。"

宋旭晟年轻的脸上神色有些复杂："军训时我罚你罚得有点儿狠，对不住。"

许姝雯没想到宋旭晟会道歉，有些惊讶地看着眼前眉目清秀的青年，他腰身挺拔，像棵初长成的树，已有临风的英姿。

"跑圈也挺好的，就当减肥吧。"许姝雯把矿泉水瓶拧紧了，歪头想了想，"我的确说过馋你的身子，你身材好，长得帅，被你针对也不亏。而且你刚才还见义勇为，现在长得好看又正派的男人不多了，我原谅你的针对。"许姝雯漂亮的眼睛弯起来，眼中闪着揶揄又明亮的光，"长得好看就是占便宜，是吧，宋教官？"

宋旭晟脸色平静没说话。他自幼失去父亲，母亲早早改嫁，奶奶把他拉扯大，告诉他逢大事要有静气、遇不平要有正气、得不幸要有骨气，告诉他人不求人一般高，但没教过他，被女孩子调戏了应该怎么回。

陈菲彤站在一旁捂住脸，没想到许姝雯会这样大放厥词，不想承认自己认识她。

因为在超市里见义勇为，老人的子女带着媒体找到许姝雯和宋旭晟，给两人一人送了一面锦旗，还买了一堆吃的送给他们。

许姝雯举着锦旗，尴尬地冲镜头微笑，悄悄问站在旁边一脸严肃的宋旭晟："这大爷真不是我那帮同学找的托？他们一直琢磨着让你立个三等功呢！"

宋旭晟莫名其妙地看了她一眼："什么三等功？"

许姝雯微笑，顾忌同学面子，没把他们的天真想法说给他听。

宋旭晟也没追问，对着送来的吃的暗暗发愁。

许姝雯发现了，以为他不爱吃这些："不合你的口味？毕竟是老人家的一片心意，收着吧，别浪费了。"

"不是不合口味？"宋旭晟顿了顿，"我在学校外面租房住，没有冰箱，水饺放不久。"

"你已经不住宿舍了？"

"嗯，我找到工作，签了三方协议，不好再占着学校寝室。"

"那你拿回去全都煮了，吃不了叫你同学一起吃。"

宋旭晟"嗯"了一声，转身把好保存的食品分给同学，拎着几袋水饺发愁——哪个学校的宿舍都不让用小家电。

许姝雯早把自己那份吃的让陈菲彤帮着分了，饺子也给了学校食堂，此时饶有兴趣地看着他，一个大男孩，手里拎着几袋饺子，在路边站得跟标枪一样，要多好笑有多好笑。

“警校食堂不收饺子？”

“嗯，让我自己拿回去吃。”

“那就拿回去啊。”

“放不住。”

许姝雯觉得话题又绕回去了：“叫上你同学去你家吃。”

宋旭晟还是“嗯”一声，没有动，一看就没打算请人去他家吃饺子。

许姝雯觉得跟他说话有点儿费劲：“你不会小气到几个饺子都舍不得分吧？”不像啊，别的东西都给出去了，“不想让别人上你家？”

宋旭晟没说话，过了几秒才开口，语气很平静：“我家脏。”

许姝雯忍住笑：“比男生宿舍还脏？”

宋旭晟垂眼看着她，眼神清澈认真：“警校的男生宿舍很干净，因为每天都要查寝，不达标会被罚。”

许姝雯故作了然地点点头：“这样啊！”

“嗯。”

宋旭晟“嗯”完，许姝雯想不出还能说点什么，气氛一下尴尬起来。

十月的B市天气还是很燥，热气无孔不入，只半分钟，宋旭晟的额头就开始滴汗了，他看了眼站在一旁没有离开打算的许姝雯，拎着饺子的手指紧了紧，率先转过身去，声音有点儿无奈。

“你想吃饺子？来我家吃吗？”

还在想着怎么帮他把饺子处理掉的许姝雯一脸惊讶：“我谢谢你啊。”

要不是跟着宋旭晟，许姝雯都不知道大学周围竟然还有这么破败的地方。她原本还奇怪为什么宋旭晟要特意说“我家脏”？男生家里脏她能理解，但脏能脏成什么样？这会儿她才明白，是他租的房子本身就脏。

她跟着他，穿梭在一片破旧低矮的平房区，地面污水横流，道路两边堆放着居民捡回待卖的废品。这片区域已经纳入城市整体拆迁计划，确实又脏又破。

走了很久，宋旭晟终于停下来，他面前是幢很老式的三层砖混结构的老楼，门口垃圾箱敞着盖，垃圾满得溢出来，许姝雯捏着鼻子，跟在宋旭晟身后走进去。

两人路过垃圾堆时惊起成片苍蝇。楼道里黑洞洞的，墙皮脱落，许姝雯跟着他上了二楼，房门居然还是木门，许姝雯觉得自己一脚就能踹垮它。

“进来坐吧，不用换鞋。”

门打开后，屋内一览无遗，不到十平方米的房间内，放着一张行军床，床边摞起两个最大号的塑料收纳箱当床头柜，箱盖上堆着杂物，床尾到墙边的地上摆着一张椅子，椅子上放着电磁炉和一口锅。

许姝雯不知道自己能坐在哪里。她站在门口没动，眼前的一切和宋旭晟这个人都不太搭。

“你租这间房花了多少钱?”

“六百一个月。”

“这么便宜？你能来B市上学，家里经济条件应该不差吧，干吗这么亏待自己?”

宋旭晟平静地看着她：“我只租得起这里。”

许姝雯眨了下眼，没想到这个看起来高大帅气的男孩，家境居然这么窘迫。

宋旭晟端起锅去厕所接水：“我煮饺子，你不进来吗?”

许姝雯露出礼貌的微笑：“我妈要是知道我踏进男生的出租屋，她会打死我的。”

宋旭晟点点头，从厕所接了水出来，将电磁炉放到地上，把椅子搬到门口。

“那你坐一会儿，饺子很快就好。”

说完他走回去，把饺子放到一旁，蹲着等水开。

许姝雯看着他平静得近乎淡漠的神情，突然开口：“你不是B市人吧?”

“我是G省的。”

“那么远！”许姝雯有点儿惊讶，以G省的教育水平，宋旭晟能考过来相当不易，“那你能进警校挺厉害的。”

他又是“嗯”一声，没接话。

许姝雯抿了抿嘴唇，忽然生出一丝尴尬。她与人聊天很少冷场，但到了宋旭晟这儿，却陡然生出一股无从下手的感慨。她觉得宋旭晟在默默抵触她。

虽然他们都在这逼仄的空间里等水烧开，待会儿还要一起吃水饺，但他抵触她，她能感觉到。

为什么？因为自己不进屋，伤到他自尊了?

“我不是嫌你家小才不进屋的，”许姝雯忽然说，“屋里不脏，很整洁，我怕进去给你弄乱了，你又要收拾。”

宋旭晟看了她一眼：“房间是给人住的，乱了再收拾。”

许姝雯站起来：“那我进来了?”

宋旭晟似笑非笑地扬眉：“不是说进男生的屋子，你妈会打死你吗?”

“别让她知道呗！”许姝雯怎么说都有理，“你不会说出去吧？”

宋旭晟又“嗯”了一声：“水开了。”

锅里的水已经沸腾，宋旭晟将饺子放进去，许姝雯踮着脚尖从他身旁挪到窗边，把窗户打开：“真够热的，通通风吧。”

“别——”宋旭晟话还没说完，一股垃圾独有的酸臭味就顺着纱窗飘进来。

许姝雯飞快地将窗户关上：“热点儿好，就当免费蒸个桑拿。”

宋旭晟失笑。他不傻，女孩笨拙而真诚的体贴，他收到了。

一缕温热的风从门口吹进来，许姝雯忽然意识到，这是他们认识以来，这个男生脸上第一次出现可以称之为“愉快”的神情。

“你应该多笑笑。”她神使鬼差地说，“你长得这么好看，应该多笑笑，要不怎么体现你们警校男生良好的精神风貌呢？”

第三十二章

吾可再食三碗

许姝雯一直记得她吃的那顿饺子，她在日记里给那顿饺子赋予了非凡的意义。她甚至在不同时间，会用不同颜色的笔，在这段日记上做出各种备注。

这不仅是她第一次吃到男生亲手煮的饺子，也是她第一次吃到宋旭晟煮的饺子。而且这期间宋旭晟还频频冲她微笑，她就着宋旭晟的笑容吃饺子，果不其然吃撑了。

许姝雯在日记横格纸的空白处，画了个胖嘟嘟的饺子，饺子皮上用粉色的马克笔写着：秀色可餐，吾可再食三碗！后面还用绿色笔画上垂涎的笑脸。

叶素娟看着这页，忍不住笑了一声。

吃过饺子后，许姝雯忽然有一天听说宋旭晟开始打工了。

“他居然去发小广告！小广告！你能信？警校毕业生，马上就要当警察了，居然去做地推，发小广告！”寝室里，许姝雯摇着陈菲彤一脸惊叹。

陈菲彤被她摇得一脸蒙：“姝雯，你说谁去发小广告了？”

“宋旭晟！他打工的那家店让他去街头发小广告！他居然真去了！”

陈菲彤想了下那张一本正经的脸，确实有点儿难以想象：“他很缺钱？”

“嗯。”许姝雯想起宋旭晟住的那间屋子，含混地点点头，“缺。”

“可我听说他是全额奖学金进的警校啊。”

“哟——”许姝雯有点儿吃惊，“这你们都打听出来了？”

“军训以后，对他有意思的人可多了，”陈菲彤说着想起来，“还有人跟我打听过你和他的关系呢。”

许姝雯一愣：“我和他的关系？”

“你们不是一起见义勇为，被老人家属送了锦旗吗？”陈菲彤看着她，“你之前还说过馋他身子的话，别人多想也很正常啊。”

许姝雯往宿舍的床上一靠，娇气地翘起兰花指：“这都过去多久了，怎么就没点能打的新闻，盖住我这条的热度？”

陈菲彤见不得她的嘚瑟样，自顾自端盆去洗漱，回屋看见许姝雯还靠在床上，忍不住拿毛巾抽她：“想什么呢？赶紧去洗漱，等下熄灯了。”

“我在琢磨宋旭晟这个人。”

“啊？”

“认真，上进，正直，”许姝雯一根一根掰着手指，“独立，长得好。跟他扯上关系好像也不赖。”

陈菲彤简直服了许姝雯的脑回路：“我看你是要把你妈给气死，她不许你大学谈恋爱吧？”

许姝雯神色淡了点，努了下嘴：“我妈也是，我都成年了还管这么多……唉！”

半真半假的感叹后，许姝雯没怎么再提起宋旭晟。但有关他的消息在两所学校间从未间断，他作为警校优秀毕业生代表，进了公安部，轮岗后下放基层挂职锻炼，在某个小区做片警，听说马上会被派到外省参加专案组。

这类消息真假参半，陈菲彤一般是当作八卦来听，直到她们升上大四，某天许姝雯忽然问她：“你说，如果我主动借钱给一个男的，他会不会觉得我看不起他啊？”

那时陈菲彤正在观察显微镜下的培养皿，被问得莫名其妙，从镜头上方看了她一眼：“你要借钱给谁？”

许姝雯这几年彻底长开了，亭亭玉立，打扮得时尚又干练，烫成大波浪的长发整齐地束在脑后，秀气的眉毛描画细致，挺翘上卷的睫毛轻眨，露出一双闪闪发亮的眼睛。

她身上有种由内而外的自信和骄矜，在这几年间吸引了无数男生，但他们都铩羽而归。

许姝雯斜着身子倚在桌旁，想了想，谨慎道：“嗯……宋旭晟。”

陈菲彤夹着玻璃片的镊子一抖，把实验体放下了：“你说谁？”

许姝雯干笑两声：“宋旭晟啊。”

“好啊！你这三年果然一直跟他勾勾搭搭，我问过你多少次，你居然憋得住不说！”

陈菲彤愤怒地扑过去咯吱她，许姝雯被闹得头发都散了，笑得上气不接下气：“我这不是跟你说了吗？”

“现在说，黄花菜都凉了！”陈菲彤气得要命，觉得自己认了个假闺密。

许姝雯在一旁边哄她边将事情说了。其实她跟宋旭晟这几年真没什么实质性的进展，主要是宋旭晟太被动了，他好像始终有所顾忌，对许姝雯的各种撩拨都不接招。两人的关系连友情之上都勉强，顶多算是比一般朋友要熟一点儿，是除了逢年过节发个消息，还能一起拼单点个外卖的那种熟人。

两人见面次数不多，上周好不容易约了个饭，其间宋旭晟接到电话，说了什么许姝雯不知道，只隐约听到一句“奶奶，还是搬去县城住吧，房价三十万我来想办法”。

许姝雯不知道他能想什么办法，宋旭晟的穷在这几年间体现得淋漓尽致，偏偏他还泰然自若，不以为意。为了照顾他的自尊心，两人约饭许姝雯都只敢找能用团购券的地方。

有时她也觉得奇怪，这男人不抽烟不喝酒，也没有任何不良嗜好，那他的全额奖学金和工资津贴究竟都用到哪儿去了？

为此许姝雯还在日记上描画了个思维导图，企图推测出他的金钱究竟投入了什么无底洞，未果。

描画着思维导图的那页纸被许姝雯折着角，显然是打算想起什么就随时在上面记一笔。

陈菲彤听她说完，表情有点儿奇怪：“所以你打算借钱给他买房？”

“啊。”

“你俩啥关系啊你就要借钱给他买房？”陈菲彤嗓门提上去，“你不怕竹篮打水一场空啊？——等等，”陈菲彤有点儿蒙，“你真看上他了？”

许姝雯哼哼：“是呀！”

“你！”陈菲彤恨铁不成钢，许姝雯平时多精明一个人，居然吊在宋旭晟这棵树上下不来了，“你不是因为这几年其他人一直起哄你俩，连自己到底想要什么都搞不清楚了吧？”

“怎么会？”许姝雯手肘支在文件柜上，撑着下巴笑笑，“我真觉得他挺不错的。”

“可他不是B市人啊！”

“那怎么了？”

陈菲彤咂了下嘴，不想说话了。陷入恋爱的女人不值得挽救。

“随便吧，想好怎么应付你妈。”有气无力地挥了下手，陈菲彤现在只求许姝雯别“殃及池鱼”，“要是你妈发脾气，你可千万别来我家，回头你妈又要把咱俩一起喷了。”

“放心，跟我爸打过报告了，先瞒着我妈。”

“合着你就是来告诉我的呗！”陈菲彤气道，“也甭猜宋旭晟会不会觉得你看不起他了，你直接拿三十万给他不就知道了吗？”

许姝雯居然点点头，很是认同："你说得对。"

然后许姝雯就真的在某天黄昏，直接拎了三十万现金给宋旭晟送过去了。

为此她头天还在日记上认真列了个计划，将怎么给钱、用什么话术，来来回回反复斟酌，但等第二天真到用时，发现什么计划都没用。

送钱当天，宋旭晟看着眼前的袋子，问许姝雯："你什么意思？"

"你不是要买房吗？我借给你钱。"许姝雯内心远没有看起来那么镇定，她的手掌心全是汗，"放心，不要利息。"

宋旭晟垂着眼问："为什么要借给我钱？"

为什么？许姝雯心里嘀咕："还不是因为你穷，我想让你别老过得那么紧巴巴的。"

但她语气轻松道："我家就在B市，经济压力没你大，你急着在老家买房，作为朋友，能帮一把是一把喽！"

宋旭晟沉默不语。许姝雯把他的沉默当作默认："拿着吧，等你手头宽裕了再还我。"

"不用。"宋旭晟退了一步，"太多了，这样不合适。"

"怎么不合适了？"

宋旭晟抿了下嘴唇："咱俩什么关系，能让你借这么多钱给我？"

许姝雯一下噎住，答不出来。她心跳得很快，差点脱口而出"要不是你磨叽，咱俩早不是现在这么不上不下的关系了"。

"作为朋友，你平时已经帮我很多了，"宋旭晟耐心解释，"我不能拿你的钱。"说着他转身，"走吧，天快黑了，我送你回学校。"

许姝雯站在他身后没动，突然一时冲动："如果我不想只跟你做朋友呢？"

宋旭晟回过头。仿佛是黑夜给了她勇气，许姝雯盯着他模糊的影子："如果不只是朋友，你是不是就会收下这笔钱了？"

"我有办法赚钱。"他往回走了几步，声音很低，"谢谢你，但是真的不需要。"

许姝雯感到一阵烦躁。

总是这样，这几年间，每当她主动向前走一步，宋旭晟就会把她推到一个安全的距离。每一次，他都能找到合情又合理的理由婉拒她。

许姝雯有时候觉得这男人的心肠是铁石做的。她喜欢他，所以想给他钱，想让他和他的家人过上轻松点儿的日子，想力所能及地帮帮他，可这些好意他都不要。

为什么？许姝雯不明白。她能感觉出宋旭晟对自己是有意的，他对自己和对其他女孩子完全不一样，否则她也不会耐心同他周旋三年。

但他到底在犹豫什么？许姝雯真想把他的心剖出来看一看。

从小到大，许姝雯都是被喜欢被追求的那一个，因为宋旭晟，她才知道，喜欢一个人，真的会把自己低到尘埃里。

晚风吹起，主干道上有车远远驶来，车灯一晃而过，勾勒出两人的身影。光线太暗了，许姝雯看不清宋旭晟的脸，她手心的汗已经被风吹干，指尖冰凉。

她心里憋着火，忽然又泄了气，把钱扔给他："随便吧，你不要就捐出去吧，别还给我。"

说完她转身就走，告诉自己从此就当这男人死了。

叶素娟看着这张计划表的最后被许姝雯用不同颜色的马克笔画了个沮丧的哭脸，忍不住微微蹙眉——宋旭晟居然敢拒绝她的女儿，真是好大的胆子！

回去后陈菲彤问她送钱上门的结果如何，有没有"抱得美男归"。

许姝雯说："他高兴死了。"

陈菲彤半信半疑："真的假的？你别骗我啊！"

许姝雯冷笑："请你听清重点，重点是'死了'。"

看着她杀气腾腾的脸，陈菲彤乖乖闭上嘴，默默地把"宋旭晟"这三个字列为禁用词。

之后的日子，许姝雯照样把自己打扮得光鲜亮丽，往返于实习单位和学校之间，也不再提宋旭晟这个人，就好像他从未出现在自己的生命里。

一个月后的某一天，许姝雯与同系的男生告别，一转身看到不知在路旁站了多久的宋旭晟。他穿着黑色的衬衫，领口的两颗扣子没扣，隐约露出里面白色的绷带。

"哟，"许姝雯挑眉，"稀客啊！"

宋旭晟望着那男生离开的背影："他是谁？"

许姝雯想说点什么来刺激他，但看着宋旭晟平静的眼神，又觉得谎言对他毫无意义。

"同学，我们在一个公司实习。"许姝雯背着包往车站走，心里还在跟他怄气，"怎么突然来找我？有事？"

宋旭晟习惯性地想替她拿包，但被许姝雯避开了，于是他垂下手，默默地跟在她身后。走出一段路，许姝雯低头看到跟在自己身后的影子，忽然心头火起，猛地转身，一指戳住他的胸口。

"有事说事，别来尾随这一套！"她冷着脸，"宋旭晟，我耐心有限，既然三年的时间你都下不了决心，那就一刀两断。我跟你做不了朋友，你也别来吃回头草。"

她戳得很用力，宋旭晟脸色微微发白，将胸口尖锐的痛感忍下，哑着声音开口："你不是回头草。"

许姝雯瞪他。

宋旭晟重复了一遍："你不是回头草。"他的语速很慢，透着点中气不足的虚弱，"三十万我拿去老家买房了，这是借条。"他从兜里掏出手写的借条递过去。

许姝雯几乎要气笑了，她感到泪水在眼眶里打转："这就是你来找我的原因？"

如果他敢说"是"，许姝雯发誓自己会当街动手，教会他千万不要惹恼医学院的学生。

"不是。"宋旭晟攥着那张纸，张了几次嘴，才仿佛壮士断腕般地说道，"这一个月，我处理完家事，去G省边境参与了缉毒任务。"

宋旭晟握住她要缩回去的手指，字斟句酌，每个标点都带着深思熟虑后的郑重："在执行任务的间隙里，我一直在想，我能给你什么。我的家境不好，自己又时刻走在刀尖上，不知道能走多远。这样的我如果追求你，会不会太自私，对你不公平。你优秀又独立，追求者众多。而我性格沉闷，等你步入社会，见过了更多的人，会不会后悔找了我这样一个无趣又随时要出任务的男朋友？"

"我很早就考虑过这些事，但我舍不得放手，我只要稍微设想一下你跟别的男生走到一起的场景……"宋旭晟的喉结滚动了下，一双形状极完美的凤眼微微向下，遮住瞳孔，"我就恨不得打断那些人的手。"

许姝雯憋着气听他说到现在，终于忍不住含泪笑出来："哪来的那些人？我所有的大学时光全搭在你身上了！"

宋旭晟"嗯"了一声，捏紧许姝雯的手指："我知道。但是如果不能给你一个稳定的生活，我其实是不该说这些话的。谈恋爱和结婚都需要很多现实的东西，车、房、丰厚的收入、稳定的作息、相互陪伴的时间，这些都是现在的我提供不了的，但是给我几年时间，别的女孩有的，你都会有，可能不会很快，但你一定会有！所以，你可以先做我的女朋友吗？"

终于听到自己等了三年的话，许姝雯的眼睛不争气地红了。

她没想到在自己还只是想先谈个恋爱的时候，宋旭晟已经考虑这么多以后的事了。

都说恋人有情饮水饱，"贫贱夫妻百事哀"，宋旭晟知世故而不世故，何尝不是因为有被烟火红尘洗练过的赤子之心？

她只看到他的纠结，却没读懂他的清醒。许姝雯洋气卷翘的睫毛沾了湿气，她朝宋旭晟迈近一步。

“你是为了多挣钱才去缉毒的吗？”

“不是。我父亲是因为缉毒牺牲的，我走上这条路，是子承父业，也是我自己的理想。我希望越来越多的人能够远离毒品，不再有人被毒品毁掉人生。”

两人站得极近，随着宋旭晟说话，许姝雯闻到他身上若有若无的血腥味。

“出任务时受的伤？”

宋旭晟老老实实地点点头：“第一次没经验，被划了一刀。”

许姝雯抬头仔细打量着他：“宋旭晟，你知道我最开始是馋你的身子吧？”

宋旭晟抿着嘴唇，一时不知该怎么回。即使跟许姝雯打了三年多的交道，他还是不太适应她想到什么就说什么的性子。

许姝雯盯着他，直到他耳根慢慢红了，才抬手按住他的肩。宋旭晟的肩膀很挺，有结实的肌肉覆在上面，锁骨支棱着，像坚硬的刀柄，硌在许姝雯的手心。宋旭晟被她触碰，顿时僵硬得像根木头，站着一动不动，只剩下一双眼睛追随着许姝雯的动作。

只见她笑着踮起脚，在他耳边轻轻吐气：“所以你千万要保护好自己的脸和身子，万一哪天你变丑了，说不定我会嫌弃你。”

宋旭晟半晌没吭声，看起来不太开心，片刻后才低低问道：“你只是看上我的脸和……身子了？”最后几个字说得格外小声，好像觉得很羞耻。

许姝雯被他暗含怨气的话逗得前仰后合，笑着趴在他肩膀上抖，还注意着别压到他的伤口：“对，你有意见吗？”

宋旭晟伸手扶住她，稍微拉开点儿距离，认真道：“好，我会保护好自己。”

许姝雯略显浮夸的笑容渐渐淡去。离得这么近，她能看见宋旭晟下巴上没刮干净的胡茬和眼底的血丝。

应该是任务刚结束就急着赶回来了吧？她盯着他有些出神地想，这人怎么这么可人疼呢？说话做事全都长在她的审美点上。

被许姝雯直直盯着，宋旭晟脸上隐约流露出一丝无措和羞赧。

宋旭晟的眉眼很漂亮，许姝雯看他时总会先被那双凤眼夺去注意力。

直到此刻，两人几乎贴在一起，许姝雯才优先注意到他颜色浅淡的嘴唇和轮廓分明的下巴。他的嘴唇有些薄，此时微微抿着，勾勒出撩人的线条。晒成小麦色的脖颈上，是正在轻轻颤动的喉结。

许姝雯一时挪不开视线。“糟糕！”她在心底默念，“美色惑人！”宋旭晟忽然轻笑了一声，许姝雯看到他扬了下眉，随即她的后脑被一只手按住，嘴唇碰上宋旭晟的嘴唇，他的嘴唇温热干燥。

宋旭晟贴着她的嘴唇轻声呢喃："一副皮囊换个媳妇，这是我这辈子做过最划算的买卖了。"

微微有点沙哑的嗓音被他刻意压低了，像击穿磐石的最后一滴水，穿破两人之间的隔膜，一下敲击在许姝雯的心上。

瞬间热浪席卷而来，无数华丽乐章轰然作响，仿佛夜空中炸开了漫天星光，许姝雯的五感碎裂成纷纷扬扬的光点，缓慢地向着令人目眩神迷的幻境飞去。

飞啊飞，直至永夜的星空。两秒，或者更久一点，许姝雯忽然意识到，那片星空是她一直盯着的宋旭晟的眼睛。

宋旭晟松开手，许姝雯猛地后退一步，说不出话来，脸慢慢红了。任她平时装得多像个"老司机"，事实上也还只是没有任何恋爱经验的小女生。

宋旭晟看着她笑，递给她一块金镶的和田老玉无事牌，玉牌做工精致，金色的蕾丝蜿蜒包边，最终汇聚在玉牌侧面形成一个小小的金钮，许姝雯拨动了下金钮，整块玉牌就一分为二，露出内里一个极薄的凹槽，凹槽里有一块金属片，上面刻着六位数字。

许姝雯将古铜色的金属片拈起来："这是什么？"

"是警号，"宋旭晟低头看着她，"我父亲的，也是我的。"

许姝雯抬眼，有些迟疑："警号传承？"

宋旭晟点点头："玉牌是奶奶传下来的，警号是爸爸传下来的。这两样东西对我来说很重要，现在它们都是你的了。"

许姝雯将玉牌握在手里，看了他片刻，忽然笑道："不止这些是我的，你也是我的了。"

她的语气郑重起来："宋旭晟，我不是没人陪就会无理取闹的小姑娘。我对长期的亲密关系有正确清晰的认知，我知道幸福与爱情都需要两个人一起维持。没有你，我可以过得很好；咱俩在一起了，我也不会拖你后腿。缉毒很危险，但如果这是你一直以来的理想，我支持你。但你每次出任务前都要想想我，任务开始后就别想了。你回来，我给你接风；你受伤，我床前照顾；你要是死了……我不替你收尸。"

许姝雯顿了顿，觉得自己乌鸦嘴，冲一旁"呸"了三声，看向宋旭晟："还是别死吧，难道要让你奶奶经历两次白发人送黑发人的痛苦吗？"

宋旭晟站在那里，看着许姝雯明亮的双眼，她的眼里含着聪慧的光。他突然伸手将许姝雯抱住了，抱得很紧，像是要把她嵌进身体里。清风徐来，粉紫粉白的玉兰在枝头齐刷刷地绽放，像极了两人热烈的青春年华。

屋子里的光线渐渐暗了下去，窗外被日光烘得燥热的风席卷天地，日暮如约而至。昏黄的光线有条不紊地退去，如同缓缓落潮的海水，一节节，一寸寸，光线渐次漫过叶素娟脚下的大理石地面。

许姝雯的日记本已经翻过一半，女儿度过了快乐的大学时光。她那时是在认真规划与宋旭晟的未来，甚至在本子上写下了自己为什么不随宋旭晟一起进入公安系统的原因：

如果两个人都进了公安系统，家中的长辈会双倍担心，真发生意外就没有回旋的余地了。

妈妈虽然总是唠叨指责，但是如果我真出了事，她一定会伤心的吧……我已经长大了，工作挣钱了，我不能再让家人为我操心。

如果宋旭晟真的出了意外，他的奶奶就由我来负责养老送终，我总能活得比宋旭晟长一些，替他做未完成的事。还有我的爸妈，三位老人，我得努力挣钱，早日实现财务自由！

许姝雯在叹号后面，画了一只努力的肌肉猪。

叶素娟捂着嘴又哭又笑，她仰起脸，唯恐眼泪落到日记上。她的女儿……她的傻女儿本，写了那么多话，设想了那么多可能，把宋旭晟感动得死心塌地，却独独没有想过，自己会走得这么早。

屋外晚高峰的汽车鸣笛声远远传来，漫过窗棂，扫地机器人在客厅里安静地工作，发出嗡嗡的声响。

在这个阴暗得几乎失去所有光线的屋子里，叶素娟看到了许姝雯日记的后一半。

后一半的文字基调突然就变了，变得惊慌、烦乱、愤怒，以及最终的释然。字里行间，许姝雯始终没有留下绝望和伤心的文字。

在几张被揉皱的纸页之后，叶素娟又看到了她工整的行书。她冷静地记下在除夕前一天的清晨，她睁开眼的瞬间，发现宋旭晟消失了。

她的手机通信录、聊天软件、相册乃至网络银行，所有有关宋旭晟的信息都突然消失了。而就在头一天晚上，他们明明还在商量应该在B市哪里买房，需要再攒多少首付。

许姝雯很是惊慌了几天，可她始终记得临睡前宋旭晟搂着自己，俯身亲吻时的力道和温度。

她知道这个人是真实存在的。她按着自己的嘴唇，告诉自己别慌。

宋旭晟一定是执行任务去了，我只要安静等待就好。

许姝雯在日记里这样写道。

但是这一等，就等到了恶疾暴发。许姝雯都不相信自己会与宋旭晟阴阳两隔，她一直很努力、很努力地活，配合医生，接受检查，吞咽药丸——她不允许自己活得比宋旭晟短。这怎么行呢？宋旭晟一定会非常伤心的。

在许姝雯生命最后的那段时光，她似乎释然了，不再那么紧迫地逼自己活命，唯一的烦恼就是叶素娟总在耳边反复念叨着自己爱错了人。

妈真是太固执了，她说我眼光不应该这么差，可是这能怪我吗？看看爸爸就知道了，宋旭晟明明跟爸爸是一种类型的人嘛，沉默温柔，坚实可靠。她要说我眼光不好，不就是在说她自己吗？我妈可真是气起来连自己都骂的狠人。

今天隔壁病房进来个比我小的妹子，她听起来可真倒霉，摊上那种父母，还是我爸妈好啊。

最近总觉得冷，盖了两层厚被子也不行，可能是吃得太少了……唉，我已经努力吃了，胃有它自己的想法，怎么才能治一下？

我寻思着我以前犯傻减肥干吗呢？我发现所有住院的人，出院时都瘦了好几圈，要是进来之前没吃出肥膘，还真不一定能活着出院！等好了以后，我得去大吃特吃！

最近睡得越发多了，隔壁那个叫祁恬的都出院了，这可真是让人生气。祁恬天天说宋旭晟的坏话，不积口德，为什么比我好得还快？好在她还有点儿良心，知道来看我。为了表扬她，我决定交给她一个光荣而艰巨的任务。

我逼着祁恬答应我了，嘿嘿，我是等不到宋旭晟了，就让她用我的眼睛好好看看他吧。唉——宋旭晟会哭吧。肯定的，希望他哭得厉害点儿，这样能多记我一段日子。

好想睡啊……冷……妈妈会哭吗？我希望她不哭，伤身……唉，爸爸最近成了妈妈的出气筒，都是被我坑了，看来“儿女都是债”这句话说得没错啊。

我爱你们，爸爸妈妈。

我爱你，宋旭晟。

日记本翻到最后，短短一句话刺痛了叶素娟的心。那是许姝雯在生命的最后时刻留下的话，那时她已经没有力气握笔了，只能拿着软头笔慢慢地蹭。

蹭出自己最后的心声，蹭出留给祁恬的话。她放不下自己的父母，放不下心中所爱，她对这个世界充满了深深的眷恋与不舍。

叶素娟扭过头，她的侧面有一扇窗，窗外是火烧云和深蓝的天，温柔的晚风途经万亩玫瑰海洋，霎时间被熏染上醉人的香气，流转过整个六月。

她真想告诉许姝雯这个夏天的一切。

她的女儿在宋旭晟告白当天，在日记里写下：

× 年 × 月 × 日，下午 5 点 22 分……气温 21℃。

暮色正好，晚风斜阳。

许姝雯爱上了宋旭晟，比谁都爱。

现在，叶素娟真想大声对她心爱的女儿说：

你爱上的宋旭晟，终究没有辜负你的热爱。

（番外完）